Das Buch

Argon, seines Zeichens Ex-Justifier und nun Schmuggler, lebt den Traum vieler ehemaliger Kollegen: Der Captain der *Virago* ist sein eigener Herr. Mehr oder weniger jedenfalls, säßen ihm nicht unbarmherzige Kredithaie im Nacken, die ihn immer wieder zwingen, unkalkulierbare Risiken einzugehen. Und dann wären da noch Morbus und sein Team, Argons einstige Waffengefährten. Die haben nämlich mit Argon noch eine Rechnung offen, und der Auftrag, ihn ans Messer zu liefern, kommt ihnen gerade recht – hat Argon sich doch seine Freiheit auf ihre Kosten erkauft. Doch als die *Virago* abstürzt, haben Crew und Justifiers auf einmal ganz andere Probleme. Das einzige, was die Bewohner des namenlosen Planeten kennen, ist Hunger, und auf einmal geht es nicht mehr um Rache oder Freiheit, sondern ums nackte Überleben ...

Die Autorin

Maike Hallmann wurde 1979 in Hamburg geboren. Sie studierte Germanistik und hat bereits einen Jugendkrimi, diverse Kurzgeschichten und mehrere phantastische Romane veröffentlicht. Die Autorin lebt mit ihrer Familie in Hamburg.

Der Herausgeber

Markus Heitz, 1971 in Homburg geboren, ist einer der erfolgreichsten deutschen Autoren. Zahlreiche seiner Bücher standen monatelang auf allen Bestsellerlisten. Mit dem Roman »Collector« hat er das Tor in das JUSTIFIERS-Universum geöffnet.

Der Umschlagillustrator

Oliver Scholl, geboren 1964 in Stuttgart, ist Production Designer in Hollywood und hat an vielen großen Science-Fiction-Filmen wie *Independence Day, Godzilla, Time Machine* und *Jumper* mitgearbeitet.

Mehr Informationen unter:
www.justifiers.de
www.justifiers-romane.de

MAIKE HALLMANN

JUSTIFIERS®

HARD TO KILL

Roman

Mit einer Kurzgeschichte von
Markus Heitz

WILHELM HEYNE VERLAG
MÜNCHEN

JUSTIFIERS®

ist ein Rollenspiel-Universum
von Markus Heitz

MIX
Papier aus verantwor-
tungsvollen Quellen
FSC® C014496

FSC
www.fsc.org

Verlagsgruppe Random House FSC-DEU-0100
Das für dieses Buch verwendete FSC®-zertifizierte Papier
Holmen Book Cream liefert Holmen Paper, Hallstavik, Schweden.

Originalausgabe 09/2012
Redaktion: Catherine Beck
Copyright © 2012 für den vorliegenden Roman
by Markus Heitz und Maike Hallmann
Copyright © 2012 dieser Ausgabe by
Wilhelm Heyne Verlag, München,
in der Verlagsgruppe Random House GmbH
Printed in Germany 2012
Umschlagillustration: Oliver Scholl
Umschlaggestaltung: Nele Schütz Design, München
Satz: Christine Roithner Verlagsservice, Breitenaich
Druck und Bindung: GGP Media GmbH, Pößneck

ISBN: 978-3-453-52938-0

www.justifiers.de
www.heyne-magische-bestseller.de

MISSION REPORT

5100679-TH6108X

Sicherheitsfreigabe: vertraulich
Beteiligte Organisationen: *Stellar Exploration*
Aufgabe: Verlust eines Sondertransportes
System: diverse
Planet: diverse
Zeit: 12/03/3042–03/10/3042
Autor: Maike Hallmann

MAIKE HALLMANN

HARD TO KILL

Dramatis personae

Die Besatzung der *Virago*

Argon – Captain der *Virago*, hochverschuldet, ein
   ehemaliger Justifier
Nova – Pilotin, ein Jump
Wolf – Erster Offizier, Navigator, Waffenoffizier und
   Ersatzbordarzt
Toro – Zweiter Offizier, ein Stier-Beta
Puke – Bordarzt
Gwenni – Bordtechnikerin
Little – Koch, berühmt für sein Chili

Die zahlenden Passagiere auf der *Virago*

Janos Murray – Spezialist für Schubantriebe bei *Tau Ceti*
   und ein pflichtvergessener Vater
Leynard – Sohn eines pflichtvergessenen Vaters, dreizehn
   Jahre alt
Stray – entflohener Justifier, Wolf-Beta, Scout und
   Kontaktspezialist
Scar – entflohener Justifier, Hyänen-Beta, selbsternannte
   Spezialistin für Sprengungen aller Art

Die Justifiers

Nelly – Waran-Beta, Feldärztin und Pilotin
Morbus – Xenobiologe, hat sich freiwillig zum Dienst
  verpflichtet
Arris – Sammelbecken für kybernetische Modifikationen,
  ebenfalls freiwillig verpflichtet
Eddie – Feldtechniker, hat seine Freundin mit einem
  Hammer erschlagen
Nox – Tiger-Beta, in Trauer
Sky – Tiger-Beta, Nox' Schatten

Die Götter

Nadeshda – Violettäugige Katzengöttin, Anhänger: zwei
Flames – Gott in spe, Anhänger: einer

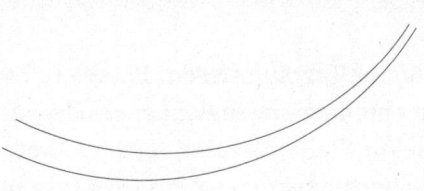

Es ist unmöglich, an einem schönen Tag mit einem Raumschiff abzustürzen. Vielleicht stürzt man in einen schönen Tag, stürzt aus einem Himmel, der von unten hellblau aussieht und freundlich und der dann mit einem spektakulären Flammenschweif verziert wird, wenn die Außenhülle des Raumschiffs in der Atmosphäre verglüht. Allerdings interessiert das nur die wenigsten, die sich in dem engen Gefängnis befinden, das mit einer schier irrwitzigen Summe Stundenkilometern aus der lichtlosen, eisigen Leere fällt, dem Antlitz eines Planeten entgegen, dessen Kuss heftig und ungesund sein wird. Ganz egal, ob gerade die Sonne scheint und die Vögel singen. Wenn es denn überhaupt Vögel dort unten gibt.

Streng genommen war es kein Absturz. Es war eine Notlandung. Aber das lässt sich nicht immer ganz klar unterscheiden.

Im Innern des Raumschiffs klammerten sich siebzehn Personen dort fest, wo sie gerade Halt finden konnten – nur zwei hatten es rechtzeitig geschafft, sich festzuschnallen. Von diesen siebzehn Seelen hatte etwa ein Drittel auf diesem Schiff nichts zu suchen. Aber das ist Statistik.

Die Kollision, so war zu erwarten, würde das Zahlenverhältnis verändern – zu wessen Gunsten, würde sich zeigen.

Es war kein schöner Tag auf diesem Planeten. Es war der letzte Tag einer monatelangen Regenperiode, und der Boden war an vielen Stellen so tief verschlammt, dass man einen durchschnittlich großen Mann Kopf voran hätte hineinstecken können, bis zu den Füßen, ohne dass er auf festen Boden getroffen wäre.

Die junge Pilotin der *Virago* und ihr Copilot, dem das Schiff gehörte, leisteten ganze Arbeit. Und fast hätten sie eine halbwegs saubere Landung hingelegt. Doch im Heck des Schiffs tobte in Panik die Fracht, und im entscheidenden Moment, als sie fast schon gelandet waren, in jenem langen, haarsträubenden Augenblick, wo es auf millimetergenaue Arbeit ankommt, warf sie sich mit der ganzen Macht ihrer zig Tonnen herum und beschädigte die Struktur des Schiffs so schwer, dass der Bauch aufriss. Die *Virago* kam ins Schleudern, krachte seitlich auf, schmierte brennend durch den Schlamm und über einen freigespülten Felsgrat, der tief in ihren Leib schnitt, und hundert Meter weiter riss die Kollision mit einem riesigen Felsbrocken eins der Quartiere aus dem Rumpf heraus.

Als die *Virago* endlich zum Stillstand kam und Schlamm und Regen die Flammen löschten, befanden sich noch vierzehn lebende Seelen an Bord. Die anderen, man muss es so sagen, auch wenn es jeglichen Potenzials zum Nachruhm entbehrt, waren der Panik einer riesigen Kuh zum Opfer gefallen.

Stille senkte sich über den Planeten. Stille und Dunkelheit. Noch immer fiel Regen vom schwarzen Himmel.

Glück hatten sie gehabt, die vierzehn Überlebenden.

Hätte die *Virago* einen durchschnittlichen Piloten gehabt oder wäre via Autopilot gelandet, hätte keiner von ihnen lebend den Boden erreicht. So aber sortierten sie ihre Knochen und fluchten, statt ihrem glücklichen Stern zu danken.

Und recht hatten sie damit. Denn nur sechs von ihnen würden den Planeten lebend wieder verlassen.

Arbeitsanweisung I

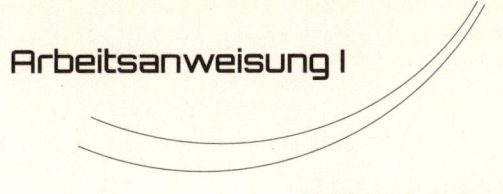

Die Landung

Vor der Landung werden Ihnen alle notwendigen Informationen über den Zielort bereitgestellt. Sichten Sie die bereitstehenden Daten gründlich und besprechen Sie eventuelle offene Fragen mit Ihrem zuständigen Vorgesetzten. Dieses Vorgehen dient Ihrer Sicherheit und der Sicherheit der erheblichen Investitionen, die *StellarExplorations* bei jeder Mission tätigt.

1

»Argon? Ja, natürlich habe ich von ihm gehört. Persönlich bin ich ihm leider nie begegnet, übrigens auch die allermeisten anderen nicht, die das behaupten, zahlen Sie denen bloß nichts für ihre Geschichten. Tja, Argon – er hatte es geschafft, richtig? Einer der größten Schmuggler aller Zeiten, einer von denen, die alles besorgen können, wirklich alles. Einer von diesen Typen, bei denen zu Gold wird, was immer sie anfassen. Ein privater Schubantrieb, das muss man sich mal vorstellen! Und ein Frauenheld soll er gewesen sein. Bei ihm auf der Virago, da ging es zu wie in einem Bordell. Für seine Passagiere, wenn er mal welche mitgenommen hat, stand extra eine kleine Gruppe Sirens zur Verfügung. Drei Stier-Betas hatte er in der Crew, seine persönliche Leibwache. Und einige Exsöldner. Einer von ihnen, Sergeant Wolf – quasi mein Namensvetter –, soll ein Chemic gewesen sein. Man munkelt, er habe im Bataillon of Blood gedient, bevor er auf der Virago anheuerte. Das muss ein Leben gewesen sein! Und dann waren sie hinter ihm her, allesamt, Konzerntypen, andere Schmuggler, Kopfgeldjäger, gab Riesenärger. Und was tut er? Schlägt ihnen allen ein Schnippchen. Verschwindet über Nacht mit Mann und Maus und der ganzen Virago, als hätte es sie nie gegeben. Das muss man erst mal fertigbringen!«

Jhon Wolfe, Ex-Schmuggler, gehört auf TravellersPointII, 3051 (Erdzeit)

»Er hat es übrigens immer noch nicht getan«, sagte Nova und seufzte tief. »Sind ein paar kleine Worte denn so schwierig für euch Männer? So ein klitzekleines Bekenntnis?« Beiläufig strich sie über das Kontrollpult, und die drei gewaltigen Triebwerke der *Virago* reagierten so fügsam wie gut erzogene Hunde, obwohl sie weder Schalter noch Knöpfe noch Regler anrührte. Sie spürte die Kraft der Triebwerke bis in die Knochen, und der in die Jahre gekommene Reaktor war wie ein hell loderndes Feuer in ihren Eingeweiden.

Argon, der sich neben ihr im Navigatorsitz flegelte und einen Fuß gegen seine Seite des Kontrollpults gestemmt hatte, wandte den Kopf und betrachtete sie argwöhnisch. »Ihr habt gewettet, richtig? Du und Puke. Ihr habt schon wieder gewettet.«

Sie schlug die Augen nieder. »Es ging nicht anders. Wir haben es versucht, wirklich. Wir haben einen ganzen Nachmittag lang und einen halben Abend alles gegeben. Aber dann ist es wieder passiert.«

»Dein Captain hat Wetten an Bord verboten«, erinnerte er sie. »Jedenfalls dann, wenn sie auf die amouröse Demütigung des zweiten Offiziers rauslaufen.«

»Mein Captain ist ein humorloses Aas«, beschied sie ihm und warf ihm einen raschen Blick zu, um abzuschätzen, ob sie zu weit gegangen war.

Er grinste. »Das tut nichts zur Sache. Befehl ist Befehl.«

Seufzend schüttelte er den Kopf. »Worum habt ihr gewettet?«

»Na, auf dasselbe wie immer! Dass Toro endlich Tina seine Liebe gesteht! Aber ich habe fast eine Stunde lang heimlich zugehört, wie er mit ihr ...«

»Du hast ihn wieder belauscht?«

Sie hörte den plötzlichen Ärger in seiner Stimme, und ihr wurde kalt. Die militärischen Ränge an Bord waren eher Spielerei, und Argon duldete viel Blödsinn, aber wenn er fand, dass eine Grenze überschritten wurde, griff er hart durch. Sie konnte nicht gut einschätzen, wo diese Grenzen verliefen, bei ihm nicht und auch bei keinem anderen, und wenn einer aus der Crew sie so anschaute wie jetzt Argon, dann wurde sie wieder zurückgeworfen, war wieder ganz die alte Nova, die sich von Menschen lieber fernhielt, weil es sowieso nie gutging.

Sie wusste, dass er es nicht leiden konnte, wenn man seinem Blick auswich, also zwang sie sich, ihm in die Augen zu schauen. Sie waren dunkel und zornig, und sie hielt die Missbilligung, mit der er sie musterte, schwer aus. »Tut mir leid«, sagte sie und versuchte, es locker klingen zu lassen und nicht kläglich.

Die Sonderausfuhrgenehmigung für die Ware, die in diesem Augenblick das Hauptlager verstopfte, hatte sie selbst verfasst und gemeinsam mit Wolf ins System geschleust. Es war eine fast sichere Operation gewesen, und normalerweise brachte Argon so schnell nichts aus der Ruhe ... aber seit einigen Monaten hatte sich etwas verändert. Etwas in seinen Gesten, seiner Stimme, seiner Art zu lachen. Als hätte er es eiliger als sonst, als wäre ihm etwas Unsichtbares auf den Fersen. Er sprach nicht darüber, weil er so verschlossen war wie drei ineinandergesteckte Safes, wenn es um seine Probleme ging, aber sie war weder blöd noch blind – sie wusste, dass er sich für den Kauf der *Virago* hoch verschuldet hatte, und nachdem zwei Jobs nicht ganz so sauber gelaufen waren wie erhofft, wurde es mit den fälligen Raten vermutlich knapp. Ihre lebende Fracht dort unten im Bauch des Schiffs war eine Menge wert, wenn sie sie heil nach Javee bekamen ... aber dafür mussten sie erst einmal weg von Quintus, ohne dass sie aufflogen. Er war nervös. Sie hatte ihn nur ablenken wollen, bis sie aus dem Orbit raus waren, aber das war wohl zu viel des Guten gewesen.

Nachdenklich betrachtete er sie, dann wurde seine Miene freundlicher. »Er hat auch Gefühle, weißt du.«

»Ich weiß«, murmelte sie.

»Mindestens vier, und drei davon gelten Tina. Also reißt euch gefälligst ein bisschen zusammen.« Ein winziges Zucken um seinen linken Mundwinkel. »Worum habt ihr denn nun gewettet?«

Vor Erleichterung schoss ihr das Blut ins Gesicht. »Du bist nicht sauer?«

Er hob die Brauen. »Ich hab dich was gefragt.«

Verwirrt starrte sie ihn an. »Aber ich hab doch schon gesagt, wir ...«

»Du hast mir gesagt, auf *was* ihr gewettet habt, nicht, *worum*. Was ...«

Es klopfte. Puke steckte den Kopf herein, die graue Mähne klebte ihm schweißnass im Gesicht. »Die verdammte Fracht, ich meine natürlich, *die ehrenwerte Dame*, ist so weit, ich habe eben noch mal nach ihr geschaut. Schläft, sabbert und stinkt. Wir können.«

»Bestens.« Argon hob die Brauen, ohne den Blick von Nova zu wenden. »Du wirst noch ein richtiger Tierarzt.«

»Das verbitte ich mir. Ich kümmere mich um deine Rindviecher, ja, aber ich lasse mich nicht beleidigen.« Puke salutierte nachlässig und schickte sich an zu verschwinden.

»Doc?«

»Hm?« Puke hielt inne.

»Was immer sie dir wegen der verlorenen Wette schuldet, es ist vom Tisch.« Argon drehte sich um und maß seinen Bordarzt mit einem Blick, bei dem sich ein anderer womöglich unwillkürlich geduckt hätte.

Puke blähte nur entrüstet die Nasenlöcher. »Das kannst du nicht machen. Sie muss meine gesamten Instrumente schrubben, ich …«

»Und noch was, Doc.« Argon grinste boshaft. »Sag Gwenni und Wolf, ihr Schleimdienst fällt aus. Es hat sich freiwilliger Ersatz angeboten.«

Puke grunzte angewidert. »Aber wer würde denn freiwillig … oh.« Sein Blick ruckte zu Nova. »Oh! Du verdammtes, geschwätziges Weib!«

»Abmarsch.« Argon drehte sich wieder um und widmete sich den Anzeigen. »Ihr könnt euch nach der Landung beschimpfen. Ihr habt ja einen ganzen Tag lang Zeit dafür, wenn ihr den Interimsschleim bis auf den allerletzten Tropfen aus den Ritzen kratzt. Jetzt hau dich aufs Ohr, wir sind gleich so weit.«

Puke starrte Nova drohend an und fuhr sich mit dem Daumen über die Kehle, bevor er sich davonmachte. Sie duckte sich und zog eine entschuldigende Grimasse. In Wirklichkeit war sie so erleichtert, dass sie die beiden Männer hätte umarmen mögen. Schleimdienst – als sie vor knapp einem Jahr zu Argons kleinem Haufen gestoßen war, hatten gleich drei Leute versucht, ihren nächsten Schleimdienst auf sie abzuwälzen, ihr sogar Geld geboten, und zwar nicht wenig. Die *Virago* war ein uralter Kreuzer der *Trilobit*-Klasse, ausgeweidet und mit einem riesigen und ebenfalls nicht gerade taufrischen Sprungantrieb gepfählt, die Außenhülle war weder brauchbar beschichtet noch annähernd so glatt wie bei moderneren Schiffen. Zwei Crewmitglieder und eine ganze Armada Reinigungsdrohnen hatten gut zehn, zwölf Stunden lang damit zu tun, das zähe Zeug abzuschrubben, das nach jedem Sprung durchs Interim an ihr klebte. Machte nichts. Wenn sie die Wahl zwischen Argons Verärgerung und Schleimdienst hatte, nahm sie den Schleimdienst.

»Und ... weg«, sagte Argon, als sie den Orbit verließen. Er lehnte sich zurück, schloss die Augen und atmete tief durch.

Nova lächelte. »Ich programmiere den Sprung.«

»Javee«, sagte er. »Direkt nach Javee.«

»Ich weiß.«

Ohne die Augen zu öffnen, grinste er. Plötzlich wurde ihr bewusst, *wie* angespannt er gewesen war. So wie jetzt hatte sie ihn kennengelernt, aber sie wusste nicht, wann sie ihn zum letzten Mal so vergnügt gesehen hatte.

Kurz betrachtete sie ihn, dann legte sie die Fingerspitzen auf das Kontrollpult und versenkte sich in die Steuerung des Antriebs. Sie hatte die Spekulationen der Crew, ob es sich nun um einen antiken Antrieb handelte oder um einen Nachbau, beenden können – der Antrieb war alt. Alt und müde und eigenwillig. Wolf hatte sich mit der Programmierung eines Sprungs mitunter anderthalb Stunden lang herumgequält, weil die Werte manchmal aus uner-findlichen Gründen auf null zurücksprangen. Er überließ ihr die Aufgabe in Wirklichkeit ganz gern, hoffte sie, auch wenn er gelegentlich behauptete, sie wisse eigentlich gar nicht genau, was sie da tat. Wolf war der Einzige, mit dem sie nicht recht warm wurde. Aber als sie sich tiefer in die Maschinen versenkte, vergaß sie ihn, ihre notorische Ver-wirrung wich zurück wie Nebel bei einem kräftigen Wind-stoß, und ihr Verstand wurde klar und weit.

Ihr war nicht bewusst, dass sich ihre Augen wieder öffne-ten und blicklos geradeaus starrten, während sie arbeitete. Sie wusste auch nicht, dass Argon den Kopf wandte, sie eingehend betrachtete und über sie und einiges anderes nachdachte. So wenig sie meistens aus Wolf und manch-mal aus ihm schlau wurde, so wenig hatte ihr Captain den Eindruck, das jüngste Mitglied seiner Crew wirklich zu verstehen.

Ihr Augenweiß war hellgrau. Normalerweise trug sie spezielle Kontaktlinsen, damit man es nicht sah, aber nach fast einem Jahr auf der *Virago* hatte sie Zutrauen zu den anderen gefasst. Im Quartier, im Cockpit, in der *Cantina*, wie Little den kleinen Raum getauft hatte, wo er selbstzu-frieden zusah, wie sie sein Essen in sich hineinschlangen, überall bewegte sie sich ganz frei und gelöst – nur den Passagieren zu begegnen, vermied sie tunlichst. Nova war ein Jump, ein Mutant, das Kind interimsgeschädigter El-tern, und die Leute reagierten sehr unterschiedlich darauf. Auf einem entlegenen Außenposten der Church of Stars, wo die Bewohner durch die lange Isolation völlig abge-dreht waren, hätte man sie vor einigen Monaten fast dafür verbrannt. Lebendig, versteht sich. Haarscharf war das gewesen. Argon war froh, dass sie es einigermaßen gut weggesteckt zu haben schien, aber Gwenni erzählte, dass sie nachts häufig hochschreckte, weil Nova im Schlaf schrie, sich ruhelos herumwälzte und um sich schlug. Also behielt er sie ein wenig im Auge.

»Dein wievielter Sprung ist das eigentlich?«, fragte sie unvermittelt. Ihre Stimme hatte sich verändert, sie klang wie die Ansage eines Bordcomputers.

Er gab ein unbestimmtes Geräusch von sich, zog die Beine an und verstaute sie mit routinierter Falttechnik unter dem Kontrollpult. Er war groß, das durchschnittliche Cockpit klein, ein ewiges Ärgernis. Wolf spottete manchmal, die zulässige Körperlänge eines Piloten sollte eins sechzig nicht überschreiten. Argon war eins neunzig und damit meistens durchaus zufrieden, außer, wenn er sich bei der Arbeit bewegen wollte.

»Dieser alte Freund von dir, den sie weggepustet haben ...«

»Mein siebenundzwanzigster Sprung«, sagte er, bevor sie weitersprechen konnte. Besagter Freund war nur ein Bekannter gewesen, mit dem er ab und zu was getrunken hatte, wenn sie einander zufällig auf irgendeinem abgelegenen Raumhafen über den Weg liefen. Bei den letzten drei Treffen hatte er ihm versichert, ihm ginge es noch bestens, auch nach hundert, auch nach hundertsieben, auch nach hundertelf Sprüngen. Der offizielle Richtwert waren hundert. Danach ging es irgendwann los, bei manchen früher, bei anderen später, aber es verschonte niemanden. Die meisten fingen irgendwann an zu schummeln, weil die einzige Alternative war, mit dem Fliegen aufzuhören. Manche von ihnen entwickelten eigenartige Fähigkeiten, allerdings nur in seltenen Fällen so aufsehenerregend oder nützlich wie die von Nova. Die meisten drehten nur irgendwann durch, Schlafstörungen, Wahnvorstellungen, das ganze Programm. Ein alter Kumpel von ihm hatte ihm anvertraut, er habe aufgehört, als er bemerkte, dass er sich seit einiger Zeit mit Fleischaroma versetzte Vitaminpaste in seinen Morgenkaffee drückte. *Man muss auf die kleinen Anzeichen achten und rechtzeitig den Absprung schaffen*, hatte er gesagt, und seitdem betrachtete Argon neue Marotten bei sich selbst mit einem Argwohn, der noch längst nicht angebracht war.

Er schaute auf den Schirm, der im Augenblick durchsichtig war, weil die Kuppel vor dem Sprung noch offen stand. Draußen nichts als Leere und ferne Sterne, vor ihnen ein Sprung durchs graue, tosende Interim. Manchmal fragte er sich, wie es sein würde, wenn er sich den achtzig oder neunzig näherte. Es war, als würde man als Pilot zweifach altern, an Jahren und an Sprüngen.

Was sollte Nova tun, wenn nicht fliegen? Er hatte noch nie darüber nachgedacht, und er führte auch nicht Buch über die Sprünge seiner Leute, sie alle waren erwachsen. »Und für dich?«, fragte er trotzdem. »Dein wievielter ...«

Unvermittelt erschütterte ein dumpfer Schlag das Schiff. Es war, als säßen sie in einem Beatball, der von einem aufgeputschten Gorilla-Beta mit einem elektrisch verstärkten Schläger quer durch die gesamte Arena geprügelt wurde.

Einen grauenhaften Augenblick lang glaubte Argon, jemand hätte auf sie geschossen. Das Schiff besaß zwar einen schwachen Schutzschild, aber nach einem solchen Treffer wäre er Geschichte, der nächste Schuss würde sitzen. In

24

Novas Gesicht, auf einen Schlag bleich und ganz klein, sah er dieselbe Furcht: Ein Atemzug noch, und irgendein Arsch holte sie vom Himmel. Aber warum hatten die Sensoren nicht angeschlagen?

Er dachte an die Kassette in seinem Quartier, plötzlich stand sie ihm so klar vor Augen, als schwebte sie vor ihm. Wenn ihr Fehlen bereits bemerkt worden war ... aber das war ausgeschlossen. Das war völlig ausgeschlossen.

Ein Brüllen erschütterte die *Virago*. Es klang, als schreie der Raumfrachter selbst, mit einer Stimme, die nach exakt den ungezählten Megatonnen klang, die er wog ... es gab kleinere Raumhäfen, die ihnen aufgrund des Gewichts die Landung strikt verweigerten. Aber es war nicht das Raumschiff.

»Das Quintatherium«, flüsterte Nova.

»Die verdammte Scheißkuh!«, brüllte Argon. Er hämmerte auf den Schalter, der die Lautsprecher im gesamten Schiff aktivierte. »Hier spricht der Captain. Ruhe bewahren. Toro, Puke, sofort zum Hauptlager. Ich wiederhole: sofort zum Hauptlager. Alle anderen bleiben auf ihrem Posten.«

Novas Finger glitten über das Kontrollpult. »Captain!« Alle Lebendigkeit war aus ihrer Stimme gewichen, sie klang wie die eines Automaten.

Er sprang auf, griff an sein Handgelenk und aktivierte das implantierte JUST, das er *StellarExplorations* bei seinem Weggang direkt mit abgekauft hatte, weil es leistungsfähiger war als die meisten frei erhältlichen Kommunikationssysteme. »Toro, Rückmeldung.«

Stille.

»Toro!«

»Captain!« Die grauen Augen waren weit aufgerissen, aber Novas Stimme klang noch immer ganz ruhig. »Sämtliche Kommunikationssysteme sind ausgefallen. Auch der Funk.«

»Was?«

»Irgendetwas blockiert sämtliche Frequenzen.«

Einen Herzschlag lang stand er nur da. *Nein, nein, NEIN*, hämmerte es in seinem Schädel.

Ruckartig schüttelte er die Lähmung ab und stürzte zur Tür. Er streckte gerade die Hand nach der Schaltfläche aus, als die *Virago* bockte wie ein übermütiges Fohlen.

Mit übelkeiterregender Geschwindigkeit floh die kleine, gelblich glimmende Fläche vor seinen Fingerspitzen. Er sah sie fortrasen, weg von ihm, als hätte irgendein Wesen aus Überlichtgeschwindigkeit sie geschnappt und hetze mit seiner Beute davon. Sein Arm dehnte sich absurd lang, die gekrümmten Finger wie Krallen, das Ellbogengelenk verdrehte sich, es tat nicht weh. Tief in seinem Schädel ertönte ein fürchterlicher Schrei, das Brüllen ihrer Fracht war nichts dagegen, der Schrei kam mitten aus seinem Gehirn und spaltete es in lauter kleine Segmente, die auseinanderstoben und zerfielen. Weit entfernt hörte er Nova aufschreien.

Das All sperrte sein Maul auf, es hatte Zähne aus Sternenhaufen, und der Schlund war endlos tief.

Das Interim verschluckte die *Virago*, als hätte es sie nie gegeben.

2

»Morbus? So hat er sich also genannt, nachdem er in die Dienste von SE getreten ist? Na, das passt. Nein, ich habe lange
nichts von ihm gehört. Ewig lange. Niemand hat das. Weder
von ihm noch vom Rest seiner Truppe. Wenn Sie mich fragen,
ob es schade drum sei, kann ich das nicht beantworten, weder
mit Ja noch mit Nein. Beim besten Willen nicht. Ja, natürlich
habe ich mir gedacht, dass Tracker auf sie angesetzt wurden und sie noch immer suchen, auch nach so vielen Jahren.
Irgendwie rührend, nicht? Das Universum hat sie, von wenigen Personen abgesehen, längst vergessen, aber ihr Tracker
gibt niemals auf. Ob ich hoffe, dass sie gefunden werden? Um
ehrlich zu sein, weiß ich auch das nicht. Gut möglich, dass es
mir egal ist. Ich habe darüber noch nie wirklich nachgedacht.
Das sagt wohl alles, oder? Er ist seit so langer Zeit aus meinem
Leben verschwunden, dass ich nicht einmal weiß, ob ich ihn
heute noch erkennen würde. Oh, er sah recht gut aus damals,
er hatte eins dieser Gesichter mit edler Nase und traurigen
Augen, wenn Sie wissen, was ich meine, eins dieser Gesichter
eben, wo man leicht schwach wird und sich fragt, was da wohl
für ein Mann hinterstecken mag. Eine reine Enttäuschung in
seinem Fall. Aber er wird sich ja auch verändert haben, falls er
noch lebt. Ich jedenfalls habe mich verändert. Sie würden nicht

glauben, wie jung und schön ich damals ... oh. Oh, danke. Sehr
freundlich von Ihnen. Ja, ich weiß, dass ich für mein Alter noch
gut aussehe. Aber rechnen Sie mal dreißig Jahre runter. Da
können Sie sich vorstellen, dass nicht er mich verlassen hat,
sondern andersherum. Vielmehr: Ich habe ihn rausgeworfen.
Und leider muss ich das mit Ihnen ebenfalls tun, ich habe in
zwanzig Minuten einen wichtigen Termin.«

Lucea Anne Garriott, Vorstandsmitglied bei United Industries,
3071 (Erdzeit)

17. Juli 3042
System: Fenris
Planet: Quintus (im Besitz von *Twilight Industries*)
Ort: Orbit, Raumfrachter *Virago* (Kleines Lager)

Das Interim kotzte sie aus. Ganz genau so war es, so hatte
Morbus es immer empfunden – man zwang sich dem Interim auf, es wollte einen nicht haben, es würgte und bäumte
sich auf, und dann erbrach es einen in einem Schwall grau-
en, zähen Schleims wieder in das Universum, in das man
gehörte, als wollte es einen nachdrücklich auf seinen Platz
verweisen. Früher, als man mit der Funktion der Antriebe
nicht *fast* gar nicht vertraut gewesen war wie heute, sondern *wirklich* gar nicht, als man also darüber noch weniger
wusste als einen Scheißdreck, waren viele Raumschiffe verschwunden. Einfach so, *puff*, nie wieder aufgetaucht.

Ihn hatte die Vorstellung nie losgelassen, dass es sie in
Paralleluniversen verschlagen hatte, in denen es vielleicht
ähnlich war wie in diesem, wo aber entscheidende Kleinigkeiten nicht stimmten. Wo man zuerst nicht merkte, dass

man falsch gelandet war, bis einem auffiel, dass man hier das Essen in die Ohren schob statt in den Mund, oder dass der Geschlechtsakt stattfand, indem man die Fußsohlen aneinanderrieb und Kinderreime aufsagte. Bei jedem Sprung plagte ihn die geheime Furcht, irgendwo zu landen, wo es sich nicht gut leben ließ. Dass er in einem besseren Universum landete, stand bei seinem Glück jedenfalls nicht zu hoffen.

Als sich die verzerrte Welt wieder zusammenfügte, sah er Nox, der sich mit weit aufgesperrtem Maul in eine Ecke des Lagerraums übergab. Kotzende Tiger-Betas, denen der Mageninhalt die Fangzähne entlangrinnt, sind kein Anblick für sensible Gemüter. Hastig wandte sich Morbus ab und sah die anderen wie erstarrt vor dem aufgebrochenen Standard-Proviantcontainer stehen, in dem sie auf Quintus an Bord gekommen waren.

Als Erste fasste sich natürlich Nelly, die echsische Inkarnation der Geistesgegenwart. Gerade setzte sie dazu an, Befehle zu husten, da ertönte erneut das Brüllen, das dem Sprung vorangegangen war, und Nellys Kommandos gingen darin so wirkungsvoll unter wie das Zischen eines Leguans in einem Orkan.

Ein weiterer Schlag erschütterte die *Virago*, es riss allen bis auf Arris die Beine unter dem Leib weg. Nellys riesiger, schuppiger Leib ging regelrecht würdevoll zu Boden, Nox sah fast aus, als ließe er sich mit Absicht fallen. Morbus knallte schmerzhaft mit Eddie zusammen, Kopf an Kopf, und wusste für einen Augenblick seinen Hintern nicht mehr von seinem Schädel zu unterscheiden. Nur Arris blieb stehen, als sei nichts passiert, den Kopf gesenkt, so dass sein Gesicht hinter dem Vorhang aus halblangem

Haar verschwand. Wenn man sich ein bisschen mit abgrundtief miesen Vormittags-Actionserien auskannte, und das tat Morbus, wusste man, wer sein Vorbild war.

Mitten im infernalischen Gebrüll klang ein anderer Misston auf. Morbus hatte es erst einmal in seinem Leben gehört und nie wieder vergessen: Es war der Aufschrei von Ultrastahl, den fürchterliche Krafteinwirkung verbog und bersten ließ.

Mit einem Schlag war es stockdunkel und für einen Augenblick vollkommen still. Dann sprang das Notlicht an und übergoss sie mit kränklichem Gelb. Links und rechts der Tür, die auf den Gang hinausführte – den sie in diesem Moment eigentlich eilig hätten entlangschleichen sollen, um die kurze Zeit bis zum Sprung für moralisch zweifelhafte Sabotageakte zu nutzen –, jaulten Lautsprecher los, begleitet von blinkenden orangenen Lichtern. Nie, niemals würde Morbus kapieren, wozu man das Chaos in einem Notfall auch noch durch flackernde Lichteffekte verstärken musste – als reichte die Panik von Leuten, die mitten im All erfahren müssen, dass es einen Notfall gibt, nicht schon völlig aus.

Eilig sortierten er und Eddie die Gliedmaßen auseinander und rappelten sich auf, um sich irgendwo festzuklammern.

»Bitte bewahren Sie Ruhe und begeben Sie sich in Ihre zugewiesenen Quartiere«, forderte eine etwas spröde, aber freundliche Frauenstimme sie auf, untermalt vom Blöken der Sirenen.

Zweifelnd warf Morbus einen Blick auf den Proviantcontainer und bemerkte, dass Eddie und Nelly dasselbe taten. Zugewiesene Quartiere? Sehr witzig. Falls er in einem Paralleluniversum gelandet war, hatte sich zumindest der dämliche Humor eines Gottes, an den er nicht glaubte, um keinen Deut gebessert. Unwillkürlich lauschte er auf die Stimme, in der Hoffnung, dass sie Näheres verraten würde, aber es war nur eine Aufzeichnung. Sie versicherte ihnen, dass sich die Crew der *Virago* um alles kümmern würde, entschuldigte sich für die vorübergehenden Unannehmlichkeiten und begann wieder von vorn: »*Bitte bewahren Sie Ruhe ...*«

Er sah, wie Nelly ihr JUST aktivierte, und bejubelte sie im Stillen – natürlich, das JUST, über den Empfänger im Ohr, würden sie sie auch über den Lärm hinweg verstehen können, Nelly, die Beste aller Betas, geistesgegenwärtig wie immer – da sah er, wie sie, in eitergelbes Licht getaucht, die lange, dünne Zunge hinausschnellen ließ, ein Anzeichen seltener, echter Ratlosigkeit. Er hörte ... nichts. Nichts außer dem erneut einsetzenden Brüllen ganz in der Nähe, das klang, als laufe ein zwanzig Meter großer Nashorn-Beta Amok. Aus dem Augenwinkel sah er, wie Eddie auf sein JUST starrte, und tat dasselbe.

––– *kein Signal* ––– *kein Signal* ––– *kein Signal* –––

Wir sind doch gerade erst ausgestiegen, dachte er, *wir haben doch noch gar nichts gemacht!*

Die Schwerkraft fiel aus. Gerade noch rechtzeitig klammerte er sich an Eddie, der sich an einem gebogenen Stahlträger festhielt. Nox klammerte sich einfach mit langen, skalpellscharfen Krallen in den Boden, Arris blieb stehen, wo er war, wie auch immer er das auch anstellte, vermutlich war er seit einer der letzten Operationen magnetisch oder verfügte über seine ganz persönliche Arris-Schwerkraft. Möglich auch, dass er schlicht zu blöd war, um zu begreifen, dass man bei ausgefallener künstlicher Gravitation Probleme mit dem festen Stand bekam – seine intellektuellen Fähigkeiten waren derart beschränkt, dass Morbus ihnen durchaus zutraute, Naturgesetze außer Kraft zu setzen.

Nur Nelly erwischte es, sie trieb davon und fing fast augenblicklich an, sich ganz ruhig und konzentriert mit langsamen Schwimmbewegungen auf den Stahlträger zuzuarbeiten, an dem sich Eddie und Morbus festklammerten. Beziehungsweise Eddie. Morbus, bis auf seinen festen Griff um Eddies rechten Fuß frei von jedem Halt, zog sich schnaufend an ihm entlang. Wenn die Schwerkraft wieder einsetzte, wollte er möglichst dicht am Boden sein und einen zuverlässigeren Ankerpunkt haben als ihren ewig schlechtgelaunten Feldtechniker.

Mit einem Mal veränderte sich etwas in der Luft. Keine Schwerkraft, nein, aber etwas, das es in reiner Schwerelosigkeit nicht gibt – der Eindruck, sich mit hoher Geschwindigkeit in eine bestimmte Richtung zu bewegen. Verbissen kämpfte sich Morbus weiter vor, krallte sich in Eddies leicht gepanzerte Jacke, in deren zahlreichen Taschen und Riemen sorgfältig angeordnet diverse Werkzeuge steckten. Wenigstens war der Weg von Eddies Füßen bis zu seinem Kopf nicht weit. So groß Eddies Ego auch war … mit seinen hundertvierundsiebzig wohlgepflegten Zentimetern reichte er Arris, dem Nächstkleineren aus dem Team, gerade mal knapp über die Schulter.

Ringsum hob ein schrilles Pfeifen an, das er nicht einordnen konnte. Da wandte Eddie den Kopf, die Stirn gerunzelt, die Augen voller Unruhe. Unruhe war Eddies Version blanker Panik, er war durch eine harte Schule gegangen und sah nur selten Sinn darin, die Nerven zu verlieren. Mit den Lippen formte er Worte, zu hören war nichts. Eddie wiederholte es noch einmal, und diesmal war Morbus sicher, es zu verstehen, obwohl er es lieber nicht verstanden und nicht gewusst hätte.

Wir stürzen ab.

Lucea, dachte er benommen, *ich versuche mal, es positiv zu sehen, wie du es immer verlangt hast. Also: Wenigstens bin ich diesmal wirklich an nichts schuld. An rein gar nichts.*

Vielleicht lag es daran, dass er kein positives Gemüt hatte, wie sie immer bemängelt hatte. Vielleicht lag es aber auch daran, dass es einfach nichts Positives daran gab, in einem fremden Raumschiff aus einer Proviantkiste zu kriechen und nahezu augenblicklich abzustürzen. Mit einem Ruck überwand er das letzte Stück Weg, bestehend aus Eddies Oberarm und Schulter, und suchte sich einen sicheren Griff um den Stahlträger, halb mit Eddie verknotet. Nelly hatte sich inzwischen umorientiert und flog einige Meter von ihnen entfernt auf einen anderen der vier Stahlträger zu. Ihr langer, kräftiger Schwanz leistete offenbar gute Dienste bei der Stabilisierung, es sah recht souverän aus.

Fuck, formte Eddie mit den Lippen. Wenn sich Morbus nicht schwer irrte, grinste er. Eddies Humor war unberechenbar und meistens nicht vorhanden. Wenn er ausnahmsweise mal etwas witzig fand, konnte das durchschnittliche menschliche Gehirn die Gründe dafür selten nachvollziehen.

Morbus beschloss, ein bisschen zu einem der vielen Götter zu beten, an die er nicht glaubte. Schaden konnte es jedenfalls auch nicht mehr. Er suchte sich die violettäugige Katzengöttin Nadeshda aus, die sich Nox an einem langen, langweiligen Nachmittag zurechtgesponnen hatte, pries ihre Anmut und bat um ein Morgen oder wenigstens um ein Nachher.

Unwillkürlich schaute er zu Nox hinüber und begegnete dem Blick der bernsteinfarbenen Augen. Nox bleckte die Zähne. Selbst für einen Tiger-Beta waren die Reißzähne ungewöhnlich lang, und er pflegte sie mit größter Hingabe, sogar im Notlicht sahen sie strahlend weiß aus. Jemand, der ihn nicht kannte, hätte es vielleicht als unmissverständliche Drohung aufgefasst. Morbus wusste, dass es ein ermutigendes Grinsen war. *Wird schon*, sagte es, *und selbst falls wir draufgehen – sind wir nicht darauf vorbereitet?*

So gut er sich mit Nox verstand, so wenig waren sie sich in diesem Punkt einig. Nox gehörte von Geburt an dem Konzern und hatte viele Dienstjahre vor sich, die er nicht zu überleben erwartete. Morbus hingegen hatte Pläne. Sie waren noch nicht besonders konkret, zugestanden, aber sie beinhalteten mit größtem Nachdruck sein Überleben.

Er kniff die Augen zusammen und schüttelte entschieden den Kopf, und Nox, mit allen vier Gliedmaßen fest im Boden verkrallt und geduckt, als wollte er sich jede Sekunde auf eine unsichtbare Beute stürzen, lachte lautlos. Das flackernde Notlicht, die Sirenen, der übelkeiterregende Schwindel und die außer Kontrolle geratene Physik schienen ihn regelrecht zu beleben. Der riesige Körper, der nur aus Muskeln und flammenfarbenem Fell zu bestehen schien, bog sich durch, als wollte Nox das Chaos zur Begrüßung wohlig anschnurren.

Nadeshda, dachte Morbus, *dein Schöpfer ist irre, aber gerade darum hoffe ich auf deine Gnade. Ich weiß nicht, ob ich an dich glaube, aber ich glaube fest daran, dass es schade um uns wäre, sogar um Eddie. Und wenn du mir die Zeit verschaffst, gründlich darüber nachzudenken, fällt mir sicher auch irgendein Grund dafür ein.*

3

Datum: 24. Juli 3042
System: unbekannt
Ort: Raumfrachter *Virago*

Als sie aus dem Interim in die Wirklichkeit zurückstürzten, taumelte Argon gegen die Tür, die vertrauten Kopfschmerzen jaulten in seinem Schädel auf – ohne Schmerzmittel der härteren Sorte würde es sich in absehbarer Zeit anfühlen, als wachse in seinem Schädel ein Büffel-Beta zu voller Größe heran.

Hinter ihm stieß Nova einen obszönen Fluch aus, der aus ihrem Mund fast komisch klang. Argon drehte sich um und starrte den Schirm an, aber es war nichts zu sehen. Nichts außer grauem Schleim. Durchs Interim zu fliegen war, als würde man sich durch den Leib einer gigantischen grauen Nacktschnecke bohren, um am anderen Ende in Schleim gehüllt wieder hinauszuglitschen. Er fluchte noch übler als Nova ... normalerweise schlossen sie vor einem Sprung die Abdeckung über dem Cockpit, um die durchsichtige Kuppel zu schützen, die überwiegend aus Kunststoffverbindungen bestand. Der Schleim griff das Zeug an, als hätte er tausend winzige, rasiermesserscharfe Zähne. Falls ihnen

35

das ein drittes Mal passierte, würde er sie ersetzen müssen, und das kostete nicht wenig.

»Was ist los?«, verlangte er zu wissen. »Warum sind wir …«

Mit einem Handgriff aktivierte Nova, still und leichenblass, die Außenkameras und den Schirm.

Ein Planet schlug ihm ins Gesicht. Das Ding war riesig, grau, grün und blau, es füllte den gesamten Schirm aus, und weil er sich oft genug im Landeanflug befunden hatte, sah er trotz der irrwitzigen Entfernung, dass die Distanz kürzer wurde.

Sie stürzten ab.

»Wo …«

»Weiß nicht«, unterbrach ihn Nova. »Hatte die Koordinaten für den Sprung noch nicht fertig eingegeben. Keine Ahnung, wo wir gelandet sind.«

Unter den Lichtern des Kontrollpults und auf den Anzeigen brach Panik aus. Ganze Ziffernkolonnen flohen über die Bildschirme, Lichter blinkten hektisch Alarm. So schnell, dass er nicht wusste, wie er dorthin gekommen war, saß Argon wieder auf seinem Platz, die Kopfschmerzen waren vergessen.

»Antrieb in Sektor drei und vier ausgefallen«, ratterte Nova herunter, so monoton wie ein billiger Bordcomputer. Ihre Hände lagen reglos auf den Kontrollen. »Druckabfall in sieben, abgeschottet. Treten in Atmosphäre ein.« Kaum wahrnehmbares Wispern untermalte die letzten Worte, als sich die äußerste Gasschicht des Planeten an der *Virago* rieb wie unendlich feines Sandpapier.

»Schalte ab, was geht«, befahl Argon, »wir versuchen …«

»Nicht genug Energie«, unterbrach sie ihn. »Captain, wir stürzen nicht ab.«

»Nicht?« Er blinzelte den grauen Planeten an, der ihnen entgegenraste. Nein, andersrum: *Sie* rasten *ihm* entgegen. Und zwar mit ... er warf einen Blick auf den Geschwindigkeitsmesser und hätte sich fast übergeben.

»Nein«, erwiderte sie. »Totalschaden am Reaktor. Wir landen.« Sie streckte sich nach einem Hebel, der zwischen ihnen aus der niedrigen Decke ragte, und riss ihn herunter. Wie ein sich schließendes Augenlid glitt die Verschalung aus Sternenstahl von außen über das Cockpit. Bisschen spät, aber vielleicht brannte sich so der Schleim nicht allzu tief ein. Falls das überhaupt noch eine Rolle spielte.

»Landen?«, wiederholte er ungläubig. »Bist du *wahnsinnig?* Wir ...«

»Es gibt keine Alternative, Captain.« Während sie sprach, schloss sie die Augen. Ihre Verwandlung war unheimlich, das kichernde kleine Ding war vollständig verschwunden, sie wirkte so fern und unnahbar wie ein Gestirn. Noch immer lagen die kleinen Hände reglos auf den Kontrollen, aber über den Schirm rasten Zahlenkolonnen und Befehlsketten, die verrieten, dass sie unter Hochdruck arbeitete. »Keine Ahnung, wo wir sind, linkes Triebwerk ausgefallen, mittleres eingeschränkt funktionstüchtig, Reaktor im Arsch, nicht genügend Energie für einen weiteren Sprung, Außenhülle zum Teil schwer beschädigt. Mit sehr viel Glück bekommen wir das Schiff halbwegs heil runter.«

»Andere Optionen?«

Abrupt öffnete sie die Augen und sah ihm ins Gesicht; es war, als schaue ihn die *Virago* selbst an und verkünde ihr eigenes Todesurteil. »Keine, Captain.«

Das leise Wispern draußen steigerte sich zu einem Fauchen. Einen schmerzhaften, ewigen Herzschlag lang wollte er ihr widersprechen. Aber er hatte sie nicht als Pilotin angeheuert, weil sie weniger von ihrem Job verstand als er.

Mit einem Zischen, als würde ein riesiges Zündholz angerissen, fing das Gasgemisch draußen durch die Reibung Feuer. Von außen würde es aussehen, als brenne die *Virago* selbst. Noch war es nur ein Hauch, eine dünne Membran aus Flammen, die sie umgab, längst nicht heiß genug, um den Sternenstahl der Außenhülle zu entzünden. Doch die Flammen würden rasch dichter werden, wenn sie sich der nächsten Atmosphärenschicht näherten. Bekamen sie die Geschwindigkeit nicht in den Griff, würden sie brennen, lange bevor sie aufschlugen.

Nova wartete noch immer. Mit einem kaum wahrnehmbaren Nicken segnete er ihre Entscheidung ab, schnallte sich eilig wieder an und atmete durch. Dann schaltete er die künstliche Schwerkraft ab, kappte die Stromversorgung der unteren Decks und löschte das Licht im Schiff. Die Notbeleuchtung sprang an. Es war nur zu hoffen, dass sich Crew und Passagiere nach dem unerwarteten Sprung irgendwo festhielten. Sie brauchten jedes verdammte Mikroampere, das die *Virago* noch hergab, für die verbliebenen beiden Triebwerke.

Die verbliebenen anderthalb, korrigierte er sich nach einem Blick auf das rot blinkende Chaos der Anzeigen.

»Unsere Chancen?«, fragte er sachlich.

»Stör mich nicht«, wies Nova ihn knapp zurecht. Ihre Höflichkeit in Krisensituationen war ebenfalls nicht der Grund gewesen, weshalb er sie an Bord genommen hatte. Das unsichere Mädchen verschwand, sobald sie sich mit dem Hirn einer Steuereinheit verband, und wenn sie sich an den Bordcomputer anschloss, hatte er für gewöhnlich gar nichts mehr zu melden. Die Flammen, die die *Virago* einschlossen, schienen den Planeten unter ihnen zu verzehren, füllten kurz darauf den Schirm vollkommen aus. Sie stürzten scheinbar blind, aber Nova schaute ohnehin nur selten nach draußen, sie flog stur nach Daten und Gespür.

Er schaltete den Schirm aus und starrte auf dreieinhalb Quadratmeter Schwärze. Für einen Augenblick, der sich zu absurder Länge dehnte, gab es für ihn nichts zu tun. Nur Nova arbeitete vollkommen reglos, Schweißperlen auf der Stirn, inzwischen hatte sie die Augen fest geschlossen. Ein moderneres Schiff hätte sich selbst stabilisieren können, aber das Bordsystem der *Virago* war so alt, dass sich im Handbuch Wörter fanden, die seit Jahren nicht mehr gebräuchlich waren. Jetzt erwies sich das als Vorteil – Novas Hirn, im Gegensatz zu einem leistungsfähigen Autopiloten, fraß dem Antrieb wenigstens keine Energie weg.

Der Navigatorschirm flammte auf, sie waren nah genug am Planeten, um erste Daten zu bekommen.

Vegetation. Überall: Vegetation. Die Luftfeuchtigkeit war hoch, und es regnete weitflächig, aber die Außenhülle hatte sich auf über sechstausend Grad aufgeheizt, steigend. Mitten in einem Wald zu landen, selbst einem nassen, war nicht erste Wahl. Genauere Daten bekamen sie nicht ... wie brennbar das war, was die *Virago* aus dieser abstrusen Entfernung als Vegetation einstufte, würden sie erst erfahren, wenn sie landeten.

Die Positionsbestimmung lief noch. Normalerweise hätten sie schon längst wenigstens Anhaltspunkte haben müssen. In welche von allen Funksignalen verlassene Ecke des Universums hatte es sie bloß verschlagen?

Ein breiter dunkler Streifen irgendwo dort unten im

Radius ihrer möglichen Landungszone: Fels. Nicht gut. Dann, endlich: etwas, das möglicherweise Sand war, vielleicht auch Kies oder Erde, ein Areal von mehreren Kilometern Durchmesser, hier und da durchzogen von Gestein, aber ihre beste Option. Er gab Nova die Koordinaten durch. Sie korrigierte den Kurs um ein Minimum. Argon konnte nicht begreifen, wie sie den Überblick behielt, und hoffte, sie tat es trotzdem. Inzwischen war es zu laut, um sich zu verständigen; gegen das brüllende Inferno, das sie wie ein Kokon aus Feuer umgab, hätte nicht einmal Toro anschreien können. Toro, der sich in diesem Moment hoffentlich irgendwo sicher festhielt, ebenso wie Wolf, der vermutlich gerade auf Nova fluchte, wie er es den halben Tag lang tat.

Landung in 3:23 erschien auf seinem Schirm, die Schrift blieb, der Countdown zählte herunter. Er sah zu Nova hinüber, aber sie war so versunken in ihre Arbeit, dass sie ihm wie ein Teil des Bordsystems vorkam. Ein Anflug lächerlicher Eifersucht durchzuckte ihn: So eng verbunden wie Nova würde er mit der *Virago* niemals sein, würde kein normaler Mensch jemals sein. *Scheiß-Jump*, dachte er, nicht, weil er es so meinte, sondern weil seine Hilflosigkeit und der Zorn ein Ventil brauchten. Wenn sein Schiff abstürzte, sollte der Captain nicht auf seinem Sitz klemmen und zur Tatenlosigkeit verdammt sein.

Unter dem Countdown blinkten weitere Zahlen auf: *80:20*.

Er starrte die Ziffern an, die sie auf seinen Schirm gesendet hatte, es dauerte eine Weile, bis er verstand.

Für uns?, fragte er über den Bildschirm.

Die Flammen spiegelten sich in Novas Augen. Erstaunlicherweise war die Hitze auszuhalten.

Für den Planeten, antwortete sie trocken.

4

Datum: 24. Juli 3042
System: unbekannt
Planet: unbekannt
Ort: Raumfrachter *Virago*

Morbus wusste, dass sie sterben würden. Sie alle wussten es, er sah es in Eddies blassem Gesicht, eingerahmt vom dunklen Streifen des penibel rasierten Kinnbarts, erkannte es daran, wie sich Arris schließlich doch festklammerte, den Kopf gesenkt, aber den Rücken immer noch aufrecht, als sei er nicht bereit, sich angesichts des Unausweichlichen zu ducken, und vor allem sah er es in Nox' Augen, die in Erwartung der letzten intensiven Erfahrung seines Lebens leuchteten. Inzwischen war längst klar, dass sie wirklich abstürzten; das grauenhafte Fauchen der Flammenhülle, in der sie wo auch immer niedergingen, war unverkennbar, und das Schiff schrie, es *kreischte*, als würde ein riesiges Lebewesen bei lebendigem Leib in Stücke gerissen.

Der Aufprall (fast dachte er: *endlich!*) war so hart, dass es ihm die Wirbelsäule zusammenstauchte, und er glaubte, es würde ihm das Brustbein aus dem Mund schieben.

Aufprall, abheben, erneuter Aufprall, alles war ein einziger Schrei und ein Chaos und ein Brüllen, und dann riss die Haut der *Virago* auf, Sternenstahl fetzte einfach davon wie eine dünne Stoffbahn, Flammen leckten zu ihnen hinein, und es riss Nox hinaus, mitsamt dem Stück Boden, an dem er sich festkrallte. Eben noch war er dagewesen, dann klaffte ein riesiges Loch mitten im Lager, und ein unbarmherziger Sog zerrte Morbus den Aufschrei von den Lippen, der ohnehin nicht zu hören gewesen wäre.

Ein weiterer Schlag, alles drehte sich, Übelkeit, grelles Wirbeln. Verbissen klammerte sich Morbus an den Stahlträger und vergaß alles andere. Festhalten, sonst nichts, für mehr war kein Raum. Er nahm das Bild von Nox mit in die Dunkelheit hinter seinen Lidern, eben noch da, dann fort, mitsamt dem Boden, draußen wirbelndes Braun und Grau und zuckende, gleißende Flammen.

Als die *Virago* endlich zur Ruhe kam, waren seiner Schätzung zufolge ungefähr achtzig Jahre vergangen. Morbus wusste nicht mehr, wie er die Maschine namens Körper bedienen sollte, er wollte die Augen öffnen, aber es tat sich nichts. Erst beim dritten Anlauf klappte es.

Es regnete mitten im Schiff.

Er blinzelte.

Es regnete immer noch. Dicke, schwere Tropfen fielen schräg durch die aufgerissene Wand. Heißes Metall zischte, und das Schiff knarzte unheilverkündend, während es abkühlte. Die Notbeleuchtung brannte noch immer. Das Lager war ein einziges Durcheinander, die Proportionen stimmten nicht mehr, und überall lag Zeug herum.

Morbus sah sich um, für einen Augenblick nahm er seine Umgebung so neutral wahr, als ginge ihn das alles nichts an. Nox war fort. Eddie, der sich nicht hatte festhalten können und gegen die Wand geschleudert worden war, regte sich stöhnend. Arris hob den Kopf und schaute sich verwundert um. Hinter dem riesigen Proviantcontainer, den die Fliehkräfte gegen die Wand gedrückt hatten, klemmte Nelly, stumm und reglos. Von der Decke hing pendelnd ein zerrissenes, oberarmdickes Kabel, die Bewegung kam nicht zum Stillstand, und es dauerte eine Weile, bis Morbus begriff, dass nicht das Kabel der Schwerkraft zum Trotz schräg herunterhing, sondern die *Virago* Schieflage hatte. Erhebliche.

Er versuchte, seinen Griff zu lösen. Als es endlich klappte, rollte er zwei, drei Umdrehungen den geneigten Fußboden entlang, bis er sich abfing. Das Kabel an der Decke fauchte stockend und spuckte eher klägliche als bedrohliche Funken. Seine Hände, die Arme, Beine, Füße, der ganze Leib, alles war taub, nur die gestauchte Wirbelsäule fühlte er deutlich wie eine brennende Linie mitten in all der Taubheit. So nah am Boden fiel ihm auf, dass er den leicht öligen Schimmer von Metallplast hatte, einem billigen Kunststoff, der nach dem Aushärten als außerordentlich hitzebeständig galt. Und als nicht ganz ungiftig. *Argon hat wohl sparen müssen*, dachte er, als spielte das irgendeine Rolle.

Mühsam richtete er sich auf und sah, wie Arris über den schrägen Boden zu Nelly rannte.

Nelly klemmte reglos zwischen Wand und Container. Immer noch. Verspätet ergab das einen Sinn, der Arris' Eile erklärte.

Morbus rappelte sich auf, torkelte Arris hinterher. Nox fiel ihm ein. Auch die Information, dass der Tiger-Beta durch das Loch hinausgerissen worden war, durch das jetzt der Regen peitschte, gewann entschieden an Tragweite, als sich sein Kopf klärte. Plötzlich war die Situation nicht mehr bizarr, sondern schrecklich real.

Nellys Augen standen blicklos offen. Es zog ihm den Boden unter den Füßen weg.

Dann schlossen sich kurz die Nickhäute über den Pupillen, die so stark geweitet waren, dass sie die gelbe Iris fast gänzlich verschluckt hatten. Nur Nellys Oberkörper ragte hinter dem Container heraus, ab den unteren Rippen abwärts war sie in einem Spalt verschwunden, der Morbus so schmal vorkam, als passte nicht einmal ein menschliches Kleinkind dahinter.

Mit einem Ruck überwand Arris die Betäubung, die sie für einen Augenblick beide erfasst hatte, packte den Container an der Kante, setzte einen Fuß knapp neben Nelly an die Wand und spannte die Muskeln an. Es sah lächerlich aus, zum Scheitern verurteilt, aber Morbus hätte alles, was er besaß, darauf gewettet, dass Arris es schaffen würde. Er griff sich die vordere Kante des Kastens. Nicht dass er eine große Hilfe wäre – ihr teameigener *Captain Darkbuster* hatte sich die Knochen verstärken lassen müssen, damit seine aufgepeppten Muskeln sie nicht brachen wie spröde Zweige.

Arris nickte ihm zu. »Auf drei.«

»Nicht!«, stieß Nelly heiser hervor.

Die beiden Männer hielten augenblicklich inne, so gewohnt, auf sie zu hören, dass das eine Wort wirkte, als hätte sie die Stopptaste gedrückt.

»Keine Zeit.« Ihre Stimme klang belegt und war über dem Trommeln des Regens kaum zu hören. »Außerdem geht es dann nur schneller. Zu den Fahrzeugen und ab mit euch.«

Arris starrte sie ratlos an. »Was geht schneller?«

»Das Verbluten, du Idiot.«

Er blinzelte. »Scheiße, Nelly!«

Kurz sahen Nelly und Morbus einander an. Ihr Blick war ganz klar. Er hatte sie erlebt, wie sie mit zwei Kugeln in der Brust und einer üblen Stichverletzung im Rücken noch den Überblick behalten und Anweisungen gegeben hatte, bevor sie sich dem Luxus der Bewusstlosigkeit ergab. Damals hatte sie nicht die leiseste Andeutung gemacht, sie sollten sie zurücklassen. Sein Blick wanderte weiter zu dem erschütternd schmalen Spalt, in dem sie steckte, über ihre zu hellem Grau erblasste Schuppenhaut.

Nelly war zur Feldärztin bestimmt gewesen, noch bevor man ihren Gencocktail zusammengeschüttet hatte, ihre Kindheit und frühe Jugend hatte sie im Drogenschlaf im Natus-Tank verbracht, während ihr Hirn mit Informationen gefüttert wurde, die es während seines Wachstums formten und prägten. Sie wusste sehr viel genauer, was sie tat, als er es je wissen würde. Wenn sie Hoffnung gehabt hätte, ihre Verletzungen unter diesen Umständen zu überleben, dann hätte sie längst Anweisungen gebellt, die ganz sicher nicht *Haut ab und überlasst mich meinem Schicksal* gelautet hätten.

Trotzdem zögerte er. Dann zog er eine seiner beiden *Madcaps*, schob Arris beiseite und drückte Nelly den Pistolengriff in die Hand. Nach kurzem Zögern schloss sie die krallenbewehrten Finger darum. Weder bedankte sie sich, noch wies sie die Waffe zurück.

»Verkauf deine Haut teuer.« Er wusste, was sie dachte: Es

war Munitionsverschwendung, und die Knarre würde er vermutlich besser gebrauchen können als sie. Aber sie würde keine Zeit mit Diskussionen verschwenden. Zeit war wertvoller als eine Pistole und ein bisschen Munition.

Widerstrebend wandte er sich ab und sah, wie Eddie die Tür zum Gang aufzustemmen versuchte. Sah nicht erfolgversprechend aus, weil er nur ein Bein richtig belastete.

Nellys Stimme klang fast wie immer, nur ein wenig gepresst, und durch das Prasseln des Regens, das Winseln und Krachen des abkühlenden Metalls war sie kaum zu verstehen. »Beeilt euch. Wenn Argon euch erwischt, nimmt er euch auseinander. Mit ein bisschen Glück ...«

»... weiß er noch nicht, dass wir hier sind.« Morbus nickte. Aufs oberste Deck führten zwei gekrümmte Schächte, kaum breit genug, dass sich zwei Menschen nebeneinanderquetschen konnten, und oben waren sie durch Schotts verschlossen ... keine Chance, dort raufzukommen, wenn ihre Kontaktperson aufgeflogen war. Sie hätten Argon hier unten auflauern können, aber wenn er auch nur ahnte, dass sie hier waren, dass *irgendjemand* hier war, hatten sie keine Chance, falls nicht ein Großteil seiner Crew beim Absturz das Zeitliche gesegnet hatte. Für ihn war es ein Heimspiel.

»Nelly ...«

»Werd' nicht sentimental. Dafür bin ich zu müde.« Sie schloss die Augen, die inzwischen wieder gelb waren, ihre Pupillen hatten sich zu winzigen dunklen Punkten verkleinert.

Er wollte noch etwas sagen, aber ihm fiel nichts ein.

»Wir können sie aber doch nicht hierlassen?«, fragte Arris verstört.

»Treuer Arris«, flüsterte sie. »Dumm und treu wie Gold.«

»Aber wir können dich doch nicht ...«

»Seht zu. Hopp.« Sie öffnete nicht mal mehr die Augen.

»Grüß schön von mir«, sagte Morbus heiser, berührte ihre Hand und die *Madcap* und ging. Er wusste nicht, wie er es fertigbrachte, er tat es einfach. Hinter sich hörte er sie ausatmen, wie ein langer Seufzer, fast verschluckt vom Knarzen des Schiffs und dem strömenden Regen. Wenn sie Glück hatte, atmete sie nicht mehr ein und hatte es hinter sich. Sein eigener Herzschlag schmerzte in der Brust, er schob es auf Stauchungen, Prellungen, versuchte, den Modus einzuschalten, in dem er einfach funktionierte, und konzentrierte sich auf das, was zu tun war.

Gemeinsam mit Eddie bekam er die verzogene Tür auf, vor ihnen öffnete sich ein Gang.

»Arris«, rief Morbus über die Schulter. »Beweg dich.«

»Die Fahrzeuge«, keuchte Eddie. »In der Schleuse.«

Morbus nickte nur. Wo auch immer sie gelandet waren, die Luft war atembar. Das war alles, was sie über den Planeten wussten. Er hoffte, dass sie brauchbare Fahrzeuge mit solider Ausrüstung an Bord vorfanden, sie hatten nur eine Handvoll Waffen dabei, die eher auf Unauffälligkeit denn auf größere Gefechte ausgelegt waren, ein bisschen Sprengstoff, Werkzeug, Betäubungsgas und Atemmasken. So machten sie es da draußen nicht lange.

Diesmal war alles so eilig gewesen, dass sie nur über ausgesprochen dünne Daten verfügten; was für Fahrzeuge sie vorfinden würden, wusste er nicht. Argon und seine *Virago* rasten per Schubantrieb durchs All, seine Zeit vertropfte nicht in TransMatt-Portalen, er hockte nach Missionen nicht tagelang vor aktuellen Nachrichtensendungen, um der Entwicklung der Welt hinterherzuhetzen, die sich ohne ihn weitergedreht hatte. Jemand wie er war schwierig einzufangen, war nicht berechenbar. Wären sie per TransMatt gereist, wären sie erst zwei Jahre nach seinem Abflug dort gewesen, vermutlich hätte sich auf Quintus nicht mal jemand an ihn und sein Schiff erinnert. Deshalb die Eile, deshalb die dünnen Daten ... obwohl er wusste, dass es nicht anders gegangen wäre, erfüllte ihn dumpfer Zorn auf die Schlipsträger, die sie geschickt, auf den Sergeant, der nicht widersprochen hatte, und auf sich selbst. Und auf die violettäugige Nadeshda, die seiner Bitte entsprochen hatte, ihn am Leben zu lassen, und dafür wie zum Hohn Nox und Nelly genommen hatte. Deshalb keine Götter für ihn – wenn es sie überhaupt gab, waren sie den Menschen nicht wohlgesinnt.

Dem humpelnden Eddie voraus jagte er den dunklen, schmalen Gang entlang, der durch die Schieflage des Raumfrachters abwärts führte, und hoffte, dass ihre eilig mit einer Unsumme bestochene Kontaktperson wirklich sämtliche Kameras manipuliert hatte.

Die *Virago* war Flickwerk, hier und da hochmodern, überwiegend aber eine Ansammlung von zusammengerafftem Weltraumschrott, den man um den unbezahlbaren Antrieb gewickelt hatte. Die Türen zur Schleuse waren jedoch auch im Notstrombetrieb elektronisch verriegelt und unerfreulich stabil. Bis er eingesehen hatte, dass er sie nicht aufbekam, war Eddie herangehumpelt, sein Gesicht hatte die Farbe geronnener Mondkalbkotze und glänzte unter einem dünnen Schweißfilm.

Wortlos räumte Morbus den Platz am Keypad und hatte exakt genug Zeit, um die verbliebene *Madcap* zu ziehen und einen prüfenden Blick den leeren Gang hinunter zu werfen, als die Tür unter Eddies kundigen Händen auch schon seufzend beiseiteglitt und den Blick auf die Schleuse freigab. Arris ließ sich nicht blicken. Er hoffte, sie mussten ihn nicht holen.

Offenbar hatten Argon und seine Crew nicht genügend Lagerplatz und deshalb auch hier alles vollgestopft – die Sicherung der Ladung hätte nicht mal die nachlässigste Kontrolle überstanden, geschweige denn den Absturz. Aufgebrochene Frachtkisten, vor dem Aufprall meterhoch an den Wänden gestapelt, waren heruntergefallen und hatten ihren Inhalt auf den Boden ergossen, das Zeug lag an manchen Stellen kniehoch. Vier Fahrzeugbuchten gab es, drei davon bestückt. Es war surreal, leibhaftig hier zu sein – lange hatte er sich gewünscht, das Schiff einmal zu sehen, und jetzt sah er es und war seltsam ernüchtert. Von den Umständen, vom Zustand der *Virago*, von allem.

»Bleib hier und behalte den Gang im Auge«, befahl er, ehe er über eine größere Kiste stieg, die im Weg lag.

Schweigend lehnte sich Eddie an die schräge Wand, in eher halbherziger Deckung durch eine der verstärkenden Stahlstreben, die den Gang wie Rippen durchzogen.

Morbus kniff die Augen zusammen und lauschte, aber es war nichts zu hören und auch nichts zu sehen als Unordnung, keine lebende Seele war hier außer ihnen. Er stieg durch etwas, das auf den ersten Blick aussah wie ein Haufen morsches Holz (auf den zweiten Blick auch), und watete durch Rollen sorgfältig aufgewickelter hauchfeiner Schnüre, wie sie auf Quintus aus den Fasern einer Pflanze hergestellt wurden, deren Namen er vergessen hatte. Offenbar kaufte Argon auf den Planeten, auf denen sie landeten, diverse örtliche Erzeugnisse auf, um sie woanders weiterzuverscheuern, vermutlich für einen nicht bedeutend höheren Preis.

Das Schiff atmete Verzweiflung. Deshalb erwartete er nicht viel von den Fahrzeugen, aber bereits das erste überraschte ihn – ein nagelneuer *FrogIV*, ein Amphibienfahrzeug, vier Sitze und serienmäßig mit einem recht brauchbaren Umgebungsscanner ausgestattet. Eins der hässlichsten Fahrzeuge, die es überhaupt gab: ein klobiger Stahlkasten in schmutzigem Grüngrau, der mit seinem Buckel und der stumpfen Schnauze tatsächlich an eine fette Kröte erinnerte. Über die Frontscheibe zog sich ein Netz hauchfeiner Risse, aber sie schien noch hinreichend stabil zu sein – vielleicht sollte man Tauchgänge nach Möglichkeit unterlassen, ansonsten sah das Fahrzeug aus, als hätte es den Absturz gut überstanden.

Die Klammern, die es in der Haltebucht fixierten, lösten sich nicht, als er auf den Knopf drückte. Es gab einen Hebel, mit dem man sie manuell lösen konnte, aber auch als er sich mit seinem ganzen Gewicht dranhängte, tat sich nichts.

Er hörte ein Geräusch, sah auf und erblickte Arris, der durch das Chaos pflügte wie ein Eisbrecher und den Jeep inspizierte, der gegenüber stand. Also machte sich Morbus auf zur dritten Bucht und fand einen Offroader, ein besseres Motorrad, nicht nagelneu und offenbar auch mit nichts Besonderem ausgestattet, wenn man von einer eher eigenartigen Lackierung mit stilisierten Wölfen absah. Auch hier klemmte die Verriegelung.

»Lass mich mal«, hörte er hinter sich, trat beiseite und sah zu, wie Arris ohne erkennbare Mühe den Hebel herunterzog. Nach fast einem Jahr gemeinsamer Arbeit hatte er es längst aufgegeben, sich durch so etwas frustrieren zu lassen. Gemeinsam bahnten sie sich den Weg zurück zu Eddie frei.

»Wir können nur zwei mitnehmen«, sagte Eddie, ohne sie anzuschauen. Er atmete stoßweise und war inzwischen so bleich, dass er im Zwielicht fast leuchtete. »Kann nicht fahren, unmöglich. Sind Frosch und Jeep okay?«

»Sieht so aus.« Morbus warf einen Blick auf den Jeep, erfreulicherweise ein Modell mit geschlossenem Dach, und zögerte einen winzigen Augenblick, dann entschied er sich. »Nelly passt hinten rein. Ich den Jeep mit Nelly, ihr beide im Frosch.« Mit einem gewagten Sprung setzte er über das Zeug, das aussah wie morsches Holz, und wühlte sich zur nächsten Fahrzeugbucht durch. Zu seiner Erleichterung war die Tür des Jeeps unverschlossen, er riss sie auf und fand unter dem Beifahrersitz ein MedSet, die abgespeckte Variante eines MedPacks, mit der auch Halbblaien wie er etwas anfangen konnten.

»Friss Scheiße«, spie Eddie hinter ihm aus. »Nelly ist tot. Hat nur vergessen, mit dem Atmen aufzuhören, das sture Biest.«

Er hatte recht. Und falls sie noch lebte und bei Bewusstsein war, würde sie ihm den Kopf abreißen, wenn sie jetzt zurückkehrten, um sie zu holen. Aber Morbus sah den leeren Jeep vor sich, wenn sie es nicht versuchten, sah Nelly vor seinem geistigen Auge, wie sie eingequetscht im Lagerraum eines fremden Raumschiffs verblutete. Und dann sah er Argon, der sie fand, während sie bewusstlos war, sie in die Krankenstation schleifen ließ und sie ausreichend wieder auf die Beine brachte, um sie einem Verhör zu unterziehen. Nichts gegen Argon, wirklich nicht, man konnte wunderbar mit ihm Karten spielen – etwas Positiveres fiel ihm gerade nicht ein, das mochte an der Eile liegen –, aber er war ein kompromissloser Scheißkerl, wenn es um seine eigene Haut ging. Das hatte er oft und zuletzt auch nachdrücklich genug bewiesen.

»Wenn Argon sie findet, weiß er, dass wir hier waren«, sagte er und eilte an Eddie vorbei in den Gang.

»Wenn wir die Fahrzeuge nehmen, weiß er das auch«, zischte Eddie hinter ihm her.

»Dass *jemand* hier war«, erwiderte Morbus im Laufen, vermutlich konnte Eddie es gar nicht mehr hören. »Nicht dass *wir* es waren.« Und während er es noch sagte, wurde ihm klar, dass er recht hatte, und er fragte sich, wie viel Eigennutz in seinem Gedanken an Nelly steckte. Andererseits – welche Rolle spielte es, jetzt, wo er sich entschieden hatte?

Arris folgte ihm wie ein Schatten, der Rückweg kam Morbus kürzer vor. Nelly war noch am Leben, er hörte ihren flachen, pfeifenden Atem, aber sie sah kaum auf, als sie hereinkamen, und er war nicht sicher, ob sie ihn und Arris überhaupt erkannte.

»Wir haben jede Menge Platz«, sagte er knapp, als hätte sie das in Zweifel gezogen, nahm ihr seine Waffe wieder weg und öffnete das MedSet. Er verpasste Nelly ein neongelb markiertes *Stay-With-Me*-Pflaster auf den Hals, das ein ganzes Arsenal stabilisierender und schmerzstillender Drogen in ihren Blutkreislauf abgab und anschließend ihre Herzfrequenz verlangsamte, und packte sie dann, so gut er es vermochte, um sie zu stützen. Ihre Schuppenhaut war kalt und klamm, der leicht gepanzerte Tarnanzug hatte sich mit Blut vollgesogen.

»Bereit?«, fragte Arris, und auf Morbus' Nicken hin rückte er den Container ab. Um der Wahrheit die Ehre zu geben, tat er es nicht gerade mit links, sondern stemmte sich mit aller Kraft dagegen, ächzte einmal, zweimal und lief besorgniserregend dunkelviolett an, bis sich der riesige Kasten endlich rührte und Nelly freigab. Mit einem Laut, der Morbus bis in seine Träume verfolgen sollte, sackte sie zusammen, und mit einem Mal sah er sich unter gefühlten Megatonnen Waran-Beta begraben. Kurz flammte eine Erinnerung auf: Er und Sky, die zweite Tiger-Beta ihres Teams (*rest in stripes*, echote es beim Gedanken an sie in seinem Kopf, weil Nox es immer sagte), lockten Nelly auf eine mit einem Messgerät versehene Platte, weil sie ihnen partout ihr Gewicht nicht verraten wollte. Sky hatte besser geschätzt als er, der hoffnungslos zu niedrig gegriffen hatte – es waren ziemlich genau sagenhafte dreihundertfünfzig Kilo. In diesem Augenblick hätte er sie jedoch auf mindestens achthundert geschätzt, und wenn Arris nicht sofort zur Stelle gewesen wäre, dann wären sie beide zu Boden gegangen, was für ihn hässlich geendet hätte. So glitt sie einigermaßen sanft aufs Metallplast, lag mit geschlossenen Augen da und blutete höllisch.

»Eieiei«, machte Arris leise, und sein kantiges *Captain-Darkbuster*-Gesicht hinter den hellen Haarsträhnen zerknautschte sich zu einem Ausdruck tiefster Besorgnis.

Morbus betrachtete Nelly und fand keine Worte, um Arris' Sorge zu zerstreuen. Hüfte zertrümmert, der untere Teil des Brustkorbs eingedrückt, fürchterlich viel Blut – das waren die Schäden, die auf den ersten Blick zu sehen waren. *Nicht nachdenken*, summte es in ihm, *nicht nachdenken*. Er zog sein Messer und schnitt Nellys Tarnanzug auf, darunter erwarteten ihn zerrissene Schuppenhaut, Knochensplitter und noch mehr Blut.

Ohne dass er etwas sagen musste, reichte ihm Arris eine Sprühdose, und er sprühte zähen, gelblichen Schaum auf alles, was offen aussah. Der Schaum verband sich mit dem Blut zu einer klebrigen Schmiere und versiegelte die Wunden. Hilfreich, wenn man sich in den Daumen schnitt, wunderbar auch bei schlichten Durchschüssen, jedoch vollkommen unnütz bei inneren Blutungen und durchtrennten Arterien, die gern ein Stück in den Körper zurückschnellten wie durchgeschnittene Gummibänder und dann fleißig dort vor sich hinspritzten, wo der Schaum sie gar nicht erreichte. Aber sie hatten nicht die Zeit, um bei beschissener Beleuchtung eine laienhafte Notoperation durchzuführen. Entweder würde es reichen oder nicht. Hastig rollte er das MedSet wieder zusammen und hakte es in seinen Gürtel.

Er packte Nelly bei den Schultern und nickte Arris zu.

»Tu ich ihr nicht weh?«, fragte Arris besorgt.

»Sie ist bewusstlos. Sie merkt das nicht.«

»Sieht schlimm aus, oder? Das sieht wirklich, wirklich schlimm aus.« Fassungslos schüttelte er den Kopf.

»Es wird nicht besser, wenn wir hier rumstehen«, erwiderte Morbus gereizt. Als Arris noch immer nicht reagierte, setzte er einen Befehl hinterher: »Pack mit an. Und zwar sofort.«

Arris gehorchte prompt, aber widerwillig, wuchtete mühelos ihr zerquetschtes unteres Ende samt Schwanz in die Höhe. Zu Morbus' Erleichterung gab Nelly keinen Laut von sich. Sie schleppten sie über den schrägen Boden, zweimal taumelte Morbus unter ihrem Gewicht und wäre fast gestürzt, einmal stolperte Arris über irgendeinen Mist am Boden. Das Licht, so schien es Morbus, wurde zunehmend trüber, und er verwünschte seinen idiotischen Einfall, während sie sich den abschüssigen Gang hinunterquälten.

Eddies Blick sprach Bände, als sie endlich ankamen, aber er sagte nichts. Sie legten Nelly ab, räumten notdürftig den Weg zum Jeep frei, erledigten in großer Hast tausend Handgriffe, und es kam Morbus vor wie einer dieser Träume, in denen man es ungeheuer eilig hat, aber nicht vorankommt. Gemeinsam verfrachteten sie Nelly in den Jeep, dann trug Arris Eddie, dessen Protest sich nur in seinem verkniffenen Gesicht ausdrückte, zum Frosch. Es dauerte ewig, bis Morbus die Schleusentür aufbekam, wo ihm der Regen frontal entgegenpeitschte und ihn bis auf die Knochen durchnässte. Wenigstens war es ganz normaler Regen, eiskalt, aber offenbar ungefährlich.

Eine exakt dosierte kleine Sprengladung an den Offroader, samt Zeitzünder, dann große Eile, Rumpeln über Schrott, den Argon nun wohl doch nicht mehr für ein paar Tois verscheuern würde, Nellys Aufstöhnen auf dem Rücksitz, graues Sickerlicht statt eitergelber Notbeleuchtung. Sie rumpelten über die Rampe und versanken augenblicklich so tief im Schlamm, dass er bis an die Fenster schwappte.

Wir sind auf dem verschissensten Planeten des ganzen Universums gelandet, dachte Morbus, während er verbissen versuchte, den Jeep auf Kurs zu halten und sich der eilig angeworfene Scanner bemühte, andere Daten zu liefern als scheißgarnichts, weil er nicht durch den Schlamm kam. Sie fuhren auf der Schleifspur der *Virago* zurück, in der Hoffnung, Nox zu finden, obwohl diese Hoffnung winzig war. Vermutlich war er zuerst verbrannt, dann ertrunken und schließlich im Schlamm erstickt, und auf der Rückbank wimmerte Nelly. Es war ein schrecklicher Laut, der eher zu einem Kätzchen passte.

Der Scanner warnte ihn vor einer Felskante, er umfuhr sie, und der Jeep kletterte mühelos wie eine Bergziege an einer Stelle aus dem Schlamm, die Morbus für unpassierbar gehalten hätte. Er fuhr ein Stück weiter und hielt an. Wo der Frosch steckte, wusste er nicht, das Fahrzeug war flacher als der Jeep und vollständig im zähen Schlamm untergetaucht. Blieb nur zu hoffen, dass die Frontscheibe hielt, sonst konnte er hier ewig warten, während Arris und Eddie im Dreck erstickten.

Die *Virago* war zu seinem Erstaunen noch andeutungsweise zu sehen, schwach und verschwommen glomm sie in der Dunkelheit, als sei sie radioaktiv, von Wasserdampf umgeben, weil die Regentropfen auf der heißen Außenhülle explodierten. Ihre Konturen waren nur zu ahnen.

Die Explosion, die den Offroader hatte hochgehen lassen, lag schon über eine Viertelstunde zurück. Keine Spur von Nox, auch der Scanner zeigte nichts an. Morbus aktivierte sein JUST. »Arris? Kannst du mich hören?«

Das JUST knackte vernehmlich. »Klar und deutlich. Over.«

Nachdenklich starrte Morbus zur *Virago* zurück. Hier draußen blockierte nichts mehr das Signal. Hinter ihm kämpfte sich endlich der Frosch aus dem Dreck.

»Wohin jetzt?«, fragte Arris in seinem Ohr. »Over.«

»Hast du den Scanner laufen?«

»Oh«, machte Arris. »Nee. Sorry. So. Jetzt aber. Over.«

»Idiot«, murrte Eddies Stimme aus dem JUST und fügte in einer perfekten Arris-Imitation spöttisch hinzu: »*Over.*«

Morbus verbiss sich ein gewohnheitsmäßiges Grinsen, nach dem ihm nicht zumute war. »Welchen Radius scannt ihr?«

»Oh. Hm. Bei den Witterungsbedingungen ... also, eingestellt ist es auf zwanzig Kilometer. Over.«

»Auf was kann man es einstellen?«

»Maximal? Over.«

»Ja, Arris. Maximal.«

»Fünfzig, glaube ich. Over.«

»Dann mach das doch mal.«

»Klar. Sorry. Erledigt. Over.«

»Irgendwas Interessantes bisher? Irgendeine Siedlung, irgendeine Formation, irgendein Lebenszeichen?«

»Ja. Die *Virago*. Und ihr beide. Sonst nichts. Over.«

»Da könnte man meinen«, knurrte Eddie, »er hätte einen Witz gemacht. Hat er aber nicht.«

Morbus trommelte mit den Fingern aufs Lenkrad. »Kein Lebenszeichen?«, fragte er nach. »Ganz sicher?«

»Ganz sicher. Over.«

Nox, Nox, Nox, dachte Morbus und würgte einen riesigen Klumpen hinunter, der plötzlich in seiner Kehle saß, ehe er wieder sprechen konnte. »Gut. Wir fahren weiter.«

»Wohin?«

»Geradeaus«, erwiderte Morbus nach einer Weile, als ihm klarwurde, dass Arris fertig war und zum ersten Mal, seit er ihn kannte, sein penetrantes *Over* vergessen hatte, was normalerweise ein Anlass für eine kleine Feier gewesen wäre. Er schätzte jedoch, die fiel aus. »Und sag Bescheid, wenn sich irgendwas Interessantes auf dem Scanner zeigt. Ich hab nicht mal die halbe Reichweite von eurem.«

»Alles klar. Over.«

Sie waren noch keinen Kilometer weiter – die Fahrt gestaltete sich schwierig, weil sie immer wieder durch Schlammlöcher tauchen oder sie weiträumig umfahren mussten –, da funkte Eddie ihn an, privat. Das war Blödsinn und reine Provokation, denn natürlich konnte Arris hören, was er sagte, nur Morbus' Antwort bekam er nicht mit. »Wenn Nelly tot ist, sag doch bitte Bescheid. Ich möchte dann gern umsteigen.«

»Das ist pietätlos, Eddie«, sagte Morbus kalt und warf einen Blick über die Schulter. Er konnte nicht beurteilen, ob Nelly noch lebte, regen tat sie sich jedenfalls nicht, und auch das Wimmern hatte aufgehört.

»Er singt«, beschwerte sich Eddie. »Arris singt.«

Morbus riss sich zusammen. Bedrücktes Schweigen und düstere Gedanken brachten sie jetzt auch nicht weiter. »Singt er so schrecklich?«

»Nein, er singt ziemlich gut. Es geht mir ums Prinzip.«

»Steck dir dein Prinzip doch so tief in den Arsch, bis es oben wieder rauskommt«, schlug Morbus vor. »*Over.*«

Eine Weile war Stille. Dann knackte das JUST, und Arris' Stimme erklang. Er hatte einen tiefen Bariton und sang etwas von *Horseheadz United*. Offenbar hatte Eddie beschlossen, dass Morbus teilhaben sollte. Morbus lauschte eine Weile. Arris sang von trostloser Einsamkeit und riesengroßen interplanetaren Mistkäfern, die Scheißhaufen zusammenrollten, die man *Planeten* nannte und auf denen Schmeißfliegen lebten, die versuchten, einander davon zu überzeugen, dass es einen Unterschied bedeutete, auf welchem der Haufen man sein kurzes Leben fristete und welche Oberfliege die Befehle gab. Danach sang er eine der wenigen Balladen der Band, die die Schönheit von durch Splittergranaten verursachten Wunden pries. Morbus musste zugeben, dass Arris' Stimme das Schönste an der Sache war.

»Arris?«, fragte er.

»Ja? Over.«

»Kennst du was von *Contact?*«

Kurze Stille.

»Sicher. Aber ich kann die Texte nicht auswendig. Over.«

»Wenn du dir nicht sicher bist, summ einfach an der Stelle.«

Wieder Schweigen. »Na gut«, sagte Arris. Er klang erfreut. »Kann ich machen. Irgendwelche Wünsche? Over.«

»Fang doch mit *Burning Rain* an. Passt ganz gut, oder?«

»Richtig. Hätte ich selbst drauf kommen können. Sorry. Over.«

Viel Text hatte Arris tatsächlich nicht drauf, selbst der Refrain lautete bei ihm: *And I mhmhmmmm, mhmhm my bane, I mhmhmhhhhh rain, burning acid rain mhmhmmmm*, aber es war trotzdem so nett, dass Morbus ihn nicht für die Frage unterbrach, ob es seine echte Stimme war oder irgendeine Software.

»Kann sein«, funkte ihn Eddie an, »dass ich dich dafür umlege, wenn Argon nicht schneller ist.«

»Kann sein«, antwortete Morbus friedlich, warf einen Blick auf die reglose Nelly und fragte sich, ob sie Arris wohl hören konnte. Er hoffte es, es hätte ihr gefallen.

Eine halbe Stunde später fanden sie die Höhle.

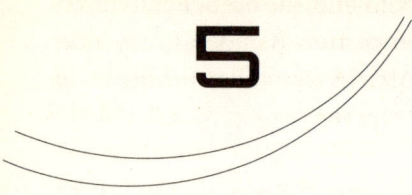

5

Datum: 24. Juli 3042
System: unbekannt
Planet: unbekannt
Ort: Wrack des Raumfrachters *Virago*

Es dauerte eine Weile, bis es Argon gelang, die Lähmung abzuschütteln. Sie hatte keine körperlichen Ursachen, er war unverletzt, nur ordentlich durchgerüttelt. Seine schlimmste Verletzung, soweit er es überblickte, war die aufgebissene Lippe. Der Geschmack des eigenen Bluts füllte seinen Mund, das strudelartige Chaos Tausender drängender Fragen seinen Kopf. Und Zorn. Richtungslos, betäubend. Sechs Monatsraten und eine kleine Kassette aus Ultrastahl in seinem Quartier. Zum ersten Mal seit gefühlten Jahrzehnten hatte er sich ganz kurz den Gedanken daran gestattet, dass es mit den finanziellen Sorgen bald vorbei sein mochte. Und dann verlor er sein Schiff. Nicht die Ladung, nicht ein Triebwerk, nicht das Bordsystem oder den Reaktor, was alles schlimm genug gewesen wäre. Nein, er verlor das ganze verdammte Schiff. Das fiel nicht mehr unter Pech, das fiel auch nicht mehr unter die Prämisse, dass das Leben einen immer mit neuem Dreck bewarf, sobald man glaubte, bald endlich wieder frei durchatmen zu können, wenigstens für eine Weile, ein paar Tage, ein paar Wochen – vielleicht sogar, davon wagte er ja inzwischen kaum mehr zu träumen, für ein paar friedliche und problemlose *Monate*.

Das hier war kein neues und ärgerliches Problem. Es war seine Vernichtung.

Nicht mal eine Versicherung hatte er abgeschlossen – das Teuerste, was es zu versichern gegeben hätte, war der Antrieb. Die Versicherung hätte er mit einem Gutachten über den Schätzwert problemlos bekommen, aber wenn er dann eines Tages tatsächlich solche ungeheuerlichen Summen geltend gemacht hätte, wären sie unausweichlich auf die Idee gekommen, sich mal nach der Herkunft des versicherten Objekts zu erkundigen, lückenlose Dokumentation auf einmal obligatorisch. Da machte sich der Schwarzmarkt nicht gut.

Dass die vier Monatsraten im großen Lager noch etwas wert waren, bezweifelte er stark. Ebenso, dass die Passagiere die zweite Hälfte ihrer Transportgebühr zahlen würden. Falls sie überhaupt noch lebten. Und überhaupt war das alles scheißegal. Sein noch längst nicht abbezahltes Schiff war ein Wrack, und er war ruiniert. So einfach war das. Daran gab es nichts zu beschönigen.

Nova stöhnte. Argon wandte den Kopf. Seine Pilotin lag über dem Kontrollpult, die Hände hineingekrallt, und zitterte. So langsam, als bewegte er sich durch Teer, öffnete er seinen Gurt und beugte sich zu ihr. »Nova?«

Sie hob den Kopf. Die grauen Augen standen voller Tränen. »Es tut mir so leid«, flüsterte sie. Für einen Augenblick nahm er an, sie meinte ihn, seine Situation, aber dann brach aus ihr heraus: »Das arme Schiff! Oh, die arme *Virago!* Hast du es gehört? Hast du gehört, wie sie *geschrien* hat?«

Kurz verschloss ihm ein unbenennbares Gefühl den Mund. Es rollte heran, wollte ihn verschlingen und flüsterte ihm zu, er solle sie am dichten aschblonden Haarschopf packen und ihr Gesicht auf die Kontrollen schmettern, bis die verdammte Jump ganz und gar eins geworden war mit ihrer beschissenen *Virago.*

»Es ist nur ein Schiff, Nova«, zwang er sich zu sagen, seine Stimme klang ruhig, nur seine Brust hob und senkte sich zu rasch. »Bist du verletzt?«

Unter Tränen blinzelte sie ihn an, offenbar erstaunt über die Frage. Unbeholfen tastete sie an sich herum. Ihr Haar schien noch wilder abzustehen als sonst. »Nein. Ich glaube nicht.«

»Gut. Schau, ob wir noch irgendwelche Energiereserven haben und ob du die Kommunikationssysteme wieder zum Laufen bekommst. Und die Protokolle extern sichern, bitte, ich will wissen, was genau passiert ist.«

Sie schniefte hinter ihm her, als er zum Waffenschrank trat – es waren keine zwei Meter, das Cockpit reichte Toro gerade mal, um sich umzudrehen, wenn er sehr vorsichtig war und sich duckte. »Und was machst du?«

»Nach Überlebenden suchen.«

»Mit ... mit der Laserpistole?« Sie schielte unter seinem Arm hindurch. »Und dem Servohandschuh?«

»Falls irgendwo Türen verklemmt sind, was ich nach unserer *Landung* stark annehme.«

»Und die Laserpistole?«

»Für andere Eventualitäten.« Er ließ den schweren Gürtelakku im Schrank, die Energiezelle in der *Finch* reichte aus, wenn er nicht gerade in ein stundenlanges Feuergefecht geriet. »Haben wir einen brauchbaren Umgebungsscan?«

Behutsam streichelte sie auf den Kontrollen herum, es sah aus, als berührte sie einen sterbenden Angehörigen. Der Abzug der Laserpistole wurde ihm sehr bewusst, auch die Kraft des Servohandschuhs oder einfach nur einer guten harten Geraden mit der Faust in ihr kleines, schmales Gesicht. *Zusammenreißen*, dachte er. *Eins, zwei, drei, ausatmen. Heute werden keine Crewmitglieder erschlagen.* Der Jähzorn war ein altes Familienerbe. Inzwischen hatte er sich meist im Griff, jedenfalls nach außen.

»Nur die Daten aus dem Orbit«, antwortete Nova kläglich. »Kurz vor der Landung ist das gesamte Bordsystem ausgefallen. Ich versuche, es wieder zum Laufen zu bekommen.«

»Tu das«, sagte er sehr freundlich. »Danke, Nova.«

»Captain?«

»Was denn?«

»Ich ... soll ich mitkommen?«

»Du bist hier nützlicher«, erwiderte er. *Und sicherer*, fügte er in Gedanken hinzu.

Sie nickte, und er öffnete die Tür zum Gang. Er war schief. Im Cockpit war es ihm seltsamerweise nicht so sehr aufgefallen, aber im Gang wurde ihm bewusst, dass der Boden ein deutliches Gefälle hatte.

Ein ohrenbetäubendes Krachen dröhnte ihm entgegen, ein zweites folgte. Dann das Kreischen einer gemarterten Türmechanik aus Richtung der Quartiere. Routinemäßig vergewisserte er sich, dass der Gang verlassen war, schloss die Tür zum Cockpit hinter sich und ging auf den Krach zu. Auf halbem Weg stürmte ihm Toro entgegen und hätte ihn fast über den Haufen gerannt. »Captain?«, brüllte er auf, seine Augen – gut zwei Köpfe über Argons eigener Augenhöhe – waren winzig und dunkel, aus den Nüstern troff Blut. Das hatte nicht viel zu sagen, Toro vertrug keine Langstreckensprünge. Unvermittelt fand sich Argon emporgerissen, streifte eine breite, mit dichtem dunklem Fell bedeckte Brust, er konnte gerade noch den Lauf der Laserpistole wegdrehen. Toros warmer Atem schnaubte ihm ins Gesicht, die zusammengekniffenen Augen irrten über seine Züge. Toro sah nicht gut im Dämmerlicht.

»Ich bin's«, sagte Argon. »Lass mich runter.«

Vorsichtig stellte Toro ihn wieder ab. »Tut mir leid«, grollte er verlegen.

»Schon gut.«

»Was ist passiert? Was für eine Scheiße war das? Wir sind abgestürzt? Warum? *Wo?* Sind wir wenigstens auf Javee?«

Hinter ihm, wie ein Schatten, tauchte jemand auf – den Bewegungen und dem Schimmer des Notlichts auf dem blanken Schädel nach zu urteilen Wolf. Erst jetzt wurde Argon richtig bewusst, dass er die beiden ebenso gut tot hätte auffinden können, und ihn überfluteten zugleich Scham und Erleichterung.

»Die Kommunikationssysteme sind ausgefallen«, sagte Wolf so nüchtern, als passierte das alle paar Tage. Trotz seines Namens war er kein Beta, sondern ein breitschultriger Mann in den Dreißigern mit ganz leichtem Bauchansatz, dem das härteste Training nicht beikam. Argon bemerkte die Waffe in seiner Hand und eine weitere im Holster, außerdem die fließenden Bewegungen, die verrieten, dass Wolf irgendwas eingeworfen hatte. »Sie sind *vor* dem Sprung ausgefallen«, präzisierte Wolf leise. »Haben wir jemanden an Bord?« Während er sprach, schob er sich an Argon vorbei, wie selbstverständlich nahmen sie ihn schützend in die Mitte. Er hatte sich schon lange abgewöhnt, sich dagegen zu wehren.

»Möglich.« Auch er sprach gedämpft. »Nova schaut gerade die Daten durch. Was an Daten eben da ist.«

»Wo sind wir? Warum der verfrühte Sprung? Hat Nova bei der Dateneingabe schon wieder gepfuscht?« Normalerweise hätte er sich für die Bemerkung Toros Zorn zugezogen, jetzt aber schwiegen beide und warteten auf Argons Antwort.

Bis auf das ferne Stöhnen und Zischen der Außenhülle war es beklemmend still, und unwillkürlich dachte Argon: *ein Totenschiff.*

Er schüttelte den unnützen Gedanken ab. »Ich weiß nichts. Kommunikation war weg, die verdammte Kuh ist durchgedreht, vielleicht auch andersrum. Wir hatten den Sprung noch nicht eingeleitet, Nova hatte nicht mal die Daten eingegeben. Möglich, dass es eine Fehlfunktion war. Ich weiß weder, wo wir sind, noch warum.« Argon aktivierte sein JUST, Wolf folgte seinem Beispiel. Kein Funkkontakt.

»Störsender«, vermutete Wolf mit gerunzelter Stirn, dann zögerte er. »Puke ist tot, Captain. Genick gebrochen.«

Übelkeit wallte in Argon auf. »Wann?«

»Eben gerade, bei uns im Quartier«, erwiderte Wolf erstaunt. »Wann denn sonst?«

»Wart ihr dabei?«

Er spürte, wie sie einander anschauten, auch wenn Toro

vermutlich nicht viel mehr sah als vage Umrisse. In den letzten Monaten hatten sie sich diese wortlosen Blicke angewöhnt – wenn er gereizt war, wenn er über einen ihrer blöden Witze nicht lachte, wenn er zu hart reagierte oder ihrer Meinung nach zu lasch, wenn er das Interesse irgendeiner Frau nicht mitbekam oder nicht registrierte, dass eine interessante Frau in der Nähe war, das Essen nicht schmeckte, das Wetter nicht stimmte, irgendwer im vermeintlich falschen Augenblick hustete oder einer von ihnen eine Respektlosigkeit äußerte, die im Normalfall nur ein Grinsen zur Folge gehabt hätte. Sein erster und sein zweiter Offizier schlichen um ihn herum wie um einen Gemütskranken, als hätten sie sich bei Nova mit der O-nein-hab-ich-was-Falsches-gesagt-Seuche angesteckt, und obwohl er wusste, dass er selbst schuld daran war, weil er *tatsächlich* gereizt, verstimmt, unberechenbar gewesen war, hätte er sie für jeden dieser Blicke am liebsten mit den Köpfen gegeneinandergeknallt. Hielten sie ihn für blöd? Dachten sie ernsthaft, er bekäme das nicht mit?

Er atmete tief durch. »Ich habe eine Frage gestellt.«

»Aye«, erwiderte Wolf rasch. »Ja, wir waren dabei.«

»Ist es beim Sprung passiert? Oder als die Schwerkraft ausgefallen ist?«

Wieder so ein Blick.

»Vor dem Sprung hat er noch gelebt«, sagte Toro dann. »Nach dem Sprung hat er sich nicht mehr gerührt.«

Die Erleichterung war mäßig, aber trotzdem spürbar. Immerhin hatte Argon ihn nicht eigenhändig umgebracht, als er die Schwerkraft ausgeschaltet hatte.

Wenn Puke bei den beiden im Quartier gewesen war, hieß das, er hatte sich wieder mit Gwenni gezofft. Wunderbar. Die beiden waren seit bald zwei Jahren einander entweder treu ergeben oder der festen Überzeugung, der andere sei die Inkarnation allen Übels. Argon wollte gar nicht wissen, wie die letzten Worte lauteten, die sie miteinander gewechselt hatten.

Wolf erwiderte seinen fragenden Blick und erriet, was er dachte. »Wir haben noch nicht nach ihnen geschaut.«

»Scheiße«, murmelte Toro bedrückt. »Gwenni. Die dreht durch.«

Die Tür zu Quartier eins war in bösem Zustand, nachdem sich Toro mit ihr befasst hatte, die von Quartier zwei gab nach, als Argon ihr mit dem Servohandschuh nachdrücklich signalisierte, dass er nicht zu verhandeln gedachte. Schon als sie davorgestanden hatten und von drinnen kein Laut hervordrang, hatte er gewusst, dass etwas nicht stimmte, aber mit dem, was er sah, hatte er nicht gerechnet.

Regen.

Argons Herzschlag setzte aus.

Das Quartier endete zwei Schritte von der Tür entfernt. Es gab nur noch jeweils ein kleines Stück Wand links und rechts. Und vier Spinde, an dem von Little hing das angekohlte Holo einer nackten Katzen-Beta. Sie strahlte Argon mit spitzen kleinen Zähnchen an, als sei alles in bester Ordnung, solange man nur mit bloßen Brüsten herumlief.

Normalerweise war hier ein kurzer Gang mit zwei Türen, die eine hatte in das Quartier geführt, das sich offiziell Gwenni und Nova teilten, im anderen hatten Puke und Little geschlafen – regelmäßige Tauschereien vorbehalten, je nachdem, wie es zwischen Puke und Gwenni stand. Es waren ausnehmend bescheidene räumliche Verhältnisse, pro Person keine sechs Quadratmeter, aber jetzt war bis auf ein bisschen Boden und ein kurzes Stück Wand gar nichts mehr übrig.

Sie standen da und schwiegen. Wolf hatte nur einen kurzen Blick hineingeworfen und sich wieder dem Gang zugewandt, und das erlaubte Argon den Luxus, sprachlos die Regenwand anzustarren, ohne sich Gedanken um seine Sicherheit zu machen. Er dachte daran, dass auch Nova möglicherweise hier gewesen wäre, wenn sie nicht mit Schwierigkeiten gerechnet hätten, manchmal flog er gern selbst, und Wolf leistete ihm als Navigator Gesellschaft. Er hörte Gwennis dreckiges Lachen in seinem Kopf widerhallen, sah die wohlgerundete, nicht mehr ganz junge Technikerin vor sich, wie sie Puke zusammenfaltete oder irgendwen anders, der ihr im falschen Augenblick über den Weg lief, mit der Grobheit und Schlagfertigkeit einer Gastwirtin. Und er dachte an Littles Chili, das es nun nicht mehr gab. Verdammt sollte er sein, aber der Gedanke schmerzte ihn in diesem Augenblick am meisten, er war so konkret, so fassbar.

Drei Tote. Drei von sieben. Und sein Schiff: ein Wrack. Er starrte die lächelnde Katzen-Beta an, ein Fixpunkt, an dem er sich festhalten konnte, damit er nicht ins Bodenlose stürzte. Ihre nackten Brüste wellten sich in der feuchten Luft und schlugen Falten.

Drei Crewmitglieder tot, sein Schiff ein Wrack, und vermutlich ein Fremder an Bord. Er dachte an die Kassette in seinem Quartier. Es war unmöglich, dass dies hier ihretwegen geschehen war. Es war schlicht unmöglich. Trotzdem kostete es ihn größte Selbstbeherrschung, nicht in sein Quartier zu eilen und nachzuschauen, ob die Kassette noch da war.

Mit eher zweifelhaftem Erfolg versuchte er die Tür wieder zu schließen. »Passagierquartiere«, bellte er heiser. »Toro, verdammt noch mal, wo ist deine Scheißwaffe?«

Mit gekränktem Gesicht schob Toro die Tür gänzlich zu und zog seine spezialangefertigte *SE Stampede*, in seinen Händen eine ganz normale schwere Pistole, für Wolf oder Argon eher ein Sturmgewehr. Es war erstaunlich, dass er ausgezeichnet damit umgehen konnte, so selten, wie er sie benutzte – um genau zu sein, hatte er sie bisher erst einmal im Ernstfall abgefeuert, und sonst nur dann, wenn Argon ihn zum Training verdonnerte. Er bevorzugte es, stumpf umzurennen, was ihn störte, und reichlich Narben auf der absurd breiten Brust bezeugten, dass es nicht viel half, auf ihn zu schießen, wenn er erst einmal in Fahrt war.

Fremd kam das verdammte Schiff Argon vor, als sie bei der geräumigen *Cantina* kurz die Küche überprüften, die bis auf unsägliches Chaos leer war, und sich zu den Passagierquartieren vorarbeiteten. Die Entscheidung, Passagiere an Bord zu nehmen, hatte sie zwei Räume gekostet, und obwohl die *Virago* äußerlich für ein privates Schiff fast absurde Maße hatte, war sie innen doch beklagenswert klein, weil der riesige Antrieb fast das gesamte mittlere Deck in Anspruch nahm. Den Rest des verfügbaren Platzes fraßen die Lager. Klaustrophobiker waren an Bord falsch.

Auf Höhe des Aufenthaltsraums für die Passagiere, der aus ungeklärten Gründen nur kurz *Quartier B* genannt wurde, hörten sie Schreie. Schweigend und hastig sicherten sie Quartier B, ein mittelmäßig gemütliches Rechteck vom Format eines besseren Schuhkartons. Als sie bei den

Passagierquartieren ankamen, schrie niemand mehr, aber sie hörten jemanden gegen die Tür hämmern. Im Notbetrieb ließ sich die Tür nicht von innen öffnen ... das Quartier beherbergte nicht auf jeder Fahrt die Sorte Passagiere, die selbst zahlten und sich einigermaßen frei im Schiff bewegen durften.

Argon streckte die Hand nach der Schaltfläche neben der Tür aus.

»Können wir die nicht einfach erst mal da drin lassen?«, fragte Toro, ungewöhnlich leise für seine Verhältnisse.

Argon hielt inne.

»Ich habe gerade echt keinen Bock auf die«, sagte Toro. »Echt nicht.«

Argon hob die Brauen und warf Wolf einen Blick zu. Der stand zwei Meter weiter im Gang und hielt Wache.

Vier Passagiere, alle Plätze bis auf einen belegt, ein wahres Wunder auf einer Tour, die sie durch so abgelegene Ecken des Alls führte. Zwei Betas – einen Wolf-Beta und eine Hyänen-Beta – hatten sie an Bord, außerdem einen Mitarbeiter von *Tau Ceti* und seinen Sohn. Die Betas waren bereits auf dem Flug ins Fenris-System dabei gewesen und hatten sich dann entschlossen, doch noch bis Javee mitzukommen, sie blieben angenehmerweise sehr für sich. Die beiden Cetaner waren erst seit Quintus dabei, und zumindest der Ältere hatte sich leider als sehr kontaktfreudig erwiesen.

»Ist da draußen jemand?«, brüllte von drinnen jemand.

Durch die dicke Tür klang seine Stimme undeutlich, aber Argon hätte darauf wetten mögen, dass es der ältere Cetaner war, Murray, der ständig einen albernen großen Hut trug, pausenlos versuchte, mit jemandem von der

Crew über Schubantriebe zu fachsimpeln, und ansonsten lässig im Weg stand und seine Umgebung mit unnützem Wissen über die Jagd auf Großwild bereicherte, das er grundsätzlich in nur halb verständlichen Satzfragmenten ausspie. Es war schwierig genug gewesen, ihn vor dem Start davon zu überzeugen, das Quartier aufzusuchen. Kaum vorstellbar, dass er ohne Gewaltanwendung dort drinnen bleiben würde, wenn sie die Tür erst einmal geöffnet hatten.

Argon zog die Hand wieder zurück. »Hallo!«, rief er. »Ist da drinnen jemand verletzt?«

Heftiges Klopfen. »Hallo? Lasst uns raus! Was ist passiert?«

»Bitte bewahren Sie Ruhe«, rief Argon zurück. »Hier spricht der Captain. Es gab einen unangenehmen Vorfall, aber alles ist unter Kontrolle. Die Tür klemmt. Wir befreien Sie so schnell wie möglich.«

»Hallo?«, schrie Murray schrill. »Sind wir abgestürzt? Captain? Wir sind ohne Ankündigung gesprungen! Ich ...«

»Ist jemand verletzt?«, brüllte Toro. Seine Stimme ließ den Gang erzittern.

Kurz herrschte Stille.

»Nein«, hörten sie dann eine andere Stimme von drinnen, nüchtern und klar. Wenn sich Argon nicht täuschte, war es die des Wolf-Betas. »Nichts Ernsthaftes, Captain. Wann können wir damit rechnen, dass Sie die Tür öffnen?«

Argon und Toro wechselten einen kurzen Blick. »Eine halbe Stunde, maximal eine ganze«, versprach Argon.

»Das ist doch ...«, fluchte Murray, aber der Wolf-Beta übertönte ihn mit einem knappen »Verstanden.« Dann gingen drinnen Diskussionen los, aus denen nur die entrüstete

Stimme Murrays und das schrille Kläffen der unbeschreiblich hässlichen Hyänen-Beta hervorstachen.

Als sich Argon abwandte, überflutete ihn Erleichterung. Passagiere mitzunehmen, war eine finanzielle Notwendigkeit, sicher kein Hobby. Eine anständige Schießerei war ihm lieber als die verbale Auseinandersetzung mit erbosten Passagieren, und wenn er schon unter normalen Umständen keine Geduld dafür hatte, dann ganz sicher nicht jetzt.

Über Toros betrübtes Gesicht flackerte ein kurzes, dankbares Lächeln. Er salutierte vor Argon, deutlich korrekter, als irgendein anderes Mitglied der Crew es je getan hatte.

»Stray ist ganz vernünftig«, bemerkte Wolf leise, als sie sich einem der beiden Aufgänge näherten, die die Decks miteinander verbanden. Wegen der Passagiere waren sie verschlossen und gesichert – die hatten bei den Maschinenräumen nichts verloren.

»Stray. Das ist der Wolf-Beta, oder?«

»Richtig. Hab mich auf Quintus eine Weile mit ihm unterhalten. Den sollten wir mit an Bord holen.«

»Ist schon an Bord, möchte ich meinen«, brummte Toro.

Wolf bedachte ihn mit einem Blick, für den ihm Toro vermutlich ein paar Zähne ausgeschlagen hätte, wenn Wolf nicht so vorsichtig gewesen wäre, es hinter seinem Rücken zu tun. »Ich meine: ihn auf unsere Seite ziehen. Schätze, der ist brauchbar. Und wir sind nur noch ...«

»Hältst du mich für blöd? Das meine ich auch. Er *ist* schon an Bord. Spielt doch gut mit. Der weiß, wie's läuft. Was auch immer das in dieser Scheiße wert sein mag, in der wir stecken.«

»Wir werden sehen«, unterbrach Argon die beiden, ehe

Wolf doch noch aussprechen konnte, was ihm schmerzlich bewusst wurde: Wenn dort drinnen niemand verletzt war und nicht wider Erwarten jemand aus Quartier zwei wieder auftauchte, gab es an Bord ebenso viele überlebende Passagiere wie Crewmitglieder.

Sie lauschten. Kurz war nichts zu hören außer dem seltsamen Ächzen und Knirschen, das die *Virago* von sich gab. Dann hallte das unverkennbare Krachen einer Explosion zu ihnen herauf. Und ein deutlich vernehmbares gezischtes »*Oh, scheiße!*«

Der Aufgang, normalerweise elektronisch und zusätzlich mit einem massiven Riegel gesichert, stand offen.

Eilig wichen sie zurück. Trotz seiner Größe bewegte sich Toro fast lautlos, wenn es darauf ankam, er blieb im Gang, für ihn gab es in dem kleinen Raum keine Deckung. Argon drückte sich hinter einen kleinen Vorsprung, und Wolf umrundete rasch das von einem stählernen Wall umgebene Loch im Boden und kauerte sich nieder, so dass derjenige dort drinnen mit dem Rücken zu ihm heraussteigen würde.

Sie warteten. Eine ganze Weile herrschte nahezu Stille, bis auf die inzwischen fast schon vertrauten Hintergrundgeräusche. Endlich klackten Stiefel auf den Leitersprossen. Ein Hinterkopf tauchte auf. Wolf ließ den Mann halb herauskommen, bis er die Waffe auf ihn richtete. »Halt«, flüsterte er.

Die Gestalt erstarrte.

»Komm ganz langsam raus«, hörte Argon Wolf flüstern. »Keine ...« Er verstummte. »*Little?*«

Ungläubig sah Argon, wie die Gestalt langsam den Kopf wandte.

»Little!«, wiederholte Wolf verwirrt. »Mann, das ... was machst du denn?« Statt die Waffe wegzustecken, winkte er Little damit, und der Koch beeilte sich, aus dem Aufgang zu kriechen.

Er war Mitte vierzig und hatte die Statur eines Ringers; von der Eleganz, mit der er in der Küche hantierte, war in diesem Augenblick nichts übrig, er schaffte es kaum über den Wall. »Da unten war eine Explosion«, flüsterte er Wolf zu.

Der nickte nur, packte ihn am Arm, um ihm aus dem Schacht zu helfen, und schob ihn hinter sich, wo Argon ihn auf den Gang hinauszog.

»Was ist passiert?«, fragte Little verstört. »Ich habe gerade ...«

»Schscht«, machte Argon. Hinter ihnen pirschte sich Toro näher an die Tür heran, um Wolf im Notfall Rückendeckung zu geben ... es stand zu hoffen, dass es nicht dazu kam, er würde im Notlicht Freund und Feind nicht unterscheiden können. »Hast du da unten irgendwas gesehen?«

»Nichts.« Littles sonst so ruhige Hände, die mit chirurgischer Präzision Gemüse und Fleisch schneller in feinste Einzelteile zerlegten, als ein Normalsterblicher es begreifen konnte, zitterten. Verärgert schob er sie halb in die Taschen, zog sie wieder heraus und verschränkte die Arme vor dem Bauch. »Gar nichts. Nicht mal die Kuh. Ich wollte ...«

»Die Kuh?«

Little nickte verlegen.

»Was im Namen eines Gravosaurus wolltest du von der Kuh?«, zischte ihn Argon an.

»Sie anschauen.« Little zog die Schultern hoch. So verunsichert hatte Argon ihn noch nie erlebt. »Ich habe sie doch noch nicht gesehen. Es tut mir ...«

Mit einem ungeduldigen Kopfrucken schnitt ihm Argon das Wort ab.

»Ich dachte, ich bin vor dem Sprung zurück, Captain«, murmelte Little kläglich. »Es tut mir leid.«

So oft, wie er Argon *Captain* nannte, tat es das ganz offensichtlich. Er war nicht wiederzuerkennen. »Hast du sie geweckt?«

»Geweckt?«

»Das Brüllen vorhin, vor dem Sprung. Das war die Kuh. Wenn sie nicht im Traum gebrüllt hat ...« Kurz schwebte vor Argons geistigem Auge das Bild, wie sich Little mit einem Fleischermesser an der Kuh zu schaffen machte; bei achtzehn Metern, mochte er sich gedacht haben, merkte ja keiner, wenn ein Pfund Fleisch für Testzwecke in seiner Küche fehlte, das konnte bei der Masse auch eine Abschürfung sein. Nur leider hatte er damit die Kuh geweckt, und sie ...

»Ich war doch gar nicht bei der Kuh.« Little schüttelte heftig den Kopf. »Ich bin nur bis zum untersten Deck gekommen, nicht mal ganz. Dann das Gebrüll, alles hat gewackelt, und dann der Sprung. Ich wusste überhaupt nicht, was los ist. Ich ... ich muss eine Weile bewusstlos gewesen sein. Dann bin ich hoch, dann hör ich eben die Explosion oder was das war von unten, und hier oben dann Wolf. Was ist denn eigentlich passiert?«

»Du hast unten niemanden gesehen?«, vergewisserte sich Argon.

»Wen sollte ich denn gesehen haben?«, fragte Little ratlos.

Am Ende des Gangs ein Geräusch. Eine Gestalt. Zierlich,

wie Nova war, erkannte Argon sie selbst in diesem Licht, da war es nicht nötig, dass sie winkte und unterdrückt seinen Namen zischte, dass es weithin zu hören war. Es gibt die Sorte Flüstern, die nur bis zum Ohr dessen reicht, für den es bestimmt ist, und die andere Sorte, die auffälliger ist, als würde man brüllen. Nova beherrschte nur die letztere, da war nichts zu machen. Er eilte ihr entgegen, beflissen gefolgt von Little.

»Ich hab ein Störsignal geortet«, hallte ihre unterdrückte Stimme aufgeregt durch die Gänge.

»Ich habe gesagt, du verlässt das Cock...«

»Was soll ich denn machen?«, protestierte sie empört. »Ich kann euch doch nicht anfunken. Im großen Maschinenraum ist es. Wir haben jemanden an Bord!«

»Umso schneller gehst du zurück ins Cockpit. Nimm Little mit. Tür zu.«

»Aber ...«

»Drücke ich mich unklar aus?«, fauchte Argon. »Zieht hier irgendjemand in Zweifel, dass meine Anweisungen noch gelten, nur weil mein verdammtes Schiff abgestürzt ist? Ist irgendwas unklar an dem Befehl, seinen Arsch ins Cockpit zu schaffen und da zu bleiben, bis du anderslautende Anweisungen erhältst?«

»Umpfgl«, machte sie. Da erst merkte er, dass er sie gepackt und gegen die Wand gedrückt hatte, eine Hand an ihrer Kehle. Er ließ sie los.

»Aye«, würgte sie heraus, Tränen in den Augen, drehte sich um und lief den Gang hinunter.

»Sag mal, spinnst ...« Little warf einen Blick in Argons Gesicht, verstummte mitten im Satz und beeilte sich, Nova zu folgen.

Argon schloss die Augen, atmete tief durch, einmal, zwei-mal, noch einmal, bis sich sein Puls wieder beruhigte und er die einzelnen Herzschläge voneinander unterscheiden konnte. Toro wich seinem Blick aus, als er zurückkehrte, sagte aber nichts.

»Störsender im großen Maschinenraum.« Argon zog die *Finch*, der Griff lag fremd und für seinen Geschmack etwas zu glatt in seiner Hand, und er fand die Gewichtsvertei-lung nicht ganz stimmig: Die Energiezelle im Griff wog zu viel, der schmale Lauf zu wenig. »Wir haben mindestens einen blinden Passagier an Bord.«

Trotz aller Eile dauerte es gute zehn Minuten, bis sie sich zum Störsender vorgearbeitet, ihn gefunden und deakti-viert hatten, und noch einmal fast so lange, bis sie vor einer aufgebrochenen Proviantkiste standen und die schimmern-de Blutpfütze betrachteten, die, vom hereinströmenden Regen verdünnt, an der Wand schwappte. Auf dem obers-ten Deck war der Boden schief, aber das war nichts gegen die Bodenneigung des unteren Decks. Teile der Außenhül-le mussten schwer beschädigt worden sein, nicht nur fort-gerissen, sondern durch die Hitze in ihrer Stabilität beein-trächtigt. Die *Virago* war eingeknickt, verbogen wie eine Blechbüchse in der Hand eines wütenden Eisbär-Betas. Entweder waren die Anzeigen fehlerhaft gewesen, nach denen die Außenhülle die Temperatur von etwa achttau-send Grad nicht überschritten hatte, bis zu der sie eigent-lich stabil hätte bleiben müssen – oder das Material war den Kredit nicht wert, den Argon dafür aufgenommen hatte. Seinem Verstand zuliebe nahm er Ersteres an.

Sie verschlossen das Tor zum kleinen Lager sorgfältig und kappten die Stromzufuhr zum Öffnungsmechanismus.

Dies war jetzt eine Tür nach draußen, die nicht unbedacht geöffnet werden durfte.

In der Schleuse erwartete sie eine noch viel unangenehmere Überraschung: Das Tor stand offen, Wolfs Offroader lag in Trümmern, die beiden anderen Fahrzeuge fehlten ganz. Wer auch immer an Bord gewesen war, er war schon wieder fort, irgendwo dort draußen ... mit ihren Fahrzeugen.

Zu seiner eigenen Überraschung blieb Argon ganz ruhig, Wolf ebenfalls, nur Toro brüllte seinen Zorn in den Regen hinaus und war kaum davon abzuhalten, zu Fuß hinauszulaufen und nicht vorhandenen Spuren zu folgen. Bis auf den Regen sahen sie nicht viel.

Als sich Toro endlich halbwegs beruhigt hatte und sie die Rampe einfahren wollten, gab es fürchterliche Geräusche, das Metall stöhnte, bis sich die Rampe endlich schmatzend löste und eine Woge aus Schlamm in die Schleuse und um ihre Stiefel fluten ließ, während sie sich schloss.

Die Bestandsaufnahme des restlichen Unterdecks war noch ernüchternder. Die winzige Krankenstation war schwer beschädigt bis zur Unbrauchbarkeit, das große Lager voll toter Kuh. Sie hatten das Quintatherium kaum hereinbekommen, nur mit literweise Beruhigungsmitteln, gutem Zureden, dem großzügigen Einsatz von Pheromonen und dem Ausbau einer Innenwand. Herausbekommen würde es niemand mehr, jedenfalls nicht am Stück. Es hatte sich in seiner Raserei hoffnungslos verkeilt, und irgendwie war es ihm gelungen, sich selbst zumindest teilweise anzubraten ... von hier aus sahen sie nichts außer rauer, braungrün gefleckter Haut, der Weg ins Lager war durch den toten Leib des riesigen Tiers versperrt, aber das gebratene Fleisch war deutlich zu riechen. Entweder hatte es einen Stromkreislauf erwischt, oder irgendwo war die Außenhülle beschädigt, und es hatte mit dem Hintern in den Flammen gehangen.

Wolf hob den Kopf und schnupperte. »Riecht ganz gut.«

»Bin gespannt, ob du das in einer Woche noch sagst, falls wir hier eine Weile nicht wegkommen«, brummte Argon.

»Könnte schlimmer sein.« Wolf warf Toro einen kurzen Blick zu. »Es soll zäheres Rind geben als das hier.«

Toro würdigte den lahmen Scherz nicht mal mit einem Grunzen.

»In einer Woche ist es in der Tat sehr viel zarter«, gab Argon zurück. »Faules Fleisch ist mürbe.«

»Himmel, Scheiße, ja.«

»Notfalls müssen wir es verbrennen.«

»Erst mal sollten wir es essen, solange es noch geht«, stellte Wolf fest. Nachdem sie das gesamte Schiff gesichert hatten, war er deutlich entspannter. Argon konnte das nicht von sich behaupten.

»Sollen wir Little direkt einen Brocken fürs Abendessen mitbringen?«, erkundigte sich Wolf. »Vielleicht besänftigt das auch die Knalltüten da oben ein bisschen. So ein gepflegtes Abendessen signalisiert doch ganz deutlich, dass man die Situation im Griff hat, möchte ich meinen. Und wie war noch mal der Kilopreis? Ich habe verdammt noch mal noch nie etwas so Teures gegessen!«

Argon antwortete nicht.

Achselzuckend schaffte Wolf eine leere Kiste aus der Schleuse herbei und machte sich daran, mit seinem Allzweckmesser ein ordentliches Stück Quintatherium abzusäbeln. »Falls wir nicht nahe irgendeiner Zivilisation gelandet sind«, er warf den riesigen blutigen Klumpen in die Kiste, »sollten wir zusehen, dass wir so schnell wie möglich so viel wie möglich davon hochschaffen und konservieren. Dann hat Little wenigstens was zu tun.«

»Little«, wiederholte Argon ausdruckslos. »Mit Little werden wir uns jetzt erst mal eingehender unterhalten.«

Überrascht wandte Toro den gehörnten Kopf, Wolf hingegen nickte nur. »Leerer Proviantcontainer, Blut, blinde Passagiere, und Little treibt sich zufälligerweise kurz vor dem Sprung hier unten rum – jepp.« Er seufzte und sah unglücklich aus, er hatte den Koch immer gemocht. »Das sollten wir wohl.«

6

Datum: 24. Juli 3042
System: unbekannt
Planet: unbekannt
Ort: Höhle

Der Eingang zur Höhle war breit genug für die Fahrzeuge und lag leicht hangabwärts, es lief also kein Wasser hinein. Die Scanner zeigten schwache Lebenszeichen, Morbus ließ den Jeep trotzdem hineinrumpeln. Im Licht der Scheinwerfer öffnete sich ein langgezogener Spalt im schwarzen Fels. Der Frosch blieb zunächst draußen, inklusive Eddie, während sich Morbus und Arris die Sache näher anschauten.

Der Spalt reichte an die zwanzig Meter tief, der Boden war halbwegs eben bis auf eine tiefe Mulde im hinteren Teil, und es schien, als gebe es keine weiteren Verzweigungen. Aus dem Frosch hatte Arris eine imposante Knarre mitgebracht, eine *Viper*, deren Name Morbus schon immer irritiert hatte ... eine Waffe, die spezielle Teilmantelgeschosse mit ungewöhnlicher Durchschlagskraft verschoss, hatte mehr mit einem Rhinozeros im vollen Lauf gemein als mit einer Giftschlange.

»Zwei«, sagte Morbus leise über das JUST. »Sehr schwache Signale, sind aber nicht gerade klein.« Hätte die Analyse des Scanners nicht eine tierische Lebensform als die wahrscheinlichste klassifiziert, wäre er davon ausgegangen, es mit Pflanzen zu tun zu haben.

Es waren Kokons. Zwei schiefergraue, feste Kokons, die sich an den schwarzen Fels schmiegten, der linke etwa einen Meter im Durchmesser, der andere etwas größer. Mit dem Handscanner nahm Morbus genauere Daten auf, während Arris wachsam dastand, die *Viper* im Anschlag.

Im Innern der Kokons befanden sich Wirbeltiere. Nachdenklich zog sich Morbus ein Stück zurück und betrachtete das geisterhafte Abbild auf dem Display. Fest zusammengerollt wie frierende Föten, vierbeinig, ohne Schwanz vielleicht anderthalb Meter lang. Sie lagen im Tiefschlaf oder waren womöglich noch nicht ausgereift.

»Weshalb hat der Scanner die nicht schon längst angezeigt?«, wollte Arris wissen.

»Der Stein, schätze ich. Da kommt er nicht durch.«

»Und was ist da drin?«

»Sieht ein bisschen reptilisch aus. Auf jeden Fall«, Morbus betrachtete den schwachen Schimmer am Maul, der spitze Zähne andeutete, »auf jeden Fall glaube ich nicht, dass sie sich von Schlamm ernähren oder von Gras oder von der Reinheit der Liebe.«

Reglos starrte Arris die Kokons an. »Und jetzt?«

»Tja. Hoffen wir einfach, dass ihre Mama nicht nach Hause kommt, während wir hier sind. Du bleibst beim Eingang, dann kannst du Ausschau halten oder wirst halt zuerst gefressen. Ich kümmere mich um Nelly, und dann machen wir einen davon auf.«

»Einen Kokon?«

»Ja, Arris. Einen Kokon.«

»Und wozu soll das gut sein?«

»Vielleicht sind sie essbar.«

Angewidert verzog Arris das Gesicht, während sich Morbus auf den Rückweg machte. Sehr unwahrscheinlich, dass die Dinger blitzartig erwachten. Nicht unmöglich, aber äußerst unwahrscheinlich. Sicherheitshalber ließ er eine kleine Überwachungsroutine über den Scanner des Jeeps laufen, die in kurzen Abständen die Vitalwerte der Biester überprüfte und Alarm schlagen würde, falls sie sich signifikant veränderten. Dann war es Zeit, sich um Nellys Vitalwerte zu kümmern oder das, was davon übrig war.

Bevor sich Arris widerstrebend davonmachte, um den Frosch samt Eddie hereinzufahren, half er Morbus, Nelly aus dem Wagen zu wuchten und sie auf eine Isolierdecke zu legen, die Morbus auf dem Boden ausgebreitet hatte.

Ihre normalerweise gelblich graue Haut war fahl, sie erinnerte an eine Albino-Version ihrer selbst. Der Blutdruck war viel zu niedrig, die Sauerstoffsättigung betrug laut des kleinen medizinischen Handscanners knapp über 70 Prozent. Die blinkende Warnung, dass Hirn- und andere Organschäden eintreten würden, verschwand jedoch, als Morbus Nellys Betatyp eingab und mit einbezog, welcher Medikamentencocktail sich in ihrem Blut befand ... jetzt waren Organschädigungen nicht mehr *unabwendbar*, sondern nur noch *wahrscheinlich*.

»Ich sag doch, sie ist tot«, brummte Eddie, der sich mit Arris' Hilfe auf den nackten Boden sinken ließ, ächzend das verletzte Bein ausstreckte und sich gegen den Jeep lehnte. »Nur zu stur, um es einzusehen. Ihr beide. Mann, du bist Xenobiologe, kein Arzt. Das nennt man Selbstüberschätzung.«

Irgendwo in Nellys stillem Leib gab es mindestens ein größeres Leck. Kurz entschlossen legte Morbus einige Gegenstände aus dem MedSet bereit, desinfizierte sich die Hände und das Allzweckmesser aus seinem Gürtel und schnitt die schmierige Schaumschicht über Nellys Hüften auf.

Auf sein Nicken hin robbte Eddie stöhnend näher und desinfizierte sich ebenfalls die Hände. »Mann, du tust ihr keinen Gefallen, das weißt du. Ihr Becken ist komplett zertrümmert, scheiße noch mal ... bei den Schmerzmitteln, die sie brauchen wird, reichen unsere Vorräte vielleicht für drei Tage. Und danach wird sie sich eigenhändig erschießen. Ich hatte selbst mal einen Trümmerbruch, nur der Fuß, nicht das ganze verdammte Becken, und ich wäre fast durchgedreht vor Schmerzen.« Trotz seines Protests hielt er den Hautlappen beiseite, der Morbus im Weg war, es hatte verstörende Ähnlichkeit mit einer Leichensektion.

»Und du meinst echt, man kann das essen?«, fragte Arris vom Höhleneingang her.

»Er meint die Dinger da drüben«, erklärte Morbus, ganz verloren im blutigen Durcheinander von Nellys Körper. Das hier war eine Angelegenheit für einen Chirurgen oder eine wirklich ausgezeichnete medizinische Versorgungseinheit. Er war nicht mal sicher, ob Nellys Fähigkeiten ausgereicht hätten, um sich wieder zusammenzuflicken. Seine eigenen ... Ein gebrochenes Bein richten, Schussverletzungen versorgen, alles kein Problem, aber mit inneren Organen hatte er normalerweise nur insofern zu tun, als er sie aus toten Leibern schnitt und zur näheren Untersuchung in Nierenschalen legte. Auseinandernehmen, ja, das konnte er, und er wusste auch, wo man nicht entlangschneiden sollte, um größere Sauereien zu vermeiden. Das war es aber auch schon.

Eddie klappte den Mund wieder zu. »Ach, *die* Dinger. Na, dann ist ja alles gut. Was für Dinger denn bitte?«

»Halt das mal. Irgendein lokales Raubzeug. Sind im Tiefschlaf, mach dir nicht ins Hemd.«

»Nö, mach ich nicht. Warum auch? Irgendein lokales Raubzeug, was soll's. Sieht aus, als wäre der hintere Teil des Beckens okay, richtig?«

Morbus warf einen kurzen Blick auf das Display des Scanners, den Eddie mit der freien Hand über Nelly hielt. »Richtig. Nur vorne zertrümmert. Nieren intakt, Blase ... Moment.« Für einen schrecklichen, langen Moment wusste er nicht, wo Nellys Blase war. Sie blinkte rot umrandet auf dem Display, aber Bild und Wirklichkeit unterschieden sich in Sachen Übersichtlichkeit erheblich voneinander, und dort, wo sich bei einem Menschen die Blase befand, gab es bei Nelly nur glitschige graue Darmschlingen. Kurz entschlossen schob er sie beiseite, fand die Blase, legte sie frei, heftete die Ränder des Risses mit selbstauflösenden Klammern zusammen und sprühte Schaum darauf. Es war erbärmlich. Für reine Fleischwunden reichte es, wenn man sich danach einige Tage lang nicht übermäßig bewegte, aber wenn sich die Blase füllte, stand sie unter Spannung ... er bezweifelte, dass eine Schaumversiegelung dann reichen würde. Also unbedingt einen Katheter legen – ohnehin eine gute Idee. Nur hatte er das noch nie gemacht.

Der Darm war laut Scanner unverletzt, zur Leber mussten sie sich vorarbeiten, um einen Schnitt zu verschließen.

Keine größere Arterie verletzt. Der vordere Teil des Beckens jedoch: ein Knochenpuzzle. Die ganz kleinen Splitter entfernten sie, die größeren Stücke rückten sie zurecht. Stück für Stück zogen sie sich aus Nellys Unterleib wieder zurück, ordneten und verschlossen dabei alles so gut, wie sie es eben vermochten.

Nach den Anweisungen des Scanners legte Morbus eine einfache Drainage, damit Blut und Wundflüssigkeit aus dem Bauchraum ablaufen konnten. Als er den Katheter legte, schaute Eddie weg und schüttelte den Kopf. Endlich hatten sie getan, was sie konnten, fixierten Nellys Hüfte mit Gurten und Zeltstangen aus dem Jeep und verpassten ihr ein Breitbandantibiotikum und ein starkes Schmerzmittel ... für ihr Gewicht und ihren Betatyp empfahl der Scanner eine Tagesdosis, mit der man Morbus fünfmal hätte umbringen können. Er schloss sie an einen kleinen, transportablen Tropf mit Nährlösung an. Die beiden verfügbaren Blutkonserven eigneten sich nicht für sie, mehr konnte er also nicht tun.

Müde holte er eine Thermo- und die Isolierdecke aus dem zweiten Wagen und deckte Nelly damit zu. Sie lag vollkommen still, ihr Atem war so schwach, dass man die Hand auf ihre Brust legen musste, um ihn wahrzunehmen. Sie hatte kleine, flache Brüste, bei den Waran-Betas züchteten sie die weiblichen Geschlechtsmerkmale meist nicht so deutlich heraus wie bei vielen anderen Betatypen. Er hatte sie bereits unter der Dusche nackt gesehen und beim Umziehen, aber jetzt kam es ihm seltsam intim und nicht richtig vor, und er war froh, als ihr plötzlich so verletzlicher Körper unter den Decken verschwunden war.

»Bevor du umfällst«, erinnerte ihn Eddie, »hier wäre

noch jemand, an dem du herumdoktern kannst. Du kannst aber auch einfach stattdessen in drei Tagen mein Bein abnehmen, wenn dir das lieber ist.«

Sie hatten nicht genug Wasser, um es für solche Zwecke zu verschwenden, also ging Morbus nach draußen und wusch sich die blutigen Hände im Regen. *Wasser*, dachte er geistesabwesend, *da müssen wir uns auch noch etwas überlegen.*

Als er zurückkam, atmete Nelly immer noch sehr flach, aber ruhig, und ihm fiel zum ersten Mal bewusst auf, wie beschissen Eddie aussah. Erschöpft versorgte er das verletzte Bein. Es war ein langer Riss im Knochen, kein richtiger Bruch. Er schiente es, verpasste auch Eddie Schmerzmittel und schickte ihn zum Schlafen in den Jeep.

Für einen kostbaren Augenblick kauerte er da, zu erschöpft, um sich zu rühren. Übelkeit wühlte in seinen Eingeweiden, ähnlich grob, wie er eben in denen von Nelly zugange gewesen war.

In einer Pfütze am Boden fiel ihm eine Bewegung auf, die dem Scanner entgangen war, dort wand sich ein winziger, bleicher Wurm in gleichmäßiger, hypnotischer Bewegung.

»Bist du okay?«, fragte Arris.

Er schaute auf. Arris strich sich eine klebrige Haarsträhne hinters Ohr, die Luftfeuchtigkeit in der Höhle war so hoch, dass nichts richtig trocknete.

»Ich bin besorgt«, erwiderte Morbus und seufzte dann schwer. »Ich bin fertig«, gab er zu. »Scheißsituation, in der wir sind. Wirklich nicht witzig. Wie es aussieht, gibt es da draußen nicht mal Satelliten – möglich, dass außer uns niemand hier ist, auf dem ganzen Planeten nicht.«

»Wir haben schon ganz anderes überlebt«, behauptete Arris. Morbus sah zu Nelly hinüber, dachte an Nox und sagte nichts.

»Wenn die uns hier rausholen«, Arris wechselte die *Viper* in die andere Hand, »rechnen sie uns dann immer noch den Antrieb der *Virago* an? Das war ja immerhin so ausgemacht.«

»Keine Ahnung. Wir sollten froh sein, wenn sie uns überhaupt hier rausholen.«

Arris sah verstört aus. Morbus betrachtete ihn und fragte sich wie schon oft, ob Nox recht hatte und er sich nicht nur diverses Zeug hatte implantieren lassen, sondern auch das Gesicht operiert war. Das Kinn war ein bisschen zu markant, die Nase sehr gerade, die Wangenknochen ebenmäßig wie mit dem Lineal gezeichnet ... die Ähnlichkeit mit *Captain Darkbuster* war tatsächlich frappierend, wenn Arris gerade ausdruckslos dreinschaute und nicht eine seiner vielen Grimassen zog, die allesamt verrieten, dass nicht der hellste Geist in diesem Tempel von einem Körper hauste. Er versuchte sich Arris vorzustellen, wie er in eine Klinik latschte, das Bild eines Serienhelden vorlegte und sagte: *Bitte einmal so.*

»Warum lachst du?«, erkundigte sich Arris. »Und was ist jetzt eigentlich mit diesen Kokons?«

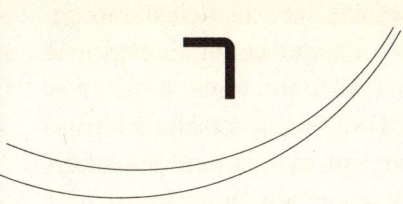

Datum: 24. Juli 3042
System: unbekannt
Planet: unbekannt
Ort: Wrack des Raumfrachters *Virago*

Little hatte einige Jahre auf Parvulus verbracht, einem kleinen, aber rohstoffreichen Planeten, der seine Bewohner mit außergewöhnlichem Nachdruck an sich band. In den ersten Wochen hatte er sich damit abgemüht, Steakmesser zu heben oder auch nur seine eigenen Füße, aber – so hatte er Argon erzählt, als sie sich nach einer Prügelei kennengelernt hatten, bei der sie sich durch Zufall auf derselben Seite wiederfanden –, er hatte sich erstaunlich schnell an die hohe Schwerkraft gewöhnt. Umgeben von lauter kleingewachsenen Leuten, allesamt stärker als er, weil sie hier geboren und aufgewachsen waren, hatte er sich nie ganz zu Hause gefühlt. Seltsamerweise hatte sich jedoch nach Parvulus weder seine Kraft je wieder ganz verloren noch die Art, sich zu bewegen ... als sei jeder Schritt ein Kampf gegen einen Planeten, der einen unnachgiebig im Klammergriff hielt. Vielleicht zog Little aber auch den Kopf meist ein und die Schultern hoch, um kleiner zu erscheinen, weil er sich daran gewöhnt hatte, sich zu ducken ... unter lauter Heavys, wie man die Bewohner solcher Planeten nannte, hatte er es nicht leicht gehabt, nicht mal mit seinen versöhnlich stimmenden Kochkünsten. Zwar war es, das fand jedenfalls Argon, hochgradig dämlich, jemanden zu verärgern, der einem das Essen zubereitete, aber die tägliche Reihenfolge der Ereignisse auf Parvulus war laut Little gewesen: auf dem Markt einkaufen, in Schwierigkeiten geraten, Prügel einstecken, in einer großen Kantine kochen, oft für dieselben Leute, die ihn kurz zuvor herumgeschubst hatten, und dann erschöpft ins Bett fallen und tiefer schlafen, als man es auf Planeten mit erdähnlicher Schwerkraft je tat.

Als Little zwischen ihnen den Gang zu den Quartieren entlanglief, konnte sich Argon lebhaft vorstellen, wie er ausgesehen hatte, wenn ihm mal wieder ein Rudel Heavys an den Fersen hing und klar war, was ihm bevorstand. Er hatte nicht einmal gefragt, worüber sie mit ihm reden wollten. Nova ebenfalls nicht, sie hatte nur aufgeschaut, ihre Gesichter gesehen und sich verstört wieder in ihre Daten vertieft.

Toro brauchte zwei Anläufe, um die verkantete Tür zum Quartier aufzubekommen. Er duckte sich hinein, Little folgte ihm und stieß einen unterdrückten Fluch aus. Puke lag auf Toros Bett, sie hatten ihm eine Jacke über das Gesicht gelegt, aber dass der Winkel seines Halses nicht stimmte, sah man trotzdem. Einige graue Haarsträhnen lugten unter der Jacke hervor. Argon starrte Little an, und der wich zurück, bis er mit dem Rücken gegen die Abtrennung zu Wolfs Bereich stieß.

»Okay«, sagte er, sein Blick flackerte zu Pukes Leiche. »Okay. Ich habe Mist gebaut. Aber ich wusste doch nicht ... was ist mit Gwenni?«

»Quartier zwei ist weg.«

»Wie, weg?«

»Weg. Abgerissen. Wir müssen irgendwas gestreift haben, keine Ahnung, jedenfalls ist das Schiff an mehreren Stellen aufgerissen, und Quartier zwei hat es komplett erwischt.«

»Wie, *erwischt?*«

Ein Blick auf die Uhr: Knapp zehn Minuten hatten sie noch, bevor die angekündigte Stunde rum war und die Passagiere nervös wurden.

»Ich nehme an, sie ist tot«, sagte Argon kalt. »Falls Nova inzwischen einen Umgebungsscan machen konnte, wovon ich nicht ausgehe, hat sie nichts gefunden. Wir vier und Nova und die Passagiere, wir sind übrig.«

Das, was sich in Littles Gesicht abspielte, hätte ihm ans Herz gehen können, aber da war eine Kälte in ihm, die Little weit fortrückte, und so betrachtete er die Verzweiflung seines Kochs eher mit Interesse denn mit Mitgefühl. »Wir haben nicht viel Zeit für Ausreden. Was hast du getan? Wer war an Bord?«

Little sank in sich zusammen. »Oh, scheiße. *Scheiße!*«

»Ich kann es aus dir rausprügeln, oder du rückst freiwillig damit raus, und zwar jetzt.«

»Es tut mir so leid«, flüsterte Little. »Ich bin so ein Idiot. Gwenni, Mann ... Puke.« Er schaute zum Bett hinüber. »Wenn ich das geahnt hätte ... es tut mir so unendlich leid!«

»Noch eine gewinselte Entschuldigung, und ich schlitze dich vom Nabel bis zur Kehle auf«, sagte Argon sehr ruhig.

»Ich will wissen, was du getan hast, nicht, dass es dir leid-
tut. Wer ist an Bord? Und was wollen sie?«

Littles braune Augen waren weit aufgerissen. Er starrte
Argon an, sein Blick wanderte zum Messer an dessen Gürtel und wieder zu seinem Gesicht. Er schluckte. »Das ist
nicht dein Ernst. Du würdest nicht ...«

Argon schwieg, und Littles Stimme erstarb. Er tastete
nach der Trennwand hinter sich und lehnte sich schwer
dagegen. »Okay. Die Fakten also. Auf Quintus hat mich jemand angesprochen, als ich mit Gwenni unterwegs war,
wegen des Proviants. Er hat mich gefragt, ob ich einen
Augenblick Zeit hätte. Sie war gerade beschäftigt. Er hat
mir Geld geboten, wenn wir eine Kiste an Bord nehmen.
Auf Javee sollte ich sie dann gegen eine normale Proviantkiste eintauschen.«

»Und was war in der Kiste?«, erkundigte sich Argon.

Littles Blick flackerte. »Ich habe nicht gefragt. Aber es
ging nicht um uns. Es ging um die Passagiere. Nur um die
Passagiere.«

»Der Störsender«, sagte Argon. »Hat ...«

»Welcher Störsender?«

»Der im zweiten Maschinenraum.«

»Ich weiß nichts von einem Störsender.« Littles Verwirrung schien echt zu sein. »Ich habe nur die Kameras ...«

»Die Kameras?«

»O scheiße, ja. Ich ... es tut mir so leid!« Little holte tief
Luft und straffte sich. Er war kein Feigling. »Ich habe die
Kameras unten deaktiviert und die im Passagierbereich.
Nicht die bei uns. Nur bei den Passagieren. Ich weiß, das
war ... unverzeihlich.«

Argon wechselte einen Blick mit Wolf. Wolfs Gesicht war

wie aus Granit, die Lippen schmal und blutleer. Little hatte jemanden an Bord gelassen. Das war in der Tat unverzeihlich.

»Damit sie zu den Passagieren können«, sagte er leise, »hättest du das Schott aufgelassen. Richtig?«

Little starrte ihn an. In seinem Gesicht dämmerte Begreifen. »Die Kameras in unserem Bereich waren noch eingeschaltet«, flüsterte er. »Ich hätte niemals ...«

»Wie sah er aus? Der dich angesprochen hat?«

Little sah aus, als wäre er um zehn Zentimeter geschrumpft, sein Gesicht war grau. »Bisschen kleiner als du, lange Haare, so ein kantiges Gesicht ... kam mir nicht vor wie der Allerhellste.«

Wolf erwiderte Argons Blick und zuckte mit den Schultern. Toro schüttelte den Kopf. Das sagte keinem von ihnen etwas.

»Die Bezahlung ist in meinem Quartier«, sagte Little. »Du kannst sie natürlich haben. Nicht dass das irgendwas wieder gutmacht. Das weiß ich. Wenn wir hier weg sind, siehst du mich nie wieder. Ich weiß, dass ich Mist gebaut habe, ich ...«

»Warum?«, fragte Argon. »Das wüsste ich gern. Warum?«

»O Mann. Scheiße. Das ist ...«

Argon wartete. Little rieb sich mit beiden Händen das Gesicht. Als er Argon wieder anschaute, war sein Blick klar und resigniert.

»Wir haben alle mitbekommen, wie es steht, Captain«, sagte er leise. »Wir alle. Puke hat überlegt, sich nach etwas anderem umzusehen. Er hat es nur nicht getan, weil Gwenni dagegen war. Aber ich ... ich habe keine Lust darauf, immer nur abzuhauen. Ich weiß, was für Leute das sind, die kommen, wenn man die Raten nicht mehr zahlen kann, und die unterscheiden nicht zwischen dem, der ihnen was schuldet, und denen, die nur für ihn arbeiten. Ich will so nicht enden. Ich habe noch was vor mit meinem Leben.«

Wie schnell oder langsam er das Messer zog, hätte Argon nicht zu sagen vermocht. Vielleicht sehr gemächlich, vielleicht aber auch so schnell, dass man hätte meinen können, es flöge wie von selbst in seine Hand. Er sah rot, wirklich und wahrhaftig rot. Das Notlicht war gelb, aber ihm kam es vor, als übergieße es Little mit Blut.

»Scheiße, Captain«, sagte Little, als Argon die kurze Distanz zwischen ihnen mit zwei raschen Schritten überwand. Er wehrte sich nicht einmal, als Argon die lange, gezackte Klinge bis zum Anschlag in seinen Bauch versenkte, sie ein Stück nach oben zog und sie wieder herausriss, er stieß nur ein schreckliches Geräusch aus, ein gurgelndes Ächzen, klammerte sich mit beiden Händen an Argons Handgelenk fest, dann gaben seine Beine nach, und er landete zu Argons Füßen.

Lebte noch. Blutete den Boden voll, viel Blut, sehr rot, und machte diese grauenhaften Geräusche, irgendwo zwischen Ächzen und Schreien, seine Augen waren glasig und weit aufgerissen.

Argon wischte die Klinge des Messers ab und steckte es weg. Zog die Laserpistole, setzte Little den Fuß zwischen die Schultern und drückte ihn runter. Schoss ihm in den Nacken, nicht in den Kopf, das gäbe nur noch mehr Sauerei, und irgendwer würde es wegputzen müssen, falls Tina den Absturz nicht überstanden hatte. Sie hatten nicht genug Platz, um das einzige verbliebene Mannschaftsquartier zu einer Leichenhalle umzufunktionieren, Wolf und Toro würden bis auf Weiteres hier schlafen.

Little lag still. Tief atmete Argon durch. Trat ein paar Zentimeter zurück, weil sich die rote Blutpfütze ausbreitete und fast seine Stiefelspitze erreicht hatte. In seinem Schädel summte es so laut, dass er wie taub war. Ein Blick auf die Uhr: Es hatte keine vier Minuten gedauert. Seltsam. Er hätte schwören mögen, dass es mindestens eine halbe Stunde gewesen war.

»Schau nach, wie es Tina geht«, wies er Toro an. »Falls sie okay ist, soll sie hier saubermachen.«

Toro nickte, schob sich an Wolf vorbei und eilte davon.

In Argons Schädel pochte Schmerz, und verspätet fiel ihm ein, dass er nichts gegen die Kopfschmerzen genommen hatte, die ihn früher oder später nach einem Sprung immer überfielen.

Wortlos trat Wolf neben ihn, beugte sich zu Little hinunter und zog seinen Kopf an den Haaren zurück. Die Augen standen offen, eins war in der Höhle verdreht.

Es war ein Anblick, der einem jüngeren Argon wochenlang Albträume beschert hätte. Dass es inzwischen nicht mehr so war, hätte ihn vielleicht erschrecken sollen, aber er empfand nichts. Gar nichts.

»Die Bezahlung ist in seinem Quartier«, murmelte Wolf. »Na, das nützt uns viel. Jetzt liegt das Geld da draußen im Dreck, zusammen mit Gwenni. Das war's ja wert, du Scheißkerl. Ich wüsste gern, wie viel es war.« Er ließ Littles Kopf los, richtete sich auf und ließ sein Genick knacken. »Ist eigentlich egal, aber ich wüsste es gern. Bist du in Ordnung?«

»Die Kassette«, sagte Argon. »Die verdammte Kassette.«

»Unmöglich, dass es deshalb war. Vollkommen unmöglich. Und selbst wenn wir aufgeflogen wären, was, wie gesagt, nicht möglich ist, dann hätten sie uns am Raumhafen aufgehalten. Riesenaufgebot, Sicherheitstruppen, Festnahme, das ganze Programm. Nicht irgendwelche Leute, die den Koch bestechen, um aufs Schiff zu gelangen.«

Argon betrachtete Wolfs Gesicht. Sie kannten einander fast ihr ganzes Leben lang. Er fragte sich, was er getan hätte, wenn es nicht Little gewesen wäre, sondern Wolf, aber dann schüttelte er den Gedanken ab – er war absurd.

»Die Betas«, sagte er. Seine Lippen waren taub, ihm war ein wenig übel. »Vielleicht ihretwegen. Vielleicht sind sie illegal. Vielleicht sind sie abgehauen.«

Wolf neigte den Kopf. »Du meinst, Tracker würden sich aufs Schiff schleichen und dann …«

»Wir waren auf Quintus«, erinnerte ihn Argon. »Quintus liefert entlaufene Justifiers nicht aus. Jedenfalls keine Betas.«

»Stimmt.« Ein langsames Nicken. »Das stimmt.«

Eine Schmerzwelle rollte durch Argons Kopf, ihm war, als schwankte der Boden. Es war wirklich an der Zeit für hochdosierte Painkiller. Er wischte die rechte Hand an einer unbesudelten Stelle der Hose ab.

Wolf trat zu seinem Spind, öffnete ihn und warf Argon eine kleine Dose zu. Darin befanden sich winzige blaue Pillen. »Eine reicht«, warnte er. »Das ist hartes Zeug.«

Argon nahm zwei. Wolf schüttelte den Kopf, sagte aber nichts.

»Ich ziehe mich um und schau noch mal nach Nova, ehe wir die Passagiere rausholen.«

»Willst du mit Stray reden? Wegen eventueller Tracker?«

Argon zuckte mit den Schultern. »Was soll er sagen? Außer dass es möglich ist? Aber ja, wir sollten ihn fragen, ob ihm Littles Beschreibung etwas sagt.«

»Kredithaie«, sinnierte Wolf, nahm ein Handtuch aus seinem Spind und warf es auf die Blutpfütze, die über den schrägen Boden auf die Wand zulief. »Tracker. Vielleicht irgendwelche Leute, mit denen die Cetaner Ärger haben. Der Typ, dem wir die Kassette abgenommen haben – wie hieß er noch gleich?«

»Ist doch egal. Worauf willst du hinaus?«

»Darauf, dass es ein verdammtes Wunder ist, dass wir nicht das ganze Schiff voller Leute haben, die uns an den Kragen wollen. Eine Proviantkiste voll, das ist angesichts der Liste von Leuten, die uns möglicherweise ans Leder wollen, regelrecht harmlos.«

Argon spürte, wie sein Mundwinkel zuckte. »Deine Mutter würde sagen: Ich wusste immer, dass sein Cousin kein Umgang für meinen Wolf ist.«

Wolf hob die Brauen. »Deine eigene Mutter auch, mein Freund«, sagte er trocken. »Deine auch.«

Unter der fest verschlossenen Luke, durch die vor einiger Zeit der verstörte Koch gekrochen und durch die kurz zuvor zwei Männer und ein Stier-Beta emporgeklettert waren, durchrieselte ein zarter Schimmer die Luft. Für den Bruchteil einer Sekunde zeichnete sich etwas zwischen den dunklen Rippen aus Ultrastahl ab, die den Schacht stabilisierten, und wenn die Kameras noch funktioniert hätten, dann hätten sie möglicherweise genug Daten erfasst, um dem Betrachter das Bild einer vage menschlichen Gestalt zu zeigen. Aber die Kameras funktionierten nicht mehr, und so verschmolz die Gestalt unbemerkt wieder mit der Umgebung, und das leise, gereizte Zischen hätte ebenso gut von einer defekten Leitung stammen können, aus der langsam, aber unaufhaltsam Gas entwich.

Die Luke war zweifach gesichert. Die auch im Notstrombetrieb intakte magnetische Versiegelung hatte der Eindringling erfolgreich umgangen, aber offenbar gab es noch eine manuelle Sicherung, und gegen die war er hier unten machtlos.

Leise entfernte er die Drähte aus der Stromleitung knapp unterhalb der Luke, verschloss die kleine Klappe wieder und zog sich zurück in den Maschinenraum auf dem mittleren Deck, der Gwennis Arbeitsbereich gewesen war und in dem alle Kontrollen für die Lebenserhaltungssysteme zusammenliefen.

Sämtliche Schaltpulte waren tot.

Der Eindringling kauerte sich nieder. Geduld. Mit unsichtbaren Augen starrte er auf die Tür, als könnte er durch reine Willensanstrengung jemanden von der Crew herbeirufen. Geduld. Er würde warten. Es zählte nicht, wie lange es dauerte, wichtig war nur, dass er seinen Auftrag erfüllte.

Arbeitsanweisung II

Proben sammeln

Sammeln Sie von allem, was Ihnen vielversprechend erscheint, Proben (siehe hierzu auch Arbeitsanweisung 3-IV). Sichern Sie die Proben vorschriftsmäßig zur späteren weiteren Untersuchung. Verfügen Sie über das entsprechende Fachpersonal und die geeignete Ausrüstung, analysieren Sie die Proben, soweit möglich. Denken Sie daran: Funde auf einem noch nicht erschlossenen Planeten können von unschätzbarem Wert sein und helfen, einen Teil der erheblichen Kosten zu decken, die *StellarExplorations* durch die Mission entstanden sind!

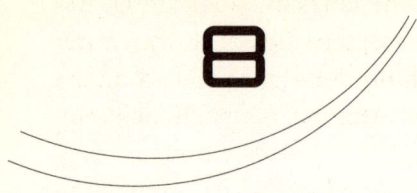

8

Datum: 24. Juli 3042
System: unbekannt
Planet: unbekannt
Ort: Höhle

Das kleinere der beiden Aliens erwachte nicht, als Morbus es aus seiner Hülle schnitt. Feucht glitt es aus dem zähen Gewebe, eine stinkende Pfütze breitete sich aus. Zum Glück hatte Morbus damit gerechnet und kauerte auf einer etwas höher gelegenen Stelle des leicht abschüssigen Bodens, also glibberte das Zeug von ihm weg.

Mit dem MedScanner, den er auf *unbekannte Lebensform* eingestellt hatte, fuhr er über den reglosen, nassen Leib. Daten jagten über den kleinen Schirm.

»Warum muss es immer so ekelhaft sein, wenn es um Lebewesen geht?«, fragte Arris bedrückt.

Die Organe waren nicht mit denen irdischer Lebensformen identisch, und der Scanner lieferte überwiegend Bilder, keine Interpretationen. Aber gewisse Funktionen schienen sehr ähnlich zu sein ... auf erdähnlichen Planeten gab es zwar hin und wieder Abweichungen, aber nur selten in wesentlichen Punkten. Ein großes Organ

100

mitten im Leib pumpte sehr langsam, aber stetig, das war wohl das Herz; vier leere, schlaffe Säcke waren mit schlitzförmigen Öffnungen an der Halsseite verbunden und dienten vermutlich der Atmung, die noch nicht eingesetzt hatte.

»Dieses ganze Geglitsche«, beschwerte sich Arris. »Und dieser Gestank. Warum kann es nicht einfach gut riechen und ... ich weiß nicht. Gut aussehen? Irgendwie ordentlicher. Es ist echt unordentlich in so einem Körper.«

»In einem Computer etwa nicht?« Vorsichtig beugte sich Morbus vor und betrachtete das Maul des Viehs im grellen Schein der kleinen Feldlampe, die er daneben aufgestellt hatte. Die Zähne lagen frei, es gab keine Lippen, Lefzen, irgendwas. Unpraktisch. Man fraß sehr viel ökonomischer, wenn Lippen oder sonstige Hautlappen und Muskeln verhinderten, dass einem Teile der Nahrung wieder aus dem Maul fielen. Entweder hatten sich die Dinger erst vor vergleichsweise kurzer Zeit entwickelt, oder ihre Nahrung war so beschaffen, dass sie keinen großen Nachteil dadurch erlitten. Manche Leute hielten Evolution für eine zielgerichtete Angelegenheit, aber das war ein Irrtum; oft setzte sich ein Merkmal nicht deshalb durch, weil es in irgendeiner Form nützlich war, sondern nur, weil es nicht ausreichend Schaden anrichtete, um seinen Träger zum Aussterben zu verurteilen.

»Unordentlich in einem Computer?«, jaulte Arris entgeistert. »Eben nicht! Klar, Kabel und so, aber kein Geschmier! Und kein Gestank. Ich ...«

»Bei Androiden hast du sehr wohl Geschmier drinnen, und stinken tut's auch«, brummte Morbus und maß aus Interesse die Länge der Zähne, die alle gleich lang und scharf zu sein schienen. Viereinhalb Zentimeter, leicht gebogen, rasiermesserscharfe Sägekanten an der Rückseite. Keine Reißzähne, keine Mahlzähne. Das sprach dafür, dass es Raubtiere waren. Auf der Innenseite des Kiefers fand er wie bizarre Kristallgewächse schiefstehende kleinere Zähne … jeder Zahn hatte vier oder fünf Kollegen auf der Reservebank, bereit, nachzurücken, wenn er abbrach. Die Biester kauten nicht, sie rissen ihre Nahrung in Stücke und schlangen sie herunter. Unangenehmerweise sprach das nicht dagegen, dass irgendwo weit größere Exemplare unterwegs waren, sondern eher dafür … Ab einer bestimmten Größe benötigte ein Lebewesen derart viel Nahrung, dass der Tag nicht mehr genug Stunden hatte, um solche Mengen zu kauen.

Nachdenklich betrachtete er das Objekt seiner Überlegungen. Es kam ihm primitiv vor, aber er mochte sich irren. Möglicherweise war dies ein junger Planet, und das, was vor ihm lag, war eins seiner ersten Experimente mit komplexeren Lebensformen. Vielleicht waren diese Biester aber auch so erfolgreich, dass sie alle Konkurrenten verspeist hatten, und hielten sich unverändert seit Millionen von Jahren. Ein Jammer, dass es noch nichts gefressen hatte, er hätte viel darum gegeben, den Mageninhalt untersuchen zu können.

»Nee«, griff Arris mit einiger Verzögerung ihr Gespräch wieder auf. »Eben nicht. Androiden stinken überhaupt nicht.«

»Vielleicht solltest du zum 2OT gehen und fragen, ob sie aus dir einen sauberen Arris machen. Vielleicht verpflanzen sie ja dein geniales Gehirn in einen hübschen kleinen Würfel mit zweieinhalb Zentimetern Kantenlänge und stellen dich ins Regal, und du hast deine Ruhe. Und ich auch.« Mit schiefgelegtem Kopf betrachtete Morbus den langen, schmalen Schädel, den geschmeidigen Hals, die kräftigen Muskeln und Proportionen, die auf einen guten Sprinter hinwiesen. Einiges deutete darauf hin, dass sich dieses Tier nicht verpuppt hatte, sondern im Kokon herangewachsen war und noch nie die Augen aufgeschlagen hatte. Aber wenn seine Zeit gekommen war, würde es fast ansatzlos bereit sein, sich selbständig auf die Suche nach Nahrung zu machen. Wie eine kleine Schlange, die klein, aber vollkommen ausgereift auf die Welt kommt. Es war nur zu hoffen, dass das Größenverhältnis dieses Tiers zu den Eltern etwas bescheidener ausfiel als das der durchschnittlichen Schlange ... und dass kein Elterntier mehr in der Nähe war. Wenn irgendwo dasselbe in zehnfacher Größe über den Planeten streifte, wollte Morbus ihm ungern über den Weg laufen.

»Was hast du gesagt?«, erkundigte er sich, weil er Arris nicht zugehört hatte.

»Mit dem 2OT will ich nichts zu tun haben.«

Belustigt schnaubte Morbus und zog sein Messer. »Hast du doch längst. Was meinst du, woher das stammt, was du dir alles hast einbauen lassen?«

»Das ist was anderes.«

»Sicher.«

Die Vergleichswerte beider Viecher wiesen leichte Unterschiede auf. Verschwindend gering. Aber der Herzschlag des ausgepackten Exemplars veränderte sich minimal, wurde zwar nicht schneller, aber um eine Nuance kräftiger, und es schien Morbus, als würde das, was nach Atmungsorganen aussah, um eine Winzigkeit besser durchblutet. Kaum messbare Impulse zuckten durch die Nervenbahnen, nur winzige Spitzen auf der Anzeige des MedScanners: Neuronen im Hirn, die vereinzelt anfingen, Impulse abzufeuern. Mit dem Messer in der Hand saß Morbus da und wartete ab, ob sich der Prozess beschleunigte.

»Wacht es auf?«, wollte Arris wissen und richtete die *Viper* auf den Kopf des Tiers.

»Das Hirn verläuft von der Schädeldecke unter den Wirbeln entlang bis hier.« Mit der Messerspitze deutete Morbus auf den Übergang zwischen Hals und Brust. »Keine Ahnung, was du für Hirnfunktionen wegballerst, wenn du den Kopf triffst, aber ich bezweifle, dass es dann stehen bleibt.«

»Ich hasse diesen Alienkram«, maulte Arris. »Wohin muss ich denn dann schießen?«

Wenn sich die Geschwindigkeit, mit der das Vieh aufwachte, nicht deutlich erhöhte – und wenn es überhaupt aufwachte und nicht außerhalb seines Kokons einfach verreckte –, würde es bei diesem Tempo sicher noch drei, vier Stunden dauern, bis sich etwas Sichtbares tat. So lange wollte Morbus nicht danebenhocken. Er tastete den Leib des Tiers über der Stelle ab, wo das Organ lag, das die Funktion eines Herzens erfüllte, und fand ineinander verschiebbare Knochenplatten, die er auch schon auf dem Scanner gesehen, aber wieder vergessen hatte. Stirnrunzelnd tastete er weiter, bis er eine weiche Stelle fand. Die blasse, graublaue Haut war kühl und ledrig, aber weich, ohne jede Behaarung. Er setzte das Messer an, korrigierte den Winkel, stieß mit aller Kraft zu und wich vorsichtshalber eilig zurück, ohne das Messer herauszuziehen.

Das Tier zuckte und schnappte. Die Beine zogen sich

krampfhaft an den Leib, lange Krallen schossen aus den Füßen und je ein großer Sporn aus beiden Vordergliedmaßen. Zucken, Schnappen, wirbelnde Krallen. Es dauerte fast eine Minute, bis die Kreatur zur Ruhe kam. Wie er befürchtet hatte ... das Hirn brauchte eine Weile, bis es seine Arbeit einstellte.

»Dahin«, sagte er zu Arris und deutete auf sein Messer. »Im schrägen Winkel von hinten, wenn die Durchschlagskraft deiner Waffe nicht irgendwas zwischen enorm und exorbitant ist.«

»Und wenn es direkt auf mich zukommt?« Arris sah weder besonders verstört noch besonders glücklich aus.

»Weiß ich noch nicht.« Achselzuckend zog Morbus sein Messer aus dem Fleisch des toten Tiers. »Am aussichtsreichsten dürfte eine Laserwaffe sein. Möglicherweise betäubt ein ausreichend harter Aufprall es auch erst einmal, so dass du ein bisschen Zeit gewinnst. Und klar, mit der richtigen Waffe kommst du auch durch. Aber unter zehntausend Joule auf kurze Distanz würde ich es gar nicht erst versuchen.«

Vertraulich tätschelte Arris seine *Viper*. »Die Kleine hier kommt mit Vollmantel auf gut zwölftausend. Das dürfte wohl reichen.«

»Das Problem ist, dass sie wohl durchkommt, aber sofort stoppen wird sie die Viecher nur, wenn du unmittelbar etwas Lebenswichtiges triffst. Am besten dürfte kombiniertes Feuer sein, Mannstoppwirkung plus Durchschlagskraft. Wir schauen nachher mal, was wir am sinnvollsten zusammen einsetzen, bis dahin versuch es lieber mit der *Misanthrope*.« Das war zwar nur eine Pistole, aber die einzige Laserwaffe, die sie hatten, und das auch nur, weil sie im

Jeep gelegen hatte – auf ihrer Mission hatten sie keine Laserwaffen dabeigehabt, sie eigneten sich denkbar schlecht für den Einsatz auf einem Raumfrachter mitten im All.

Das Messer hinterließ schwärzliche Schlieren auf dem Reinigungstuch, mit dem er es abwischte. Er wünschte sich ein Labor. Aber nicht einmal auf der *Virago* gab es eins, soweit er wusste, also musste er mit dem klarkommen, was er hatte ... ein Messer, einen MedScanner und zur Zerstreuung das leiernde Arris-Radio. Er machte einen Schnitt am Bauch. Die Haut war ziemlich zäh, gab aber nach. Eingeweide flutschten heraus, auch sie schwarz und in reichlicher Menge. Sah aus, als hätten die Biester immerhin einen dem menschlichen durchaus vergleichbaren Darm.

»O *Mann!*«, jammerte Arris und sah die nächste Stunde lang mit fest zusammengepressten Lippen zu, während Morbus in der toten Kreatur herumwühlte, Organe untersuchte, sie sauber auf dem Höhlenboden aufreihte und die Dicke von Knochenplatten maß. Die Funktion von vier Organen konnte er auch mit Hilfe des MedScanners nicht mal ansatzweise bestimmen. Mägen gab es gleich zwei, sie wirkten sehr dehnbar, dafür war der Darm recht kurz. Die Sporne an den Vordergliedmaßen waren hohl, und an dem Ende, das im Körper steckte, gab es kleine Drüsen. Was sie produzierten, wusste er nicht, sie hatten noch nicht damit angefangen.

»Die könnten uns noch ziemlich Ärger machen«, stellte Morbus schließlich fest und gähnte so ausgiebig, dass er sich fast den Kiefer ausrenkte. »Wenn es in der Gegend noch mehr davon gibt, wird es eng. Wir sollten morgen zusehen, dass wir weiterfahren.«

»Und wohin?«

»Tja. Das ist die nächste Frage. Wir bräuchten irgendeine Ansiedlung, nicht? Oder zumindest eine Sendestation.«

»Um einen Notruf abzusetzen?«

Morbus, der spöttischen Sprüche müde, nickte nur.

»Das klingt nach einem guten Plan«, sagte Arris nach längerem Schweigen. »Meinst du denn, wir können Nelly morgen transportieren?«

Jetzt war es Morbus, der eine ganze Weile schwieg. Erschöpfung machte sich dumpf und leer in seinem Kopf breit.

»Vielleicht sollten wir morgen noch hierbleiben«, gab er widerwillig zu. »Und noch ein paar Untersuchungen machen. Das Gehirn der Viecher anschauen und so.«

»Klingt gut«, stimmte Arris zu. »Und danach suchen wir uns eine Sendestation und setzen einen Notruf ab.«

Morbus nickte, nicht ganz sicher, ob Arris ihn nur trösten wollte oder ob wirklich irgendwer in der Lage war, mit einem so hochkomplexen Apparat wie einem menschlichen Gehirn so umzugehen, dass es auf dem Leistungsniveau einer defekten Reinigungsdrohne lief.

Ein Notruf ... wenn sie entsprechende Anlagen fanden, hieß das, sie waren nicht allein auf diesem Planeten. Ob aber jemand hier war, der liebenswürdigerweise ihrem Mutterkonzern Bescheid sagte und einen Bonus kassierte, oder jemand, der sie als Komplikation betrachtete ... im Zweifel erfuhr man das etwas zu spät. Ihren Notruf hatten schon viele teuer bezahlt.

Düster starrte Morbus zu den Fahrzeugen hinüber. »Würde es dir was ausmachen, Eddie abzulösen?«

»Klar! Ich meine – nein, natürlich nicht. Klar, mach ich.«

»Ich übernehme die nächste Wache.«

»Ruh dich erst mal aus«, sagte Arris großzügig und marschierte davon.

Mit glasigem Blick schaute Morbus ihm hinterher. Vor lauter Herumrennen hatte er noch keine Gelegenheit gehabt, sich zu fragen, was zum Geier an Bord der *Virago* eigentlich passiert sein mochte. Der Sprung, der Absturz ... sie jedenfalls hatten damit nichts zu tun gehabt. Es sei denn, man ging davon aus, dass Pech ansteckend war. Vollkommen abgeneigt war er dieser Idee nicht. Aber dass sein Pech und das der anderen infektiös genug sein sollte, um ein ganzes Raumschiff samt Fracht und Crew ins Nirgendwo zu verschlagen ... das war ein beklemmender Gedanke.

Müde pendelte er zwischen Nelly und dem Alien hin und her, keiner von beiden gab bemerkenswerte Lebenszeichen von sich. Schließlich brachte er den MedScanner auf dem Kokon an, definierte Werte, bei denen Alarm ausgelöst werden sollte, und setzte sich neben Nelly. Eine ganze Weile betrachtete er sie. Eddie schlief, Arris war mit seiner ganzen Aufmerksamkeit draußen.

Sky und Nox. Und wenn nicht ein Wunder geschah, schaffte auch Nelly es nicht. Nur noch zwei waren übrig von den sechs, die der Sergeant gern als *unausrottbar* bezeichnet hatte, bevor Argon verschwand und Sky gestorben war – er und Eddie. Arris gehörte ja bereits zu der neuen Generation.

Was der Sergeant wohl gerade tat? Kurz dachte Morbus, dass die akuten Notfallbesprechungen schon vorbei sein würden, ein Sprung wie der, den sie hinter sich hatten, dauerte stets eine Woche, ganz egal, wie weit man durch die zähe Suppe des Interims drang. Dann aber fiel ihm ein, dass sie aus demselben Grund erst vor einigen Stunden mitsamt der gekaperten *Virago* zurückerwartet worden waren. Kurz sah er vor seinem geistigen Auge, wie der Sergeant in diesem Augenblick in einer anderen Ecke des Universums dasaß, müde Augen in einem schmalen, allmählich alternden Gesicht, und einen Haufen wichtigtuerischer Sesselfurzer davon zu überzeugen versuchte, dass seine Unausrottbaren zurückkehren würden, während sie ihm unerbittlich und völlig sinnlos irgendwelche Zahlen um die Ohren schlugen. Zu beneiden war er nicht. Der Inhalt der Kokons war auch nicht schlimmer, als wenn er einen CEO oder einen PR-Berater dort drinnen gefunden hätte.

Das Bild eines glattgesichtigen Marketing-Fuzzis mit langen Nadelzähnen flackerte vor ihm auf, erschrocken fuhr er zurück und begriff, wie erschöpft er war. Er dachte daran, dass er die Waffen noch sortieren sollte, und möglicherweise gab es noch verborgene Fächer in den Fahrzeugen, in denen sich nützliches Zeug fand. Dann wurde es ihm egal, und er beschloss, das könne bis morgen warten oder auch noch eine Woche oder zwei. Er beherrschte seit langem die Kunst, im Sitzen zu schlafen, und die Müdigkeit knipste ihn so schnell und wirkungsvoll aus wie ein auf seinen Schädel gehämmerter Streitkolben.

Ein Traum blitzte auf. Darin erstaunlicherweise weder Zähne noch Abstürze oder tote Tiger-Betas, sondern ein breites, weiches Bett, einladend, und er mitten in einem geschmackvoll, teuer und ein wenig unpersönlich eingerichteten Zimmer, in das er schon damals nicht gut gepasst hatte. Er spürte die Gegenwart eines Menschen und drehte sich um, in der Erwartung, Lucea zu sehen, aber er hatte sich geirrt, er war allein.

Unvermittelt erschütterte ein harter Schlag die Welt. Jemand schrie.

Hastig rappelte sich Morbus auf und stellte fest, dass das Bett mitsamt dem hübschen Zimmer verschwunden war. Dafür wand sich neben ihm auf dem Boden verzweifelt der bleiche Wurm auf dem nackten Fels, die Pfütze war nicht mehr da, und unter ihm bebte der Höhlenboden.

9

Datum: 24. Juli 3042
System: unbekannt
Planet: unbekannt
Ort: Wrack des Raumfrachters *Virago*

Auf Periphetes, einer der Welten des *Order of Technology*, gab es einen höchst leistungsfähigen Simulator namens *Olympos*. Angeblich benötigten allein die Speichereinheiten seiner Datenbank so viel Platz wie eine kleine Stadt. *Olympos* war erbaut worden, um politische Entscheidungen so objektiv wie möglich und mit verlässlichem Ergebnis zu treffen. Leider waren die Daten, die man einspeisen musste, so komplex, dass bereits die Programmierung eines recht schlichten Szenarios mehrere Wochen in Anspruch nahm, und befragte man *Olympos* zweimal zur gleichen Ausgangslage, lieferte er angeblich zuverlässig zwei unterschiedliche Ergebnisse. Und als man es andersherum versuchte, indem man ein gewünschtes Ergebnis eingab und das künstliche Superhirn darum bat, den besten Weg dorthin aufzuzeigen, war er den Gerüchten zufolge abgestürzt, und mehrere Kilometer Datenleitungen waren durchgebrannt.

111

Lukhard Frey, einer der wenigen Pressesprecher des verschwiegenen 2OT, hatte in einer Stellungnahme missmutig geäußert, im Grunde sei *Olympos* nicht brauchbarer als ein durchschnittliches menschliches Gehirn – es stecke wesentlich mehr Rechenpower dahinter, nur damit am Ende ebenfalls etwas herauskam, das mit etwas Glück stimmte oder auch nicht. Lukhard Frey verschwand und ward nie wieder gesehen, doch der Spott hielt sich hartnäckig. Angeblich war *Olympos* inzwischen das gesamte Verwaltungswesen des 2OT übertragen worden, und er verursachte hier so viel Chaos und Durcheinander wie zuvor Hunderte fehlbarer Menschenhirne.

Die Tragödie des Superrechners hatte Argon hart getroffen. In seiner Jugend hatte er viel zu viel gezockt und irgendwann mittelschwere Wahnvorstellungen entwickelt, in denen er die Wirklichkeit abspeicherte, um auf den Spielstand zurückzugreifen, falls etwas schiefging. Das Versagen *Olympos'* jedoch hatte ihm dieses Schiefgehen in neuem Licht erscheinen lassen. Sein Glaube an eine wie auch immer geartete Vorherbestimmung, an eine optimale Lösung, war ihm abhandengekommen, und manchmal, wenn er eine Situation gänzlich anders eingeschätzt hatte, als sie sich dann entwickelte, erfasste ihn noch immer Bitterkeit, die er sich nicht recht erklären konnte.

So wie jetzt beispielsweise. Da saßen sie am Besprechungstisch vor ihren gefüllten Gläsern, in denen der Wasserspiegel die leichte Schieflage des Decks nachzeichnete, die beiden Cetaner, die Betas, seine Leute. Letztere schwerbewaffnet, weil Argon eine Meuterei befürchtet hatte, Gebrüll, Theater, Unvernunft, zumindest seitens des älteren Cetaners, vor allem, als er erwähnte, dass sie keine Satelliten hatten orten können. Aber sie alle waren ganz still, blass, lauschten aufmerksam, als er die Situation schilderte, und dann schwiegen alle und wandten ihre Aufmerksamkeit artig Nova zu, die erläuterte, wie es um ihre Energiereserven stand.

»Wir verfügen über einige Sonnenkollektoren«, sagte sie abschließend, »und sobald der Regen aufhört, könnten wir in Erwägung ziehen, sie aufzustellen. Allerdings ist es ein ganz schöner Aufwand. Vermutlich ist es sinnvoller, erst einmal abzuwarten, welchen Energiebedarf wir haben. Sobald das Wetter ein bisschen günstiger wird, führen wir einen Umgebungsscan durch, mit ein wenig Glück können wir dann die hiesigen klimatischen Verhältnisse besser einschätzen. Jedenfalls haben wir, falls uns die Energie knapp wird, noch immer die Sonnenkollektoren in der Hinterhand, das ist ein beruhigender Gedanke.«

Niemand sah sonderlich beruhigt aus, nicht mal Nova selbst, die etwas gequält lächelte, sich wieder neben Argon setzte und einen tiefen Zug aus ihrem Wasserglas nahm.

»Wenn ich ...« Murray griff an die Krempe seines Huts, als überlegte er, ihn abzusetzen, ließ aber die Hand wieder sinken. »Wenn ich etwas fragen dürfte ...«

»Bitte.« Argon nickte ihm zu.

»Dieser Umgebungsscan ... das ist doch ein Signal, das man auffangen und orten kann.«

»Natürlich.«

»Ich denke nicht an die Personen, die mit den Fahrzeugen geflohen sind. Mir ist klar, dass sie ohnehin wissen, dass wir hier sind. Ich frage mich nur ... was, wenn jemand dieses Signal ortet, der uns nicht wohlgesinnt ist?«

»Das Problem haben wir ganz grundsätzlich mit allen

Signalen, die wir aussenden. Ob es sich um einen Scan handelt oder einen Notruf, im Grunde sogar Funksignale innerhalb des Schiffs. Streng genommen gehen wir mit dem gesamten Betrieb des Schiffs ein Risiko ein. Auch die Sensoren in der Außenhülle, die derzeit aktiv sind und uns warnen, falls sich dort draußen etwas nähert, würden bei einem Scan der Umgebung auffallen wie Leuchtfeuer.«

Murrays Blick glitt zu seinem Sohn. Er war höchstens dreizehn, vierzehn, und hatte unverkennbar dieselben blassblauen Augen.

»Ich will nicht ängstlich erscheinen«, sagte Murray. »Aber verstehen Sie, ich würde gern … ich möchte … also, ich würde sehr gern meinen Sohn sicher nach Hause bringen und bin nicht zu großen Wagnissen bereit. Ein Abenteuerurlaub, ein wenig Trophäenjagd, das war schon die äußerste Grenze, Sie können sich nicht vorstellen, wie schwierig es war, seine Mutter davon zu überzeugen, dass …«

Der Junge wirkte peinlich berührt. Bis auf die Augen hatten die beiden keine Ähnlichkeit miteinander – Murray war tief gebräunt, plump und breitschultrig, der Junge schlaksig und blass.

»Ich verstehe Ihre Sorge«, versicherte Argon dem Cetaner. »Aber wir haben die Wahl, ob wir uns über unsere Umgebung informieren, mit der Gefahr, dass auch unsere Umgebung möglicherweise von uns erfährt, falls überhaupt jemand hier ist. Oder wir halten uns bedeckt und schicken irgendwen dort raus, um eine vollkommen unbekannte Umgebung zu Fuß zu erkunden.«

»Die beiden Herrschaften dort sind Scouts.« In Murrays helle Augen trat ein bittender Ausdruck, als er den Wolf-

Beta anschaute. »Sie haben Erfahrung mit solchen Situationen.«

Der Miene des Wolf-Betas war nicht zu entnehmen, was er dachte. »Es tut mir leid.« Seine Stimme war ruhig und ausgesucht höflich und bildete einen eigenartigen Kontrast zu seinem Raubtiergesicht. »Aber wir haben Erfahrung damit, uns auf zumindest grob gescanntem Terrain zu bewegen, mit entsprechender Information und Ausrüstung. Das ...«

»Die Ausrüstung würde Ihnen doch mit Sicherheit zur Verfügung gestellt.« Der flehende Blick wanderte weiter zu Argon.

»Selbst wenn sich die beiden Herrschaften bereiterklären würden«, erwiderte Argon, »sich zu Fuß auf einen gänzlich unbekannten Planeten hinauszuwagen – sie würden, zumal ohne Fahrzeuge, doch nur einen sehr kleinen Radius erkunden können. Und wir wüssten noch immer nichts über das zu erwartende Klima und die weitere Umgebung, auch nichts über eventuelle Nahrungsquellen oder Gefahren, denen die beiden unterwegs nicht persönlich begegnen.«

»Apropos Essen«, sagte Wolf und grinste.

Die Tür zur Küche schloss luftdicht, und als sie sich öffnete, wallte ein so köstlicher Duft heraus, dass es den Anwesenden die Sprache verschlug. Möglicherweise lag es aber auch, zumindest bei denen, die es nicht gewöhnt waren, an Tinas Anblick.

Die Symmetrie ihres Gesichts war schmerzhaft perfekt, das kastanienbraune Haar wallte in Kaskaden ihren Rücken hinab, und auch in Gwennis etwas zu weitem Overall sah sie aus, als illustriere sie ganz persönlich das, was sich Evolution oder Schöpfer unter dem Begriff *Weiblichkeit*

vorgestellt hatten. Dem älteren Cetaner fiel fast die Kinn-
lade auf den Schoß, als Tina lächelte, Toro zuzwinkerte
und zuerst der Hyänen-Beta das Essen servierte. Die nächsten vier Teller gingen reihum weiter an die Gäste: je ein
großes, goldbraunes Stück Fleisch, ein wenig dunkle Sauce, die träge über die leicht schief stehenden Teller floss,
und eine kleine Portion Gemüse aus der Tiefkühltruhe ...
Riesenkürbis und Drachenfuß von Quintus, in alberne
Sternform gestanzt.

»Und das Brot, Tina?«, fragte Nova vorwurfsvoll. »Zuerst
kommt doch das Brot!«

Die seelenvollen dunklen Augen wandten sich ihr zu,
das Haar fiel in unaussprechlicher Perfektion über eine
zierliche Schulter, als Tina den Kopf neigte. »Das habe ich
ganz vergessen«, hauchte sie, und ihre Stimme war Honig
und Samt. »Soll ich es holen?«

»Bitte zuerst die restlichen Teller, damit wir anfangen
können. Dann aber das Brot, bitte.«

Tina lächelte, nickte und entschwebte. Die Hyänen-Beta
stieß ein abfälliges Geräusch aus, und Murray beugte sich
vor. »Ist das etwa ...«

Bevor er seinen Satz beenden konnte, kam Tina wieder
zurück und servierte die restlichen Teller. Alle bekamen
dasselbe bis auf Toro, auf dessen Teller sich Gemüse türm-
te, daneben ein kleines Schälchen mit Pillen.

»Ach, und Besteck, bitte«, murmelte Nova mit gesenktem
Blick. Als Tina wieder fort war, seufzte sie. »Ich habe ihr
vor zwei Wochen eine neue Soft draufgespielt. Eigentlich
müsste sie in der Lage sein, ein mehrgängiges Menü korrekt zu servieren.«

»Ist das eine Siren?«, zischte Murray.

Argon lächelte bescheiden. »Ja, eine SirenIV. Beziehungsweise ihre äußere Hülle.«

»Wie sind Sie denn an eine Siren gekommen? Nach der Pleite von ...«

Tinas Rückkehr unterbrach ihn. Sie verteilte das Besteck, legte einen ungeschnittenen Laib Brot mitten auf den Tisch, wünschte mit einem Kernschmelzelächeln guten Appetit und zog sich wieder in die Küche zurück.

Novas Gesicht war feuerrot. Sie schwieg betreten und wich dem Blick von Toro aus, der sie breit grinsend musterte.

»Nach der Pleite von *TravellersPoint* habe ich versucht, eine zu bekommen«, fuhr Murray fort und glotzte die Küchentür an, hinter der Tina verschwunden war. »Aber es war nicht möglich. Bei der letzten Auktion wurde ich hoffnungslos überboten, und das war's dann.«

»Sie ist defekt«, erklärte Argon bedauernd. »Bei den Preisen für Sammlerstücke wäre ich sonst längst schwach geworden. Aber der verfügbare Speicherplatz ist begrenzt und unzuverlässig, man müsste ihr Hirn eigentlich vollständig ersetzen, und die Originalprogramme sind derart ... fragmentarisch erhalten, dass es lebensgefährlich wäre, sie abzurufen.«

»Lebensgefährlich«, wiederholte Murray ungläubig. »Inwiefern denn lebensgefährlich?«

»Versuchen Sie das bloß nicht«, mischte sich Nova ein, zwischen ihren Brauen stand eine Zornesfalte wie ein senkrechter Strich. Erst jetzt schaute er sie richtig an, und seine Augen weiteten sich. Sie hatte ihre Kontaktlinsen nicht wieder eingesetzt, und Argon fragte sich, ob es Absicht war oder sie es vergessen hatte.

»Sie haben eine Vorliebe für ... ungewöhnliches Bordpersonal, Captain«, bemerkte Murray gefasst.

»Wir sollten essen«, erwiderte Argon. »Es ist schade, wenn eine Mahlzeit vom Gegenwert eines mittleren Bordlasers kalt wird.«

Toro grinste immer noch Nova an, die den Cetaner ignorierte und missmutig den Brotlaib anstarrte, und griff über den Tisch, um ihn heranzuziehen. »Ärgere dich nicht. Kann halt nicht jeder anständig programmieren.« Er brach ein Stück ab und warf es zielsicher auf ihren Teller, exakt neben das Stück Fleisch. Sauce spritzte auf.

»Iss du dein Gemüse, du Rindvieh«, fauchte sie ihn an. Lächelnd schob er das Brot fort und widmete sich seinem Essen. Er vertrug kein Fleisch, was bei Angehörigen seines Betatyps häufig vorkam, aber seine Probleme mit Getreideprodukten waren unter Stier-Betas ausgesprochen selten. Im Grunde konnte Toro außer Gemüse nicht viel essen, und auch da war die Auswahl begrenzt. Ohne seine Nahrungsergänzungen wäre er längst verhungert oder äußerst würdelos auf dem Klo verreckt. Das war einer der Hauptgründe, weshalb er nach kurzer Zeit aus Nellys Team versetzt worden war ... das und die Probleme mit dem Shuttle, das der Sergeant bevorzugte und in das Toro kaum hineingepasst hatte. Und die Probleme mit den beiden Tiger-Betas, natürlich.

Mit einem Mal wurde Argon klar, dass sie mit den Vorräten haushalten mussten, denn selbst wenn sie hier Nahrungsquellen auftaten ... es war fraglich, ob sie über längere Zeit für Toro ausreichen würden.

Schweigend aßen sie. Sehr gut möglich, dass es das Köstlichste war, was Argon je gegessen hatte, vielleicht schmeckte es aber auch nach gebratenen Sofakissen. Die Konsistenz war außergewöhnlich zart, aber er schmeckte rein gar nichts.

»O Mann«, stöhnte Nova neben ihm. »Dafür hat sich der Absturz fast gelohnt.«

»Es ist etwas zu stark durchgebraten«, bemerkte Murray. »Auf Quintus haben wir es probiert, und die korrekte Zubereitung ...«

»Ich finde, es schmeckt ausgezeichnet«, knurrte Nova ihn an. Er lächelte entschuldigend, aber das Lächeln erreichte nicht seine Augen. »Ich wollte die Fähigkeiten Ihrer charmanten Köchin nicht herabsetzen.«

Auf der anderen Seite des Tischs schnaubte Toro amüsiert, Wolf und Argon wechselten einen kurzen Blick und dachten vermutlich beide an Little. Von seiner Rolle in der ganzen Geschichte hatten sie kein Wort erwähnt, auch Nova gegenüber nicht. Sie hatte noch nicht gefragt.

Wieder senkte sich Schweigen über sie. Das Fehlen von Servietten wurde nicht kommentiert, selbst Murray benutzte seinen Ärmel, ohne etwas zu sagen. Schließlich rief Nova Tina, die mit größter Anmut abdeckte, und da saßen sie wieder.

Nachdenklich betrachtete Argon die kleine Runde. »Wir werden Wachen einteilen und in Schichten schlafen«, sagte er schließlich. »Außerdem gibt es einige Sicherheitsprotokolle, mit denen wir Sie vertraut machen werden. Ich erwarte, dass sich jeder an Bord daran hält. Bis morgen früh haben wir zudem einige Notfallpläne erstellt, die die meisten möglichen Szenarien abdecken werden. Nach dieser Besprechung brauche ich ein oder zwei Freiwillige, die dabei helfen, einige der Waren unten zu begutachten und einen Teil dessen, was unbeschädigt geblieben ist und uns nützlich sein könnte, heraufzuschaffen. Wir verfügen im obersten Deck nicht über ausreichend Lagermöglichkeiten, deshalb werden wir einen Teil im mittleren Maschinenraum einlagern müssen. Er liegt direkt unter Ihren Quartieren.«

Die Passagiere schwiegen.

»Wir helfen gern beim Schleppen«, sagte dann die Hyäne. Ihre Aussprache war undeutlich, die Stimme unangenehm schrill.

»Vielen Dank.« Argon nickte ihr zu. »Sie also und Murray.«

»Ich meinte, ich und ...«, protestierte sie, aber der Wolf-Beta legte ihr die Hand auf den Arm, und sie verstummte. Sein aufmerksamer und wissender Blick prickelte auf Argons Haut. Er hätte behaupten können, das sei kein Misstrauensvotum, sondern eine reine Vorsichtsmaßnahme, aber natürlich wäre das gelogen. Wer nach unten ging, wurde vorübergehend bewaffnet. Er würde sicher nicht beide Betas zugleich bewaffnen, ehe ... ja, was eigentlich? Ehe er sicher war, dass sie nichts mit der Sache zu tun hatten? Bis sie sich bewährt hatten oder es unumgänglich war, beschloss er. Paranoia und Vorsicht ... nicht immer leicht voneinander zu unterscheiden, und zu viel Vertrauen konnte einen ebenso gut umbringen wie zu wenig.

Murray räusperte sich. »Also«, sagte er, »ich würde durchaus gern helfen, ich packe mit größtem Vergnügen mit an und scheue mich nicht vor ehrlicher Arbeit, allerdings wäre ich vielleicht nützlicher, wenn ich mir eventuell die Aufzeichnungen des Absturzes mal anschaue. Der Ausfall des Antriebs muss ja eine Ursache haben. Vielleicht ...«

Er kam nicht dazu, seinen Satz zu beenden, aber diesmal war es keiner der anderen, der ihn unterbrach. Es geschah so unvermittelt, dass im ersten Augenblick nicht mal jemand aufschrie. Argon war, als packte ihn eine gewaltige Faust und schmetterte ihn zu Boden, der ihm aber zugleich entgegensprang, Wassergläser machten riesige Sätze, in der Küche klirrte es, und irgendetwas schüttelte die *Virago* durch wie einen unartigen jungen Hund. Er klammerte sich an ein Tischbein, das auf einmal vor ihm auftauchte. Als ihm dämmerte, dass die Erde bebte, war es schon fast wieder vorbei.

»Großartig«, stöhnte Wolf, als es endlich aufhörte. Mitgenommen rappelten sie sich auf. Bis auf ein paar kleinere Blessuren war niemand verletzt, das Mobiliar war fest verschraubt, und die Gläser bestanden aus Hartplast. Die Küche hatte ein wenig gelitten, wie Nova nach einem eiligen Check verkündete, aber Tina war so weit in Ordnung. Die Cetaner waren blass, aber wenn Argon ehrlich war, musste er das auch über seine eigenen Leute sagen ... selbst Toro sah verstört aus. Probleme, die man erschießen, umrennen oder niederschlagen konnte, sagten ihm deutlich mehr zu als Naturphänomene, denen man ausgeliefert war.

»Gut«, sagte Argon munter und kratzte sich im ausrasierten Nacken. Er hielt seine Haare noch immer militärisch kurz, obwohl Nova ihm gelegentlich erklärte, sie etwas länger zu tragen, würde ihm besser stehen. »Danke für Ihr Angebot, Murray. Wir werden Ihnen nach einer gründlicheren Analyse der Daten mitteilen, ob bei der Interpretation noch Hilfe benötigt wird. Vorerst brauche ich einen Freiwilligen für den Gang auf das unterste Deck.«

»In Ordnung«, murmelte Murray fügsam.

»Passiert das noch mal?«, fragte der Junge. Es war das erste Mal, dass Argon seine Stimme hörte. Sie war nicht mehr so kindlich, wie er nach einem Blick in das schmale, bartlose Gesicht erwartet hätte. Und er fragte Argon, nicht seinen Vater.

»Bestimmt nicht«, brummte Murray besänftigend.

»Möglich«, sagte Argon zugleich.

»Wir sitzen echt ganz schön tief in der Scheiße«, sagte der Junge, es klang fast bewundernd. »Bis zum Hals und drüber raus, stimmt's?«

»Kinder«, seufzte Argon. »Zivilisten und Kinder. Erinnere mich daran, dass ich sie auf meine No-Go-Liste für Passagiere setze.«

»Er ist eigentlich gar kein Kind mehr«, erwiderte Nova. »Sondern ein Teenager.« Sie saß auf seinem Bett, ließ die Beine baumeln und sah todmüde aus. Wolf hatte ihren Platz im Cockpit übernommen und widmete sich mit größter Verbissenheit den Daten, die die *Virago* während des Absturzes aufgezeichnet hatte. Nova hatte ins Bett taumeln wollen, und da erst war ihr und auch den anderen aufgefallen, dass sie gar keins mehr hatte. Es war fort, zusammen mit Gwenni und Littles Blutgeld.

»Eigentlich sollten wir jetzt einen Scan machen.« Sie versuchte, ein Gähnen zu unterdrücken, aber es brach sich doch Bahn. »Falls Gwenni noch lebt ...«

»Und wie wahrscheinlich ist das?«, fragte er leise.

Sie konnten nur einen wirklich gründlichen Scan durchführen, er verschlang gut sechzig Prozent der verbliebenen Energiereserven, und bei diesem Wetter war es nicht sinnvoll. Das wusste sie so gut wie er, aber es war das Privileg von Leuten, die nicht der Captain waren, unvernünftige Dinge zu wollen und dann zu schmollen, wenn sie ihnen abgeschlagen wurden.

»Hmhm«, machte sie. »Ich ziehe mich jetzt aus.«

»Schmeißt du mich raus?«, erkundigte er sich und war selbst überrascht, dass seine Stimme amüsiert klang. Vielleicht hatte Wolf recht gehabt, das Abendessen hatte gut getan, Erdbeben hin oder her.

»Du kannst ruhig bleiben. Ich wollte dich nur warnen.« Ohne weitere Umstände strampelte sie ihre Schuhe fort, schlüpfte aus ihrem Overall und ließ ihn neben dem Bett auf den Boden fallen. Darunter trug sie einen sehr schlichten grauen BH und einen grellgrünen Slip.

»Spannende Kombination«, bemerkte er. »Brauchst du noch irgendwas?«

»Nee.« Sie wühlte sich unter die Decke und schlief sofort ein.

Kurz betrachtete er ihre zierlichen Umrisse unter der Decke, dann wandte er sich ab und ging nach nebenan. Sein Quartier verfügte über zwei Räume, wenn auch, zugegeben, sehr kleine, und er hatte den winzigen Schreibtisch hochgeklappt und an der Wand verschraubt, um das Feldbett unterzubringen.

Die Kassette war noch da. Nach kurzem Zögern schaute er hinein. Alles war, wie es sein sollte.

Lautlos verstaute er sie in der kleinen Klappe am Boden des schmalen Schranks, den er wegen des Feldbetts nur etwa zu zwei Dritteln öffnen konnte. Vorher hatte sie im Safe gelegen, aber Nova öffnete alles, was in irgendeiner Weise auf Elektrizität beruhte, mit derselben Leichtigkeit, mit der sie ein Fahrzeug steuerte. Und sie ging davon aus, dass dort drinnen nichts war, was sie nicht sehen durfte. Gut möglich, dass sie selbst etwas darin unterbringen wollte, jetzt, wo sie das Quartier teilten.

Vertrauen, zu viel und zu wenig. Bis auf Wolf wusste niemand von der Kassette und dem, was sie für sie alle bedeuten mochte.

»Argon?«

»Hm?« An der Tür hielt er inne.

Nova hob das gerötete Gesicht von seinem Kissen. »Ich … das Essen war ziemlich gut, oder?«

Er hob die Brauen und setzte sich auf die Bettkante. »Er ist tot.«

Obwohl sie versuchte, Fassung zu bewahren, zitterte ihre Unterlippe. Ihm fiel auf, wie es gelegentlich passierte, dass sie recht hübsch war. Meistens übersah er es, weil sie seine Pilotin war, weil er sie jeden Tag sah, weil es ein zerbrechliches, mädchenhaftes Hübschsein war, das in ihm durchaus Beschützerinstinkte weckte, aber nicht mehr.

»Hat er …«

»Ja. Er hat sie an Bord gelassen.«

»Warum?«

»Geld. Weshalb sonst?«

Im schwachen Licht waren ihre Augen riesig. »Hast … hat … wer …«

»Ich habe ihn erschossen.« Das Messer in Littles Bauch, vorher, ließ er aus.

»Gut.«

Die Heftigkeit in ihrer Stimme verblüffte ihn. »Gut?«

»Ja, gut. Er hat Gwenni umgebracht, richtig? Und Puke. Und die *Virago*.«

»Indirekt.«

Sie starrte ihn an, mit diesen grauen Augen ohne eine Spur von Weiß. Ihm fiel auf, dass sie ihm nicht mehr fremdartig vorkamen.

Sie krabbelte über das Bett auf ihn zu, und ehe er sichs versah, hatte sie die Arme fest um ihn geschlungen und schmiegte den Kopf an seine Schulter. Ihre Haare standen in alle Richtungen ab und kitzelten ihn an der Wange, die ohnehin juckte, weil er sich nicht rasiert hatte. »Du hast nichts falsch gemacht«, hörte er sie flüstern, ganz dicht an seinem Ohr. »Little ist schuld, und diese Leute, die er an Bord gelassen hat. Es war richtig, dass du ihn erschossen hast. Für Verräter ist auf der *Virago* kein Platz.«

Er schwieg. In ihm stieg etwas auf, etwas Dunkles, wie eine Welle, die ihn in den Abgrund reißen wollte. Plötzlich bekam er keine Luft mehr. Sie hob den Kopf von seiner Schulter und sah ihn an, und er bemerkte die Male an ihrem Hals und berührte sie sachte. »Das tut mir wirklich leid«, sagte er heiser. »Little hin oder her, aber dass ich dich gewürgt habe ...«

Sie fing seinen Blick ein. »Wir schaffen es hier weg, oder?«

Wenn ich nur wüsste, wie, dachte er. *Das Interim und die Leere zwischen den Sternen und die Zeit, die während eines Sprungs verloren geht, und alles andere sei uns gnädig, aber ich weiß nicht, wie.*

Laut sagte er: »Mach dir keine Sorgen. Es wird sich finden.«

»Und wegen der *Virago* ...«

Sein Schmerz über den Verlust des Schiffs spiegelte sich in ihren Augen. Plötzlich wurde ihm klar, dass sie die Einzige war, die ihn teilte. Für Toro und Wolf war die *Virago* austauschbar, einfach ein Transporter und eine nicht besonders komfortable Unterkunft, im Grunde so gut wie jede andere.

»Das klärt sich schon«, versicherte ihm Nova nachdrücklich, und da wurde ihm klar, dass sie ihn zu trösten versuchte. »Es ist nicht dasselbe, aber du wirst wieder ein Schiff haben. Und wenn wir dir eins klauen!«

Er musste lachen, schluckte es aber runter, weil sie so ernst war. Gerührt betrachtete er ihr schmales kleines Gesicht und die blinde Entschlossenheit, die in den grauen Augen brannte. Für einen ganz kurzen Augenblick kam es ihm tatsächlich so einfach vor.

Er zwinkerte ihr zu. »Schlaf jetzt ein bisschen.«

Sie krabbelte fort, zog sich die Decke bis zu den Ohren und seufzte. »Es braucht dann aber einen anderen Namen. Das neue Schiff. Wir können es nicht einfach *Virago II* nennen.« Damit schlief sie wieder ein.

Einen Augenblick lang saß er noch da und sah ihr beim Schlafen zu. Dann schüttelte er den Kopf, ließ nach kurzer Überlegung das Licht an und trat auf den leeren Gang hinaus.

10

Datum: 26. Juli 3042
System: unbekannt
Planet: unbekannt
Ort: Höhle

Es regnete die ganze Nacht lang, ungeheure Schlammströme wälzten sich vor ihrem Felsspalt vorbei. Es war so finster, dass nur Arris mit seinen künstlichen Augen überhaupt etwas hätte sehen können ... wenn nicht der Regen seine Sicht empfindlich eingeschränkt hätte. Und es war so kalt, dass sie die Thermoanzüge aus dem Jeep überzogen, dünner Stoff in Flecktarn, dunkelgrün und schlammgrau. Sie wogen fast nichts, waren aber robust und wärmten recht gut. Morbus notierte sich Hersteller und Namen, weil sie besser waren als die Dinger, in denen sie letztes Jahr die Nächte auf einem kleinen Dschungelplaneten durchgefroren hatten, als die Vorabmessungen um läppische dreißig Grad danebengelegen hatten.

Während Arris reglos wie ein treuer Wachroboter am Höhleneingang stand, pendelte Morbus zwischen den Fahrzeugen, Nelly und dem hinteren Teil der Höhle hin und her. Eddie schlief, die Aliens stanken, und Nelly stieß im Däm-

127

merschlaf zwischen ihren Isolierdecken ab und zu ein heiseres Stöhnen aus, das nicht enden wollte und ihn jedes Mal erstarren ließ. Der erfreulichste Teil seiner Route waren die Fahrzeuge, aus denen er recht brauchbare Ausrüstung geborgen hatte. Neben der *Viper* und der *Misanthrope* gab es noch drei reichlich klobige Maschinenpistolen eines ihm unbekannten Herstellers, ein Jagdgewehr und einige Allzweckmesser, außerdem einen Servohandschuh. Unangenehmerweise hatten sie nur wenig Munition für die Waffen, insgesamt keine zweihundert Schuss, aber immerhin gab es überhaupt welche. Zwei weitere Thermoanzüge lagen sorgfältig gefaltet unter dem Fahrersitz des Jeeps, und er hatte ein weiteres MedSet und ein MedPack gefunden, dazu Werkzeug, vier Zelte und zwei große Boxen mit Nährriegeln in den Geschmacksrichtungen Brechbeere und Kotzapfel, wie Eddie zu dem Zeug zu sagen pflegte. Dazu mehrere Feldlampen in unterschiedlichen Ausführungen, vier Zwanzigliterkanister mit Wasser, ein mobiler Heizstrahler mit einstellbarem Radius und ein bisschen Kleinkram ... alles in allem nicht beeindruckend, aber brauchbar. Da Nelly es zwischen den Decken warm genug hatte, verzichtete Morbus auf den Aufbau des Heizstrahlers und verstaute alles wieder in den Fahrzeugen, damit sie für den Notfall möglichst schnell aufbruchbereit waren.

»Ist ja immer noch dunkel«, murrte Eddie irgendwann und kroch aus dem Wagen.

»Regnet auch noch immer«, erwiderte Morbus.

»Wie spät ist es?«

»Lange genug nach dem Absturz, dass es inzwischen eigentlich heller sein müsste. Ich schätze, die Tage und Nächte sind hier ein bisschen länger.«

»Vielleicht ist es nur der Regen.« Mit schmerzverzerrtem Gesicht humpelte Eddie näher, wühlte in der Box mit Nährriegeln herum, die noch auf der Motorhaube des Jeeps stand, und spuckte angewidert aus. »Kannst du mir mal sagen, warum die diese Scheiße mit den Aromastoffen nicht einfach mal bleiben lassen können, wenn die es eh nicht hinkriegen, hm? Alles kriegen die hin, sogar meine Zahnpasta schmeckt so, dass ich sie am liebsten essen würde, nur diese bescheuerten Nährriegel, die zum Essen da sind, schmecken rückwärts wie vorwärts gleich. Das ist doch zum Kotzen. Was ist das?«

»Schmerzmittel. Nimm das.«

»Ich denk nicht dran.«

»Schmeckt nach nichts, versprochen.«

»Dann friss es selbst.«

»Schluck runter. Wenn du Schmerzen hast, bist du ...«

»Ich hab keine Schmerzen«, blaffte Eddie, »ich hab schlechte Laune, weil wir auf einer rotzbeschissenen Scheißkugel abgestürzt sind, Arris singt, Nox und Nelly tot sind, du eine Leiche mitschleppst, und weil ich einen verdammten Ohrwurm von diesem *Burning-Rain*-Scheißdreck habe, den Arris gesungen hat, weil *du* ihn darum gebeten hast! Was ist jetzt mit diesen verschissenen Viechern, die du gefunden hast?«

»Tja. Wird deine Laune nicht verbessern.«

Angewidert starrte Eddie ihn an, dann humpelte er zum Höhlenausgang, beugte sich neben Arris hinaus und brüllte in den Regen: »Sofort aufhören mit der Scheiße!«

Fast erwartete Morbus, der Regen würde augenblicklich gehorchen. Manchmal hatte Eddie bei so etwas ein unheimliches Timing. Aber nichts passierte.

Eddie kam zurück, ohne Arris eines Blickes zu würdigen, und stopfte grimmig einen Riegel in sich hinein. »Du siehst scheiße aus«, sagte er zu Morbus, es klang wie ein Vorwurf.

»Herzlichen Dank.«

»Leg dich schlafen.« Wenn Eddie die Brauen hob, wurden seine Augen dreieckig. Morbus hatte mal einen Hund gekannt, bei dem es ähnlich gewesen war, aber der war deutlich netter gewesen und hatte dabei gewedelt.

»Vielleicht hatte der Antrieb einfach einen Defekt«, grübelte Eddie. »Wetten, der hat ihn auf dem Schwarzmarkt gekauft? So ein Schrottteil, weißt du, irgendein Ding, das sie hätten entsorgen müssen, stattdessen haben sie es an einen dahergelaufenen Idioten verscheuert, der die Schnauze hält und nimmt, was er bezahlen kann. Wie viel kann bei diesem Job damals schon rumgekommen sein? Wenn du die Prozente für *SE* abziehst und einen Anteil für Toro? Hab mich schon lange gefragt, wie der Arsch es bloß geschafft hat, sich ein Raumschiff zu kaufen, mit Schubantrieb, kein halbes Jahr nachdem er weg war. Aber neidisch muss man nicht sein, jetzt liegt sein schönes Schiff da drüben im Dreck, und überhaupt ...«

»Gute Idee«, brummte Morbus.

»Hä?«

»Schlafen. Schlafen ist eine gute Idee. Schau du nach Nelly.«

»Was ist denn da zu schauen?«

»Jede Stunde ganz vorsichtig bewegen, um ...«

»Bist du bekloppt? Ich bewege doch niemanden mit gebrochener Hüfte, der außerdem achthundert Kilo wiegt!«

»Dreihundertfünfzig. Und es muss sein. Wegen Druckstellen. Auf dem Boden und bei ihrem Gewicht geht sonst das Gewebe kaputt, und dann fault es weg.«

Ekel stand in Eddies Gesicht. »Druckstellen, ja? Wirst du sowieso nicht verhindern können. Außerdem wird da noch ganz was anderes faulen, wenn ich an deine saubere OP denke, Doktor Morbus. Ich wälze sie bestimmt nicht in der Gegend rum, damit außen alles hübsch bleibt, während sie von innen ...«

»Vergiss es«, knurrte Morbus.

»Was tust du da?«

»Ich stelle mir den Wecker auf eine Stunde.«

Schnaubend riss Eddie die Verpackung eines weiteren Riegels auf. Er hatte die Tür des Jeeps offen gelassen, Morbus kroch hinein, und das Letzte, was ihm vor Augen stand, war Eddies Gesicht mit diesen spöttischen, wütenden Augen. Dann war er weg, traumlos, ausgeknipst, und entweder kroch Eddie ihm hinterher und schaltete den Wecker an seinem JUST aus, oder er überhörte ihn, denn als er aufwachte, war es sechs Stunden später, und der Regen hatte aufgehört. Er blinzelte ins Dämmerlicht und kroch aus dem Jeep, auf dessen Rückbank er geschlafen hatte. Sein gestauchter Rücken schmerzte so übel, dass er es kaum schaffte, sich aufzurichten. Die aufgestellten Lampen waren ausgeschaltet und wieder verstaut worden, alle bis auf die eine ganz hinten in der Höhle, wo die Aliens lagen.

»Wird auch Zeit«, begrüßte ihn Eddie, der am Höhleneingang auf einem Felsbuckel hockte und aussah wie eine missgelaunte Kröte.

»Nacht vorbei?«, fragte Morbus.

»Regen vorbei, Nacht vorbei.«

»Wunderbar.« Mit kältesteifen Fingern befreite er sein

Frühstück aus der Verpackung. Er zwang sich, sorgfältig zu kauen, weil er so wenigstens die Illusion pflegen konnte, etwas zu essen, statt sich einfach nur Nährstoffe zuzuführen. Zu kauen machte satter, das hatte er so oft festgestellt, dass er es nicht mehr hinterfragte. Er sah sich nach Nelly um und entdeckte Arris, der mit geschlossenen Augen neben ihr kauerte. Wenn man nicht wusste, dass Arris eigentlich nie wirklich schlief, hätte man meinen können, er wäre im Sitzen eingenickt.

»Er hat sie bewegt«, sagte Eddie hinter ihm. »Und fast geheult, weil sie jedes Mal so gestöhnt hat, als ob er ihr was bricht. Trotzdem, jede Stunde. Wofür genau folterst du sie eigentlich noch mal, bevor du sie sterben lässt?«

Morbus nahm einen zweiten Riegel und schlurfte zu Eddie. Ihm war, als hätte jemand ihn in Sirup eingeweicht und dann zwei Stunden lang ausgewrungen, alles klebte, alles tat weh, er fühlte sich alt und welk und nicht in der Lage, mit Eddie zu kommunizieren. Jedenfalls nicht ohne Pumpgun.

Noch immer hingen schwere Wolken tief über ihnen, bedrückend tief, viel zu nah. Träge gurgelnder Schlamm floss durch breite, ausgewaschene Felsbetten, es gab nur Grau- und Brauntöne, und alles sah gewaltig aus, monumental, keine Details gliederten die Landschaft, es sei denn, man betrachtete ungleichmäßig verteilte shuttlegroße Felsen als solche. Aber es gab keine Bäume, keine Sträucher, und bis auf die Felsen war die Ebene so flach wie eine gigantische Postkarte. Die Sonne war riesig und brannte in einem bläulichen Weiß, überrascht spürte Morbus, wie ihre Hitze über die Ebene heranrollte und auf seiner Haut brannte, obwohl sie gerade erst über den Horizont gekrochen war. Der Himmel sah bleich aus und seltsam leer, trotz der Wolken, und die Farben waren falsch. Es war, als hätte jemand die Wirklichkeit grafisch bearbeitet und die Rottöne ausgefiltert.

»Sonnencreme«, murmelte er. »Lichtschutzfaktor hundertzwanzig haben wir da, glaub ich. Ich hoffe, das reicht.«

»Hm«, machte Eddie, richtete sich auf und stützte sich auf die *Viper*, die offenbar zur Waffe des jeweiligen Wachhabenden bestimmt worden war. »Sieht fast aus wie ein blauer Riese, oder?« Er blinzelte zur Sonne hinüber, die zu hell war, um sie direkt anzuschauen. »Haben wir Sonnenbrillen?«

»Noch besser. Multifunktionsbrillen, und zwar nicht irgendwelche – drei Vega4000 und eine X-Ray mit Design aus dem vorletzten Sommer. Passt irgendwie zu Arris, finde ich. Was macht dein Bein?«

»Fast wieder wie neu.«

»Und in echt?«

»Bescheiden«, gab Eddie unwirsch zu.

»Ich schätze, zwei, drei Tage Schonung wären ganz gut.«

»Mit Schonung meinst du, wir hocken hier herum und hoffen, dass sie uns nicht finden, richtig?«

»Sie haben keine Fahrzeuge. Sollen sie durch metertiefen Schlamm schwimmen und uns suchen?«

Eddie zuckte mit den Schultern. Er hatte kein Sitzfleisch, nie gehabt. Es machte ihn schon nervös, wenn er ein paar Stunden an demselben Ort warten musste.

»Nelly ist nicht transportfähig«, gab Morbus zu bedenken, »draußen ist alles verschlammt, und wir haben keine Alternative zu der Höhle hier parat. Wir würden blind losfahren, und das in der Hitze eines blauen Riesen, wenn es wirklich einer ist. Es sieht mir aber ganz verdammt danach aus. Die Dinger erreichen Temperaturen von bis zu ...«

»Wir könnten einen Umgebungsscan machen. Irgendwas Besseres als diese Höhle wird sich ja wohl finden.«

»Eine bessere Möglichkeit, der *Virago* zu verraten, wo wir sind, aber wohl kaum. Wenn wir scannen, fangen sie das Signal garantiert auf und orten uns.«

Verstimmt trommelte Eddie mit den Fingern auf seiner improvisierten Gehhilfe herum. Drüben in der Höhle hob Arris den Kopf, starrte kurz zu ihnen herüber und erhob sich, um auf sie zuzuschlendern.

»Sie haben noch nicht gescannt«, sagte Eddie. Erst jetzt fiel Morbus das Kabelbündel auf, das aus der Höhle führte. »Hast du ...«

»Rein passiv. Wenn es irgendwelche Signale gibt, fangen wir sie auf. Bisher nichts. Kein Funk, kein Scan, kein nichts.«

»Ich glaube sowieso nicht, dass sie uns beim Scannen auf dem Schirm hätten. Nicht durch den Stein.«

»Das weißt du nicht. Aber wir werden es wissen, wenn es so weit ist. Ich habe drinnen ein paar Empfänger zur Kontrolle aufgebaut. Zwei, um genau zu sein, wir haben insgesamt nur vier, zwei sind draußen.«

»Gut«, sagte Morbus.

»Nee. Gut wäre es, wenn wir jetzt im Hotel wären.«

Da dem schlecht zu widersprechen war, wandte sich Morbus Arris zu, der unglücklich an ihnen vorbeiblinzelte. Arris hatte es nicht so mit der freien Natur.

»Zeig mal die *Misanthrope*«, bat Morbus.

Folgsam zog Arris die Waffe aus dem Holster, überprüfte sie rasch und reichte sie ihm. Die *Misanthrope* war eine etwas antiquierte Laserpistole, die unter voller Auslastung mit voller Energiezelle etwa zehn Minuten lang Saft hatte, mit dem Gürtelakku noch eine ganze Weile länger. Standardmäßig verschoss sie kurze Impulse, aber man konnte die Länge der Schüsse auf drei Stufen regulieren. Laut Anzeige war die Energiezelle bei siebenundneunzig Prozent. Wenn er die uralte Werbung richtig im Kopf hatte, bei der jemand mit dem Ding ein ganzes Shuttle zerlegte, feuerte sie giftgrün. Eigentlich die passende Waffe für Eddie. Leider besaß sie im Gegensatz zu ihm keinen Dauerfeuermodus.

»Ich müsste mal dringend pinkeln«, sagte Arris. »So richtig dringend.«

»Mensch, Arris, dann mach das doch«, schlug Eddie gereizt vor.

»Eigentlich muss ich nicht nur pinkeln.«

»Ich will das gar nicht so genau wissen.«

»Ich meine nur – soll ich … hier? Oder … gehen wir raus?« Zweifelnd schielte er zur Sonne hoch.

»Hinten in der Höhle«, sagte Morbus. »In der kleinen Nische. Da, wo die unter uns, die eine normale Verdauung haben, schon mal waren.«

»Ja, aber … ich muss ja nicht nur pinkeln.«

»Da stinkt es sowieso.«

Mit leidendem Gesicht stiefelte Arris davon.

»Mann«, grunzte Eddie. »Dinge, die die Welt nicht wissen will.«

Statt einer Antwort reichte ihm Morbus die *Misanthrope*. »Sparsam benutzen. Falls wir es mit solchen Viechern wie denen aus den Kokons zu tun bekommen, ist das die nützlichste Waffe, die wir haben. Mit der *Viper* kommt man bestimmt auch durch, aber es muss schon ein Glückstreffer sein, damit ein Schuss reicht. Schätze, die Knochenplatten lenken gern mal eine Kugel ab.«

»Gefällt mir immer besser hier. Ich hab mir das Geschmodder schon angesehen. Ganz reizend.«

»Ziemlich unangenehm, fürchte ich. Erinnerst du dich an die Schaben auf Duve?«

»Leidlich.« Eddies Blick verriet, dass er sich sehr viel genauer erinnerte, als ihm lieb war – eins der Biester hatte ihn mehrere Stunden lang in einem Erdloch belauert und auszugraben versucht, bevor sie ihn rausgeholt hatten. Da sie dafür vorher die Schabe auseinandernehmen mussten, die direkt über ihm hockte, war er so voll Schleim gewesen, dass er sich Tage später noch welchen aus den Ohren pulte. »Aber die waren deutlich größer.«

»Ich glaube nicht, dass die Tierchen da drüben ausgewachsen sind. Und die Knochenplatten sind ähnlich dick wie das Exoskelett der Schaben. Wirklich, die sind sehr unerfreulich. Ich hätte gern mehr Laserwaffen. Wir haben noch ein Jagdgewehr im Jeep, das müsste auch durchkommen, aber eben mit demselben Vorbehalt wie bei der *Viper*. Und das hat nur zehn Schuss im Magazin.«

»Ich habe in zwei Wochen Geburtstag.«

»Was hat das denn damit zu tun?«

»Nichts. Ist nur typisch. Wie nennst du die Viecher?«

»Hm?«

»Na, immerhin hast du sie möglicherweise entdeckt. Falls das hier ein unbewohnter Planet ist und so. Wer eine neue Spezies entdeckt, darf ihr einen Namen geben, oder?«

Morbus hob die Brauen. »Zweifelhafte Ehre.«

Arris kam zurück. Er vermied es, sie anzuschauen, nahm kommentarlos *Viper* und *Misanthrope* entgegen und fror in wachsamer Haltung am Höhleneingang ein. Wenn er auf dem Klo gewesen war, musste er sich immer erst mal eine Weile von seiner Verlegenheit erholen, bevor er sich sozialen Kontakten wieder gewachsen fühlte.

Für den kurzen Weg zu den Viechern brauchte Eddie alarmierend lange. Umständlich ging er vor dem ausgeweideten Ding, das bereits einen unangenehm süßlichen Geruch verströmte, in die Hocke und betrachtete es eingehend, vor allem die Zähne. »Ach Mann.«

»Du sagst es.«

»Und das andere da lebt noch? In der Höhle, in unserem Rücken?«

»Die Werte sind seit gestern nahezu konstant.«

»Nahezu«, wiederholte Eddie ausdruckslos.

»Es steht nicht zu befürchten, dass es urplötzlich aufwacht und sich in Sekundenschnelle aus dem Kokon fräst.«

»Wahrscheinlichkeit, dass du dich irrst?«

»Höchstens zwei Prozent.«

»Aha. Warum lebt es dann noch?«

»Weil es möglich ist, dass da draußen noch mehr davon sind, und ich von dem hier lernen möchte, was man nur von ihm lernen kann.«

»Zum Beispiel, dass es uns auffrisst, wenn es aufwacht? Ich bin ziemlich sicher, das können uns die anderen ebenso gut beibringen.«

Morbus zuckte mit den Schultern, stellte erfreut fest, dass es seinem Rücken nach der ersten Morgensteifheit schon besser ging, und betrachtete den langen, schmalen Schädel, der aussah, als wäre er bereits eingetrocknet, weil die langen Zähne vollständig freilagen. Plötzlich erinnerte ihn das Alien an Lucea, an ihr strahlendes Lächeln, das lange, perfekte Zähne entblößte und hinter dem sie ihre Meinung über potenzielle Geschäftspartner oder zukünftige Exfreunde verbarg. Es war eine unfaire Assoziation, Lucea war selbst aus dem ungünstigen Blickwinkel eines verlassenen Exfreunds recht attraktiv, aber umso befriedigender war es natürlich. »Lucie«, sagte er.

»Hä?«

»Ich habe von meinem Recht Gebrauch gemacht, eine neu entdeckte Spezies zu benennen. Gestatten: Das ist eine Lucie.«

»Luzi? Kurz für Luzifer, oder was?«

»Lucie. Mit c. Und ja, kurz für Luzifer.« Morbus spürte den Schatten eines Grinsens über sein Gesicht huschen.

»Ich will überhaupt nicht wissen, was daran witzig ist«, brummte Eddie.

Sie ließen die tote Lucie und die schlafende in ihrem Kokon allein und begaben sich wieder zu Arris, der sich nicht um einen Millimeter gerührt hatte.

»So«, begann Morbus. »Essen für null Tage, Nahrung für zwei Wochen.« Er reichte den beiden je eine Brille, Eddie eine Vega, Arris die X-Ray.

»Was denn nun?«, fragte Arris verwirrt. »Für wie lange denn jetzt?«

»Zwei Wochen, Arris«, sagte Morbus geduldig.

»Dann sag das doch.«

»Das war ein Witz.«

»Und zwar ein wahnsinnig komischer«, befand Eddie mit ausdruckslosem Gesicht.

Nox, dachte Morbus verzweifelt. *Verdammt, Nox, ich vermisse dich so, dass mir gleich der Kopf explodiert.* Seufzend fuhr er fort: »Waffen: neben unseren eigenen noch Jagdgewehr,

Viper, die *Misanthrope* und drei brandneue MPs mit sagenhaften hundertzwanzig Schuss, mit denen man ganz sicher hervorragend massenhaft Singvögel abknallen kann.«

»Hundertzwanzig Schuss?« Eddie setzte die Vega auf und friemelte daran herum, um die Funktionen durchzuprobieren. »Pro Stück?«

»Insgesamt.«

»Ach, Scheißdreck.«

»Kommt noch besser. Sechsschüssige Salven, darunter machen sie es nicht. Also zwanzig Salven, und aus.«

»Das ist doch aber keine verdammte *Streetsweaper*?«

»Billigerer, nicht lizensierter Nachbau, schätze ich. Sieht okay aus.«

»Wie effektiv gegen die Lucies?«

»Vermutlich kannst du stattdessen auch die Füllung aus den Autositzen werfen. Allerdings haben wir auch ein Magazin mit Explosivgeschossen dafür, die müsste man ausprobieren.«

Sie erklärten dem verwirrten Arris, was eine Lucie war, tauschten sich über Nellys Zustand aus, was auch niemanden nachhaltig erfreute, und diskutierten gerade über Nutzen und Gefahren eines Umgebungsscans, als sich Arris kerzengerade aufrichtete. Sofort verstummten sie. Morbus zog sich ein Stück zurück und zog die *Madcaps*.

»Bewegung«, vermeldete Arris.

Neben ihm starrte Eddie hinaus ins blendende Licht. Die riesige, gleißend blaue Sonne, inzwischen ein gutes Stück höher am Himmel, erinnerte Morbus an einen durchbrennenden Reaktor. Er folgte Eddies Beispiel, setzte die Brille auf und regelte den Lichteinfall kräftig herunter. »Ich sehe nichts.«

»Ist schon wieder weg. War nur ganz kurz da.«

»Eine Lucie?«

»Keine Ahnung. War da drüben bei dem Felsen.« Arris'
Blick und die angelegte *Viper* bildeten eine perfekte Linie,
der gesamte Körper war wie der eines Jagdhunds auf das
Ziel ausgerichtet, das bereits wieder verschwunden war.
Der angepeilte Felsen war so weit weg, dass Morbus ihn
nur mit Mühe überhaupt ausmachen konnte.

»Wie weit sind wir von der *Virago* entfernt?«, erkundigte sich Eddie. »Außerhalb der Reichweite ihrer Bordwaffen?«

»Mindestens ein paar Kilometer«, bestätigte Morbus.

»Schauen wir gleich nach, was das war?«, fragte Arris
eifrig.

Mit dem kleinen Finger angelte Morbus nach dem Empfänger in seinem Ohr und drückte ihn tiefer hinein, es
schmatzte ein bisschen. Es war dringend an der Zeit, ihn
herauszuholen und zu säubern. Es kursierten Geschichten
über Justifiers, denen die Dinger während längerer Ein-
sätze im Ohr festgewachsen waren, aber das war Morbus
noch nie passiert ... ihm war nur einmal einer herausge-
eitert. »Ja. Schauen wir nach.«

»Zu Fuß kommt ihr da nicht rüber«, sagte Eddie. »Und
mit einem der Fahrzeuge ist jetzt keine so gute Idee.«

»Wenn sie scannen, haben sie uns sowieso auf dem
Schirm, wenn wir dort draußen sind, ob zu Fuß oder mit
dem Wagen«, erwiderte Morbus. »Richtig?«

Gereizt starrte Eddie ihn an. Morbus hob die Brauen.

»Richtig«, gab Eddie widerwillig zu. »Nehmt den Jeep.
Den Frosch hab ich vorhin gerade erst halbwegs sauber
bekommen.«

Aus der Nähe erwies sich der Fels als ganz schöner Brocken. Sie fanden ein mannshohes Loch, das von der Höhle aus nicht zu sehen gewesen war.

»Rein?«, fragte Arris.

»Ist das eine richtige Höhle?«

»Keine Ahnung. Schauen wir nach?«

»Bleibt uns ja kaum etwas anderes übrig.« Normalerweise hätten sie für die Aufklärung eher eine von Eddies kleinen modifizierten Reparaturdrohnen benutzt, aber durch das technophobe hiesige Gestein konnte er sie nicht steuern, und aus der Hand gab er sie nicht.

Sie ließen den Jeep aus dem Schlamm herauskriechen und fuhren auf einem Felsgrat entlang, der bis zu dem dunklen Spalt im Fels reichte. Auch der Felsgrat war verschlammt und schmierig, aber sie gelangten ohne Zwischenfälle zum Ziel, parkten den Jeep dicht an der steinernen Flanke, wo der Schlamm nicht allzu tief war, und stiegen aus. Es war fürchterlich heiß, und auch wenn der Lichteinfall durch die Brillen gefiltert wurde, irritierten ihn die fehlenden Rottöne nachhaltig. Morbus schaute zur Höhle zurück – von hier aus war der Fels, von dem sie kamen, verwirrend klein. Kurz kämpfte er mit der Vega, deren Bedienung er nicht gerade intuitiv fand – oder er war zu blöd dafür –, fand den Zoom und sah einen winzigen Eddie am Ausgang stehen. Er hatte ihm eine Brille gegeben, deren Eleganz dadurch beeinträchtigt wurde, dass jemand das Herstellerlogo mit albernen Holostickern überklebt hatte, die Yonath Star darstellten, einen stets schlecht gekleideten Weltenretter aus dem Kinderprogramm. Aber aus dieser Entfernung konnte er sie nicht erkennen, und Eddie machte einen durchaus respektablen Eindruck.

Höhle gefunden, signalisierte Morbus mit den Händen im militärischen Zeichencode, ganz funkfrei, funktionell und formschön, *gehen rein*.

Eddie zeigte ihm einen Vogel.

»Alles klar«, sagte Morbus zu Arris, der seine Brille nicht trug. »Gehen wir.«

Arris ging voran, in einigem Abstand folgte ihm Morbus in einen engen, stark abschüssigen Gang, keine zwei Meter breit. Wenn sie zu zweit unterwegs waren, deckte Arris den Bereich rechts von ihnen ab, Morbus links, bei größeren Räumen Arris zusätzlich oben, Morbus gegebenenfalls unten. Doch hier gab es weder links noch rechts noch oben und unten, sondern nur vorn und hinten, jedenfalls eine ganze Weile lang. Die Wände waren uneben, aber Morbus fiel eine gewisse Regelmäßigkeit auf ... die Höhe des Gangs variierte ein wenig, aber es wurde nicht so niedrig, dass sie nicht mehr aufrecht stehen konnten. Und der Boden war, wenn schon nicht glatt, so doch immerhin halbwegs ebenmäßig. Es roch nach gar nichts außer Feuchtigkeit und dem Fels, der einen eigentümlichen Geruch hatte; einen ähnlichen Mief mochte ein Hund absondern, den man mit lauwarmem Kaffee übergoss.

Zu hören war nichts, nicht einmal sie selbst, Arris bewegte sich nur so schnell vorwärts, wie er es lautlos bewerkstelligen konnte, und Morbus mühte sich, sein Tempo zu halten und sich dabei nicht auf die Schnauze zu legen.

Allmählich reicherte sich sein Blut mit Adrenalin an. Sie gingen von einem Gegner aus, der nicht über menschliche Intelligenz verfügte. Das konnte ein Fehler sein, aber man musste sich für ein Vorgehen entscheiden, und das stellte man nur in Frage, wenn es sich als falsch erwies ... wenn man es dann noch konnte. Die Regelmäßigkeit des Gangs legte allerdings nah, dass diese Höhle nicht natürlichen Ursprungs war. Das beunruhigte ihn.

Gewissenhaft sicherte er sie nach hinten ab, allerdings in zunehmend längeren Abständen. Inzwischen lag der Eingang gute dreißig Meter hinter ihnen, ein winziger, hellgrauer Punkt, es gab keine Abzweigungen, und es hätte ihnen schon etwas extrem Schnelles und Lautloses folgen müssen, um sie von hinten zu überraschen.

Arris blieb stehen. Durch die Brille, die bei diesen Lichtverhältnissen laut Anzeige auf sieben Prozent ihrer Leistungsfähigkeit lief, sah Morbus in aller Deutlichkeit die knappen Gesten: Vor ihnen öffnete sich ein Raum, groß, Bodenniveau gleichbleibend, nach links, rechts und oben erweitert. Mit sachte beschleunigtem Herzschlag schloss er auf, bis er fast Arris' Rücken berührte. Er gab ihm kein Zeichen, dass er bereit war, wie er es bei Eddie oder Nelly getan hätte – war er mit Arris oder auch mit Nox unterwegs, richtete er sich nach deren Tempo, und Arris wusste ohnehin immer mit traumwandlerischer Sicherheit, wo die anderen waren. Eddie vermutete, er habe Implantate, die ihm erlaubten, Körperwärme wahrzunehmen.

Eine winzige Gewichtsverlagerung, und Arris schoss vorwärts und wandte sich sofort nach rechts, Morbus in seinem Rücken in einer exakten Kopie seiner Bewegung nach links, der Lauf der *Viper* zeigte in die Ecke einer gewaltigen Höhle. Der Boden war mit Geröll bedeckt. Nichts regte sich, er schwenkte den Lauf herum.

Höhle und Geröll und nichts.

Arris war ein etwas schnelleres Spiegelbild seiner Bewegungen, ihre Schussfelder überschnitten sich in der Mitte der riesigen Höhle, um ins Kreuzfeuer zu nehmen, was dort lauerte, um sie anzugreifen – nichts nämlich. Arris sicherte nach oben, Morbus schätzte die Größe der Geröllhaufen ab – falls da etwas war, konnte es nicht größer sein als eine Ratte. Auch nichts, was man auf einem fremden Planeten unterschätzen sollte, aber vorerst sah alles gut aus.

»Ach pfui«, sagte Arris leise, und jetzt warf auch Morbus einen Blick nach oben.

Es riss seinen Blick empor wie in einer gotischen Kathedrale. Schätzungsweise dreißig, vielleicht vierzig Meter über ihnen endete die Höhle – in einer glatten, mehrfach segmentierten Fläche, die sachte schimmerte. Die spiralförmigen Linien, die sich von der Mitte zu den Seiten zogen, waren kaum falsch zu interpretieren: Entweder hatte da jemand einen eigenartigen Sinn für Dekoration bewiesen, oder fast das gesamte Dach der Höhle ließ sich öffnen. Eine derartig gewaltige Felsformation war ihnen draußen nicht aufgefallen, die Decke musste etwa auf Bodenniveau liegen. Dass sie sich bereits so tief unter der Erde befanden, überraschte ihn.

»Gut«, sagte er gefasst. Immerhin passte es zum ebenmäßigen Gang, durch den sie hergekommen waren. Drei Möglichkeiten: Entweder befanden sie sich auf einem Planeten, auf dem irgendwer ohne Satellitenunterstützung gesiedelt hatte, oder es gab hier technisch hochentwickelte Ahumane, oder – und das schloss keineswegs die ersten beiden Möglichkeiten automatisch aus – sie befanden sich mitten in einem Artefakt der Ancients. Zugegeben, eine sehr unwahrscheinliche Option, aber er verspürte den üblichen Effekt, den diese Möglichkeit auf ihn hatte: trockener Mund, beschleunigter Herzschlag, alles wurde ein wenig unwirklich.

Und wäre es nicht irgendwie schicksalhaft? Nach all dem Pech, nach all den auf ihn einprasselnden Schlägen, an die er sich längst gewöhnt hatte, weil das nun mal offenbar sein Leben war, stürzte er auf irgendeinem Planeten ab, nichts als Schlamm und Dreck und Ärger, und dann erwies sich dieser Tiefpunkt als der Moment, wo sich alles änderte. Ihr großer Fund. Nach ihrer Rückkehr nervenzehrendes Warten, während der Wert eingeschätzt wurde. Und dann, urplötzlich, änderte sich alles. Glück, Reichtum, Freiheit. Es konnte nur so sein und nicht anders, schien es ihm, weil er *spürte*, dass es richtig so war, dass es auf ihn gewartet hatte.

»Was ist das?«, fragte Arris.

»Machen wir uns besser keine Hoffnungen«, beschwichtigte ihn Morbus. Seit er nach Argons Verschwinden mal rumgesponnen hatte, was man alles tun könnte, wenn man den einen wirklich großen Fund machte – immerhin gab es bei ihm und Arris keinen Buyback, den man einrechnen musste, ihre Prozente wurden ihnen direkt gutgeschrieben – war Arris fest davon überzeugt, dass sie eines Tages gemeinsam eine Firma gründen würden. »Vermutlich ...«

»Hoffnungen?« Irritiert neigte Arris den Kopf. »Das da meine ich.« Mit dem Lauf der *Viper* deutete er in den Winkel zwischen Wand und Decke.

Für Morbus war es zunächst nur ein Schatten, und er nahm eine Hand von der *Madcap*, um mit der anderen den Zoom der Vega zu bedienen. »Käfer«, sagte er.

»Käfer. Ach, igitt.«

Es war ein ziemliches Gewimmel. Eine Weile lang betrachtete Morbus das Zeug, sah die wuchernden, kränklich gelben Flechten, zwischen denen sie umherkrabbelten, schätzte ihre Größe auf fünfzehn, maximal zwanzig Zentimeter und schloss halbwegs sicher aus, dass sie über Flügel verfügten. »Unwahrscheinlich, dass sie uns gefährlich werden. Lass uns vorsichtig weitergehen.«

»Da ist ein Gang.« Arris nickte nach rechts und warf einen letzten unbehaglichen Blick in die Höhe. Gut, dass er auf Duve noch nicht dabei gewesen war, die Riesenschaben hätten ihm den Rest gegeben.

Der Gang war sehr viel höher und breiter als der vorherige und führte schräg abwärts, in einer Neigung von gut dreißig Grad. Nach einer ganzen Weile verlief er wieder waagerecht. Dort fanden sie eine Reihe sehr regelmäßiger runder Öffnungen in der Wand, fast zwei Meter im Durchmesser, durch die es steil abwärts ging. Insgesamt waren es vier Stück, und Morbus warf einen Blick in die erste. Eine geraume Weile später zog er den Kopf wieder zurück.

»Und?«

»Könnte eine Förderanlage sein«, erwiderte Morbus. »Schräge Platten an der Seite, zum Teil verrottet, dahinter noch Platz und Sprossen – jedenfalls ein paar verbliebene –, die nach unten führen.«

Arris nickte ihm zu. »Ich zuerst?«

»Bist du wahnsinnig? Du willst doch nicht …«

Ohne Federlesens schob Arris ihn beiseite und äugte selbst nach unten. Dann schwang er sich hinein. Ein leise kratzendes Geräusch drang an Morbus' Ohren, als sich Arris im nackten Fels festklammerte. In seinen Handflächen befanden sich winzige, einziehbare Widerhaken. Bei der vorletzten Mission war er zum ersten Mal auf eine Oberfläche getroffen, an der er selbst damit keinen Halt gefunden hatte – da war er wochenlang beleidigt gewesen, bis Nelly ein gutes Wort für ihn eingelegt hatte und er neue Implantate spendiert bekommen hatte, denen sich angeblich kein bekanntes Material widersetzte.

Wie eine Fliege kletterte Arris abwärts, die *Viper* umgehängt. Mit einem Mal war es sehr still ringsum. Morbus warf einen Blick in die Richtung, aus der sie gekommen waren, dann in die andere, auch jeweils an die Decke. Keine Käfer weit und breit, er hoffte für Arris, das galt auch für den Schacht.

»Hörst du mich?«, fragte er über das JUST.

»Schlecht«, kam zurück. »Over.«

Morbus bewegte sich näher ans Loch heran. »Besser?«

»Aye. Over.«

»Wir haben nur Funkkontakt in gerader Linie. Der Stein. Denk dran.«

Knapp bestätigte Arris, und verspätet wurde Morbus klar, dass sie auch Eddie im Notfall nicht erreichten, et vice versa. Er speicherte einen kurzen Bericht im JUST und ließ aufzeichnen, was von hier an gesendet wurde – eine unerfreuliche Maßnahme, weil sie nur sinnvoll war, falls er nicht zurückkam und Eddie irgendwann ihre Leichen aufgabeln musste.

»Bin unten«, meldete Arris. Seine Stimme klang wie immer. Nur weil er sein übliches *Over* vergaß, merkte Morbus, dass etwas nicht stimmte.

»Arris?«

Stille.

»Arris? Sag was.«

»Gleich wieder zurück«, murmelte Arris. Dann war der Kontakt weg. Nur für einen Sekundenbruchteil, aber der zog sich für Morbus zu ungefähr drei Jahren. Plötzlich wurde ihm etwas aufs JUST gesendet, und er hörte Arris: »Komme hoch. Sieh dir das an. Scheiße.«

Bevor er nachschaute, sicherte Morbus noch einmal zu beiden Seiten den Gang. Nichts zu sehen oder zu hören. Dann warf er einen Blick auf das kleine Display in der Innenseite seines Arms.

Das Display war klein, er musste das Bild vergrößern, um sich zu vergewissern, dass er richtig sah. Ja, es war das Bild einer langen Höhle. Ja, die Wände waren gescheckt, Dutzende hellgrauer Flecken, oval und scheinbar harmlos.

Und wie es aussah, ja: Natürlich waren es ihre Freunde aus der Höhle. Dort unten dämmerten Dutzende Lucies in ihren Kokons vor sich hin.

Als sie den Höhlenausgang fast erreicht hatten, passte sich Morbus' Brille automatisch den neuen Lichtverhältnissen an. Während sie unten gewesen waren, hatte der Wind die letzten Wolken vertrieben. Die Sonne hing schwer und riesig am Himmel und blutete bläuliche Hitze aus. Die Temperatur musste um fünfzehn Grad gestiegen sein, wenn nicht mehr, sie rannten förmlich gegen eine Wand. Noch glänzte überall satte Feuchtigkeit, doch es gab bereits breite Streifen, die ganz trocken aussahen, hier und da riss der trocknende Schlamm bereits auf.

Auf der Motorhaube des Jeeps lag Nox und sonnte sich.

Der Anblick war so bizarr, dass Morbus zuerst gar nichts dachte, sondern ihn nur anstarrte. Erst ein paar Herzschläge später fiel ihm auf, dass sich Nox seiner Kleidung entledigt hatte.

Der Anblick war seltsam vertraut – so hatten sie ihn auf Duve gefunden. Aber dort hatte er sich nicht gesonnt, er war auch nicht wohlgenährt gewesen, sondern hatte mit verstörtem Blick am Ende der Schlucht gekauert, durch die sie ihm gefolgt waren, und sie angestarrt, als traute er seinen Augen nicht, ehe er auf sie losging. Genauer: auf Sky. Sie war so überrascht gewesen, dass es sie fast das Leben gekostet hatte.

Ein halbes Jahr hatte es gedauert, bis sie es schafften, nach Duve zurückzukehren und ihn zu suchen. Zwei Tage, das war alles gewesen, mehr Zeit hatten sie nicht gehabt – zwei Tage, um Nox zu finden, der ein halbes Jahr nahezu ohne Ausrüstung und allein auf einem fremden Planeten überlebt hatte, auf dem die herrschende Spezies von vier Meter langen Riesenschaben gestellt wurde.

Bis auf Nelly waren sie alle davon ausgegangen, dass er tot war, dass sie seine Leiche finden würden, wenn überhaupt. Aber nein, er war quicklebendig und versuchte, Sky umzubringen. Ohne die monströsen Schockwaffen, die sie wegen der Schaben mitgebracht hatten, hätte er sie in Stücke gerissen. »Völlig durchgeknallt«, hatte der Sergeant nur besorgt gesagt, als sie ihn fortbrachten. »Mal schauen, ob sie ihn wieder hinbekommen.«

Sie hatten nicht. Der Nox, den sie auf Duve zurückgelassen hatten, war nie wieder aufgetaucht. Dafür war jetzt vielleicht der Nox, den sie auf Duve vorgefunden hatten, wieder da.

Morbus bedeutete Arris, zurückzubleiben, und fragte sich, was passieren würde, wenn Nox auf ihn losging. Ob Arris ihn erschießen würde. Oder ob er in wenigen Augenblicken erfahren würde, wie es war, wenn ein Tiger-Beta einem den Arsch aufriss. Sein Herz hämmerte so heftig, dass es ihm fast die Brust sprengte.

»Kommt nur näher«, sagte Nox und öffnete ein Auge, das in dem bläulichen Licht nicht von warmer Bernsteinfarbe war, sondern unheimlich klar und fast farblos. »Ich beiße nicht.«

Vorsichtig trat Morbus näher. »Hallo Nox.«

»Hallo Morbus«, grüßte Nox zurück und entblößte bei seiner Imitation eines Lächelns lange Zähne. Die wenigsten Tiger-Betas lächelten wirklich, ihre Mimik war dafür nicht gemacht.

Morbus betrachtete ihn und suchte nach Anzeichen dafür, dass er träumte oder vor einer bizarren Luftspiegelung stand, aber es wirkte alles ganz solide, und in ihm stieg voreilige, aber schwer zu bezähmende Freude auf. »Geht es dir gut?«, fragte er vorsichtig.

»Das ist eine komplexere Frage, als dir vermutlich bewusst ist«, erwiderte Nox und streckte sich. Weil gewisse Regionen nicht komplett mit Fell bedeckt waren und eher seinen menschlichen Ahnen glichen als den tierischen, war seine Nacktheit etwas verfänglicher als bei einem echten Tiger. Das Fell war schlammverschmiert, aber schon fast trocken. Die blaue Sonne verbrannte das kräftige Orangerot zu einem fahlen Graublau, Nox sah aus wie ein Negativ seiner selbst. »Wenn du unbedingt eine Antwort haben willst: ja. Ja, es geht mir gut. Du meintest doch: Bist du unverletzt. Richtig?«

Morbus blinzelte. »Jein. Unverletzt, ja. Das ist gut. Das ist großartig. Und ... weißt du, wo du bist?«

»Du meinst: Habe ich einen Rückfall erlitten und glaube, ich wäre auf Duve?«

Erleichterung überflutete Morbus, doch ehe sich ein breites Grinsen auf seinem Gesicht ausbreiten konnte, fuhr Nox fort: »Willst du Sky nicht begrüßen?«

Die Erleichterung verging in einem jähen, eiskalten Schauder. »Sky?«

»Siehst du sie nicht?«, erkundigte sich Nox und lächelte der Luft zu, dann richtete er sich auf und legte einen Arm um gar nichts.

»Hallo Sky«, sagte Morbus tonlos.

»Okay«, sagte Nox. »Das war ein Test. Hör mal, ich bin doch nicht blöd. Du und ich, wir wissen beide, dass Sky nicht hier ist.« Er ließ die Luft los und fuchtelte mit ausgefahrenen Krallen hindurch.

»Gut.« Morbus stieß den angehaltenen Atem aus. »Nicht witzig. Aber gut. Ich …«

»Sie ist auf der anderen Seite«, schnurrte Nox. »Hier. Aber dass du sie nicht sehen kannst, legt nah, dass die Antwort auf deine Frage, ob ich in Ordnung bin, nicht *ja* lautet. Irgendwer ist nicht wirklich hier. Du. Sky. Vielleicht sogar ich selbst. Die Vermutung, dass ich verrückt bin, liegt am nächsten. Aber *inwiefern* bin ich verrückt? Wen bilde ich mir ein und wen nicht? Und was ist wirklich da, was sehe ich nur, weil ich es möchte oder es fürchte oder weil mein Hirn irgendwelche alten Erinnerungen hervorgekramt hat und daraus eine Wirklichkeit konstruiert, die ich mit niemandem teile? Ist da oben wirklich eine so herrlich heiße Sonne?«

»Herrlich nicht. Aber heiß, ja.«

»Ist sie wirklich blau?«

»Leider.«

»Schön. Glaubst du, dass *du* wirklich da bist?«

»Im Augenblick bin ich mir nicht ganz sicher.«

»Schön!«, rief Nox erfreut. »Das spricht weder für deine Existenz noch dagegen, aber es macht dich sympathisch! Wer ist der Knilch hinter dir? Er erinnert mich an einen Trooper aus einem ziemlich dämlichen Spiel, mit dem Argon und ich uns mal ein paar Nächte um die Ohren geschlagen haben, aber er sollte sich mal wieder die Haare schneiden. Spricht er auch mit der Stimme von Nathanael Wood? Und gibt er auch dauernd Sachen von sich wie *Es lohnt sich, für eine gute Sache zu sterben* oder *Wenn du das Richtige tun willst, tu es richtig?*«

»Ich muss mich mal setzen«, erwiderte Morbus schwach. Ohne Rücksicht darauf, dass Nox nicht zurechnungsfähig zu sein schien, setzte er sich neben ihm auf die brennend heiße Motorhaube.

Nox wechselte einen Blick mit Sky, die offenbar ziemlich genau an derselben Stelle saß, aber das war Morbus gerade reichlich egal.

»Das ist Arris, Nox. Er ist seit etwa einem Jahr bei uns. Seit ... seit ...«

»Seit Sky erschossen wurde.«

»Ich denke, die sitzt neben dir?«

»Das tut sie auch.«

»Das gibt sich wieder«, versicherte Morbus dem verstörten Arris, obwohl er nicht ganz sicher war. Immerhin hatten beim letzten Mal Traumaexperten an Nox herumgewerkelt, ihm Medikamente verpasst, ihn in Suggestionstanks gesteckt, ihn sozusagen einer professionellen Reprogrammierung unterzogen. Danach hatte er auf einmal Vergnügen an Beatball und gelben Bohnen gefunden, womit man ihn vor der Sache auf Duve ohne TransMatt-Portal ins nächste Sonnensystem hätte jagen können. Aber immerhin redete er nur noch mit Leuten, die auch die anderen sahen, es sei denn, er wollte Eddie ärgern.

Man wird nie wieder so stabil wie vorher, hatte Nelly einmal zu Morbus gesagt, als es Nox beliebte, zwei Tage lang lächelnd auf einem Dach zu sitzen und nur stumm mit der Schwanzspitze zu zucken, wenn man ihn ansprach. *Wenn man einmal über einen bestimmten Punkt raus ist, dann gibt es Dutzende neuer Sollbruchstellen im Hirn. Der Schritt von dem, was wir normal nennen, zu dem, was wir als behandlungsbedürftig betrachten, ist dann noch viel kleiner, als er ohnehin schon ist.* Im Augenblick kam es ihm vor, als würde Nox vergnügt über den Abgrund springen, in dem der Wahnsinn kochte, und wieder zurück, und wieder rüber, als wäre es ein nettes kleines Spiel.

»Okay«, sagte er. »Wir philosophieren später weiter, ja? Erst mal müssen wir uns überlegen, was wir mit den Viechern dort unten anstellen.« Er schaute zu Arris hinüber.

»Sprengen«, schlug der pragmatisch vor.

»Das halte ich für keine ...«

»Du meinst die Überraschungseier?«, erkundigte sich Nox. Mit einem Mal leuchteten seine Augen.

»Was für Eier?«, wollte Arris wissen, der sich allmählich auch näher wagte.

»Die Kokons?«, fragte Morbus verblüfft. »Warst du etwa da unten, Nox?«

Ein vorwurfsvoller Blick traf ihn. »Gleich muss ich dich doch für echt halten. So dumme Fragen würde ich dir nicht in den Mund legen, ich habe viel Achtung vor dir. Oder nicht?« Er kratzte sich hinter einem seiner pelzigen runden Ohren. »Wenn ich dich so etwas fragen lasse, wohl nicht.«

»Okay. Du warst da unten. Es gibt vier Höhlen, ja? Warst du in allen?«

Nox nickte.

Es fiel Morbus wie Schuppen von den Augen. »Es gibt noch mehr Ausgänge, richtig?«

»Zwei Ausgänge. Den, den ihr benutzt habt, und noch einen anderen. Da ist was eingestürzt. Die Höhle ist leer.« Er verzog das Gesicht. »Und nass«, fügte er angewidert hinzu.

»Und die anderen Höhlen? Sind die so wie die hier? Sind da auch diese Kokons?«

Lächelnd nickte Nox. »Ich habe einen ausgepackt. Schmecken ganz gut, sind aber ziemlich zäh.«

»Mann, Nox«, entfuhr es Arris.

»Der, den ich nicht kenne, stellt sich ziemlich an«, fand Nox. »Man isst, was da ist.«

Er zwinkerte Sky zu, mit solcher Selbstverständlichkeit, dass Morbus sie in der Dunkelheit eines kurzen Blinzelns aufflammen sah, zwischen ihm und Nox, leuchtend oranges Fell mit den schwarzen, wie hineingebrannten Streifen. Sky, biegsam und schlank und jung und von der Arroganz einer zwei Meter langen Siamkatze. *Morbus*, echote ihre amüsierte Stimme in seinem Ohr, *du hast doch nicht schon wieder Angst um dein eines kleines Leben?*

Besorgt warf er einen Blick zum Himmel. »Irgendetwas wird die Dinger zur Reife bringen. Entweder die Zeit oder ein bestimmtes Ereignis. Sehr gut möglich, dass es die Temperatur ist. Drei Höhlen voller Kokons, das gibt eine Katastrophe. Wir sollten ...«

»Wartet hier«, sagte Nox sanft, und ehe einer der beiden etwas sagen konnte, war er im Felsspalt verschwunden.

Eddie war sehr ruhig, als sie zurückkehrten. »Hallo Nox«, sagte er nur tonlos. »Du siehst aus wie Sau.«

»Er hat ungefähr siebzig Kokons zerstört«, erklärte Morbus müde. »Riesenschweinerei.«

»Das heißt also, es gibt noch mehr«, erwiderte Eddie, stiefelte davon und warf Nox eine Tube Reinigungsschaum aus dem Werkzeugkasten zu.

Nox fing sie auf, stellte sie ungeöffnet auf dem kleinen Absatz beim Eingang ab, setzte sich daneben und fing an, sich mit der langen Zunge und bloßen Händen zu putzen.

»Meine Fresse«, sagte Eddie.

»Jetzt gibt es immerhin um die siebzig Lucies weniger«, gab Morbus zu bedenken und strahlte Nox an. Nackt und verrückt hin oder her – er war am Leben. »Siebzig Lucies weniger und einen Nox mehr.«

»Ob das ein so guter Tausch ist, weiß ich nicht«, schnaufte Eddie. »Dass es noch siebzig Lucies gab, heißt leider, dass es wohl noch mehr gibt. Zwei Stück, möglicherweise der Nachwuchs von etwas mit einem großen Revier – vorstellbar. Hier zwei, dort siebzig ... unwahrscheinlich, dass es sich damit hat. Richtig?«

»Gut möglich, ja. Aber immerhin ist Nox ...«

»Er ist nackt«, stellte Eddie fest, als fiele es ihm jetzt erst auf.

»Er hat einen kleinen Rückfall.«

»Bestens. Wenn du mich fragst, war er zwischendurch gar nicht wieder wirklich auf der Höhe, aber das heißt jetzt, er ist wieder *richtig* durchgeknallt, oder?«

»Er kann dich hören.«

»Nox«, rief Eddie, »bist du wieder so richtig beschissen durchgeknallt?«

Nox blickte auf, lächelte und nickte. »Tut mir leid.«

Eddie hob die Brauen und machte seine dreieckigen Augen.

»Warum bist du eigentlich *noch* schlechter gelaunt als sonst?«, fragte Morbus gereizt. »Wir …«

»Sie haben gescannt, während ihr dort draußen wart.«

»Was?«

»Sie haben gescannt. Keine Ahnung, was sie erfasst haben, der Scan lief etwa acht Minuten lang.«

»Oh, scheiße!«

»Richtig. Timing, hm?«

»Mit ein bisschen Glück gehen sie davon aus, dass wir nicht hier sind, sondern dort hinten …«

»Die ungefähre Richtung stimmt«, beharrte Eddie unerbittlich.

»Und was sollen sie machen? Zu Fuß herkommen? Durch den Schlamm?«

»Es sind über fünfzig Grad da draußen. Wenn das so weitergeht, ist der Boden bis heute Abend so weit getrocknet, dass du einfach rüberlaufen kannst. Jedenfalls wenn auch die Tage deutlich länger sind, was angesichts der langen Nacht und dem Umstand, wo die Sonne nach mehreren Stunden erst steht, durchaus wahrscheinlich ist. Ich schätze den Tag-Nacht-Zyklus auf zweiunddreißig Stunden. Mindestens.«

»Aber selbst wenn …«

»Sie haben uns auf dem Scan, davon kannst du ausgehen. Die Gegend ist mit deinen Lucies verseucht. Und wir haben einen irren Nox zurück, der sich Alienblut aus dem Fell leckt, nackt herumrennt und möglicherweise jede Sekunde auf einen von uns losgeht. Verzeih meine schlechte

Laune. Und verzeih, dass ich es dir so offen sage, aber wir bleiben nicht hier.«

Sie starrten einander an. »Na, dann verzeih, dass ich so offen frage, aber wo gehen wir denn hin?«, erkundigte sich Morbus spitz.

»Nordosten.«

»Ach. Und was ist im Nordosten?«

»Ein Gebäude. Jedenfalls vermute ich das.«

Morbus war klar, dass sie sich benahmen wie kleine Kinder, aber er kam aus der Schleife nicht raus. Am liebsten hätte er Eddie die Faust mitten in die selbstgerechte Fresse gezimmert. Mit Mühe riss er sich halbwegs zusammen. »Und das weißt du woher?«

»Ich habe gescannt, während ihr unter der Erde wart.«

»Du hast ...«

»Nachdem sie gescannt haben. Da kam es ja ohnehin nicht mehr darauf an.«

»Du hast von hier aus ...«

»Nein, habe ich nicht. Sehe ich aus wie ein Idiot? Ich bin mit dem Frosch rausgefahren und habe ...«

»Du hast Nelly allein gelassen?«, brüllte Morbus so unvermittelt, dass er fast selbst zusammengezuckt wäre. »Du hast Nelly hier mutterseelenallein mit dem Ding dort drüben im Kokon gelassen, um einen nicht mit uns abgesprochenen Scan durchzuführen? Bist du *völlig* durchgedreht?«

Ganz kurz Stille, sehr, sehr tiefe Stille, in der alles möglich schien. Dass sie runterkamen. Dass sie aufeinander losgingen. Es war seltsam, Morbus hatte sich noch nie richtig mit Eddie angelegt, sie waren eigentlich immer halbwegs miteinander ausgekommen, aber jetzt fragte er sich, wie ihm das jemals möglich gewesen war.

»Nelly?«, fragte Nox mitten in die Stille. »Was ist mit ihr? Wo ist sie überhaupt?«

Als wäre das ihr Stichwort gewesen, stöhnte Nelly auf. Nox war schneller bei ihr als Morbus. Fassungslos starrte er mit bernsteinfarbenen, weit aufgerissenen Augen auf sie hinunter.

Nellys Körper streckte sich. Für einen kurzen Augenblick glaubte Morbus, sie käme zu sich. Es gibt Idioten – er hatte einige Jahre seines Lebens an eine Vertreterin dieser Spezies verschwendet –, die daran glauben, man müsse sich etwas nur fest genug vorstellen, damit es Wirklichkeit wird, und dann geschähe es, so unausweichlich, als hätte es nie anders sein können. Die Kraft der Gedanken lenkt Krankheit, Krieg und das, was uns morgen erwartet.

Morbus trat den Gegenbeweis an – für einen Augenblick stand ihm so klar vor Augen, wie Nelly die Augen aufschlug und um einen Schluck Wasser bat, dass es ihm unausweichlich schien, die einzige Option, die die Welt bereithalten konnte, es war nichts anderes denkbar. Aber Nelly streckte sich durch, ungeachtet des zertrümmerten Beckens, bis sie nur noch auf Fersen und Schulterblättern lag. *Das reißt alles wieder auf*, dachte Morbus benommen, aber für einen schrecklichen Augenblick konnte er sich nicht rühren.

Ein leichtes Zittern lief über den Körper unter der silbrigen Isolierdecke. Und dann erfasste der Krampf Nelly, wie am Abend zuvor das Beben den Planeten erfasst hatte, und dreihundertfünfzig Kilo reine Muskeln begannen unkontrolliert zu zucken.

11

Für ein so sorgfältig vorbereitetes und lang ersehntes Ereignis, das sie so viel kostete, war der Umgebungsscan ernüchternd unspektakulär. Wolf setzte in ermüdender Fummelarbeit etliche Parameter fest, drückte auf einen Knopf und bestätigte den Befehl. Das Kontrollpult piepste zehn Minuten lang penetrant vor sich hin, auf dem Schirm überlagerten lange Reihen von Daten das Abbild der glühenden Ebene, das sehr viel beeindruckender gewesen war, und Argon speicherte fein säuberlich alle neu eingelesenen Daten auf einem kleinen Chip ab.

Es gab ein paar Serien, in denen es um Justifiers ging, die ständig irgendwelche wahnsinnig unbekannten Planeten scannten, und obwohl er längst wusste, dass in Wirklichkeit kein den Boden erschütternder kreisförmiger Lichtblitz samt einer Art Druckwelle von dem scannenden Raumschiff ausging, verspürte Argon bei jedem Scan dieselbe lächerliche Enttäuschung wie beim ersten Mal. Damals, erinnerte er sich, hatte Nelly ihn beobachtet, im Gesicht jenen wissenden Ausdruck, den er später als Lächeln zu deuten gelernt hatte, aber sie hatte nichts gesagt.

»Na ja«, sagte Wolf auf dem Navigatorsitz. »Wäre ja auch zu schön gewesen, wenn das Ding noch wie neu wäre, hm?«

Mit gerunzelter Stirn betrachtete Nova den Schirm, über den verstümmelte Daten zogen. »Das System hat ein paar Ausfälle, ja, aber eigentlich nicht so massiv.«

»Sieht ziemlich massiv aus, wenn du mich fragst.« Wolf öffnete ein kleines Fenster auf dem Schirm, ein ganz schlichtes, der ganze grafische Schnickschnack war abgeschaltet. Mit den Zahlen konnte Argon wenig anfangen, er beugte sich vor und wandelte die Darstellung in eine grafische um. Nova und Wolf waren zu angespannt, um wie sonst spöttische Blicke zu wechseln ... das Einzige, was die beiden zu einer Einheit zusammenschmolz, war der gemeinsame Spott darüber, dass Argon Probleme hatte, reine Zahlenwerte zu einem Bild umzurechnen.

Diesmal lag es jedoch nicht an ihm: Fehlende Daten rissen riesige Löcher in die Abbildung.

»Irgendwas im Boden blockiert das Signal«, stellte Nova fest, tippte ein bisschen herum, und die Löcher wurden aufgefüllt.

»Was hast du gemacht?«, fragte Argon.

»Ich habe alles im Radius, was nicht vom Scan erfasst wurde, als Gestein klassifiziert. Erhöht nicht den Informationsgehalt, aber die Übersichtlichkeit.«

»Wir scheinen uns auf einer Art Plateau zu befinden«, stellte Wolf fest.

»Riesiges Plateau, oder?«, fragte Nova. »Mehrere Dutzend Kilometer. Und hoch ... schaut, der Scan erfasst nicht, was unten liegt.«

»Da ist ein See.« Mit einem Seitenblick auf die prognostizierten Temperaturen der nächsten Tage ließ Argon den Computer die beste Route zu Fuß ausrechnen.

Der Rechner veranschlagte drei Tage. Wie tief der See war, ließ sich nicht ermitteln, möglicherweise war er längst ausgetrocknet, ehe sie ankamen.

»Was ist das?«, fragte Nova stirnrunzelnd und deutete auf ein Gebilde, das einige Kilometer von der *Virago* entfernt und nicht allzu weit von einer der unregelmäßigen Grenzen ihrer virtuellen Karte lag, wo vermutlich der Rand des Plateaus verlief. Sie vergrößerte den Ausschnitt. Es war eine auffallend regelmäßige Struktur, der Scanner vermeldete Gestein und Metall, und ein Teil der Darstellung war in dem dunklen Rot gehalten, mit dem Nova nicht gescannte Bereiche aufgefüllt hatte.

Wolf drehte das Bild und drang eine Datenschicht tiefer. Überwiegend Dunkelrot, aber auch einige gerade oder sehr gleichmäßig geschwungene Linien.

»Wände«, sagte er. Das Wort hatte Wucht, es erzeugte Wellen aus angespanntem Schweigen, das Argon schließlich brach: »Kein Anzeichen für Leben. Vielleicht uralt, vielleicht verlassen.«

»Wahrscheinlich sogar.« Wolf zoomte näher heran. »Sieht aber recht intakt aus, oder? Vielleicht sollten wir einen zweiten Scan ...«

»Auf gar keinen Fall«, erwiderte Nova entschieden. »Der hier hat uns über die Hälfte der verfügbaren Energie gekostet, der zweite wäre also weniger detailliert, das nützt uns überhaupt nichts. Nein, ich wäre dafür, dass ...«

»Da«, sagte Wolf mit starrem Blick. In dem kurzen Wort lag genug Nachdruck, um Nova verstummen zu lassen.

Es war nur ein winziger Punkt im Südwesten. In der grafischen Darstellung wäre er kaum aufgefallen, aber Wolf hatte, während Nova sprach, die Daten umsortiert und zoomte jetzt heran. Er tippte den Punkt an, und die verfügbaren Informationen wurden angezeigt.

»Der Jeep«, sagte Argon heiser. »Das ist der verdammte Jeep!«

Ein leises Piepsen ertönte.

»Und das ist der Frosch.« Wolfs Stimme war heiser. »Was für unverschämte Arschgesichter. Sie scannen.«

Als er die Geräusche vor dem Maschinenraum hörte, spannte er sich an. Eingesperrt fühlte er sich, eingekerkert, ausgebremst, wie auf dem Abstellgleis. Es hatte schon eine Gelegenheit gegeben, etliche Stunden zuvor, als sie kistenweise Zeug von unten heraufgebracht und es in seinem Versteck gestapelt hatten. Aber sie waren zu viert gewesen, und wenn er tötete, wurde er sichtbar. Den Vorteil, dass sie nicht von ihm wussten, würde er nur aufgeben, wenn es sich lohnte. Wenn es ihm beispielsweise eine Gelegenheit verschaffte, nach oben zu gelangen, aufs oberste Deck. Seinen Auftrag, auch wenn er sabotiert worden war, hatte er nicht vergessen. Seinen Auftrag vergaß er nie.

Als sich der Stier-Beta hereinzwängte, der den Kopf senken musste, um sich nicht mit den Hörnern in der Tür zu verkanten, richtete er sich auf und betrachtete den Halbmenschen interessiert. Betas waren ein Sonderfall. Seine Gabe funktionierte bei ihnen anders als bei Menschen. So sehr die Betas auf ihre Menschenrechte pochen mochten, so sehr sie auch darauf bestanden, sich gar nicht so sehr von echten Menschen zu unterscheiden – oder, wenn doch, dann in positiver Hinsicht –, er wusste, dass sie sich irrten. Sie irrten sich, denn wenn ein Lebewesen brannte, offenbarte es ihm all seine Geheimnisse. Das Feuer log nie. Und das Geheimnis der Betas war, dass sie waren wie Gefäße, die man nach Gutdünken befüllt hatte. Sie unterschieden sich je nach Betatyp nur um Nuancen voneinander, ein Wolf-Beta glich dem anderen auf verblüffende Weise, und er hatte nicht viel davon, einen Angehörigen eines Betatyps zu töten, den er bereits gekostet hatte.

Er lernte. Er stärkte sich. Er addierte Menschenleben zu seiner eigenen Lebenskraft hinzu, das war seine Gabe. Aber während sich die Kraft von Menschen aus ihnen herausbrennen ließ und fast zur Gänze auf ihn überging, war ein Beta sehr viel weniger ergiebig, und ein zweiter Beta derselben Sorte war ihm fast gar nicht mehr von Nutzen.

Immerhin: Dieser hier wäre sein erster Stier-Beta. Er sah kräftig aus, gewaltig sogar. Vielleicht würde es sich doch lohnen.

Hinter dem Beta tauchte eine zweite Person auf. Der Captain. In den Schatten lächelte er dem Captain zu, unsichtbar, und dachte: *Ich kenne deinen Namen.*

Der Beta wuchtete eine der Kisten heraus, die sie in drei Reihen mit zwei Gängen dazwischen gestapelt hatten, schaute hinein und stöhnte. Dann stellte er sie zurück, hakte die Sicherung wieder fest und zog eine andere heraus.

»Am liebsten würde ich sie gleich losschicken«, seufzte der Captain. Er verströmte nervöse Energie, die eine gute Ernte versprach.

»Was sind denn das für Weicheier, dass sie nicht jetzt

losgehen?«, brummte der Beta ungnädig, brach die Kiste auf und nahm etwas heraus.

»Fünfundsechzig Grad im Schatten, steigend. Fast zwölf Kilometer Strecke. Nee, lass mal.«

»Wenigstens müssen wir nicht mehr heizen«, grunzte der Beta, legte das Etwas zurück und schulterte gleich die ganze Kiste.

Der Captain stand immer noch bei der Tür. Es war keine günstige Gelegenheit. Stier-Betas waren bekannt für ihre äußerst unangenehmen Eigenschaften im Nahkampf, und der Captain war berüchtigt für seine äußerst unangenehme Neigung, zu überleben. Zwar pulsierte Kraft wie flüssiges Feuer in den Adern des Mannes, der sich im Schatten verbarg, aber sie hatten Kameras hier unten angebracht, die beiden standen zu weit auseinander, und sie waren nicht zu unterschätzen. Wenn er sie tötete, mochte es sein, dass der Zugang nach oben verschlossen war und es blieb. Es mochte auch sein, dass er selbst verletzt wurde, und auch wenn er es für unwahrscheinlich hielt, war es doch zu riskant. Noch war er verletzlich. Und zuerst kam stets der Auftrag. Bis er erfüllt war, musste er vorsichtig vorgehen.

»Wir haben die Klimaanlage eingeschaltet.« Der Captain klang auf diese Weise amüsiert, die der Mann in den Flammen nicht verstand. Sich über ungünstige Umstände zu amüsieren, kam ihm absurd vor. »Wir hauen mehr Energie raus für die Kühlung, als wir nachts gebraucht haben, um zu heizen. Und voraussichtlich kühlt es nachts wieder deutlich ab. Dann heizen wir wieder.«

»Ach, Scheißdreck«, erwiderte der Stiermensch verstimmt und trug die Kiste so dicht an dem Mann in den

Schatten vorbei, dass der nur den Arm hätte ausstrecken müssen, um ihn zu berühren und das Feuer in seinen Leib zu senden.

Unvermittelt blieb der Beta stehen.

»Was ist?«

Der Stiermensch grunzte. Verwundert sah der Mann in den Schatten, wie sich die breite schwarze Nase weitete und sich ein weißer Ring um die Augen bildete.

»Ich ...«

Der Mann streckte die Hand aus. Nur Millimeter vor dem Halbmenschen verharrte sie in der Luft. Er berührte ihn nicht. Kein Feuer. Nicht hier und jetzt. Nur ein ganz schwacher Impuls, das Echo einer Flamme, zuckte von seinen ausgestreckten Fingerspitzen hinüber. Der Blick des Stiermenschen wurde glasig.

Ich habe mich geirrt, dachte der Mann.

»Ich hab mich wohl geirrt«, brummte der Stier-Beta. »Egal.« Er hob die Kiste auf seine mächtige Schulter, wo sie aussah wie ein Schuhkarton.

Betas. In den Schatten formte sich unsichtbar ein Lächeln. Bei den meisten musste er vorsichtig sein, dass er ihr Gehirn nicht mit einem zu starken Impuls grillte.

»Dann komm«, sagte der Captain ungeduldig.

Als sie fort waren, zog sich der Mann in den Schatten ein wenig zurück. Er spürte den Bereich, den die Kameras erfassten, wie ein leichtes Prickeln auf der Haut. Als es nachließ, trat er aus den Schatten und wurde sichtbar. Er streckte sich, kniete nieder und drückte die Stirn auf den Boden.

»Man nennt mich Flames«, flüsterte er, es war eher ein Mantra als ein Gebet, denn auch wenn seine Auftraggeber glaubten, er brenne im selben Glauben wie sie, war er doch nicht demselben Gott verpflichtet. Sein Gott war noch nicht geboren. Aber seine Zeit würde kommen, und bis dahin gab es nur die Meditation, kein Gebet.

»Man nennt mich Flames«, wisperte er in die Dunkelheit. »Und wer mir im Weg steht, soll brennen.«

Arbeitsanweisung III

Ressourcen sichern

Stoßen Sie auf einem Fremdplaneten auf Konkurrenz, hat das Sichern vorhandener Ressourcen höchste Priorität. *StellarExplorations* erwartet maximalen Einsatz aller notwendigen Mittel. Behalten Sie immer im Auge, dass die in Ihre Mission getätigten Investitionen erheblich sind und vorausgesetzt wird, dass Sie sich um Rentabilität bemühen, welche Maßnahmen hierzu auch erforderlich sein mögen.

12

Datum: 26. Juli 3042
System: unbekannt
Planet: unbekannt
Ort: Höhle

»Du zitterst«, sagte Nox sanft zu Morbus und deckte Nelly sorgfältig, fast liebevoll zu.

Morbus hob die Hände vors Gesicht und betrachtete sie. Draußen dämmerte es, sie hatten die Lampen aus den Fahrzeugen wieder aufgestellt, das Licht erschien ihm fahl und kalt.

Tatsächlich. Seine Hände zitterten. Er legte sie in den Schoß und starrte sie an.

»Überlebt sie?«, wollte Nox wissen.

Müde schüttelte er den Kopf. »Ich weiß nicht. Ich glaube nicht. Wenn wir jetzt sofort Hilfe bekämen, wenn uns in zwei Minuten der Sarge anfunken würde, um uns zu sagen, dass sie gerade in den Orbit eintreten und ein voll ausgerüstetes medizinisches ... ach, scheiße. Nein. Nein, ich glaube nicht, dass sie überlebt.« Jetzt hatte er es ausgesprochen. Besser fühlte er sich dadurch nicht.

Nelly hatte zu viel Blut verloren, ihr Hirn wurde nicht

168

mehr ausreichend versorgt. Wie in einer Stadt mit unzurei-
chender Stromversorgung schalteten sich einige Areale
einfach ab, zack, Licht aus. Nur blieben, im Gegensatz zu
einem Gehirn, Stromleitungen intakt, wenn eine Weile
kein Strom hindurchfloss.

»Das Hirn ist ein Wunder.« Seine eigene Stimme klang,
als dringe sie aus der Ferne an sein Ohr, durch einen langen Korridor. »Selbst bei starken Schädigungen kann es
passieren, dass andere Hirnareale die Funktionen der aus-
gefallenen übernehmen. Dass das Hirn einen Weg findet,
die toten Zonen zu überbrücken. Dass sich jemand weitgehend oder sogar vollständig erholt, obwohl es auf einem
Scan aussieht, als sei sein Hirn schwer geschädigt.«

»Also machst du dir doch noch Hoffnungen.«

»Nein.«

»Ich verstehe.« Nox nickte, und Morbus hatte den Eindruck, er verstünde es wirklich. Das war schön, dann konnte er es ihm beizeiten vielleicht mal erklären.

»Es tut mir leid«, sagte er.

Nox neigte fragend den Kopf.

»Das alles hier. Dass … dass du schon wieder auf irgendeinem Planeten festhängst. Das muss wie ein Albtraum
sein.«

»Ach«, erwiderte Nox leichthin. »Ich komme klar. Ich
habe nur Hunger.«

»Wir hätten Nährriegel da.«

Nox schnüffelte, warf einen Blick in den hinteren Teil
der Höhle und schaute Morbus erwartungsvoll an.

»Fragst du mich gerade, ob du die Lucie essen darfst?«

»Warum so entsetzt? Ist das moralisch verwerflich?«

Mit gerümpfter Nase schüttelte Morbus den Kopf. »Nein.

Widerlich ist es. Du kannst doch nicht ernsthaft ... ich habe eine davon aufgeschnitten.«

»Das rieche ich.« Nox leckte sich über die schwarzen Lippen.

»Ich meine ... das ist ein echt abartiges Geglitsche darin. Und es stinkt bestialisch! Meinetwegen kannst du ... o Mann, dass ich das sage! Aber meinetwegen kannst du dir die entnommenen Organe der ersten Lucie anbraten.«

Nox starrte ihn an und zuckte mit einem Ohr.

»Oder du isst sie roh. Herrje. Aber die liegen da jetzt schon eine ganze Weile.«

»Nettes Angebot. Aber nein, so hungrig, dass ich Aas fresse, bin ich noch nicht.« Nox wandte sich ab und beugte sich über Nelly. Für einen Augenblick glaubte Morbus, er würde zubeißen, aber er legte nur seine Wange an die von Nelly und schloss die Augen.

Eine Weile betrachtete Morbus ihn. Die Freude darüber, ihn wiederzuhaben, vermischte sich mit tiefer Traurigkeit, die er sich selbst nicht erklären konnte. Vielleicht wegen Nelly. Oder wegen Sky. Oder weil er so verdammt müde und erschöpft war und ihm alle Knochen wehtaten und Schlaf nicht wirklich half.

Nox strich Nelly über die Stirn.

»Glaubst du, sie hat Schmerzen?«, fragte Morbus unwillkürlich. »Glaubst du, es war ... es war ein Fehler, sie mitzunehmen?«

»Klar war es ein Fehler«, erwiderte Nox in aller Entschiedenheit.

»Ich dachte ...«, sagte Morbus, holte tief Luft und wollte erneut ansetzen.

»Du wolltest sie retten.« Nox nickte. »Und manchmal

kann man das vielleicht sogar. Vielleicht tust du das eines Tages – jemanden retten. Auf jeden Fall bin ich ziemlich sicher, du wirst es weiter versuchen, und ich wünsche dir viel Glück dabei.«

»Jetzt würde ich dir gerade fast genauso gern die Fresse polieren wie Eddie.«

Im kalten Licht der Feldlampen blitzten die langen Zähne grell auf, als Nox leise lachte. »Üb doch erst mal mit Eddie, nicht dass du dich übernimmst, mein Freund. Ich geh mir so lange ein bisschen die Beine vertreten.« Er lächelte Morbus zu, stand auf und spazierte davon.

Erst als Eddie am Höhleneingang etwas rief und kurz darauf wüste Flüche hinter Nox herspuckte, wurde Morbus klar, was er damit gemeint hatte. Ohne zu zögern, war er schnurstracks an Eddie vorbeimarschiert und in der einbrechenden Nacht verschwunden. Das war nicht gut. Für drastischere Schlussfolgerungen war er zu müde. Und außerdem brauchte Nox kein Kindermädchen. Eher musste man sich um die Lucies Sorgen machen ... er hielt es für durchaus möglich, dass Nox ihre Population in dieser Nacht so weit reduzierte, dass der klägliche Rest keine Gefahr mehr darstellte.

Als suchte er Schutz bei alten Freunden, zog er sich zu den Lucies zurück, und am liebsten hätte er sich zwischen den Überresten der einen und dem Kokon der anderen zusammengerollt und wäre einfach eingeschlafen. Nicht einmal der leichte Verwesungsgeruch, der seit einigen Stunden in der Luft hing, störte ihn.

Eddies Stiefel klangen hart und zornig auf dem Höhlenboden. Blinzelnd schaute Morbus auf. »Solltest du nicht Wache halten? Arris schläft.«

»Nox ist eben raus. Ich stehe da, und er marschiert an mir vorbei, als wäre es das Normalste auf der Welt.«

»Du weißt, dass er manchmal für sich sein muss. Wenn er wiederkommt, geht es ihm besser. Er ist gerade nicht ganz bei sich.«

»Da ist er nicht der Einzige.« Eddies Mimik schien nur verzögert zu funktionieren, Morbus hörte zuerst seine Stimme, dann bewegten sich die Lippen, dann erst verzog sich Eddies Gesicht zu einer abfälligen Grimasse. Verwundert schaute er zu und lauschte eine Weile dem darauffolgenden Schweigen, ehe ihm klar wurde, dass Eddie eine Reaktion von ihm erwartete.

»Was?«, fragte er und rieb sich das Gesicht mit beiden Händen, um herauszufinden, wo es anfing und wo es aufhörte, es war ganz taub vor Erschöpfung.

Eddie verdrehte die Augen. Der alberne Bartstreifen an der Linie seines Unterkiefers, den er beim Rasieren stehen ließ, sah ausgefranst aus, auf den Wangen zeichnete sich ein dunkler Schatten ab. Ein bisschen verwildert sah er aus, ihr sonst so gepflegter Techniker, und wenn sich Morbus nicht irrte, roch er auch nicht ganz so gut wie gewohnt.

»Beim Scan habe ich ein Gebäude entdeckt. Es ist davon auszugehen, dass auch die *Virago* es gescannt hat.«

»Ein Gebäude?«

»Wände, Dach. Behausung. Künstliche Höhle. Was weiß ich. Ja, ein Gebäude. Keinesfalls natürlichen Ursprungs.«

»Leute?«, fragte Morbus und wurde etwas wacher. »Menschen?«

»Keine Anzeichen für Bewohner.«

»Ist es denn noch intakt?«

»Genau das würde ich gern herausfinden.«

Morbus blinzelte. Eddie klang wütend. »Wie weit ist es denn weg?«

»Etwas über zwanzig Kilometer.«

»Was hast du vor? Willst du mit Arris hinfahren?«

»Von der *Virago* ist es keine zwölf Kilometer entfernt. Falls die Bordwaffen noch funktionieren, geraten wir in ihre Reichweite.«

Ganz allmählich wich Morbus' Benommenheit jener nüchternen Klarheit, die sich manchmal einstellt, wenn man eigentlich zu müde ist, um geradeaus zu denken. Lange würde es nicht anhalten. Er wünschte, sie hätten Kaffee, aber sie hatten keinen. Die einzige Alternative war ein Koffein-Patch, und so tief war er noch nicht gesunken. Als er Eddie genauer betrachtete, sah er auch in seinem Gesicht die Spuren tiefer Überanstrengung und Schmerzen, und er begriff, dass das, was er in seiner Stimme hörte, nicht Zorn war, jedenfalls nicht nur, sondern Verzweiflung.

»Ich habe versucht, es euch zu sagen.« Eddie lehnte sich gegen die Höhlenwand. »Aber da war kein Rankommen.«

»Wir haben operiert.«

»*Du* hast operiert. Arris hat Dinge angereicht und dabei dreingeschaut, als würde er jede Sekunde anfangen, Maschinenöl zu heulen, und Nox hat gebetet, geschnurrt und mit Sky Erinnerungen an Nelly ausgetauscht. Ich sitze hier fest mit einem Dummkopf, einem Irren und einem Idioten, und die Einzige, die einen klaren Kopf behalten hätte, wird sterben.«

»Und wer davon bin ich?«

»Hä?«

Taumelnd richtete sich Morbus auf. »Ein Idiot, ein Irrer und ein … was war das noch?«

»Dummkopf.«

»Tausend Dank.«

»Der Dummkopf ist Arris. Er kann nicht anders. Du bist der Idiot.«

»Schön. Übrigens ist der Eingang unbewacht.«

»Nein. Ich habe alle verfügbaren Sensoren draußen. Wenn sich dort draußen etwas bewegt, erfahren wir es früher, als ich es gesehen hätte.«

»Sag mir, was du hören willst.« Morbus breitete die Hände aus. »Dieses Gebäude – wir können nicht hin, weil es in der Reichweite der Bordwaffen liegt, richtig? Also, was willst du?«

»Zum Beispiel will ich nicht als Einziger darüber nachdenken, was wir tun. Und ich will nicht der Einzige sein, der sich eingesteht, dass wir Nelly verloren haben.«

»Sie ...«

»Ich habe dasselbe gerochen wie du, als du sie aufgeschnitten hast. Da ist Fäulnis in den Bauchwunden, richtig? Trotz der Antibiotika.«

»Würmer.«

»Was?«

»Eine Art Würmer. Ich habe keine Ahnung, wie sie reingekommen sind. Irgendwelche Parasiten. Zwei Stück. Ich habe sie entfernt.« Es war ein Wunder, dass Eddie davon nichts mitbekommen hatte, Arris hatte sich fast übergeben, und Nox hatte im Hintergrund etwas gemurmelt, das wie ein *Psalm an den heiligen Wurm* geklungen hatte, aber das hatte wiederum Morbus glücklicherweise nicht allzu genau mitgeschnitten.

Eddie starrte ihn an. »Heilige Scheiße. Würmer!«

»Und Fäulnis«, gab Morbus widerwillig zu.

»Wie kommen die Würmer dort rein?«

»Vielleicht das Wasser. Ich weiß es nicht.«

»Das Wasser! Wir reinigen es. Wir kochen es ab!«

»Manchmal reicht das nicht. Ist doch jetzt auch …«

»Würmer!«, entsetzte sich Eddie. »Wenn sie über das Wasser kommen, dann haben wir sie auch, richtig?«

»Ist doch jetzt völlig …«

»Ganz sicher ist das nicht egal!«, brüllte Eddie. »Alien-Würmer? In *meinem* Bauch?«

Ein panischer Eddie war ein ungewohnter Anblick. Wortlos hakte Morbus den zweiten MedScanner von seinem Gürtel und schaltete ihn ein. Eddie hob die Hände, als er näher kam, in der einen die *Viper*. Sorgfältig scannte Morbus Brust- und Bauchraum, dann zur Sicherheit auch den Kopf.

»Wieso den Kopf?«, wollte Eddie argwöhnisch wissen.

»Falls es Hirnparasiten sind und sie bei Nelly durch die Wunden in den Körper gelangt sind und sich noch hochgearb…«

»Schon gut. Schon gut! Ist da was?«

»Ein Bauch, ein Brustkorb, ein Hirn. Alles sauber.«

»Zeig her.« Erst als er selbst nachgeschaut hatte, atmete Eddie heftig aus. »Gut. Okay. Dann lass uns jetzt vernünftig reden.«

»Ich bin nicht derjenige, der eben wie ein Mädchen *Würmer* geschrien hat.« Schulterzuckend machte sich Morbus auf den Weg zu den Fahrzeugen. Feldhocker, Feldbetten, so etwas wäre angenehm gewesen, aber wer immer für das Beladen der Fahrzeuge zuständig gewesen war, hatte einen Hang zu Purismus. Also setzte er sich auf die breite Motorhaube des Froschs.

Eddie, der ihm humpelnd folgte, setzte sich neben ihn, der Jeep stand falsch herum, wenn man die Fahrzeuge als Stühle benutzen und sich unterhalten wollte. Leichter Schweißgeruch wallte zu Morbus hinüber, vermutlich roch er selbst ähnlich. Nox roch nach Raubtier, Arris, der sich die Schweißdrüsen hatte entfernen lassen, nach gar nichts. Irgendwie erdete ihn der Geruch, so ein ganz normaler menschlicher Geruch nach einem beschissenen Tag, und er versöhnte ihn fast ein wenig mit Eddie. »Was willst du also wegen diesem Gebäude unternehmen?«, fragte er.

»Am liebsten hätte ich Nox hingeschickt, um es sich mal anzuschauen. Nur kann ich ihn jetzt schlecht anfunken und drum bitten.«

»Stimmt. Allerdings gerät ja auch Nox in die Reichweite der Bordwaffen, wenn er dort hingeht, richtig?«

»Richtig. Ganz ohne Risiko geht es nicht.«

»Nox dankt.« Morbus zeigte die Zähne.

»Zumindest hätte er schauen können, ob die *Virago* jemanden hinschickt. Davon gehe ich nämlich aus. Und sie werden es heute Nacht tun. Tagsüber geht es nicht oder nur ganz früh bei diesen Temperaturen, sie haben ja keine Fahrzeuge«, sagte Eddie.

»Ist überhaupt eine der Bordwaffen so ausgerichtet, dass sie uns gefährlich werden kann? Irgendwas Schwenkbares, das etwa in die richtige Richtung zeigt?«

»Der Bordlaser, denke ich. Damit müssten sie den Bereich abdecken können, wenn er noch funktioniert.«

»Das ist natürlich schlecht.«

»Alles ist schlecht.« Gereizt klopfte sich Eddie Staub von der Hose. »Es gibt dieses Gebäude, es gibt die *Virago*, es gibt einen See. Ansonsten nur Ebene und Felsen. Wir können uns aussuchen, was davon wir versuchen, gut sieht es bei keiner der drei Möglichkeiten für uns aus. Deine realistische Einschätzung, was wir von den Lucies zu erwarten haben?«

»Es gibt mehr davon.« Morbus zog eine unbehagliche Grimasse. Auf ihrem Standardshuttle hatten sie ein kleines wissenschaftliches Labor, er war es nicht gewohnt und schätzte es nicht, ins Blaue raten zu müssen. »Ich nehme an, dass sie in den nächsten Tagen aufwachen. Die Werte unserer Lucie verändern sich sehr langsam, aber konstant, und zwar tagsüber, wenn es warm wird ... seit es nach Sonnenuntergang abkühlt, verlangsamt sich der Prozess wieder deutlich. Außerdem gab es beim Erdbeben einen kleinen Ausschlag ihrer Hirnfunktionen. Vielleicht sind Wärme und Erdbeben typisch für diese Jahreszeit, und ihre Saison fängt bald an. Schätze, wir haben ein bisschen mehr Zeit, wenn die anderen tief unten sind, wo es sich langsamer erwärmt.«

Eddie nickte langsam. »Ist dir aufgefallen, dass es hier drinnen nicht so kühl geblieben ist, wie man in einer solchen Höhle erwarten könnte?«

»Was meinst du?«

»Ich meine, man sollte erwarten, dass eine solche Höhle ausgezeichnet gegen Wärme isoliert. Ich habe keine konkreten Vergleichsdaten oder so, aber mein Gefühl sagt mir, dass es hier heute wärmer war, als es hätte sein dürfen. Vielleicht leitet der Stein Wärme nicht so schlecht, wie wir glauben. Vielleicht ist es da unten nicht so kalt, wie du hoffst.«

Morbus bemerkte, dass er eine *Madcap* gezogen hatte und mit der Sicherung herumspielte, ein, aus, ein, aus, die rote Leuchtdiode, die unter seinem Handballen verborgen war, wenn er die Pistole richtig in der Hand hielt, zwinkerte ihm zu wie ein winziges, glühendes Auge. Einmal, vor langer Zeit, hatte Nelly ihm prophezeit, dass er es eines Tages schaffen würde, eine Sicherung derart auszuleiern, dass man sie reparieren musste. »Vielleicht wachen sie früher auf, als ich glaube, meinst du.«

»Was, wenn sie zum Beispiel morgen Abend überall dort draußen aus irgendwelchen Höhlen kriechen?«, fragte Eddie.

Das rote Auge zwinkerte. Morbus blinzelte zurück. »Dann streiten sie sich mit Sicherheit um das kleine bisschen Beute, das sie vorfinden, fressen uns bis auf das letzte Krümelchen auf und fragen sich dann, wo das Hauptgericht bleibt.«

»Witzig«, knurrte Eddie.

»Was ich meine, ist: Ich halte das für unwahrscheinlich. Ich habe hier nämlich außer den Lucies, ein paar Käfern und den Würmern noch kein Lebewesen gesehen. Abgesehen von uns. Irgendwas müssen sie fressen. Entweder jagen sie überhaupt nicht oberhalb des Bodenniveaus, sondern in irgendwelchen Stollen dort unten. Oder sie schlüpfen hier und ziehen weiter. Oder ihre Beute kommt erst noch – vielleicht irgendwelche gigantischen Vögel, die hier brüten, oder so. Vielleicht sind wir auch gar nicht in Gefahr, weil sie Steine fressen oder irgendwelche Pilze.«

»Ist das ein Scherz?«

Morbus zuckte mit den Schultern. »Ich habe keine Ahnung. Die Enzyme in der Magensäure, soweit ich sie unter diesen Bedingungen identifizieren kann, sprechen dafür, dass sie Fleischfresser sind, und sie sehen auch so aus, aber sicher weiß man das nicht ... diese riesige braungrüne Kuh von Quintus beispielsweise hat auch jede Menge Verdauungsenzyme, die Eiweiß zerlegen, weil sie mit den Blättern auch haufenweise oberschenkeldicke Raupen frisst. Egal, gehen wir mal besser davon aus, dass sie uns gern fressen würden. Ich glaube, dass wir noch ein bisschen Zeit haben, aber du hast natürlich recht, wir sollten uns nicht darauf verlassen. Zeig den Scan mal her.«

Mit dem Daumen deutete Eddie auf den Frosch, und sie zogen in sein Inneres um. Eine ganze Weile vertieften sie sich in die Darstellung auf dem kleinen Navigationsbildschirm.

»Hochplateau, ja?«, fragte Morbus schließlich und lehnte sich in den Fahrersitz zurück. »Möglichkeit vier: Wir fahren an den Rand und schauen nach, was dort unten ist.«

Wenn Eddie die Nase rümpfte, tat er das nur auf einer Seite, dafür so ausgiebig, dass man einen Eckzahn aufblitzen sah. »Ist nur die Frage, ob wir da mit den Fahrzeugen runterkommen, selbst wenn da unten was ist. Und während wir damit beschäftigt sind festzustellen, dass da nichts ist, reißen sich Argons Leute in aller Ruhe dieses Gebäude unter den Nagel.«

»Vielleicht ist es nichts. Nur ein altes Gebäude, in dem man so gut verrecken kann wie hier in der Höhle.«

»Und vielleicht ist es ein Gebäude, in dem schon andere Zuflucht vor den Lucies gefunden haben. Das vielleicht extra dafür gebaut wurde. Vielleicht gibt es dort mehr Fahrzeuge. Vielleicht ...«

»Und vielleicht finden wir das ohnehin nicht raus, weil sie uns mit dem Bordlaser pulverisieren, sobald wir auch nur ansatzweise in die Nähe kommen.«

Eddie seufzte. »Hast ja recht. Andere Idee – wir fahren hierhin.« Er deutete auf einen Punkt am Rand des Plateaus, der nicht allzu weit vom mutmaßlichen Gebäude entfernt lag. »In einem Bogen. Müsste noch außerhalb der Reichweite sein – und von dort aus können wir nach unten schauen und dann noch einen Scan machen. Vielleicht ergibt sich da etwas. Vielleicht ist beim Scan aus der Nähe etwas klarer, was das für ein Gebäude ist, besonders leistungsfähig ist das Ding nicht. Vielleicht können wir einen von Argons Leuten schnappen, der dort ist und es sich mal ansehen will. Einfach mal schauen. Jedenfalls haben wir dann deinen Plateaurand und mein Gebäude.«

»Okay«, sagte Morbus, über den eine neue Welle Müdigkeit hinwegschwappte, die ihm den Schalensitz so warm und weich und verlockend erscheinen ließ, dass er am liebsten in sich zusammengesunken wäre, um zu schlafen. »Und wann?«

»Lass mich kurz in meinen Terminkalender schauen«, sagte Eddie trocken. »Wie wäre es mit jetzt?«

13

Datum: 26. Juli 3042
System: unbekannt
Planet: unbekannt
Ort: Höhle

In dieser Nacht standen drei unterschiedlich volle Mond-
sicheln am Himmel, zwei grau, eine grünlich wie ein halb
geschlossenes Katzenauge. Nox sprang auf einen Fels, streckte sich lang aus und ließ das Mondlicht auf seinen Leib pral-
len. Wenn er sich darauf konzentrierte, konnte er seine
Substanz spüren. Bei all den Erfindungen, die die Menschheit so machte, dachte er, war es bedauerlich, dass sie sich
so wenig auf die wichtigen Dinge konzentrierte. Dieses
Mondlicht hier, genau in dieser Nacht, das Licht genau dieser drei Monde, ergoss sich überall in diese schimmernde
Ebene, die von tiefen Schlammgräben durchzogen und mit
vereinzelten dicken Felsbrocken gesprenkelt war und leer,
ganz leer bis auf ihn. All das Mondlicht, das im Schlamm
versickerte oder sich an den Felsen stieß. Wenn er, Nox, ein
Erfinder wäre, dann würde er eine Methode erfinden, wie
man es abfüllen konnte. Er hätte ein ganzes Haus voller
Gläser mit Mondlicht von den unterschiedlichsten Planeten.

Sein Magen knurrte. Gähnend richtete er sich auf. Sein langer, sehniger Leib verlangte nach Bewegung und Nahrung. Er dachte an die Höhle, in der Kokons waren, und wollte dorthin, sie lag ohnehin auf dem Weg zur *Virago*. Doch dann erinnerte er sich daran, dass die Höhle keine Verlockungen mehr bot: Er hatte seine Vorräte zerstört. Verärgert entblößte er die Zähne.

»Wie vergesslich du bist«, spottete Sky, die auf einem Mondstrahl vom Himmel geglitten war und neben ihm auf dem Stein saß.

»Dich vergesse ich nicht«, erwiderte er und sprang hinunter. Schlamm gurgelte. Die blaue Sonne hatte die oberste Schicht zu einer festen Masse zusammengebacken, abgesehen von wenigen Löchern konnte man darauf laufen wie auf einem dicken Teppich, aber darunter lauerte noch immer zähe, saugende Tiefe, und er tat gut daran, keinen falschen Schritt zu machen. »Komm mit.«

Gehorsamer als im Leben folgte sie ihm, das war angenehm, früher hatte sie immer gestritten. Andere Betatypen hatten es leichter mit ihren Weibchen.

»Such dir doch eine kleine Hündchen-Beta«, schlug sie vor. »Die leckt dir die Füße und bestaunt alles, was du tust, wie ein Wunder.«

»Schscht«, machte er milde.

Sie lachte ihn aus und glitt weit, weit voran, viel schneller, als ein lebendes Wesen laufen konnte, mondstrahlreitende Sky, frei von den Begrenzungen eines Körpers. Er sehnte sich nach der Wärme, die sich tief in ihrem Fell verborgen hatte, und folgte ihr, obwohl er wusste, dass sie diese Wärme abgeschüttelt hatte, zusammen mit dem Schmerz.

Sie blieb sehr lange fort und kehrte zurück, als er mindestens die Hälfte des Wegs hinter sich gebracht und gerade in einen wunderbaren Rhythmus gefunden hatte, Vier-Beine-auf-zwei-Beinen hatte sie das einmal genannt, wenn es war, als müsste man sich nur kurz auf alle viere niederlassen, um seine Arme in Vorderbeine zu verwandeln und mit riesigen, herrlichen Sätzen weiterzuspringen. »Wenn du allein sein willst«, informierte sie ihn, »ist diese Richtung die falsche.«

Interessiert schaute er auf. »Hast du Kokons gefunden?«, wollte er wissen und leckte sich von innen über die Zähne.

»Ach was«, erwiderte sie verärgert. »Brüder. Oder vielmehr: einen Bruder und eine Schwester. Bruder Wolf und Schwester Hyäne. Sie laufen im Mondlicht und haben Herzklopfen.«

»Das klingt, als sollte man sie nicht stören«, fand er, doch natürlich hielt er sich nicht daran, sondern machte sich auf, um den beiden zu folgen wie ein Schatten. Sie entfernten sich von der *Virago*, liefen und liefen im Mondlicht, und er fühlte sich den fremden Betas ganz verbunden, weil man so gut mit ihnen schweigen konnte.

Lange schwiegen sie, lange liefen sie, und er vergaß, woher er kam und warum er ihnen folgte. Ihr Weg endete an einem Gebäude, das aus Stein und Metall zusammengesetzt war und wie ein riesiger flacher Frosch in der Landschaft hockte. Nox suchte sich einen großen Felsbrocken, sprang hinauf und fand zu seinem großen Entzücken oben eine kleine Mulde, in die er sich hineinduckte. Seine Augen waren scharf, alle Sinne wach, er war ein einsames Raubtier. Man tat gut daran, ihn zu fürchten.

»Und dein Ego ist so groß, dass es durch kein TransMatt-Portal passt«, spottete Sky.

»Schscht!«, machte er. »Was tun sie denn da?«

Sie duckten sich, gaben einander Feuerschutz, belauerten das Gebäude, pirschten sich heran, schlichen an den Mauern entlang und schienen sich des Mondlichts gar nicht bewusst zu sein, das durch ihr Fell rieselte. Sie waren bekleidet. Diese Nacht war viel milder, als der kalte Abend verheißen hatte, Felsen und Schlamm hatten die Hitze des Tages gespeichert und strahlten sie ab wie eine gewaltige Fußbodenheizung. Nox wollte nie wieder bekleidet sein.

»Ich habe nie darüber nachgedacht«, sagte er nachdenklich zu Sky, während er die beiden Betas beobachtete, »wie albern das aussieht, wenn man sich an jemanden heranschleicht, der gar nicht da ist.«

»Sie machen das doch sehr gut!«, befand sie. »Und vielleicht lebt ja doch noch jemand dort drinnen, unter Schlamm und jeder Menge Zeit, die sich an den Wänden abgelagert hat.«

»Ja, vielleicht.« Mit angelegten Ohren beobachtete er, wie die beiden arbeiteten, schweigend, sehr professionell, es war wie ein Tanz auf einer Freilichtbühne, nur für ihn und Sky. Zwei klobige MPs hatten sie dabei, eine Menge Klimbim an den Gürteln, wie ihm aus der Entfernung schien, dafür bewegten sie sich aber, als wären sie nur leicht gepanzert. Gespannt wartete er ab, ob sie erschossen wurden, aber sie hatten Glück, und offenbar schlossen sie aus diesem Glück, dass niemand mehr dort war. Als röche man es nicht ohnehin, dass dieser Ort verlassen war.

Sie verschwanden in einem Gang, blieben eine ganze Weile fort. Dann kam der Wolf wieder heraus, aus dieser Entfernung so klein, dass Nox ihn mit dem obersten Glied des kleinen Fingers vollständig hätte verdecken können. Er nahm ein staubiges Bad in einem langen, tiefen Riss im Schlamm, und kurz darauf kam die Hyäne in einem Affenzahn hinterhergeschossen und warf sich mit in den Dreck. Die Bewegungen waren eindeutig, und Nox zählte leise. Bei vier krachte es von fern, der grüne Mond blinzelte empört, Staub wallte auf, und eine Erschütterung rollte durch die Ebene.

Die beiden da vorn schienen zu diskutieren.

»Oh, das hab ich nicht gewollt«, sagte Nox geziert, als die Hyäne die Arme ausbreitete. »Ich wollte was sprengen, aber doch nichts *kaputt machen!*«

Die Hyäne sprang auf, raste in den Gang, kam wieder heraus und warf sich zum Wolf auf den Boden.

»Ach so, doch«, korrigierte er sich. »Ich wollte sogar unbedingt was kaputt machen, das war noch nicht genug!«

Diesmal klang die Explosion näher, rollte unheilverkündend über die Ebene und wirbelte so viel Dreck auf, dass die Staubwolke fast bis an die Betas heranpuffte.

Die Hyäne sprang auf, raste davon, kam wieder zurück und redete auf den Wolf ein. Hören konnte Nox auf diese Entfernung gar nichts, aber das machte ihm nichts aus. »Hör nur, hör mir zu«, sagte er an ihrer Stelle. »Ich will, dass hier alles einstürzt, die Monde sollen vom Himmel fallen, der ganze Planet soll erzittern, aber alles, was ich hinkriege, ist ein bisschen Staub und Dreck!«

Der Wolf war mit seinen Gesten leider etwas sparsamer, aber als die Hyäne wütend wieder davonhüpfte, schien er ihr etwas hinterherzurufen. »Mach's diesmal aber richtig!«, soufflierte Nox tadelnd.

»Ich glaube eher«, mischte sich Sky ein, die sich seines

Wissens nie als Theaterkritikerin qualifiziert hatte, »er sagt: Lass den Scheiß, ehe es Tote gibt.«

»Ach was«, wiegelte Nox ab. »Und dann? Sollen sie einfach nach Hause gehen? Das wäre doch auch blöd.«

BUMM! Diesmal hob es Nox fast von seinem Felsen und den Felsen fast vom Boden, als hätte jemand mit einer mondgroßen Faust mal ordentlich auf den Tisch gehauen. »Jawohl«, bejubelte er die Hyäne, die im Staub verschwand, keuchend wieder herauskam und den Wolf ungeduldig zu sich winkte. »Die Konserve ist geknackt, die Tür ist offen! Komm mit, da drinnen sind wir sicher vor dem Mondlicht!«

»Ich hätte dich verlassen, weißt du?« Sky bedachte ihn mit einem scheelen Blick. »Wenn ich noch leben würde, hätte ich dich längst verlassen. Das ist wirklich schwer auszuhalten. Machst du dir gar keine Sorgen?«

»Um die beiden?«, fragte er erstaunt. »Ich kenne die doch gar nicht!«

»Um *dich* natürlich.«

»Ach so.« Er setzte sich auf und legte anmutig den kräftigen, orangeschwarzen Schwanz an die Krümmung des Felsens. »Jetzt ist keine Zeit für Kritik«, beschied er ihr. »Die Nacht ist zu schön dafür.«

Sie seufzte und überlegte offenbar, auf einem Mondstrahl davonzufahren, aber die Monde dort oben sahen nach der Ruhestörung ein wenig missmutig aus und versprachen keine angenehme Gesellschaft zu sein. Außerdem hatten auch der Tod und die Transformation zu einer Halluzination die Neugier nicht auslöschen können, die in jeder Faser ihres Wesens gesteckt hatte. Also blieb sie, und er rückte nah an sie heran und stellte sich vor, er spüre ihre

Körperwärme. Ganz still saß er und ganz versunken, und er wusste nicht, wie viel Zeit verstrich, ehe er sich wieder der Welt zuwandte.

Gerade als er beschloss, den beiden Betas hinterherzugehen, um mal zu schauen, was sie so trieben, wandte Sky den Kopf.

Neugierig folgte er ihrem Blick und sah sie aus dem Boden quellen, unweit eines anderen Felsens. Wie Geister waren sie, bleich und dünn im Mondlicht, sie taumelten wie betrunken, zischten und fauchten, und sie rochen mit Sicherheit genauso verlockend wie die anderen. Ihm lief das Wasser im Mund zusammen. Diese hier hatten sich selbst ausgepackt, das Mondlicht floss über ihre Rücken wie Vanillesauce. Orientierungslos schwankten sie umher, und er schaute zu und konnte sich nicht entscheiden, ob er sie schön oder hässlich fand. Wie die klobigen MPs der beiden Betas entsprachen sie ganz dem Prinzip *form-follows-function*, da war kein Schnörkel, kein Zierrat, keine Spielerei. Ihre Beine waren zum Laufen da, die Krallen und Zähne zum Reißen, mehr nicht, sie trugen weder hübsch geflecktes Fell noch glänzende Schuppen noch schmeichelte ihr symmetrisch geschnittener Schädel oder der schöne Schwung ihres Rückgrats dem Auge des Betrachters. Alles an ihnen taugte entweder für die Jagd oder für die Verdauung, und diese Konsequenz gefiel ihm.

Interessiert beobachtete er, wie sie sich allmählich berappelten, wie ihre Schritte sicherer wurden, wie ihre Verwirrung Gereiztheit wich. Ihm wurde klar, auf einer dumpfen, primitiven Ebene, dass die Explosionen sie geweckt hatten und sie in der Erwartung von Beute herausgekommen waren. Er beobachtete sie und kam zu dem

Schluss, dass sie so leichtfüßig auf den Felsen springen würden wie er selbst. Dass diese sieben, wach und auf der Jagd, ihm unter Umständen durchaus gefährlich werden konnten.

»Sie würden dich zerfleischen«, flüsterte Sky ihm ins Ohr. »Du zerlegst mit den Händen den einen, mit den Füßen zugleich den zweiten, den dritten beißt du in zwei Stücke, und die übrigen vier reißen dir das Fleisch von den Knochen, dein Blut fließt über ihre bleiche Haut, und dann reitest du mit mir bis in alle Ewigkeit auf den Mondstrahlen. Kein Schmerz mehr, keine Angst, keine Träume, kein Warten auf den Schlaf, der nicht kommen will.«

»Verlockend, mein Herz«, flüsterte er zurück, ohne den Blick von den Gestalten zu wenden, die unruhig wie wütende Hunde herumstöberten, suchten, weite Kreise zogen, immer hektischer. *Lucies* war ein unpassender, ein respektloser Name, der ihm nicht gefiel. Er taufte sie *die Jäger*, und während er ihnen zuschaute, wünschte er sich, er könnte sich in einen von ihnen verwandeln.

Unvermittelt hielten sie inne, ein verstreutes Rudel unruhiger Gestalten. Senkten die schmalen Köpfe. Hielten ganz still. Und dann schossen sie los, wie auf ein geheimes Zeichen, das er nicht wahrnehmen konnte. Direkt auf die Anlage zu, in der die Betas verschwunden waren.

Spätestens der Geruch bestätigte Stray, dass hier niemand mehr lebte. Es war diese unverwechselbare Mischung aus ungeatmeter Luft, aufgewirbeltem Staub, der über Jahre oder Jahrzehnte friedlich dagelegen hatte und nun bei jeder Regung in ganzen Wellen aufstieg, und Vergessen, so alt, dass es sich ablagerte wie eine Sedimentschicht.

Hinter dem kurzen Gang lag eine große Halle, so aufgeräumt wie frisch erbaut, allerdings entsetzlich staubig. Es war so dunkel, dass er zwei Lidschläge brauchte, bis sich seine Augen daran gewöhnt hatten. Alles atmete Stille.

»Oh, ja«, nörgelte Scar und ließ die winzige Drohne, die sie von der *Virago* mitgenommen hatten, von ihrer Handfläche aufsteigen. »Genau dafür hau ich ein halbes Kilo hochpotenten Stoff raus und jage zwei dicke Stahltüren in die Luft. Für ein bisschen Scheißstaub.« Sie hustete. »Vielen Dank auch.«

Stray antwortete nicht. Weit fort, am anderen Ende der Halle, klaffte das dunkle Rechteck einer offenen Tür, zu ihrer Linken gab es einen breiten Durchgang, auf den die Drohne zusteuerte. Sie war nicht sehr leistungsstark, eine winzige Erkundungsdrohne – Nachtsicht-Kamera und Wärmescan, mehr nicht. Dafür leise und unauffällig. Nicht dass das hier eine große Rolle spielte.

»Bist du etwa immer noch sauer wegen dem bisschen Bumms?«, wollte Scar wissen.

»Quatsch. Ist ja schon mindestens drei Minuten her.«

»Anders wären wir nicht reingekommen. Entspann dich mal.«

»Halt mal kurz die Klappe«, erwiderte er. »Einfach nur so.« Ganz sicher würde er jetzt keine Diskussion darüber anfangen, dass sie ihre Fähigkeiten sehr unterschiedlich einschätzten, wenn es um Sprengstoff ging.

Sie senkte den Kopf und schaute auf den kleinen Bildschirm ihres JUSTs, auf dem zu sehen war, was die Drohne aufnahm: Im Nebenraum gab es eine Theke, die den Raum in zwei Bereiche schnitt, im Regal hinter der Theke standen ein paar vergessene Flaschen, stumm und eingehüllt in Mäntel aus Staub. Mit einer Daumenbewegung auf dem Steuerfeld ließ sie die Drohne rotieren, dann kam das Ding wieder zurück. Obwohl Stray wusste, dass sie da war, hatte er Mühe, sie auszumachen. In weitem Bogen sauste sie durch die Halle und auf den dunklen Umriss der Tür zu.

»Du nimmst es mir übel«, sagte sie.

Überrascht wandte er sich zu ihr um. Sie war direkt, schon immer gewesen, aber nachdem sie fast zwei Wochen lang keine Gelegenheit gefunden hatten, ungestört miteinander zu reden, hatte er es fast vergessen. Wirklich vermisst hatte er es nicht.

»Du nimmst es mir übel, und du verzeihst es mir auch nicht.«

Im schwachen Licht war ihr sandbraunes Fell dunkel, die braunen Augen schwarz.

Auf den ersten Blick war Scar potthässlich, ein räudiges Geschöpf mit viel zu großen, lächerlich runden Ohren. Auf den zweiten Blick fielen einem aufmerksamen Betrachter ihre seelenvollen Augen auf. Wenn man sie dann näher kennenlernte, kam man nicht umhin, sich zu fragen, ob diese Augen nicht reiner Etikettenschwindel waren und der erste Eindruck doch der richtige war.

Als sie seinen Blick bemerkte, entblößte sie die Zähne, kräftiger als seine. Er dachte an Jago. Daran, wie der Knochen seines Oberarms zwischen diesen Fängen gesplittert war.

Er warf das Magazin der *Hellhound* aus und schob es wieder hinein, ganz langsam. Jede Waffe hatte ihren eigenen Sound, er hatte ein gutes Gehör dafür und ein gutes Gedächtnis. Vor einem halben Jahr hatte er tausend Tois bei einer Wette gewonnen ... den Inhalt eines kompletten

Waffenschranks hatte er anhand der Geräusche identifiziert, mit denen die Waffen geladen, durchgeladen, entsichert wurden. Die *Hellhound* klang pragmatisch, sie brauchte ein Ziel und jemanden, der den Abzug drückte, das war alles. »Ja«, sagte er. »Ich nehme es dir übel.«

»Schön. Dann ist es ja jetzt offiziell.«

»Ich nehme dir nicht übel, dass du ihn umgelegt hast.«

»Sondern?«

»Dass du nichts daraus gelernt hast. Dass du immer noch durch die Welt rast wie eine Kettensäge auf Beinen, deren Aus-Schalter abgebrochen ist.«

»Schönes Bild.«

»Danke. Komm jetzt.« Er nickte zum dunklen Rechteck am anderen Ende der Halle. »Wir haben zu tun.«

Sie folgte ihm, aber nur zwei, drei Schritte weit, dann blieb sie stehen, als wäre sie auf einen Klecks Superkleber getreten. »Bereust du es?«

»Scar ...«

»Ich meine, dass du mitgekommen bist. Dass wir jetzt hier sind. Dass du ...«

Er blieb stehen und drehte sich zu ihr um. »Ich wäre lieber woanders als hier. Aber nein, ich bereue es nicht. Es ist, wie es ist.«

»Du ...«

»Es reicht. Lass uns das hier fertigmachen und verschwinden.«

»Aber ich will das klären.«

Sie wollte ständig irgendwas klären, er war es leid. Zuerst hatte sie klären wollen, dass sie keine romantischen Gefühle für ihn hegte, nur weil er ihr das Leben gerettet und sie rausgehauen hatte, als ein wirklich übler Scherz eines Vorgesetzten eskaliert war. Als sie begriffen hatte, dass er weder romantische Gefühle erwartet hatte noch selbst welche empfand, hatte sie klären wollen, dass er es nicht als Kränkung auffassen dürfe, während sie sich durchaus auf einmal zurückgewiesen gefühlt hatte. Und danach hatte es ihr keine Ruhe gelassen, dass dieses Hin und Her ihre Beziehung belastet haben könnte, und wollte sich mit ihm auf den anfänglichen Stand einigen, sehnte sich nach der Unverfänglichkeit, die sie überhaupt erst zerredet hatte, indem sie alles komplizierter machte, als er es sich je hätte ausmalen können. Obwohl es sein Beruf war, hielt Stray im Privatleben nicht viel vom Reden und war der festen Überzeugung, die Hälfte der Worte, die die meisten Leute machten, sei immer noch zehnmal zu viel.

»Schlechter Zeitpunkt«, erwiderte er nur.

»Und auf der *Virago* ist der falsche Ort«, stellte sie spöttisch fest.

»Allerdings. Wenn sie ...«

»Die wissen doch längst, dass wir keine Freigekauften sind. Welcher Freigekaufte zahlt so viel Kohle für einen dämlichen Sprung? Ich meine, klar, ist teuer, aber so viel? Nee. Die wissen genau Bescheid.«

Kurz gestattete er sich den Luxus, die Augen zu schließen und einen Seufzer so langsam und kontrolliert auszuatmen, dass sie ihn nicht als solchen erkannte. »Das ist nicht dasselbe. Ob du etwas ahnst oder ob du es genau weißt. Das eine veranlasst dich eher dazu, wegzuschauen. Das andere setzt dich unter Zugzwang. Gerade jetzt ist es besser, wenn sie nichts wissen. Überhaupt gar nichts. Wir funktionieren, wir fallen nicht auf, wir sind so unauffällig wie möglich. Und falls ...«

»Glaubst du, es war unseretwegen? Glaubst du, das da draußen sind Tracker?«

Auf einmal sah er die Angst in ihren Augen. Sie war jung. Er vergaß es manchmal. Vergaß, wie es war, wenn man erst seit Kurzem aus dem Tank raus war, wenn man den Kopf voll vorgefertigter Theorie und Informationen hatte, die man noch nicht mit der Realität hatte abgleichen können.

»Möglich«, sagte er knapp. »Nicht wahrscheinlich, aber möglich. Du musst damit leben lernen.«

»Damit, dass da draußen, vielleicht nur ein paar Kilometer entfernt ...«

»Damit, dass sie dich kriegen wollen, ja. Damit, dass sie jederzeit vor dir stehen können. So ist es eben.«

Ihre feuchte, dunkle Nase blähte sich unter ihren schnellen Atemzügen. »Ich leg sie alle um«, flüsterte sie. »Ich schwöre dir, wenn einer von diesen Scheißkerlen ... ich leg sie alle um. Ich lass mich nicht wieder zurückschleifen. Lieber jage ich sie alle in die Luft. Alle!«

»Das ist auch besser so«, erwiderte er trocken. »Wenn sie vor dir stehen und du eine Chance siehst, dann mach sie kalt.«

Ihre Überraschung war fast mit Händen zu greifen.

»Was meinst du, was auf uns wartet, wenn wir uns zurückschleifen lassen?«, fragte er nüchtern. »Ein bisschen Ärger, ein Eintrag in die Akte, ein Aufschlag auf den Buyback? Nee.« Verächtlich schnaubte er durch die Nase. »Die statuieren ein solches Exempel an uns, dass man noch in Jahrzehnten davon spricht. Die hängen uns ganz oben an der Fassade des Hauptsitzes ins Firmenlogo und lassen uns von Vögeln Augen und Gedärme rausreißen. Die zerlegen uns vor laufenden Kameras. Mindestens werden wir vor der neuen Generation Justifiers öffentlich exekutiert, zwischen Training und Mittagessen. Oder sie machen so was Perfides wie einen Wettkampf – hetzen uns aufeinander, und der Überlebende wird verstümmelt und darf für den Rest seines Lebens Prügelknabe für die Frischlinge spielen.«

Sie wollte ihm nicht glauben. Er sah es deutlich in ihrem starren Gesicht: Sie konnte es sich nicht vorstellen. Da stand sie vor ihm, sein Neuzugang mit der Riesenklappe, immer als Erste da, wo das Kreuzfeuer erwartet wurde, und ihr zitterten die Hände. So war es immer. Alle hielten es für eine große Sache, wenn sie zum ersten Mal töteten. Oder wenn sie zum ersten Mal wirklich in Lebensgefahr waren. Aber die wirkliche Feuertaufe, die zwischen jung und alt unterschied, zwischen Anfänger und Profi und auch, erstaunlich nach allem, was ihr schon passiert war, noch immer zwischen ihr und ihm, war die Erkenntnis, dass man nichts wert war. Dass es nicht um Fairness oder gar um Gerechtigkeit ging und es nichts zu diskutieren gab, wenn bestimmte Entscheidungen gefallen waren.

»Wenn sie dich erwischen«, riet er ihr, »leg sie um, wenn du kannst. Und wenn du selbst mit draufgehst. Aber lass dich nicht festnehmen. Wenn sie auch nur ansatzweise ihren Job verstehen, setzen sie dich unter Drogen, sobald sie dich haben, und du wachst erst auf, wenn du längst wieder zu Hause bist. Keine Chance, dass du unterwegs noch das Ruder rumreißt. Es ist äußerst unwahrscheinlich, dass du an solche Idioten gerätst, dass sie dir Gelegenheit zur Flucht bieten.«

Sie nickte und flüsterte: »Okay.«

»Jetzt komm.«

»Würdest du das tun?«

Gereizt hielt er inne. »Was?«

»Wenn sie uns aufeinanderhetzen. Würdest du ...«

»Ob ich dich umbringen würde?«

Sie verzog das Gesicht. »Ob du es *versuchen* würdest.«

»Nein.«

»Oh.«

»Ich würde es nicht versuchen, ich würde es tun.«

Ihre Zähne im schwachen Licht, das zornige Funkeln in ihren Augen. Fast hätte er gelächelt.

Ehe sie *Du kannst es ja mal probieren* knurren konnte und auf ihn losging, obwohl weit und breit kein Konzernarsch zu sehen war, der es verlangte, wandte er sich wieder ab und ihr den Rücken zu. »Ist der bessere Part, glaub mir. Dabei draufzugehen, meine ich. Und jetzt reicht's. Beweg deinen Hintern.«

Sie hatten etwa die Mitte der Halle erreicht, als die *Virago* die Funkstille brach. Die Stimme des Navigators klang heiser und verzerrt. »... hören? Da kommt etwas.«

Früher einmal hatte er sich in solchen Situationen gefühlt, als schieße eine Stichflamme in seinem Körper hoch. Jetzt war es nur noch eine Welle aus Wärme, sein Kopf blieb klar.

»Ich höre«, gab er knapp zurück. »Was genau?«

»Tiere. Halbes Dutzend. Mindestens so groß wie Schäferhunde, schätze ich. Haben eben das Gebäude erreicht und sind außer Sicht.«

Synchron wandten sie sich um, Scar glitt zur Seite, damit er freies Schussfeld hatte. Wie in einer Bewegung legten sie beide die Waffen an, und da waren sie auch schon. Die Warnung von der *Virago* war spät gekommen, sehr spät, entweder hatten sie mit sich gerungen, ob die Warnung es wert war, die Funkstille zu brechen, oder der Navigator hatte gepennt.

Schnelle Bewegungen, bleiches Fleisch, sie quollen durch den von den Sprengungen aufgerissenen Gang wie übergroße Ratten. Ein Lebewesen auf der Jagd bewegt sich anders als eins, das nur die Umgebung erkundet, und in Stray jaulten Alarmsirenen auf, noch bevor er Näheres sehen konnte. Gemeinsam eröffneten sie das Feuer.

Grelles Kreischen hob an, wildes Stoßen und Drängen. In den klobigen *Hellhounds* steckten unterschiedliche Magazine, Stray begrüßte die Biester mit Durchschlagskraft, Scar mit Mannstoppwirkung, und für einen Augenblick sah es ganz gut aus, das Sperrfeuer schleuderte sie zurück. Doch dann quollen sie in die Halle. Stray sah Zähne und Klauen und farblose Augen, schwarzes Blut spritzte, und auf einmal waren sie überall. Kurz war er sicher, dass sich die *Virago* geirrt hatte, es war kein halbes Dutzend, es mussten mehr sein, viel mehr, doch dann sah er, wie eins von ihnen zu Boden ging und sich wieder aufrappelte, blutbespritzt, kreischend und wütend, sehr wütend, aber ganz sicher nicht tot, und er begriff, dass sie ein handfestes Problem hatten.

»Zurück«, überbrüllte er den Lärm der *Hellhounds* und bewegte sich in Richtung des Gangs, wo sie wenigstens nur aus einer Richtung angegriffen werden konnten. Es wurde kein kontrollierter Rückzug, denn die Biester scherten sich nicht um die Gegenwehr. Wenigstens blieb es bei kontrollierten Salven ... wenn man den Kopf verlor, nur noch den Abzug durchdrückte und blind feuerte, war es vorbei.

Eins der Biester machte einen Riesensatz, war auf einmal

ganz nah, er sah nadelartige Zähne und ein klaffendes Maul und feuerte direkt hinein. Dunkles Blut spritzte ihm aufs Fell, das Biest brach zusammen. Das nächste war heran, ehe er nachsehen konnte, ob das erste wieder aufstand. Der Gang war zu weit fort, sie erreichten ihn nicht mehr, und auf einmal standen sie Rücken an Rücken und feuerten, es waren immer noch welche von den Biestern auf den Beinen, und es war eine Schande, dass es so endete.

Nox glitt exakt in dem Moment herein, als die letzte Salve abgefeuert wurde. Drei Jäger waren noch auf den Beinen, einer verbiss sich in die kreischende Hyäne, die beiden anderen stürzten sich auf den Wolf-Beta. Der rammte mit bemerkenswerter Präzision den Lauf der leergeschossenen MP zwischen die splitternden Zähne des ersten, den zweiten schleuderte er mit einem kraftvollen Tritt ein gutes Stück fort, und auf einmal blitzte ein langes Jagdmesser auf.

Wäre der Jäger ein irdisches Raubtier gewesen, ein Wolf vielleicht, ein Bär, ein Löwe, dann hätte sich das Jagdmesser tief in seine Brust gesenkt, zwischen die Rippen hindurch ins Herz. Das war ein Instinkt, der sich nicht ausmerzen ließ. Dort, so hatte man Nox in der Ausbildung gelehrt, wo unsere eigenen lebenswichtigen Organe liegen, dort, wo wir selbst am verletzlichsten sind, greifen wir an. Immer. Der Impuls ist nicht umzulenken. Er nimmt einen Weg im Gehirn, der so kurz und alt ist, so ausgetreten in Jahrtausenden, in denen er uns gute Dienste geleistet hat, dass man in einer Situation, in der keine Zeit mehr für einen bewussten Gedanken ist, immer darauf zurückgreift. Die einzige Möglichkeit, es zu verhindern, ist eine Operation, bei der eine künstliche Schaltzentrale im Hirn implantiert wird, die man umprogrammieren kann. Die, mit Softs gefüttert, neue Reaktionen freischaltet, auf einen außerirdischen Gegner spezialisiert oder auch auf bestimmte Arten von Panzerung. Eine Weile hatte man damit experimentiert, aber es hatte sich nicht als nützlich erwiesen. Also lebte man mit diesem uralten Reflex, und meistens war es gut.

Die Klinge, mit aller Kraft geführt, traf mit voller Wucht auf Knochenplatten. Die Knochen des Wolf-Betas waren nicht verstärkt. Nox hörte, wie sein Handgelenk brach.

Dann setzte es bei ihm aus. Der Teil von ihm, der ein Mensch war, löste sich auf in einem Wirbel aus orangerot flammendem Fell, Zähnen und Klauen. Jemand schrie, kreischte, Nox riss das Maul auf und sprang. Ein weißer Leib auf sandbraunem Fell, überall Blut, er riss das bleiche Ding vom Körper der Hyäne fort, bog den schmalen Kopf seiner Beute zurück, versenkte die Zähne tief in der Kehle und riss sie mit einem kraftvollen Ruck heraus. Ein Schwall schwarzes Blut schoss ihm ins Gesicht, tränkte das helle Fell an seiner Brust, das Ding zappelte noch immer, er warf es fort und packte das nächste. Irgendwas erwischte ihn am Bauch, er achtete nicht darauf, knallte das Biest auf den Boden und biss auch ihm die Kehle durch, bevor er es fortwarf. Das dritte sprang ihn an, noch bevor sein Artgenosse auf dem Boden landete, Nox wich aus, packte es am knochigen Schwanz, schleuderte es herum und schmetterte es mit voller Wucht auf den Boden. Dann war er über ihm, fand eine weiche Stelle, riss sie auf, mit den Zähnen, den Krallen, beförderte Eingeweide ans schwache Licht, maunzte einen seltsamen kleinen Laut, über den sich Sky immer amüsiert hatte. Scherte sich nicht um zuckende Gliedmaßen, wischte sie beiseite, riss möglicherweise auch ein Bein ab oder zwei. Und fraß.

Als er wieder zu sich kam, hörte er die Hyäne atmen. Langsam hob er den Kopf und betrachtete sie. Sie kauerte über dem Wolf-Beta, der sich nicht rührte. Ihr Flecktarn war an der Schulter zerrissen, die Schulter darunter auch. Es sah aus, als fehlte ein Stück aus dem Oberarm. Er sah gelblichen Schaum in der Wunde und eine Dose auf dem Boden. Langsam näherte er sich, auf allen vieren. Stieß die Dose an. Sie war leer und ganz leicht. Langsam lief sein Verstand wieder an und machte aus all den einzelnen Bildern, die wie ein Regen aus Schnappschüssen auf ihn niedergingen, eine kleine Tragödie.

Der Wolf-Beta regte sich noch immer nicht. Nox betrachtete ihn. Schaum auf seiner Hand oder dem, was davon noch übrig war, mindestens zwei Finger fehlten. Schaum an der Seite seines Halses, der verbarg, wie viel dort fehlen mochte. Schaum im zerfetzten Bauch. Die Augen standen offen und betrachteten teilnahmslos die Decke. Er hatte den Anstand, tot zu sein und die Hyäne nicht vor dasselbe Problem zu stellen, wie Nelly es mit dem armen Morbus tat. Aber die Hyäne schien das nicht zu schätzen zu wissen. Ihre Augen waren blank und schwarz und weit aufgerissen. Langsam wandte sie den Kopf und glotzte Nox an. Als sie den Mund öffnete, sah er schwarz verschmierte Zähne, offensichtlich hatte sie kräftig zurückgebissen.

»Du verdammter Scheißtracker«, hörte er zu seiner Verwunderung. Und dann hob sie mit dem unverletzten Arm die Waffe und richtete sie auf ihn.

Beim vorletzten Einsatz hatten sie ebenfalls *Hellhounds* dabeigehabt. Das Magazin fasste achtzig Schuss und wog etwa ein halbes Kilo. Das war ein Gewichtsunterschied im Vergleich zu einer ungeladenen Waffe, den ein geübtes Auge im Handling durchaus bemerkte. Die Waffe war frisch geladen. Neugierig schaute Nox in die schwarze Mündung. Nichts auf der Welt ist so schwarz wie die Mündung einer geladenen Waffe, die sich aus nächster Nähe auf das eigene Gesicht richtet. Es war eine Schwärze, fand er, die ein Versprechen in sich barg. Eine so vollkommene Leere, dass der Verstand widersprach, weil er nicht daran glauben konnte und sich dem Gedanken an das Nichts widersetzte. Irgendetwas musste dort sein, dort in dieser Dunkelheit, und es wisperte seinen Namen. Er legte den Kopf auf die Seite.

»Jetzt reiß dich mal zusammen«, sagte Sky neben ihm. »Schau sie dir an. Die ist nicht mehr ganz zurechnungsfähig. Die knallt dich ab.«

»Ich hatte den Eindruck«, erwiderte er verwundert, »du hast gar nichts dagegen, dass ich das Zeitliche segne.«

»Verdammt richtig«, stieß die Hyäne zwischen den kräftigen Zähnen hervor.

»Aber doch nicht so«, widersprach Sky. »Von einer frisch geretteten Hyäne mitten ins Gesicht geschossen zu werden, das ist doch ...«

»Heb ihn hoch«, bellte die Hyäne dazwischen und rutschte ein Stück von ihm fort.

Indigniert wandte Sky ihr das schöne Gesicht zu und starrte sie an.

»Lady«, sagte Nox besänftigend. »Er reitet längst auf den Mondstrahlen.«

»Wer hat dir denn ins Hirn geschissen?«, geiferte sie und mühte sich, auf die Beine zu kommen. »Was für verschissene Mondstrahlen?« Sie taumelte, ehe sie sich fing, ihre Beine zitterten, das Fell war blutverschmiert, vor allem die Schnauze, sie sah räudig aus und halbtot. Aber die Mündung blieb die ganze Zeit exakt auf ihn ausgerichtet. Sie meinte es ernst.

»Heb ihn hoch!«, giftete sie mit sich überschlagender Stimme. »Na mach schon! Vorsichtig! Wenn du ihm wehtust, schieß ich dir die Beine unter dem Arsch weg.«

Blinzelnd schaute Nox auf den stillen Wolf-Beta hinunter.

»Du kannst ihr wohl kaum einen Vorwurf machen«, behauptete Sky und streichelte dem Toten über die Wange. »Du hast es ja selbst nicht so mit dem Loslassen. Na komm schon, tu ihr den Gefallen.«

»Was willst du von mir?«, fragte er und wusste nicht so genau, welches der beiden durchgeknallten Weiber er damit meinte. »Soll ich ihn zur *Virago* tragen?«

»Richtig«, jaulte die Hyäne. »Und zwar heute noch, Arschloch!«

Er zuckte mit den Schultern, dann schob er die Hände unter den leblosen Körper, hob ihn an wie ein Kleinkind und stand auf.

Ein paar Meter weiter regte sich etwas – einer der Jäger, dem er die Kehle herausgerissen hatte, zuckte noch immer. Zäh waren sie, dachte er anerkennend, dann drehte er sich um und ging der Hyäne voran nach draußen, wo noch immer die Drillingsmonde silbernes und grünes Licht über die Ebene gossen.

Das Plateau erhob sich mehrere hundert Meter über dunklen Baumwipfeln. Auch mit Nachtsicht und Zoom konnte Morbus nichts anderes ausmachen, hier und da schien es sich etwas zu lichten, aber das war auch schon alles. Dschungel. Ein sehr viel unangenehmeres Terrain als hier oben. Unübersichtlich, unwegsam. Selbst wenn sie die Fahrzeuge heil nach unten schafften, stellte sich die Frage, wie weit sie kamen, bis sie sie zurücklassen mussten. Es hatte schon seine Gründe, weshalb Menschen seit Anbeginn der Zeiten problematisches Gelände auf dem Rücken von Tieren zu durchqueren pflegten, die dort lebten.

Er setzte sich auf den steil abfallenden Rand, ließ die Beine baumeln und fand es eigentlich recht hübsch hier, von der Gesamtsituation mal abgesehen. Sie alle, sogar die *Virago*, waren reichlich winzig angesichts der Dimensionen der Landschaft. Es war nicht annähernd so bizarr wie auf Duve, wo sich die getrockneten Exkremente der Riesenschaben zu ungeheuerlichen Gebilden auftürmten, oder so tränentreibend schön wie auf Quintus, wo alle Formen wie aus einem Guss schienen und die Farben so intensiv waren, dass man es auch nach Tagen des stummen Staunens nicht recht fassen konnte. Aber es war so schlicht und unprätentiös in all seiner Riesigkeit, als habe der Planet es nicht nötig, irgendwen zu beeindrucken.

»Was machst du da?«, fragte Eddie hinter ihm aus dem Jeep. Die Seitentür stand offen, er bereitete den Scan vor.

»Nichts.«

Eddie murmelte etwas Unverständliches. Dann: »Ich nehme an, du hast nichts Nützliches gefunden?«

»Nichts. Dschungel weit und breit. Aber dort hinten geht es in einem nicht allzu steilen Winkel abwärts. Wir könnten mal schauen, wie weit wir kommen, wenn wir von dort aus nach unten scannen.«

»Was genau heißt denn *nicht zu steiler Winkel*?«

»Keine vierzig Grad Gefälle, schätze ich.«

»Ich schau mir gleich mal den Untergrund an. Wenn ich hier gescannt habe.«

Bedauernd schwang Morbus die Beine hoch und stand auf. Es wehte ein schwacher Wind, der seltsame, hohle Töne aus der Tiefe aufsteigen ließ. Er schob sich auf den Beifahrersitz – auch wenn die Navigationseinrichtungen von hier aus besser zu erreichen waren, bevorzugte Eddie den Fahrersitz, um schneller aufbrechen zu können. »So ein hoher Detailgrad?«, fragte Morbus erstaunt.

»Sollte sich schon lohnen.«

»Wie viel Energie frisst denn das?« Der Standard-Detailgrad eines Umgebungsscanners in kleineren Fahrzeugen lag bei zwanzig Prozent. Eddie hatte den Regler auf neunzig hochgedreht, und das benötigte nicht einfach viereinhalb mal so viel Energie, wie man meinen könnte, der Energiebedarf stieg eher exponentiell.

»Hälfte von dem, was noch da ist. Keine Sorge, danach reicht es immer noch für mehrere tausend Kilometer Fahrt.«

»Aber nicht für einen zweiten Scan der Liga. Sollten wir uns den nicht lieber für da unten aufsparen? Da brauchen wir Reichweite *und* Genauigkeit.«

»Lieber das Shuttle im Hafen als das Schiff im Orbit«, erwiderte Eddie ungerührt und startete den Scan.

»Hallo *Virago*«, sagte Morbus munter und winkte in die vage Richtung. »Hier sind wir schon wieder! Sicher, dass wir außer Reichweite des Lasers sind?«

»Nö.« Eddie grinste und senkte den Blick auf den Schirm.

Das Grinsen fiel ihm aus dem Gesicht, als hätte ihn jemand geohrfeigt. Der Jeep war mit einem Phasenscanner ausgestattet, er scannte nicht in einem Durchgang gründlich, sondern nach unterschiedlichen Kriterien mehrfach und legte die Daten in einem immer präziser werdenden Bild übereinander. Das hatte den Vor- und Nachteil, dass man bewegte Objekte mehrfach im Bild hatte und recht schnell einen ersten, allerdings wenig konkreten Eindruck bekam.

Das Display zeigte nach der Oberflächenabtastung zwei oder drei Gestalten in der Nähe des Gebäudes. Eilig zoomte Eddie näher heran. Das zweite Bild legte sich darüber, und aus den zwei bis drei Gestalten wurden zwei Lebewesen und ein Toter. Außerdem wurde klar, dass sie sich von ihnen fortbewegten.

»Fall tot um, Freund Morbus«, knurrte Eddie. »Wenn du nicht so verdammt lange ... Mann, die hätten wir erwischen können!«

»Wieso ein Toter?«, fragte Morbus, nicht bereit, sich auf irgendwelche sinnlosen Schuldzuweisungen einzulassen, vor allem dann nicht, wenn Eddie möglicherweise recht hatte.

Eddie zoomte noch näher heran.

Es war kein Holo und hatte auch keine große Ähnlichkeit mit einem, aber jetzt wurden die bereits erfassten Daten der drei Gestalten eingeblendet. Humanoid. Mit hoher Wahrscheinlichkeit Betas. Alle drei. Einer davon etwas größer als die anderen, aber eindeutig nicht der Stier-Beta, dessen Körpermasse fast das Doppelte der anderen betragen hätte.

»Drei«, sagte Morbus tonlos. »Scheiß mir ein verdammtes Mondkalb. Nox.«

»Was?«

Morbus aktivierte sein JUST. »Drei Betas auf der *Virago*, einer davon ein Stier. Drei da vorn, keiner davon ein Stier. Wer also ...«

»Scheiße!«, brüllte Eddie auf. »Gottverdammte Scheiße! Was macht der Idiot denn da?«

Vielleicht lässt er sich auf die Virago *tragen*, dachte Morbus, sprach es aber nicht aus, außerdem war es Blödsinn. Der Tote war einer der beiden Betas von der *Virago*. Der, der ihn trug, größer und schwerer als die beiden anderen, das war Nox. Aller mathematischen Wahrscheinlichkeit nach.

»Nox«, sagte Morbus ins JUST. »Hörst du mich?«

In der gespannten Stille, so dicht, als lauschte statt zwei verlorenen Gestalten ein ganzer Konzertsaal, waren das Piepsen des Scanners und das Wimmern des Winds fast schmerzhaft laut.

»Nox?«, wiederholte Morbus.

Die Leitung wurde geöffnet. Für einen Augenblick hörten sie gar nichts.

»Wenn die Waffe zu schwer wird, Lady, nimm sie runter. Wenn ich wollte, hätte ich dich sowieso längst in deine Einzelteile zerlegt.«

Morbus und Eddie starrten einander an.

»Halt die verdammte Scheißfresse«, keifte jemand, es klang etwas weiter entfernt und undeutlich. »Und mach hin, klar?«

»Ganz ruhig«, erwiderte Nox sanft. »Hier muss sich niemand aufregen. Ich trage ihn dir zur ...«

»Allerdings tust du das«, giftete die andere Stimme. Sie klang hysterisch und überschlug sich auch bei diesem kurzen Satz mehrfach, war schlecht zu verstehen, aber immerhin hatte Nox es überhaupt geschafft, das JUST unauffällig so einzustellen, dass es auch die Geräusche der näheren Umgebung übertrug. Trotz der Leiche, die er trug.

Eddies Augen waren geweitet, in der braunen Iris des rechten war ein kleiner heller Fleck, der Morbus noch nie zuvor aufgefallen war.

»Ich weiß«, erwiderte Nox, mehrere Kilometer von ihnen entfernt. »Der Bordlaser und die gesamte Aufmerksamkeit der *Virago* sind auf mich gerichtet, und selbst wenn ich dich umlege ... bla bla bla. Warum bist du so angespannt, Lady? Du hast alle Trümpfe in der Hand und ich nur eine Leiche.« Seine Stimme klang freundlich. Die Antwort war ein unartikulierter Aufschrei, dem Morbus die Anweisung entnahm, keinen Scheiß zu erzählen, der Tote sei durchaus lebendig und würde selbstverständlich durchkommen. Dann wurde die Verbindung unterbrochen, und als Morbus ihn erneut anfunkte, antwortete Nox nicht mehr.

»Die tickt ja nicht ganz sauber«, sagte er erschüttert. »Und jetzt? Das war ja wohl eine eindeutige Warnung, oder? Niemand muss sich aufregen, das Gefasel vom Bordlaser ... sagt er uns damit, wir sollen uns nicht einmischen? Was zum Geier tut er da bloß?«

»Er sagt uns noch einiges mehr«, erwiderte Eddie grimmig, schloss die Tür und bedeutete Morbus mit einer ungeduldigen Handbewegung, dasselbe auf seiner Seite zu tun. Mit zusammengekniffenen Augen starrte er auf das Display. Dann brach er den Scan ab und startete den Motor.

»Und das wird jetzt was genau?«, erkundigte sich Morbus. »Du hast doch nicht vor ...«

»Das Gebäude. Allerdings. Wann, wenn nicht jetzt? Sie können schlecht beides im Fokus behalten.«

»Und, äh – wenn sie Nox aus dem Fokus nehmen und uns mal so eben locker aus dem Handgelenk verdampfen lassen?«

»Geht wenigstens schnell. Sei nicht so eine Memme.« Eddie beschleunigte. »Fifty-fifty, hm?«

»Und Nox?«, fragte Morbus und hielt sich eilig fest, als sie über eine Bodenwelle rumpelten, wo der trocknende Schlamm zu einem tiefen Graben aufgeplatzt war.

»Wenn wir das Gebäude haben, haben wir vielleicht immerhin eine Verhandlungsbasis.«

»Du bist ungefähr genauso bescheuert wie Nox.«

»Ich weiß«, erwiderte Eddie, den Blick stur geradeaus gerichtet. »Ich weiß.«

14

Datum: 26. Juli 3042
System: unbekannt
Planet: unbekannt
Ort: Wrack des Raumfrachters *Virago*

»Captain?«

Sein Name war nicht zu ihm durchgedrungen, das hatten sie beide versucht. Jetzt aber blinzelte Argon. Einmal. Zweimal.

»Captain?«, versuchte Wolf es erneut. Er klang vorsichtig, als hielte er es für möglich, dass Argon jede Sekunde explodieren könnte.

Nova fürchtete das auch. Nachdem sie ihn gerufen hatten, war er hereingekommen, zügig, aber nicht eilig, hatte einen Blick auf den Schirm geworfen und war erstarrt. Und so stand er seitdem da, als hätte ihn mitten in der Bewegung ein Blitz getroffen. Sein Gesicht war knallrot, die Augen traten hervor. Es war ein beängstigender Anblick.

»Captain?«

Ein seltsamer Laut entrang sich Argons Kehle, irgendwas zwischen Röcheln und Stöhnen. Über Novas Rücken rieselte eine Gänsehaut.

Mehrere Kilometer von ihnen entfernt, durch den Zoom des Bordlasers ganz nah herangeholt, wanderten zwei Gestalten durch die verschlammte Ebene eines fremden Planeten, eine davon trug eine dritte auf dem Arm.

Nova wandte den Blick von Argon ab und schaute dem Tiger-Beta ins Gesicht. Das Bild war klar und deutlich, der Zoom auf sehr viel größere Entfernungen ausgelegt. Blutverschmiert waren sie, alle drei, mit rotem Blut und zähem schwarzem.

»Was ist passiert?«, stieß Argon hervor, ließ sich rasch auf seinen Sitz gleiten, brachte routiniert die langen Beine auf dem knappen verfügbaren Platz unter und wandte die ganze Zeit nicht für einen Lidschlag den Blick vom Schirm ab. Er beugte sich vor und kniff die Augen zusammen. »Stray ist tot?« Es war eher eine Feststellung als eine Frage.

»Die Hyäne behauptet, er lebt«, erwiderte Wolf. »Aber wir gehen davon aus, dass sie sich irrt.«

»Konzentrier dich auf den Laser«, fuhr Argon ihn an, und Wolf zuckte zurück. »Aye.«

Argon starrte den Tiger-Beta an, seine Stimme klang fremd und heiser. »Hat er irgendwelche Anstalten gemacht, abzuhauen?«

»Keine, Captain«, beeilte sich Nova zu antworten.

»Weiß er vom Laser?«

»Aye«, sagte Wolf.

»Gut. Falls er versucht, abzuhauen, schieß ihm die Beine weg.«

»Die Beine?«

»Drücke ich mich unklar aus?«

»Wenn ich schieße, dann gibt es einen verbrannten Krater von drei Metern Durchmesser. Ich glaube kaum, dass ich ...«

»Gib dein Bestes. Ich will ihn lebend.«

»Alles klar.« Mit undeutbarer Miene wandte Wolf seine ganze Aufmerksamkeit den Kontrollen des Bordlasers zu, setzte die dazugehörige Brille auf und schwieg.

Argon starrte auf den Schirm. Er regte sich nicht.

»Wer ist das?«, fragte Nova irgendwann und betrachtete den Tiger-Beta. Blutverschmiert und riesig machte er nicht den Eindruck, als wäre es eine gute Idee, ihn lebend an Bord der *Virago* zu holen.

»Nox«, spuckte Argon aus. In dem Wort schwang etwas mit, das ihr die Lust auf weitere Fragen verdarb. »Das ist unzweifelhaft und leibhaftig Nox.«

Eine Weile schauten sie zu, wie die drei Gestalten näher kamen.

»Wie lange brauchen sie noch bis zu uns?«, fragte Argon. Seine Stimme war spröde und kalt, und als Nova ihn scheu von der Seite musterte, erkannte sie ihn kaum wieder. Er war nicht mehr rot, sondern bleich, sein Gesicht sah kantig und fremd aus, der Blick so hart, dass sie fröstelte.

»Bei dem Tempo etwa eine Stunde«, antwortete Wolf. »Übrigens werde ich mit dem Bordlaser nicht mehr auf sie feuern, sobald sie sich bis auf einen Kilometer genähert haben. Das ist zu riskant. Nur dass du es weißt.«

»Was ist ihnen passiert?«

»Da.« Nova rief die Aufnahme auf, die Wolf von den Aliens gemacht hatte.

Viel sah man nicht, er hatte sich auf die unmittelbare Umgebung der beiden Betas konzentriert. Sie sahen zu, wie die Betas hinter dem Gebäude verschwanden, sie ließ die nächsten Minuten im Zeitraffer verstreichen, in dem der Blickwinkel der Kamera scheinbar hektisch in der Gegend umherstreifte. Dann plötzlich das Aufblitzen hellen Fleisches, und ein gutes halbes Dutzend zahnbewehrter Ungeheuer tauchte im Bild auf und jagte über den Schirm. Kurz nachdem sie im Gebäude verschwunden waren, tauchte der Tiger-Beta von irgendwoher auf und folgte ihnen.

»Was zum ...«

Nova isolierte ein brauchbares Bild von den Viechern und zoomte es näher heran. »Die sehen furchtbar aus«, sagte sie leise. »Scar sagt, die MPs sind nicht durchgekommen. Sie hätten genauso gut mit Reinigungsdrohnen werfen können.«

»Das meine ich nicht«, wehrte Argon verärgert ab. »Was zum Interim tut Nox da?« Ungeduldig aktivierte er sein JUST. »Scar?«

»Was?« Ihre Stimme war im Cockpit deutlich zu hören, er ließ den Empfang über die Lautsprecher laufen.

»Gib Nox unsere Frequenz. Er soll mich anfunken. Und zwar sofort.«

»Nox?«

Ihre Lippenbewegungen waren ganz leicht verzögert. »Wolf«, flüsterte Nova, legte einen Finger an den Mund und nickte zum Bildschirm. Er tippte an die Brille und hob den Daumen, um ihr zu signalisieren, dass die Verzögerung nur auf dem großen Schirm ein Problem war.

»Nox ist die große gestreifte Katze, in deren Gesellschaft du dich befindest«, sagte Argon zu Scar.

Sie antwortete nicht, aber sie sahen, wie sie etwas zu dem Tiger-Beta sagte, worauf er den Toten auf seinem Arm

211

etwas umlagerte und an seinem Handgelenk herumfummelte. Kurz darauf kam ein Funkspruch herein.

Argon atmete tief ein. Und aus. Wieder ein. Und aus. Dann nahm er ihn an. »Nox.«

»Argon!« Die Stimme des Betas war tief, angenehm und klang erstaunlich aufgeräumt. »Hast du den Absturz überlebt?«

»Sieht ganz danach aus, hm?«

»Schön! Aber ich nehme an, du bist schlecht gelaunt. Du klingst jedenfalls so.«

»Nox«, sagte Argon mit jener Geduld, die nur Idioten für einen Anlass halten, sich zu entspannen. »Ihr habt meinen Koch bestochen, euch auf mein Schiff geschlichen, es zum Absturz gebracht, und jetzt schleppst du die Leiche eines meiner Passagiere über die Oberfläche eines Drecksklumpens von Scheißplaneten, der auf keiner gängigen Route verzeichnet ist. Er hat nicht mal einen Namen. Das gesamte Sonnensystem hat keinen Namen, sondern nur eine Nummer. Ich möchte meinen, ein bisschen schlechte Laune ist durchaus verständlich.«

»Oh, ich verstünde es auch, wenn du mit einem Vibromesser auf mich losgehen würdest«, versicherte ihm Nox. »Empfehlen würde ich es dir nicht, aber verstehen ganz sicher. Was sagtest du eben – auf keiner Route verzeichnet?«

»Korrekt. Ich habe eben gerade endlich unsere Position halbwegs verorten können. In unserem Quadranten gibt es keine einzige TransMatt-Station. Wir sind mindestens elf Lichtjahre von der nächsten offiziellen Sprungstation entfernt, vermutlich erheblich weiter.«

Nova saß da, als hätte er ihr einen harten Schlag in den

Magen verpasst. Die Information war neu. Er war vorhin auf die *Virago* geklettert, hatte Aufnahmen der von hier aus sichtbaren Sterne gemacht und sie durch seinen Computer gejagt. Weil sie kein hochwertiges Navigationsprogramm für solche Fälle an Bord hatten – wann brauchte man so etwas schon, wenn man keine Blindsprünge unternahm? –, hatte er lange daran gesessen, die Daten auszuwerten. Wolf wäre möglicherweise schneller gewesen, war aber an der Waffe nützlicher.

»Am Arsch des Universums also«, hörte sie den Tiger-Beta sagen. Es klang fast, als sei er amüsiert. Oder nein, es klang gleichgültig.

»Weshalb ist er eigentlich nackt?«, fragte sie schüchtern.

Argon drehte den Kopf und betrachtete sie, als fiele ihm jetzt erst auf, dass sie da war. Gerade wollte sie ihm versichern, das sei eine dumme Frage gewesen, und er solle sie schnell wieder vergessen, da wandte er den Blick wieder zum Schirm. »Meine reizende kleine Pilotin hat gerade eine interessante Frage gestellt. Warum läufst du herum, wie *SE* dich schuf, Nox? Seid ihr inzwischen so heruntergekommen, dass bei der Missionsausstattung keine Kleidung mehr drin ist?«

»Ein bösartiger Tiefschlag gegen einen nackten Mann«, erwiderte Nox, und jetzt grinste er tatsächlich. Trabte nackt mit einer Leiche im Arm vor der Mündung einer auf ihn gerichteten MP und im Fokus eines Bordlasers über einen Planeten, der weitab aller Handelsrouten lag, und grinste so breit, dass die Reißzähne im Mondlicht schimmerten. Fast hätte sie gelacht. Offenkundig war er nicht ganz bei Trost, und eigentlich war das beängstigend, aber sein Grinsen war ansteckend.

»Wo stecken die anderen?« Argon war von einem Grinsen weiter entfernt als sie alle von einem funktionierenden TransMatt-Portal.

»Hattest du sie nicht neulich auf dem Scan?«, erkundigte sich Nox verwundert.

»Sie sind also hier? Nelly, Morbus, Eddie, Sky ... und mein Ersatz. Richtig?«

Unvermittelt blieb Nox stehen, fast wäre Scar gegen ihn gerannt. Der Kopf des Wolf-Betas rutschte aus seiner Armbeuge und hing schlaff herunter, blutiger Schaum tropfte von den Lefzen.

»Sky«, wiederholte er. »Du hast dich nicht auf dem Laufenden gehalten, mein lieber alter Freund.«

»Ganz versehentlich habe ich den Newsletter für streng geheime Konzerninterna abbestellt«, erwiderte Argon. Mit dem Spott in seiner Stimme hätte man Löcher in die Außenhaut der *Virago* ätzen können.

Grob stieß Scar dem Tiger-Beta den Lauf der MP zwischen die Schultern, er zuckte nicht einmal zusammen. Plötzlich hatte Nova das Bild vor Augen, wie sie Scar erst aufschreien hörten und dann, mit sekundenbruchteilkurzer Verzögerung, sehen würden, wie sich dieser Nox umdrehte und sie in Stücke riss. Er sah aus, als könnte er das mit Leichtigkeit tun.

»Es war einmal«, dozierte Nox mit der ausdrucksvollen Stimme eines guten Geschichtenerzählers, »ein Justifier, der nannte sich nach dem klangvollsten aller Edelgase im gesamten Periodensystem der chemischen Elemente, die Scheißcollies wissen, warum. Nun trug es sich zu, dass dieser Justifier einen Freund hatte, der Hörner trug, auf die selbst Luzifer neidisch gewesen wäre. Dieser Freund hatte gute Beziehungen zu einem hohen Tier in der Verwaltung und ließ seinen Kumpel für einen ganz bestimmten Auftrag in ein anderes Team versetzen. O ja«, er zeigte die Zähne in einer seltsam treffenden Imitation eines menschlichen Lächelns, »ich habe ein wenig recherchiert.« Die gelblichen Augen verengten sich zu Schlitzen. »Die eigentlichen Gefährten dieses Mannes – nennen wir ihn *Methan* und verzeihen mir den billigen Tiefschlag –, bekamen als Navigator natürlich Ersatz gestellt, nennen wir diesen Ersatz In-seinen-Tank-muss-ein-Affen-Beta-geschissen-haben, und dieser Ersatz verkackte seinen Job so gnadenlos, dass am Ende Sky, die schönste aller Gestreiften, keinen anderen Gedanken mehr im Kopf hatte als den an ein Hochgeschwindigkeitsprojektil des Kalibers Viel-ist-nicht-mehr-übrig.«

Novas Hände zitterten. Sie wusste nicht, ob sie verstand, ganz sicher nicht alles, aber es reichte aus, um sich zu wünschen, irgendwo anders zu sein, nur bitte nicht hier. Ihr war zumute, als hätte jemand die Welt angezündet, und sie ging so lichterloh in Flammen auf, dass ihr klar wurde, dass sie aus nichts als Pappe bestand. Nichts war wirklich, nichts stabil, sie selbst mitten in diesem Nichts.

Argon regte sich nicht. Mit harten Augen musterte er den Tiger-Beta, der dort draußen auf der Ebene stand, die Beine bis zu den Knien mit Schlamm bespritzt, den Rest seines Fells blutverklebt, so hoch aufgerichtet, als könnte ihm niemand etwas anhaben.

»Ich habe sie bis zum Shuttle getragen, weißt du?«, fuhr Nox im Plauderton fort. »Genau wie jetzt ihn hier.« Er schüttelte die Leiche des Wolf-Betas leicht, und der Kopf pendelte hin und her.

Hinter ihm kreischte Scar etwas davon, dass er vorsichtig mit ihm umgehen solle, ob er ihn umbringen wolle, aber niemand beachtete sie.

»Ist es nicht irgendwie ... elegant, dass ich wieder einen Toten zu einem Schiff trage? Zum Schiff desjenigen, der eigentlich hätte da sein sollen und der womöglich nicht übersehen hätte, dass er einen veralteten Datensatz über unseren Einsatzort in den Bordcomputer eingespeist hatte?«

»Und wie genau lautet dein Vorwurf?«, fragte Argon ruhig. »Dass ich den Job besser gemacht hätte?«

»Mein Vorwurf«, wiederholte Nox. »Ja, vielleicht. Egal. Für mich sind wir quitt.«

»Ist das so.«

»Sicher. Wir haben deinen Koch bestochen und uns an Bord geschlichen. Wir hätten dich und dein Team betäubt, festgesetzt, umgebracht, was eben erforderlich gewesen wäre, und dich ausgeliefert.«

»Wem ausgeliefert?«

»Das weiß ich nicht.«

»Schön.«

»Nein. Ebenso wenig schön wie die Tatsache, dass du dich in eine vielversprechende Mission hineingemogelt hast, nur dich, keinen von uns. Eine Mission, die dir die Freiheit gebracht und Sky das Leben gekostet hat. Schön ist nichts an uns. Nicht an dir, nicht an mir. Zweckmäßig. So würde ich es beschreiben.«

Argon atmete schnell und war noch immer kalkweiß. »Und deshalb stampfst du jetzt nackt mit einer Leiche auf dem Arm auf mein Schiff zu und riskierst, dass ich dich abknalle, wie man es mit tollwütigen Tieren und Irren tun sollte?«

»Tu doch, was du willst«, beschied ihm Nox knapp und setzte sich wieder in Bewegung.

Wolf räusperte sich. Argon berührte das JUST und nickte ihm zu – Nox konnte sie nicht hören.

»Von dem Riss in Quartier zwei aus müsste man mit der *Ridgeback* ein ganz anständiges Schussfeld haben. Wenn du wartest, bis er auf einen Kilometer ran ist, dann ...«

»Nein.«

»Hm?«

»Ich sagte: nein.«

Wolf trommelte mit drei Fingern seiner Rechten einen schnellen kleinen Rhythmus auf der Lehne seines Sitzes. »Das habe ich durchaus verstanden. *Hm* hieß: Bitte sag mir, dass ich dich falsch verstehe und du nicht so endlos bescheuert sein willst, ihn an Bord zu lassen.«

»Und ob er an Bord kommt. Ob er will oder nicht.«

Wolf schob die Brille in die Stirn, um Argon anzustarren. Es war egal – selbst wenn der Tiger-Beta in diesem Augenblick beschloss davonzurennen, blieb er noch eine gute halbe Stunde im Schussfeld. »Wir haben uns sehr oft über Situationen wie diese hier unterhalten. Über Situationen, in denen man den Gegner ganz einfach umlegen kann und spätere Komplikationen vermeidet, die nur dazu dienen, dämliche Filme zu verlängern, damit man noch ein paar Werbepausen unterbringen kann. Dies hier ist ganz genau die Situation, in der man in der schnöden alten Wirklichkeit ganz schlicht den Abzug drückt, damit man nicht später dasteht und seufzt: *Mensch, hätte ich dir gleich sagen können*. Der da«, er deutete auf den Bildschirm, ohne hinzuschauen, »ist tatsächlich verrückt, oder er hat irgendeinen Scheißdreck vor. Er kommt nicht an Bord.«

»Captain«, erwiderte Argon trocken.

»Was?«

»Was du meinst, ist: Meiner Meinung nach käme er besser nicht an Bord, *Captain*. Zur Kenntnis genommen.«

»Ich knalle ihn ganz einfach ab«, murmelte Wolf, setzte die Brille wieder auf und suchte nach seinem Ziel.

Nova spürte, wie der tonnenschwere Bordlaser rotierte, ein schwacher Impuls nur, den die anderen nicht körperlich wahrnehmen konnten. Sie legte die Hand auf das Steuerpult und suchte die Verbindung der Waffenkontrollen zum Bordlaser.

»Ihn knalle ich ab und die dämliche Hyäne gleich mit«, knurrte Wolf.

Argon schwieg. Nova hielt sich bereit, den Impuls abzufangen, wenn Wolf feuerte. Aber er feuerte nicht. Nach einer Weile verzog er das Gesicht und schob die Brille wieder hoch. »Scheiße. Mann, so eine Scheiße. Das fliegt uns so dermaßen um die Ohren – bitte überleg es dir noch mal.«

Als hätte er einen Fremden vor sich, betrachtete ihn Argon eine Weile, ehe er sich an Nova wandte. »Murray hat Jagdgewehre mit Betäubungsmunition dabei. Bitte geh Toro suchen. Er soll sich wegen der Dosis beraten lassen. Etwa hundertdreißig Kilo Tiger-Beta. Lieber ein bisschen mehr als zu wenig. Er soll Murray schießen lassen, von Quartier zwei aus, aber vorher lass ihn bitte die Leichen wegräumen oder zumindest zudecken.«

»Ich …«

»Er soll Nox so nah wie möglich rankommen lassen. Dann müssen wir ihn nicht so weit schleppen.«

»Klar«, sagte Nova tonlos. »Klar.« Ihre Hand war fast ru-

hig, als sie sie nach dem Kontrollpult ausstreckte, um Toro
anzufunken.

»Ich sagte, geh ihn suchen, nicht: Ruf ihn her.«

»Aber ...«

»Lass uns allein. Und mach die Tür hinter dir zu.«

Hilflos starrte sie ihn an. Dann Wolf, der ihren Blick nicht
erwiderte, sondern sich in seinen Sitz zurückgelehnt hatte
und Argon betrachtete, mit einem Blick, bei dem ihr weh
ums Herz wurde.

Mit einem Mal wurde ihr klar, wie wenig sie über die
beiden wusste. Und wie viel besser Wolf Argon kannte als
sie selbst. Hatte er überrascht ausgesehen, als der Tiger-
Beta so ganz nebenbei andeutete, dass Argon ein Justifier
gewesen sei? Sie wusste es nicht, sie hatte ihn nicht angesehen, aber sie glaubte es nicht. Also musste er es gewusst
haben – nicht nur geahnt, sondern gewusst. Sie selbst hingegen hatte es nie auch nur in Erwägung gezogen. Ein
JUST hatten inzwischen etliche Schmuggler, außerdem die
meisten Söldner, und die wenigsten von ihnen hatten in
den Konzerntruppen gedient, die eigentlich den Betas vorbehalten waren. Es sei denn ...

Argon räusperte sich, und sie schrak auf. »Entschuldige.
Bin schon weg.«

»Braves Mädchen«, sagte er nur und wandte sich Wolf zu,
noch ehe sie die Tür hinter sich schloss.

Toro suchen, dachte sie benommen. Wie sollte sie ihm
erklären, was los war?

Nun trug es sich zu, flüsterte eine Stimme in ihrem Kopf,
*dass dieser Justifier einen Freund in der Verwaltung hatte, der
Hörner hatte, auf die selbst Luzifer neidisch gewesen wäre.*

Sie stolperte vorwärts und fand Toro vor der Küche, wo

er sich mit Tina unterhielt. Zum ersten Mal löste das nicht den freudigen Impuls in ihr aus, sich in der Nähe zu verstecken und zu lauschen.

Als er ihre Schritte hörte, wandte er ihr den Blick zu. Ihr fiel auf, wie seine Hals- und Nackenmuskeln hervortraten, die den Kopf mit den gewaltigen Hörnern trugen – beide zusammen wogen vermutlich so viel wie die ganze Nova. Er runzelte die Stirn, ungnädig wegen der Störung, dann trat Sorge in die dunklen Augen. »Du siehst aus, als ob du in einem Bottich Scheiße tauchen warst, Mädchen. Was ist los?«

»Nox ist da draußen, und Argon will ihn an Bord holen«, erwiderte sie und klammerte sich am Tisch fest, weil ihr der Boden mit einem Mal sehr viel schräger vorkam als in den letzten anderthalb Tagen seit dem Absturz.

Schlagartig verlor sein Gesicht jeglichen Ausdruck. Wenn Toro wütend wurde, dann wurde er nicht blass, das war nicht möglich wegen seines Fells. Ebenso wenig war es möglich, dass sein Fell dunkler wurde, aber trotzdem sah es so aus – als wandelte es sich von einem tiefen Dunkelbraun zu reinem Schwarz. »Nox«, stieß er so dumpf hervor, dass der Boden bebte, und überbrückte die Distanz zwischen ihnen mit zwei Schritten, dann war er an ihr vorbei, unaufhaltsam und auf direktem Weg ins Cockpit.

Sie versuchte erst gar nicht, ihn aufzuhalten. *Du also auch*, dachte sie und fühlte sich mit einem Mal einsamer als jemals zuvor. Alle wussten Bescheid – alle bis auf die dumme kleine Pilotin. *Reiß dich zusammen*, befahl sie sich. Ihr war zum Heulen zumute. Zitternd schaute sie sich um und begegnete Tinas freundlichem Lächeln.

»Und was denkst du?«, fragte sie die Androidin. »Du weißt doch bestimmt auch längst, wer Nox ist, richtig?«

»Nox«, erwiderte Tina und legte den Kopf schief, was hinreißend aussah. »Lateinisch für *die Nacht*, in der alten römischen Mythologie auch ihre Personifikation, eine schwarz beschwingte Göttin. Im zweiten Jahrtausend ...«

»Schon gut.«

»War die Definition dabei, die du gesucht hast? Soll ich dir etwas davon weiter ausführen?«

»Nein, danke. Aber du könntest mich erschießen.«

»Das Tragen von Waffen ist mir nicht gestattet«, schnurrte Tina mit leisem Tadel in der Stimme. *Tadel Nummer sieben*, Nova hatte die Betonung selbst programmiert.

Mitfühlend Nummer dreizehn: »Du klingst traurig. Möchtest du einen heißen Tee?«

»Scheiße, nein.« Nova überlegte kurz und seufzte. »Ja. Ja, bitte.«

Tina lächelte unverändert, während sich Nova auf einen Stuhl fallen ließ und das heiße Gesicht in die eisigen Hände schmiegte. »Bezieht sich das Nein auf das Tragen von Waffen, das erste Ja auf meine Frage, ob du traurig bist, und das dritte Ja auf den Tee?«

»Genau. Ein Tee wäre schön. Einfach irgendeinen heißen Tee, egal, welcher.«

»Gern.«

Aus dem Cockpit, dessen Tür offen stand – natürlich, Toro passte nicht hinein –, drangen laute, zornige Männerstimmen. Sie verstand den Namen des Tiger-Betas und hörte ein paar ungläubige Ausrufe und Flüche.

Nox, dachte sie. Bei der Vorstellung, dass er sich in weniger als einer Stunde an Bord befinden mochte, wurde ihr übel.

Und als ihr die bleichen, huschenden Biester dort draußen einfielen, die Stray getötet hatten und deren schwarzes Blut das Fell der drei Betas dort draußen tränkte, stieg Kälte in ihr auf, lähmend wie Eiswasser. Sie wusste genau, wann sie zum letzten Mal solche Angst gehabt hatte – auf dem kleinen Außenposten der Church of Stars, wo ein Kind sie kurz ohne Kontaktlinsen gesehen hatte – und sie keine Stunde später von einem aufgebrachten Mob, der sie lebendig verbrennen wollte, aus dem winzigen Hotel nah der Sprungstation gezerrt worden war. Sie erinnerte sich an die Blumen auf dem Fensterbrett, der letzte Eindruck ihres Zimmers, bevor sie ihr einen nach Erde und Moder stinkenden Leinensack über den Kopf gezogen hatten.

Tina brachte ihren Tee. Nova starrte die Teetasse an und hätte fast gelacht. Scheiterhaufen und Blumen. Bleiche Aliens, Geheimnisse, verrückte Tiger-Betas und heißer Tee in Tassen, die Motive aus Kinderserien trugen … Gwennis Vermächtnis.

»Kann ich sonst noch etwas für dich tun?« Tinas Stimme war weich und warm wie eine Umarmung – die Originalstimme, nur dass Nova einen Großteil der fast siebenhundert Erotik-Modulationen gegen alltäglichere Betonungen ausgetauscht hatte.

Unvermittelt stand sie auf und umarmte Tina. Schob die Hände hoch an ihre Schläfen und lehnte die Stirn an die der *Siren*, die glatt war und warm und sich ganz wie die eines lebendigen Menschen anfühlte. Energieströme pulsierten unter ihren Händen, Datenpakete entfalteten sich willig unter ihrem Geist, Tina lag vor ihr wie ein offenes Buch. Schneller als irgendwer es mit seinen Händen hätte tun können, programmierte Nova einige neue Codes, sie dachte überhaupt nicht darüber nach, was sie tat, es passierte mit der gleichen Selbstverständlichkeit, mit der Argon mit Schusswaffen umging oder Toro lachte, wenn irgendwer vor seinen Augen auf die Schnauze fiel.

Das strikte Schusswaffenverbot hatte Argon einprogrammiert. Tina erstarrte, aber ehe sie eine Autorisierung als Administrator fordern konnte, hatte Nova die Sicherheitsabfrage einfach übergebügelt, stieß sie mit ihrem Geist beiseite, wie Toro einen kleinen, hüfthohen Gartenzaun niedertrampeln würde. Sie definierte Bedrohungsparameter binnen eines Lidschlags, brachte Tina in weniger als einer Sekunde auf ihren eigenen Wissensstand, was Schusswaffen und ihr Handling anging, und koppelte sich selbst, Argon, Wolf und Toro mit einer Blockade … auf sie würde Tina nicht schießen können. Aber sie würde sie beschützen. Wenn es nötig war, wenn es möglich war, würde sie sie beschützen.

»Ich gebe dir nachher eine kleine Pistole«, flüsterte Nova ihr zu und löste sich von ihr. »Aber du darfst sie niemanden außer mir sehen lassen.«

»Verstanden«, antwortete Tina und lächelte.

Nova legte einen Finger auf Tinas glatte Stirn und konzentrierte sich sachte, und aus dem neutralen Lächeln wurde ein verschwörerisches.

Aber es half nichts. Sie fühlte sich immer noch so allein, dass das Atmen wehtat. Die *Virago* lag im Sterben, die Hälfte des Teams war tot, und hinter die Stirnen der drei Männer, die geblieben waren und ihr auf einmal so fremd erschienen, konnte sie nicht schauen.

15

Der Eingang lag von der *Virago* abgewandt, sie parkten den Wagen so, dass er vom Schiff aus nicht zu sehen war, und betraten das Gebäude durch einen langen, finsteren Gang, der schwer von Sprengungen gezeichnet war.

»Point of no return«, merkte Morbus an. »Wir kommen hier nicht mehr weg, sobald sie bemerken, dass wir hier sind, das ist dir klar?«

»Jaja.« Eddie brachte einen Bewegungsmelder im Gang an und setzte seine Brille auf.

Morbus tat es ihm gleich, sie passte sich automatisch den Lichtverhältnissen an. Aus einem Loch, gefüllt mit vollkommener Schwärze, wurde eine grünliche Halle mit jeder Menge Blut und einem Haufen toter Lucies auf dem Boden.

Leise pfiff Eddie durch die Zähne. »Sieh an!«

»Bleib von denen weg.« Morbus deutete mit dem Lauf der *Viper* auf eine Lucie, die noch schwach zuckte. »Die sind zäh.«

224

»Pffft«, machte Eddie und stieß mit dem Jagdgewehr nach einem der Aliens, das mit mehreren Schusswunden im Leib vor seinen Füßen lag.

»Ich meine das ernst. Es gab neulich ein Remake von irgendeinem uralten Film, da hat sich eine vermeintlich tote Wolf-Beta-Mutation in einen Jungen verbissen und ihn nicht mehr losgelassen. So ungefähr könnte ...«

»Nur weil du solche Scheiße guckst, soll ich ... oh.«

Die Lucie hatte die Augen geöffnet und starrte Eddie an, ohne sich zu rühren. Die Augäpfel waren weiß, aber blind war sie offenbar nicht.

Wortlos machte Morbus einen großen Bogen um die Lucies und warf einen Blick in den einzigen Nebenraum. Eine ehemalige Bar, wie es aussah, leer und still. Am anderen Ende der Halle gab es einen Gang mit mehreren Türen. Sie näherten sich rasch und ohne größere Vorsicht, die einzige Sicherheitsmaßnahme bis auf die schussbereiten Waffen war, dass Eddie eine der beiden Drohnen voranschickte. Argons Leute hatten den Eingang gesprengt, und ihnen beiden war klar, ohne dass sie ein Wort darüber verlieren mussten, dass sie schnell herausfinden mussten, ob sich das Gebäude als Zuflucht noch lohnte oder nicht.

Vom Gang gingen links drei Türen ab, rechts nur eine, allesamt nicht verschlossen. Sie fanden eine leere Küche, eine Kantine und einen kleinen Raum, der ein Büro gewesen sein mochte. Überall bezeugte ein dicker grauer Staubteppich, dass seit Ewigkeiten niemand mehr hier gewesen war. Mindestens seit vielen Monaten, eher tippte er auf zwei, drei Jahre oder mehr.

Die Tür auf der anderen Seite führte zu einem Lager, in dem noch die leeren Regale standen. Außerdem gab es eine stählerne Doppeltür. Eddie zückte einen kleinen Kasten, klebte mehrere Kontakte auf, gab etwas in den Kasten ein, er summte ... und die Tür öffnete sich. Über so etwas machte sich Morbus inzwischen so wenig Gedanken wie darüber, dass Arris zum Frühstück Kleinwagen stemmte. Der kleine Kasten hieß Rufus und gehörte nicht dem Konzern, sondern Eddie, er hatte ihn aus den Einzelteilen verschiedenster elektronischer Spielzeuge zusammengebaut und verbesserte ihn ständig. Nelly hatte immer gewitzelt, dass sie nur noch darauf warte, dass er lernte zu sprechen, um Eddie heimlich zu entsorgen und den Kasten statt seiner auf Missionen mitzunehmen.

Sie schauten in einen tiefen, viereckigen Abgrund. In der Mitte hingen dicke Seile und Kabel – ein Fahrstuhlschacht. Hier hatte sich nur wenig Staub abgelagert, aber doch genug, um das Zeug in der Mitte scheinbar zu einem dicken Strang zu verschmelzen.

»Bingo«, sagte Eddie zufrieden.

In Morbus' Augen war das eine sehr optimistische Reaktion, aber er sagte nichts. Auch nicht, als Eddie die Drohne draußen im Gang dicht unter die Decke schweben ließ, die Tür schloss und einen schweren Riegel vorlegte, was eine so massive Staubwolke aufwallen ließ, dass Morbus seine Umrisse kaum mehr erkannte. Offenbar war Eddie nicht mehr so paranoid, was Funksignale anbelangte – die Drohnen steuerte er mittels eines kleinen Implantats im Gehirn.

Hustend kam Eddie aus der Staubwolke getrabt. »Schau nicht so«, sagte er und hängte sich das Jagdgewehr über die Schulter, ehe er sich auf die Sprossen schwang, die abwärts führten. Die zweite Drohne surrte an ihm vorbei und verschwand nach unten. »Point of no return, richtig? Alles auf eine Karte. Falls du draußen was hörst, funk die Drohne an, übliche Frequenz. Versuch nicht, sie zu steuern, nur die Kamera aufrufen.«

»Geht das mit deinem Bein?«, fragte Morbus skeptisch.

»Der Schacht? Spring nirgendwo runter, es ist noch nicht wieder so stabil, wie es sich vielleicht anfühlt.«

Eddie verdrehte die Augen und verschwand. Seine Stiefel klangen hohl auf den Sprossen, das Echo klang, als würde der Schacht vibrieren. *Jetzt bitte kein Erdbeben*, dachte Morbus und lauschte in den Gang.

Er wünschte, sie hätten den Lucies den Rest gegeben, aber keine von ihnen war noch in der Lage, wieder aufzustehen. Es sei denn, sie verfügten über geheimnisvolle Regenerationsfähigkeiten. In einem Film, den er einmal … verdammt, er schaute zu viele Filme, wenn sie zwischen zwei kurz aufeinanderfolgenden Einsätzen im Hotel herumhingen. Obwohl er versuchte, den Gedanken wegzuschieben, sah er vor seinem geistigen Auge, wie sich das Fleisch der Aliens wieder zusammenfügte, bleiche Wundränder sich schlossen, schwarzes Blut wieder zu fließen begann und Glieder zuckten, ehe die Biester wieder auf die Beine kamen. Er roch sich selbst – die Behauptung, man röche seinen eigenen Schweiß nicht, hatte er immer für eine billige Ausrede gehalten, er selbst roch sich jedenfalls sehr wohl, und er spürte, wie ihm die Kleidung am Leib klebte.

Nox. Was im Namen aller Mondkälber machte er da bloß? Ihm war bewusst, dass sie ihn gerade verloren, während sie hier standen und nichts taten. Es sei denn, es geschah ein Wunder. Mit Wundern unterhielt er eine langjährige, enttäuschende Beziehung.

Aus dem Schacht drangen unterdrückte Flüche, metallische Geräusche, ein kurzer Ruf, alles sei in Ordnung, dann herrschte Stille.

Ein Gespräch mit dem Sergeant fiel Morbus ein, ganz zu Anfang. »Und welches Problem führt Sie als Freiwilligen unter mein Kommando?«, hatte er gefragt, das Gesicht ganz ruhig und keine noch so leise Spur von Spott in der Stimme, nur Interesse. Hinter dem kleinen Schreibtisch hatte er seltsam unauffällig ausgesehen, eher wie eine Zufallsbekanntschaft an irgendeiner Bar, der man zu viel aus seinem Leben erzählt, nur weil da jemand ist, der zuhört. Irgendein Mann von der Straße, nicht ein Vorgesetzter, der über Tod und Leben entschied. Der Sergeant gehörte zu den Leuten, die einen halben Meter größer werden, wenn man sie erst mal ein, zwei Jahre lang kennt, auch die sparsamen Nuancen seiner Mimik erschlossen sich erst mit der Zeit. Anfangs hatte Morbus ihn für einen Idioten gehalten, zumindest für irgendeinen nichtssagenden Typen, der halt das Kommando über einen kleinen Trupp eher abgewrackter Justifiers innehatte und sich damit vermutlich bereits an der Spitze seiner Karriereleiter befand.

»Ich weiß nicht, wo ich da anfangen sollte«, hatte Morbus erwidert und in einer Geste, die er für entwaffnend hielt, die Hände gehoben.

»Wollen Sie sterben?«, hatte der Sergeant spröde gefragt, und Morbus hatte lächelnd verneint, zuversichtlich, dass das die richtige Antwort war. Aber darum war es gar nicht gegangen.

»Dann finden Sie raus, was Ihr Problem ist«, hörte er den Sergeant sagen. »Wenn Sie es nicht wissen, bringt es Sie um. Früher oder später.«

Was sein eigenes Problem war, hatte er noch nicht herausgefunden. Ehrlich gesagt versuchte er es auch nicht ernsthaft, sondern verteilte die Schuld der Einfachheit halber zu gleichen Teilen auf eine unerfreuliche Kindheit, Lucea und seine Unlust, sich festzulegen. Bisher hatte er damit ganz gut überlebt. Der Sergeant war auch nur ein Mensch.

Bei Nox, dachte er, sah es anders aus. Nox war auf dem besten Weg, von seinem Problem umgebracht zu werden. Der Gedanke ließ kalte Wut in ihm aufsteigen. Auf Nox, auf seinen Mutterkonzern, was bei einem Beta eine besonders perfide Bezeichnung war, auf Argon, auf sich selbst – er wusste es nicht ganz genau.

Erstaunlicherweise kam es ihm nicht vor, als würde er lange auf Eddie warten. Normalerweise dehnten sich Minuten, in denen er mit Adrenalin vollgepumpt warten musste, zu quälenden Ewigkeiten aus, die Sekunden tropften so widerwillig dahin wie dicker Sirup. Aber entweder war Eddie sehr schnell, oder die Zeit war so angeödet von grünlichen Ansichten leerer Lagerhallen, angespanntem Lauschen auf das Klicken von Krallen auf Steinboden und seinen Gedanken, die sich in die Vergangenheit verirrten, dass sie sich eiliger verzog als üblich.

Von unten drang metallisches Klopfen herauf. »Beweg dich«, rief Eddie. »Das solltest du dir mal anschauen.«

Einen Tiger-Beta, auch wenn er bewusstlos war, so zu verschnüren, dass er einem beim Aufwachen nicht gefährlich werden konnte, war Spezialistensache. Toro wirkte, als täte er seit Jahren nichts anderes. Von der kleinen offenen Plattform aus, in die sich Quartier zwei verwandelt hatte, beobachtete Argon über das Zielfernrohr der riesigen *Ridgeback*, wie Toro Nox auf den Bauch drehte und ihm die Hände mit Handschellen auf den Rücken fesselte, ehe er ihn so gründlich mit dem stahlverstärkten Tape umwickelte, mit dem sie letztes Jahr den Vorgänger des *FrogIV* repariert hatten, dass er sich nicht mehr rühren konnte.

»Das Fell kann man danach aber nicht mehr verkaufen«, bemerkte Murray launig.

Argon hatte fast vergessen, dass er auch noch da war. Sie beide hatten Nox im Zielkreuz, es war eine seltsame Art von Gemeinsamkeit.

»Guter Schuss, übrigens«, bemerkte Argon.

»Einfacher Schuss.« Murray lachte selbstzufrieden. »Aber danke. Gelernt ist gelernt.«

Es war kalt, der Wind war stärker geworden und zog jammernd um die *Virago*, als bettle er darum, hereingelassen zu werden und sich am nicht vorhandenen Herdfeuer wärmen zu dürfen. Der fremde Geruch des Planeten und der inzwischen vertraute des Interimschleims, der sich auf der Außenhülle abgelagert hatte, verbanden sich zu einem Gestank, der einem auf Wochen den Appetit nehmen konnte. Argon dachte an Nox' Blick, als der Pfeil ihn in den Hals getroffen hatte. Er war stehen geblieben, hatte die Leiche des Wolf-Betas zu Boden gleiten lassen und zur *Virago* rübergeschaut, fast genau dorthin, wo der Schütze hockte, und fast genau in Argons Gesicht. Den Kopf leicht gesenkt, hatte er ausgesehen, als dächte er: *Ach, wirklich?* Dann war er zu Boden gegangen, und seitdem hatte er sich nicht mehr gerührt.

Toro war fertig und hob ihn auf die Schulter. Die Hyänen-Beta flippte fast aus. Völlig fertig sah sie aus, sie gehörte schnellstens in Wolfs halbwegs fachkundige Hände. Sie beruhigte sich erst, als Toro auch den Wolf-Beta packte und auf seine andere Schulter wuchtete.

»Na, das ist ja wenigstens halbwegs ausgeglichen«, sagte Wolf in Argons Ohr.

Als säße er neben ihm im Cockpit, sah Argon das kurze, glühende Grinsen über sein Gesicht zucken, das die Frauen in Wolfs Leben in zwei Lager spaltete – die, die sich in ihn verknallten, und die, die die Flucht ergriffen.

Fast erwartete er, dass die beiden gestohlenen Fahrzeuge über die Ebene herangebraust kämen, um Nox zu retten. Er war nicht ganz sicher, was er dann getan hätte. Aber drei, vier Schüsse mit dem Bordlaser waren noch drin, ehe ihnen der Saft ausging.

Nichts passierte. Niemand kam.

Toro trabte mit seiner doppelten Last über die verlassene Ebene, als wögen die beiden fast nichts, die Hyäne taumelte hinter ihm her, und weit und breit ließen sich weder irgendwelche Fahrzeuge noch Aliens sehen.

»Heilige Scheiße eines geweihten Mondkalbs!«, stieß Morbus hervor. Von der Seite sah Eddie ihn merkwürdig an, aber er achtete nicht auf ihn, er war zu beschäftigt damit, den Mund wieder zuzuklappen.

»Ein Labor, eine Krankenstation, eine kleine Sicherheitszentrale, Quartiere, ein Aufenthaltsraum und noch ein bisschen mehr«, verkündete Eddie so zufrieden, als hätte er den unterirdischen Teil der Anlage in den letzten zehn Minuten eigenhändig erbaut. Zwei winzige Lämpchen, mit denen er sonst in das Innere reparaturbedürftiger Gegenstände leuchtete, hingen an dieser und der jenseitigen

Wand des großen Raums und spendeten genügend Licht, um mit Hilfe der Brillen so viel zu sehen wie an einem dämmrigen Regentag.

»Funktionsfähig?«, fragte Morbus angesichts der dürftigen Beleuchtung skeptisch.

»Tja.« Mit zusammengekniffenen Augen kratzte sich Eddie am Kinn. »Das ist so ein Punkt.«

»Und zwar?«

»Kein Strom. Und soweit ich es auf die Schnelle überschaue, ziemlich ausgeweidet.«

»Ausgeweidet?«

»Die Station wurde verlassen, ja. Nicht eilig. Sie haben leider gründlich gepackt.«

»Kriegst du den Strom wieder in Gang?«

Sie standen in einem großen ovalen Raum, von dem diverse Türen abgingen. Der Fahrstuhlschacht war ein gutes Stück entfernt am Ende eines ähnlichen Gangs wie oben beim Eingang, nur dass hier keine verrückten Idioten mit Sprengstoff gewütet hatten, weil Eddie die beiden schweren Stahltüren aufbekommen hatte. Man konnte sie von innen mit ähnlichen Riegeln verschließen wie die Tür oben. Wer auch immer hier gehaust hatte, es sah aus, als hätte er einen Heidenrespekt vor den Lucies gehabt.

»Ähm ja«, machte Eddie. »Müssen wir schauen. Mit dem Strom. Erst mal die ursprüngliche Quelle finden, würde ich sagen.«

Etwas ernüchtert betrachtete Morbus einen Gebäudeplan, der an der Wand hing, eine große, durchsichtige Plastiktafel mit eingeätzten und farbig hervorgehobenen Linien, in denen sich Staub gesammelt hatte. Das Ding war reichlich verschmiert, obwohl Eddie den gröbsten Dreck abgewischt hatte. »Ohne Strom ist das Ganze hier ein bisschen wie die Höhle in größer und außerdem im Schussfeld der *Virago*, oder?«

»Und ein bisschen sicherer und mit ein bisschen mehr Druckpotenzial«, korrigierte Eddie gereizt.

»Und mit ein bisschen weniger Fluchtmöglichkeiten und genau gar keinem Platz für die Fahrzeuge«, konterte Morbus.

»Weißt du«, knurrte Eddie, »langsam wundert es mich nicht mehr, dass es mit dir keine Frau aushält. Du gehst mir echt auf die Eier mit deinem ständigen Gemecker. Hier!« Er spuckte sich auf den Ärmel und wischte den rechten Rand der Tafel frei, so gut es ging. »Das ist ein Gang. Mal schauen, wohin er führt. Ich bin ein Stück dort runter, und der Fahrstuhlschacht ...«

»Der Fahrstuhlschacht?«

»Ja. Hast du was an den Ohren?«

»Geht das Ding noch tiefer? Was ist denn da unten noch?«

»Schächte und Lager, wie es aussieht.«

»Lucies?«

»Nein. Spinnst du?«

»Bist du sicher?«, fragte Morbus skeptisch.

»Herrgott, nun scheiß dir nicht ins Hemd. Nein, ich habe nicht alles angesehen. Machen wir noch. Aber es ist ja wohl mal klar, dass es hier tausendmal besser ist als in der Höhle. Und auch, dass wir hierbleiben und zusehen, dass wir das Ding wieder zum Laufen bekommen.«

»Mit was läuft denn die Anlage? Reaktor, Sonnenlicht ...«

»Ich sagte doch, das weiß ich noch nicht.«

»Mann«, stieß Morbus aus und widerstand dem Impuls, nervös auf und ab zu tigern. »Mann! Ich finde das nicht besser als die Höhle und die Fahrzeuge und Bewegungsfreiheit. Lass uns zusehen, dass wir hier abhauen, ehe wir es nicht mehr können.«

»Mimimimimi«, machte Eddie. »Weißt du, was dein Problem ist?«

Morbus starrte ihn an. Eddie starrte zurück, den Kopf leicht in den Nacken gelegt. Er sah nicht aus, als hätte er vorhin Gedanken gelesen und das Echo der Worte des Sergeants in Morbus' Kopf gehört. Die Frage war bloßer Zufall.

»Was denn?«, fragte Morbus tonlos. »Was ist mein Problem?«

»Du triffst keine Entscheidungen.«

»Was ist denn das für ein Bullshit? Natürlich treffe ich Entscheidungen.«

»Klar.« Eddie setzte sich in Bewegung, und Morbus folgte ihm dichtauf in einen der Räume. Es war die ehemalige Sicherheitszentrale, ein riesiger Schrank stand noch darin, an der Wand gab es einen großen Bildschirm, staubblind, ansonsten nichts. Ohne weitere Umstände fing Eddie an, den Schrank zu durchwühlen.

»Vielleicht treffe ich Entscheidungen, die dir nicht passen.« Der Schrank nahm eine ganze Längsseite ein, Morbus öffnete ihn auf der entgegengesetzten Seite und hustete, als Staub aufwirbelte und ihm in die Atemwege drang. »Nelly beispielsweise.« Leere Bretter. Sicherheitshalber schob er behutsam den Staub beiseite, die Schicht war so dick, dass sich darin durchaus ein Datenchip hätte verbergen können. »Wir hätten sie dalassen können oder mitnehmen. Du wolltest sie dalassen, ich habe sie mitgenommen. Das ist eine Entscheidung, auch wenn sie dir nicht passt.«

»Nelly ist so schwer verletzt, dass wir sie nicht durchbekommen. Das weiß ich, das wusste sie selbst. Sie mitzunehmen, war keine Entscheidung. Du hast nur das Unvermeidliche aufgeschoben. Genau das meine ich. Du schiebst auf. Du triffst keine Entscheidungen, du schiebst sie auf. Die Höhle ist dasselbe. Da können wir nicht bleiben. Also willst du dort bleiben, weil damit noch alle Optionen offen sind.«

Hinter der Tür war nichts. Morbus öffnete eine der drei Schubladen darunter. Sein Herz raste, und in seinem Kopf rauschte es unheilverkündend. Eddies Bewegungen waren ihm unangenehm bewusst. Er fand, dass jeder bei dem bleiben sollte, was er konnte. Beispielsweise dabei, Autos zusammenzuschrauben oder Kameras anzuschließen oder ein schweigsamer Typ zu sein, der im Hintergrund herumwerkelte, ab und zu missbilligend dreinschaute und ansonsten die Schnauze hielt. Seit dem Absturz redete Eddie ihm zu viel. »Wenn das hier«, sagte er sehr langsam und betont, »eine in irgendeiner Weise vielversprechende Zuflucht wäre, dann wäre ich der Erste, der sagt, dass wir bleiben sollten. Wenn es eine Krankenstation gäbe, die den Namen verdient. Etwas zu essen. Strom. Aber das hier ist ein reiner Scheißdreck. Hier kann man sich nur verbarrikadieren, um zu verrecken.«

»Krankenstation«, wiederholte Eddie amüsiert. »Schön, dass du noch nicht nachgesehen hast, was es dort gibt. Wo du dich doch so um Nelly sorgst.«

»Ich dachte, du hättest gesagt, da gibt es nichts.«

»Ist auch so. Weißt du – genau das meine ich. Wenn wir hier Strom hätten, fließend Wasser, für zehn Jahre zu essen und unten ein Shuttle, das ich in ein paar Monaten Arbeit wieder flottkriege ... oh.« Offenbar hatte er etwas gefunden, er pustete Staub von einem winzigen Gegenstand, der auf seiner Handfläche lag, und verstaute ihn behutsam in einer seiner vielen Taschen, ehe er weitersuchte. »Dann wäre es keine Entscheidung«, fuhr er nüchtern fort, betastete die letzten paar Zentimeter Regalbrett und schloss die Tür. »Du willst, dass alles perfekt ist. Wenn es nicht perfekt ist, willst du es nicht. Und weil nichts perfekt ist, willst du nichts. Deshalb gammelst du bei irgendeinem Mist rum, bis die Dinge irgendwann sind, wie sie sind, und dann jammerst du darüber, wie scheiße doch alles ist.«

»Schön«, sagte Morbus. »Wunderbar. So eine scharfsinnige Analyse, und das gratis! Und das von einem Mann, der seine Freundin mit einem Hammer erschlagen hat.«

Eddie grinste. »Das war immerhin eine Entscheidung, das musst du zugeben.«

»Weißt du, unter zivilisierten Menschen nennt man das nicht Entscheidung, sondern Mord. Nur falls es dir noch nicht aufgefallen ist.«

»Und unter zivilisierten Leuten nennt man das hier Datenchip.« Eddie schloss die zweite Schranktür und zog den Gegenstand aus seiner Tasche, den er im ersten Fach gefunden hatte. »Mal schauen, ob da noch was drauf ist.«

»Mord«, wiederholte Morbus scharf. »Von einem Mörder lasse ich mir sicher nicht …«

»Mimimimimi«, machte Eddie wieder. »Als wärst du besser. Jetzt halt endlich die Schnauze.«

Auf einmal zeigte die Mündung der *Viper* auf Eddies Brust, und das nachdrückliche Klicken, als Morbus durchlud, war in der Stille der verlassenen Anlage unnatürlich laut.

Eddie sah nicht annähernd so überrascht aus, wie Morbus selbst war, er hob nur die Augenbrauen, dann schob er den Lauf beiseite. »Lass den Blödsinn.« Kopfschüttelnd stampfte er an Morbus vorbei nach draußen.

Mit rasendem Herzen stand Morbus da und lauschte der Übelkeit in seinen Eingeweiden. Es dauerte einen Augenblick, bis er sich wieder halbwegs im Griff hatte. Eddie umbringen wollte er noch immer, aber natürlich war das ...

... eine Entscheidung?

Nein. Blödsinn. Nichts als Blödsinn war es. Die Erkenntnis, wie lächerlich er sich aufgeführt hatte, traf ihn wie eine kräftige Ohrfeige. Verlegen bückte er sich, hob die Patrone auf, die beim Durchladen aus der *Viper* gesprungen war, entstaubte sie gründlich und schob sie ins Magazin. Sie hatten nicht genügend Munition, um sie zu verschwenden. Und eigentlich auch nicht genügend Zeit, um zu streiten. Entweder blieben sie, oder sie gingen. Und beides war eine Entscheidung. Beides.

Das Gewicht der Meter über ihnen, die sie von der Oberfläche trennten, wurde ihm sehr bewusst. Es war wie ein Grab. Und Arris und Nelly waren noch da draußen. Schwindel überkam ihn.

Wenn sie jetzt gingen, wenn sie nach oben kletterten, in den Jeep stiegen, zurückfuhren – was dann? Was genau taten sie dann?

Er biss die Zähne zusammen und wartete darauf, dass das Schwindelgefühl abklang, aber es wurde schlimmer.

Was dann?, hallte seine eigene Stimme in seinem Kopf wider. *Wasdannwasdannwasdann?*

Arris, Nelly, Nox. Und auf einmal, in unangenehmer Deutlichkeit, die Antwort auf die Frage, die der Sergeant ihm nie gestellt hatte: *Warum meldet sich jemand wie Sie freiwillig für den Dienst als Justifier?*

Weil man als Justifier am unteren Ende der Hierarchie keine eigenen Entscheidungen treffen musste. So einfach war das.

Sie befestigten Nox an dem Stützbalken im Passagierquartier, das hiermit offiziell keins mehr war. Die Cetaner hatten ihre Sachen und die der Betas in Quartier B geschafft. Dies hier war jetzt ein Gefängnis. Und eine Folterkammer, wenn Nox nicht auspackte. Vielleicht auch, wenn er auspackte. Um sicherzugehen. Und weil man manchmal zuschlagen musste, um nicht den Verstand zu verlieren.

»Lasst uns allein«, sagte Argon.

Wolf, der Nox statt eines Pflasters eine Injektion verabreicht hatte, um die Betäubung zu neutralisieren, weil er sonst ein Stück Fell hätte wegrasieren müssen, trat von dem schlaff am Balken hängenden Tiger-Beta zurück und runzelte die Stirn. »Du ...«

»Jetzt. Alle. Wolf, kümmere dich um Scar.«

Murray und Wolf zogen sich zurück. Toro jedoch stand da, als hätte man seine riesigen Füße einbetoniert, die Arme vor der dunklen, narbigen Brust verschränkt. Er starrte Nox an, durch dessen Leib ein Zucken lief. »Auf keinen Fall.«

»Raus.«

Sie starrten einander an, dann trat Toro zu Nox, rüttelte am Stützbalken, kontrollierte die Handschellen, mit denen Nox' Arme hinter dem Stützbalken gefesselt waren, versuchte einen Finger unter das Stahltape zu schieben, das er um Nox' Brust und die Fußgelenke gewickelt und mit dem er ihn am Balken festgezurrt hatte, so dass er halbwegs aufrecht stand. Schweigend ließ Argon ihn gewähren, auch, als Toro das Klebeband abriss, das um den breiten Kopf gewickelt war.

»Ich nehme an, du willst, dass er dir antworten kann«, bemerkte er trocken.

»Danke.«

»Geh nicht näher an ihn ran als bis hier«, warnte ihn Toro und deutete mit dem Zeigefinger eine imaginäre Linie auf dem Fußboden an. »Falls du näher ranmusst, ruf mich.«

»Danke«, sagte Argon. »Raus jetzt.«

»Versprich es mir.«

Nox hob den Kopf. Als er die Augen öffnete, waren sie klar und leuchteten golden. Er lachte leise. »Komm schon, versprich es ihm.«

Ohne auszuholen, verpasste ihm Toro eine so harte Rückhand, dass Nox' Kopf herumflog und er mit den Wangenknochen gegen den Stützbalken krachte.

»Und das«, sagte Toro, »tust du bitte nicht. Wenn er Prügel braucht, ruf mich.«

Nox spuckte ihm schaumigen, blutigen Speichel vor die Füße und bleckte die Zähne. »Ja, bitte tu das. Damit ich ihm, wenn er das noch mal versucht, ein paar Finger abreißen kann.«

Toro schlug erneut zu, diesmal mit der anderen Hand.

Nox sackte in sich zusammen und stöhnte leise, bevor er den Blick wieder nach vorn richtete. »Oder auch nicht«, gab er zu. »Hat Freund Stier eine Rakete gefressen?«

»Schnauze«, brüllte Toro. »Halt bloß die verdammte Schnauze, wenn dich niemand was gefragt hat.« Ihre Bekanntschaft war ausgesprochen kurz gewesen, aber denkbar unerfreulich ... dem geballten schnurrenden Spott der beiden Tiger-Betas hatte Toros Nervenkostüm nicht lange standgehalten. Argon konnte es ihm nicht verdenken, die beiden waren fürchterlich gewesen in ihrer zwillingshaften Selbstzufriedenheit.

»Ich verspreche es dir.« Argon wandte den Blick nicht von Nox. »Und jetzt raus.«

»Nicht besonders gut erzogen, aber irgendwie lieb für einen intellektuell so unmäßig Herausgeforderten«, nuschelte Nox, kurz bevor sich die Tür hinter Toro schloss, so dass er es gerade noch hören konnte. »Was hast denn du für eine Art, Besucher zu behandeln? Und kann es sein, dass der Arsch mir ein paar Schnurrbarthaare gezogen hat?«

Es war hochgradig surreal, ihm Auge in Auge gegenüberzustehen. Argon hatte nicht geglaubt, einen von ihnen je wiederzusehen. Um ehrlich zu sein, hatte er nicht erwartet, dass einer von ihnen lebend das nächste Jahr in den Diensten von *SE* überstand. Die Aufträge waren immer übler geworden, als hätte im Vorstand jemand Gefallen daran gefunden, Wetten auf ihr Überleben unter schwierigsten Bedingungen abzuschließen.

»Das mit Sky tut mir leid«, sagte er so tonlos, dass es genauso gut das Gegenteil hätte bedeuten können. Er wusste es selbst nicht so genau.

»Geschenkt«, erwiderte Nox gelassen.

»Das ändert nichts daran, dass ich dich in deine Einzelteile zerlegen lasse, wenn du mir nicht antwortest. Ich wollte nur, dass du es weißt. Ich wünschte, das wäre nicht passiert.«

»Argon, mein Herz, Freude meines Lebens«, erwiderte Nox und befühlte mit der Zunge prüfend einen seiner absurd langen Eckzähne, bevor er einen weiteren Mundvoll

Blut ausspuckte. »Ich würde dir ja durchaus auf einiges, sogar auf etliches antworten, aber es wäre hilfreich, wenn du mir zu diesem Zweck erst mal ein paar Fragen stellen würdest. Wenigstens eine für den Anfang.«

Unangenehm berührt musterte ihn Argon. »Ich wäre dir sehr verbunden, wenn du mich nicht *mein Herz* nennen würdest, wenn du splitternackt vor mir stehst.«

Über Nox' Gesicht huschte der Schatten eines Grinsens. »Ich muss gestehen, das befremdet mich selbst. Weißt du, da draußen ist das ein ganz interessantes Gefühl, wild und frei und irgendwie urtümlich, aber hier drinnen, in dieser Situation ... ganz angenehm ist es mir nicht.«

Argon dachte nicht daran, sich auf den lockeren Plauderton einzulassen. »Wo sind sie, Nox?«

Aufmerksame bernsteinfarbene Augen, darin mehr Spott als Bedauern. »Musst du denn ausgerechnet mit der einen Frage anfangen, die ich dir nicht beantworten werde?«

Argon schnaubte. »Glaub mir, du wirst. Aber gut, fangen wir mit einer anderen an: Was habt ihr mit meinem Schiff gemacht?«

»Es betreten«, erwiderte Nox artig. »Unbefugt. Dann haben wir in einer Proviantkiste gesessen und sind kurz nach dem Start ausgestiegen, mit dem nicht besonders hehren Ziel, euch allesamt mit ein wenig Betäubungsgas lahmzulegen. Nelly sollte die Koordinaten neu programmieren, Sprung und zack, weg mit euch. Aber es kam anders. Wir sind aus der Kiste gestiegen und kamen nicht einmal dazu, das Lager zu verlassen, da gab es schon Alarm. Dann der Sprung. Und dann weiß ich nicht mehr viel, mich hat es nämlich aus deinem hübschen kleinen Schiff gerissen, ich wäre fast verbrannt, dann im Schlamm ersoffen, habe eine

Höhle gefunden und dachte, ich wäre auf Duve, und alles seit damals und jetzt wäre nur ein Traum gewesen.«

Seine Gelassenheit war verstörend. Sie waren nie wirklich miteinander warm geworden, schon damals nicht, Argon hatte Nox' riesiges Ego nicht gepasst, ebenso wenig seine spürbare Überzeugung, immer eine Spur genauer als alle anderen zu wissen, worum es wirklich ging. Er wusste nicht recht, was ihm vorgeschwebt hatte, eigentlich gar nichts Konkretes, aber dass Nox hier jetzt nackt und gefesselt und in denkbar ungünstigster Lage vor ihm hing und *immer noch* dreinschaute, als verberge er hinter den bernsteinfarbenen Augen den Zugang zu einem Wissen, das sich jemandem wie Argon niemals offenbaren würde ... das trug jedenfalls nicht dazu bei, dass er ihn nachträglich doch noch ins Herz schloss.

»Und das denkst du jetzt nicht mehr?«, erkundigte er sich. »Dass du auf Duve bist? Wäre ja möglich, dass du nie von dort weggekommen bist.«

»Möglich«, erwiderte Nox und nickte, verzog schmerzerfüllt das Gesicht und hörte damit auf. »Ich beneide dich um deine eindimensionale Vorstellung einer unverrückbaren und nicht anzuzweifelnden Wirklichkeit. Echt.« Er kicherte. »Ja, natürlich kann es sein, dass ich noch auf Duve bin und mir aus lauter Einsamkeit all das hier nur ausdenke. Es gibt sogar einige Indizien dafür.«

»Spannend.« So weit kam es noch, dass er sich Nox' höchstpersönliche Auslegung des Konstruktivismus anhörte. »Zurück zu meiner Frage: Wo sind die anderen?«

In Nox' Augen spielte ein seltsames Licht, dessen Quelle außerhalb dieses Raums liegen musste. »Und deine eigentliche Frage lautet?«

Argon zuckte zurück. »Was?«

»Weshalb schickst du die anderen raus und stellst mir Fragen, die ich ganz unverfänglich beantworten könnte, wenn ich wollte? Und was ist das da für eine seltsame Linie um deinen Mund ... da. Und da.«

Unwillkürlich hob Argon die Hand zu seinem Gesicht.

»Stress? Oder bist du magenkrank?« Nox kicherte. »Sky sagt ...«

»Sky?«

»Sie sagt, du hast ein Geheimnis. Mehr noch, sie sagt: Du hast mehrere Geheimnisse. Sie fressen dich auf. Du teilst das eine mit dem einen, das andere mit dem anderen, und die meisten mit niemandem. Hast du Angst, dass ich eins davon kenne? Hast du Angst, ich sage etwas, das sie nicht hören dürfen? Kannst du deinen eigenen Leuten nicht trauen – weil sie dir nicht trauen können? Hm? Argon, der Verschwiegene, Argon, der sein eigenes Ding durchzieht. Argon«, er senkte die Stimme zu einem Flüstern, »für den die anderen Mittel zum Zweck sind, bis sich etwas Besseres findet. Du bist so weit herumgekommen ... hast du noch immer nicht gelernt, was Loyalität bedeutet?«

Argons Herz hämmerte so hart gegen seine Rippen, dass er sich für einen Augenblick nicht rühren konnte.

»Oha!«, machte Nox und schaute ihm über die Schulter, als stünde da jemand, dem er einen verschwörerischen Blick zuwarf. »Treffer!«

Unwillkürlich fuhr Argon herum, aber da war niemand. Mit zusammengebissenen Zähnen wandte er sich wieder Nox zu und begegnete seinem unverwandten Blick.

»Sky«, flüsterte Nox ihm vertraulich zu. »Sie steht hinter dir. Du siehst sie nicht, stimmt's?«

Argon schwieg. Übelkeit wühlte in seinen Eingeweiden.

»Dafür sieht sie dich sehr gut«, versicherte ihm Nox. Sein Grinsen entblößte blutverschmierte Eckzähne.

»Du bist nicht mehr bei Trost«, stellte Argon fest, der das Gefühl hatte, der Boden des Quartiers neige sich unaufhaltsam und immer weiter, hätte jetzt schon eine Schräglage, die es eigentlich erforderte, sich irgendwo festzuklammern. »Du bist sehr, sehr weit davon entfernt, dich bei guter geistiger Gesundheit zu befinden. Du spielst das nicht. Du spielst das wirklich nicht, du glaubst es selbst. Du bist ja völlig durchgeknallt.«

Nox zuckte mit den Schultern.

Geheimnisse. Mittel zum Zweck. Loyalität. Als ob Nox etwas davon verstünde. Als ob Nox den Unterschied kennen würde zwischen Menschen, mit denen man von fremder Hand zusammengewürfelt wurde, und denen, die man sich selbst aussuchte. Fairerweise musste man zugestehen: Er *konnte* ihn nicht kennen.

Andererseits: Es gab niemanden und hatte nie jemanden gegeben, der alles über ihn wusste. Und plötzlich fragte sich Argon, ob sie es auch als Verrat empfinden würden – Nova. Toro. Wolf.

Er lauschte dem Hämmern seines Herzens und traf eine Entscheidung. Abrupt und ohne ein weiteres Wort drehte er sich um und verließ das Quartier.

»Da geht er einfach und lässt uns hier stehen«, sagte Nox, als sich die Tür geschlossen hatte und er allein war. Allein mit Sky, die sich auf eins der Betten setzte, auf und ab wippte und seufzte.

»Meinst du wirklich, das war eine gute Idee?«, wollte

Nox von ihr wissen. »Mich beschleicht der dumpfe und nicht besonders angenehme Verdacht, er holt irgendwas, das wehtut, und zerlegt mich bei lebendigem Leib in jede Menge kleiner Noxe, und am Schluss wird nicht mal ein anständiger Bettvorleger aus mir. Was soll denn dann die Nachwelt denken?«

Sie schien ihn nicht zu hören. »Es tut ihm leid«, sagte sie versonnen. »*Das mit mir* tut ihm leid. Tust du ihm weh, wenn du kannst?«

»Ich denke darüber nach«, versprach er ihr.

16

Er erwartete nicht, Nox zu erreichen. Natürlich nicht. Es war reiner Trotz, der es ihn versuchen ließ, bevor er Arris anfunken wollte.

Morbus stand oben in der leeren Lagerhalle, im Rücken den Schacht, vor sich die verbarrikadierte Tür zum Gang und zur Halle mit den toten Lucies. Der Anblick der Tür beunruhigte ihn seltsamerweise mehr als der offene Felsspalt ihrer ersten Zuflucht. Vielleicht, weil er nicht sah, was dahinter war. *Ob* etwas dahinter war. Oder weil er sich zu gut vorstellen konnte, wie es klang, wenn etwas hinter dieser Tür schnüffelte, ihn witterte, sich kreischend gegen die Barriere warf. Dann würde er sich zurückziehen, den Schacht hinab und hinter zwei weitere Türen. Es würde sich also in die Länge ziehen, statt sich schnell zu entscheiden. Eddie irrte sich. Er hatte kein Problem mit *allen* Entscheidungen – nur mit solchen, deren Ergebnis auf sich warten ließ. Ihm war es am liebsten, wenn man möglichst

246

rasch sah, für welches Resultat man geschwitzt und geblutet hatte.

Ein Teil der Wände bestand aus Fels, und er wusste nicht, wie gut das Signal durchkam. Zweimal funkte er Nox auf der privaten Frequenz an. Gerade wollte er es ein drittes Mal tun, da bekam er Antwort. Aber es war nicht die Stimme von Nox, die wütend fragte: »Und wer, verdammte Scheiße, bist du?«

Argon kam es vor, als schlügen gleich mehrere Wellen über ihm zusammen. Ihm rauschte der Schädel von dem Gespräch mit Nox, draußen rannte er fast gegen Toro, der seinem Befehl genau einen halben Meter weit gefolgt und dann stehen geblieben war, vermutlich, um nervös mit den Hufen scharrend darauf zu warten, dass sich Argon in Schwierigkeiten brachte, und zur Rettung herbeizustürmen. »Komm mit«, sagte Argon, antwortete auf die Frage, was los sei, mit: »Besprechung«, was ihm mit misstrauischen Nachfragen gedankt wurde, und noch bevor sie den Gang ganz hinter sich gebracht hatten, fiel Murray über sie her und feuerte einen derartigen Wust von Fragen ab, dass sich Argon später an keine einzige davon erinnerte.

Er musste laut werden, damit die Cetaner an der rot markierten Linie stehen blieben, die das Ende des für Passagiere frei zugänglichen Areals kennzeichnete. Murrays wütendes Gekeife, die rührende und verräterische Undefiniertheit im Gesicht des Bengels, der wirklich noch fast ein Kind war, all das verschwand hinter der schalldichten Tür, die sich auf Knopfdruck aus dem Boden schob ... aus dem Boden deshalb, weil drei Meter über ihnen bereits die

Außenhülle begann und dort kein Platz war, die Türmechanik unterzubringen.

Erleichtert atmete Argon aus, wollte zum Cockpit, um Nova zu holen, da fiel ihm Scar wieder ein, und zwar deshalb, weil er an ihr vorbeikam. Bewusstlos, haarig und seltsam verwundbar lag sie auf dem Besprechungstisch, Wolf hantierte an ihr herum, assistiert von Tina.

»Komm mal her«, sagte Wolf, ohne aufzublicken. »Sieh dir das an.«

Mit ein paar langen Schritten war Argon bei ihm und sah auf die Hyänen-Beta hinunter. Sie war umfangreich verarztet, wenn auch nicht sonderlich elegant, Wolf setzte eher auf Haltbarkeit denn auf Schönheit.

»Nicht da. Hier.« Wolf hielt ihm einen MedScanner viel zu dicht vor die Nase, Argon nahm ihn und schaute aufs Display. Zahlen, ein paar Bezeichnungen, etliche Fragezeichen.

»Das wirst du mir genauer erklären müssen.«

»Das kann ich nicht«, sagte Wolf und räumte ein paar Dosen wieder ins MedPack, eher nach dem Prinzip *Wird-schon* als nach dem Prinzip *Da-war-es-auch-vorher*. »Mehr weiß ich selbst nicht.«

»Ich weiß *gar* nichts«, erwiderte Argon. »Was soll ich damit anfangen?«

Irritiert blinzelte Wolf. »Gift«, sagte er dann. »Ihr Körper ist voll davon.«

»Gift?«, wiederholte Argon mit einem Gesichtsausdruck, den seine Crew zu übersehen gelernt hatte. Weil es schwierig war, von jemandem Befehle entgegenzunehmen, der dreinschaute, als hätte gerade ein Pantoffeltierchen-Beta die Fernsteuerung für seine Mimik gefunden. Es wurde ihm alles gerade ein bisschen zu viel, er verlor den Überblick. »Wieso denn jetzt Gift?«

»Ich habe keine Ahnung. Und ich weiß nicht, was es macht. Es bringt sie nicht um, es macht sie nicht langsamer, es zersetzt nichts. Soweit ich es bisher überschaue, stimuliert es bestimmte Bereiche im Gehirn.«

Argon blickte auf die Beta hinunter. Sie sah nicht aus, als sei irgendein Bereich ihres Hirns stimuliert. Ihre Augen standen einen Spalt offen, er sah es weiß schimmern, und Wolf hatte die etwas zu lange Zunge aus dem linken Maulwinkel herausgezogen, damit sie sie nicht verschluckte. Sie war rosa, trocken und rissig.

»Und welchen Sinn ergibt das?«

»Das weiß ich ja eben nicht. Aber bei Stray habe ich dasselbe Zeug gefunden.« Mit einem knappen Nicken deutete Wolf auf die Leiche des Wolf-Betas, die entgegen aller denkbaren Hygienerichtlinien neben der Küchentür lag. »Diese Aliens vergiften ihre Beute. Mit den Krallen, mit Speichel, ich weiß es nicht. Und ich weiß nicht genau, was es mit einem macht. Die chemischen Verbindungen sind mir fremd.«

»Dann finde raus, was es ist«, schlug Argon vor.

»Ja, klar. Analysier dies, analysier das, warum sind wir abgestürzt, was ist das für ein Gift, und wenn du nebenbei noch den Bordlaser bedienen würdest ... was hat denn Priorität? Das Zeug hier oder der Absturz?«

Argon verzog das Gesicht. Wolf hob ungeduldig die Brauen und strich sich über den kahlgeschorenen Kopf. Vor einigen Wochen hatte Nova bemerkt, dass er nie auf der Stirn schwitzte und sein kahler Schädel immer trocken war. Seitdem fiel es Argon ununterbrochen und zu den blödesten Anlässen auf, so auch jetzt.

»Das Gift«, sagte er endlich.

»Gut. Alles klar. Ich finde raus, was es ist. So gut es eben geht. Ich bin dafür nicht qualifiziert, wir haben kein Labor, die Krankenstation ist im Arsch, aber ich gebe mein Bestes. Was machen wir ...«

Die Tür zum Cockpit flog auf. Nova kam herausgeschossen und winkte hektisch.

»Was ist los?«

»Morbus«, sagte sie so selbstverständlich, als richte sie Argon dreimal pro Woche Nachrichten von ihm aus. »Er will dich sprechen.«

»Und wer, verdammte Scheiße, bist du?«

Kurz stand Morbus derart auf dem Schlauch, dass ein Dutzend Lucies durch die Tür hätte brechen können, ohne dass er sich dabei etwas gedacht hätte, so beschäftigt war sein Gehirn mit einer Fehlassoziation.

Die Stimme war weiblich. Sie klang nicht wie die von Sky, nicht im Entferntesten, aber trotzdem traf es ihn wie ein Schlag, und auf einmal hatte er ihr Gesicht vor Augen, schmaler als das von Nox, der ganze Schädel weniger wuchtig, die Augen eher gelb als bernsteinfarben. Auf einmal sah er sie irgendwo in der Ebene kauern und die *Virago* beobachten, belauern, und einen Plan entwickeln, wie sie Nox dort herausholte. Es wäre kein Plan geworden, an dem Morbus gern beteiligt gewesen wäre. Skys Pläne waren voller Unwägbarkeiten gewesen und voller Fallstricke für jeden, der sich nicht darauf verlassen konnte, im Zweifelsfall schneller, stärker und skrupelloser zu sein als der Gegner.

Unvermittelt wurde ihm klar, dass er mit der Pilotin

sprach. Das Bild der lauernden Sky in der Ebene wurde unscharf und verschwand, und er hätte nicht sagen können, ob er es bedauerte oder eher erleichtert war.

»Morbus«, sagte er. »Hier spricht Morbus. Ich habe das Vergnügen mit Nova, richtig?«

Für die Dauer von zwei schnellen Atemzügen antwortete sie nicht. Er sah ihr Bild vor sich, einen Schnappschuss: eine Wolke wirren, aschblonden Haars, das sich um ein schmales Gesicht bauschte; ein kindliches Gesicht, recht hübsch auf eine Weise, dass sie vermutlich eher große Brüder in ihrem Leben anhäufte als glühende Verehrer. Unter dem Schnappschuss stand: *Entbehrlich*. Über sie hatte der Sergeant in der knappen Missionsbesprechung kaum drei Sätze verloren.

»Vergnügen«, wiederholte sie. »Morbus.«

»Das sagt sehr selten jemand in direktem Zusammenhang«, bemerkte er mit dem Unterton, über den Lucea einmal gesagt hatte, er sei verlogen, weil er Gefährlichkeit und Charme versprach, die der Mann dahinter nicht liefern konnte.

»Das war kein direkter Zusammenhang«, versetzte die entbehrliche kindliche Pilotin kalt. »Ich wollte nur sichergehen, dass ich den Namen richtig verstanden habe. Sie sind eins von den Arschlöchern, die unser Schiff auf dem Gewissen haben. Ist doch so, oder?«

Verblüfft runzelte er die Stirn. »Ich würde ja eher sagen, euer Schiff hat *uns* auf dem Gewissen. Wie dem auch sei, ich ...«

»Ihr Fotzen«, zischte sie. »Ihr *Fotzen!* Sehe ich richtig? Sendest du verschissener Furz von einem inzuchtgeschädigten Quintatherium etwa aus *unserer* Anlage?«

Für einen Augenblick wusste er nicht, was sie meinte, und rettete sich mit einem amüsierten: »Netter hat mir noch keiner das Du angeboten.« Dann wurde ihm klar, dass sie ihn geortet hatte. Schnell. Das Mädchen war schnell. Allerdings sendete er mangels irgendwelcher Stationen und Satelliten auch direkt, das hätte also vielleicht sogar Arris hinbekommen.

»Das werdet ihr so bitter bereuen«, fauchte sie, und er konnte sich, ihr Holo im Hinterkopf, nicht recht vorstellen, wie dieses nette Mädchen wohl aussah, wenn es wütend war und *ihr Fotzen* zischte oder wüste Drohungen ausstieß. Aber er hätte es gern mal gesehen.

»Kleine«, sagte er, »jetzt ist mal gut. Ja, wir sind in *eurer* Anlage, und damit haben sich die Besitzverhältnisse – die ich vorher übrigens mindestens als uneindeutig bezeichnet hätte – ja hinreichend geklärt. Es handelt sich nämlich jetzt um *unsere* Anlage.«

»Davon habt ihr nicht viel, wenn ich sie euch über den Ärschen zusammenschieße«, fauchte sie.

»Dann, mit Verlaub, hat davon keiner mehr etwas. Und das wäre erstens schade um das Ding hier und ist zweitens ein Irrtum, weil der Großteil der Anlage unterirdisch liegt.«

Lange sagte sie nichts. Unbehaglich wartete er auf ihre Antwort. Er hätte es bedauert, Eddies Wutausbruch ob seiner Eigenmächtigkeit zu verpassen, nur weil sie es drauf ankommen ließ und ihn mitsamt dem oberirdischen Teil der Anlage pulverisierte. Aber von unten hätte er nicht funken können. Zu viel Gestein ringsum.

»Was macht euer Captain denn gerade?«, erkundigte er sich, als es ihm zu lange dauerte.

»Er foltert euren bescheuerten Tiger-Beta«, erwiderte sie giftig. »Ich höre ihn bis hierher schreien.«

Sein Herz setzte einen Schlag lang aus, bis ihm klarwurde, dass sie log. Nox schrie nicht. Er hatte ihn fluchen, lachen und zischen hören, wenn er Schmerzen litt, aber niemals schreien.

»Dann sag ihm, er soll mal eine Pause machen«, sagte er und war erleichtert, dass seine Stimme klang, als wüsste er gar nicht, dass das menschliche Herz in der Lage war, öfter als sechzigmal in der Minute zu schlagen.

»Und warum sollte er das tun?«

»Ich hätte da noch ein paar Tickets zurück nach Hause anzubieten«, erwiderte er lässig, ehe er recht wusste, was er sagte. »Interesse?«

Schweigen.

»Sekunde«, brachte sie dann heraus. Wenn es ebenfalls lässig klingen sollte, brauchte sie darin mehr Übung.

Und du brauchst jetzt irgendeine verdammt gute Idee, dachte er und verzog das Gesicht, während er wartete und dem Schweigen am anderen Ende lauschte.

»Morbus«, wiederholte Argon.

»Er sagt, er hat ein paar Tickets nach Hause übrig. Er will dir irgendwas anbieten.« Vor Aufregung – oder auch vor Zorn – war ihr das Blut in die Wangen geschossen, die Augen glänzten, sie sah aus, als fieberte sie.

Unwillkürlich wechselte Argon einen raschen Blick mit Toro und bemerkte, halb aus dem Augenwinkel, wie Wolf die Stirn runzelte. Toro starrte nur ausdruckslos zurück, die Nüstern geweitet. Im Gegensatz zu Wolf wusste er, wer Morbus war. Seine Sympathie für ihn war ähnlich ausgeprägt wie die für Nox. Genau genommen hatte er einen derart schlechten Start gehabt, dass er es sich mit *allen* verscherzt hatte bis auf Argon. So etwas ließ sich selten wieder reparieren ... schon gar nicht, wenn man es stolz und bis aufs Blut beleidigt nicht einmal versuchte.

Argon rauschte ins Cockpit.

»Er ist in dem Gebäude, in der Anlage«, hörte er Nova hinter sich. Als sie in ihren Sitz glitt, sich zusammenkauerte und ihn anstarrte, wirkte sie wie ein kleinerer Schatten ihrer selbst, völlig durch den Wind.

»In der Anlage«, wiederholte er. Ein Lachen stieg in ihm auf, das er unterdrückte, ehe es aus ihm herausexplodierte. In der Anlage!

Hastig nickte sie, strich dann übers Kontrollpult, ohne hinzusehen. »Er kann dich jetzt hören«, flüsterte sie.

»Morbus«, grüßte Argon und wunderte sich, wie aufgeräumt seine Stimme klang. »Hübsches Manöver!«

»Wäre es eins gewesen, hättet ihr jetzt nicht Nox an Bord. Sagen wir es so – wir haben die Gelegenheit genutzt, die sich bot.«

»Ich werde auch die Gelegenheit nutzen, die sich bietet.« Argon beugte sich vor und schaltete die Bedienung für den Bordlaser auf seinen Platz. Die Schwärze des kleinen Schirms vor ihm füllte sich mit Symbolen, und auf dem großen Bildschirm erschien ein Fenster, das einen Ausschnitt des Planeten zeigte, in der Mitte ein kleines rotes Kreuz in einem Kreis. Der Zoom fraß die Kilometer und raste über die Ebene, bis die Anlage auftauchte, und Argon wusste, dass sich ein gutes Stück unter ihnen der Bordlaser aus dem Rumpf der *Virago* schob und sich der fast einen halben Meter durchmessende Lauf mit dem Bild synchronisierte. Wolf hatte mal ganz nebenbei erwähnt, dass er jedes Mal eine Erektion bekam, wenn er ihre imposanteste Waffe aktivierte.

Zum ersten Mal ging es Argon ähnlich. Die Vorstellung, einen deutlich mehr als armdicken Laserstrahl auf den armseligen Haufen dort draußen zu richten und sie, die Anlage und mindestens die Hälfte der verbliebenen Energiereserven seines Schiffs dem Äther zu überantworten, begeisterte ihn.

»Sag, was du zu bieten hast. Du hast genau dreißig Sekunden. Nach dreißig Sekunden unterbreche ich nicht etwa die Verbindung, sondern ich jage euch mitsamt der Anlage hoch.«

»Du hast ein hitziges Temperament entwickelt!«, hörte er Morbus sagen. »So kenne ich dich gar nicht.«

In Gedanken zählte Argon bis fünf. »Zwanzig Sekunden«, sagte er.

»Das machst du doch nicht echt!«, flüsterte Nova neben ihm mit aufgerissenen Augen so laut, dass man es vermutlich noch im Quartier der Passagiere hörte.

Er schwieg. Fast wünschte er, dass Morbus nicht antwortete. Während in einer winzigen Kammer seines Bewusstseins die strichmännchenartige Karikatur eines Buchhalters aufsprang und protestierend mit beiden Fäusten auf den Schreibtisch hämmerte, gefiel die Vorstellung den restlichen siebenundneunzig Prozent von Argon so gut, dass er fast abgedrückt hätte, ohne das Ultimatum verstreichen zu lassen. Diese von allem Anstand verlassenen Dreckskerle. *Nelly*, dachte er, *das hätte ich nicht von dir gedacht. Von den anderen, ja. Nicht von dir.*

Fünfzehn Sekunden. Zehn.

»Er behauptet, die Anlage liegt unterirdisch«, wisperte Nova. »Wir erwischen sie wahrscheinlich gar nicht.«

Fünf.

»Stimmt«, sagte Morbus, und man hörte das Lächeln in seiner Stimme.

Nova zuckte erschrocken zusammen und zeigte dem Bildschirm ihre Mittelfinger.

Drei.

Zwei.

Eine Sekunde.

»Wir haben eine Notrufanlage gefunden«, drang Morbus' Stimme aus dem Lautsprecher. Er klang nicht, als sei er übermäßig besorgt. »Eure Funkanlage ist im Arsch, richtig?«

Mühsam löste Argon seine Kiefer voneinander und den Blick von dem leuchtenden roten Kreis auf dem kleinen Schirm, über dem sein Finger schwebte. »Dank euch, nehme ich an.«

»Nö. Aber der Funk war nachhaltig gestört, und wir konnten bisher keinen Notruf auffangen. Einfach nur gut geraten.«

»So«, sagte Argon. »Wo waren wir gerade? Ihr habt also eine Notrufanlage.«

»Äh – richtig.«

»Und ihr könntet theoretisch einen Notruf an *SE* senden mit der verschlüsselten Information, wo ihr samt Missionsziel aufgelesen werden wollt.«

»Theoretisch könnten wir das.«

»Und ihr tut es nicht, weil ... hm? Wenn ihr euch unterirdisch eingenistet habt, wird der Grund ja wohl kaum der sein, dass ihr befürchtet, wir fangen den Funkspruch ab, orten euch und brennen euch eins über. Es sei denn ...«

»... ihr seid doch nicht so unerreichbar, wie ihr behauptet«, zischte Nova triumphierend, und für einen Moment glaubte Argon, sie würde ihm zuvorkommen und den Laser abfeuern. Mittels eines Gedankens, der nicht zu ihrem Gesicht oder ihrer zierlichen Gestalt passte, wohl aber zu dem zornigen Leuchten in ihren Augen.

»Uns fehlt ein Ersatzteil«, gab Morbus zu.

Ruhig lehnte sich Argon zurück. »So«, sagte er. »Euch fehlt ein Ersatzteil.« Er legte den Kopf in den Nacken und lachte. Vermutlich hätte er damit aufhören können, wann immer er wollte, ganz sicher war er sich allerdings nicht, und er wollte auch gar nicht. Also lachte er sehr lange, es klang eigenartig, vor allem, weil Morbus am anderen Ende der Leitung vollkommen still war und wartete. Nova schwieg ebenfalls und starrte ihn verstört an.

Irgendwann war er fertig, wischte sich die Tränen aus den Augen, schnaufte noch einmal, richtete sich auf, und das Lachen war fort, auch aus seiner Stimme. »Ein Ersatzteil also«, bemerkte er trocken. »Und ich dachte schon, euch fehlt ein Tiger-Beta.«

Schweigen, schon wieder.

»Du hast mich durchschaut«, behauptete Morbus endlich. »Ja, uns fehlt ein Ersatzteil, aber du kennst Eddie ... wir haben noch nicht alles durchgesehen, und wer weiß, vielleicht findet er doch noch was, oder er bastelt aus ein bisschen Klebstoff und einer Putzdrohne etwas, das es auch tut. Ich hätte abgewartet, ob wir Glück haben. Aber ihr habt Nox.«

»Das stimmt. Wir haben Nox. Es war also kein Manöver? Kein Bauernopfer? Ihr wollt Nox zurückhaben?«

»Wir wollen Nox zurückhaben. Unversehrt.«

»Nun«, erwiderte Argon schroff, »ganz unversehrt geht nicht mehr. Aber noch lebt er.«

»Wie unversehrt geht es denn noch?«, erkundigte sich Morbus. Zufrieden stellte Argon fest, dass die Gelassenheit aus seiner Stimme verschwunden war. Ein seltenes Vergnügen – normalerweise riss Morbus noch Witze, wenn ihnen die Kugeln um die Ohren flogen. Aber Nox ... der lag ihm am Herzen. Die beiden hatten sich von Anfang an so gut verstanden, dass Sky eifersüchtig geworden war. Es war ein schöner Gedanke, dass er ihm wehtun konnte.

»Welches Ersatzteil braucht ihr?«, fragte er. »Bezeichnung? Größe? Ich weiß ja nicht mal, was ihr braucht und ob wir es haben.«

»Ich muss mit Eddie Rücksprache halten.«

»Ist das so.«

»Folgender Deal«, sagte Morbus. »Wir bekommen das Ersatzteil – sofern ihr es habt – und Nox in einem Zustand, der nicht schlechter ist als in diesem Augenblick. Im Gegenzug einigen wir uns auf einen neutralen Notruf. Nicht *SE*. Aber auch nicht irgendwelche Schmugglerkumpel von dir.«

»Und wer dann?«, fragte Argon und hob die Augenbrauen, auch wenn Morbus es nicht sehen konnte.

»Wir werden uns schon einig. Wegen der Details melde ich mich später. Wenn ich weiß, was wir brauchen. Und dann sehen wir, ob ihr es anzubieten habt.«

Zack, die Verbindung war weg. Langsam lehnte sich Argon zurück. Hinter ihm räusperte sich jemand. Als er den Kopf wandte, sah er Wolf und Toro in der offenen Tür stehen. Er hatte sie vollkommen vergessen.

»Er blufft.« Toro schaute ungefähr so drein, wie sich

Argon den Blick des Minotaurus vorstellte, als seine Opfer ihm aus dem Labyrinth zu entkommen drohten. »Jag sie hoch. Wann hat ausgerechnet Morbus schon jemals die Wahrheit gesagt?«

»Wer ist jetzt eigentlich dieser Morbus?«, erkundigte sich Wolf und zwängte sich an Toro vorbei ins Cockpit. »Und bin ich hier eigentlich der Einzige, der findet, dass sich *neutraler Notruf* im Gegensatz zu *Lasst uns doch einfach hier verrecken* ganz gut anhört?«

Eddie funkte ihn an, als er gerade die Verbindung zur *Virago* unterbrochen hatte. In Schweiß gebadet wartete Morbus einen Augenblick, bis er sich halbwegs in der Lage fühlte zu antworten.

»Was tust du da oben?«, erkundigte sich Eddie. Die Verbindung war erstaunlich gut.

»Entscheidungen treffen«, antwortete Morbus. Ihm war schwindelig.

Eddie lachte. »Ich frage nur, weil ich wissen wollte, was du antwortest.«

»Hm?«

»Ersatzteile, ja? Mann, sei bloß froh, dass die durchschnittliche Reparaturdrohne keine Knarre aufmontiert hat. Ich hätte dir direkt in den Rücken geschossen, als ich den Scheiß gehört habe.«

Morbus blinzelte, drehte sich langsam um und fand sich Auge in Auge mit einer kindskopfgroßen Drohne, die hinter ihm im Fahrstuhlschacht schwebte, die Kameralinse auf ihn gerichtet. Er war so erschöpft, dass der Anblick ihn nicht einmal richtig überraschte. »Wie lange hörst du schon zu?«

»Lange genug, dass ich überlegt habe, wie vielseitig man die Tools einsetzen könnte.« Mit einem geschäftigen Surren fuhr die Drohne einen Schneidbrenner aus und zündete eine winzige blaue Flamme. »Gibt es da nicht eine Sendung, bei der so eine blauhaarige Schlampe Leute gegen Drohnen antreten lässt?«

»Cybarena.«

»So heißt das? Saublöder Name.«

»Nein, die moderiert das. Die hat vorher *Bootleg Gladiators* ...«

»Interessiert mich nicht. Echt nicht. Ich will nur zwei Dinge klarstellen.«

»Und zwar?«

»Noch so eine eigenmächtige Aktion, und ich knall dich ab. Das meine ich ernst. Du weißt, dass ich das ernst meine. Sag mir, dass du das weißt.«

Morbus überlegte. »Du meinst das ernst«, sagte er und glaubte es tatsächlich.

»Gut.«

»Und das zweite?«

»Die Idee ist gar nicht so übel.«

»Was?«

»Die – Idee – ist – gar – nicht – so – übel«, wiederholte Eddie so betont, als spräche er mit einem Schwachsinnigen.

»Ich fall gleich tot um«, sagte Morbus. »Die Idee ist gar nicht so übel? Wir haben keine Kommunikationsanlage. Wir haben nicht mal Strom. Wir haben gar nichts. Und hast du Argon gehört? Es ist ihm vollkommen klar.«

»Dem ist gar nichts klar. Aber nein, ich habe ihn nicht gehört. Was ich mitbekommen habe, war dein Part des Gesprächs.«

»Und du hättest es mir abgekauft?«

»Ich?« Eddie klang angewidert. »Sicher nicht. Aber Argon ist verzweifelt.«

»Das sind wir auch«, gab Morbus zurück. »Ist Zeit, das zuzugeben, oder?«

»Ich kann nur von mir sprechen. Und ich bin nicht annähernd so verzweifelt, wie ich wäre, wenn ich eine komplette Staffel *Bootleg Arena* mit dieser Schnalle *Cybaria* anschauen müsste.«

»Cybarena«, korrigierte Morbus.

»Sag ich doch. Du bist aus Prinzip verzweifelt. Immer. Ich nicht. Und jetzt komm runter, ehe die es sich doch noch anders überlegen. Oder ich.« Die Drohne surrte davon, und Eddie brach den Funkkontakt ab.

Unten traf Morbus ihn dabei an, wie er die Daten des Chips sichtete, den er im Schrank gefunden hatte. Im Licht seines kleinen tragbaren Computers, dessen Display sich auf das Vierfache der Transportgröße ausziehen ließ, bestand sein Gesicht aus lauter hart gegeneinander abgesetzten fahlblauen und dunklen Flächen.

»Arris und Nelly«, sagte Morbus und musterte ihn nachdenklich.

Eddie sah nicht auf.

»Was meinst du – ist er verzweifelt genug, um …«

»Um sie durchzulassen?« Eddie grunzte. »Keine Ahnung. Aber mal ehrlich, was sollten sie hier? Soll Arris sie allein ins Auto wuchten, rüberfahren, hier laden wir sie aus und schleppen sie nach unten. Glaubst du, sie überlebt das?«

Falls nicht, wäre es wenigstens vorbei, dachte Morbus unwillkürlich. »Was ist da drauf?«, fragte er laut.

»Statistiken. Was auch immer sie hier abgebaut haben, es

wurde immer weniger. Ich vermute, deshalb haben sie das Quartier hier aufgegeben.« Seufzend faltete Eddie das Display zusammen und klappte den Computer zu. »Lass uns runtergehen.«

»Runter?«

»Na, hier oben ist nichts. Lass uns runtergehen und nachschauen, ob wir unten nicht doch eine komplette Kommunikationszentrale finden, inklusive eines fehlenden Ersatzteils, das es auf der *Virago* gibt.«

»Optimistisch«, murmelte Morbus beleidigt.

Eddie grinste. »So bin ich.«

Arbeitsanweisung IV

Vermeiden kritischer Situationen

Sie sind ein Teil von *StellarExplorations* und somit von großem Wert für unser Unternehmen. Von riskanten Unternehmungen, die nicht unmittelbar dem Missionsziel dienen, ist Abstand zu nehmen. Die grundlose Gefährdung Ihres eigenen Lebens oder der Ihnen zur Verfügung gestellten Ausrüstung wird als Vergehen geahndet und kann einen Aufschlag auf Ihren Buyback zur Folge haben.

17

»Arris. Ein wirklich verdammt netter Kerl. Aber nein, den Legenden um ihn habe ich nichts hinzuzufügen. Diese Geschichte mit den zwanzig Mann, die er im Alleingang umgelegt haben soll ... doch, die glaube ich. Vielleicht waren es in Wirklichkeit zehn, mag sein. Und ich glaube auch die Geschichte, in der er, ohne hinzuschauen, diesem ... wie hieß er noch? Hitzacker, richtig, danke. Diesem Hitzacker aus der Hüfte und ohne extra hinzuschauen exakt zwischen die Augen geschossen hat, bevor der eine Bombe zünden konnte. Vielleicht hätte die Bombe nicht ausgereicht, um die halbe Stadt in Einzelteile zu zerlegen – geschenkt. Dass Arris nicht hinschauen musste, glaube ich trotzdem unbesehen. Doch, er hatte einiges drauf. Anderes eher nicht. Aber darüber breiten wir den Mantel des Schweigens. Über Tote redet man nicht schlecht.«

Sergeant Lyon Edmond Frye, StellarExplorations, *3047 (Erdzeit)*

Funkstille.

Arris schaute über die Ebene. Das Licht hatte sich fast unmerklich gewandelt, da war ein greller Streif Blau am fernen Horizont und saugte den nächtlichen Schatten das Blut aus, bis die Ebene blass und matt dalag, in Erwartung der heranwogenden Hitze.

Er wechselte das Standbein. Hinter ihm stöhnte Nelly. Noch drei Minuten, bis er sie wieder umlagern musste. Vor dem Umlagern graute es ihn. Die letzten beiden Male hatte sie die Augen verdreht und gewimmert, dass es ihm fast das Herz brach. Es war falsch, jemandem wehzutun, auch wenn es zu seinem Besten war. Jemandem aus dem eigenen Team. Natürlich wusste er, dass es sein musste, dass es eigentlich richtig war, aber er spürte trotzdem, wie falsch es sein musste, beides zugleich. Manche Dinge waren so, und er neigte dazu, sie zu vermeiden. Jetzt aber war niemand außer ihm hier.

Und Nelly war nicht das einzige Problem.

Mit den Werten auf dem MedScanner, der am Kokon angebracht war, konnte Arris nicht viel anfangen, aber sie näherten sich denen, die Morbus als kritisch definiert hatte. Seit mit dem fernen Schimmer des ersten Tageslichts, das wie ein gleißend blauer Flächenbrand über die Ebene herankroch, die Temperatur stieg, stiegen auch die Werte des Wesens im Kokon, das da neben den verwesenden Einzelteilen seiner Schwester lag. Arris würde es nicht gefallen, aufzuwachen und neben sich den sezierten und verwesenden Leichnam eines anderen Menschen zu finden. Er vermutete, auch dieses außerirdische Geschöpf wäre nicht amüsiert. Aber wann es aufwachen würde, wusste er nicht. Wie viel Zeit noch blieb, ehe es sich aus dem Kokon arbeitete, und wie lange es dafür brauchen würde ... er konnte es nicht mal annähernd einschätzen, es konnten Minuten sein oder auch Tage.

Morbus und Eddie hätten längst zurück sein müssen.

Nelly stöhnte. Es war Zeit. Nach einem letzten prüfenden Blick in die Weite des fremden Planeten, der ihm fast schon vertraut erschien – jedenfalls dieser Ausschnitt davon –, drehte sich Arris um, trat neben Nelly und kniete sich hin. Richtig umlagern konnte man sie nicht, die Schienen waren zu schwer und zu steif, aber ein bisschen ging es, und Morbus hatte gesagt, ein bisschen sei besser als nichts.

Er schob und hob sie ein Stückchen zur Seite. Die Augenlider flackerten, er sah das Zucken der Nickhäute darunter. Ihr Mund klaffte ein wenig auf, die Zunge sah ausgetrocknet aus. Er feuchtete einen sauberen Lappen aus dem Med-Set an, den letzten, und benetzte den Rand der Maulspalte und die Zunge. Sie schluckte nicht. Der Tropf, der neben ihr hing, war durchgelaufen, dafür war der Urinbeutel an ihrer Seite zum Bersten voll. Morbus hatte keine Anweisungen hinterlassen, wie Arris beides wechseln sollte.

Funkstille. Das Wort wog schwer. Er lief zum Kokon. Die verwesenden Einzelteile des toten Aliens stanken erbärmlich, ihm wurde übel. Die Werte des anderen stiegen – langsam, aber konstant. Er rechnete ihren Anstieg hoch und kam zu dem Schluss, dass er höchstens noch ein oder zwei Stunden hatte, bis der erste Wert die rot markierte Grenze erreichen würde.

Er sah auf. Durch den Höhleneingang flutete das Morgenlicht, als richte jemand einen gigantischen Bunsenbrenner ins Innere. Die Sonne stieg schnell. Sie war so grell, dass seine künstlichen Augen einen Augenblick brauchten, um die Helligkeit auszufiltern, wenn er direkt hineinsah; im ersten Augenblick war er wie blind. Am Himmel flammten riesige, flüchtige Lichtgestalten, weiß und grau und ein ausgeblichenes Blau. Morbus hatte etwas von Gasschichten gemurmelt und von Polarlichtern, es hatte sich Arris nicht erschlossen, aber es war ein beängstigendes Spektakel, und er fühlte sich winzig und verloren.

Nellys Stöhnen riss nicht ab. Es wurde tief und grauenhaft. Arris eilte zu ihr, obwohl er nicht wusste, wozu die Eile, denn dann stand er vor ihr und wusste dennoch nicht, was zu tun war. Oder doch – Schmerzmittel vielleicht? Dunkel erinnerte er sich, dass Morbus dem Tropf, der ihr Flüssigkeit zuführte, auch Schmerzmittel beigemengt hatte.

Hastig suchte er nach einem schmerzstillenden Pflaster, riss es auf und klebte es Nelly auf den Hals. Die Schuppen fühlten sich trocken und rissig an unter seinen Fingern.

Er wartete. Darauf, dass Morbus und Eddie zurückkehrten und erklärten, weshalb es so spät geworden war. Darauf, dass das Stöhnen aufhörte.

Nelly verdrehte die Augen, wimmerte und fing an zu schreien, als ein Krampf ihren Leib erfasste. Die Schreie klangen, als wäre ein anderes Wesen in ihrem Körper gefangen, es war nicht Nellys Stimme. Irgendetwas unter den Verbänden aus getrocknetem Schaum riss auf, ein widerlicher Geruch wallte Arris entgegen. Es war derselbe Gestank, den die Überreste des toten Aliens verströmten. Verwesung.

Eventuell halluzinogen. Das war das Ergebnis, mit dem Wolf nach stundenlanger Analyse ankam – das Gift oder die Substanz, die die Aliens ihren Opfern zuführten, wirkte *eventuell halluzinogen.*

Argon erinnerte sich an Nox' Behauptung, Sky stünde unsichtbar hinter ihm, und sie statteten ihm einen Besuch ab, bügelten auf dem Hin- und Rückweg Murrays nicht unberechtigte Fragen ab, was nun eigentlich verdammt noch mal auf einmal los sei, und nahmen Nox, der zur Begrüßung kaum die Augen öffnete, Blut ab. Auch hier fanden sich Spuren jener Substanz, überraschenderweise in höherer Konzentration als bei Scar und Stray, obwohl Nox' einzige Verletzung aus den Kratzern bestand, die die kräftigen Muskelschichten der Bauchdecke nicht durchdrungen hatten. Es blieb also vorerst dabei, dass sie ein bisschen mehr als gar nichts wussten, ein Zustand, der Argon auf die Nerven zu gehen begann, und er wünschte, er hätte Wolf doch lieber darauf angesetzt herauszufinden, wie es zu ihrem nicht programmierten Sprung gekommen war. Allerdings stellte sich die Frage, was sie mit der Erkenntnis überhaupt anfangen sollten.

Seine Vermutung war, dass sich sein ehemaliges Team ins System gehackt und eine andere Sprungsequenz eingeleitet hatte, damit sie keinen zweiten Langstreckensprung in Kauf nehmen mussten, um ihn abzuliefern, und dass dabei etwas gründlich schiefgegangen war. Das war vielleicht mit etwas weniger Zeitaufwand auch aus Nox herauszubekommen.

Auf dem Schirm im Cockpit glühte das erste Morgenlicht, als er seine Leute im Besprechungsraum zusammen-
rief. Die bewusstlose Scar hatten sie zu den Cetanern ver-
lagert und unter Tinas Aufsicht gestellt. Argon wartete, bis
die anderen sich setzten und ihn anschauten. Er nahm sich
die Zeit, jeden von ihnen zu mustern. Wolfs Beunruhigung.
Toros offenen Blick, in dem keine Bereitschaft lag, ihn
ernsthaft zu kritisieren. Nova. Novas Blick konnte er nicht
deuten. Mit ihr war irgendetwas eigenartig, er konnte den
Zeitpunkt nicht genau bestimmen, wann es angefangen
hatte, aber er glaubte, es hatte mit Nox zu tun. Oder damit,
dass er ein Justifier gewesen war. Vielleicht hatte es auch
begonnen, als er sie gewürgt hatte. Der Tag, an dem er sie
gegen die Wand gestoßen und später Little getötet hatte,
schien ihm ein Jahr zurückzuliegen, aber wenn er sich
nicht irrte, war es vorgestern Abend gewesen.

Unwillkürlich glitt sein Blick zu den noch nicht verblass-
ten blauen Malen an ihrem Hals, und sie bemerkte es und
legte die Hand darüber, errötend, als sei es etwas, für das
sie sich schämen musste, nicht er.

Rasch schaute er weg. »Es ist Zeit für offene Karten«,
sagte er ohne Umschweife. »Wir sollten alle auf demselben
Stand sein. Keine Geheimnisse zwischen uns.« Es erinnerte
ihn verwirrend an den Moment, wenn eine Schießerei begann, auf einmal war alles klar und offen. Nicht das Ergebnis, aber der Weg dorthin. Er hätte es nicht beschreiben
können, und vielleicht lag es auch nur daran, dass der
Adrenalinpegel in seinem Blut dem in einer Schießerei
glich, aber welche Zweifel er auch gehabt haben mochte,
jetzt waren sie fort.

Wolfs Beunruhigung wuchs. Als Argon in die Tasche

griff, die er aus seinem Quartier mitgebracht hatte, und die Kassette herausholte, sah er aus, als wollte er aufspringen. »Muss das sein?«, fragte er. »Glaubst du nicht, das macht es schlimmer?«

»Ich kann Nox nicht anständig verhören, wenn ich nicht weiß, ob er vielleicht Geheimnisse ausplaudert, die ich vor einem von euch habe. Ich weiß nicht, was er weiß.«

Nova verschränkte die Arme vor der Brust und zog die Knie an, es sah nicht ablehnend aus, sondern eher, als umarmte sie schützend sich selbst.

»Wolfs und mein Geheimnis«, sagte Argon und stellte die Kassette auf den Tisch. »Je nach Käufer hat es einen Wert von zwanzig Millionen aufwärts. Und da fängt es erst an, wir reden hier von einem Betrag, der nach oben fast offen ist.«

»Nach oben offen? Kaum«, erwiderte Wolf, zog eine schmerzerfüllte Grimasse und massierte sich die tiefen Falten, die sich dabei in sein Gesicht gruben. »Dafür ist die Ware zu heiß.«

»Der entsprechende Konzern …«

»Der zahlt einem dahergelaufenen Freelancer auch nicht beliebig viel. Ab einer bestimmten Summe kannst du davon ausgehen, dass sie lieber nach einem Weg suchen, uns umzulegen, auch wenn sie riskieren, es versehentlich dabei zu zerstören.«

Nova und Toro starrten auf die Kassette. Sie war schlicht und von dem unspektakulären Graublau unbehandelten Sternenstahls.

»Was ist denn da drin?«, fragte Toro.

Irgendwie klang es witzig in Argons Ohren, nicht so, als fragte er nach etwas, das unfassbare Summen wert war, sondern nach dem Inhalt des Kochtopfs, in dem das Mittagessen für heute dampfte. Vermutlich war es Argons Nervosität, aber fast hätte er gelacht. »Baupläne und ein Prototyp.«

Nova wandte den Blick nicht von der Kassette. Er fragte sich, wie sie das da drinnen wahrnehmen würde, und einer spontanen Eingebung folgend beugte er sich vor und schob ihr die Kassette zu. Inzwischen kam es ihm ganz normal vor, dass die schimmernde Oberfläche des Tischs ein Gefälle von gut zehn Grad hatte.

Die Blicke aller Anwesenden lagen auf Novas Fingerspitzen, die sie zögernd auf den Sternenstahl legte.

»Keine Angst«, beruhigte er sie. »Da explodiert nichts. Nein, mach sie nicht auf. Ich möchte wissen, ob du etwas spürst.«

Ihm fiel auf, dass ihre Augen von fast demselben Grau waren wie die Kassette, dann schlossen sich die Lider, sie blieb mit ausgestreckten Armen sitzen, statt die Kassette näher heranzuziehen, und konzentrierte sich auf die Schwingungen aus dem Innern.

»Komisch«, murmelte Toro gedämpft. »Mir kommt es immer so vor, als ob's nichts Besonderes ist, dass sie das Schiff fliegt, ohne echt auf einen Knopf zu drücken. Total stinknormal. Aber das jetzt gerade ist irgendwie ... strange.« Er beugte sich vor. »Was ist da drin?«

Nova öffnete die Augen. »Ich bin nicht ganz sicher. Es ist ein bisschen ... lebendig.«

»Lebendig?«, fragte Argon interessiert.

»Es schläft. Aber dahinter liegt Wachheit. Es sucht. Und es ist ... es ist, als ob es ein ganzer Bienenschwarm ist, der ... der nach derselben Blume sucht.« Unsicher verzog sie das Gesicht.

Wolf sah Argon an, aber der beobachtete unverwandt Nova, die jetzt den Blick hob und auf Argon richtete. Ihre Augen waren grau und fremd. »Was ist das?«

»Naniten. Medizinische Naniten. Mikroskopisch kleine Reparaturdrohnen, die theoretisch durch einen Körper patrouillieren und sämtliche denkbaren Schäden reparieren können, solange das Gewebe noch nicht abgestorben ist.«

Kurz war es ganz still.

Toros Stuhl fiel um, als der riesige Beta aufsprang. Er sagte nichts, aber wenn ein Fremder Argon so angeschaut hätte, dann hätte er nicht erst abgewartet, was er wollte, sondern ihn sofort erschossen und danach recherchiert. Seine Halsmuskeln traten hervor, und unter dem dunklen Fell auf der Stirn pulsierte eine dicke Ader. Offensichtlich hatte er soeben den korrekten Grund erraten, weshalb er bis jetzt nichts davon gewusst hatte.

»Angeblich befindet sich eine Ampulle davon da drin«, sagte Argon ruhig.

»Angeblich?«, fragte Nova und schaute von einem zum anderen.

Argon zuckte mit den Schultern. »Wir haben eine versiegelte Kassette an uns gebracht. Ganz sicher konnten wir nicht sein.«

Toro schnaubte wutentbrannt. »Und wenn ihr das Falsche geklaut hättet, dann hättet ihr uns ganz umsonst den 2OT auf den Hals gehetzt.« Er sprach ganz leise, aber seine Stimme rollte so bedrohlich und so tief in der Kehle, dass ein bisschen Gebrüll Argon sehr viel lieber gewesen wäre. »Das stammt doch vom 2OT, richtig?«

»Wir hätten dich ja gern mit ins Boot geholt«, sagte Argon. »Aber ...«

»Der 2OT«, donnerte Toro. »Der *verdammte* 2OT. Dann ist es kein Wunder. Der Sprung. Die haben irgendwas gemacht, dass wir hier landen. Die haben ...«

»Die wissen von gar nichts«, unterbrach ihn Wolf. Seine Stimme klang kalt und ein bisschen selbstzufrieden. »Es war ein perfekter Job. Minutiös abgestimmt und absolut perfekt. Solange wir das Zeug niemandem anbieten, haben die keinen Schimmer, wo es abgeblieben ist. Und dass es überhaupt fehlt, merken sie frühestens in sechs Monaten.«

»Ach ja?« Toro hatte als Leibwache für ein hochrangiges Konzerntier gearbeitet, das für Geschäftsabwicklungen mit dem 2OT zuständig gewesen war. Zweimal war er persönlich auf Hephaistos gewesen, hatte sogar – wenn auch nur aus dem Hotelfenster – einen Blick auf die kleinstadtgroßen Speicheranlagen von *Olympos* werfen können. Sein Respekt vor dem 2OT glich der Gottesfurcht mittelalterlicher Wanderprediger.

»Wir haben ihn ins Sprungtor gehen sehen«, sagte Argon leise. »Es dauert über fünfeinhalb Monate, bevor er auf der nächsten Sprungstation ankommt, von dort aus sind es dann noch drei Lichtjahre bis nach Hause. Selbst falls er etwas merken sollte, bevor er wieder auf seinem Heimatplaneten ist, tut er das allerfrühestens in fast einem halben Jahr.«

Mit einem Gesichtsausdruck, als hätte er ihn noch nie gesehen, starrte ihn Toro an und mahlte mit den Kiefern. Wenn man einen jungen Baum dazwischengesteckt hätte, wäre er vermutlich zu Sägespänen zermalmt worden, ohne dass Toro es überhaupt gemerkt hätte. »2OT«, röhrte er anklagend. »Man beklaut doch nicht den 2OT!«

»Jetzt hör mal auf zu blöken«, raunzte Wolf ihn an. »Jetzt ist es ja passiert.«

»Und wir sind auf irgendeinem fremden Planeten abgestürzt«, jammerte Toro. Seine Wut war plötzlich verflogen, er setzte sich wieder und sah krank und elend aus.

»Da gibt es keinen Zusammenhang«, behauptete Wolf.

Toro lachte nur auf.

»Das ist wirklich nahezu ausgeschlossen«, bestätigte Argon.

»Klar«, murmelte Toro, barg das Gesicht in den Händen und schaukelte langsam vor und zurück, dass der Stuhl unter ihm bedrohlich knirschte, obwohl alle Möbel im Schiff extra dafür konzipiert waren, dass sie mit seinem Gewicht umgehen konnten.

»Ich sehe«, drang Novas klare, helle Stimme an Argons Ohr, »warum ihr *ihm* nichts gesagt habt.« Sie deutete auf Toro. »Aber warum wusste *ich* nicht, was wir für heiße Ware transportieren?«

»Es hat sich nicht ergeben.«

»Bitte?« Sie sah Wolf an, als hätte sie sich verhört.

»Es gab keine Notwendigkeit. Argon hatte eine spontane Idee, wir haben es umgesetzt, es war perfekt zu zweit. Und es hat geklappt. Je weniger du weißt, dachten wir, desto besser für dich.«

»Bis sie dann bei uns anklopfen.« Nova lachte auf, es klang, als würde sie gleich anfangen zu weinen.

Bitte nicht, dachte Argon. Toros katatonisches Schaukeln war schlimm genug. Wenn jetzt noch Nova anfing zu flennen, würde er … er wusste nicht genau, was er dann tun würde, aber sehr viel eher hatte es mit dem Gebrauch von Schusswaffen zu tun als mit dem Anreichen von Taschentüchern. Tränen gingen ihm so auf die Nerven, dass er in den ersten drei Lebensjahren seines jüngeren Bruders nichts mit ihm zu tun haben wollte. Nicht dass es sich danach wesentlich geändert hatte, sie hatten nicht miteinander gesprochen, seit er mit siebzehn zu Hause ausgezogen war, aber das war dann etwas Persönliches gewesen.

»Hättet ihr uns denn beteiligt?«, fragte Nova jedoch nüchtern, statt zu heulen. »Für das Risiko, das wir immerhin mittragen, ohne dass uns jemand gefragt hätte?«

Argon erwiderte ihren Blick direkt und ohne auszuweichen. Sie blinzelte nicht. »Indirekt«, sagte er. »Wir hätten sämtliche Schulden beglichen, um uns die Kredithaie vom Hals zu schaffen. Wenn dann noch etwas übrig gewesen wäre, dann hätten wir alle gemeinsam darüber verfügt, ja. Allerdings hatten wir nicht vor, euch zu sagen, woher das Geld stammt.«

»Aha.« Sie blinzelte sehr langsam. »Hältst du deine Offenheit für entwaffnend?«

»Für verspätet«, erwiderte er und fand diese Direktheit tatsächlich entwaffnend.

Eine ganze Weile lang schwieg sie. »Das sehe ich allerdings ähnlich«, sagte sie dann. »Es wäre fair gewesen, uns zumindest die Gelegenheit ...«

»Die Gelegenheit zu was zu geben?«, mischte sich Wolf ein. »Die, nein zu sagen? Lieber auf der todsicheren Abschussliste der Kredithaie zu bleiben, als die *Möglichkeit* in Kauf zu nehmen, dass *eventuell* der 2OT eines Tages auf unsere Spur stößt? Regst du dich darüber auf, dass wir das sichere Verhängnis durch ein potenzielles ausgetrieben haben? Verdammt noch mal, wir konnten die Raten nicht zahlen. Langfristig ging das nicht. Wir haben uns verkalkuliert.«

Ihre Unterlippe zitterte. »Ich sage ja nur …«

»Und wo wärst du hingegangen?«, hakte er nach. »Irgendwohin, wo du dich wieder hättest verstecken müssen? Wärst du einfach so gegangen? Hättest du uns im Stich gelassen? Hättest du uns das Ultimatum gestellt, entweder die Finger von dem Zeug zu lassen oder dich zu verlieren? Hm?«

»Nein«, schrie sie fast, »natürlich nicht. Aber …«

»Dann kann es dir ja wohl egal sein«, schnappte er. »Wir haben dir also eine Entscheidung vorenthalten, die sowieso so ausgefallen wäre, wie sie auch jetzt ausgefallen ist. Wo also ist dein verdammtes Problem?«

»Stopp«, sagte Argon, aber natürlich war es zu spät.

Nova sprang auf, es flossen Tränen, es folgte Gebrüll, und die beiden keiften einander an wie Waschweiber. Es war, als hätten sie nur auf einen Anlass gewartet, endlich mal loszulegen, er drang nicht zu ihnen durch. Kurz überlegte er, während Toro nur finster zuschaute, dann entschied er sich für Wolf, ging hin und schlug ihm ins Gesicht.

Wolf war so verblüfft, dass er sich wieder setzte.

»Das war das erste Geständnis von zweien«, sagte Argon, während sich Wolf das Gesicht rieb. »Ihr macht mir nicht gerade Mut für das zweite.«

»Du machst es nicht besser.« Wolf schüttelte den Kopf. »Du machst es echt nicht besser. Überleg dir mal, was du tust.«

»Setz dich«, sagte Argon zu Nova.

»Haust du mir sonst auch eine runter?«, erkundigte sie sich spitz, aber bevor er antworten konnte, setzte sie sich.

Ihr Gesicht war bleich, nur die Wangen brannten hochrot vor Zorn.

Eine leichte Erschütterung ging durch die *Virago*, fast eher ein Zittern. Einen Augenblick lang dachte Argon, er hätte es sich nur eingebildet, hätte eine körperliche Empfindung auf seine Umgebung übertragen. Aber die anderen schauten erschrocken auf.

Auf dem Tisch geriet die Kassette ins Rutschen. Ganz langsam. Sie alle schauten zu, mit dümmlichen Gesichtern, als wären dem kleinen Kasten soeben Beine gewachsen.

»Ich glaube, dein zweites Geständnis muss warten«, sagte Wolf in die Stille.

»Ich glaub's nicht«, flüsterte Nova. »Das hast du gerade nicht gesagt.«

»Was?«

Die Kassette nahm Fahrt auf. Zwanzig Millionen plus rutschten Toro in den Schoß, der sie auffing und hielt, als wären sie giftig.

»Du hast nicht gerade gesagt, dass das zweite Geständnis warten muss.« Nova bewegte kaum die Lippen beim Sprechen. »Du hast nicht so einen Spruch gerissen, während wir ...«

»Festhalten«, blaffte Argon sie wütend an.

Tief unter ihnen stöhnte der Fels. Ein Rumpeln stieg auf, als würde sich der Planet mit Verdauungsbeschwerden herumschlagen. Argon sah Novas bleiches Gesicht, die riesigen, aufgerissenen Augen.

Ein heftiger Schlag traf die *Virago*.

Schreie. Durcheinander. Schmerz.

Dunkelheit.

18

Nelly atmete noch immer.

Beklommen kauerte Arris neben ihr. Sie hatte aufgehört zu krampfen. Durch die Schaumschicht an ihrem Bauch sickerte Blut. Es kam ihm zu dick und zu dunkel vor, zu zähflüssig, und es roch übel. Aber sie atmete. Langsam, pfeifend, mühsam. Ein. Pause. Und aus.

Er war den Tränen nah.

Und dann kam das Beben. Es begann mit einem sachten, fernen Rumpeln und steigerte sich, bis der Höhlenboden zu bocken schien. Arris blieb hocken, wo er war. Eins seiner neueren Implantate verband irgendeine Region seines Hirns, deren Namen er vergaß, sobald er ihn zu Ende gelesen hatte, mit winzigen, zur Hälfte mit Flüssigkeit gefüllten Kammern in seinen Innenohren und sorgte dafür, dass er die Orientierung nicht verlor, wenn andere längst oben und unten nicht mehr voneinander hätten unterscheiden können. Er hielt Nelly fest, damit sie nicht hilflos herumge-

278

worfen wurde, glich mit traumwandlerischer Sicherheit das Bocken des Höhlenbodens aus und wartete, dass das Beben vorüberging. Das tat es auch. Er wartete, aber es kam kein Nachbeben. Langsam, voller Furcht vor dem, was er sehen würde, senkte er den Blick.

Nelly atmete noch immer. Er wusste nicht, was er gehofft hatte, aber als ihm bewusst wurde, dass er keine Erleichterung empfand, verstörte es ihn so sehr, dass er aufstand und sich ein paar Schritte von ihr zurückzog. Das, was da lag, hatte mit Nelly nichts mehr gemein. Nellys Lachen, ihre Grobheit, ihre Sprüche, ihre Art, sich zu bewegen, auch die seltsame Anmut, die es hatte, dass sie wusste, wie hässlich sie war – fort. Da war nur noch Fleisch und darin ein Funke, der nicht mehr wusste, dass er Nelly war. So wollte Arris nicht enden. Er wollte nicht dabei sein, wenn sich sein Körper abschaltete. Und verweste. Es war ein Unding, dass sie noch am Leben war. Ein fürchterliches Unding.

Er ging zum Ausgang, starrte in einen grellen Morgen. Die Ebene sah fast aus wie eine Schneelandschaft, als verbrenne die blaue Sonne alle Farben.

Dann funkte er Morbus an. Er versuchte es dreimal mit wachsender Unruhe. Aber er bekam keine Antwort.

Das Beben kam, als sie erschöpft und schwarz vor Staub aus den Eingeweiden der Anlage emporstiegen. Sie hatten Glück, es war noch ein ganzes Stück hin bis zum Fahrstuhlschacht. Wenn es sie erwischt hätte, während sie mitten im Schacht hingen, hätte es übel ausgehen können, sie waren ungesichert die Sprossen der Wartungsleiter hochgeklettert. So warf es sie nur um die jeweilige Körperlänge zu Boden, sie fluchten, während ihre Knochen durcheinandergerüttelt wurden, und sie warteten und hofften, dass der Gang nicht einstürzte und auch nicht die ganze verdammte Anlage über ihren Köpfen.

Sie hatten Glück, das Beben dauerte nicht lange. Als es verebbte, waren sie noch am Leben, und zumindest der Gang, in dem sie sich befanden, war noch ganz. Zwischen ihnen schwebte ungerührt die Reparaturdrohne.

»Feife«, schnaufte Eddie und spuckte Blut. »If hab mir auf gie vergammte Funge gebiffen.«

Sie lauschten. Nichts war zu hören. Nach einigen Minuten ohne Nachbeben standen sie auf.

»Argh«, sagte Morbus. »Welche Richtung?« Der Gang sah in beide Richtungen gleich aus: schlichte glatte Wände, die in den Stein gehauen waren.

»Ga lang«, brummte Eddie missmutig und marschierte voran. Er humpelte wieder stärker, stellte Morbus im Schein der Lampe fest, die auf den Lauf der *Viper* montiert war.

»Diese Beben gehen mir echt auf die Nerven.«

»Ga fagstu waf.«

»Was?«

»Egal.«

»Ich funke gleich mal Arris an, wenn wir wieder oben sind.«

Eddie zuckte nur mit den Schultern.

»Wie lange waren wir eigentlich da unten? Scheiße, inzwischen müsste doch ...« Rasch rechnete Morbus nach. Wenn er von etwa zweiunddreißigstündigen Tag-Nacht-Zyklen ausging, müsste es längst dämmern. »Der Tropf ist schon eine Weile durch. Hoffentlich denkt er daran, ihr neues Schmerzmittel zu geben.«

Eddie sagte nichts, aber sein Schweigen troff vor Anmerkungen, die Morbus gar nicht hören wollte.

Unter der eigentlichen Anlage lag ein Gewirr aus Gängen und Schächten, eine sehr viel größere Version des Höhlensystems, in dem Nox nach dem Absturz untergekrochen war, aber hier hatten sie keine Lucies gefunden und sonst auch nichts von Interesse. Eigentlich hätte es schlimmer kommen können, aber vor allem angesichts der wiederholten Erdbeben flößte eine Zuflucht, unter der kilometerweit dunkle Stollen lagen, ihm wenig Vertrauen ein. In den Stollen unterwegs zu sein, tonnenweise Stein und Erde über den Köpfen, war auch nicht besser. Unterwegs trafen sie auf mehrere Schotts, die offen standen, zentimeterdicke Stahlplatten, die sich um keinen Millimeter bewegen ließen.

Der Weg war zu lang, nach Morbus' Einschätzung hätten sie längst den Fahrstuhlschacht erreichen müssen. Vor ihnen tauchte eine Wegbiegung auf. »Wir sind falsch«, stellte er scharfsinnig fest und blieb stehen. »Wo sind wir denn da bitte falsch abgebogen? Ich hätte schwören mögen ...«

»Egal. Gucken wir gaf auch nof kurf an.«

»Schick die Drohne. Ich ...«

Eddie, der gar nicht erst stehen geblieben war, verschwand um die Ecke. Fluchend eilte Morbus hinterher und wäre fast gegen ihn geprallt.

»Na alfo.« Zufrieden musterte Eddie das kurze Stück des Gangs vor ihnen, das sich verbreiterte und mit einer Stahltür abschloss. »Gie Energieverforgung. Wekken?«

Morbus aktivierte das JUST und versuchte es wider besseres Wissen, aber natürlich bekam er keine Verbindung. Die ganze Zeit hatte er nicht an Arris gedacht, aber jetzt, da es ihm eingefallen war, wusste er nicht, wie um alles im Universum er ihn hatte vergessen können. »Kann schon sein.«

Mit der innigen Zudringlichkeit eines Putzerfischs klebte sich Eddie samt seiner Gerätschaften an die Tür. Sie erwies sich als schwererer Brocken als die anderen, und Morbus kam der ketzerische Verdacht, dass auch Eddie mit den Türen beim Eingang möglicherweise kein leichtes Spiel gehabt hätte, wenn sie nicht schon aufgesprengt gewesen wären. Ungeduldig warf er jede gefühlte halbe Stunde und tatsächlich etwa alle dreißig Sekunden einen Blick auf die Uhr. Endlich gab die Tür nach, Eddie stieß sie auf, ohne sich weiter mit Sicherheitsmaßnahmen aufzuhalten, und Morbus schob ihn rasch beiseite und richtete die *Viper* samt Lichtstrahl ins Dunkel. Wenn er mit Eddie unterwegs war, gab es Momente, in denen er sich wie ein alberner Aufziehsoldat fühlte, vor allem, wenn er wie jetzt Eddies spöttischen Blick auf seinem Hinterkopf spürte. Im Gegensatz zu Morbus hatte Eddie eine jahrelange militärische Ausbildung genossen, aber er gab sein Bestes, es sich nicht anmerken zu lassen.

Vor ihnen lag ein kleines Büro. Es dauerte einen Augenblick, bis Morbus klar wurde, weshalb er das sofort erkannte – es war noch alles da, mit Ausnahme irgendwelcher Zimmerpflanzen vielleicht oder der fast schon obligatorischen Sternenkarte, auf der kleine Wimpel verzeichneten, auf welchen Planeten der jeweilige Schreibtischhengst schon im Hotel herumgehockt oder sich Touristenattraktionen angeschaut hatte. Ein verstaubter Schreibtisch, ein mit dünner Folie und jeder Menge Staub verhängter Bildschirm, ein ebenfalls abgedecktes Terminal, ein ähnlicher

Schrank wie oben. Am anderen Ende des Raums gab es eine zweite Tür, auf die sich Eddie ohne weitere Umschweife stürzte.

»Wenn du dafür so lange brauchst wie für die eben«, sagte Morbus, während er das Terminal von seiner Umhüllung befreite und erfolglos dicke Staubflocken beiseite zu wedeln versuchte, »dann ist es oben schon wieder dunkel, ehe wir hier fertig sind.«

»Freffe«, beschied ihm Eddie, war aber zu konzentriert, um Inbrunst in seine Stimme zu legen.

Natürlich hatte das Terminal keinen Saft und war so tot wie der Bildschirm oben. Dafür leistete die Tür Eddie keinerlei ernsthaften Widerstand und schwang lautlos auf.

Wie angenagelt standen sie da. Das kleine Licht auf dem Lauf der *Viper* reichte nicht weit genug, und Eddie schickte die Reparaturdrohne voraus und schaltete ihr Licht ein.

Kisten. Ein langer Gang, vielleicht vier Meter breit und doppelt so hoch, der zwischen säuberlich gestapelten Kisten entlangführte. Die Drohne flog und flog, aber das Ende kam nicht in Sicht.

»Ha«, machte Eddie.

Morbus drängte sich an ihm vorbei, wischte vorsichtig den Staub von einer der Kisten und suchte nach einer Beschriftung. Er wurde mit einem Kürzel belohnt, das ihm nichts sagte – Q11-3. Behutsam klopfte er dagegen. »Klingt jedenfalls nicht hohl. Da scheint was drin zu sein.«

Eddies Brauen über der Multifunktionsbrille hoben sich, und Morbus ahnte seinen selbstzufriedenen Blick.

»Dir ist aber schon klar, was das heißt, oder?«, erkundigte er sich.

Eddie spuckte ein bisschen Blut und wartete.

»Dass irgendwer noch mal wiederkommt«, sagte Morbus. »Um seinen zusammengepackten Scheiß abzuholen.«

Die Drohne erreichte das Ende des Gangs, sie war nur noch ein ferner, kaum wahrnehmbarer Lichtschimmer. Beiläufig warf Eddie einen Blick auf das JUST und rief auf dem kleinen Schirm auf, was das Kameraauge der Drohne erfasste. »Sieht nach mehr aus, als es ist«, stellte er fest und hörte sich fast wieder normal an, allerdings artikulierte er so sorgfältig, dass es fast komisch klang. »Die zweite Hälfte der Halle ist leer. Aber da ist ein Fahrzeug. Und ganz am Ende«, er ließ die Drohne mitsamt Kamera rotieren, »ein großes Tor.« Er wandte sich ab, und hinter ihm kam die Drohne zurück, so folgsam wie ein eifriger kleiner Hund.

»Und jetzt?«

»Jetzt bringe ich erst mal das Terminal zum Laufen.« Eddie wandte sich ab und ging zurück ins Büro. »Die Energiezelle der Drohne reicht mit Sicherheit. Willst du nach oben, um Arris anzufunken?«

Morbus runzelte die Stirn. »Haben wir alle Gänge hier unten durch?«

»Nein. Einer fehlt noch.« Ohne sich um die aufwallende Staubwolke zu kümmern, ließ sich Eddie auf den Stuhl vor dem Schreibtisch fallen, vor ihm landete die Drohne so eigenartig sanft wie ein Blütenblatt. »Was denn?«, fragte er Morbus und wartete, bis die Drohne surrte und eins ihrer acht Segmente ausfuhr, in dem die Energiezelle untergebracht war. Er nahm die Zelle heraus, und die Drohne verstummte und erstarrte zu Reglosigkeit.

Unwillkürlich musste Morbus an eine uralte Geschichte

denken, in der ein Tier einem Restaurantgast die Vorzüge seiner verschiedenen Körperteile anpries und nach der Auswahl beglückt in der Küche verschwand, um sich schlachten zu lassen.

»Willst du mich nicht morbusseelenallein in der schrecklichen, feindseligen Dunkelheit lassen?«, erkundigte sich Eddie belustigt, beugte sich mit der Zelle in der Hand unter den Tisch und suchte die richtigen Anschlüsse.

Morbus schloss die Tür zur Halle, ging zum Korridor und lauschte der Stille im Gang hinter der Biegung.

»Oder findest du den Weg nicht allein?«, fragte Eddie.

»Professionalität«, sagte Morbus gemessen, wie Nelly es manchmal tat, wenn sie die Schnauze voll hatte. »Professionalität ist kein cetanisches Sprichwort mit der Bedeutung: *Rückendeckung ist verzichtbar.*«

»Ach du Scheiße. Du hast echt keinen Schimmer, wie du wieder zum Fahrstuhlschacht kommst, richtig?« Die Schadenfreude schien sich heilsam auf Eddies angebissene Zunge auszuwirken, jedenfalls war keine Spur von Lispeln mehr zu hören.

»Arris«, erwiderte Morbus würdevoll, »wird wohl noch eine halbe Stunde ohne nähere Anweisungen auskommen. Der nächste Beutel für den Tropf ist fertig präpariert, das sollte selbst er schaffen.«

»Den Gang runter und dann an der Kreuzung: rechts oder links?«, hakte Eddie nach, offenbar nicht gewillt, ihn davonkommen zu lassen.

»Links«, erwiderte Morbus, als wäre es die albernste Frage, die er je gehört hatte. Immerhin eine Chance von 50 : 50.

Eddie schnaubte vor Lachen. Vor ihm auf dem Tisch erwachte der Bildschirm zum Leben. Nur mit Mühe widerstand Morbus der Versuchung, nachzufragen, ob er richtig gelegen hatte, und beschloss, später darauf zu achten.

»Ach, Mensch, Passwort«, brummte Eddie verächtlich. »Die reinste Zeitschinderei.« Er zückte einen kleinen Stick aus den Untiefen seiner tausend Taschen und rammte ihn in einen Slot des Terminals.

»Wenn du mit Frauen so umgehst wie mit ...«, sagte Morbus, ehe er betreten verstummte.

Eddie hob den Kopf, schob die Brille in die Stirn und betrachtete ihn eine geraume Zeit lang im fahlblauen Licht des Bildschirms.

»Schon gut«, sagte Morbus. »Schon gut.«

Morbus meldete sich nicht, Eddie nicht, und auch Nox war nicht zu erreichen. Tiefe Unruhe breitete sich in Arris aus. Sie hatten gesagt, sie würden außerhalb der Reichweite des Bordlasers bleiben. Hatten sie sich verschätzt? Er vertraute Eddies Urteil, aber jeder konnte sich mal täuschen. Selbst Hochleistungscomputer spuckten fehlerhafte Ergebnisse aus, wenn die Eingaben nicht stimmten. Wenn ihre Informationen über die *Virago*, ihre Ausrüstung und die Crew nun nicht nur lückenhaft gewesen waren, sondern falsch?

Oder hatten sie durch die Notoperation zu viel Zeit verloren? War bereits jemand von der *Virago* vor Ort gewesen, waren Morbus und Eddie in einen Hinterhalt geraten? Oder waren die Aliens, die Morbus Lucies nannte, irgendwo aufgetaucht, hatten sie vielleicht zum Rückzug in eine Höhle gezwungen, in der sie per JUST nicht erreichbar waren?

Je länger er nachdachte, desto sicherer war er, dass sie

in Schwierigkeiten steckten. Aber er saß hier fest. Nicht nur wegen Nelly, sondern auch weil er nicht wusste, was los war.

Ihm kam eine Idee, an der er sich festklammerte wie ein Ertrinkender: Vielleicht stimmte auch etwas mit der improvisierten Anlage nicht, die Eddie gebaut hatte, um ihnen in der Höhle per Alarmsignal zu melden, wenn Funksignale eintrafen. Möglicherweise hatte er einen Notruf verpasst, als er sich gerade um Nelly kümmerte. Arris beschloss, die Anlage zu überprüfen, verließ die Höhle und lauschte sorgsam nach drinnen, während er sendete.

Es piepste vernehmlich und gleich doppelt, als gäbe es ein Echo. Er ging wieder zurück, blieb aber beim Eingang stehen, drehte sich um und starrte über die weite Ebene in die Richtung, in der Morbus und Eddie verschwunden waren. Seine hellen Augen waren weit geöffnet, die Pupillen winzig wie Nadelstiche. Der Puls beschleunigte sich, als absolvierte er ein zunehmend anspruchsvolles Training.

Es war ein unangenehmer Zufall, dass sein Test zeitlich fast exakt damit zusammenfiel, dass einer der Werte des Wesens im Kokon die kritische Grenze überschritt. Hätte sich Arris genähert und einen Blick auf die Anzeige geworfen, dann hätte er gesehen, dass das Hirn der Lucie angefangen hatte, wie wild zu feuern. Im Detailscan hätte es sogar schön ausgesehen – ein Feuerwerk aus neuronalen Impulsen. Aber er hatte dazu keinen Anlass, und Morbus hatte das Warnsignal so eingestellt, dass es nur einmal piepte, deutlich genug, aber danach verstummte es wieder.

Hilflos starrte Arris Nelly an. Wegen Nelly hierbleiben. Wegen des Aliens hierbleiben. Wegen Morbus und Eddie fort. Aber wohin?

Er war allein. Das war etwas, das ihm nicht guttat. Wenn er allein war, geriet er manchmal in eine Gedankenschleife.

Nelly hatte das gewusst, aber Nelly lag reglos auf dem Höhlenboden, ganz still seit dem Beben, obwohl sich ihre Brust noch immer hob und senkte, sehr schwach.

Nelly in der Höhle. Morbus und Eddie dort draußen. Das Alien in seinem Kokon. Kein Wort von Morbus und Eddie. Was war mit Nox?

Ohne es zu bemerken, lief Arris von Nelly zum Eingang, wieder zurück, wieder zu Nelly, wieder nach vorn, spiegelte in seinen Bewegungen die Gedanken, die zunehmend ruhelos kreisten, weil er zu keiner Lösung kam. Nelly, Morbus, Alien, Eddie, was tun, was tun? Hierbleiben sollte er, hierbleiben musste er, aber wenn sie Hilfe brauchten, musste er fort und ihnen helfen. Außer ihm war niemand mehr da, der helfen konnte.

Hinten in der Höhle regte sich unbemerkt etwas im Kokon. Normalerweise wäre ihm das Geräusch nicht entgangen. Er hörte es durchaus, seine Ohren registrierten es, aber seine Kapazitäten waren ausgelastet. Die Information, dass er ein Geräusch gehört hatte, geriet ganz nach hinten in die Warteschleife der Informationen, die es zu sortieren galt.

Unfähig, eine Entscheidung zu treffen, lief er ein Stück in den jungen, grellen Tag hinaus und starrte in die Sonne, dann in die Richtung, aus der er den Jeep und die anderen zurückerwartete. In seinem Gehirn schaltete sich aufgrund der hohen Konzentration von Stresshormonen ein kleines Implantat zu und mühte sich ab, ihn bei der Suche nach einer optimalen Lösung für sein Problem zu unterstützen.

Im Normalfall war es hilfreich, aber wenn es um moralische Entscheidungen ging, war es so hilflos wie Arris selbst.

Das Implantat machte es schlimmer. Er zitterte vor Anspannung, wusste nur, dass er nicht gehen durfte und dass er gehen musste und dass ihm niemand sagte, was zu tun war, weder Nelly noch das Implantat noch irgendwer sonst. Kein Funkspruch, niemand weit und breit.

Es ist, als ob das ganze System abstürzt, hatte Nelly einmal ratlos zum Sergeant gesagt, als sie nach seinem ersten Shutdown über ihn sprachen. *Was soll man denn da machen?* Arris hatte es gehört, aber nicht weiter darüber nachgedacht, vor allem, weil ihm die Antwort des Sergeants einleuchtend vorgekommen war: *Gib ihm einfach klare Anweisungen.* Das klappte normalerweise wunderbar. In diesem Moment hätte er sich bereitwillig ein Bein für eine klare Anweisung abgehackt, jedenfalls wenn ihm vertraglich eine hochwertige Nachzüchtung oder ein kybernetischer Ersatz zugesichert worden wäre.

Er blieb über Nelly stehen und starrte auf sie hinunter. Sie regte sich nicht.

Er ist echt nicht das schärfste Messer im Schrank, hörte er Morbus seufzen, einige Tage nach ihrer ersten gemeinsamen Mission.

Nox antwortete: *Wenn du in solchen Begriffen sprechen willst, mach es wenigstens richtig – er ist gar kein Messer. Vielleicht ein Plastiklöffel, wenn's hochkommt.* Auch das hatte er gehört. Er hörte alles. Er legte keinen Wert darauf, ein scharfes Messer zu sein. Er hätte lieber jemanden gehabt, der ihm jetzt sagte, was er tun sollte. Aber da war niemand. Niemand. Niemand.

Aus dem hinteren Teil der Höhle drang ein Scharren. Der Kokon bewegte sich.

Von der Anstrengung des ergebnislosen Denkens stieg Arris' Puls auf das Doppelte der Ruhefrequenz. Kleine Drüsen entlang seiner Wirbelsäule interpretierten es in Kombination mit den Stresshormonen als Kampfbereitschaft und leiteten eine Extraportion Adrenalin und anderes Zeug in sein Blut, es war, als ergieße sich flüssiges Feuer durch seine Adern und schrie ihn an: Tu was! Tu was! TU WAS!

Aber *was* er tun sollte, das sagte es nicht.

»Nelly«, stieß Arris hervor, wartete auf Antwort, bekam keine, ging nach draußen und aktivierte das JUST. »Morbus«, sprach er hinein, sein Atem kitzelte heiß und trocken an seinem Handgelenk. »Bitte kommen. Morbus, bitte kommen. Over.«

Nichts. Die Sonne brannte auf seinem Gesicht. Als er sich umwandte, war die Bewegung so schnell, dass es einem unbeteiligten Beobachter vorgekommen wäre, als sähe er eine Gestalt, die im Zeitraffer in eine ganz normale Umgebung hineingeschnitten worden war.

Nelly. Still, reglos. »Nelly«, sagte er. »Nelly.«

Keine Antwort.

Er marschierte wieder nach draußen.

Hinten in der Höhle schnitten scharfe Krallen von innen durch die feinporige Membran, die das Alien umgab. Dunkler Schleim quoll heraus, mittendrin eine schmale Schnauze mit verklebten Nüstern. Arris' Sinne registrierten das Geräusch, die Bewegung, die Bedrohung, und sendeten die Informationen mit übermenschlicher Geschwindigkeit und Präzision weiter. In der Schaltzentrale gab sein überfordertes Hirn ihnen eine Nummer und hieß sie im Wartezimmer Platz nehmen.

Er raste nach draußen, die Schritte jetzt so stark beschleunigt, dass es aussah, als würde er rennen. »Morbus«, sendete er. »Bitte kommen.«

Als er wieder hineinkam, war das Alien aus dem Kokon geglitscht und kämpfte sich auf die Beine. Es war benommen, aber seine erwachenden Sinne suchten die Umgebung bereits hungrig nach Informationen über sein Rudel und seine Beute ab. Zwei Silben drangen an Sinnesorgane, die nicht ganz exakt den Zweck von Ohren erfüllten, Silben, die ihm nichts sagten, Laute, die keinen seiner Instinkte ansprachen: *nel-ly*.

Dann: Erschütterungen. Kleine Erschütterungen, nicht die schweren und rhythmischen, auf die es gewartet hatte. Aber da war etwas, das nicht Artgenosse war, es entfernte sich. Und da war noch etwas anderes, das nicht Artgenosse war, es lag reglos auf dem Boden.

Was lebte, war Artgenosse oder Beute. Beides, das, was sich bewegte und das, was still dalag, war nicht Artgenosse. Also war es Beute.

Wenn Arris gewusst hätte, wie komplikationslos Entscheidungen in dem primitiven Gehirn des Wesens getroffen wurden, das Morbus Lucie getauft hatte, wäre er vor Neid tot umgefallen. Auch der kurze Konflikt, ob es die sich bewegende Beute sein sollte oder die, die still am Boden lag, war rasch entschieden. Die Beute, die sich noch bewegte, war klein und zu bewältigen. Was am Boden lag, konnte nicht mehr wegrennen, konnte also warten. Noch nicht ganz im Vollbesitz seiner Kräfte, taumelte der frisch geschlüpfte Jäger auf Arris zu.

19

»Dass Sie ausgerechnet zu mir kommen – wissen Sie, ich habe seit meinem vierzehnten Geburtstag nichts mehr von meinem Bruder gehört oder gesehen. Er hat sämtliche Familienfeiern gemieden. Selbst als ich geheiratet habe, hat er nur auf der Karte von Wolf mit unterschrieben, und das war's. Nicht vorbeigekommen, nicht angerufen, keine persönliche Zeile. Die Geburt unseres ersten Kindes: keine Reaktion. Beim zweiten haben wir schon gar nicht mehr damit gerechnet. Wir waren immer sehr unterschiedlich, vermutlich lag es daran. Aber ich hätte mir mehr gewünscht. Mehr Interesse, mehr Anwesenheit, mehr – irgendwas. Im Grunde haben wir uns nie richtig kennengelernt. Ich habe keine Ahnung, wer Peter eigentlich wirklich ist, ich weiß nur, wo er in den ersten siebzehn Jahren seines Lebens gewohnt hat. Und ich verstehe es nicht. Ich verstehe es einfach nicht. Mit Wolf ...

Ja, Wolf. Unser Cousin. Mit dem hatte er immer viel zu tun, die beiden waren unzertrennlich. Wolf ist ja wenigstens ab und zu noch mal aufgetaucht. Hat meine Tante angerufen, hat zu allen Geburtstagen aus dem engeren Familienkreis wenigstens Glückwünsche gesendet, kurz und knapp, aber immer pünktlich. Aber seit 3042 kam da auch nichts mehr. Jetzt sind sie beide wie von jeder Sternenkarte verschwunden. Vielleicht gibt es so etwas einfach in manchen Familien – Menschen, die nicht dazupassen. Menschen, die dann einfach verschwinden und sich eine neue Familie suchen, die besser zu ihnen passt. Ich habe eigentlich gar keine Lust mehr, darüber nachzudenken. Das Thema hat sich erledigt. Und vermutlich hat meine Frau recht – es ist besser so. Manche Menschen bringen nichts als Unruhe ins Leben, und ich glaube, für die Kinder wäre Peter sicher kein guter Einfluss gewesen. Er wollte immer irgendwas, das er gar nicht benennen konnte. War immer unzufrieden, immer im Kopf ganz weit fort. Als ob es da draußen irgendwas gäbe, das nicht irgendwann auch zum Alltag wird. Meine Tante hat mal gesagt, da muss er sechzehn gewesen sein, kurz bevor er abgehauen ist: Der Peter, der stirbt jung, das ist so einer, der wird nicht alt. Konnte sie ja nicht wissen, dass er ihren Wolf mitnehmen würde.«

Dariel Bender, Business Consulting und Medien FoxStar, *3054 (Erdzeit)*

Datum: 27. Juli 3042
System: unbekannt
Planet: unbekannt
Ort: Wrack des Raumfrachters *Virago*

Stockdunkel. Es war stockdunkel, nicht einmal die Notbeleuchtung war angesprungen. Eine Stimme drang an Wolfs Ohr, die von Nova, sie flüsterte, als lauerte in der Dunkelheit etwas, das sie besser nicht bemerkte: »*Irgendwer?*«

Das ergab keinen Sinn. Er griff in seine Hosentasche, seine Fingerspitzen trafen auf eine Plastikdose. Sie hatte fünf Kammern, er strich über die kleinen Deckel, fand den mit einer kleinen Kerbe markierten und zählte ab. Eins: Painkiller. Zwei: Flashbeans. Ein blöder Name, aber es waren keine frei erhältlichen Medikamente, sondern streng genommen illegale Drogen, und die hießen oft so dämlich, dass man ihre Erfinder verdächtigen musste, sie zu umfassend am eigenen Leib getestet zu haben.

Er öffnete das Fach und nahm zwei von den Dingern heraus. Es dauerte ewig, bis sie wirkten, wenn man sie schluckte, also brach er sie nacheinander auf, fummelte im Dunkeln das kleine Röhrchen heraus, das er stets bei sich trug, und zog das Pulver durch die Nase.

Kitzelnd stieg Wärme sein Rückgrat hinauf, suchte sich einen Weg in den Kopf, und dann kehrte Ruhe in seinen Verstand ein, während zugleich höchste Betriebsbereitschaft in seinen Nervenbahnen sang. Es war, als säße er mitten im hektischen Betrieb einer Stadt und versuche von dort aus einen Katastropheneinsatz zu koordinieren. Die Flashbeans waren ein Helikopter, mit dem er in die Höhe stieg, so dass sich die Stadt in eine übersichtliche Landkarte verwandelte und er präzise Kommandos geben konnte. Nicht mehr, aber auch nicht weniger. Er tastete nach der Vega, die er stets am Gürtel trug. »Nova?«

»Wolf?«

»Ganz ruhig. Bist du verletzt?«

Neben ihm stöhnte Toro, dass der Boden erzitterte. Rasch schob Wolf die Vega über die Augen und stellte fest, dass es kein Restlicht gab, das sie verstärken konnte. Also schaltete er auf Infrarot um und tauchte in eine Welt aus grünen und blauen Umrissen ein, in der Gesichter und Hände hell erglühten. Toro, der mal wieder mit freiem Oberkörper unterwegs war, als wäre der Anblick seiner vernarbten, absurd muskulösen Brust Freude und Geschenk für die Welt, lag wie ein großer roter, gelber und weißer Fels auf dem Boden, offenbar war der Stuhl bei dieser Belastung doch unter ihm zusammengebrochen.

»Was ist passiert?« Dass Nova noch immer flüsterte, machte ihn irre. Er rappelte sich auf und sah zu seiner großen Erleichterung, wie sich Argons Hand bewegte.

»Mann!«, stieß Toro aus. »Mann!«

»Hast du die Kassette noch?«, fragte Wolf.

»Bist du noch ganz ...«, jaulte Nova auf.

»Schscht.« Argon legte eine Hand auf ihren Arm, sie zuckte erschrocken zusammen, hielt dann aber still. Argon hatte keine Nachtsichtbrille, aber er hatte sich die Augen modifizieren lassen – nicht ersetzen, sondern modifizieren, und vermutlich sah er nicht annähernd so klar wie Wolf, aber immerhin gänzlich ohne Hilfsmittel. »Bist du verletzt, Nova?«

Ihre leuchtenden Hände glitten über das gedämpfte Blau und Grün ihrer Kleidung, als sie nachfühlte, als traue sie ihrer Empfindung nicht. »Ich glaube nicht.«

»Gut. Wolf?«

»Alles okay«, sagte Wolf. Dass seine Zähne schmerzten wie verrückt, fiel nicht ins Gewicht.

»Toro?«

»Ich hab ein Stück Stuhl im Arsch.«

»Was?«

»Lach nicht. Der Stuhl ist zerbrochen. Und mir steckt was davon in der Arschbacke. Das tut arschweh. Und das Wortspiel war jetzt ein Versehen. Mann, was für eine Scheiße!«

Niemand lachte. »Wolf, kümmere dich um ihn. Nova, du kommst mit ins Cockpit.«

Abmarsch Argon und Nova, Letztere von ihm geführt wie eine Blinde, was sie ja in diesem Moment faktisch auch war. Wolf stiefelte zu der Klappe in der Wand hinüber, in der sie das aus der zerstörten Krankenstation geborgene MedSet verstaut hatten. Einige Handlampen waren auch darin, er schaltete eine davon ein, und Toro zuckte zusammen wie eine riesige geblendete Fledermaus. Schon in der Dämmerung war er nahezu blind, und seine Augen gewöhnten sich schlecht an neue Lichtverhältnisse. Wenn nicht die meisten Betas Probleme mit kybernetischen Modifikationen gehabt hätten, hätte Wolf ihm längst vorgeschlagen, er solle sich die Augen machen lassen.

»Sag doch vorher was«, grollte Toro. Es sah merkwürdig aus, wie er auf dem Boden kauerte.

Wolf hockte sich neben ihm hin und leuchtete die Problemzone an. »Ach du ...«

»Was denn?«, jammerte Toro. »Ist es so schlimm?«

»Ich hab noch nie jemanden gesehen, der drei Liter Blut aus dem Arsch verloren hat.« Ganz unauffällig hielt Wolf Ausschau nach der Kassette, dann rief er sich zur Ordnung und konzentrierte sich auf seinen Patienten. »Kannst du dich auf den Bauch drehen?«

»Ich geb dir gleich mal was auf den Bauch!«, brüllte Toro ihn an. »Ich bewege mich genau *gar* nicht! Hol das da raus!«

»Ich wusste nicht, dass Multiplast splittern kann«, staunte Wolf und rollte das MedSet aus. »Ich geb dir erst mal was gegen die Schmerz ...«

»Hol das da raus!«, röhrte Toro. »Mach schon!«

»Du hast die halbe Sitzfläche im Hintern. Das sieht wirklich böse aus.«

»Jajaja, der Stuhl ist im Arsch. Hahaha. Jetzt mach schon.«

»Nicht witzig. Das ist eine ernste Verletzung.«

»Sehr witzig.«

»Nein, eben nicht. Hörst du, was ich sage?« Aus der kleinen Plastikdose in seiner Tasche schüttete Wolf drei Painkiller, nach kurzem Überlegen einen vierten, und reichte sie Toro. Der Patch-Wahn moderner Feldmedizin ging ihm auf die Nerven, alles war zum Kleben oder Sprühen, es gab kaum etwas Unpraktischeres, wenn man es oft mit behaarten Betas zu tun hatte. »Runter damit.«

Toros Augen waren misstrauisch geweitet, trotzdem versuchte er die Kapseln von Wolfs Handfläche zu klauben, die gegen seine Pranke mikroskopisch klein wirkten, und erwischte die ganze Hand.

»Mund auf«, seufzte Wolf.

Gehorsam streckte Toro eine große, flache Zunge heraus und zog sie mitsamt Tabletten wieder ein.

»Sind sie runter? Oder brauchst du Wasser?«

»Wasser wäre gut.«

Eilig holte Wolf aus der Küche eine Flasche, hatte eine befremdliche Begegnung mit Tina, kehrte zurück und flößte Toro etwas Wasser ein. Dann zückte er den MedScanner.

»Sieht es echt so schlimm aus?«, fragte Toro kleinlaut.

Mit gerunzelter Stirn wartete Wolf auf das Ergebnis. »Nicht gut jedenfalls.«

»Was heißt das?«

»Das heißt, ich brauche Argon oder Nova hier. Wer wäre dir lieber?«

»Was ist mit Tina?«

»Die ist gerade beschäftigt.«

»Hä?«

»Sie sitzt in der Küche und fragt die Ladestation für die Drohnen, was sie beruflich macht. Der Rumms hat ihr nicht gutgetan. Echt nicht. Die willst du gerade nicht an deinen Arsch lassen. Also – Argon oder Nova?«

Toro blinzelte ins helle Licht. Wolf drehte den Strahl etwas beiseite.

»Ist es richtig schlimm?«, fragte Toro. »Es tut jetzt eigentlich überhaupt nicht mehr weh.«

»Deine linke Arschbacke ist bis zum Knochen in zwei Hälften geschnitten, und wenn ich das Zeug rausziehe, müssen wir schnell arbeiten, um den Blutverlust in Grenzen zu halten. Argon oder Nova?«

»Kann ich daran sterben?«, fragte Toro. »Sagst du mir gerade, ich könnte daran sterben, einen Scheißstuhl im Arsch zu haben?«

»Nova also«, erwiderte Wolf und aktivierte sein JUST.

»Argon!« Toro griff nach seinem Handgelenk und brach ihm beinahe den Arm in seiner Hast. »Bist du bescheuert? Nova? Ich will doch nicht, dass *Nova* ...«

»Ach komm, ist doch auch egal.« Wolf befreite seine Hand und bat Nova, zurückzukommen, während er rasch die erforderlichen Utensilien aus dem MedSet holte. Am liebsten hätte er Toro auf den Tisch geschafft, aber er musste schon froh sein, wenn er sich auf den Bauch wälzen konnte; auf den Tisch bekamen sie ihn ohne Flaschenzug oder Gabelstapler sicher nicht. »Halt still«, sagte er und zog sein Messer, um die Kleidungsreste von Toros Hintern zu schneiden. »Sei tapfer. Für mich ist das auch nicht schön.«

»Ich könnte echt kotzen«, sagte Eddie. »Matratzen. Bettgestelle. Tonnenweise verdammte Steine, von denen wir nicht wissen, was daran so toll sein soll. Bildschirme. Eingelagerte *Zimmerpflanzen*, die kein Licht brauchen! Eine ganze Kiste mit Datensätzen, eine andere mit Scheißkloschüsseln! Kabel. Und verfickte Nährriegel. Und was haben wir nicht?«

»Jaja«, erwiderte Morbus begütigend und stieg vor Eddie den Fahrstuhlschacht hoch.

»Du hast das irgendwie angezettelt«, warf ihm Eddie von unten vor, seine Stimme hallte im engen Schacht. »Ich weiß, das ist Blödsinn, aber weißt du, was das für ein Gefühl ist, wenn du sagst, uns fehlt für die Kommunikationsanlage ein wichtiges Teil, *und dann fehlt das auch?* Ich könnte dir derart eine reinhauen, ich fasse nicht, dass ich's noch nicht getan hab!«

»Mit ein bisschen Glück haben sie es ja tatsächlich auf der *Virago*. Wenn alles wahr wird, was ich behaupte ...«

»*Das* würde sicher *niemand* im gesamten Universum behaupten! Und was sollten sie auf der *Virago* wohl mit einem Signaltransformator, der auf die feste Installation angelegt und angewiesen ist, hm? Wenn sie so einen dahaben, dann scheiße ich ab jetzt Goldbarren.« Wie wütend Eddie war, hörte man deutlich daran, wie er die Stiefel mit Stahlkappe und verstärkter Sohle auf die Sprossen knallte, es klang, als schlage er mit einer Spitzhacke darauf ein.

»Vielleicht haben sie einen irgendwo im Lager. Nicht in

Gebrauch, sondern für den Verkauf. Es sah mir danach aus, als hätten sie nahezu jeden Scheiß dabei, den man irgendwie zu Geld machen kann. Vielleicht ...«

»Bitte.«

»Was?« Morbus kletterte aus dem Schacht und wartete im Gang auf Eddie, der ihn nicht ansah, als er auftauchte.

»Bitte halt die Schnauze.«

»Bitte?«

»Ja. Bitte.«

»Okay«, sagte Morbus, schloss den Mund und öffnete ihn erst wieder, als er ganz oben im leeren Lager stand und die *Virago* anfunkte. Er versuchte es mehrfach, aber er bekam keine Verbindung. Schließlich gab er es auf und versuchte es mit Arris.

Es war die falsche Tageszeit. Das wusste der gerade geschlüpfte Jäger nicht, aber er verspürte Unbehagen. Es war warm, es war zu hell, und außerdem war er allein. Deshalb bewegte er sich mit ein wenig Vorsicht. Er verfügte über Nüstern zum Atmen, aber nicht über Riechzellen, deshalb kann man nicht behaupten, er hätte die Lage erst einmal beschnuppert, aber tatsächlich hielt er einen ganz kurzen Augenblick inne.

In diesem Augenblick piepste der Alarm.

Wie erstarrt blieb Arris stehen. Dieses Geräusch drang zu ihm durch. Es war wie eine Anweisung, und ihn überflutete Erleichterung. »Morbus«, sagte er und beschleunigte auf dem Weg nach draußen erheblich.

Hinter ihm kreischte der Jäger auf, es war ein greller, entsetzlicher Laut, der der Beute das Blut in den Adern erstarren lassen und sie in blinde Panik versetzen sollte.

Da Arris den Laut, der kein Befehl war, einfach ausfilterte, verfehlte er seine Wirkung gänzlich. Aber er war ihm auch keine Warnung vor dem Angreifer in seinem Rücken, und er würde nie erfahren, wie knapp es gewesen war. Der Jäger sprang, Arris trat ins gleißende Sonnenlicht hinaus, und der Jäger prallte zurück, kaum drei Zentimeter davon entfernt, Zähne und Krallen in das Fleisch seiner Beute zu schlagen. Aber das direkte Sonnenlicht traf ihn wie ein Fausthieb, er stürzte, rappelte sich hektisch auf, zog sich zischend zurück. Dunkelgrau verfärbte Flecken zeichneten nach, wo ihn das Sonnenlicht berührt und die empfindliche Haut verbrannt hatte.

»Morbus«, sagte Arris draußen.

»Arris«, hörte er, »tut mir leid, dass ich mich jetzt erst melde. Ist bei euch alles in Ordnung?«

»Was soll ich tun?«, fragte Arris. Ihm war nicht bewusst, wie mechanisch er klang, es war die einzige Frage, die ihn beschäftigte, und auch wenn er nicht registrierte, dass er das übliche Over vergaß, registrierte Morbus es sehr wohl und schloss daraus richtig, dass Arris völlig am Ende war.

Kurze Stille. »Wie geht es denn Nelly?«, fragte Morbus leise.

Und das war der Augenblick, als in Arris' Gehirn alle Nummern, die an die wartenden Informationen verteilt worden waren, zugleich aufgerufen wurden. Wie vom Schlag getroffen stand er da, unfähig, sich zu rühren. *Knistern Rascheln Krallen und Zähne zerreißen eine Membran klickende Schritte unregelmäßige Schritte unsicher Krallen auf Stein die Lucie ist wach sie ist aus dem Kokon herausgekrochen rasches Klicken im Rücken sie greift mich an grelles Krei-*

301

schen Sonnenlicht Ruhe hinter mir es ist nichts passiert die
Lucie ist dort drinnen sie ...

»Arris? Wie geht es Nelly? Lebt sie noch?«

... ist allein mit Nelly. Lucie. Nelly.

Wortlos packte Arris die *Viper*, fuhr herum und stürzte in die Höhle.

»Arris?«, fragte Morbus einige Kilometer entfernt besorgt. »Arris?«

20

Datum: 27. Juli 3042
System: unbekannt
Planet: unbekannt
Ort: Wrack des Raumfrachters *Virago*

Egal, was er tat, sie bekamen keinen Strom. Die Leitungen zwischen dem obersten Deck und dem Reaktor mussten vollständig gekappt sein. Bald gab Argon es auf und beschloss, es mit dem Notstrom zu versuchen, der aus einem eigenen Generator im kleinen Maschinenraum gespeist wurde; mit ein bisschen Glück hatte es nur einen Kurzschluss gegeben, dessen Folgen sich beheben ließen.

Als er das Cockpit im Schein der kleinen Lampe verließ, die er auf die *Finch* geschraubt hatte, rang er mühsam den Gedanken nieder, dass er nie wieder hierher zurückkehren würde. Das war's. Die Illusion, dass sie die *Virago* wieder hinbekommen könnten, dass sie je wieder fliegen und den Orbit dieses Planeten verlassen würde, hatte sich irgendwie halten lassen, als das Bordsystem noch halbwegs lief, aber jetzt war es ganz offiziell, mit Totenschein und allem Drum und Dran – sein Schiff war nicht mehr.

In der *Cantina* fand er Wolf und Nova bei kompromittierender Beschäftigung mit Toros Hinterteil vor.

»Wie sieht's aus?«

»Wird«, erwiderte Wolf knapp. »Haben die Splitter raus, Blutverlust geht.«

»Sehr ernst?«

»Ernster, als es vielleicht aussieht. Das Schiff?«

»Ist tot«, sagte Nova leise. »Spürst du das denn nicht?«

Wolf hatte keine Zeit, um aufzuschauen und einen vielsagenden Blick mit Argon zu wechseln, er nähte. Seine Vorliebe für antiquierte Behandlungsmethoden machte ihn nicht gerade beliebt bei Patienten, aber immerhin verbuchte er bessere Erfolge als Argon oder gar Toro.

Argon ließ den Lichtstrahl etwas wandern und entdeckte die Kassette nah beim Durchgang zur Tür. Als er sie aufhob, drang aus der Küche eine leise, sanfte Stimme an sein Ohr. Er schaute um die Ecke, betrachtete Tina eine Weile und kehrte zu den anderen zurück.

»Ich kriege sie wieder hin.« Nova stand auf, vermied aber seinen Blick.

»Mir wäre es lieber, wenn du den Strom wieder hinbekommen würdest. Aber ...«

»Da ist nichts mehr.« Ohne aufzuschauen, trat Nova zur Wand und legte eine Hand darauf. »Da ist gar nichts mehr.« Sie schlug dagegen. »Herzstillstand. Gehirntod. Aus. Da ist nichts mehr, die *Virago* ist vollkommen tot. Spürt ihr das denn wirklich nicht?«

»Ich brauche dich dann auch nicht mehr«, brummte Wolf. »Geh nur. Und frag bloß nicht vorher.«

Argon wandte sich zum Gehen. »Ich versuche den Notstrom wieder anzuwerfen. Momentan bekommen wir nicht mal die dämliche Abdeckung über dem Cockpit hoch.«

»Allein?«, fragte Nova.

»Falls einer der Cetaner noch lebt, kann ich den ja mitnehmen.«

»Ich bin hier noch eine Weile beschäftigt«, bemerkte Wolf. »Aber nur mal so als unverbindliche Anmerkung – halte doch erst mal bei Quartier zwei die Nase raus und schau nach, wie es draußen aussieht. Ich habe da so einen unangenehmen Verdacht.«

»Und der lautet?«

»Wir sind eingebrochen. Erdspalte, Hohlräume unter uns, irgendwas.«

»Hab ich auch schon dran gedacht«, gab Argon zu. »Du weißt, was das hieße, richtig?«

»Dass wir hier rausmüssen.«

»Exakt.«

Wolf zog eine Grimasse. »Und dass wir nur hoffen können, dass deine Freunde da draußen uns in die Anlage lassen.«

»Mach, so schnell es geht, ich brauche dich. Wie bald ist Toro wieder einsatzfähig?«

Im unvorteilhaften Schein der aufgestellten Lampe und des Lichts auf dem kurzen, stumpfen Lauf der *Finch* sah Wolf fremd aus und zehn Jahre älter. »Painkiller, jede Menge Drogen, fester Verband: im alleräußersten Notfall in einer halben Stunde, aber nicht zu seinem Vorteil. Am besten wären ein paar Tage Ruhe.«

»Witzig.«

»Ich sag's ja nur.«

»Bring ihn auf die Beine. Nova, schau im Cockpit nach, ob

nicht doch noch irgendwas zu machen ist. Ich bringe in Erfahrung, was da draußen los ist, und dann kümmern wir uns um die Passagiere und den Notstrom. Oder«, er seufzte, »vielleicht besser gleich darum zu packen.«

Es fraß.

Arris prallte zurück. Es war ein Anblick wie aus einem Albtraum. Die dämmrige Höhle, der Frosch mittendrin, ein Stück daneben die reglose Nelly auf dem Boden. Und auf ihr, in ihr, die Schnauze in ihren Eingeweiden vergraben: ein blassgraues Geschöpf von der Größe eines wirklich großen Hundes.

Vielleicht gab er ein Geräusch von sich. Vielleicht wurde es auch anders auf ihn aufmerksam. Es hob den Kopf, die Bewegung war grässlich ruckartig und zugleich flüssig. Die Augen waren vollständig weiß. Es zischte. Und dann, übergangslos, griff es an.

Arris zuckte nicht mit der Wimper, er feuerte, noch bevor das Vieh richtig zum Sprung angesetzt hatte. Der Schuss traf den langen, schmalen Schädel und zerschmetterte einige der Zähne, Arris registrierte die angerichteten Schäden präzise, obwohl es so schnell ging, dass Morbus oder Eddie gar nicht richtig gesehen hätten, was geschah. Sein Gegner flog ein Stück zurück, und noch bevor er landete, saß der zweite Treffer, der dritte, der vierte. Dann hielt Arris inne und wartete, es war möglich, dass es reichte.

Munition sparen, hallte eine nachdrückliche Stimme durch seinen Hinterkopf, vielleicht war es die von Morbus, vielleicht gehörte sie aber auch dem Sergeant, Nelly oder sogar einem der drei Implantate in seinem Hirn, er wusste es nicht.

Der Gegner rappelte sich auf. Taumelte. Arris wartete. Mit hellwachen Sinnen registrierte er alles rundum – die Wärme, die durch den Eingang in seinem Rücken hereinsickerte, den scharfen Geruch von Blut, den der Verwesung, von dem er nie gewusst hatte, weshalb man sagte, er sei süßlich, er empfand ihn als bitter und herb. Er roch auch das Alien – die Lucie. Ihren leicht modrigen Geruch, die Klebrigkeit des zähen dunklen Bluts. Und ihre Wut.

Ihr Kreischen gellte in seinen Ohren, das schwache Echo von Schmerz vibrierte in den hochempfindlichen künstlichen Trommelfellen. Tatsächlich, sie kam wieder auf die Beine. Vier Treffer in den Schädel, und sie blieb nicht liegen. Morbus hatte recht gehabt, es hielt sie auf, aber es konnte keine Rede davon sein, dass ein Volltreffer sie augenblicklich stoppte. Sie taumelte auf ihn zu, er wartete ab, betrachtete sie über den Lauf der *Viper*, sah die Schwäche in ihren Bewegungen, nahm wahr, dass sie fast unmerklich langsamer wurde. Eins der Implantate im Hirn stellte Berechnungen an und gab Entwarnung. Hätte etwas davon abgegangen, hätte er sich anderen Problemen zugewandt, aber es gab keine anderen Probleme, und er ließ die *Viper* auf sie ausgerichtet.

Die Lucie schaffte noch ein Stück.

Zwei Meter vor ihm brach sie zusammen. Die Augen standen offen, die weißen Augäpfel bewegten sich. Ohne irgendeine Regung in der Mimik steckte Arris die *Viper* weg und zog eins der Kampfmesser, die an seinen Oberschenkeln festgeschnallt waren, überbrückte den kurzen Abstand mit zwei raschen Schritten und brachte die Sache zu Ende. Das Risiko war wohlkalkuliert und die gesparte Munition wert. Die Lucie zuckte, spuckte und starb.

Erstaunt sah Arris auf sie hinunter. Auch wenn es recht beeindruckend war, dass sie trotz der vier Treffer weitergelaufen war, er hatte mehr erwartet. *Viel Lärm um nichts*, dachte er. Dann nahm er das Piepsen des Alarms wahr und wusste, dass Morbus ihn anfunkte, aber er ging nicht nach draußen, sondern zu Nelly. Um Abschied zu nehmen. Um kurz die Hand an ihre Wange zu legen und der schwindenden Wärme nachzufühlen. Um die heruntergewühlte Isolierdecke über sie zu ziehen, über die Schienen, den offenen Bauch, ihr Gesicht. Aber dann tat er es doch nicht.

Ihre Augen waren offen. Sie schaute ihn an.

Er starrte zurück. Sah, wie sich die Nickhäute kurz und reflexhaft über den gelben Augen schlossen. Sein Blick wanderte nach unten. Es sah schlimm aus. Kaum vorstellbar, dass diejenige, der dieser Bauch gehörte, noch am Leben war.

Als sein Blick zu ihrem Gesicht zurückkehrte, schaute sie ihn noch immer an. Er schluckte die Übelkeit hinunter. »Was soll ich tun?«, fragte er sie.

Schweigen. In ihrem Gesicht erkannte er keinen Ausdruck, keinen Schmerz, keine Angst, aber auch keine Bitte. Gar nichts. Es war reptilisch und leer. Nelly hatte nie viel Mimik gezeigt, dafür immer direkt und ohne Umschweife gesagt, was sie wollte, was los war, was man tun sollte. Nun schwieg sie.

»Was soll ich tun?«, fragte er. »Hast du Schmerzen?«

Nichts.

»Soll ich dich zu Morbus bringen? Vielleicht bekommt er dich wieder hin.« Ihm graute bei der Vorstellung, diese Bauchwunde provisorisch verschließen zu müssen, und sie in den Wagen zu bekommen, wäre selbst für ihn keine leichte Aufgabe. Aber wenn sie es wollte, würde er es tun.

Schweigen. Nur der Blick, dieser Blick, in dem nichts lag. Nur Erkennen. Sie erkannte ihn. Oder nicht?

»Weißt du, wer ich bin?«, fragte er.

Noch nie hatte er ihr so lange ins Gesicht geschaut, noch nie war ihm so deutlich aufgefallen, wie selten sie blinzelte. Er sehnte sich nach einem Blinzeln, damit dieser lange Blick unterbrochen wurde; damit er eine Pause hatte. Aber sie blinzelte nicht, und sie schauten einander an, und Arris wünschte sich, er hätte die Lucie später bemerkt, er wünschte sich, Nelly wäre tot, damit er Abschied nehmen und wegfahren konnte.

Der Alarm piepste aufdringlich, unaufhörlich.

»Das ist Morbus«, sagte er. »Ich gehe nach draußen und spreche mit ihm.«

Sie reagierte nicht. Es dauerte lange, bis er sich aus dem hypnotischen Bann ihres leeren Blicks lösen konnte.

Draußen gleißte blau die Sonne, die Luft war fast zu heiß zum Atmen. In seinem Schädel nahe der Nebenhöhlen gab es ein kleines Implantat, das die Atemluft erwärmte, wenn sie zu kalt war. Zu heiße Luft abkühlen konnte es allerdings nicht, und es war, als atme er Feuer. Es gab keinen erreichbaren Schatten, und der dunkle Fels nahm das Sonnenlicht auf und strahlte es verstärkt wieder ab. Die Ebene schien silbrig zu glühen, und mit einem Mal registrierte er, dass auf dem zuvor so schlammigen Boden etwas wuchs. Verwundert wagte er sich einige Meter hinaus in die Hitze, dorthin, wo der Fels endete und die ersten Gebilde wucherten, hockte sich hin und berührte das, was sich wie ein löchriger Teppich aus Millionen ovaler, einen halben

Meter langer Spiegel über die ehemalige Schlammwüste erstreckte.

Es waren Blätter. Steife, spiegelnde Blätter, und als er eins davon anhob, sah er einen dicken Stängel darunter, fast eher einen Stamm, der sich zu zweien dieser Blätter teilte. Die Unterseite schien ihm dunkelgrün zu sein, ganz sicher konnte er es im Licht der blauen Sonne nicht sagen, und er sah bereits die Ansätze für weitere Blätter, die gerade anfingen zu keimen.

»Was ist passiert?«, fragte Morbus ungeduldig in seinem Ohr, und Arris erhob sich. Die Pflanzen waren kaum zehn Zentimeter hoch, aber gestern waren sie noch nicht dagewesen. Er wich vor ihnen zurück.

»Die Lucie hat Nelly angegriffen«, sagte er.

»Himmel«, stieß Morbus aus. »Lebt sie noch?«

»Sie schaut mich an.«

»Was?«

»Sie schaut mich an.«

»Ist sie wach?« Morbus klang ungläubig. »Hat sie etwas gesagt?«

»Sie schaut mich nur an. Sie sagt nichts. Sie blinzelt nicht. Es hat ihr den Bauch wieder aufgerissen. Ich weiß nicht, was ich tun soll.« Ob es die Hitze war oder der Stress, er atmete schneller. Seine Brust schmerzte.

»Aber sie ist bei Bewusstsein, ja? Hat sie Schmerzen?«

»Ich weiß es nicht. Sie schaut mich nur an. Was soll ich tun?«

»Warte kurz.« Damit war er weg.

Arris wartete. Die Hitze schlug auf ihn ein wie eine Faust vom Durchmesser eines Kleinwagens. Sie dörrte ihn aus. Auf seiner Haut klebte ein öliger Schweißfilm, nur unter den Achseln war es trocken. Er wartete und wartete, und endlich, als er fast schon glaubte, er würde hier stehen, bis er starb, hörte er wieder etwas.

»Arris?«

»Ich höre dich.«

»Nimm mal Eddie mit rein. Was ist denn mit deiner Stimme?«

Arris schaltete Eddie mit dazu. »Es ist sehr heiß.«

»Stehst du etwa draußen? Wie viel Grad sind das da gerade?«

Arris rief die Zusatzfunktionen seines JUSTs auf und erfuhr, dass es dreiundsiebzig Grad waren, Luftfeuchtigkeit zweiundachtzig Prozent. Er gab es weiter, und Morbus fluchte.

»Geh rein. Schalte das Signal über Eddies kleine Alarmanlage weiter. Warum hast du das nicht längst getan?«

»Ich bin nicht auf die Idee gekommen«, erwiderte Arris, taumelte zurück zur Höhle, benutzte die Anlage zur Weiterleitung und tauchte in die relative Kühle der Höhle ein. Im ersten Augenblick erschien es ihm kalt, aber laut JUST herrschten auch hier immerhin vierunddreißig Grad.

»Wie geht es Nelly?«

Widerstrebend schaute Arris hin. Die gelben Augen waren auf ihn gerichtet. Als er näher kam, folgte Nellys Blick ihm, ansonsten lag sie vollkommen still.

»Pass auf«, sagte Morbus, »schalte mich mal laut.«

»Sie hört dich.«

Morbus räusperte sich. »Nelly? Arris sagt, du bist bei Bewusstsein, aber du kannst nicht sprechen. Pass auf, wir machen es so: Einmal blinzeln heißt ja, zweimal blinzeln heißt nein. Verstanden? Blinzel einmal, wenn ja.«

Arris hockte sich nieder und starrte Nelly ins Gesicht. Nichts passierte.

»Und?«

»Sie schaut mich an. Sonst nichts.«

»Und«, mischte sich Eddie ein, »du bist sicher, dass sie dich anschaut und nicht einfach nur ihre Augen offen sind? Hat sie noch einen Puls?«

»Ich bin nicht dumm«, sagte Arris gekränkt und fühlte sich elend. Langsam ging er in die Hocke und tastete an Nellys Hals nach dem Puls. Da war er, schwach, unregelmäßig, aber vorhanden.

»Sie hat einen Puls«, sagte er.

»Okay«, sagte Morbus. »Okay.«

»Was soll ich tun?«, fragte Arris und zog die Hand wieder weg.

»Also, es ist so ... wir müssen damit rechnen, dass die Lucies demnächst aufwachen. Wir sind in der Anlage, es sieht ganz gut aus. Eigentlich wäre es am besten, wenn du so schnell wie möglich herkommst, wir wissen nicht, wie lange es noch geht.«

»Und der Bordlaser?«

»Ein Risiko, ja. Aber kein höheres als das, das du eingehst, wenn du dort bleibst.«

Arris nickte. »Und Nelly?«

Morbus schwieg.

»Morbus? Was ist mit Nelly?«

Stille.

Dann Eddie: »Ich nehme euch das übel. Erst schleppt ihr sie mit, und dann darf ich ... egal. Du kannst sie nicht mitnehmen, Arris. Sie wird nicht wieder. Und dalassen, als Fressen für die nächste Lucie, kannst du sie auch nicht.«

»Und was soll ich dann tun?«, fragte Arris schrill. »Wenn beides nicht geht?«

»Tut mir leid, Nelly«, sagte Eddie. »Aber du und ich, wir sind uns einig, was sein muss, richtig? Du wusstest es ja schon, ehe die beiden verdammten Idioten dich mitgeschleift haben. Du musst sie erschießen, Arris. Bring es gottverdammt noch mal zu Ende. Und wenn ich mal in Nellys Situation sein sollte, dann tu es auch für mich, aber bitte, verflucht noch mal, *früher*. Nicht erst, wenn ich schon riechen kann, wie ich mich zersetze.«

»Eddie!«, mahnte Morbus, aber er klang erschöpft.

»Morbus?«, fragte Arris. »Was soll ich tun? Sagst du auch, ich soll …«

Pause.

»Ja«, sagte Morbus dann.

Arris nickte, nahm die *Viper* von der Schulter, entsicherte sie und richtete sie auf Nellys Brust. Sie schaute ihn an. Dann schloss sie die Augen. Er war ganz allein.

Er drückte ab.

21

Datum: 27. Juli 3042
System: unbekannt
Planet: unbekannt
Ort: Wrack des Raumfrachters *Virago*

Jenseits der Tür zu Quartier zwei lag Dunkelheit. Argon leuchtete hinein und sah Gestein. Ein Teil des Bodens war hochgebogen und schien mit dem Fels, an dem die *Virago* entlanggeschrammt war, zu verschmelzen.

Sein Herz schlug langsam und deutlich. So war es also. Die Erde hatte sich aufgetan und sie verschlungen. Vorsichtig prüfte er die Festigkeit des Bodens und betrat die kleine Kammer, die aus Quartier zwei geworden war. Kurz bewunderte er die Verwandlungsfähigkeit. Zuerst Mannschaftsquartier, dann Hochsitz und Plattform für Scharfschützen, jetzt eine kleine, dunkle Kammer mit Wänden aus Stahl und Stein.

Die barbusige Katzen-Beta hing noch immer da und lächelte ihn schief an.

Sorgfältig leuchtete er in alle Winkel und suchte nach einem Ausgang. Es gab keinen. Trotzdem verschloss er die Tür wieder, als er sich zurückzog.

In der *Cantina* nahm Wolf die Information sehr gefasst auf, vermutlich war auch bei ihm die Bereitschaft aufgebraucht, sich über schlechte Nachrichten aufzuregen. Er nickte nur und verabreichte Toro, der noch immer auf dem Boden lag, irgendwelche Pillen, reichte ihm Wasser dazu und verschwand kurz, um eine Hose zu holen, weil Toro darauf bestand.

»Die Wand von Quartier eins ist ein bisschen eingedrückt«, berichtete er, als er zurückkam. »Bei Nova sieht es übrigens auch nicht gut aus. Die *Virago* ist hirntot, sagt sie, wir könnten sie höchstens noch an die Beatmungsmaschine anschließen.«

»Und das heißt?«

»Notstrom. Im besten Fall Notstrom. Mehr wird es nicht geben.«

Stirnrunzelnd sah Argon auf die Uhr. Er hatte sie an die geschätzte Dauer der hiesigen Tage und Nächte angepasst, zweiunddreißig Uhr entsprach Mitternacht. Dunkel wurde es gegen sechsundzwanzig Uhr. Das waren noch gut acht Stunden Tageshitze, oben herrschten vermutlich unbeschreibliche Temperaturen.

»Gut«, sagte er. »Wir schauen nach den Passagieren.«

»Die werden sich sehr über den vorbildlichen Service freuen!«

»Und nach Nox.«

»Hoffen wir denn, dass er noch lebt, oder hoffen wir das nicht?«

»Versuch, ein bisschen nützlich zu sein.«

»Entschuldige. Ich habe gerade Toros Arsch repariert, mir geht's nicht so blendend. Wir schauen nach den Passagieren, ja. Und dann, wie wir hier rauskommen, richtig?« Wolf fuhr sich mit beiden Händen über den kahlen Schädel.

Argon zog eine Grimasse. »Vor Ablauf von sechs Stunden dürfte es nicht sinnvoll sein, den Kopf da oben rauszustrecken. Aber spätestens in sechs Stunden sollten wir einen Weg nach oben gefunden haben und abmarschbereit sein.«

Zum ersten Mal seit sehr langer Zeit sah er Wolf unsicher. »Diese Aliens ... die scheinen nachtaktiv zu sein. Oder?«

Argon sah ihn nachdenklich an. »Wer weiß, vielleicht vertragen sie kein Licht. Wir holen gleich noch ein bisschen Zeug aus dem Lager, wir müssten noch ein paar Blendgranaten dahaben.«

»Wenn ich ehrlich sein soll, mir wären ein paar mehr Laserwaffen lieber. Welche haben wir da – die *Finch* und das Gewehr, oder?«

»Japp, das war's. Egal. Darum kümmern wir uns, wenn es so weit ist. Jetzt erst mal die Passagiere.«

Sie fanden die Cetaner in völliger Auflösung vor. Murray atmete schwer und starrte Argon mit glasigen Augen an, während er pausenlos auf ihn einredete, und der Junge saß stumm in der Ecke, die Augen groß und dunkel im kalten Licht der aufgestellten Lampen. Scar war bei Bewusstsein, sprach aber nicht viel, und Argon gestand sich ein, dass er ihre Existenz bei der Überlegung, zu Fuß rüberzumarschieren, vergessen hatte. Toro und Scar – sie beide waren nicht in der Verfassung für Fußmärsche, auch wenn es nur zwölf Kilometer waren.

Er verließ den improvisierten Operationssaal und schaute nach Nox. Als die Tür nach massiver Gewaltanwendung mit dem Servohandschuh endlich weit genug nachgab, damit er sich hineinquetschen konnte, erwartete er das Schlimmste: ausgerenkte Schultern, abgebissene Zunge, Genickbruch, insgesamt völlige Untauglichkeit als Geisel. Aber Nox schaute ihm entgegen, und fast war Argon erleichtert, als er das spöttische Licht in seinen Augen sah.

»Sind wir eine Etage weiter nach unten gezogen?«, erkundigte sich Nox.

»Mindestens.«

»Und der Strom? Wann wird der wieder angeliefert?«

Argon verschränkte die Arme vor der Brust und betrachtete ihn. »Warum bist du hier?«

Nox schnalzte mit der Zunge. »Weil mich Scar und ihre Waffe darum gebeten haben.«

»Und warum in Wirklichkeit?«

Nox lächelte. »Du hast keine Lust mehr auf Spielchen, hm?«

»Ich hatte noch nie welche.«

»Ein bisschen. Ein bisschen Freude an Spielchen konnte man früher aus dir herauskitzeln. Jetzt nicht mehr. Du bist so empfindlich geworden wie dein sensibles Rindvieh.«

Sein Geschwätz machte Argon müde. »Es ist kein Spiel. Wir haben zwei Verletzte an Bord, keinen Strom, und deine bleichen kleinen Freunde sind auch noch irgendwo auf der Rechnung. Möglich, dass keiner von uns den nächsten Sonnenaufgang erlebt. Ist dir das klar?«

Langsam neigte Nox den Kopf. »Das ist immer möglich.«

»Ich weiß, dass du Scar mit links hättest in Stücke reißen können. Du wolltest an Bord kommen. Warum?«

Nox blinzelte ihn an. »Vielleicht finde ich, dass es genug Tote gegeben hat.«

Argon blinzelte zurück, Nox' Überraschung erfüllte ihn mit heimlicher Genugtuung. »Vielleicht«, erwiderte er. »Auf welcher Frequenz erreiche ich die anderen? Morbus weiß ich, aber wie erreiche ich alle beziehungsweise die, die gerade nicht unter der Erde herumkriechen?«

»Sie kriechen *auch* unter der Erde herum?«, fragte Nox verblüfft. »Warum das denn?«

»Die Frequenz.«

Nox nannte sie ihm.

»Danke.«

»Sehr gern. Falls du mich noch für irgendwas brauchst – du weißt ja, wo du mich findest.«

Flames hatte seit zwei Tagen nichts gegessen. Es machte ihm nichts aus, er war längst über das Stadium hinaus, in dem er auf die regelmäßige Zufuhr von Nahrung angewiesen war. Er musste kaum essen und kaum schlafen, als würde das Feuer, das in ihm brannte, diese weltlichen Bedürfnisse weitgehend ersetzen. Noch lieber stellte er sich jedoch vor, es würde sie aus ihm herausbrennen. Je heller es loderte, je heißer es brannte, desto nachdrücklicher wurde ihm bewusst, dass der Körper, der einmal einem seltsamen, stillen Jungen gehört hatte, ein Gefäß für etwas Größeres war. Dass das Feuer ihn leer brannte, die verbliebene Menschlichkeit zu Asche verkohlen ließ. Er begrüßte das, und manchmal saß er stundenlang da und genoss das Schweigen, das er in sich barg und das ihn an die undurchdringliche Stille des Weltalls denken ließ. Dann schwieg selbst das Feuer. Die meisten wirklich mächtigen Dinge waren still. Das All. Die Ewigkeit. Der Tod.

Kleinigkeiten jedoch kündigten sich oft durch Geräusche an. Irgendwo im Schiff rührte sich etwas.

Still blieb er sitzen und wartete ab. Es war wie ein Kitzeln tief in seinem Gehörgang, kaum ein wirkliches Geräusch, mehr die Ahnung, dass da etwas war.

Reglos lauschend wartete er, dass es klarer wurde, dieses Echo, dieses Wispern, das von Gegenwart kündete, doch dann unterbrach ein hässlicher Laut seine innige Zwiesprache mit dem, was fast noch Stille war: Jemand schob den Riegel der Luke ins oberste Deck auf. Das Metall gab die üblichen Laute von sich, die Metall gern von sich gibt: das grelle Kreischen von Scharnieren, den dumpfen und zugleich hallenden Aufschlag, als die Klappe den Boden oder die Wand traf. Stimmen. Schritte auf der Leiter.

Flames öffnete die Augen, und seine Umrisse verschwammen.

Es waren drei. Der Stiermensch war diesmal nicht dabei. Der Captain mit der anziehend rastlosen Energie, ein Mann mit kahlem Schädel und einer der Passagiere, ein älterer Mann mit grauem Haar, dessen Mund nicht stillstand.

»... durch den Stein«, beendete der Grauhaarige seinen Satz. »Das müsste doch zu schaffen sein?«

»Wir haben nicht das erforderliche Gerät dafür«, erwiderte der mit der Glatze.

Flames erinnerte sich an seinen Namen – *Wolf* hatte ihn einer aus der Crew genannt, als sie die Fracht verladen hatten. Er mochte sprechende Namen und betrachtete Wolf interessiert.

»Das Problem ist: Wenn wir unten nicht rauskommen, müssen wir sprengen. Anders kommen wir nicht durch den Stein. Wir wissen aber nicht, wie stabil die *Virago* liegt. Durch eine Sprengung, auch eine gut und behutsam ausgeführte, riskieren wir einen weiteren Absturz. Deshalb schauen wir erst unten nach.« Er zog eine Kiste heraus und schob sie dem Grauhaarigen zu, eine zweite folgte, der Captain nahm sich einer dritten an, öffnete sie und sortierte darin herum. Lautlos stand Flames auf, ging zur offenen Tür und schaute hinaus. Wie ein Aufwind strich ihm ein eisiger Zug ums Gesicht.

»Und was ist mit den Verletzten, Captain?«, erkundigte sich der Grauhaarige. »Und was ist mit diesen Biestern dort draußen? Und mit Ihrem Gefangenen? Ich habe lange gute Miene zum bösen Spiel gemacht, aber es wird allmählich ja doch offensichtlich, dass Sie die Situation nicht im Griff haben. Ich wollte es nicht vor meinem Jungen ansprechen, aber die Lage ist besorgniserregend, und sie verschlechtert sich zusehends. Und wir werden in keinster Weise informiert. Wir werden übergangen – das Risiko tragen wir mit, aber in die Entscheidungen werden wir nicht einbezogen.«

Tief unten aus dem Schiff drang ein Geräusch. Dank der kurzen Pause, die nach den Worten des Grauhaarigen eintrat, hörte Flames es deutlich, er konnte es nur nicht klar einordnen. Er schaute nach oben und sah einen Gewehrlauf, einige Meter entfernt, der in den Schacht gerichtet war. Die Luke stand offen, aber der Schatten des Stier-Betas füllte die Öffnung fast ganz aus. Offensichtlich war er allein. Mit ein wenig Glück würde er ihn nicht einmal töten müssen.

Lächelnd stieg Flames in den Schacht. Ein seltsamer Geruch stieg von unten herauf, aber er achtete nicht darauf und konzentrierte sich auf den Stier-Beta. *Mein Name ist Flames*, dachte er, *und du gehst mir besser aus dem Weg.*

Hinter ihm rumpelten die Männer mit den Kisten herum, und er stieg weiter die Sprossen empor.

»Meine Sorge ist, Captain«, hielt der Mann dort unten die beiden anderen zu Flames' Gunsten auf, und er hörte, wie jemand seufzte und eine Kiste wieder abstellte. »Meine Sorge ist, ich will ganz offen sprechen, dass Sie möglicherweise mit dem Gedanken spielen, uns zurückzulassen.«

Schweigen.

Flames glitt im Schacht empor, es tat gut, wieder etwas anderes zu sehen als den Maschinenraum. Der Captain äußerte ein, zwei beschwichtigende Floskeln, der Grauhaarige bot ihm mehr Geld für den Fall, dass er dafür sorgte, dass er und sein Sohn heil nach Hause zurückkehrten. Er versprach ihm Unsummen. Seine Stimme war kräftig, aber darunter lag Angst.

Flames lächelte. Angst. Immer wieder: Angst. Er hatte noch nie gewusst, was das war.

Über ihm war der Stiermensch nah genug, um seinen Atem zu riechen. Die Augen waren blutunterlaufen. *Mein Bein ist eingeschlafen*, flüsterte Flames ihm ein. Doch nichts passierte, und er spürte auch nicht die übliche Verbindung. Irritiert tastete er nach dem Geist des Betas, bekam ihn aber nicht zu fassen.

Tief unter ihnen scharrte etwas über Metall. Diesmal hörte es sogar der Stier-Beta. »He«, sagte er und verzog argwöhnisch das Gesicht. »Argon!«

Im Maschinenraum waren die Männer in gegenseitige Versicherungen vertieft und reagierten nicht.

»Argon!«, rief der Beta, und die Wände des Schachts vibrierten von seiner tiefen Stimme.

Fast alle mächtigen Dinge waren still. Idioten hingegen

lärmten herum, weil sie es nicht besser wussten. In diesem Fall hätte der Stier-Beta es besser wissen müssen. Im Maschinenraum hörte man seine Stimme ... aber unten am Fuß des Schachts ebenfalls. Ein vielstimmiges Kreischen hob an, und mit einem Mal verwandelte sich der Boden des Schachts in einen Hexenkessel.

»Scheiße!«, brüllte der Stier-Beta. »Kommt hoch! Kommt sofort hoch! Da ist irgendwas!«

Kreischen, Krallen auf Metall, nichts war mehr verstohlen oder gar leise. Die bleichen Jäger waren nicht mit Sprossen vertraut, aber der erste begriff es schnell, und die nächsten folgten – es dauerte keinen Herzschlag lang, ehe der erste die Krümmung des Schachts so weit herauf war, dass er ins Sichtfeld geriet.

Zu Flames' Pech sah der Stier-Beta das Alien sehr genau, denn Flames war unsichtbar und versperrte ihm nicht die Sicht. Drogenvernebelt und nicht ganz Herr seiner Sinne, fing er an zu feuern.

Flames war schnell, aber er wich nicht rasch genug aus, und die erste Kugel aus der überdimensionierten Knarre des Betas traf ihn in die Schulter. Sie hatte eine solche Wucht, dass es Flames von den Sprossen riss. Ohne einen Laut stürzte er ab. Zu seinem Glück feuerte der Beta nicht sofort noch mal. Viel zu verblüfft war er von dem Anblick, der sich ihm bot, und von dem hellroten Blut, das ihm aus dem Nichts mitten ins Gesicht gespritzt war.

Als Kinder hatten sie es einmal mit einem Haufen Idioten aus der Nachbarschaft zu tun bekommen – sie hatten ihnen nach der Schule aufgelauert, und wenn man nach ihrem Ruf ging, wären Argon und Wolf an diesem Tag bestenfalls nach Hause gekrochen, als sie mit ihnen fertig waren. Damals, mit acht Jahren, hatte Wolf zum ersten Mal diesen Ausdruck in Argons Augen wahrgenommen, und er war fest davon überzeugt gewesen, damit hätte sich die Sache jetzt erledigt ... dass sich Argon in blindem, besinnungslosem Zorn mit bloßen Händen auf den größten der vier Gegner stürzen und von ihm mühelos niedergerungen werden würde, worauf die vier sie noch übler vermöbeln würden als ursprünglich geplant, vermutlich mit Knochenbrüchen und allem Drum und Dran.

Aber statt auf einen der anderen loszugehen, hatte er Wolf angerempelt, dass er zu Boden ging, und während die vier verblüfft glotzten, hatte er ihm zugezischt: »Kanal. Vertrau mir.«

Der Kanal war nicht weit, und weil sie so plötzlich aufsprangen und rannten, hatten sie einen winzigen Vorsprung, ehe die älteren Jungs hinterherliefen. In blinder Panik war Wolf Argon hinterhergerast, den er damals noch Peter genannt hatte, und als sie dann beim Kanal waren, gab es einen ganz kurzen Moment, in dem es sich entschied – ob er ihm vertraute oder nicht. Der Kanal war einen Meter breit, und dort, wo sie ankamen, stürzte er durch ein Gitter steil abwärts ins unterirdische Abwassersystem, das nicht mehr für Abwässer genutzt wurde, seit im vorletzten Sommer auch auf ihrem Heimatplaneten modernere Technologie Einzug gehalten hatte.

Argon sprang einfach Füße voran in dieses Loch und verschwand, und Wolf wurde klar, dass das Gitter fort war. Wie tief es abwärts ging, wusste er nicht, und was dort unten auf ihn wartete, ob tiefes Wasser oder gebrochene Beine, ebenso wenig. Aber Argons *Vertrau mir* hallte in ihm nach, und er sprang. Landete in tiefem Wasser und Strudeln, Argon zerrte ihn hinaus. Und als Argon dann fluchend an etwas Schwerem zerrte, es über die weit auseinanderliegenden Ränder des Auffangbeckens zog, da half er ihm, ohne nachzufragen, half ihm, eine massive Eisenstange unter das von oben herabstürzende Wasser zu ziehen, und er dachte nicht darüber nach, was Argon vorhatte. Erst als ihnen nach reichlichem Zögern doch einer der älteren Jungs folgte, begriff er es. Der Junge prallte auf die Stange, seine Schreie füllten den unterirdischen Raum und drangen mit Sicherheit auch nach oben, und Argon holte ihn ebenso aus dem Wasser wie zuvor Wolf. Nur klopfte er ihm nicht auf den Rücken, sondern schlug ihm ins Gesicht, und er versprach ihm, mit seinem letzten Atemzug noch dafür zu sorgen, dass auch sein zweites Bein gebrochen wurde oder vielleicht auch die Arme, wenn er oder seine Freunde ihm oder seinem Cousin noch ein einziges Mal näher kommen würden als auf die Distanz von einem Ende des Schulhofs zum nächsten. Dann stieß er ihn zurück ins Wasser und ging.

Wolf war ihm gefolgt und hatte über die traumwandlerische Sicherheit gestaunt, mit der sich Argon hier unten bewegte, begriff, dass er hier sehr viel Zeit verbrachte. Vermutlich all die Zeit, in der seine eigene Mutter es Wolf nicht erlaubte, mit nach draußen zu gehen, und er beschloss, dass er Argon niemals in Frage stellen würde. Niemals.

Ob es Bewunderung oder Furcht gewesen war, war ihm bis heute nicht klargeworden, er wusste nur, dass er selbst aus anderem Holz geschnitzt war und die ganze Nacht wachgelegen und sich gefragt hatte, ob der Junge mit dem gebrochenen Bein dort unten im Wasser ertrunken war. Als er ihn am nächsten Tag in der Schule gesehen hatte, war ihm schwindelig geworden vor Erleichterung. Argon hingegen lächelte nur, lächelte so, dass die anderen es sahen, und tatsächlich hielten sie sich fortan von ihnen fern.

Seitdem war viel Zeit vergangen, und Wolf hatte Argon oft in Frage gestellt. Jedoch nie über ein bestimmtes Maß hinaus, und als draußen etwas kreischte, das nur die Aliens sein konnten, als ein Schuss durch den Schacht hallte und Toro brüllte und Argon mit diesem ganz bestimmten Blick in die Kiste griff, etwas herauszog und zur Tür stürmte, da wurde Wolf klar, dass es nie aufhören würde. Dass er ihm weiterhin folgen würde, wo er auch hinging, und ihm zwar nicht mehr blind vertraute, aber doch die Augen schließen würde, wann immer es nötig war.

»Hoch mit euch!«, brüllte Argon. »Lasst die Kisten stehen, *bewegt* euch!« Im Laufen zog er mit den Zähnen den Stift aus einer der Granaten, die er aus der Kiste geholt hatte, und ohne zu überlegen, packte sich Wolf ebenfalls eine, griff mit der anderen Hand nach Murray und stieß ihn vorwärts. Vor ihnen feuerte Argon mit der *Finch* nach unten und ließ die Granate fallen.

»Augen zu – jetzt!«, bellte er.

Wolf schloss die Augen, und ein greller Lichtblitz zuckte durch die Lider über seine Netzhaut. Neben ihm schrie Murray gellend auf.

Wie genau sie nach oben kamen, wusste Wolf später nicht mehr. Er erinnerte sich, sich gegen einen panischen Murray gestemmt, ihn quasi eigenhändig hinaufbefördert zu haben, erinnerte sich an die Erleichterung, als Toro von oben zupackte und den Cetaner herauszog. Er erinnerte sich auch an Argon, der unter ihnen mit der Laserkanone feuerte, an seinen Warnruf, als er eine weitere Granate fallen ließ, und daran, wie er selbst und Toro zupackten und Argon aus dem Schacht zerrten. An den Anblick, kurz bevor Toro die Klappe zufallen ließ. Das Schimmern weißer Augen und Zähne und das gellende, betäubende Kreischen. Es verstummte nicht, als die Klappe zufiel und Toro hastig den Riegel vorlegte. Es hallte im engen Schacht und erinnerte ihn an Schreie in einem unterirdischen Raum bei einem Kanal, der längst zugeschüttet worden war. Dann schaute er auf und sah Argon, der auf sein JUST starrte und trotz des Zorns in seinen Augen fast zufrieden wirkte.

»Was?«, fragte Wolf.

»Ich habe vier erwischt.«

»Woher …«

»Die Drohne, mit der wir schauen wollten, wie es unten aussieht. Ich habe sie im Schacht gelassen.«

Wolf schaute ihm über die Schulter. Das Bild war winzig, aber von ausgezeichneter Auflösung.

»Da sind aber mehr als vier«, sagte er. »Himmel. Oh, scheiße. Da sind aber erheblich mehr als vier.«

»Da sind auch mehr als vierzig, befürchte ich«, erwiderte Argon. »Was für beschissenes Kroppzeug. Das ist ja eine richtige Pest.«

»Was machen sie da?«

Argon tippte aufs JUST und ließ die Drohne näher heranfliegen. »Sie fressen«, sagte er angewidert. »Sie fressen das Quintatherium.«

Unter ihnen wummerte etwas gegen die Luke.

»Scheinen aber noch Appetit auf Nachspeise zu haben«, bemerkte Wolf.

Der Tiger-Beta lächelte, als sie hereinkamen, als hätten sie sich verabredet und sie wären pünktlich. Sein Anblick beunruhigte Wolf auf eine Weise, die er schwer zu fassen bekam und die nichts mit Krallen, Zähnen oder schierer Größe zu tun hatte. Vielleicht, weil sich Argons Gereiztheit auf ihn übertrug. Vielleicht aber auch, weil dieser Nox irgendetwas wusste, das Argon Wolf vorenthalten hatte, das er als Geheimnis von solchem Gewicht betrachtete, dass er es lieber selbst erzählen als es seinen ehemaligen Kollegen ausplaudern lassen wollte.

Oder es war Eifersucht. Weil sie eine ganze Weile zusammengearbeitet hatten und es ein Teil von Argons Leben war, zu dem Wolf keine Verbindung hatte. Ja, vielleicht fühlte er sich von der seltsamen Vertrautheit ausgeschlossen, die beide miteinander teilten, auch wenn diese Vertrautheit zumindest von Argons Seite aus eher feindselig war.

»Was weißt du über diese Aliens?«, fragte Argon. »Sind sie ...«

»Du kommst hier rein und feuerst Fragen auf mich ab, als ob ...«

Argon drehte auf dem Absatz um und marschierte wieder hinaus.

Verblüfft folgte ihm Wolf. »Was war das denn?«

Sie bogen um die Ecke, und Argon knurrte leise: »Wir haben genug zu tun. Wir können ihn auch später noch fragen, es ist vollkommen irrelevant, ob wir erst die Drohne nach oben manövrieren oder erst von Nox hören, was er weiß. Wenn ich da jetzt reingehe, knalle ich ihn ab. Dann ist er gar nicht mehr nützlich.«

»Ist er ...«

»Geistesgestört?« Argon blieb stehen und atmete tief durch. »Allerdings.«

»Gefährlich?«

»Ist immer die Frage, für wen. Für uns? Ich weiß es nicht. Ich nehme es an, ja. Aber es kommt auch darauf an ... warte mal. Wie viele Drohnen mit Kamera haben wir noch da?«

»Drei.«

»Mit der da unten?«

»Mit der vier.«

»Gut.« Argon setzte sich wieder in Bewegung, und Wolf folgte ihm ins Cockpit, wo Nova gerade die Waffen aus dem Wandfach in einer Tasche verstaute.

»Setz dich«, sagte Argon und nahm ihr eine MP aus der Hand, um sie selbst einzupacken. »Übernimm die Drohne unten. Bring sie zurück in den Schacht. Ich will wissen, ob er frei ist. Sag Bescheid, wenn du so weit bist.«

»Gehst du etwa runter?«, rief Nova ihnen hinterher, aber da waren sie schon um die Ecke und holten die kleine Putzdrohne aus der Küche, wo Tina, für die noch niemand Zeit gefunden hatte, noch immer in ihrer Schleife hing und mit der Ladestation flirtete.

Vor dem Zugang zum Schacht trafen sie Toro an, der im Augenblick lieber stand als saß, aber auch das nicht mit echter Begeisterung. »Hört mal«, sagte er, »ich hab da vorhin was Seltsames gesehen.« Seine Stimme klang müde und schleppend.

»Und zwar?«

Unsicher blinzelte Toro. Stirnrunzelnd winkte Wolf ihn

heran, und er bückte sich, damit Wolf ihm in die Augen leuchten konnte. Die Pupillen waren riesig und reagierten kaum auf das Licht.

»Was hast du gesehen?«, fragte Argon.

»Klingt blöd.«

»Macht nichts.«

»Einen brennenden Mann«, rückte Toro zögernd raus.

»Einen ... einen brennenden Mann?«

Wolf fing einen kurzen Blick auf und zuckte als Antwort auf die unausgesprochene Frage mit den Schultern. Toro vertrug vieles nicht so, wie er sollte, das mochte auch für den Drogencocktail in seinem Blut gelten. Die Alternative dazu war, dass er komplett flachlag, also war es immer noch die bessere Alternative, solange er nicht gerade wild ballernd durch die Gegend lief und zu einer Gefahr für Leib und Leben wurde.

»Als ich geschossen habe. Ich habe geschossen, und da war nichts, und dann ...«

»Die Aliens.«

»Was?«

»Ich dachte, da wären die Aliens gewesen. Oder auf was hast du sonst geschossen?«

»Ach so, ja. Klar, die waren da. Auf die habe ich ja geschossen. Aber getroffen hab ich was anderes.«

»Den brennenden Mann«, vergewisserte sich Argon und legte kurz eine Hand über sein Ohr, als Nova ihnen mitteilte, die Drohne sei gleich beim Gang. »Pass kurz auf«, sagte er zu Toro, »wir wollen gleich die Drohne reinschicken ... halt dich bereit, die Luke aufzumachen.«

»Klingt wirklich dumm«, murmelte Toro bedrückt und musterte Wolf mit trüben Augen. »Geht das wieder weg?«

»Dass es dumm klingt, was du sagst?«, fragte Wolf mitfühlend. »Ich fürchte nicht, nein, tut mir leid.«

»Du hast also geschossen, und auf einmal war da ein brennender Mann«, nahm Argon das Thema mit einem tadelnden Seitenblick zu Wolf wieder auf. »Du hast ihn getroffen. Und was hat er dann gemacht?«

»Na, er ist runtergefallen.«

»Nach da unten. Mitten zwischen die Viecher.«

»Na, das hab ich nicht so genau gesehen.« Toro kratzte sich am Kopf. »Aber das nehme ich doch an.«

»Dann dürfte er«, bemerkte Wolf, »ob Halluzination oder nicht, jetzt wohl kaum noch ein Problem darstellen.«

»Wieso hat der denn gebrannt?«, fragte Argon.

»Weiß ich doch nicht.«

»Vielleicht wegen Nova«, schlug Wolf vor.

»Hä?«, machte Argon und startete die Drohne.

»Na, wegen der Sache neulich, wo diese Idioten sie fast verbrannt hätten. Solche Halluzinationen nehmen ja häufiger mal irgendwelche Bilder oder Eindrücke wieder auf, die einen mitgenommen haben.«

»Du musst das ja wissen«, brummte Argon. »Sie ist da. Nova, ist da irgendwas zu sehen? Ein brennender Mann?«

»Was?«

»Schon gut. Ist alles sauber?«

»Fast. Die meisten Viecher sind bei dem Quintatherium. Und da sollen sie auch schön bleiben. Wenn eins von denen hier raufkommt, dann schreie ich und höre nicht mehr auf. Aber unten im Gang stromern noch welche rum.«

»Vielleicht hätten wir doch eine mit Waffen bestückte Drohne nehmen sollen«, brummte Wolf.

»Mit Verlaub, der Vorschlag kommt ein bisschen spät. Toro, mach auf.« Argon drückte Wolf die *Finch* in die Hand, er hatte sie vom Gürtelakku abgetrennt, trotzdem war sie überraschend schwer. Wolf mochte keine Laserwaffen. Er hatte nie das Gefühl, eine richtige Waffe in der Hand zu halten, und unheimlich waren sie ihm obendrein.

Es war ein eigenartiger Moment, als Toro die Klappe öffnete – fast erwartete Wolf, ihn würde etwas anspringen, und seltsamerweise kam ihm der brennende Mann bedrohlicher vor als die wimmelnden Raubtiere dort unten. Aber es passierte nichts – die Luke schwang auf, die kleine Drohne, die sie gern für die schwer erreichbaren Winkel der *Virago* nutzten, sauste hinein, und die Luke schloss sich wieder. Hebel vor, alles gut. Trotzdem konnte Wolf ein unbehagliches Kribbeln im Nacken nicht abschütteln, und Argon schien es ähnlich zu gehen.

»Wo ungefähr war dieser brennende Mann, als du ihn gesehen hast?«

»Können wir damit aufhören?«, fragte Toro unbehaglich. »Ich hätte nichts sagen sollen. Ich nehme dieses Zeug von dir nie wieder, dass das mal klar ist. Das kam mir so echt vor, dass ich sogar dachte, mir spritzt Blut ins Gesicht.«

»Blut?«, horchte Wolf auf.

»Ja. Gar nicht wenig. Hat sich warm angefühlt und sogar in den Augen gebrannt. Nicht dass die nicht eh die ganze Zeit brennen.«

Wolf griff in die Tasche, holte die kleine Lampe aus dem MedSet wieder hervor und ließ ihren Schein über Toros Gesicht gleiten. Das normalerweise glatte Fell sah hier und da ein klein wenig struppig aus.

»Beug dich mal runter.«

»Muss das sein?«, fragte Toro, während er bereits gehorchte.

Feuchtigkeit, fast schon getrocknet. Mit der freien Hand rieb Wolf über das dunkle Fell von Toros Wange. Als er die Hand wieder zurückzog, waren seine Finger gerötet. »Blut«, sagte er leise.

»Blut«, rief Argon überrascht aus.

»Sag ich doch.«

»Nein, da. Im Schacht.« Argon hielt ihm sein Handgelenk hin, auf dem Display des JUSTs war die Sicht der Putzdrohne eingeblendet, die einen sanften Schimmer verbreitete. In diesem schwachen Licht sah man es deutlich – gegen eine der Schachtwände war Blut gespritzt, und zwar nicht wenig. Die Stelle war keinen Meter von der Luke entfernt.

»Scheiße«, stieß Wolf aus. »Scheiße, scheiße, scheiße. Das war nah.«

»Und du hast ihn nicht gesehen?«, fragte Argon. »Erst als du geschossen hast?«

»Heißt das jetzt, der war echt da?«, fragte Toro. Er klang eher erleichtert als beunruhigt.

»Irgendjemand war da, ja. Ein *brennender* Mann? Erklär das genauer. Inwiefern hat er gebrannt?«

»Wieso denn fern? Der war ziemlich nah. Und er hat halt gebrannt. Da waren Flammen auf seiner Haut. Weiß nicht genau. War ja nur ganz kurz und im Mündungsfeuer.«

»Hat er geschrien?«

»Was? Nein. Keinen Ton hat der gemacht. Ist einfach nur runtergefallen und hat gebrannt.«

Wolf starrte Argon an.

Argon starrte zurück.

Wolf wusste, was er dachte: dass es einen weiteren möglichen Grund für den Absturz gab. Und dass dieser Grund nicht mehr lebte. Nicht mehr leben konnte. Nicht angeschossen, nach einem fünfzehn Meter tiefen Sturz, nicht mit all den Biestern dort unten. Und trotzdem ...

»Nova?«

»Ich höre dich.«

»Wolf kommt gleich zu dir. Er übernimmt die Drohne, die einen Weg nach draußen sucht.«

»Ach, dafür ist die zweite. Aber da unten können wir doch nicht ... ach so! Für den Funk, ja? Als Satellit?«

»Richtig. Und die andere hat eine sehr wichtige Aufgabe, mit der du bitte sofort anfängst.«

»Was soll ich denn machen?«

»Nach einer Leiche suchen.«

Kurz hing Novas konsterniertes Schweigen in der Leitung.

»Entschuldige. Ich habe eben verstanden, ich soll nach einer Leiche suchen.«

»Korrekt. Wahrscheinlich unten am Boden des Schachts. Wenigstens Spuren davon. Such nach Blut, Einzelteilen, Knochenstücken, egal was. Ich will eine Leiche haben.«

»Dann erschieß doch diesen Nox«, schlug sie vor. »Sag mal ... eine Leiche? Was ist da los?«

Argon schaute Wolf an, und auf einmal war da wieder die Vertrautheit, die lange gefehlt hatte, weil er sich so tief in seinen Grübeleien verloren hatte, dass Wolf ihn manchmal kaum erkannt hatte.

»Toro hat einen brennenden Mann erschossen«, sagte Argon, »einen unsichtbaren, brennenden Mann im Schacht.«

»Wenn du mich verarschen willst, muss ich dir sagen, dass das kaum der richtige Zeitpunkt …«

»Such ihn. In Einzelteilen. Spuren. Irgendwas.«

»Na gut«, gab sie zurück. »Und wenn ich nichts finde?«

»Dann«, sagte er, »müssen wir davon ausgehen, dass irgendwo in den beiden Decks unter uns noch jemand am Leben ist, der auf dem Schiff nichts zu suchen hat und zäher ist, als irgendjemand sein sollte.«

Schweigen.

»Aye«, sagte sie schließlich. Es klang nicht mehr, als halte sie es für einen blöden Scherz.

22

Datum: 27. Juli 3042
System: unbekannt
Planet: unbekannt
Ort: Höhle

»Ich halte das nicht aus«, sagte Arris. »Ich halte das nicht aus. Ich halte das nicht aus.« Er sagte es nicht zu irgendwem, Morbus und Eddie konnten ihn nicht hören, das JUST war ausgeschaltet. Er sagte es auch nicht zu Nelly, denn er hatte sie zurückgelassen. Hatte sie in der leeren Höhle zurückgelassen, mit der Isolierdecke zugedeckt, und war weggefahren. Eddies Funkanlage hatte er vergessen, es fiel ihm auf, als er zwei, drei Kilometer weit draußen war, aber er fuhr nicht zurück.

»Ich halte das nicht aus«, sagte er, dann schlug es über ihm zusammen, er bremste, würgte, übergab sich, er schrie, er fluchte, er weinte, und natürlich hielt er es aus. Es blieb ihm ja nichts anderes.

Er tauchte an einen dunklen Ort ab, an dem es weit und breit nichts gab, kein Oben, kein Unten, keine Himmelsrichtung und keine Wand, an der man sich den Kopf einrennen konnte, niemanden, der einem sagte, was zu tun war, und er wusste nicht, was er empfand, es hatte keinen Namen oder zu viele. Nur dass es nicht aufhören wollte, das wusste er. Bis es aufhörte. Wenigstens: abebbte. Bis die Erschöpfung die spitzen Winkel und Kanten milderte, sie abpolsterte mit Leere und Dumpfheit und dem Eindruck, am Grund eines tiefen Brunnens zu erwachen, an den kein Sonnenlicht drang und kein Laut. Er wollte sich zusammenrollen und schlafen. Tiefer sinken, vergessen. Aber er saß da, aufrecht und starr, und spürte, wie ihn die Hitze anfasste wie mit Händen. Die Klimaanlage lief auf Hochtouren, aber sie stieß an ihre äußersten Grenzen. Überall ringsum gleißten die Spiegel der ovalen Blätter und warfen die Hitze tausendfach zurück, *Ober- und Unterhitze*, hatte Morbus gesagt, als Arris ihm von den Pflanzen erzählte, es hatte wohl ein Witz sein sollen, aber Morbus klang nicht, als erwarte er, dass irgendjemand darüber lachte.

Arris atmete tief durch. Die Höhle war weit fort. Mit einem Mal war es, als sei das alles an einem anderen Tag geschehen, gestern oder vielleicht vor drei Jahren, aber gerade als er es dachte, rückte es wieder ganz nah. Er roch Nellys Blut und das, was sich aus ihr ergoss, als sie starb, als sie endlich starb, endlich, endlich, *aber gottverdammt noch mal, sag es doch, sag es,* sie starb nämlich nicht einfach, sie war getötet worden, und zwar durch seine Hand.

Er stöhnte leise. *Es ist das Richtige*, hörte er Morbus sagen, kurz danach, ganz leise, aber es hatte vorhin nicht geholfen, und es half jetzt nicht. Weil es nicht richtig war. Nichts war richtig.

Er hämmerte aufs Lenkrad, bis er bemerkte, dass es sich

unter seinen Schlägen verbog, dann stellte er fest, dass es blockierte, und es dauerte viel länger, es wieder hinzubiegen, als es kaputt zu machen, und als er damit fertig war, herrschten draußen fast achtzig Grad. Er war versucht, einfach auszusteigen und sich mitten zwischen die Spiegel zu legen, aber er tat es nicht, sondern fuhr weiter. Warum, wusste er nicht, er dachte nur, dass es knapp gewesen sei, die Entscheidung zwischen Weiterfahren und Aussteigen, doch dann begriff er, dass er sich etwas vormachte. Er wollte nicht sterben, er wollte leben, und als ihm das klarwurde, übergab er sich gleich noch einmal. Aber diesmal hielt er dafür nicht extra an, und es wurde eine ganz schöne Sauerei.

Irgendwann hätte die *Virago* in der Ferne in Sicht kommen müssen, ein schwacher Umriss dort draußen, eine etwas höhere Erhebung als die gelegentlichen Felsen. Die Luft flimmerte, und er sah nichts, also fuhr er weiter, bis vor ihm die Anlage auftauchte. Er hielt an, obwohl es dumm war, und schaute in die Richtung, in der die *Virago* lag. Liegen sollte. Nicht lag.

Er schaltete das JUST wieder ein.

»Was zum dreimal verfluchten Mondkalb soll das?«, fuhr ihn Morbus sofort an. »Hattest du das JUST ausgeschaltet? Was denkst du dir bloß? Wo bist du jetzt?«

»Ich stehe vor der Tür.«

»Du *stehst?*«

»Im Wagen. Ich stehe zwanzig Meter vor der Anlage.«

»Wieso *stehst* du da? Fahr hinter das Gebäude und komm rein. Jetzt. Arris? Arris?«

Er beschattete die Augen, was albern war, weil er den Lichteinfall stark heruntergeregelt hatte und ausreichend gut sah. Nur sah er die *Virago* nicht, obwohl er sie hätte sehen müssen.

»Das Schiff ist weg«, sagte er.

»Was?«

»Das Schiff ist weg. Ich sehe es nicht.«

Kurze Stille. »Das kann eine Luftspiegelung sein. Bei der Hitze. Vielleicht …«

»Bei einer Luftspiegelung sind Dinge da, die nicht da sind«, mischte sich Eddie ein. »Da verschwinden nicht Dinge, die in Wirklichkeit da sind, es ist genau andersrum.«

»Und wo soll die *Virago* sein?«, fragte Morbus. »Meinst du, sie haben den Antrieb und die Außenhülle mal eben so repariert und sich gedacht, hey, warum fliegen wir nicht einfach nach Hause?«

»Weiß ich doch nicht. Ich weiß nur, wenn unser Adlerauge Arris das Schiff von dort aus nicht sieht, dann ist es wohl nicht da. *Warum* das so ist? Woher soll ich das wissen?«

»Ich schau mal nach«, sagte Arris, ehe sie sich weiter anzicken konnten, und startete den Motor.

»Du tust *was?*«, zischte Morbus entsetzt. »Sag mir, dass das nicht dein Ernst ist. Hör zu, du kommst jetzt erst mal …«

Arris schaltete ihn ab. Bis auf das Motorengeräusch war alles still. Er war unendlich müde, aber ihm war friedlich zumute. Gerade als er es dachte, zerbröckelte der Frieden, und der scharfe Geruch, der sich nach seinem Schuss ausgebreitet hatte, erfüllte das Wageninnere und drang in seine Nase. Er stieg so heftig aufs Gas, dass der Frosch jaulend beschleunigte und über kratertiefe ausgetrocknete Schlammgräben schoss, bis die Federung aufschrie wie ein gemartertes Lebewesen.

Je näher er kam, desto klarer wurde ihm: Die *Virago* war wirklich fort. Irgendwann wurde er langsamer, suchte weit vornübergebeugt, die Nase fast an der Scheibe, den Boden gründlich ab, während er fuhr. Die Spiegelpflanzen zerbrachen nicht, es gab keine Scherben, er hinterließ nur eine schmutzig grüngraue Spur.

Den letzten Kilometer schlich er dahin und hielt Ausschau, als könnte sich die *Virago* möglicherweise plötzlich direkt vor ihm materialisieren.

Und dann kam er an das Loch.

Er hielt an. Stieg aus. Schloss die Tür, taumelte in der Hitze vorwärts und rang nach Luft. Der aufgeheizte Boden verbrannte ihm die Hände, als er sich kurz abstützte, also hielt er sich aufrecht, bis er ganz am Rand stand und hinunterschaute.

Und dort, tief in einem gewaltigen Krater, lag die *Virago*.

Sie saßen schweigend in der *Cantina*, Argon und die Passagiere, neben dem Tisch stand Toro, und sie alle starrten auf den Bildschirm an der Wand, der die Bilder der Drohnen zeigte. Nebenan in der Küche war es still, Argon hatte Tinas Energiezelle entfernt, und auch die Aufzeichnungen waren stumm. Die Drohnen übertrugen nur Bilder und Funksignale, keine direkten Umgebungsgeräusche. Den Hauptteil des Schirms nahm die Sicht von Wolfs Drohne ein, das Bild von Novas Drohne lief in einem kleinen Fenster links unten in der Ecke.

Das kleine Bild, auf das Murray seinem Sohn mit umständlichen Verrenkungen den Blick verwehrte: Gewimmel, geschmeidige, hässliche Leiber, über und über mit dunkelrotem Blut verschmiert. Sie tauchten in das Quintatherium, fraßen sich hindurch wie durch die Mauer des Schlaraffenlands, hier und da zuckte die Haut des toten Riesen von den gefräßigen Räubern darunter, als wollte er weglaufen. Es kostete Argon große Anstrengung, nicht hinzusehen, sondern sich auf den großen Bildschirm zu konzentrieren.

Die Drohne irrte durch ein dunkles Gangsystem. Er wusste, dass Wolf eine Karte davon anlegte, aber sie würde ihnen nichts nützen. Dort konnten sie nicht hindurch. Die Wände waren gescheckt mit etwas, das er für Kokons hielt, unzählige von den Dingern klebten in dichten Trauben an den Wänden. Hier und da war einer aufgerissen, aber je weiter sich die Drohne von der *Virago* entfernte, desto mehr Kokons waren noch intakt. Wenn die Biester alle schlüpften, dann war da kein Durchkommen. Es waren Hunderte, und das waren nur die in den Gängen und Höhlen, die sie bereits gesehen hatten.

Das weit verzweigte Netz aus Gängen und Stollen schien ihm nicht natürlichen Ursprungs zu sein, jedenfalls zu großen Teilen.

»Es gibt keinen Ausgang«, sagte Toro irgendwann resigniert. »Ist doch so, oder?«

»Sieh es positiv«, erwiderte Argon. »Wenn die Drohne dort unten nicht rauskommt, dann tun es auch diese Viecher nicht.«

»Davon haben wir nichts, wenn wir hierbleiben.«

»Wir versuchen, uns vom Quartier zwei aus den Weg nach oben freizusprengen. Ich schätze, das Risiko müssen wir eingehen.«

»Flammenwerfer«, sagte der Junge in die kurze Stille.

Argon starrte ihn an und konnte sich nicht entsinnen, ob

er überhaupt schon mal gehört hatte, dass der Junge etwas sagte. Doch – einmal, aber er konnte sich nicht mehr erinnern, was es gewesen war.

»Haben wir Flammenwerfer an Bord?«, hakte der Junge nach.

»Warum nicht gleich ein paar Flaks?«, fragte Argon sarkastisch. »Nein, haben wir leider nicht.«

»Die wären gut, glaube ich. Wenn ich ein Raumschiff hätte, würde ich nicht ohne Flammenwerfer ins All starten.«

»Ich denke beim nächsten Mal dran.«

Der Junge starrte ihn an, als überlegte er, ob das ein Witz gewesen war.

»Kein Witz«, sagte Argon ernsthaft. »Falls wir das hier überleben und ich noch mal ein Schiff haben werde, dann nie wieder ohne Flammenwerfer. Versprochen. Irgendwelche Empfehlungen?«

»Der *Spyro* ist gut.«

»Militärische Waffe.« Argon hob die Brauen und warf Murray einen Blick zu. »Ihr Sohn kennt sich aus.«

»Wenn Sie uns hier rausbringen, besorge ich Ihnen höchstpersönlich ein paar *Spyros*«, erwiderte Murray heiser.

Argon lächelte kurz und stand auf. »Ich bereite die Sprengung vor. Hoffen wir, dass uns nicht alles unterm Hintern wegbricht. Toro, du ...«

Die Hyäne lachte. Es klang misstönend und falsch. Dann verstummte Scar abrupt und zog sich mühsam am Tisch in die Höhe. »Ich helfe gern.« Ihre Stimme war leise und heiser, und sie stand nicht ganz sicher auf den Füßen, aber immerhin, sie stand. »Ich verstehe was vom Sprengen. Sogar eine ganze Menge. Und Stray ...«

Argon wartete, aber es kam nichts mehr. »Was ist mit Stray?«

»Nichts. Nichts ist mit Stray. Gehen wir und jagen wir ein bisschen Gestein in die Luft.« Sie humpelte zwei Schritte voran und blieb stehen. »He, du! Cetaner!« Sie deutete auf Murray. »Hol mir meine Tasche aus dem Quartier.«

Sie erntete ein verächtliches Schnauben. »Meine Liebe, ich werde mich sicher nicht von einer Beta herumscheuchen lassen wie ein Dienstbote. Wenn du deine Tasche haben willst, dann hol sie doch ...«

»Ich hole die Tasche«, sagte der Junge leise.

Murray wollte protestieren, aber da war er schon losgesaust, mit dieser besonderen, rattenartigen Schnelligkeit von Kindern, die sich irgendwann in der Pubertät verliert und nahtlos vom betont desinteressierten Schlurfen ersetzt wird.

Argon wollte Scar stützen, aber sie schnappte nach ihm. Ganz knapp wich er aus, dann wurde ihm bewusst, dass sie ihn erwischt hätte, wenn sie wirklich gewollt hätte. Es war ein Luftschnappen gewesen, eine Warnung. Wie ein Hund.

Die Ahnen sind stark in manchen Brüdern und Schwestern, hatte Nox einmal gesagt und in sich hineingegrinst. Damit hatte er Sky gemeint, die sich über fast nichts anderes identifiziert hatte als über den Tiger-Anteil in ihren Genen, aber wie es aussah, hatte sie post mortem Konkurrenz bekommen, die ihr mit Leichtigkeit den Rang ablief – ein Wunder, dass Scar wusste, wie man mit Messer und Gabel aß.

Bei dem Gedanken an Essen knurrte ihm der Magen. Er wandte sich an Murray, während Scar voranhumpelte – er hatte Zeit, er würde sie rasch einholen. »Holen Sie das

Fleisch aus der Küche. Es ist im großen silbernen Fach, Toro sagt Ihnen, wo Taschen zum Transport sind.«

»Fleisch?«

»Tina hat es haltbar gemacht. Schmeckt immer noch erheblich besser als Riegel, und wir wissen nicht, wie lange wir mit unseren Vorräten auskommen müssen. Wir nehmen so viel davon mit, wie wir können.«

Murray nickte.

»Anschließend holen Sie bitte alles, was unverzichtbar ist, aus Ihren Quartieren und bringen es hierher. Unverzichtbar heißt: Nahrung, Waffen und Ausrüstung, die möglicherweise zu gebrauchen ist. Toro geht das Gepäck mit ihnen durch.«

»Na gern doch«, brummte Toro.

»Nur was Sie selbst tragen können«, stellte Argon klar. »Und denken Sie daran, dass wir zwölf Kilometer Fußmarsch vor uns haben.«

So fremd wie auf diesem Planeten hatte sich Arris noch nirgendwo gefühlt. Die Hitze rann in übelkeiterregenden Wellen durch seinen Leib, das blauweiße Licht verbrannte alle vertrauten Farben, alles war zu groß – die Entfernungen zwischen den Felsen, die Felsen selbst, die Pflanzen, und ja, auch und vor allem die Sonne. Alles sagte: *Du bist hier nicht zu Hause.*

Er konnte nicht klar denken – zugegeben, er wusste selbst, dass es auch unter optimalen Bedingungen nicht seine Stärke war –, aber wenigstens dachte er anhand der gegebenen Informationen von A nach B, schnurgerade, und wenn ihm dabei etwas im Weg war, fragte er seinen Vorgesetzten.

Aber jetzt fühlte er sich von diesem Prinzip verraten. Von A war er zu irgendeinem Buchstaben gekommen, der in seinem Alphabet nicht vorkam, er wusste nicht, wie es passiert war, und jetzt war Nelly tot, er hatte sie erschossen, und er stand allein und ratlos hier an diesem Loch mitten in der Affenhitze – wobei das Wort nicht annähernd beschrieb, wie es war, lebendig gekocht zu werden –, und wusste nicht, wie ihm das passiert war.

Die *Virago* war gute vierzig Meter tief eingebrochen, eine respektable Tiefe, auch wenn es sich in dieser Landschaft eher wie ein Mauseloch ausnahm. Er sah keine Bewegung, aber bei genauerem Hinsehen fielen ihm einige dunkle Löcher auf. Gänge vielleicht, die ins Gestein führten. Er dachte an Nox, der dort unten war. Der Gedanke war klarer als die anderen. Arris aktivierte das JUST wieder, ignorierte den sofort hereinkommenden Ruf von Morbus und versuchte, Nox zu erreichen.

Es dauerte einen kleinen Augenblick, bis er eine Antwort bekam, aber es war nicht Nox, sondern eine Frau. »Hallo!«, sagte sie. »Hallo? Wer ist da? Das ist nicht Morbus, oder?«

Verblüfft betrachtete er die *Virago* und fragte sich, ob die Frau, der diese Stimme gehörte, in diesem Augenblick dort unten war.

»Hallo?«, wiederholte sie.

»Ich wollte Nox sprechen«, sagte er. »Over.«

»Wer ist denn da?«

»Arris. Over.«

»Arris? Mein Name ist Nova. Wo bist du gerade?«

Arris blinzelte. »Am Kraterrand. Over.«

»An welchem Krater?«

344

Er kratzte sich am Kopf. »Nova«, sagte er. »Die Pilotin, oder? Over.«

Sie lachte, es hatte einen seltsamen Unterton. »Ja, die Pilotin, und *over* trifft es wohl ganz gut. Hör mal, du gehörst doch zum Team von Morbus und Nox, oder?«

»Richtig. Over.«

»Nun lass doch dieses verschissene *over* mal weg, ich kriege schon mit, wenn du fertig bist! Krater, sagst du? Siehst du uns?«

»Ich sehe das Schiff.«

»Oh, heilige Scheiße! Du stehst oben am Krater, wo die *Virago* eingebrochen ist?«

Hatte er das nicht eben gesagt? Er dachte darüber nach und zuckte mit den Schultern. »Das ist korrekt.«.

»Warte. Warte kurz. Geh nicht weg, ja? Ich sage dem Captain Bescheid.«

»Aber eigentlich wollte ich Nox sprechen.«

»Ja«, sagte sie, »warte einfach kurz. Nur ganz kurz, versprochen. Geh nicht weg!«

Arbeitsanweisung V

Arrangieren mit den Umständen

Finden Sie trotz sorgfältig eingeholter und aufbereiteter Daten eine andere Ausgangslage vor als erwartet, passen Sie sich den Umständen an und verlieren Sie nicht das Ziel aus den Augen. Sie sind aufwendig und kostenintensiv für das ausgebildet worden, was Sie tun. Nutzen Sie, was *StellarExplorations* Ihnen an Wissen und Fähigkeiten mit auf den Weg gegeben hat, und machen Sie das Beste aus jeder Situation.

23

»Misstrauen. Das hat Eddie ausgemacht. Er hat nie wem anders vertraut als sich selbst. Ich weiß noch, wie er überprüft hat, wie viel sie beim Einkaufen ausgibt – es war ja so, dass sie zu der Zeit selbst nichts verdient hat. Aber ab und zu muss man ein bisschen Spaß haben, oder? Also hat sie sich hin und wieder was Schönes gekauft, klar, von seinem Geld, es war ja kein anderes da. Er hat es ihr verdammt übel genommen. Hat sie richtig kontrolliert. Und er wollte nie gestört werden. Eigentlich war das gar keine Beziehung. Es war der Horror. Er hat sich völlig vergraben, und wenn sie mit ihm sprechen wollte, dann hat er ihr nur gesagt, sie solle abhauen und ihn in Ruhe lassen. Das Haushaltsgeld hat er ihr direkt zugeteilt, und da war kein Spielraum, ehrlich nicht. Sie war so unglücklich, es hat mir fast das Herz gebrochen. Aber trennen wollte sie sich auch nicht. Sie wollte kämpfen. Weil sie ihn geliebt hat. Zweimal hat er sie rausgeworfen, aber sie ist zurückgekommen, hat gebettelt, bis er sie wieder reingelassen hat. Tja, und dann hab ich ihr gesagt, sie muss schauen, dass sie wieder was Schönes miteinander unternehmen. Abends zusammen kochen, ausgehen, einen schönen Film ansehen und einander dabei massieren. So was eben. Das war drei Tage vorher. Drei Tage, bevor er meine Schwester mit einem Hammer erschlagen hat. Wenn ich *irgendwas darüber wüsste, wo er geblieben ist, würde ich es Ihnen sofort sagen. Am liebsten würde ich ihn selbst in die Finger kriegen. Sie war erst siebenundzwanzig, wissen Sie? Siebenundzwanzig Jahre alt und vom eigenen Freund mit einem Hammer erschlagen. Für mich ist er der Inbegriff des Bösen. Sie hätte sich, und das habe ich ihr auch tausendmal gesagt, nicht mit ihm einlassen dürfen. Aber sagen Sie das mal jemandem, der so romantisch ist wie meine Schwester. Sie hat an die Liebe geglaubt. Sie hat geglaubt, sie liebt ihn, und er liebt sie. Wissen Sie was? Falls Sie ihn erwischen, sagen Sie mir Bescheid. Ich zahle Ihnen was extra, wenn Sie es besonders schmerzhaft für ihn machen.«*

Rue Sienna Morgan, 3049 (Erdzeit)

Datum: 27. Juli 3042
System: unbekannt
Planet: unbekannt
Ort: Wrack des Raumfrachters *Virago*

»Das wird nicht veröffentlicht, oder? Gut, dann nur so unter uns: Eddie war ein guter Kerl. Klar, ruppig und so, war jetzt nicht so, dass er pausenlos irgendeiner Oma ins Flugtaxi geholfen oder Kindern ein Eis geschenkt hat. Aber seine Freunde konnten sich immer auf ihn verlassen. Alle beide. Hahaha! Nee, im Ernst, ich verstehe, dass er die Alte kaltgemacht hat. War vielleicht ein bisschen ... na, also mit einem Hammer, das ist schon hart. Aber nee, ich glaube nicht, dass er es bedauert hat. Hätte ich auch nicht. Wenn Sie die gekannt hätten, wüssten sie, was ich meine. Ehrlich. So eine hohle Schnepfe, ganz süß auf den ersten Blick, aber wenn Sie

mal richtig hingeschaut haben, dann konnten Sie sehen, wie hohl die ist. Hat seine Kohle mit beiden Händen rausgeworfen, und ist ja nicht so, dass er es so üppig hatte. Er hat auch schnell kapiert, was er sich da angelacht hat, aber da hatte sie sich ja schon bei ihm eingenistet. Er ist sogar in eine andere Stadt gezogen, da stand sie auch nach drei Tagen vor der Tür. Hat ihn gestalkt, ganz klar. Warum er sich nicht gewehrt hat? Na, er war wirklich deutlich. Aber es ist so, Eddie mag keinen Ärger, der ist gern für sich. Und dann war es eben weniger anstrengend, dass sie bei ihm wohnt, als dass sie ständig Terror macht. Nur hat ihr das irgendwann nicht mehr gereicht. Und da hatte er dann die Schnauze voll. War auch richtig so. Wenn's nach mir ginge, dürften Männer ihre Frauen erschlagen, mit was immer sie wollen. Natürlich nur wenn sie echt nerven, versteht sich, aber das tun die meisten. Im Dorian-System gibt es angeblich einen Planeten, da ist das legalisiert worden. Wenn Sie ihn wirklich finden wollen, würde ich da mal suchen. Wenn ich er wäre, würde ich dort hingehen, irgendeine dumme Fotze heiraten und sie noch in derselben Nacht totschlagen. Einfach nur so, um meinen Standpunkt klarzumachen.«

Tarbo Gee, ehemaliger Kollege von Edward C., 3049 (Erdzeit)

Die Sonne stand tief, und vom jenseitigen Horizont stiegen dunkelblaue und violette Schatten auf. Nova fröstelte, obwohl es noch immer viel zu heiß war. Sie stand oben am Kraterrand und wartete – Wolf war unten und holte Nox. Alle anderen waren schon oben, inklusive Gepäck, und alle bis auf sie hielten Abstand vom Krater und Arris.

Ihr taten alle Knochen weh, obwohl Murray ein automatisches Klettergeschirr aus dem Gepäck gezaubert hatte, das einen auf Knopfdruck im gewünschten Tempo nach oben zog, man musste kaum etwas tun, außer darauf zu achten, dass man nicht ins Pendeln geriet oder sich an den Felsen die Haut aufschürfte. Ihr war jedoch zumute, als hätte sie sich mit bloßen Händen hocharbeiten müssen – die eilige Besprechung, die Einigung mit den Justifiers, die Sprengungen, die Scar mit wachsendem Zorn vorgenommen hatte, weil sie schwieriger waren als erwartet und weil die Viecher unten fast durchgedreht waren. Ihr Kreischen im Gang unter der Luke gellte noch immer in Novas Ohren, und sie meinte noch immer zu hören, wie sie wüteten, wie sie sich von unten an der Luke zu schaffen machten. Sie fragte sich, ob sie heute Nacht würde schlafen können, dort drüben in der Anlage, und sie fragte sich, was wohl noch alles passieren mochte, bis sich die angeblich sicheren Türen hinter ihnen schlossen.

Sie schaute nach unten, wo die zerschmetterte *Virago* lag, und ihr schauderte beim Gedanken an die Fracht, mit der sie begraben wurde – ein riesiges totes Rind, die bleichen Raubtiere, die es fraßen, und ein verschwundener brennender Mann, den außer Toro niemand gesehen hatte. Und Tina. Der Gedanke schmerzte fast so wie der an Gwenni und Puke. Die *Virago* von oben war ein befremdlicher Anblick, und sie verlor sich fast in den klaffenden Rissen im schwarzen Gestein. Wie ein Stöpsel im Abfluss eines riesigen Waschbeckens steckte sie dort unten, halb bedeckt von Trümmern.

Als sie aufschaute, begegnete sie Arris' Blick. Die Augen waren blau, das lange, strähnige Haar nicht blond, aber hell, sein Gesicht von der Sonne tief gerötet. Traurig sah er aus, fand sie. Eine seltsame Vorstellung, dass er und die anderen gekommen waren, um sie alle an Bord zu töten oder auszuliefern. Und jetzt retteten sie ihnen möglicherweise das Leben.

Argon war nicht gerade überzeugt von ihren lauteren Absichten. Er stand mit Toro neben dem Frosch, den Arris an den Abgrund herangefahren hatte, so nah er es eben wagte, um das Seil daran zu befestigen, und behielt Arris im Auge. Seinen Ersatz und den für Sky – Arris hatte es ganz lapidar gesagt, als sei nichts dabei, dass ein Mann zwei Leute ersetzte. Nova fragte sich, was Argon dachte. Im Cockpit hatte er nur verächtlich geschnaubt, das seien typische Sparmaßnahmen.

Arris beugte sich vor. Unwillkürlich schaute Nova ebenfalls nach unten und sah Wolf, der das Seil packte und anfing, die Wand hinaufzuklettern. Hinter ihm kam Nox, und sie erschrak über seine Größe und Geschmeidigkeit. Ohne weitere Umstände machte er sich an den Aufstieg, ohne Seil, er überholte Wolf mit einer Geschwindigkeit, als trabe er federnd über eine ebene Strecke, und ehe Nova recht auf die Idee kam, zurückzuweichen, tauchte er schon vor ihr und Arris auf, überragte sie um ein gutes Stück und zeigte Arris die Reißzähne. »Du siehst aus wie ein gekochtes Ferkel, Freund Arris.« Er streckte sich, wandte sich zur Sonne, in deren Licht sein Fell einen metallischen Schimmer hatte, und schnurrte sie wohlig an. »Dass ich die noch mal wiedersehe.« Er drehte sich wieder um und schaute auf Nova herunter, und ihr stockte der Atem. Hier und da war Fell ausgerissen, vor allem an den Gelenken, um den Bauch und auch im Gesicht, Wolf hatte sich offenbar nicht gerade Mühe gegeben, das Tape vorsichtig zu entfernen, oder es war nicht möglich gewesen. Trotzdem – er war schön. Die Aufnahme hatte nicht annähernd wiedergegeben, wie schön er war.

»Danke, kleine Pilotin«, sagte er amüsiert, und sie erglühte.

»Habe ich das etwa ...«

»Laut gesagt? Mindestens so laut gedacht, dass ich es hören konnte.«

»Ich meinte das aber nicht ... ich meine ...«

»Schscht. Ein bisschen Nettigkeiten zwischen Todfeinden, die zum Zweck des Überlebens dazu gezwungen sind, eine Notgemeinschaft zu bilden, ist doch nichts Verkehrtes. Ich tausche lieber Komplimente aus als Kugeln. Jedenfalls«, er grinste, »meistens.«

»Zieh dir was an«, murmelte Arris. »Eddie lässt dich ohne Hosen nicht rein, sagt er. Hier.« Er zog etwas aus der Tasche und reichte es Nox, und als der es ausschüttelte, entpuppte es sich als einer der ultraleichten Thermoanzüge aus den Fahrzeugen.

»Du bist ein Jump, nicht wahr?«, fragte Nox, zog die Krallen an einem Fuß ein und schob ihn durch ein Hosenbein.

Nova starrte den anderen Fuß an – von Fell bedeckt, darunter fast menschlich bis auf die stark verbreiterten Vorderballen und die Zehen, die kürzer waren als die eines Menschen.

»Das ist keine höfliche Frage«, ermahnte ihn Arris.

Nova hörte, wie Argon ihren Namen rief, er klang wütend. Sie drehte sich nicht um – solange Wolf noch nicht oben war, bestand kein Grund zur Eile.

»Ist es etwa anstößig, ein Jump zu sein?«, fragte Nox erstaunt. »Erwähnt man das nicht in besseren Kreisen?« Er steckte den anderen Fuß durch das zweite Hosenbein, zog den Anzug bis zur Taille hoch und beugte sich ein wenig hinunter, um Nova ins Gesicht zu sehen.

Sie wich keinen Millimeter zurück. Er roch sehr fremd, mehr nach Raubtier als nach Mensch.

»Interessante Augen«, bemerkte er leise.

»Gleichfalls«, erwiderte sie. »Flirtest du gerade mit mir?«

»Ganz unverbindlich. Hast du Angst vor mir?«

Sie lauschte ihrem Herzschlag und bemerkte, wie trocken ihr Mund war. »Ja.«

»Das nenne ich Mut, kleine Pilotin. Deine Freunde sind zu weit entfernt, um rechtzeitig einzugreifen, dein Captain ruft gerade zum dritten Mal, um dich dazu zu bewegen, dich aus der Schusslinie zu begeben, aber du stehst hier ganz nah bei uns und rührst dich keinen Zentimeter. Und du tust das nicht etwa, weil du so dumm bist, keine Angst zu haben – nein, du hast Angst, durchaus, das kann ich sehen, und ich kann es riechen. Aber du tust es trotzdem. Darf ich fragen, warum?«

Ihre Beine wurden weich. »Weil es keinen Sinn ergäbe, wenn ihr mir was tut«, antwortete sie. »Argon und Toro sind beide bewaffnet, der Cetaner auch, und wenn ihr mir was tun würdet ...«

Er stand noch immer leicht vorgebeugt. Auf einmal wurde ihr klar, dass sie von dort hinten nicht auf ihn schießen konnten, ohne sie in Gefahr zu bringen. Er benutzte sie als Deckung.

»Dann würden sie uns erschießen, meinst du.« Er nickte. »Und dann? Würden sie anschließend hinausfahren in die heraufdämmernde Nacht, drüben bei den anderen anklopfen und sie bitten, sie hereinzulassen, ehe die Jäger sie in

Stücke reißen? Hörst du sie da unten? Das sind Hunderte, und sie sind hungrig.«

Ehe ihr bewusst wurde, dass sie zurückweichen wollte, schloss sich seine Hand so schnell und leicht um ihren Nacken, dass es nichts Feindseliges an sich hatte. Es war eher, als wollte er sie stützen. »Entbehrlich, kleine Pilotin«, flüsterte er. »Das stand unter deinem Holo – entbehrlich. Entbehrlich für unseren Auftrag, und auch jetzt hat sich daran nicht viel geändert. Hat er dich gern, dein Captain? Täte es ihm weh, wenn dir etwas passieren würde? Wenn – hm. Sagen wir, wenn dich ein geisteskranker Tiger-Beta ohne erkennbares Motiv hier und jetzt fünfzig Meter tief in die Grube schleudern würde, so dass dein kleiner runder Schädel auf der Außenhülle von eurem Wrack da unten zerplatzt? Meinst du, das würde ihm schlaflose Nächte bereiten?«

»Nox, Mann«, murmelte Arris unbehaglich.

»Ja.« Novas Stimme zitterte. Als sie den Kopf bewegte, verstärkte er seinen Griff, nur ganz leicht, aber es machte deutlich genug, dass sie nur loskam, wenn er es zuließ.

»Ja«, stieß sie hervor. »Es täte ihm weh. Jedenfalls glaube ich das. Mach doch, du Arschgesicht.«

»Nox!«, warnte Arris und klang ernstlich beunruhigt.

»Mach doch, du Arschgesicht«, wiederholte Nox versonnen, schaute über ihre Schulter und lächelte. Dann ließ er sie abrupt los, und sie wäre fast gestürzt. Nur Arris war es zu verdanken, dass sie auf den Beinen blieb, er griff rasch zu und hielt sie am Oberarm fest, aus einem Reflex heraus schlug sie nach ihm. Er ließ sie los, und sie hörte Nox leise lachen.

»Was ist hier denn los?«, fragte jemand hinter ihm.

Durch Tränen blinzelnd sah sie Wolf über dem Rand des

Kraters auftauchen, er schwang sich hoch und starrte Nox an, eine Hand am Griff seiner Waffe.

Wie ein Spiegelbild legte Arris eine Hand an die *Viper*; die Bewegung war so schnell und leichthin, hatte diese spezielle Beiläufigkeit kybernetisch aufgepeppter Reflexe, dass Nova Wolf keine großen Chancen ausrechnete.

Wolf runzelte die Stirn und schien zu einem ähnlichen Schluss zu kommen. Er nahm die Hand wieder fort und machte sich daran, das Seil hochzuziehen. »Hilf mir hier mal eben«, sagte er zu Nova, und nach einem kurzen Blick auf Nox drängte sie sich direkt zwischen den beiden Justi-fiers durch, statt einen Bogen zu schlagen, und stellte sich neben ihn. Er brauchte ihre Hilfe kein Stück, sie wäre eher im Weg gewesen, wenn sie versucht hätte, sich nützlich zu machen. Sie sog seinen Geruch ein, vertraut und ganz nah, und spürte, wie sich ihr Herzschlag beruhigte, obwohl es streng genommen keinen Anlass dafür gab.

»Da kommt Morbus«, sagte Nox, als wären sie gar nicht da.

Arris lauschte. »Scheiße, ja, du hast recht.«

»Später gehört als ich, hm?«

»Nur einen Sekundenbruchteil.«

»Mach dir nichts draus«, tröstete Nox, schlug ihm leicht auf die Schulter und setzte sich in Bewegung. Arris folgte ihm. Nova starrte ihnen hinterher und wünschte, Argon würde sie abknallen. Alle beide.

»Da ist er also wieder in freier Wildbahn«, sagte Wolf, rollte mit raschen Bewegungen das Seil über Hand und Ellbogen auf und machte am Ende einen Knoten, ohne hinzusehen, bevor er es sich über die Schulter hängte. »Mir hat er da unten wesentlich besser gefallen. Komm.«

Sie folgte ihm. Irgendwie war er ihr im Augenblick vertrauter als Argon. Dabei hatten sie beide das mit der Kassette für sich behalten, nur nahm sie es Wolf, zumindest für den Augenblick, weniger übel.

»Glaubst du, das geht gut?«, fragte sie ihn leise. »Diese Notgemeinschaft von Todfeinden?« Erst als sie es sagte, fiel ihr auf, dass sie Nox zitierte, und Wolf schaute sie merkwürdig an.

»Solange beide Seiten was davon haben, vielleicht«, erwiderte er nach kurzem Überlegen.

»Also nein.«

»Also nein.« Er nickte und legte ihr zu ihrer Überraschung wie selbstverständlich einen Arm um die Schultern, und das Gefühl war so schön, dass sie fast geweint hätte. »Langfristig ganz sicher: nein.«

Als sie ankamen, würdigte Argon Nova keines Blickes. »Steig ein«, sagte er nur, und sie huschte zum Frosch, glitt hinter das Steuer und legte die Hände auf das Armaturenbrett.

In der Luft hing der Geruch nach Erbrochenem. Irritiert schnupperte sie, versuchte es auszublenden, aber der Gestank war penetrant.

Der Motor war schon eine ganze Weile aus, der Wagen schlief tief. Der Absturz und vielleicht auch die Hitze hatten ihm zugesetzt, und sie spürte den Verschleiß, nahm wie den leichten Schmerz eines alten Blutergusses kleine Beschädigungen an der hinteren Achse wahr, registrierte die zu einem guten Drittel entleerte Batterie und die von Sprüngen durchzogene Frontscheibe, aber der gute Wille dieses Fahrzeugs erfüllte ihren Geist wie die Gegenwart eines Freundes. Jedes Fahrzeug, vor allem die mit elektronischen Steuereinheiten, hatte eine Persönlichkeit, und während der Jeep mitunter schnell beleidigt war und häufiger mal kleine Reparaturen brauchte, machte der Frosch alles mit, solange er konnte. Die *Virago* hingegen ...

Sie seufzte und strich über den kleinen Bildschirm. Der Frosch erwachte wie ein Hund, sofort bereit, etwas für sie zu tun. Es war schön, wenigstens eins der elektronischen Crewmitglieder lebendig wiederzuhaben. *Die* Virago *ist tot*, dachte sie, als würde sie es ihm mitteilen. *Und Tina hat ihren Körper verloren und vielleicht auch noch mehr.*

Natürlich reagierte der Frosch darauf nicht. Mit Trauer konnte er nichts anfangen. Nova legte die Hand über die tiefe Beintasche ihres Overalls, ausgebeult von Tinas Speichereinheit, die darin schlummerte. Dann schaute sie nach draußen, wo sich der Jeep näherte und eine gewaltige Staubfahne hinter sich herzog.

Argons Körperhaltung war steif und voller Abwehr, als der Jeep hielt. Hinter Nova stiegen Scar und Murrays Sohn ein, neben ihr Wolf.

»Ach du Scheiße«, sagte Wolf und schnüffelte. »Denen leihen wir den Wagen aber nicht noch mal.« Er beugte sich vor und beäugte den Fußraum und die Seite des Beifahrersitzes. »Na, wenigstens haben sie es weggewischt – so einigermaßen.«

»Das kann doch nicht wahr sein«, jaulte Scar auf und wollte die Tür wieder öffnen. Mit einer kurzen Berührung des Armaturenbretts ließ Nova die Fenster herunterfahren, und Scar steckte grollend die feuchte Nase hinaus.

»Da ist ja der Kohlkopf«, sagte Wolf, als ein hochgewachsener Mann in Flecktarn aus dem Wagen stieg und auf Argon zukam.

»Hä?«, machte Scar hinten.

»Wegen dieses uralten Rätsels«, erklärte Nova. »Wenn du eine Ziege, einen Wolf und einen Kohlkopf über einen Fluss bringen willst, ohne dass der eine den anderen frisst, und du hast nur ein Boot ...«

»Wieso denn Fluss? Boot? Hä? Willst du mich verarschen?«

»Das kenne ich«, sagte Murrays Sohn lebhaft. »Nur anders. Wenn du in einem Shuttle mit nur einem Frachtraum einen Gravosaurus, einen Javee-Falken und eine Parabellische Mango transportieren willst, wie ...«

»Was ist denn das für ein Scheißdreck? Fahr einfach los.«

»Noch nicht«, sagte Wolf. »Erst wenn Argon das Okay gibt.«

»*Fuck* Argon«, knurrte Scar gereizt. »Fahr los. Oder hör wenigstens auf, irgendwas von Scheißmangos und dämlichen Booten zu erzählen.«

»Das Problem ist jedenfalls das Gleiche«, sagte Nova zu dem Jungen. »Du kannst jeweils zwei davon nicht am selben Ort lassen, und nur in deiner Gegenwart sind sie friedlich. Also ...«

»*Den* Gravosaurus will ich sehen, der in seiner Gegenwart friedlich ist«, wieherte die Hyäne. »Warum das denn? Der schluckt ihn runter, dann den Scheißfalken, aus Versehen auch noch die Mango und dann das ganze beschissene Shuttle. Und dann hat sich auch das Problem erledigt.«

Im Rückspiegel warfen sich Nova und der Junge einen Blick zu. Sie sah, wie er ein bisschen von Scar abrückte.

»Tja.« Wolf kratzte sich am Kopf. »Das hieße ja auf unsere Situation übertragen nichts Gutes. Ich wäre für ein bisschen Optimismus.«

»Pffft«, machte Scar. »Ich habe übrigens schon verstanden. Nicht dass ihr mich für blöd haltet oder so. Es geht um ein ausgewogenes Kräfteverhältnis, nech? Da habt ihr euch aber vertan. Der Scheißer da hinten, dieser Arrow ...«

»Arris«, korrigierte Nova leise.

Unvermittelt trat die Hyäne so heftig gegen die Lehne ihres Sitzes, dass es Nova die Zähne durcheinanderrüttelte.

»*Arris* dann eben! Mir doch scheißegal. Jedenfalls macht der euren Argon kalt und diesen verrotzten Cetaner gleich mit, der Tiger-Beta frühstückt euren Minotaurus mitsamt dem Verband um seinen Arsch, und der Schleimer da drüben, der gerade angekommen ist, sammelt die Items auf, die sie droppen.«

»Nun«, sagte Wolf, der angespannt beobachtete, wie Argon und Morbus miteinander sprachen. Es sah in etwa so herzlich aus wie eine Begegnung zwischen dem Aufseher einer Beta-Zuchtanlage und einem Delegierten der Vereinigung für die Reinheit des menschlichen Erbguts. »Erstens: Einige der *Items*, die sie dringend haben wollen, befinden sich in diesem Wagen.«

»Die holen sie sich eben danach«, schnarrte Scar missmutig.

»Und zweitens: Wenn du noch mal gegen Novas Sitz trittst wie eine beknackte Zweitklässlerin aus dem Slum, dann ...«

Scar trat mit voller Wucht gegen den Sitz. Nova, diesmal darauf vorbereitet, atmete tief durch, bereute es sofort und würgte.

»Was dann?«, erkundigte sich Scar süffisant. In der nächsten Sekunde klappte sie zusammen und rührte sich nicht mehr. Überrascht schaute Nova Wolf an und sah, wie er die

rechte Hand, die er unter dem anderen Arm hindurch-
gesteckt hatte, wieder nach vorn nahm, darin hielt er den
Twitterer. Kaum handflächengroß, ließ er sich mit vier Be-
täubungspfeilen bestücken.

»Du kannst sie doch in der Situation nicht einfach betäuben!«, sagte sie entsetzt.

»Sehr viel eher, als dass ich sie ertragen kann. Wir können los.« Er hatte die ganze Zeit nicht eine Sekunde lang
die Augen von den anderen dort draußen gewandt, Nova
folgte seinem Blick und sah, wie Toro neben Morbus zum
Jeep ging. Heißer Neid durchflutete sie, als sie daran dachte, dass es dort drinnen vermutlich wesentlich besser roch.

Die Sonne stand tief am Himmel, die Schatten wurden
länger. Zum Glück war die Strecke mit dem Wagen nicht
weit. Sie gab Gas und versuchte, nicht in den Rückspiegel
zu schielen und nicht daran zu denken, dass es möglicherweise das letzte Mal gewesen sein mochte, dass sie Argon
und Toro lebend gesehen hatte. Falls es so sein sollte, hatten die letzten Worte, die sie miteinander gewechselt hatten, jedenfalls nichts Erinnerungswürdiges.

»Wie heißt du eigentlich?«, fragte sie den Jungen, um
sich abzulenken.

»Leynard.«

»Leynard?«

»Genau.«

»Mein Beileid«, brummte Wolf.

»Macht nix«, versicherte ihm Leynard, »ich werde in der
Schule dafür nur mittwochs verprügelt. An den anderen
Wochentagen haben sie mit den Kevans und Lukkars' zu
tun.«

»Punkt für dich«, gestand Wolf ihm zu, und über sein

Gesicht huschte dieses kurze Grinsen, bei dem Nova immer auffiel, dass er eigentlich gar nicht so schlecht aussah.

»Wie genau fährst du das Ding eigentlich?«, fragte Leynard sie, beugte sich vor und betrachtete ihre Hände, die auf dem Armaturenbrett lagen. »Und kannst du mir das beibringen?«

Die Anlage aus der Nähe zu sehen war befremdlich, sie kam ihr vor wie ein maßstabsgerechtes Modell und nicht wie etwas, das wirklich da war. Wolf schickte eine der letzten beiden Drohnen hinein – die aus dem Schacht hatten sie nicht mehr herausholen können – und verschaffte sich einen Überblick.

»Warum machst *du* das nicht?«, fragte Leynard Nova. »Mit der Drohne?«

»Weil ich das besser kann«, behauptete Wolf.

»Weil ich berühren muss, was ich lenke«, erklärte sie. »Ohne direkten Kontakt bin ich tatsächlich auch nicht besser oder schlechter als Wolf.«

»Oho«, machte er halbherzig, er war ganz auf den Navigatorschirm konzentriert. »Sag mal – hat das Vieh da in der Ecke eben noch gezuckt?«

Schweigend betrachtete sie das Bild, hinter ihnen beugte sich Leynard weit zwischen die Vordersitze, um auch etwas zu sehen. Er war ganz anders als in der Gegenwart seines Vaters. Sie sah mehrere tote Aliens auf dem Schirm, und kurz kreiste die Drohne über einem großen, getrockneten Fleck, der in der Nacht noch eine Blutlache gewesen war, bevor sie weitersauste. Nova fragte sich, ob sich Scar deshalb so unausstehlich benommen hatte – weil sie hierher zurückmusste, wo Stray gestorben war. Vielleicht war es sogar besser für sie, bewusstlos durch die Halle getragen zu werden und es nicht noch einmal sehen zu müssen.

»Okay«, sagte Wolf schließlich. »Dann mal los.« Er holte die Drohne zurück, stieg aus, umrundete den Wagen und zerrte Scar von der Rückbank. »Jetzt sehe ich ein, dass es ein Fehler war, sie zu betäuben«, gab er zu, wuchtete sie auf seine Schultern und ächzte. »Die wiegt so viel wie ein Walross-Beta.«

»Gibt es Walross-Betas?«, fragte Leynard erstaunt.

Sie wunderte sich kurz darüber, wie ein so junger Mensch in dieser Situation so wenig verängstigt sein konnte, dann wurde ihr klar, dass er weder die Aliens gesehen hatte, vom kurzen Blick auf die Aufnahme einiger toter Exemplare mal abgesehen, noch wusste, wie es um die Beziehung zwischen ihnen und ihren neuen Verbündeten stand. Für ihn hatte es ein paar Erdbeben gegeben, das Schiff war in ein Höhlensystem eingebrochen, dann kletterten sie nach oben, und zu ihrer Rettung kamen ein paar Fahrzeuge mit Bewaffneten herbei, um sie in eine neue Zuflucht zu bringen.

»Raus mit dir«, forderte sie ihn auf. »Die Zeit.«

Eilig stieg er aus. »Wozu sollen denn Walross-Betas gut sein?«

»Wozu sie gut sind, ist bei Betas nicht immer die Frage«, erwiderte Wolf und lagerte Scar ein wenig um, bevor er sich auf den Weg durch den zersprengten Gang machte. »Wozu ist ein verdammter Hyänen-Beta gut? Manchmal hat einfach nur irgendwer eine beschissene Idee und das Geld, um sie wahrzumachen.«

Nova sah zu, wie der Junge ihm in das dunkle Loch folgte. »Wolf?«, fragte sie übers JUST.

»Ja?«

»Pass auf, ja? Sei vorsichtig.«

»Selber. Und mach die Fenster zu. Auch wenn es stinkt. Wenn dir da was reinspringt ...«

»Funk diesen Eddie an.«

»Der weiß längst, dass wir da sind, verlass dich drauf.«

Sie wartete kurz ab, bis er ihr Bescheid sagte, dass sie hinter der Tür des Lagers verschwunden waren, das Morbus ihr beschrieben hatte. Dann fuhr sie wieder los, und nach zwei Kilometern kam ihr der Jeep entgegen. Wie zum Gruß blendete Morbus kurz die Scheinwerfer auf. Sie fragte sich, wie er wohl war. Wie Eddie war. Und Knell aka Nelly, die Waran-Beta. Argon hatte sich mit seinen Beschreibungen sehr knapp gehalten, eigentlich kaum mehr als die Namen und Funktionen genannt. Nox und Arris näher kennenzulernen, war nicht besonders erfreulich gewesen, aber immerhin war auch Argon mal Teil dieses Teams gewesen, es musste also nicht unbedingt etwas heißen.

Sie öffnete die private Leitung zu Argon, die um der mangelnden Ablenkung willen auf stumm geschaltet war. »Bin auf dem Rückweg.«

»Alles klar.«

»Bei euch alles in Ordnung?« Sie dachte an Scars Einschätzung der Kräfteverhältnisse – in diesem Augenblick waren Argon und Murray allein mit Arris und Nox. Bei der Besprechung hatte er nur mit den Schultern gezuckt und gesagt, er sei nur lebendig von Nutzen, falls sie mit dem Gedanken spielten, ihn doch noch auszuliefern. Aber vielleicht wusste er nicht, wie übergeschnappt Nox war. Oder er wusste es, und sie schätzte es schlimmer ein, als es war. Sie hoffte jedenfalls darauf, dass er recht hatte.

»Unten im Krater gab es schon ein bisschen Bewegung«, sagte er. »Nox hatte recht, bei Dunkelheit kommen sie raus.«

»Bewegung?«

»Drei der Biester haben die Köpfe rausgestreckt.«

»Liebe Güte! Und was habt ihr ...«

»Nox ist runter und hat sie rausgezerrt. Er sagt, in den Gängen und Rissen stecken noch mehr, aber die trauen sich nicht. Die drei waren ziemlich groß.«

»Er hat sie rausgezerrt?«

»Eins hat er sogar gegessen.«

»Ach du verkackte ...«

»Konzentrier dich aufs Fahren. Bis gleich.« Er schaltete die Verbindung wieder auf Standby.

Sie zog die Nase hoch und war erstaunt, wie gekränkt sie sich fühlte. Es war an ihm, die Sache auszubügeln, sie um Verzeihung zu bitten, nicht, sie grob abzuwürgen. Selbst als sie sich klarmachte, wie lächerlich der Gedanke war, half es nicht viel.

»Ich benehme mich wie eine Tussi, Tina«, sagte sie und berührte die Tasche mit der Speichereinheit. »Wie ein Mädchen.«

Keine Vibration, keine Antwort. Tina lag im Koma.

Nova fiel auf, wie viel dunkler der Himmel geworden war – noch immer war es heiß und ganz sicher noch nicht dunkel, aber die deutliche Ahnung der hereinbrechenden Nacht lag über der Ebene, und über den Horizont flackerten seltsame Lichter, als würden riesige Taschenlampen eine bläuliche Decke anstrahlen. Die Vorbereitung, die Sprengung, all das hatte sie viel Zeit gekostet. Plötzlich wurde ihr sehr bewusst, dass sie allein in einem erbärmlich nach Erbrochenem stinkenden Wagen saß und über einen fremden, dunkelnden Planeten raste. Wenigstens würde sie am Ziel nicht Arris oder Nox oder gar beide im Frosch mitnehmen, sondern Argon und Murray. Arris und Nox fuhren mit Morbus. Sie beschloss, für Kleinigkeiten dankbar zu sein.

Nox dort unten im Krater erinnerte Argon an einen Gladiator, der ungeduldig auf Nachschub an Gegnern wartete. Er kreiste in den dichter werdenden Schatten über die Außenhülle der *Virago* und spähte ringsum in die Löcher. Von hier oben sah er winzig aus. Er reagierte nicht darauf, wenn sie ihn riefen.

Inzwischen lag ein gutes Dutzend der bleichen Biester dort unten, er jagte ihnen ein kleines Stück in die Gänge hinterher, zerrte sie heraus und machte kurzen Prozess. Er sah aus wie ein Terrier, der übergroße Ratten abschlachtete. Durch die Schnelligkeit, mit der er sie tötete, kamen sie Argon mit einem Mal nicht mehr sonderlich bedrohlich vor, er musste sich selbst ermahnen und sich ins Bewusstsein rufen, dass es ein Irrtum wäre. Er war nicht Nox, er war nicht ansatzweise so schnell, er wich nicht mit derselben traumwandlerischen Sicherheit aus, wenn etwas nach ihm schlug oder biss, dass man fast hätte meinen können, er würde auch Kugeln lächelnd aus dem Weg treten, ohne dass sie ihn auch nur streiften. Und wenn Argon ebenfalls zentimeterlange, skalpellscharfe Krallen an Händen und Füßen hatte, dann war diese anatomische Eigenheit ihm bisher vollkommen entgangen.

Außerdem – es waren einzelne Aliens, die Nox packte und beutelte, bevor er sie von sich schleuderte. Nicht zwei oder drei auf einmal, sondern jeweils nur eins, und schon bei fünf hätte es ganz anders ausgesehen. Vielleicht dasselbe Ergebnis, aber sicher nicht mit derselben Leichtigkeit. Und dort unten, erinnerte sich Argon unbehaglich, dort unten waren Hunderte.

Die Schatten unten am Grund des Kraters, sofern man bei diesem unregelmäßigen Gefälle von einem Grund sprechen konnte, wurden tiefer. Es sah aus, als ergössen sich Schatten wie Abwasser aus den dunklen Eingängen in den Fels. Die Frequenz der Alienbesuche erhöhte sich, und Nox hatte auf einmal mit zweien zu tun – mit einem, das er aus einem Gang zerrte, und einem zweiten, das sich ungeachtet des schwachen Rests Tageslicht aus einem höhergelegenen Loch auf ihn stürzte. Der Aufschrei hinter ihm verriet, dass Murray der Umgebung nicht wie angeordnet hundert Prozent seiner Aufmerksamkeit schenkte, aber er sagte nichts, weil ihm der Mund offen stehen blieb angesichts der Eleganz, mit der Nox mit den beiden verfuhr. Normal war das nicht. Auch nicht für einen Tiger-Beta. Auch nicht für Nox.

Unten hüpfte Nox auf und ab und stieß ein langgezogenes Maunzen aus, das sich an den unregelmäßigen Kraterwänden brach.

»Tollwütig«, befand Murray kopfschüttelnd. »Oder ein Gehirnwurm. Da gab es mal eine Pandemie auf Quintus, noch bevor *Twilight* den Planeten übernommen hat ... diese ganzen Viecher sind auf einmal aggressiv geworden und hatten keinerlei Bewusstsein mehr für Gefahren. Ich wusste nicht, dass sich auch Betas infizieren können, aber er benimmt sich genauso. Möglicherweise ...«

»Er weiß, was er tut«, bemerkte Arris, der gute fünf Meter von Murray entfernt stand, trotzdem jedes Wort verstand und eher ein Auge für die Dunkelheit in den Löchern hatte als für Nox. Jetzt aber warf er einen Blick auf seinen Teamkollegen, der Argon vermuten ließ, dass er sich selbst nicht ganz so sicher war.

Er wechselte auf die gemeinsame Frequenz, über die alle mithören konnten. »Morbus?«

»Was?« Ein Blaffen, das verbale Äquivalent zu einem Tritt, mit dem man einen aufdringlichen Hund aus dem Weg befördert.

Argon hob die Brauen. Die hatten es alle wirklich nötig, die armen Verratenen zu spielen ... ausgerechnet. »Nox ist unten im Krater und frisst Aliens.«

»*Was?* Hol ihn da raus! Es ist gleich dunkel!« In Morbus' Stimme klang ein angewiderter Vorwurf mit, als glaubte er, Argon hätte Nox höchstpersönlich dort hinuntergeschickt. »Die sind nachtaktiv. Die vertragen kein Licht. Aber gleich ist es weg, und dann kommen sie raus.«

»Mir ist das klar. Erklär es ihm, nicht mir.«

Morbus fluchte so unflätig, dass Nova im Frosch vor Bewunderung fast der Schlag treffen musste. »Nox? Kannst du mich hören?«

Unten verharrte Nox und schaute nach oben, aber er sagte nichts.

»Er ist stehen geblieben«, sagte Argon. »Er hört dich.«

»Sind schon Lucies da? Du sagst, er hat welche gefressen?«

»Lucies?«

»Aliens. Die Viecher halt.«

»Ein paar haben die Nasen rausgestreckt. Die hat er rausgezogen. Ach, da holt er sich das nächste.« Irgendwie verschaffte es ihm grimmige Befriedigung, dass Morbus nicht gefiel, was er hörte, und ohnehin hatte das Verkünden unangenehmer Botschaften immer eine Wucht, in der sich unerfreuliche Gefühle recht gut kanalisieren ließen. Und unerfreuliche Gefühle hatte er in jüngster Zeit eine ganze Menge.

»Scheiße. Nox? Nox! Antworte mir gefälligst!«

Unten im Krater kauerte Nox über dem letzten Alien, riss ihm den Bauch auf und nahm seine unruhigen Runden wieder auf. Morbus beschimpfte ihn erfolglos, dann versicherte er Argon, sie seien gleich da.

»Und dann tust du was genau?«, fragte Argon. »Er sieht nicht aus, als wollte er da rauskommen.«

»Das tut er aber, und wenn ich ihn eigenhändig holen muss.«

Nachdenklich betrachtete Argon Nox, dann funkte er Morbus privat an. »Wie fertig ist er?«, fragte er in das eisige Schweigen der offenen Leitung. »Nach Skys Tod, meine ich.«

»Na, rate doch mal.«

»Ich meine – ist das normales Nox-Verhalten?«

Morbus lachte leise und verächtlich auf. »Es gibt schon lange kein normales Nox-Verhalten mehr. Warte kurz, ich muss eben mit Eddie sprechen.« Es dauerte keine Minute, dann war er wieder da. »So. Wo waren wir? Normales Nox-Verhalten. Im Sinne dessen, dass es im Rahmen einer erheblichen, aber vertrauten Spannbreite an völligen Irrsinnigkeiten liegt: absolut. Ja, dass er da unten ist, ist ganz normales Nox-Verhalten insofern, als ich entgeistert bin, aber nicht überrascht. Beantwortet das deine Frage?«

»Hat Skys Tod ihn derart ...«

»Skys Tod hat uns alle ziemlich erwischt. Nur einen nicht – den kennst du vielleicht. Der war nämlich nicht mehr da. Schau, die einzige ernsthafte Gegenstimme, die es gegen diese Mission gab, war die von Arris. Er wollte wissen, wie es sein kann, dass wir einem ehemaligen Teamkollegen, einem früheren Gefährten, derart in den Rücken fallen. Tja, dann haben wir es ihm erklärt. Was meinst du, wie viele Gegenstimmen es danach wohl noch gab?«

Offenbar war Argon nicht der Einzige, der den kathartischen Effekt unangenehmer Botschaften zu schätzen wusste. »Ist das so«, erwiderte er ausdruckslos und beobachtete Nox, bevor er seine Aufmerksamkeit den offen liegenden Gängen und Rissen im Gestein zuwandte. Es waren entmutigend viele.

»Nelly war nicht wohl dabei«, gab Morbus zu. »Wohl war keinem von uns. Aber Nelly sagte, eine Mission abzulehnen, das ginge nicht. Dafür bräuchte man einen Grund, der den ungeheuren Ärger wert sei, den das nach sich zöge. Und du seist kein solcher Grund.«

Nelly. Darauf, Nelly wiederzusehen, verspürte er nicht die geringste Lust, es graute ihm regelrecht davor.

»Du sagtest, du hast eins von den Viechern zerlegt?«

»Oh«, bemerkte Morbus spöttisch, »Themawechsel also. Richtig, das habe ich. Übrigens sind wir gleich da. Nur falls dir der Arsch auf Grundeis geht oder so.«

Argon war zu sehr mit seiner Theorie beschäftigt, um sich von so billigen Seitenhieben aus dem Konzept bringen zu lassen. »Ich frage mich gerade ... wir haben sowohl bei dem toten Wolf-Beta als auch bei Scar und Nox etwas im Blut entdeckt. Ein ... hm. Gift. Irgendeine Substanz. Wolf war nicht sicher, was genau sie bewirkt.«

Schweigen.

»Wir haben vermutet, dass die Viecher irgendwas im Speichel haben oder in den Zähnen oder den Krallen. Aber vielleicht ...«

»Ich habe nichts gefunden.«

Unten im Krater erstarrte Nox und lauschte aufmerksam. Argon folgte seiner Blickrichtung und legte das Lasergewehr an. Es wurde allmählich verdammt schwer, er beneidete Arris, der die schwerere *Viper* die ganze Zeit anscheinend mühelos im Anschlag hatte.

»Vielleicht ist es im Blut«, sagte er. »Oder im Gewebe. Ich habe gerade gedacht ... sie haben sie alle gebissen. Stray, Scar, sie haben sich im Kampf beide in die Biester verbissen. Und Nox ... er frisst sie. Nicht alle, aber er ... frisst von ihnen. Vielleicht ...«

»Du meinst ...«

»Scar hat fest geglaubt, dass Stray noch lebt. Halluzinationen offenbar, es ist halluzinogen. Und Nox spricht mit Sky.«

»Nox spricht seit ihrem Tod mehr mit Sky als in all den Jahren vorher.«

»Wirklich?«, fragte Argon verblüfft. Das brachte seine Theorie unangenehm ins Wanken.

»Er hat ihre Leiche vollgequatscht, als er sie zum Shuttle zurückgeschleppt hat, und seitdem hat er nicht mehr damit aufgehört, sich mit ihr zu unterhalten. Ziemlich spooky. Allerdings ...«

»Hm?«

»Allerdings weiß ich nicht, ob er sie vorher *gesehen* hat.« Morbus klang beunruhigt. »Das hieße ... o Mann.« Er schaltete wieder auf die andere Frequenz. »Nox? Wir sind so gut wie da.«

Argon lauschte und hörte die Motoren.

»Komm raus da. Wir können nicht auf dich warten. Außerdem reagieren die Biester vermutlich auf Erschütterungen. Wenn wir Pech haben, kommen gleich ein paar mehr raus, als du vertragen kannst.« Pause. »Nox?«

»So viel Hunger«, flüsterte Nox. »Spürst du das?«

»Ich spüre eine ganze Menge. Komm sofort hoch. Du kannst was essen, wenn wir in der Anlage ...«

»Doch nicht ich.« Nox kicherte. »*Sie*. Die Jäger. Ich habe noch nie solchen Hunger gespürt. Es ist, als ob sie aus der Idee des Hungers geboren wären. Sie personifizieren den Hunger. Sie sind zu nichts anderem da als dafür, zu fressen. Darin liegt Schönheit, finde ich.«

»Wahnsinnig schön, ja.« Morbus meldete sich wieder über die private Frequenz bei Argon. »Du hast recht.«

»Womit genau?«

»Na, er steht unter Drogen. Unter dem Einfluss von irgendwas. Er ist noch ein bisschen unvernünftiger als sonst.«

»Gut«, erwiderte Argon. »Wunderbar. Noch irrer als irre. Das hilft uns nicht, aber es ist schön, das zu wissen.«

Arris, der hören konnte, was er sagte, sich aber Morbus' Anteil des Gesprächs dazudenken musste – und er wirkte nicht wie jemand, der viel dachte –, warf ihm einen kurzen, besorgten Blick zu, ehe er wieder nach unten spähte. »Und was machen wir jetzt?«

Jetzt war das Motorengeräusch ganz deutlich zu hören, aber Argon warf keinen Blick über die Schulter, um die beiden Staubfahnen heranwehen zu sehen.

»Nox«, sagte Morbus über die offene Frequenz. »Wir sind gleich da. Wir halten an. Alle, die oben sind, steigen ein. Wir schließen die Türen. Und dann fahren wir wie von tausend Collies gehetzt zur Anlage. Ob du im Wagen sitzt oder nicht. Hast du mich gehört?«

»Aber das können wir doch nicht machen«, stieß Arris hervor. Er klang so entgeistert, als müsste er jede Sekunde die *Viper* von sich werfen, sich auf den Boden fallen lassen und mit den Fäusten darauf trommeln, aber ein kurzer Blick bestätigte Argon, was er auch aus dem Augenwinkel sah: Arris stand immer noch aufrecht und suchte unablässig die Löcher nach einer Bedrohung ab, mit der Nox möglicherweise nicht allein fertig wurde. Seine Stimme war das Einzige, was aus der Fassung geraten war.

»Er bringt uns alle in Gefahr mit dem Blödsinn. Ich ...«

»Aber wir können ihn doch nicht einfach hierlassen.«

»Es bleibt uns überhaupt nichts anderes übrig.«

Die sich nähernden Fahrzeuge versetzten den Boden in leichte Vibrationen.

»Schaut«, flüsterte Nox unten in sein JUST. »Das Mondlicht.«

Argon sah, wie er zurückwich. Und für einen Augenblick glaubte er selbst, dass es das Mondlicht sei, so unmöglich es auch war, er sah vor sich, wie einer der Monde durch einen der Eingänge dort unten gerollt kam und langsam aufsteigen würde, um vom Himmel aus sein kaltes Licht auf sie abzustrahlen, aber natürlich war es nicht der Mond. Es war etwas anderes, das sich näherte und leuchtete.

Nox stand in stummem Entzücken. Der Schimmer drang aus einem der größten Risse im Fels, und Argon wusste, was es war, er hatte sie ja unten im Bauch seines eigenen Schiffs schon gesehen, die etwas größeren, deren Haut sachte schimmerte. *Lumineszieren*, lieferte sein Hirn ihm aus einer verstaubten Schublade den passenden Begriff dazu, obwohl er nicht danach verlangt hatte. *Sie lumineszieren*, dieses hier deutlich stärker als die anderen, und der Schluss, den er daraus zog, bestätigte sich, als der Kopf auftauchte.

Es war riesig.

Aus irgendeinem Grund fürchtete er sich nicht mehr als vorher, es blieb bei der fast überschaubaren Portion kaltem Grauen und Zorn, mit der er auch sein Schiff verlassen hatte. Er betrachtete das Alien mit einer Ruhe, die ihm selbst unheimlich war. Es wirkte knochig, fast ein bisschen wie eingetrocknet, er sah keine Rippen, aber die Wirbel des Rückgrats zeichneten sich überdeutlich unter der bleichen Haut ab, die nicht nur schimmerte, sondern viel heller war als die der kleineren Artgenossen. *Ein weißer Riese*, dachte er unangemessen albern. Es bewegte sich langsam genug aus seinem Loch heraus, dass er einen besseren Blick darauf hatte als auf die wuselnden Biester in der *Virago*, aber schön war der Anblick nicht. Und es war allzu offensichtlich, dass es sehr viel schneller gekonnt hätte, wenn es nur wollte. Es sah fast aus, als dächte es darüber nach, was es da vor sich hatte. Der Gedanke war so unangenehm, dass er ihn rasch verdrängte.

Hinter ihnen kamen die Fahrzeuge zum Stehen. »Letzte Chance, Nox«, sagte Morbus scharf, und Argon hörte, wie die Fahrzeugtüren klickten, als sich die Verriegelungen lösten. Er schaute nach unten, und der sanfte Schimmer erfüllte den ganzen Krater, er fiel aus fünf, sechs, mehr Öffnungen, als sich weitere große Biester näherten, und er fragte sich, aus welchen Tiefen sie wohl aufgestiegen sein mochten. So große Kokons hatte die Kamera der Drohne nicht erfasst.

Nox unten breitete die Arme aus und lachte, und dann stürzte er sich geradewegs auf das erste, auf das Riesenvieh.

Ehe er es erreichte oder umgekehrt, jagte Argon eine lange, glühende Lanze aus dem Lasergewehr hinein. Es war ein riskanter Schuss, der Nox in Lebensgefahr brachte, weil er zu nah war, aber er war außerordentlich präzise und krümmte ihm kein Haar. Das Vieh brach zusammen, Nox schrie zornig auf. Ringsum hallte sein Schrei von den Wänden wider und wurde mit schrillem Kreischen beantwortet.

Und dann quollen sie aus den Löchern. Überall. In allen Größen. Sie fluteten den Krater. Und Nox mitten darin.

»Los«, brüllte Argon. Da war nichts mehr zu machen.

Sie rannten. Selbst Arris.

Es war kein geordneter Rückzug, sondern eine panische Flucht, und die sorgsam erwogene Sitzordnung schien ihre Gültigkeit verloren zu haben. Alle rannten zu dem Fahrzeug, das näher war – hinten in Morbus' Wagen landeten Arris und Argon, die beiden anderen verschwanden im Frosch. Ganz sicher die ungünstigste Kombination, weil der Jeep schneller war, die beiden tauglichsten Waffen aber ins hintere Fahrzeug gehörten, doch das war eine Überlegung, die Morbus' Gehirn so rasch anstellte, dass es ihm fast nicht bewusst wurde.

Der Frosch startete sofort und jagte davon, es war erstaunlich, welche Geschwindigkeiten das Mädchen ihm abnötigte.

»Fahr«, brüllte Argon, und Morbus fuhr. Er fragte nicht nach Nox. Nicht jetzt. Aber mitten in all dem Adrenalin und Herzrasen spürte er einen leichten, scharfen Schmerz, und er fürchtete sich vor dem ersten Augenblick der Ruhe, wenn er nachdenken konnte und es ihn mit voller Wucht treffen würde.

Im Rückspiegel sah er sie über den Kraterrand quellen, und ihm stockte der Atem. Es war eine amorphe Masse, er hatte gehofft, sie würden zuerst nur den Krater füllen, sich noch nicht nach oben trauen, wo es noch deutlich heller war, aber die Sonne war längst verschwunden, und sie kamen gleich in Wellen. Nachtaktiv, dämmerungsaktiv – mit ein wenig Beute vor der Nase nahm es damit nicht jedes Wesen übergenau.

»Heilige Scheiße«, hörte er Eddie sagen, der ihnen eine Drohne entgegengeschickt hatte, die just in diesem Augenblick über ihre Köpfe hinwegflog. »Fahrt. Fahrt zu!«

»Argon?«, rief die Pilotin panisch übers JUST. »Argon?«

»Ich bin im Jeep. Fahr.«

Für einen Augenblick sah es aus, als würden sie es nicht schaffen. Der Abstand verringerte sich nicht, die ersten Viecher hetzten keine zwanzig Meter hinter ihnen her.

Morbus hielt sich ein wenig zurück, sie rasten nebeneinander dahin, der Frosch war nicht für hohe Geschwindigkeiten gemacht, ihre Verfolger hingegen schon, und das unwegsame Gelände kam ihnen entgegen. Er wusste, dass er Gas geben und die anderen zurücklassen würde, wenn es sein musste. Das war ein Gedanke, mit dem er sich später würde beschäftigen müssen, aber es war glasklar, und da war eine Kälte in seinen Überlegungen, die ihm neu war.

»Wir schaffen es nicht!«, hörte er Nova übers JUST sagen. Es klang sehr sachlich.

»Fahr einfach zu«, raunzte Eddie sie an.

»Schaut nach vorn«, sagte Argon.

»Und nicht aus Versehen Gas und Bremse verwechseln«, ergänzte Morbus tonlos.

Sie kicherte kurz und nervös auf.

»Schaut nach vorn«, wiederholte Argon, »nicht in den Rückspiegel.« Er ließ das Fenster ein Stück herunterfahren, beugte sich hinaus und warf etwas. Kurz darauf zuckte hinter ihnen ein greller Lichtblitz, gerade als sie über eine üble Bodenwelle rumpelten, und Morbus zuckte heftig zusammen. »Beim heiligen Mondk…«

»Fuck«, brüllte Eddie. »Ist dir klar, du Arschloch, dass ich hinter euch gerade durch die Kameraaugen einer hochempfindlichen Drohne schaue?«

»Ich habe euch doch gewarnt.«

»Einen Scheiß hast du! Nicht in den Rückspiegel sehen, hast du gesagt. Ich schaue in keinen Rückspiegel. Sag doch, dass du eine verschissene Blendgranate wirfst!«

Morbus schaute in den Rückspiegel. Der Abstand war etwas größer geworden. »Scheint gewirkt zu haben.«

»Sie berappeln sich gerade wieder«, knurrte Eddie. »Soweit ich das bei all den grünen Flecken vor meinen Augen sagen kann. Wie viele von den Dingern hast du?«

»Noch eine.«

»Dann verschwende die nicht so wie die eben, klar? Ihr habt ein paar Meter gewonnen, die ihr nicht braucht. Großes Kino.«

»Reg dich ab«, sagte Morbus. »Wie viele sind es?«

»Keine Ahnung. Echt nicht, keinen Schimmer. Fahrt einfach, ja?«

»Elf Uhr«, sagte Nova ausdruckslos. Sie klang wie die Ansage eines Bordcomputers.

Ehe er bewusst einsortieren konnte, was sie meinte, ging er instinktiv vom Gas, schwenkte hinter ihr quer über die nicht existente Fahrbahn und sah, was sie meinte: Auf elf Uhr war einer dieser riesigen Felsen, und von dort aus, noch nicht nah, aber auch nicht wirklich weit weg, kam etwas angerast.

»Gutes Dutzend«, steuerte Eddie bei, offensichtlich bei seiner Ehre gepackt, was das Zählen gefräßiger xenobiologischer Lebensformen anging.

»Wir schaffen es nicht«, sagte Nova heiser.

Niemand antwortete. Hinten im Wagen fuhr Argon wieder das Fenster herunter, schob den Lauf der Laserkanone hinaus und begann zu feuern.

»Na gratuliere«, sagte Sky. Sie kauerte auf dem Tisch im Aufenthaltsraum der *Virago*, oder was auch immer es für ein Raum sein mochte, und betrachtete ihn kopfschüttelnd.

Nox beachtete sie nicht, sondern schaute sich um. In der Küche fand er eine wunderschöne Frau, die nie geatmet hatte und jetzt in verwesungsfreier Leichenstarre auf dem Boden saß, den Blick auf eine Ladestation gerichtet. Einige Schranktüren standen offen, es herrschte ziemliches Durcheinander. Er schnüffelte, roch Fleisch, war aber satt und vermerkte es in seinem Hinterkopf für später. Erst einmal schlich er im schwachen Licht der glimmenden Streifen und Pfeile an Wänden und Boden zum Cockpit, darauf bedacht, keine Erschütterungen zu verursachen. Draußen war es nicht still geworden, aber das wilde Kreischen vor der verschlossenen Tür des Mannschaftsquartiers war verstummt.

»Sieh an«, sagte er leise und ließ sich in einen der Sitze gleiten. Es war ein großes Cockpit, jedenfalls wenn man die verwarzten Schuhkartons der Shuttles gewöhnt war, die *SE* den hochgeschätzten Mitarbeitern am untersten Ende der Nahrungskette zugestand, in die man seinen Piloten mit vereinten Kräften hineinschieben musste, damit er es durch die Tür schaffte. Drei Sitze, ein respektabler Schirm in kleidsamem Schwarz, das vermutlich exakt das widerspiegelte, was draußen wirklich zu sehen gewesen wäre, würde er noch funktionieren. Genug Platz, um fast aufrecht zu stehen und sich vorsichtig umzudrehen ... in seinen Augen war dies hier die Präsidentensuite unter den Cockpits.

Die *Virago* atmete Schweigen und hatte bereits angefangen zu vergessen, wer hier gelebt hatte und was geschehen war. Er strich über die Kontrollen und verspürte seltsame Feierlichkeit bei dem Gedanken, dass er in einem verlorenen großen Schiff saß, das möglicherweise in hundert oder tausend Jahren wieder ausgegraben wurde und für große Aufregung sorgte.

»Ach, Freiheit und Reichtum«, spottete Sky und schmiegte sich in den Navigatorsitz, als hätte sie nie woanders gesessen. »Jetzt gehört sie ganz dir, die *Virago*. Freust du dich?«

»Für dieses Schiff bist du gestorben«, erinnerte er sie.

Verärgert, als sei es ungehörig, sie daran zu erinnern, zuckte sie mit den Ohren. »Ganz so direkt ist der Zusammenhang nicht.«

»Direkt genug. Es ist ganz schön groß, nicht?«

»Für ein Schiff, auf dem man mehr als ein paar Stunden am Stück Zeit mit einer Menge anderer Leute verbringen muss?« Skeptisch verzog sie das Gesicht, und er lächelte. Es war Argons Traum gewesen, ein eigenes Schiff zu besitzen, und auch Morbus träumte davon. Vielleicht sogar Eddie? Er glaubte es nicht. Er selbst jedenfalls fand ebenso wenig Reiz darin wie Sky. Er freute sich darauf, irgendwann die Fliegerei hinter sich zu haben, die Raumhäfen, die immergleichen Hotelzimmer, die engen Shuttles, die Anschnallerei, all die verlorenen Monate, die irgendwo zwischen einem TransMatt-Portal und dem nächsten in der Leere versickerten.

»Falls es irgendwann so weit sein sollte«, erinnerte sie ihn.

»Irgendwann ist es immer so weit«, erwiderte er, legte seinen rechten Arm auf die Kontrollen und betrachtete ihn. »So oder so.«

»Du solltest die Blutung stillen«, riet sie ihm. Auf einmal stand sie ganz dicht bei ihm, und er wünschte, er könnte ihre Körperwärme spüren.

»Es hört schon auf. Schau.«

»Das ist nicht normal«, bemerkte sie.

»Es tut auch nicht weh.«

»Das kann schon mal vorkommen. Kannst du die Hand bewegen?«

Er versuchte es. Das Ergebnis war zweifelhaft. Der Biss ging bis auf den Knochen. »Ich bin ziemlich müde«, stellte er fest.

»Versuch, sie anzufunken«, bat sie ihn. »Sie wissen nicht, dass du noch lebst.«

»Die Verbindung ist weg«, erwiderte er schulterzuckend, stand auf und suchte nach Argons Quartier. Er orientierte sich am Geruch und fand es rasch, es war vergleichsweise groß und bestand sogar aus zwei Räumen. Sorgsam schloss er die Tür hinter sich, eine weitere untaugliche Barriere gegen die da draußen, die so hungrig waren und so gut schmeckten. Träge rollte er sich auf dem Bett zusammen. Der Geruch der kleinen Pilotin hing in Decke und Kissen. »Das ist ein Luxus, den ich vermisst habe – ein richtiges Bett.«

»Desinfizier die Wunde wenigstens.«

Er gähnte sie an. »Später«, beschied er ihr. »Leg dich neben mich, ja?«

Seufzend leistete sie seiner Bitte Folge. Sie war geschmeidig und schön, roch nach nichts, atmete nicht, war nicht warm. Hinter der Schläfrigkeit spürte er den Schmerz herannahen, unausweichlich und kalt, und er biss die Zähne zusammen, rollte die Decke zusammen und nahm sie in den Arm. Ehe Sky etwas Spöttisches sagen konnte, flüchtete er sich in den Schlaf.

24

Datum: 27. Juli 3042
System: unbekannt
Planet: unbekannt
Ort: Anlage

Keine Flammenwerfer. Auch hier gab es keine Flammenwerfer. Das wurde Leynard sofort klar, als sie im Licht einer kleinen Drohne, die ihnen entgegenkam, an bleichen,
stinkenden Überresten der Aliens vorbei durch einen Gang
hasteten, durch eine Tür traten, die hinter ihnen wieder
verriegelt wurde, und sich einem Mann gegenübersahen,
der nicht sehr viel größer war als er selbst. Na gut, vielleicht einen Kopf. Aber größer als Jet war er nicht, im Gegenteil, und Jet war erst siebzehn und würde, wie er Leynard häufig versicherte, noch wachsen. Ein gutes Stück.

»Hi«, begrüßte sie der Mann. Sogar Leynards Mutter hatte herzlicher geklungen, als sein Vater im letzten Herbst
nach all den Jahren wieder vor der Tür gestanden hatte.
»Ich bin Eddie.«

»Wolf. Das ist Leynard. Und das hier ist Scar.« Unsanft
ließ Wolf sie zu Boden gleiten und sah sich um, während
die Drohne wieder nach draußen glitt und Eddie die Tür

zuschob. Den Riegel legte er nicht vor. Leynard ertappte sich bei dem Wunsch, er täte es. Wegen der fehlenden Flammenwerfer. Mit der entsprechenden Bewaffnung hätte er sich erheblich sicherer gefühlt. Der Raum hing voller Schatten. Er sah sich forschend um.

»Nervös, Kleiner?«, fragte Eddie. »Hier ist nichts.«

»Ich bin nicht nervös. Ich ...«

»Das ist ja noch ein Kind«, brummte Eddie gereizt.

»Ich bin dreizehn.«

Er schnaubte nur und deutete auf Scar. »Was ist mit ihr?«

»Ich habe sie betäubt.«

»Aha.«

»Das war auch gut so«, mischte sich Leynard ein. Keiner der beiden Männer beachtete ihn. Sie schienen nicht zu wissen, was sie voneinander halten sollten.

»Die eigentliche Anlage ist unten?«, fragte Wolf schließlich und deutete zu einer offen stehenden Tür, die Leynard jetzt erst bemerkte.

»Richtig.«

Dann sprach eine Weile niemand mehr, bis Eddie sagte, dass Morbus und Toro jetzt kämen. Auch der Stier-Beta folgte der Drohne und stand unvermittelt in der Tür. Sie war so hoch und breit, dass er sich nicht ducken musste – auf der *Virago* hatte Leynard zweimal beobachtet, wie er mühsam durch zu enge Türen getaucht war, in denen er fast mit den Hörnern hängen blieb. Er kam herein, Eddie schloss die Tür hinter ihm und legte den Riegel vor. Dann musterte er den Stier-Beta.

Toro schaute reglos zurück. »Wo ist Nelly?«, fragte er schließlich.

Eddie neigte den Kopf. »Lass mich eins klarstellen: Das

hier ist keine witzige Situation, in der irgendwelche alten Geschichten Platz haben. Wir sind hier. Ihr seid hier. Wir brauchen alle einen klaren Kopf, wenn wir das hier überleben wollen. Wenn es nach mir geht, kann jeder direkt wieder dort rausgehen, der unbedingt Ärger haben und sich abreagieren will.«

»Ich frag ja nur.«

»Und ich sage dir, dass ich Professionalität erwarte. Nox und Argon reichen mir schon. Die werden sich noch in irgendeinem ungünstigen Moment auf die Fresse hauen. Und wer weiß, vielleicht macht Morbus auch noch mit. Ich habe auf das Kindergartentheater keinen Bock. Ich will hier lebend rauskommen. Das wird eng genug.«

»Hm«, brummte Toro. Mehr sagte er nicht, und sie warteten.

Leynard musterte die Waffen der Männer. Die Knarre des Stier-Betas gefiel ihm gut, sie sah übel aus, als könnte man damit ganze Häuserblöcke weghauen. Die der beiden anderen fand er nicht bemerkenswert.

»Ihr habt hier wohl keine Flammenwerfer, oder?«, fragte er Eddie.

Der warf ihm einen Blick zu, als wäre er gerade von einer Toilette angesprochen worden, und machte sich nicht die Mühe zu antworten. Dafür streckte Wolf eine Hand aus, wuschelte Leynard durchs Haar und lächelte kurz. »Tut mir leid, Kleiner.«

Leynard zog eine Grimasse. »Schon gut«, murmelte er und zog sich zwei Schritte zurück, um dem Risiko eines weiteren Angriffs auf seine Würde und die Reste seiner Frisur vorzubeugen.

»Wir sollten sie vielleicht schon mal nach unten bringen«, schlug Wolf vor und deutete auf die bewusstlose Scar. »Falls es hier gleich ein bisschen wilder werden sollte.«

»Wollen wir mal nicht hoffen«, brummte Eddie.

»Nur für den Fall. Gibt es einen Raum, in dem wir sie erst mal einschließen können? Ich weiß nicht, wie vernünftig sie ist, wenn sie aufwacht.«

»Wann wacht sie denn in etwa auf?«

»Stunde? Zwei? Ist schwierig einzuschätzen bei Betas, oder?«

Eddie musterte sie, kratzte sich im Nacken und seufzte. »Wartet hier.« Er verschwand im Fahrstuhlschacht, sie hörten seine Schritte auf metallenen Sprossen. Er blieb eine ganze Weile weg.

»Gefällt mir nicht«, grollte Toro. »Das alles. Das gefällt mir überhaupt nicht. Hier ist irgendwas faul.«

»Selbst wenn, könnten wir im Augenblick nicht viel dagegen unternehmen«, erwiderte Wolf.

Das war keine Antwort, die Leynard gefiel. Nicht nur inhaltlich, sondern vor allem, weil sie ihm nicht besonders markig vorkam.

Er war nicht blöd – ihm war vollkommen klar, dass Serien und Filme mit der Realität nicht viel zu tun hatten. Vor allem, weil sie allesamt von unterschiedlichen Konzernen gesponsert wurden, die, so hatte Jet ihm erklärt, ein Interesse daran hatten, dass bestimmte Bilder vermittelt wurden. Beispielsweise erkannte man bei *UI*-gesponserten Filmen immer schon am Anfang, wer überleben würde, wenn man darauf achtete, wer die neueste Waffe aus dem Hause trug. Die einzige Überraschung hatten sie bei *Kaliber: tödlich* letztes Jahr erlebt, in dem die Waffe im Showdown gestohlen und der Besitzer selbst damit erschossen wurde. Das war in dem Sommer gewesen, als *UI* eine verfeinerte Technologie rausgebracht hatte, bei der biometrische Sensoren an der Waffe angebracht und auf einen bestimmten Träger programmiert wurden – stimmten die Werte nicht überein, ließ sie sich nicht abfeuern.

In der Realität war es weniger berechenbar, wer es schaffte und wer nicht, aber trotzdem galt Jets Leitspruch auch in Wirklichkeit: *Das Glück bevorzugt den, der vorbereitet ist.* Sie würden eines Tages Filme und Serien drehen, die sich nach diesem Motto richteten. Ehrliche Filme, realistische Filme, in denen alles richtig gemacht wurde. Aber: Auf gute Sprüche würden sie nicht verzichten. Davon lebten Filme, erklärte Jet gern, und Leynard fand, dass er recht hatte. *Selbst wenn, könnten wir im Augenblick nicht viel dagegen unternehmen* – das war nix. Dafür konnte man von niemandem Eintritt verlangen. Der gute Eindruck, den Wolf bei ihm gemacht hatte, als er die Hyäne unterwegs abgefertigt hatte, erlitt erhebliche Einbußen.

Das Glück bevorzugt den, der vorbereitet ist. Auf einmal bereitete ihm Jets Lebensmotto Unbehagen. Sein Vater war noch da draußen, und niemand hier schien sich gut vorbereitet zu haben. Nicht dass er an seinem Vater übermäßig hing – im Grunde kannte er ihn gar nicht, und je mehr Zeit sie miteinander verbrachten, desto sicherer war er, in den ganzen Jahren nicht viel verpasst zu haben. Trotzdem – er blieb sein Vater, und beim Gedanken, dass er ihn mit den Justifiers allein ließ, wurde Leynard übel.

Dass die gar nicht deutlich besser bewaffnet waren, stellte ihn vor ein Rätsel. Musste man nicht *immer* damit rechnen, auf einem fremden Planeten abzustürzen? Und bereitete man sich nicht besser *immer* auf einen solchen Notfall vor?

Im Schacht erklangen Geräusche, kurz darauf tauchte Eddie wieder auf, warf einen Haken in die Höhe, der sich irgendwo über seinem Kopf im Schacht einklinkte und an dem ein Seil hing, und winkte Toro heran. »Bring sie her.« Sie befestigten ein Klettergeschirr an der bewusstlosen Hyäne. »Lass sie langsam runter, ich schaffe sie unten dann weg.«

»Sie ist schwer«, bemerkte Wolf.

»Das kriege ich schon hin. Ist nicht weit.«

Nachdenklich warf Wolf Leynard einen Blick zu. »Nimm den Jungen mit.«

»Bitte?«

»Nimm ihn mit. Setz ihn unten irgendwo hin, wo er sich ein bisschen beschäftigen kann. Falls es hier unruhig wird und wir möglicherweise schnell abhauen müssen, hätte ich ihn gern aus dem Weg.« Ein knappes Lächeln zu Leynard. »Nichts für ungut.«

»Na komm«, brummte Eddie nach kurzem Schweigen und schob sich eine Multifunktionsbrille über die Augen. »Worauf wartest du?«

Lieber Jet, dachte Leynard, als er Eddie nach unten folgte, *meine Abenteuer im Weltall: Ich werde zusammen mit einer bewusstlosen Hyäne aus dem Weg geschickt, damit ich den Idioten, die nicht mal Flammenwerfer auf einen fremden, von Monstern bevölkerten Planeten mitnehmen, nicht im Weg bin. Ist super hier, ich wünschte, du wärst mitgekommen.*

Unten war es stockdunkel. »Nimm das«, sagte Eddie, hakte etwas von seinem Gürtel und reichte es ihm.

»Was ist das?«

»Eine Taschenlampe?«

»Oh.« Verlegen fingerte Leynard daran herum, zu seiner

Erleichterung stach kurz darauf ein heller Strahl durch die Dunkelheit. »Warum ist es hier so …«

»Nerv nicht, ich bin nicht dein Babysitter. Warte hier.« Von oben näherte sich pendelnd Scars schlaffer Körper, Eddie fing sie auf, legte sie auf seine Schultern wie einen überdimensionierten Fellkragen, hakte mit einer Hand das Seil von ihrem Klettergeschirr los und ächzte unter ihrem vollen Gewicht. Dann setzte er sich taumelnd in Bewegung.

Sie gingen durch einen langen, stockfinsteren Gang, der sich endlich zu einem großen Raum öffnete. Wie groß er war, konnte Leynard nicht einschätzen, das einzige Licht stammte von zwei kleinen Lampen am diesseitigen und jenseitigen Ende. Mit der Taschenlampe leuchtete er quer durch die Dunkelheit.

»Rechts«, sagte Eddie hinter ihm. »Die dritte Tür.« Er walzte an ihm vorbei und ging voraus.

»Warum ist es hier so dunkel?«, fragte Leynard, während er ihm folgte.

»Weil kein Licht an ist. Setz dich.« Die Hyäne klatschte zu Boden.

Zweifelnd leuchtete Leynard umher. Zwei Kisten standen dicht vor ihm, ansonsten war der Raum groß und leer und voller Staub. »Und warum ist kein Licht an?«

»Setz dich. Und bleib hier. Mach keinen Blödsinn – in zehn, fünfzehn Minuten kommen wir runter.«

»Aber …«

»Hast du etwa Angst im Dunkeln?«

»Nee.« Das war keine Lüge, er fürchtete sich tatsächlich nicht vor der Dunkelheit, im Gegenteil. Er fühlte sich darin geborgen. Im Dunkeln kamen ihm die besten Ideen.

»Na dann.«

Leynard erwartete noch weitere Anweisungen oder irgendetwas anderes, vielleicht eine dieser aufmunternden Floskeln, die ihn immer so ärgerten, aber Eddie stiefelte einfach davon und ließ ihn mit der bewusstlosen Scar allein.

Er lauschte Eddies Schritten, die im Gang verklangen. Wie er den Schacht hochstieg, hörte er hier unten schon nicht mehr. Ganz still saß er da und lauschte. Aber die Anlage gab keinen Laut von sich, und das Einzige, was er hörte, war Scars Atem, flach, aber regelmäßig.

Plötzlich fragte er sich, was er tun sollte, wenn sie nicht wiederkämen. Wenn es dort oben einen Unfall gab. Ein Unglück. Wenn diese bleichen Viecher, die er oben in der Halle nur undeutlich gesehen hatte, sie erwischten. Wenn sie vielleicht gerade noch mit letzter Kraft die Türen schließen konnten, um ihn zu retten, ehe sie zerfleischt wurden.

Dann säße er hier im Dunkeln, allein mit Scar.

Seine Rippen schmerzten beim Atmen. Er malte sich aus, wie es wäre – wenn er sie oben schreien hörte, möglicherweise als Letztes seinen Vater, der nach unten rief: »Du musst überleben, mein Sohn!« –, etwas Persönlicheres fiel Leynard nicht ein. Dann sich schließende Türen und die schreckliche Gewissheit: Er und Scar waren die letzten Überlebenden des Raumfrachters *Virago*.

Er leuchtete eine der Kisten an, sie bestand aus splitterfreiem, ultraleichtem Kunststoff. Er setzte sich darauf und stellte sich vor, wie er durch die Anlage streifte und den Strom wieder in Gang kriegte. Natürlich musste er dabei ein Teil irgendwoher holen, wo alles mit Aliens verseucht war, und als er es knapp geschafft hatte, fiel ihm eine schwere Hand auf die Schulter. Er erschrak, aber es war nur Scar, die röchelte: gut gemacht!

»Und dann finden wir heraus, dass das hier das Quartier von Weltraumpiraten war«, sagte er zu Scar. »Wir setzen einen Notruf ab, aber keiner glaubt daran, dass wir noch leben, nur Jet, mein bester Freund. Er stiehlt ein Shuttle und macht sich auf den Weg, um uns zu retten. Er schießt sich den Weg frei, aber irgendwann haben sie ihn fast. Wir können ihn retten, denn inzwischen haben wir irgendwo in einer vergessenen Waffenkammer Flammenwerfer entdeckt. Es wird sehr knapp, aber wir schaffen es. Aber ...« Er überlegte. »Bei der Landung ist Jets Shuttle zerstört worden, aber wir entdecken ein anderes in der Anlage. Draußen ist noch immer alles voller Aliens. Wir schaffen es, das Shuttle der Piraten zu reparieren, und starten. Wir wollen nach Hause, aber unterwegs holen sie uns ein und greifen an, und da entdecken wir, dass wir einen Schatz an Bord haben. Irgendwas total Wertvolles. Sie fangen uns mit einer Art Traktorstrahl ein und wollen uns töten, aber sie haben nicht damit gerechnet, dass wir uns wehren können und einen Justifier dabeihaben. Wir machen sie alle kalt, es wird sehr knapp, aber am Ende gewinnen wir.« Grübelnd starrte er sie an. Es musste am Ende noch eine interessante Wendung geben, sagte Jet. Ohne interessante Wendung taugte das alles nichts.

Vorsichtig näherte er sich Scar, kauerte sich vor ihr nieder und leuchtete ihr ins Gesicht. Ihre Augen waren einen winzigen Spalt offen, er sah blutunterlaufenes Weiß. Sie war noch immer bewusstlos.

»Dann auf einmal wendest du dich gegen uns. Es stellt sich raus, dass du von Anfang an hinter dem Schatz her warst und wir nur deinetwegen hier gelandet sind, weil du die Maschinen manipuliert hast. Weil du uns magst, lässt du uns am Leben, aber du haust mit dem Shuttle ab. Wir kriegen es hin, das Piratenschiff zu manövrieren, aber Jet ist völlig fertig, weil wir jetzt doch wieder in unsere blöde Siedlung zurückmüssen und ich zu meiner Mutter und er zu seiner Schwester. Na gut, eigentlich ist seine Schwester ganz cool, aber im Film halt nicht. Tja, und da zeige ich ihm, was ich gemacht habe. Ich habe nämlich das wertvollste Stück aus dem Schatz an mich gebracht, als wir noch nicht wussten, was mit dir los ist. Weil das Glück den bevorzugt, der vorbereitet ist. Und da haben wir also ein riesiges Schiff und einen Schatz, und wir beschließen, dass wir nicht mehr nach Hause zurückkehren. Ende.« Zufrieden betrachtete er seine Antagonistin und fand, dass sie dafür bestens taugte. Wenn man ihr hässliches Gesicht ignorierte – die Figur schien ihm ganz gut zu sein, soweit es unter der leicht gepanzerten Kleidung zu beurteilen war. Und im zweiten Teil konnte Scar dann Jagd auf sie machen. Klar, ein bisschen musste man die Story noch glattschleifen, aber im Großen und Ganzen gefiel es ihm sehr gut.

Stille. Dunkelheit. Er lauschte.

Es war nichts zu hören.

Er fragte sich, wo sein Vater jetzt war. Ob es nicht alles ein bisschen sehr lange dauerte. Und er machte sich klar, dass er darauf hätte bestehen müssen, eine Waffe zu bekommen. Gar nichts hatte er. Zögernd leuchtete er an Scar entlang und fand ein leeres Holster – offenbar hatte Wolf ihr die Waffe abgenommen. Natürlich.

Der Strahl der Taschenklampe wanderte weiter zur zweiten Kiste. Er starrte sie an.

Wenn er nichts von oben hörte, drang sicher auch kein Laut von hier unten an die Ohren der Männer dort hinauf, richtig?

Er fragte sich, was Jet wohl gesagt hätte, wäre er jetzt hier.

Mach auf, dachte er. *Mach das Scheißding auf, das würde er sagen.*

Kurz entschlossen stand er auf. Die Kiste war offenbar schon einmal geöffnet worden, er bekam sie problemlos auf und leuchtete erwartungsvoll und mit jagendem Herzen hinein, plötzlich ganz sicher, dass Eddie jede Sekunde zurückkommen und ihn anpöbeln würde, was er sich eigentlich einbilde.

Jede Menge aufgeschäumtes Zeug. Vorsichtig wühlte er darin herum.

Bauteile.

Enttäuscht verzog er das Gesicht. Richtig tief zu wühlen, traute er sich nicht, aber es sah ohnehin aus, als sei nichts anderes dort drin als elektronische Bauteile. Behutsam strich er die kleinen Schaumpellets wieder glatt, schloss die Kiste und versuchte es mit der anderen.

Betten.

Ungläubig starrte er hinein. Es waren unverkennbar Feldbetten, vermutlich auch aufgebaut nicht viel gemütlicher, als sie zusammengeklappt aussahen.

Er schloss die Kiste, setzte sich darauf, umklammerte die Taschenlampe und lauschte. Es war wirklich dunkel. Und sehr, sehr still.

Er hatte Angst. War es ihm zu verdenken? Da hockte er in der Dunkelheit, bewaffnet nur mit einer Taschenlampe und seiner Phantasie, und bis auf die Männer dort oben und einer unverriegelten Stahltür stand nichts zwischen ihm und irgendwelchen Aliens, die ihm mit einem Mal sehr viel bedrohlicher und echter vorkamen als noch vor wenigen Minuten. Die Leere vor der Tür und all die anderen Türen, die sich in der Dunkelheit verloren, wurden ihm sehr bewusst.

Nur ein paar Justifiers zwischen ihm und den Aliens. Und diese Justifiers horteten nicht etwa Waffen in ihren geheimnisvollen Kisten, sondern elektronische Bauteile und Feldbetten.

Sein Atem ging schnell. Bevor er in Panik geriet, dachte er sich eine neue Geschichte aus. Mit der hier wäre Jet nicht sehr zufrieden gewesen – in der ging auf einmal das Licht an, die anderen kamen herunter, setzten einen Notruf ab, und drei Tage später wurden sie abgeholt, ohne dass noch etwas Aufregenderes passiert wäre als der Austausch von ein paar lässigen Sprüchen und einer heruntergefallenen Kaffeetasse. Und Ende.

25

Datum: 27. Juli 3042
System: unbekannt
Planet: unbekannt
Ort: draußen

Der Frosch war für solches Gelände gemacht, nicht aber für ein solches Tempo, und Morbus wusste nicht, wie Nova es schaffte, ihn unter Kontrolle zu halten. Als die kleinere Gruppe Lucies schräg von vorn angerast kam und er den Jeep hinter den Frosch zurückfallen ließ, um auf seiner anderen Seite wieder zu beschleunigen, hätte dieses Manöver sie beinahe selbst den Kopf gekostet – er war ein passabler Fahrer, vielleicht sogar ein guter, aber er verfügte weder über Arris' Reflexe noch über Eddies natürliche Affinität zu allem, was einen Motor hatte. Er wollte sich wie ein verzweifelter Affe am bockenden Lenkrad festklammern, vielleicht sogar mit den Zähnen, um unter Aufbietung aller Kräfte diesen verdammten Jeep auf diesem verdammten Witz von einem buckligen, unberechenbaren, widerspenstigen Untergrund auf Kurs zu halten.

»Bisschen ruhiger«, mahnte Argon, der sich offenbar

nach einer Gesichtsneugestaltung sehnte, schob den Lauf des Lasergewehrs aus dem Fenster und feuerte. Ruhig, kontrolliert. Fast jeder Schuss saß. Wenn er nicht sauber traf, zuckte Arris zusammen, als täte es ihm körperlich weh, auf der falschen Seite des Wagens zu sitzen und dazu verdammt zu sein, jemandem zuzuschauen, der mehr als einmal in seinem Leben danebenschoss.

Die letzten zwei Lucies kamen auf fünfzehn Meter heran, da fiel die erste, die zweite schaffte es bis auf zehn Meter, bis Argon sie ins Visier nahm, Bodenwelle und daneben, fünf Meter, ihr Kreischen gellte durchs Fenster – ein ruhiger, sauberer Schuss, sie fiel.

Argon zog das Gewehr wieder ein Stück herein, aber nicht ganz. »Die will ich wiederhaben«, sagte er zu Arris, und Morbus registrierte am Rand seines Bewusstseins, wie er mit einer Hand etwas aus dem Gürtel zog und es Arris reichte, ohne hinzuschauen.

»Alles klar«, erwiderte Arris und überprüfte rasch und routiniert die Waffe, ohne sich vom Gerüttel des dahinrasenden Wagens im Mindesten stören zu lassen. Morbus war froh, dass der Frosch deutlich langsamer war, auch wenn dieses Mädchen ihn auf ein Tempo beschleunigte, das er ihm nicht mal auf ebener Strecke zugetraut hätte. Aber so war er nicht in Versuchung, die Höchstgeschwindigkeit des Jeeps zu ermitteln – zweifelsohne hätte sie ihn grenzenlos überfordert.

»Was ist das für eine Waffe?«, fragte er nach hinten.

»Finch.«

Morbus pfiff durch die Zähne und hätte sich fast die Innenseite seiner eigenen Wange durchgebissen, als der Jeep nach einer Erhebung in ein Tal rumpelte, mit quietschender Federung daraus hervorschoss und ganz knapp, bevor ihm das Heck abschmieren wollte, auf dem glitschigen Untergrund der zerquetschten Pflanzen griff und weiter so ungefähr geradeaus raste. Er warf einen Blick in den Rückspiegel. Die Verfolger waren eine amorphe Masse, die allmählich zerfiel, ein paar besonders begabte Sprinter ganz vorn, das Feld fächerte etwas auf. Trotzdem erinnerte es ihn immer noch mehr an eine Flutwelle als an lebende Wesen, die einer Art Konservenfutter hinterherjagten, das nicht mal einen Bruchteil von ihnen würde sättigen können. Irgendwo in seinem Bewusstsein regte sich Empörung über die schiere Sinnlosigkeit dieser Hatz – wenn sie sie kriegten, stand die verpulverte Energie dieses außer Kontrolle geratenen bleichen Mobs in keinem Verhältnis zu dem Gewinn, den einige von ihnen dadurch haben mochten, dass sie ein paar Leute verspeisten. Und sie selbst hatten erst recht nichts von dem Deal.

»Sieben Meter«, sagte Arris.

»Hä?«

»Rund sieben Meter haben wir gutgemacht.«

Falls Argon von so präzisen Werten beeindruckt war oder sie für blanke Angeberei hielt, ließ er sich weder das eine noch das andere anmerken. »Da vorn«, sagte er über die allgemeine Frequenz. »Nova, Vorsicht. Der Fels. Die anderen kamen aus der Richtung von so einem Ding.«

»Niedlich ist sie«, bemerkte Morbus, konnte selbst nicht glauben, was er da gesagt hatte, und heizte durch eine lange Furche, die angenehm eben war; links und rechts schleuderte es zerfetzte Blätter und Staub hinaus.

»Was?«

»Deine Pilotin.«

»Fass sie nicht an«, warnte ihn Argon, und über den Rückspiegel fing Morbus einen Blick auf, aus dem plötzlicher Zorn loderte. Als hätten sie gerade nichts Besseres zu tun, als sich Hahnenkämpfe um ein Mädchen zu liefern, das ihn nicht einmal interessierte.

Halbzeit. Bergfest. Hälfte der Strecke geschafft, Hälfte noch vor ihnen. Die Hälfte von etwas hinter sich zu haben, hatte ihm noch nie geholfen. Bei guten Dingen fiel ihm dann schmerzhaft auf, wie kurz, bei schrecklichen, wie lang die erste Hälfte gewesen war.

Der von Argon angemahnte Fels lag bereits hinter ihnen, ohne dass etwas passiert war. Er erlaubte sich den Gedanken, dass sie es schafften.

»O Gott«, winselte jemand übers JUST, »o Gott, o Gott, ich habe einen Sohn, o Gott, ich will nicht, ich will nicht sterben, nun fahr, fahr ...«

Vor Verblüffung hätte er fast das Ende der Furche übersehen, die Ähnlichkeit mit einer Sprungschanze hatte, mit knapper Not richtete er den Jeep noch halbwegs aus, und sie hoben ab, krachten ein Stück weiter mit ächzender Federung auf. Tief im Wagen knirschte es unheilverkündend, und irgendwas lief unrund. Egal – es lief.

»Schnauze«, bellte die niedliche Pilotin scharf ihren Mitfahrer an, aber der Cetaner ignorierte sie, und sie brüllte über sein Wimmern hinweg: »Da ist was auf ...«

»Scheiße«, bellte Eddie zugleich.

»... zwei Uhr.«

»MORBUS!«

Obwohl alles dagegen sprach, von der Wahrscheinlichkeit bis zu seinem eigenen Glauben daran, überlebten sie auch diesmal dasselbe Manöver wie zuvor und rasten wenige Sekunden später auf der rechten Seite des Froschs dahin. Ganz kurz erhaschte Morbus einen Blick ins Wageninnere, er sah kaum mehr als Schatten, die Pilotin im Profil, der Anblick berührte ihn seltsam; dann berührte ihn eher das Problem, dass einer der Reifen in ein tiefes Schlagloch geriet und der Wagen den Aufstand probte. Für einen Augenblick glaubte er zu spüren, wie er die Kontrolle verlor, und zwar endgültig – dann waren sie wieder auf Kurs, und er schluckte runter, was aus seinem Magen aufgestiegen war.

»Lass den Scheiß«, japste Eddie. »Mann – sie kommen von beiden Seiten, und auf der anderen Seite sind sie fast ...«

Der Rest seines Satzes ging im Aufschrei aus dem anderen Fahrzeug unter, dann hämmerten Schüsse, und im nächsten Augenblick geriet der Frosch aus der Spur. Knapp zog Morbus den Jeep zur Seite, sah schon den Frosch sich überschlagend an ihnen vorbeipoltern, aber sie fingen sich wieder, sie fingen sich, Eddie brüllte etwas in seinem Ohr, und er musste es zweimal brüllen, ehe Morbus klarwurde, was er sagte. Ein kurzes Stück ebener Strecke, er traute sich, die Augen abzuwenden und einen raschen Blick zu riskieren, und es stimmte ... auf dem Dach des Froschs kauerte eine Lucie, die Krallen tief ins stählerne Fleisch des fremdartigen Gegners geschlagen, und versuchte, sich durchs Metall zu beißen, und wenn er sich nicht irrte, klebte an der anderen Seite etwas Helles am Fenster und ...

»Schieß, du Vollidiot«, kreischte die Pilotin, die unheimliche Ruhe ihrer Stimme hatte sich gänzlich verabschiedet, »*schieß!*«

»Gleich haben sie eine im Wagen!«, sagte Eddie sachlich.

Argons zweiter oder dritter Schuss saß und schleuderte die Lucie vom Dach, aber im selben Augenblick bahnte sich die andere ihren Weg durchs offene Fenster und stürzte sich auf den Cetaner, dessen Waffe abrupt verstummte.

Drüben kreischten Nova und der Cetaner in nackter Panik durcheinander, Argon brüllte hilflos auf wie ein angeschossenes Tier, Eddie bellte Befehle, die niemand verstand, und Morbus übersah ein tückisches Schlagloch direkt vor einer scharfen Kante des Felsstücks, das sich vor ihnen erstreckte. Sie krachten dagegen, ein Reifen platzte. Grellrot leuchtete die Anzeige am Armaturenbrett auf, sofort lief die Selbstreparatur an, sich augenblicklich verdickender Schaum wurde ins Innere des Reifens geblasen, durch die Zentrifugalkraft verteilt, dichtete die Stelle ab und ersetzte das Volumen der verloren gegangenen Luft. Aber für mehrere Sekunden waren sie außer Gefecht, und es war kein sauberer Schuss anzubringen.

Wie betäubt und zugleich hellwach registrierte Morbus, der eigentlich vollauf mit dem Wagen beschäftigt war, wie Arris Argon packte, sich an ihm vorbeiquetschte, die *Finch* in der Hand. Und wie er schoss. Zwei leuchtende, fauchende Schüsse, die an Präzision mit Sicherheit nicht zu überbieten waren, direkt an dem Cetaner vorbei, ganz sicher krümmten sie ihm kein Haar, sengten ihn nicht einmal an, sondern trafen ausschließlich die Lucie.

Schwindel überkam Morbus, als er sich vorstellte, was sich dort drüben abspielen musste. Über die offene Leitung bekam er es mit, hörte alles, und er war froh, dass er es nicht auch noch sehen musste, so wie Eddie, dessen Drohne neben dem Frosch entlangjagte.

Der erste Schuss traf einen Teil des langgestreckten Hirns und ließ das Gewebe zu einer dunklen Suppe verkochen. Der zweite riss der Lucie fast den Kopf ab.

Ihr Körper krampfte. Die Kiefer schnappten orientierungslos um sich. Die Gliedmaßen mit den scharfen Krallen verfielen in wilde Zuckungen. Sie verwandelte sich in ein um sich schlagendes, wirbelndes Bündel, und mittendrin steckte der schrill kreischende Cetaner.

»Vergesst nicht die anderen«, warnte Eddie, und da riss Nova den Frosch herum.

Sie hörten sie schreien, die ganze Zeit, und Morbus war überzeugt, dass das Biest sie auch erwischt oder dass sie den Verstand verloren hatte. Vor seinem geistigen Auge sah er, wie sich der Frosch überschlug und wie sie versuchten, sie da rauszuholen, wie die Meute der Lucies hinter ihnen sie einholte und kochend über ihnen zusammenschlug. Aber stattdessen lenkte Nova den Frosch mit der flachen Schnauze mitten zwischen die Lucies, rammte zwei, drei, vier von den kreischenden Biestern, der dumpfe Laut, mit dem ihre Körper auf das Fahrzeug trafen, klang, als überfahre sie ein Rudel besonders schwerer Rehe. Was wieder aufstehen wollte, das erledigte Arris oder schoss es zumindest so zusammen, dass es aus dem Spiel ausstieg.

Eine der Lucies blieb an der Motorhaube des Froschs kleben. Vielmehr: Sie krallte sich daran fest. Sie sahen nicht, was sie tat, sahen das Fahrzeug fast von hinten, da war nur ein diffuser heller Schimmer, der sich bewegte.

Arris hievte sich aus dem Fenster.

»Andere Seite«, brüllte Eddie. »Andere Seite!«

Die *Viper* blieb zurück, die *Finch* klemmte zwischen Arris' Zähnen. Ohne nachzudenken, riss Morbus den Jeep herum, beschleunigte und schloss zum Frosch auf. Überholte ihn. Mit der Sorte Anmut, die nicht aus Schönheit, sondern aus Präzision geboren wird, stieß sich Arris ab, setzte auf der Motorhaube exakt neben der Lucie auf. Wie er mit ihr verfuhr, entzog sich Morbus' Blicken, denn der Stoß und die plötzliche Leichtigkeit wirkten sich eigenwillig auf das Fahrverhalten des Jeeps aus, er hatte plötzlich alle Hände voll zu tun, und dann dröhnte auf einmal Eddies Stimme direkt im Jeep, als hätte er sich auf Arris' leeren Platz auf dem Rücksitz teleportiert: »Argon, verdammt, HIER!«

Als Morbus hinschaute, sah er die Drohne, die wieder davonsauste, aber nicht weit. Nur etwa sechs, sieben Meter, mitten in die zweite Gruppe Lucies, die sie über den anderen ganz vergessen hatten.

Morbus latschte aufs Gas. Die Panik schlug über ihm zusammen. Hinter ihm feuerte Argon so kontrolliert und ruhig, dass er es nicht fassen konnte, und Arris stand auf dem Frosch, er *stand* da, als würde der Wagen gerade parken, statt wie vom Affen gebissen dahinzurasen, und steuerte saubere Treffer aus der *Finch* bei, aber bei Morbus war die Grenze erreicht. *Wenn ich das hier überlebe*, dachte er wirr, *spezialisiere ich mich auf flauschige Pflanzenfresser bis maximal dreißig Zentimeter Körperlänge, und ich will ein Büro, und das werde ich überhaupt nicht mehr verlassen. Nie wieder.*

Sie strandeten keuchend, mit letzten Kräften, zwischen ihnen und den ersten Sprintern der großen Welle lagen keine dreißig Meter. Für die Überreste des Cetaners blieb keine Zeit mehr, sie ließen ihn, wo er war – schleudernd und unsanft kamen die Fahrzeuge zum Stehen, sie sprangen heraus und rannten Eddies Drohne hinterher, die ihnen voransauste und schwaches Licht verbreitete, gerade ausreichend, dass sie die Kadaver auf dem Boden sahen und ihnen ausweichen konnten.

Obwohl er wusste, dass die Anlage ihre Sicherheitslücken haben mochte, überrollte ihn so große Erleichterung, als sie in die leere Lagerhalle stürmten und Eddie hinter ihnen den Riegel vorschob, dass ihm fast die Beine versagten. Neben ihm stand Nova vornübergebeugt, die Hände auf die Oberschenkel gestützt, und rang nach Luft. Außer der Drohne waren sie alle drinnen. Außer der Drohne. Außer dem Cetaner.

Außer Nox.

Er hob den Kopf und sah Toro, der Nova packte und zum Schacht schob, mit besitzergreifender Fürsorglichkeit, die keinen Widerspruch duldete. In der nächsten Sekunde drang gedämpftes Kreischen durch die Tür, und Eddie überprüfte in einer seltenen Übersprunghandlung noch einmal den fest sitzenden Riegel, ehe von draußen die ersten Leiber dagegenkrachten.

»Unten hören wir die nicht mehr«, sagte Eddie und wandte sich zum Gehen. »Verdammte Scheißviecher.«

Arris blieb als Letzter oben, während sie hinunterstiegen. Unter Morbus kletterte Toro, und es dauerte. Eingedenk der Hörner direkt unter seinem Hintern verkniff sich Morbus jeden Kommentar, kam so aber noch in den zweifelhaften Genuss, die ersten Lucies oben genau die Geräusche produzieren zu hören, die er sich vorgestellt hatte, als sie feststellten, dass kein Durchkommen war – die Geräusche nämlich, die ihn befürchten ließen, dass sie sich notfalls durch den Stahl beißen würden.

Endlich kamen sie unten an. »Scheiße!«, fluchte Toro. »Gibt es hier kein Licht?« Er verkeilte sich hoffnungslos mit den Hörnern in der Decke, und Morbus wurde klar, dass er bei der schwachen Beleuchtung praktisch blind war. Außerdem ging ihm auf, dass ihm jetzt nicht etwa ein bisschen gemeinsame Erleichterung bevorstand und anschließend ein wohlverdientes Schläfchen für die, die es fertigbrachten, sondern unangenehme Eröffnungen und entsprechend unerfreuliche Diskussionen über sein Verhältnis zur Wahrheit. Er schaltete die Lampe auf dem Lauf der *Misanthrope* ein und leuchtete Toro an, der sich hastig befreite und geduckt weiterlief, wobei er sich trotz des Lichtstrahls an den Wänden entlangtastete. Wenn sich Morbus nicht irrte, humpelte er ein bisschen. Bei Eddie war es auch wieder schlimmer geworden.

»Warte«, sagte er zu Arris, als sie bei der ersten Tür waren, und schob die Tür zu. »Fass mal mit an.«

Was gemeinsam mit Eddie schweißtreibend gewesen war, erwies sich in Zusammenarbeit mit Arris als Kinderspiel; wie von selbst rastete der schwere Riegel ein.

»Verschließt das nicht elektronisch?«, fragte Arris verwirrt. Er war über und über mit Schleim und Blut bedeckt und sah zum Fürchten aus, da half auch sein fast kindlich ratloser Gesichtsausdruck nichts.

Ohne zu antworten, drehte sich Morbus um und prallte gegen Toro, der sich umgedreht hatte. »Ja«, brummte Toro und blinzelte argwöhnisch auf ihn herunter. »Das ist eine gute Frage. Tut es das nicht?«

»Nein«, erwiderte Morbus und ärgerte sich darüber, wie weit er den Kopf in den Nacken legen musste, um ihm ins Gesicht zu schauen. Toro, na wunderbar ... er hatte kaum mehr an ihn gedacht, nachdem er aus ihrem Team abgezogen worden war. Ein gemeinsamer Einsatz, Toros ständiges lachhaftes Beharren auf der Einhaltung des Protokolls und die Reaktion von Sky und Nox ... als hätte man verspielten, aber satten Katzen eine verletzte Maus hingeworfen. Nelly und Argon waren die Einzigen gewesen, die nicht auf ihm herumgehackt hatten. An viel mehr erinnerte er sich nicht, nur daran, dass es für niemanden ruhmreich und zum Glück schnell vorbei gewesen war.

»Dieses Tor lässt sich genauso wenig elektronisch verriegeln wie das da oben. Und angesichts dieser Tatsache wäre es doch erfreulich, noch ein drittes solches Tor zwischen uns und diese Biester zu bringen, oder? Das wäre dann gleich da vorn.« Er wollte sich an Toro vorbeidrängen, aber der stand so unverrückbar da wie ein Fels, der plötzlich aus dem Boden gewachsen war. Unbehaglich dachte er, dass fünf bis zehn Toros, die man in den Gang klemmte, eine ganz praktische Ergänzung zu den Toren wären.

»Kein Licht«, sagte Toro. Seine Augen waren klein und misstrauisch. »Kein elektronischer Riegel. Haben wir etwa keinen Strom hier unten, oder was?«

Morbus trat einen halben Schritt zurück und trat Arris auf den Fuß.

»Verzeihung«, entschuldigte sich Arris.

»Hm?«, machte Toro.

»Das klären wir gleich«, beschied ihm Morbus. »Zuerst ...«

»Keinen Strom«, dröhnte Toro auf. »Keinen verdammten Strom! Und die Kommunikationsanlage, bei der euch ein Teil fehlt? Hm? Gibt es die?«

Morbus verdrehte die Augen. »Das tut jetzt überhaupt nichts zur Sache. Zuerst ...«

»Du interimsverseuchtes Arschgesicht«, hörte er noch, dann war da eine große Faust und danach erst mal gar nichts mehr.

Als er aufwachte, blinzelte er in helles Licht. *Heureka, der Strom ist da*, dachte er benommen, dann wanderte der Lichtstrahl fort, und er starrte in Finsternis.

»Verdammte Scheiße«, wollte er sagen, »und ich dachte schon, ich hätte die ganze Arbeit verschlafen.« Heraus kam eine kurze Abfolge unverständlicher Laute, die er verwundert unterbrach. Weh tat ihm nichts.

»Trink das«, sagte eine fremde Stimme, und etwas Hartes, Kaltes berührte seine Lippen. Die Flüssigkeit darin schmeckte widerwärtig metallisch, und er würgte, aber kurz darauf war die Taubheit verschwunden. Dafür tat es weh.

Er versuchte sich aufzurichten, aber es war nicht nötig, dass der andere ihm eine Hand auf die Brust legte, um ihn nach unten zu drücken, er kam ohnehin nicht weit, ehe ihm schwindelig wurde.

»Ich musste einen Backenzahn rausholen«, hörte er. »Der war gesplittert. Zwei weitere wackeln, aber mit ein bisschen Glück bleiben sie drin. Ich würde in nächster Zeit auf Kaugummi verzichten. Und auf Äpfel. Und ... na ja. Vorsichtig kauen halt.«

Morbus machte ein Geräusch, das nicht klang, als stammte es von ihm selbst, und versuchte mit der tauben Zunge den Wahrheitsgehalt dieser ungeheuerlichen Behauptung zu überprüfen. Sie lag in seinem Mund wie ein dicker

Klumpen Dichtungsschaum und war zu gar nichts nütze. Als er die Hand hob und nachfühlen wollte, packte der andere zu und hielt ihn am Handgelenk fest. »Mach ruhig, wenn du meinst«, sagte er. »Aber wenn ich du wäre, würde ich das lassen. Ich bin kein Zahnarzt, ich habe keine gute Arbeit geleistet, und ich glaube nicht, dass du es besser machst, wenn du jetzt darin rumfuhrwerkst.« Er ließ ihn los, und nach kurzem Zögern entschied sich Morbus dafür, es bleiben zu lassen. Stattdessen machte er ein fragendes Geräusch, und der andere leuchtete sich selbst ins Gesicht. Bis auf die Multifunktionsbrille und die spiegelnde Glatze konnte Morbus nicht viel erkennen.

»Wolf. Ich bin Wolf. Und ich habe jetzt zu tun.« Er stand auf, legte die Lampe neben Morbus ab, und seine Schritte verhallten im Dunkeln.

Kurz schloss Morbus die Augen, dann atmete er tief durch und richtete sich auf. Bis auf den Schwindel und ein unangenehmes Summen im Schädel ging es ihm ganz gut. Er betastete das, worauf er lag, und stellte fest, dass es eins der Feldbetten war. Neben ihm lag die Taschenlampe auf einer der Kisten, daneben fand er die Vega, beide *Madcaps* und sein Messer. Etwas umständlich setzte er die Brille auf, tauchte in eine helle, grüne Welt ein und sah, dass er allein im Besprechungsraum war, den man offenbar vorerst zur Krankenstation umfunktioniert hatte. Keine zwei Meter neben seinem Bett stand ein zweites, allerdings leer.

Mit ein paar Grunzgeräuschen, die nur er selbst als Verwünschungen gegen Toro erkannte, richtete er sich auf, wartete ab, bis er halbwegs wusste, wo er war, und stemmte sich in die Höhe. Ein Backenzahn gesplittert. Gezogen. Zwei weitere wackelten. Heiliges, gottverdammtes Mondkalb. Vielleicht hatte nur wegen der Lucies ein anderer die *Misanthrope* an sich genommen, nur aufgrund der Tatsache, dass sich die effektivsten Waffen im Einsatz befinden sollten, falls etwas passierte, statt nutzlos neben einem Bewusstlosen herumzuliegen. Vielleicht aber steckte auch die Überlegung dahinter, dass er Toro umbringen würde, wenn er diesen um einen guten halben Meter zu groß geratenen zweibeinigen Drecksochsen vor die Mündung einer halbwegs erfolgversprechenden Waffe bekam. Er durfte gar nicht näher darüber nachdenken.

Die Zähne! Wenigstens waren es nicht die Frontzähne, aber trotzdem, gottverdammt, wenn man Fäuste in der Größe von Baggerschaufeln hatte, dann hielt man diese Klumpen gefälligst von den Gesichtern anderer Leute fern! Seine Zähne waren ihm heilig, und nachdem er sich vorletztes Jahr nach einem Zusammenstoß mit dem Überrollbügel eines geklauten Jeeps zwei Stück hatte nachzüchten lassen müssen, war er nicht scharf darauf, die Erfahrung zu wiederholen. Na, aber immerhin dauerte es noch, bis er sich damit herumärgern musste – wenn nicht ein Wunder geschah, konnte es *Jahre* dauern, bis er wieder einen anständigen Zahntechniker von Angesicht zu Angesicht sah.

Jedenfalls dauerte es nicht lange, bis er Wolf wiedersah – der saß auf der Bank in der Mitte des ovalen Raums und baute eine Drohne zusammen. Als Morbus näher kam, sah er kurz auf. »Wie viele Drohnen steuert Eddie gleichzeitig?«, fragte er und lötete eine Verbindung fest. »Maximal?«

Morbus zuckte mit den Schultern. »Drei bis zehn?«

»Abhängig von Größe und Bewaffnung?«

Morbus nickte. »Du bist der Navigator, oder?« Eigentlich wusste er es aus der Besprechung, aber sein Kopf funktionierte noch nicht wieder ganz richtig, er hatte vor allem den Schriftzug unter dem Bild vor Augen, der wie bei der Pilotin lautete: *Entbehrlich*. Nur der Stier-Beta war lebend einen Bonus wert, allerdings hätte die Mission auch als erfolgreich gegolten, wenn alle bis auf Argon den Löffel abgegeben hätten.

»Navigator, Ersatzbordarzt, inoffiziell verantwortlicher Waffenoffizier, sozusagen, und nichts von alldem. Immerhin gibt es unser Schiff quasi nicht mehr.« Wolf zuckte mit den Schultern. »Hat euer Eddie Probleme mit seinem Implantat?«

»Ununterbrochen schlechte Laune. Habe aber den Verdacht, das war schon vorher so.«

»Rückkopplungen? Verdoppelte oder selektive Wahrnehmung? Sehstörungen?«

»Da musst du ihn selbst fragen. Ich glaube nicht.«

»Nicht schlecht«, murmelte Wolf. »Ich denke schon eine Weile drüber nach, ob ich mir auch was implantieren lasse, aber da gibt es ja ein paar Horrorgeschichten.«

Morbus nickte. Die gab es über alles, aber im Fall neurologischer Implantate war ihr Wahrheitsgehalt höher als bei anderen Modifikationen. Ob man sie vertrug, wusste man erst hinterher, und leider verschwanden die Nebenwirkungen oft nicht mehr ganz, selbst wenn man den Auslöser dafür entfernte. »Wo sind die anderen?«, fragte er.

»Toro und … mh. Ich habe ein schlechtes Namensgedächtnis. Dieser große Typ mit dem Gesicht wie ein bekiffter Pitbull-Welpe.«

»Arris.« Morbus unterdrückte ein Grinsen.

»Genau, danke. Die sind in den Gängen bei den Schotts und bauen sie irgendwie zu. Eddie und Nova versuchen den Strom in Gang zu kriegen, und die anderen sortieren das Lager. Der Junge ist auch da unten, glaube ich, ich wollte ihm ein Beruhigungsmittel geben, aber er wollte keins und rennt jetzt überall rum und nirgends und steht allen im Weg.«

Morbus nickte. Vielleicht hätte er froh sein sollen, dass er den Rest der Besprechung zum Thema Wir-haben-funktionierende-Toiletten-erwartet verpasst hatte, aber ob es nun von den Schmerzmitteln kam, von Toros freundlichem Knuff mit hundertachtzig Stundenkilometern oder daher, dass er ein paar Stunden verpasst hatte – ihm war so unwirklich zumute, als stolpere er in einer Kulisse herum, die jederzeit eingerissen werden konnte, weil die Leute Feierabend hatten. Aber immerhin, er rannte noch rum. Der Cetaner nicht mehr. Außergewöhnlich scheußliches Ende, das er gefunden hatte, fand er. »Tut mir leid um euren Passagier.«

»Tut mir leid um euren Tiger-Beta«, erwiderte Wolf prompt. Sie starrten einander in die Augen, und Morbus sah Misstrauen – keine offene Feindseligkeit, immerhin, aber tiefes Misstrauen.

»Nox«, sagte er. »Sein Name war Nox.«

Sie schwiegen, und das einzige Geräusch war das leise Sirren des Multitools, mit dem Wolf winzige Titanschrauben im Leib der Drohne versenkte. Neben ihm lagen zwei MPs mit eigenartig geformten Magazinen und Griffen, die auf den beiden Hardpoints der Drohne montiert werden konnten.

»Ich habe gelogen«, bekannte Wolf nach einer Weile, »es tut mir nicht leid um ihn. Ich bin froh, ihn los zu sein.«

»Danke für deine Ehrlichkeit«, versetzte Morbus trocken.

»Jederzeit«, erwiderte Wolf, und als er weiter nichts sagte, machte sich Morbus auf nach unten, um Eddie zu suchen.

Auf dem Weg zum Fahrstuhlschacht kam er an einer offenen Tür vorbei und spähte hinein – das ehemalige Labor stand halb voll mit Kisten. Offenbar schafften sie an nützlichem Zeug nach oben, was nur irgend passte. Als ob zu befürchten stünde, dass sie die untere Etage verloren.

Möglich, dass es nur an seinem eher kühlen Verhältnis zu verschwenderischem Optimismus lag, aber das alles sah nicht so aus, als ob die Sache mit dem Strom große Fortschritte gemacht hätte.

Eddie sah nicht auf, als Morbus hereinkam, aber er wusste sofort, wer es war. Vielleicht lag es an den Bewegungen, vielleicht auch am Geruch, inzwischen konnte man sie alle deutlich daran unterscheiden. Na gut – Arris nur daran, dass er eben nicht roch. Morbus lehnte sich gegen die Wand, und Eddie wandte sich widerwillig von Nova ab und blickte auf. »Mann, siehst du scheiße aus«, rutschte ihm heraus. Das war noch eine Beschönigung. Die gesamte linke Gesichtshälfte war geschwollen und blauschwarz, das Auge kaum mehr als ein Schlitz, und der Mundwinkel hing wie eingefroren herab. Auf seiner langen Liste der Dinge, die er nicht ausprobieren wollte, vermerkte er: sich der in feindseliger Absicht beschleunigten Faust eines Stier-Betas auf mehr als einen Kilometer nähern.

Morbus zuckte mit dem unversehrten Mundwinkel, seine Augen blieben unbewegt. »Besser als Nox und der Cetaner, nehme ich an.«

»Was du für Galgenhumor hältst, ist nicht witzig.«

»Wie ist es denn gelaufen? Mit Argon und den anderen? War es sehr übel?«

»Sie ziehen mit. Ihnen bleibt ja nichts anderes übrig. Aber gern machen sie das nicht, das kann ich dir schriftlich geben. Argon hat sehr gewichtig von einer *Vertrauensfrage* gefaselt, die noch nicht beantwortet sei.«

»Wer hat den denn in den Vorstand von *Phrasen und Floskeln, Inc.* gewählt? Ausgerechnet Argon.« Morbus stieß ein Schnaufen aus, das etwas zahmer ausfiel als gewohnt, und betastete missmutig sein lädiertes Gesicht. »Ich kenne einen Haufen Leute, die meinetwegen von Vertrauen faseln dürfen, wenn sie wollen, aber nicht er. Wenn er das in meiner Gegenwart wagen sollte, dann …«

»Lass gut sein«, unterbrach ihn Eddie und deutete mit einem Kopfnicken auf Nova – er wusste nicht, was sie in ihrer scheinbaren Trance mitbekam.

Interessiert beobachtete Morbus die Jump, als bemerkte er sie erst jetzt richtig. »Was tut sie?«

»Sie versucht nachzuvollziehen, wo die Energieleitungen entlanglaufen, damit wir wissen, was für eine Stromquelle die Anlage überhaupt nutzt.«

»Das wissen wir noch nicht?«, entfuhr es Morbus.

»Nein«, erwiderte Eddie verschnupft, als sei es ein persönlicher Vorwurf gewesen. »Das wissen wir noch nicht.«

»Klingt gut. Ich leg mich gleich wieder schlafen. Ihr macht das schon. Habt ja alles bestens im Griff, wie es aussieht.«

»Reiß dich zusammen. Argon hat Toro kräftig zusammengestaucht, das muss reichen. Als ich ihm erzählt habe, was mit Nelly passiert ist, war er übrigens ziemlich fertig. Und das mit Nox – das ist eben so.« Immerhin kannte er

Morbus gut genug, um zu wissen, wo der Schuh drückte: Es ging ihm nicht etwa darum, dass sie hier unter widrigsten Bedingungen möglicherweise für lange Zeit festsaßen, und auch nicht um die Frage, ob man bei *SE* möglicherweise zu dem Schluss kommen mochte, sie hätten sich mit einem ehemaligen Waffenbruder zusammengetan und sich abgesetzt, was sie augenblicklich auf die Abschussliste eines Trackerteams befördern würde. Und ganz sicher war es keine Kritik an den bisher eher mäßigen Erfolgen, denn wenn man irgendetwas wirklich Positives über Morbus sagen konnte, dann, dass er sich in die Arbeit anderer Leute nicht einmischte. Nö, er trauerte, und er war beleidigt. Manchmal fragte sich Eddie, ob bei Morbus und Arris im Kopf nicht etwa gleich viel Platz sein mochte, nur dass bei Morbus alles ein bisschen ansehnlicher eingerichtet und besser verputzt war. Aber von Leuten, die sich freiwillig zu einem Dienst meldeten, für den man normalerweise eigens gezüchtete Sklaven und Strafgefangene heranzog, war auch nicht viel zu erwarten.

»Meinst du, Argon ist in sie verknallt?«, fragte Morbus und deutete mit einem Kopfnicken auf Nova, nicht ahnend, dass er damit Eddies unfreundlichen Mutmaßungen jede Menge neue Nahrung zuführte.

»Lass den Scheiß«, grunzte Eddie, jetzt wirklich wütend.

»Wieso Scheiß? Ich frag ja nur.«

»Morbus, lieber Freund.« Eddie stand auf und sah ihm ins Gesicht, was nicht ganz so befriedigend war, wie er es sich vorgestellt hatte, weil er den Kopf ein wenig in den Nacken legen musste ... in seiner Vorstellung schrumpfte Morbus immer um gut einen Kopf zusammen. Wäre er tatsächlich immer so groß wie Eddies Wertschätzung für ihn, hätte er in diesem Augenblick einen rekordverdächtigen Tiefstand von etwa siebzig Zentimetern Körpergröße erreicht. »Lass mich eins klarstellen: Wenn du hier irgendwelche Weibergeschichten anfängst, dann erschieße ich dich höchstpersönlich. Wenn wir wirklich Pech haben und dieser Planet längst verlassen ist, wenn wir keinen Notruf absetzen können oder er nicht aufgefangen wird, dann sitzen wir hier möglicherweise nicht ein halbes Jahr lang fest wie Nox auf Duve, sondern vielleicht für fünf Jahre. Oder zehn. Oder für den Rest unseres Lebens, was kurz sein mag oder auch lange dauern kann, je nachdem. Auf jeden Fall ist es möglich, dass wir noch sehr, sehr lange mit diesen Leuten auskommen müssen, und es ist ein beschissener Start, wenn du ...«

»Ich habe mich das nur gefragt«, verteidigte sich Morbus. »Ich hatte nicht vor, mit ihr anzubändeln. Sie ist überhaupt nicht mein Typ.«

»Ich kenne dich ein bisschen«, erwiderte Eddie scharf. »Frauen werden schnell dein Typ, wenn gerade nichts anderes in der Nähe ist.«

Sicher eine Minute lang starrte Morbus ihn an, obwohl sich Eddie nach einer Weile schulterzuckend wieder setzte und in die Liste mit dem Inhalt der Kisten im Lager vertiefte, die er sich aufs JUST rübergezogen hatte.

Schließlich schaute auch Morbus auf sein Handgelenk, nahm die Nachricht an, die Eddie ihm geschickt hatte, und ging rasch die Liste durch. »Ich baue den Kartentisch auf«, sagte er. »Mit ein bisschen Glück haben sie die Daten nicht gelöscht, dann haben wir möglicherweise einen anständigen Plan der Anlage.«

»Eine gute Wahl. Ich wollte dich gerade drum bitten.«

»Wo finde ich die Kisten?«

»Frag Argon. Er hat das Lager oben organisiert.«

»Argon«, wiederholte Morbus widerwillig. »Und wo finde ich den?«

Mit dem Daumen wies Eddie auf die Tür zum großen Lager.

Als Morbus durch die Tür verschwunden war, seufzte er, griff auf eine der schwachen Präsenzen in seinem Schädel zu, die ein Hintergrundgeräusch erzeugten, leichte Vibrationen wie ein fernes Summen, und rief das Bild der Drohne auf, die sie oben zurückgelassen hatten. Er überprüfte es regelmäßig. Seine beiden Drohnen in den ausgedehnten Katakomben, die Toro und Arris gerade so gut wie möglich mit Kisten voller eingelagertem Gestein abdichteten, würden ihm ein Signal senden, falls sich dort draußen etwas bewegte, das musste er nicht ständig überprüfen. Oben jedoch war alles in Bewegung, und das Hirn der Drohne reichte nicht aus, um zu erfassen, wann aus einer bedrohlichen Lage eine brenzlige wurde.

Sie wüteten noch immer.

Morbus kam zurück, er zog eine schwebende Kiste hinter sich her. Die flachen Transportdrohnen aus dem Lager hatten noch genug Saft, ebenso der Exo, eine Art Gabelstapler mit Greifzangen, die man mittels spezieller Handschuhe steuerte.

»Schau dir das mal an«, bat ihn Eddie, und Morbus betrachtete das unerfreuliche Gewimmel mit besorgter Miene. »Toben die schon die ganze Zeit so, seit wir unten sind?«

»Die ganze Zeit.«

»Da sind ein paar tot – greifen sie einander an?«

»Hin und wieder.«

»Mit denen stimmt irgendwas nicht. Ich kann mir schlecht vorstellen, dass das ihr normales Verhalten ist.«

»Normales Verhalten? Du kennst den Planeten nicht, du kennst diese Biester nicht. Woher willst du wissen, was normal ist und was nicht?«

Morbus schüttelte den Kopf. »Irgendwas stimmt mit denen nicht.«

»Ist das dein professionelles Urteil oder ein Bauchgefühl?«

»Letzteres«, erwiderte Morbus. »Und die Vorstufe zu ersterem. Falls wir den Strom wieder zum Laufen bekommen und nichts Wichtigeres mehr ansteht, möchte ich die Kisten da oben raushaben und das Labor wieder einrichten. Sieht ja so aus, als wäre hier vor allem Bergbau betrieben worden. Ich kenne diese Erdwühler. Die interessieren sich für nichts anderes, die haben garantiert keinen Xenobiologen da und auch sonst keine Wissenschaftler, außer vielleicht einem unterbezahlten Geologen. Das hieße, die Lucies sind noch nicht beschrieben worden. Unsere Entdeckung also. Gibt immerhin einen kleinen Bonus.«

Einen kleinen Bonus. Der hatte Sorgen. Geringschätzig verzog Eddie das Gesicht. »Wenn wir mit allem anderen fertig sind, noch leben und irgendwie die Zeit totschlagen müssen, dann kriegst du dein Labor.«

»Ich kann den Antrag auch schriftlich einreichen, falls es dir lieber ist«, spottete Morbus und schob mit seiner Drohne ab.

Bis auf die gelegentlichen Geräusche aus dem Lager, wo Argon und Scar Kisten sortierten und versuchten, sie nicht auf den Jungen fallen zu lassen, breitete sich köstliche Stille aus.

Eine Weile darauf verspürte Eddie ein leises Kribbeln im Nacken, sah von seiner Liste auf und begegnete dem Blick der Jump. Sie war blass und sah aus wie die Wachsnachbildung einer reanimierten Leiche, ihr wirres Haar und die Kleidung waren hier und da noch mit Blutspritzern besudelt, und die grauen Augen wirkten fremdartig. Sie sah ihn unverwandt an, und kurz war ihm, als unterziehe die Anlage selbst ihn durch diese Augen einer Musterung. Mühsam schüttelte er das alberne Gefühl ab. »Hast du gehört, was wir gesagt haben?«, fragte er.

»Jedes Wort.«

»Und wie sieht es mit dem Strom aus?«

Sie blinzelte, und der seltsame Schimmer ihrer Augen verlor sich – es sah noch immer seltsam aus, dieses einheitliche Grau ohne Augenweiß, aber es erinnerte ihn nicht mehr ganz so sehr an die glatte Oberfläche eines optischen Sensors. »Es ist, als ob ich mich durch die Adern eines Toten kämpfe.« Sie verzog das Gesicht.

Ganz so jung, wie er zuerst gedacht hatte, war sie gar nicht mehr. Er korrigierte seine Schätzung von Anfang auf Ende zwanzig.

»Überall gestocktes Blut«, sagte sie langsam, »und so viel Stille, dass ich mich darin verliere.«

Er hob nur die Brauen. Noch so ein dramatisches Naturell.

Sie deutete es richtig als Kritik. »Ist aber so«, verteidigte sie sich. »Ich bräuchte Strom, um die Leitungen richtig nachzuvollziehen, um das System zu verstehen. So komme ich nicht ran. Es verschließt sich vor mir wie …

wie jemand im Koma. Es ist so weit weg, dass es mich nicht hört.«

»Du brauchst also Strom, damit du dafür sorgen kannst, dass wir Strom haben.«

Jetzt sah sie verunsichert aus. Zögernd nickte sie.

»Gut. Dann würde ich sagen, wir schauen mal, ob wir zumindest die Schotts dicht bekommen. Wenn wir sie an die Energiezelle des Exos anschließen ...«

»Das könnte klappen«, stimmte sie zu. »Dann sind sie nicht richtig verriegelt, wenn wir die Zelle wieder fortnehmen, aber immerhin geschlossen. Das ist besser als nichts. Ich schau noch mal kurz ...«

Was genau sie schaute, verriet sie ihm nicht, sondern versenkte sich wieder tief in das tote System. Verzeihung: das *komatöse* System.

Er betrachtete sie und stellte fest, dass Morbus recht hatte, sie war ganz niedlich, wenn man sie sich ausgeschlafen, geduscht und mit gebürsteten Haaren vorstellte. Er dachte daran, wie sie den Frosch gesteuert hatte, und fand, dass es eine seltsame Verbindung war – dieser zarte Körper und diese erstaunliche Kraft darin. Nicht ganz unbegreiflich, er wusste ja, wie es war, elektronische Einheiten mit dem Verstand zu kontrollieren, und was bei ihm ein kleiner implantierter Hochleistungscomputer im Hirn tat, tat bei ihr eben das Hirn selbst, nur in viel größerem Umfang – Hirnströme in Impulse übersetzen und sie gezielt an die Steuereinheiten von Maschinen weiterleiten. Aber erstaunlich war und blieb es, und er hätte gern gewusst, wie es sich anfühlte. Es in diesem Ausmaß zu können. Und es ganz von allein zu können, ohne dass einem irgendein Gerät dabei half.

Nox regte sich unruhig im Schlaf. Ihn plagten Träume. Das kam nicht oft vor – weder schlief er oft, noch träumte er besonders lebhaft. Meist stürzte er vom wachen Zustand direkt in die reglose Dunkelheit des Tiefschlafs, und sobald das Ende der Schlafphase ihn wieder an die Oberfläche steigen ließ, riss er die Augen auf, noch bevor er recht wach war. Er legte keinen Wert auf Träume. Jetzt aber, tief erschöpft, wie er war, konnte er sich nicht aus der Umarmung des Schlafs befreien, als die Träume kamen, ihn mit weichen, aber unnachgiebigen Armen umschlossen, ihn einhüllten in Bilder, die halb Erinnerung und halb schieres Grauen waren.

Er hatte Blut verloren. Viel Blut. Er war mitten zwischen ihnen gewesen – zwischen den bleichen Gestalten, die aus der Dunkelheit unter dem Erdboden einer fremden Welt aufgestiegen waren.

Er träumte, dass sie ihn zerfleischten. Es dauerte lange, weil im Traum die Zeit eigenartig verzerrt war und weil er nicht starb. Sie stritten kreischend um die Beute, hier und da schnappte eins zu, riss Fleisch von seinen Knochen, weiße Augen, schimmernde, nadelartige Zähne, eine Weile stand eins direkt auf ihm, während es von ihm fraß, die Krallen bohrten sich tief in sein Fleisch. Im Grunde hätte er längst tot sein müssen, aber er lebte, er spürte noch immer, wie die Zähne sein Fleisch zerrissen, als sie bereits mit den Eingeweiden fertig waren und sich den Organen unter seinem Brustkorb widmeten, als sie sich unter die Rippen wühlten. Er starb nicht, starb ganz einfach nicht, und dann kam sie durch die bleichen Leiber geschritten, sie, deren Fell brannte, mit violetten Augen, in denen das stumpfe Feuer sterbender Sterne glomm, sie, die sich über ihn beugte, ihm ins zerrissene Gesicht schaute, mitleidlos registrierte, wie wenig noch von ihm übrig war, und ihn fragte: *Und wer bist du?*

Nox erwachte schreiend, die Frage hallte in ihm nach wie ein Peitschenhieb, der nicht enden wollte, aber als er dann endlich bei Bewusstsein war, sich keuchend orientierte und erinnerte, wo er war, da wusste er nicht mehr, was an der Frage so schlimm gewesen war, und er sah Sky, die bei seinem Schrei zurückgewichen war und nun am Fußende des Betts kauerte, die Augen zu Schlitzen zusammenge-kniffen.

Er keuchte, zitterte, schauderte, ihm war heiß. Er fieber-te, begriff er, kein Antibiotikum, er hatte die Wunde nicht desinfiziert, sie hatte sich entzündet. Die Hand war ganz nutzlos, nicht einmal die Krallen einziehen konnte er, sie ragten aus den reglosen Fingern wie gebogene Scherben, die ihm jemand ins Fleisch getrieben hatte. Er spürte, wo sie verliefen, spürte auch die Adern im Arm, jede einzeln, so schien es ihm, es war ein ungeheuerlicher Schmerz, der ihn staunen ließ, zu was Nervenenden und ein Gehirn im-stande waren, was sie gemeinsam bewirken konnten, wel-che überwältigenden Empfindungen sie erfanden, nur um eine Information zu transportieren. In diesem Fall eine ganz und gar nutzlose: Da stimmt was nicht, da ist etwas nicht in Ordnung. Als könnte man das, mit Verlaub, nicht *sehen.*

Er hatte sich schon immer gefragt, wozu Schmerzen ei-gentlich wirklich gut waren, was den praktischen Nutzen betraf. Der Körper juckte, wenn man sich nicht kratzen sollte, tödliche Wunden schmerzten, obwohl sich ohnehin nichts mehr dagegen tun ließ, und gegen viele Schmerzen musste man das Gegenteil von dem tun, was sie einem signalisierten, musste ausgerenkte Gelenke wieder einrenken, obwohl der Schmerz einem sagte, man sollte ganz still halten, musste Knochen richten, obwohl es so wehtat, dass man dabei möglicherweise das Bewusstsein verlor ... Schmerzen, fand er, waren eine außer Kontrolle geratene hysterische Maßnahme eines mangelhaften Produkts namens Körper, das er nicht ernst nehmen konnte.

»Und für die Psyche gilt das Gleiche«, sagte er missmutig zu Sky. »Schmerz ist keine Information. Schmerz nützt nichts. Schmerz ist eine Deformierung.«

Sie starrte ihn an und zuckte konvulsivisch mit der Schwanzspitze.

»Was soll das?«, herrschte er sie gereizt an. »Was willst du? Ich bin immer noch müde. Was starrst du mich so an?

»Du bist allein im Traum und einsam«, flüsterte sie. »Er nicht. Er ist nur allein. Nicht einsam.«

»Mein Herz«, fauchte er, »ich bin nicht in der Stimmung für Rätsel. Mir fault der Arm ab. Ich bin wehleidig.«

Es war, als würde sie ihn gar nicht hören. »Er brennt. Er ist gestorben. Er lebt. Er schläft tief unten im Bauch der *Virago* und wartet. Aber auf was? Und wer ist er? Ich kenne ihn nicht.«

Nox betrachtete seinen Arm, fuhr eine Kralle der anderen Hand aus und schlitzte die straff gespannte Haut neben der Wunde auf. Eiter quoll heraus. Es stank, aber der Schmerz ließ ein wenig nach. Sorgfältig wischte er den Eiter ins Kopfkissen.

Sky beachtete seine medizinisch bedenklichen Maßnahmen nicht und erzählte auch nichts von Desinfektionsmitteln. Sie starrte ihn an. »Ich kenne ihn nicht«, flüsterte sie. »Ich kenne ihn nicht.«

»Ist das eine Metapher?«, fragte er sie ungeduldig. »Oder eine Fieberphantasie? Ich weiß nicht, was du von mir willst.«

»Ich kenne ihn nicht«, wiederholte sie nur.

Arbeitsanweisung VI

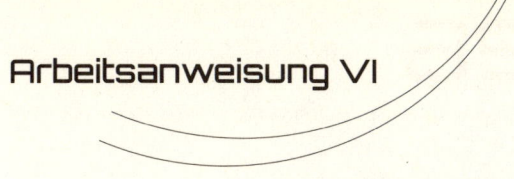

Notwendiger Rückzug

In seltenen Ausnahmefällen kann es notwendig werden, dass Sie sich trotz nicht erfüllten Auftrags von einer Mission oder einem Fremdplaneten zurückziehen müssen. Falls es in einem solchen Fall nicht möglich sein sollte, sich mit Ihrem zuständigen Vorgesetzten zu besprechen, treffen Sie die Entscheidung stets unter dem Gesichtspunkt, dass *StellarExplorations* im Falle ungünstig verlaufender Missionen von Ihnen erwartet, die entstehenden Kosten in Grenzen zu halten.

26

Datum: 27. Juli 3042
System: unbekannt
Planet: unbekannt
Ort: Anlage

»Nee«, sagte Wolf ungläubig, als Morbus eine Datei aus-
wählte und feine Lichtstrahlen in Sekundenschnelle das
dreidimensionale Abbild der Anlage auf dem Kartentisch
erbauten. Auf einmal war es hell im Besprechungsraum, in
dem sie das riesige Ding aufgebaut hatten, mitten zwischen den Feldbetten; nur in den Ecken ballten sich noch
Schatten wie zusammengefegter Dreck. Er beugte sich vor,
das Holo spiegelte sich in seinen Augen. »Hab's ja nicht
zu hoffen gewagt, dass da wirklich noch was drauf gespeichert ist!«

Morbus lächelte kurz und tippte auf dem Bedienfeld
herum. Plötzlich flammten in dem blassblauen Gebilde
dunkelrote Linien auf – die Stromleitungen. Als das Bild
kurz flackerte, versetzte Wolf dem Tisch einen ungeduldigen Stoß, und es stabilisierte sich wieder ... die Energiezelle der Transportdrohne, die sie angeschlossen hatten,
schien über ihre Zweckentfremdung nicht sonderlich er-

freut zu sein, und sie hatten die Anschlüsse nur festge-
klebt, nicht gelötet, damit es beim Wiedereinbau in die
Drohne keine Probleme gab.

»Die führen aus der Anlage raus«, bemerkte Morbus und
runzelte die Stirn.

Feine Sensoren erfassten die Position seiner Hände, als
er in das Holo hineingriff, winzige Pfeile markierten verschiedene Optionen, und er schob das Lichtgebäude beiseite, als könnte er es anfassen. An der Seite, wo es vom
Tisch rutschte, löste es sich auf, und eine schlichte, stilisierte Darstellung der Ebene kam ins Blickfeld. Wenige Zentimeter unter der Oberfläche verlief die rote Linie der Leitung.

»Externe Stromversorgung«, murmelte Wolf. »Na großartig.«

»Sehr extern«, stimmte Morbus zu. »Das sind jetzt schon
fast zwei Kilometer. Ah!« Endlich kam etwas anderes in
Sicht, und ein kurzes Flackern signalisierte, dass automatisch eine andere Datei geladen wurde. Er schaute auf
die Anzeige: Station I-Nord. Ihre Zuflucht hieß offiziell Station IV-Nord.

»Gut«, sagte Wolf, »okay. Keine Ahnung, warum sie das
Ding so weit rausbauen, aber – ah. Da, noch mehr Leitungen. Wie viele Stationen Irgendwas-Nord gibt es denn?«

»Vier.« Morbus schaltete Station II ein und erkannte zu
seinem Erstaunen die Höhlen, in denen Nox den Regen
verschlafen hatte. Station III war ähnlich klein und ganz in
der Nähe, sie bestand im Wesentlichen aus einem sehr
tiefen Schacht, der sich zu einer Höhle verbreitete, riesig und mit vielen Ausläufern. Sie erinnerte ihn an einen
mutierten Tintenfisch oder die schematische Darstellung

eines Neurons. Ihre Station und die Höhlen waren mit Station I verbunden, der Tintenfisch brauchte entweder keinen Strom oder bezog ihn von woanders.

»Station I bitte noch mal«, sagte Wolf.

Gemeinsam betrachteten sie das Holo.

»Bewohnt«, sagte Morbus. »Da sind Quartiere.«

»Theoretisch bewohnt. Wer weiß, ob da noch jemand ist?«

»In Station II jedenfalls nicht mehr.«

Fragend schaute Wolf ihn an.

»Da waren wir. Da ist nichts außer den Schächten, Staub, Käfern und toten Lucies.«

»Tot?«

»Sie waren noch in den Kokons.«

»Wie lange wisst ihr eigentlich schon von den Dingern?«, erkundigte sich Wolf mit einem raschen Seitenblick zu den leeren Kisten, denen sie die Einzelteile des Tischs entnommen hatten ... dort drüben saß der Junge und beobachtete sie stumm.

»Vom ersten Tag an, aber wir wussten nicht, wie problematisch sie sein würden«, antwortete Morbus ausweichend.

Beiden Männern kam es pietätlos vor, in Gegenwart des Jungen von den Wesen zu sprechen, von denen eins seinen Vater auseinandergenommen hatte, aber rauswerfen wollten sie ihn auch nicht. Zumal nicht sicher war, ob er überhaupt reagiert hätte.

»Ihr wusstet nicht ... entschuldige, ich bin kein Experte, aber das sieht man doch auf den ersten Blick, oder?«

»Wir wussten nicht, wie viele es sind«, präzisierte Morbus. »Und ich habe es zwar für möglich gehalten, dass sie aufwachen, dachte aber eigentlich, wir hätten noch mehr Zeit.«

»So.« Wolf wandte sich vom Kartentisch ab und betrachtete ihn. »Was ist eigentlich dein Spezialgebiet?«

»Xenobiologie.«

»Sieh an.«

»Ich hatte einen der Kokons mit einem MedScanner präpariert«, erklärte Morbus. »Den Werten zufolge sah es nicht so aus, als würden sie so rasch aufwachen.«

»Und weshalb haben sie es dann doch getan? Das ist keine Kritik, das ist eine Frage. Weißt du das?«

»Meine Theorie ist, dass es an den Erschütterungen lag. Sie reagieren sehr stark darauf. Vielleicht hat der Absturz der *Virago* etwas ausgelöst. Diese Erdbeben – vielleicht sind sie nicht natürlich. Vielleicht hat der Aufprall des Schiffs etwas destabilisiert. Da unten scheinen sich gewaltige Höhlensysteme zu befinden.«

Besorgt schaute Wolf wieder zum Holo. »Destabilisiert«, wiederholte er. Beide warfen einen Blick zum Jungen, der sich nicht regte. »Ruf bitte noch mal unsere Station auf.«

Morbus trat zur Seite und überließ ihm das Bedienfeld, und Wolf musterte die Liste mit Dateinamen. Dann erschien IV-Nord wieder auf dem Schirm.

»Es gibt keine sichtbaren Schäden, oder?«, fragte er.

»Nicht, soweit ich weiß.«

»Gut. Ich bin kein Statiker ...«

»Navigator, Bordarzt und Waffenoffizier reicht ja auch.«

»Gutes Gedächtnis.«

»Danke.«

»Jedenfalls sieht es mir nicht danach aus, als wäre diese Station unbedingt dafür gebaut, Erdbeben zu überstehen.

Ich war mal auf einem ziemlich durchgerüttelten Planeten stationiert, in einem in den Boden eingebetteten Bunker. Mit Sternenstahl stabilisiert und so weiter. Davon sehe ich hier nichts. Hier ist alles direkt in den Stein gehauen.«

»Prima«, sagte Morbus. »He, Junge ...«

»Leynard heißt er«, half Wolf aus. »Leynard, was meinst du – würdest du eben nach unten gehen und Eddie bitten, nachzuschauen, ob es im Lager noch irgendwelche Datenchips gibt? Vielleicht ist da was Hilfreiches dabei.«

Der Junge starrte sie eine Weile an. Dann zuckte er mit den Schultern, stieß sich von der Kiste ab und ging hinaus.

Sie warteten, bis seine Schritte draußen in der ovalen Halle verklangen, dann funkte Morbus Eddie an. »Ich habe dir den Jungen geschickt. Beschäftige ihn eine Weile.«

»Spinnst du?«, fragte Eddie entgeistert. »Sehe ich aus wie ein Babysitter?«

»Wir haben ihn gebeten, dich zu fragen, ob du noch irgendwelche Datenchips auftreiben kannst. Wir können ihn hier im Augenblick nicht gebrauchen.«

»Ich etwa?«, raunzte Eddie. »Habt ihr etwas gefunden?«

»Nichts, was dich erfreuen würde«, erwiderte Morbus und unterbrach die Verbindung.

»Vielleicht ist gar nicht die *Virago* Ursache für die Beben«, dachte Wolf laut vor sich hin. »Vielleicht sind die Beben der Grund, weshalb die Stationen aufgegeben wurden. Station II und III haben jeweils einen Vermerk mit Datum – die Höhlen haben sie vor drei Jahren aufgegeben, den Schacht vor fast sechs.« Er betrachtete das Holo ihrer Zuflucht, zupfte es in die Höhe, verkleinerte es, und sie starrten die ungeheuren Katakomben an, die unter ihnen lagen.

»Sind die natürlich?«, fragte Morbus irgendwann. »Zum Teil, oder?«

»Und zum Teil nicht. Die haben querbeet herumgestochert. Hier, der ganze Teil ist künstlich. Ein Wunder, dass nicht schon lange alles unter unseren Ärschen zusammengebrochen ist.«

»Hier Drachen«, sagte Morbus und deutete auf einen anderen Teil, der direkt daneben lag. Nur ein einziger Schacht verband die künstlichen Stollen mit den natürlichen, er war mit gleich drei Schotts gesichert.

»Was?«, fragte Wolf irritiert.

»Hier Drachen. Das ist ein Vermerk, den angeblich Seefahrer auf Inselkarten eingetragen haben, ganz früher, wenn ... na, egal. Jedenfalls schätze ich, dieses Symbol heißt, dass sie dort Lucies gefunden haben.«

Es war ein einfaches X in einem Oval, das an die Kokons erinnerte, der gesamte Trakt schimmerte sanft rötlich.

»Bestens«, freute sich Wolf und kratzte sich mit einer Hand den blanken Schädel. »Einfach bestens. Wenn es hier nicht erdbebensicher ist und hier überall Drachen sind, dann hilft uns unter Umständen auch der Strom nicht, selbst wenn wir ihn einschalten, was ja noch fraglich ist ... das heißt, wir sollten unsere Ärsche hier wegbewegen, sobald es geht. Nur stellt sich die Frage: wohin? Und wo wir schon bei den Fragen sind: Warum eigentlich Lucies?«

»Lange Geschichte. Was haben wir noch für Dateien? Da waren doch noch mehr?«

Wolf strich über das Bedienfeld und ging ans Ende der Liste. »Nur eine.«

Morbus blinzelte, seine Lider waren schwer vor Müdigkeit. »Hätte schwören können, da sind noch mehr. Zeig mal her.«

Ihre Anlage wurde nahtlos durch eine andere ersetzt. Sie starrten das neue Holo an.

»Gut«, sagte Morbus schließlich. »Ganz ruhig bleiben. Haben wir Koordinaten?«

»Japp.«

»Kannst du mit denen was anfangen?«

Wolf warf ihm einen scheelen Blick zu.

»Heißt das ja oder nein?«

»Das heißt, es ist mein Job, damit etwas anfangen zu können.«

»Und wie lautet die Expertise?«

»Irgendwo südlich von uns. Ausgehend davon, dass wir die Himmelsrichtungen nach dem Sonnenlauf benennen.«

»Irgendwo südlich also.« Morbus hob die Brauen.

»Ich finde es noch genauer raus.« Wolf betrachtete ihn nachdenklich, vermutlich überlegte er, ob er mit einer Expertise als Feldarzt besser punkten konnte als in seiner Funktion als Navigator.

Morbus wusste, dass Nelly ihn in dieser Situation eine halbe Stunde lang schlafen geschickt hätte. Zu schlafen war in allen militärischen und paramilitärischen Einheiten im Einsatz eine Aufgabe, der man mit großem Pflichtbewusstsein nachkam, und weil die Zeit meist knapp bemessen war, hatte er wie die anderen gelernt, wie auf Knopfdruck zu schlafen. Aber während Nelly ihre Zuständigkeit als Feldärztin augenblicklich auf alle ausgeweitet hatte, die ihr unvorsichtigerweise zu nah kamen, schien Wolf zu dem Schluss zu kommen, dass Morbus es selbst wissen musste, und schaute wieder aufs Holo.

Morbus stützte sich auf den Tisch und lehnte sich vor, um die Nase fast ins Holo zu stecken. »Muss dir klein vorkommen nach der *Virago*.«

Wolf zuckte mit den Schultern. »Vor der *Virago* war ich selten in etwas Größerem unterwegs.«

Das dreidimensionale Modell war winzig und gleißte ähnlich hell wie die großen Lucies. Sein materielles Gegenstück war vermutlich vom vertrauten Dunkelgrau. Die Linien waren nüchtern, ohne jede Spielerei, ein schlichter Zylinder, der sich vorn zu einer eher plumpen, klobigen Schnauze verjüngte. Die drei riesigen Antriebsdüsen wirkten wie aufgesteckt. Ein *Marcur3* oder *Marcur4*, den Unterschied sah man von außen nicht, er machte sich nur in der serienmäßigen Ausstattung bemerkbar – der 3er war die militärische Ausführung, der 4er für den Verkauf an Privatleute vorgesehen.

»Platz für zehn Seelen, oder?«, fragte er.

Wolf nickte. »Platz würde ich das nicht nennen, aber ja. Zehn passen rein, wenn es von der Stange ist und nicht irgendwie modifiziert.«

»Wie praktisch. Dann können wir ja ab jetzt alle überleben«, bemerkte Morbus. Nach Nox' Tod und dem Ableben des Cetaners waren sie noch zu neunt ... zu zehnt, wenn man Toro der schieren Masse wegen als zwei Personen zählte.

Wolfs Blick machte ihm klar, dass seine Sprüche hier auf ähnlich wenig Gegenliebe stießen wie bei Eddie. Bekümmert dachte er an Nox und dann rasch an etwas anderes.

»Wir sollten den anderen Bescheid sagen.« Wolfs Gesicht hatte Farbe bekommen. »Das müssen sie sehen.« Als Morbus nickte, rief er übers JUST Argon. »Komm rauf. Bring alle mit, die nicht mehr mit lebenswichtigen Aufgaben beschäftigt sind. Wir haben entweder Pech und dann immer noch eine andere Anlage gefunden, die da unten zu liegen scheint und nicht auf diesem verschissenen Plateau.« Er lauschte Argons Antwort, dann grinste er übers ganze Gesicht. »Oder ein Shuttle«, sagte er. »Wenn wir Glück haben: ein gottverdammtes sprungfähiges Shuttle.«

»Nein«, sagte Wolf und bemühte sich, die Aufregung aus seiner Stimme fernzuhalten und ganz sachlich und nüchtern zu klingen. »Sie hätten nicht zwingend etwas von uns bemerkt. Denk an den Regen, in dem wir runtergegangen sind. Denk daran, dass wir uns auf einem Hochplateau befinden, und daran, dass es sich nur um eine kleine Anlage dort unten im Dschungel handelt. Es gibt keine Satelliten im Orbit. Es ist also nicht verwunderlich, wenn sie uns nicht bemerkt haben, falls noch jemand da ist – es wäre im Gegenteil ein großer Zufall, *wenn* sie es getan hätten. Es spricht natürlich nicht logischerweise dafür, dass noch jemand hier ist, dass kein Empfangskomitee aufgetaucht ist, aber ebenso wenig spricht es dagegen.«

Toro grunzte etwas Unverständliches. Er war nicht überzeugt, Logik überzeugte ihn nicht. Ihn überzeugte es, wenn ihm etwas gefiel und die Windrichtung stimmte und ihm gerade keine Gase im Darm quersaßen, wenn man etwas sagte. Das, fand Wolf, war eine schwierige Basis für Diskussionen, also konzentrierte er sich auf die anderen und beachtete Toro nur gerade so weit, dass er nicht beleidigt war.

Die anderen schloss weder den Jungen ein, den er nett fand, aber eher als Gepäck einstufte, noch Scar, die seit ihrem Ausbruch im Auto und dem unfreiwilligen Schläfchen noch kein Wort gesagt hatte. Sie beachtete ihn auch nicht weiter, und was ihn betraf, so konnten sie es gern dabei belassen. Manchmal tat ein bisschen einvernehmliche kalte Schulter ganz gut, nachdem man aneinandergeraten war.

»Wenn ich das richtig sehe«, übernahm Morbus, »dann liegt vor dem Tor am Ende der großen Lagerhalle unten ein offener Landeplatz, groß genug für ein Shuttle. Wenn wir bis Tagesanbruch warten, bis wir das Tor öffnen, dürften wir gefahrlos rauskommen, ohne dass wir Probleme mit Lucies bekommen. Es öffnet sich direkt an der Wand des Plateaus.«

»So nah ist der Plateaurand?«, fragte Arris erstaunt.

Morbus schaute irritiert auf. »Ja. Hier, schau. Da ist eine natürliche Einkerbung, in die sie den Landeplatz gebaut haben. Aber das Lager ist auch mehrere hundert Meter lang.«

»So lang!«, sagte Arris andächtig, und Wolf musterte ihn befremdet.

»Sorry.« Arris hob die Hände. »Tut mir leid. Ich frag ja nur. Ich bin nicht so gut mit Dimensionen und so. Ich kann mir das nicht gut vorstellen, wenn ich es nicht in echt sehe.«

»Der Strom.« Nova kam näher, tippte den Tisch an, und das Holo zoomte zu den Leitungen des fraglichen Tors. Um solche Kleinigkeiten beneidete Wolf sie mehr als um alles Brimborium mit der Steuerung von Fahrzeugen und Raumschiffen, ohne die Kontrollen wirklich bedienen zu müssen. Das war ihm suspekt, und er mochte sich ungern darauf verlassen, dass es klappte – so etwas musste man *lernen*, fand er, das hatte man nicht einfach so zu *können*. Aber mit der Vorstellung, morgens mit geschlossenen Augen die Kaffeemaschine zu bedienen, indem er sie einfach nur kurz anfasste, hätte er sich durchaus anfreunden können.

»Wolf?«

»Hm?« Er öffnete die Augen und merkte da erst, dass er sie geschlossen hatte.

Ihre grauen Augen wanderten über sein Gesicht. Er bemerkte ein paar Sommersprossen auf dem schmalen Nasenrücken und einen kleinen Pickel schräg über ihrer linken Augenbraue. »Ich habe gefragt, ob es sinnvoll ist, wenn wir den Strom noch einzuschalten versuchen. Das eine Tor müssten wir auch anders aufbekommen. Brauchen wir noch für irgendwas dringend Strom?«

»Nein«, sagte er und lächelte sie an. Nach kurzem Zögern lächelte sie zurück.

»Hau dich hin«, hörte er Argon von irgendwoher. »Ist da noch irgendwas, das nur du uns beantworten könntest und Morbus nicht?«

»Jede Menge«, erwiderte Wolf und grinste.

»Ach du Scheiße«, sagte Nova. »Ach du ... hat irgendwer ihn eigentlich schon schlafen sehen, seit wir gelandet sind?«

»Abgestürzt«, korrigierte Wolf sie. »Und nein, ich habe nicht geschlafen. Ich hatte zu viel zu tun.«

»Gut.« Argons Gesicht schob sich vor seins, sehr plötzlich und sehr groß. »Und was du so alles geschluckt hast, statt zu schlafen, will ich überhaupt nicht wissen. Es tut mir leid, ich hätte darauf achten müssen. Aber jetzt haust du dich hin. Wir müssen ohnehin bis Tagesanbruch warten, vorher können wir nicht aufbrechen. Wenn bis dahin Fragen auftauchen, die uns unlösbar erscheinen, wecken wir dich.«

Wolf starrte ihn an. Er fühlte sich nicht müde. Allerdings erinnerte er sich daran, was passiert war, als er diesen Punkt, an dem er sich jetzt befand, einmal überschritten hatte. Er konnte durchaus noch ein paar Stunden rausholen, aber dann würde er irgendwann einschlafen, ganz egal, was er gerade tat. Beim letzten Mal war es zwischen zwei Salven gewesen – er hatte gefeuert, war eingeschlafen, wieder aufgewacht und hatte nahtlos weiterschießen wollen, nur dass inzwischen sechsundzwanzig Stunden vergangen waren, die Waffe sich längst nicht mehr in seinen Händen befand und Argon sie beide rausgehauen hatte. In Argons Miene sah er dieselbe Erinnerung, und außerdem war er der Captain. Also salutierte Wolf, drehte sich wortlos um und verließ den Besprechungsraum, stand draußen eine Weile ziellos herum, bis er sich erinnerte, was er vorgehabt hatte, und taumelte aufs Klo.

Die Toilettenschüsseln befanden sich irgendwo in einer der Kisten mit dem Kürzel K, im Boden waren nur noch Löcher, durch die ein scharfer Wind jaulte. Immerhin wusste er jetzt, was sich darunter befand ... keine Abflussrohre, sondern eine gewaltige Höhle, durch die ein unterirdischer Fluss rauschte. In den Toilettenschüsseln hatte es sicher Vorkehrungen dagegen gegeben, dass von unten etwas heraufkroch, aber diese Vorkehrungen befanden sich ebenfalls in der Kiste K-Irgendwas, und ihn gähnten nur ein paar Löcher an. Dort würde er keine Körperteile hineinstecken, die ihm lieb und teuer waren, abgesehen davon, dass er dazu eine unwürdige und der Balance nicht zuträgliche Körperhaltung hätte einnehmen müssen. Also stellte er sich über eins der Löcher, zielte, traf zu seiner Zufriedenheit besser, als man es in seinem Zustand verlangen konnte, und machte sich auf den Weg ins Bett.

Im Quartier standen vier Feldbetten, er ließ sich ins erste hineinfallen, seine Augen fielen zu, und als er sie Stunden später öffnete, stellte er fest, dass die vermeintlichen Stunden nur zwei Minuten gewesen waren. Er fühlte sich frisch und ausgeruht.

Er seufzte. Das war vertraut. Wenn man einen bestimmten Punkt überschritt, war es fast nicht möglich, ohne synthetische Hilfe einzuschlafen. Er gab sich fünf Minuten für den Versuch, lag da und starrte an die Decke.

Ein Shuttle. Eine Anlage, eine Bodenstation unten im Dschungel, in der möglicherweise noch jemand war. Im Kopf spielte er verschiedene Besetzungsmöglichkeiten durch und dachte an die Kassette, die Argon bei sich trug. Wenn sie die nicht mitgenommen hätten, wäre es das jetzt gewesen. Oder wenn Argon diese Nelly noch lebend angetroffen hätte. Vielleicht hätte er dann zwanzig Millionen plus in den Versuch gepulvert, sie mithilfe der Naniten noch zu retten – zum Glück war er gar nicht erst in Versuchung geraten.

So hatten sie jedenfalls noch eine Chance. Wenn die anderen sie nicht auslieferten, verstand sich. Und da biss sich die Katze in den Schwanz. Er würde Argon in einem ruhigen Moment beiseitenehmen müssen und ihn nach seiner ehrlichen Einschätzung fragen, ob man mit den anderen reden konnte. Oder ob es besser war, sie loszuwerden.

Der Gedanke bereitete ihm kein Vergnügen, aber es ging ums nackte Überleben. Selbst wenn sie käuflich waren – und das waren die wenigsten Justifiers, weil die Konzerne niemanden so unbarmherzig verfolgten wie desertierte Leibeigene –, der Inhalt der Kassette war zwar etliche Millionen wert, aber was war das schon, wenn es sich auf so viele Leute verteilte? Abgesehen davon, dass sie die Summe brauchten, um sich von Argons Schulden freizukaufen. Und dann würden sie selbst sehen müssen, was dann kam, das Schiff war weg. Nein – ohne Idee, ohne Alternative, ohne Schiff war dieses Vermögen nicht mehr wert als die nackte Freiheit, im besten Fall. Wenn sie den Planeten verließen, fingen die Probleme erst richtig an.

Er warf einen Blick auf die Uhr. Die fünf Minuten waren um. Er war hellwach.

Es war still im improvisierten Quartier, als Nova hineinhuschte, still und dunkel. Im ersten Augenblick glaubte sie, Wolf schlafe bereits, es hätte sie nicht gewundert – er schlief so plötzlich ein, wie er aufwachte, ein Relikt aus seiner Dienstzeit, wie er manchmal behauptete. Aber vielleicht war sogar Wolf mitgenommen von den jüngsten Ereignissen, denn plötzlich knarzte eins der drei Feldbetten. »Was ist los?«

»Nichts«, beruhigte sie ihn. »Kein Notfall, meine ich.«

»Willst du dich auch hinlegen? Gute Idee. Aber du solltest eine Multibrille greifbar haben. Nur für den Fall.«

»Schon gut. Ich will nicht schlafen. Ich weiß nicht, ob ich überhaupt noch mal schlafen will.«

Sie hörte das Grinsen in seiner Stimme. »Das habe ich schon viele Leute sagen hören. Im Schnitt drei Sekunden, bevor ihnen die Augen zugefallen sind. Leg dich einfach hin und zähl bis zehn. Ich garantiere dir ...«

»Wolf.«

Er seufzte. »Ja.«

»Was ja?«

Er setzte sich auf und klopfte neben sich aufs Feldbett. »Ich hab es befürchtet. Du willst mit mir über Argon reden.«

»Ist das so offensichtlich?«, fragte sie erstaunt und tapste mit der Unbeholfenheit von jemandem, der nicht sicher ist, ob er alle möglichen Hindernisse auf seinem Weg rechtzeitig wahrnimmt, auf ihn zu.

»Ich hab es an deinem Blick gesehen«, sagte er, als sie sich neben ihn setzte. »Vorhin, als wir uns zur Besprechung getroffen haben. Du hast ihn angeschaut, dann Toro, kreuzunglücklich, und dann immer wieder mich. So wie eine kranke Kuh den Tierarzt.«

Sie schlug nach ihm. Dabei war sie eigentlich erleichtert darüber, wie leicht er es ihr machte. Er konnte mindestens so verschlossen sein wie Argon, fand sie. Halb hatte sie erwartet, dass er sie schroff abwies und ihr sagte, alles, was Argon beträfe, solle sie mit Argon selbst abmachen und ihn da rauslassen.

»Ich ...«, fing sie an, ohne genau zu wissen, wie es dann weitergehen würde, und auf einmal heulte sie los. Es kam so plötzlich, dass sie gar nicht wusste, wie ihr geschah, und noch dachte: *Hör bloß auf mit dem Scheiß*, als sie schon längst flennte wie ein kleines Kind. Es schüttelte sie regelrecht, und als sie versuchte, etwas zu sagen wie *halb so schlimm* oder *geht gleich vorbei*, brachte sie kein vernünftiges Wort heraus.

Glücklicherweise nahm er sie nicht in den Arm. Er murmelte nichts Tröstliches und sagte ihr nicht, alles werde gut. Er spottete auch nicht oder verlangte, sie solle sich gefälligst zusammenreißen. Er wartete nur, und als es so plötzlich verging, wie es angefangen hatte, kramte er in einer seiner tausend Taschen und reichte ihr ein Tuch.

»Besser?«

Schniefend putzte sie sich die Nase.

»Ist nur ein Reinigungstuch«, entschuldigte er sich. »Aber andererseits wird dann die Nase auch gleich richtig sauber.«

Sie musste lachen. »Scheiße. Tut mir leid. Ich bin ... das ist mir echt peinlich.«

»Komm schon. Für ein Mädchen hältst du dich ganz gut.«

Sie stieß mit der Faust nach ihm, seine Schulter in dem leicht gepanzerten Flecktarn war solide wie eine Mauer. »Mann. Ich ... ich weiß auch nicht. Ich fühle mich so verloren. Die *Virago* ist weg, und Gwenni und die anderen, und dann ... Weißt du was? Ich habe keine Ahnung, warum ich es dir nicht so übel nehme. Die Sache mit der Kass...«

»Schsch«, machte er. »Ich weiß. Aber es liegt auf der Hand, weshalb es dir bei mir nicht so viel ausmacht. Von mir erwartest du nichts Besseres.«

»Das ... das ist vielleicht ein bisschen hart.«

»Komm schon.« In seiner Stimme lag dieses kurze Grinsen, das sie manchmal denken ließ, dass sie ihn überhaupt nicht kannte, dass da ein zweiter, ganz anderer Wolf in ihm steckte und vielleicht dieser andere Wolf der echte war, der ab und zu durch die Fassade blitzte wie jemand, der aus dem Fenster seines Hauses schaut.

»Vielleicht ist da was dran«, gab sie widerwillig zu. »Aber es ist auch noch was anderes. Diese zweite Sache, die er uns sagen wollte, als das Erdbeben anfing. Das lässt mir keine Ruhe. Dir hat er noch nichts gesagt, oder?«

Im Dämmerlicht spürte sie seinen Blick, und ihr wurde klar, dass er sie ausgezeichnet sehen konnte. Peinlich berührt schaute sie weg.

»Wann?«, fragte er. »Wann hätte er das tun sollen?«

»Blöde Frage. Ich bin nur ... ich weiß nicht.« Hilflos hob sie die Hände. »Ich weiß nicht, warum es mich so anfrisst. Ich meine, die *Virago* ist tot, Gwenni und Puke sind tot und Little auch und ... was ist denn noch übrig? Du und ich und Toro und Argon. Mehr nicht. Das ist alles. Das ist verdammt noch mal alles, was ich noch habe. Und ich weiß nicht, ob es reicht.«

Er saß ganz ruhig. »Ob es wofür reicht?«

»Für ein Leben«, stieß sie hervor. »O Mann, das klingt so erbärmlich. Aber ich will es zurück. Ich will es zurück! Ich will das alles zurückhaben! Ich will Gwenni zurück und Puke und sogar den beschissenen Little, und ich will die *Virago* und Tina, und ich will nicht darüber nachdenken müssen, was Argon getan hat, damit er ein Justifier geworden ist, weil ... irgendwas muss er ja getan haben, oder? Und ich will eigentlich gar nicht wissen, weshalb sie ihn so hassen. Die anderen. Eddie und Morbus und vor allem Nox. Nur dass er irgendeinen anderen Auftrag angenommen hat und dann nicht da war und ein anderer Scheiße gebaut hat, das kann's ja nicht sein. Ich will wissen, was er getan hat. Und ich will es auf gar keinen Fall wissen. Ich habe so einen Schiss davor, dass ich etwas erfahre, mit dem ich nicht leben kann. Es ist doch sowieso schon alles kaputt. Es ist doch fast gar nichts mehr übrig.«

Falls Wolf von ihrem Ausbruch erschüttert war, ließ er sich nichts anmerken. Er nahm ihr das Reinigungstuch weg, wischte es an seiner Hose ab und reichte es ihr wieder. »Ich habe leider kein anderes.«

»Pfui Teufel«, kicherte sie und schniefte. »Mann, wenn du irgendwem erzählst, wie ich hier rumflenne …«

»Kein Wort. Aber ich erzähl dir was anderes.«

»Ach ja?« Sie schnäuzte sich und schaute den hellen Fleck seines Gesichts an. Allmählich hatten sich ihre Augen so gut ans Dunkel gewöhnt, dass sie seine Gesichtszüge erkannte.

»Was Argon als Justifier gemacht hat, weiß ich nicht.« Wolf rollte mit den Schultern und seufzte. »Aber ich weiß, wie es dazu gekommen ist, dass er einer geworden ist.«

Augenblicklich war sie von Kopf bis Fuß angespannt. »Und du erzählst es mir? Ist es nicht so schlimm?«

»Wie man es nimmt.«

»Oh.«

»Na, wenn du nur zwei Jahre fürs Falschparken absitzen musst, dann ist es kein reizvolles Angebot, wenn einer kommt und sagt, hey, tritt in unsere Dienste, riskier für so ein paar Konzernärsche dein Leben, und mit einer Überlebenswahrscheinlichkeit von zwei Prozent oder so bist du nach fünf Jahren Dienstzeit wieder draußen.«

»Zwei Prozent?«, wiederholte sie entgeistert.

»Ja. Viel mehr ist es nicht. Allerdings ist das natürlich die inoffizielle und aus dubiosen Quellen hochgerechnete Gesamtstatistik. Bei *StellarExplorations*, wo Argon war, dürfte die Überlebenswahrscheinlichkeit etwas höher sein als bei …«

»Egal! Also ist er verurteilt worden. Für was?«

»Mord.«

Das saß ganz ordentlich. Sie hatte erwartet, dass er

herumdruckste, aber er knallte es ihr einfach so hin. Sie schluckte. Sie hatte es ja wissen wollen. »Und wen hat er ermordet?« Streng genommen war es ja auch Mord gewesen, als er Little erschossen hatte. Mit manchen Sorten Mord ging sie, was auch immer das über sie aussagte, gnädiger um als mit anderen.

»Einen gestandenen Familienvater mit vollkommen reiner Akte. Übrigens im Gegensatz zu Argon, der hatte schon mit dreizehn seinen ersten Eintrag, und das auch nur deshalb, weil er sich vorher nicht hat erwischen lassen.«

Ihr Mund war trocken. »Lass dir nicht alles aus der Nase ziehen. Raus damit. Ich kann damit umgehen.«

»Der Typ hat Argons beste Freundin überfahren. Vor seinen Augen. Argon war schon immer jähzornig. Immer. Falsches Weihnachtsgeschenk? Bämm! Irgendein Speicherstand bei einem Spiel, der verloren gegangen ist? Bämm! Ein armer Idiot, der ihn angerempelt hat? Bämm! Ich bin platt, wie er es inzwischen im Griff hat. Den Jähzorn haben sie ihm gründlich ausgetrieben bei *SE*. Oder jedenfalls fast. Du hast ihn ja vorher nicht gekannt – glaub mir, es ist befremdlich, so eine Veränderung bei jemandem zu sehen, den man schon so lange und ganz anders kennt, aber es ist eine Verbesserung. In der Hinsicht war es wirklich ein Segen. Für ihn und für alle anderen.«

»Jetzt hör doch auf mit dem Gefasel!«, schnauzte sie ihn an. »Der Typ hat Argons beste Freundin überfahren? Und dann?«

»Dann ist er ausgestiegen und hat gesagt, Argon solle sich mal nicht so anstellen. Da hat Argon ihn totgeprügelt. Hat ihn zusammengeschlagen und dann sein Gesicht immer wieder auf den Asphalt gezimmert. Sie konnten ihn danach nicht mal mehr am Gebiss identifizieren. Also, höchstens anhand der hinteren Backenzähne.«

»Er hat gesagt, er soll sich nicht so anstellen?«, entfuhr es Nova ungläubig. »Er überfährt eine Frau und sagt zu ihrem Freund, er soll sich *nicht so anstellen?* Das sind ja wohl mindestens mildernde Umstände. Wie lange hat er bekommen?«

»Arbeitslager auf so einem grauen kleinen Steinklotz von einem Planeten. Schlimmer als der hier. Lebenslänglich. Also ungefähr vier Jahre, das ist dort nämlich die durchschnittliche Lebenserwartung.«

»*Was?*«

»Tja. Der Mann war unbescholten, Argon vorbestraft. Außerdem gab es da noch ein kleines Problem mit der Freundin.«

»Wieso mit der Freundin? Ich dachte, die war tot?«

»War sie auch. Aber sie war ein bisschen ... anders.«

»Eine Beta?«, fragte Nova. »Das war, bevor den Betas wenigstens zum Teil Menschenrechte eingeräumt wurden, oder? Durfte man denn zu der Zeit einfach so Betas umbringen, ohne dass man dafür zur Verantwortung gezogen wurde? Ich habe die Rechtslage nie so genau verfolgt.«

»Nicht ganz Beta. Doppelte tierische Ahnen. Null menschliche.«

»Eine ... Voll-Beta?«, fragte Nova, jetzt völlig verwirrt.

»Mensch!« Er grunzte vor Lachen. »Ein Hund. Es war ein Hund. Argon hat einen Menschen getötet, weil der seinen Hund überfahren hat.«

Lange starrte sie ihn nur an. »Aber«, sagte sie. »Aber ... der hat gesagt, er soll sich nicht so anstellen?«

»Genau das hat er gesagt.«

»Das ...« Sie kratzte sich am Kopf. »Ich finde das Urteil nicht in Ordnung. Ich ... er hat sein Leben für einen Hund weggeschmissen?«

»Richtig.« Er boxte ihr leicht gegen die Schulter, und sie flog fast vom Feldbett. »Ich wusste, dass dir das gefällt. Schau, so ist es nämlich – Argon ist jemand, der für seinen Hund ins Arbeitslager geht. Also, nicht in dem direkten Zusammenhang, aber grundsätzlich: So ist er. Er trifft Entscheidungen über deinen Kopf hinweg. Er macht Dummheiten. Große Dummheiten manchmal, obwohl er so wirkt, als ob er sich alles zehnmal überlegt. Macht er auch, aber manchmal liegt er damit daneben, und manchmal macht er eben auch Sachen, ganz ohne darüber nachzudenken, was sie für Konsequenzen haben mögen. Weil es ihm in dem Augenblick richtig vorkommt. Ich verstehe ihn nicht immer. Überhaupt nicht immer. In letzter Zeit sogar: sehr selten. Aber ich weiß, wer er ist: jemand, der seinen Hund so sehr geliebt hat, dass er den Typen umbringen musste, der ihn nicht nur überfahren hat, sondern nicht verstehen wollte, dass der Tod eines Hundes für einen anderen Menschen eine Tragödie sein kann. Was auch immer Argon getan hat, was auch immer sie ihm vorwerfen: Ich bin sicher, dass es zu wissen für mich nichts ändern würde. Dass es aus meiner Perspektive vielleicht dumm war, vielleicht auch egoistisch oder falsch oder unüberlegt. Aber ...«

Ein Geräusch an der Tür ließ sie aufhorchen. Wolf verstummte, beide schauten auf. Im schwachen Gegenlicht der halbwegs ausgeleuchteten ovalen Halle zeichneten sich runde, etwas räudige Ohren ab. Für einen Augenblick dachte Nova an Argons Hund und musste lächeln. Vor lauter Erleichterung über das, was Wolf gesagt hatte, war sie großmütig gestimmt und sogar bereit, Scar zu mögen. Oder zumindest: einen etwas freundlicheren Blick auf sie zu werfen, und wenn das nur hieß, dass sie fand, ihre Ohren seien irgendwie ganz drollig geraten.

»Stör ich?«, schnarrte Scar.

»Kein bisschen«, erwiderte Wolf. »Wir waren gerade fertig. Oder?« Fragend wandte er sich an Nova.

Sie nickte. »Ja. Ich lass dich jetzt schlafen.«

»Na goldig«, murrte Scar und stiefelte näher heran.

»Falls dir kalt ist«, sagte Wolf, »die Decken …«

Scar zog eine Waffe aus ihrem Hosenbund und schoss ihm in die Brust. Ein gleißender, giftgrüner Strahl, in dessen Licht Nova sein Gesicht noch einmal ganz deutlich sah. Es ging so schnell und war so lautlos, dass sie nicht verstand, was geschah. Sie konnte sich nicht rühren. Wolf saß ganz aufrecht da, es war wieder dunkel, und das Nachbild seines Gesichts flackerte über ihre Netzhaut.

Dann brach er zusammen.

Mit einem tiefen Stöhnen rang Nova nach Luft, um zu schreien. Scar packte sie und hieb ihr die Faust in den Solarplexus. Die Welt verschwand in einem schwarzen Loch, und Novas Universum reduzierte sich auf die vollkommene Unmöglichkeit zu atmen. Selbst wenn sie versucht hätte zu schreien, sie hätte nicht genügend Luft dafür in die Lungen saugen können. Sie bekam kaum mit, wie Scar sie auf den Bauch wälzte, sich auf ihren panisch zuckenden und krampfenden Leib kniete und sie hinunterdrückte, um ihr die Hände mit einem Plastikriemen auf den Rücken zu schnüren. Sie bekam auch die leise gezischten, unverständlichen Beschimpfungen nur am Rande mit. Und als Scar sie wieder in eine aufrechte Haltung zerrte, auf die Knie, weil ihre Beine sie nicht trugen, war sie kaum bei Bewusstsein. Wer noch nie einen Schuss in die Lunge oder einen Volltreffer in den Solarplexus abbekommen hat, hatte Argon einmal gesagt, weiß nicht, was Atemnot heißt.

Sie bekam nicht mit, wie Scar hastig eine Weste um ihre Schultern legte und sie festzurrte. Auch das Gewicht des Sprengstoffs, in kleinen Päckchen einfach mit medizinischem Schaum befestigt, der sich für ganz erstaunlich vielseitige Zwecke eignet, war ihr nicht wirklich bewusst. Sie rang nach Atem, ihr war schwarz vor Augen, ab und zu blitzten grellweiße und grüne Lichtpunkte in der Dunkelheit auf, und sie dachte einen Namen, zu dem sie vorübergehend jeden Bezug verloren hatte: *Wolf!*

Erst als Scar sie den Gang bis zum Schacht zu den Katakomben hinuntergezerrt hatte und ein Seil in die Weste einhakte, verirrte sich ein Lufthauch in ihre Lungen, und sie ächzte.

»Halt die Fresse«, knurrte Scar dicht neben ihrem Ohr, ihre Stimme triefte vor Abscheu. Sie versetzte ihr einen Stoß, und Nova stürzte dem Boden des Schachts entgegen.

27

Datum: 27. Juli 3042
System: unbekannt
Planet: unbekannt
Ort: Anlage

Obwohl Eddie nichts sagte, bemerkte Argon, dass etwas nicht stimmte. Es war, als ändere sich etwas an der Zusammensetzung der Luft, als höre er ein eigentlich unhörbares Geräusch, als erhöhe sich schlagartig die Schwerkraft. Mitten im Satz hielt er inne und wandte sich suchend nach der Quelle dieser Irritation um, halb besorgt, es sei möglicherweise das nächste Erdbeben, das sich ankündigte.

Eddie starrte auf die Anzeige seines JUSTs. Sein Gesicht war kalkweiß. Er blinzelte, tippte aufs JUST, blinzelte noch einmal. Schaute auf, Argon direkt in die Augen. »Probleme«, sagte er heiser. Ohne hinzuschauen, sendete er ihnen, was er sah, und Argon glaubte, sich übergeben zu müssen.

Es waren keine durchbrechenden Aliens oben. Es war auch nichts, was sich durch die zusammengeschweißten Kisten in den Katakomben arbeiten wollte. Jedenfalls nicht von außen.

Eddies Drohne unten im Gang hatte Bewegungen erfasst

und ihm gemeldet. Sie schwebte dicht unter der Decke, ihr Bild war wegen der mittelmäßigen Beleuchtung etwas unscharf. Trotzdem erkannte Argon Scar sofort – an den Ohren und den Bewegungen, denen trotz ihrer Effektivität jede Eleganz fehlte. In einer Hand hielt sie eine unangenehm vertraute Waffe, und mit der anderen zerrte sie die fest verschnürte Nova mit sich.

Im nächsten Augenblick sah Scar die Drohne, richtete die Waffe darauf und schoss. Ein kurzer, greller Lichtblitz, und weg.

Argon zuckte zusammen, als hätte der Schuss ihn getroffen, und sprang auf. Im Hinausstürmen zog er die *Finch*. Diese ganz spezielle Übelkeit hatte ihn erfasst, die aus der Ahnung entsteht, nah an der Gewissheit, dass man etwas Unwiederbringliches verloren hat. In seinem Kopf war für nichts anderes mehr Platz. Nicht mal für ein stures Nein oder einen Namen. Nur für die fiebrige, unbestimmte Hoffnung, sich zu irren. Glück gehabt zu haben. Nicht bestätigt zu finden, was er befürchtete.

Im Quartier lag Wolf still quer über dem Feldbett, einen Arm über der Brust, der andere hing über die Kante. Argon streifte die Brille über, und aus Umrissen wurde Wirklichkeit.

Hinter sich hörte er schwere Schritte. Sie verstummten. Niemand sagte etwas. In ihm war Stille. Betäubtes Schweigen. Er fühlte gar nichts.

Sehr deutlich hingegen spürte er den Boden unter seinen Sohlen, als er zum Feldbett trat, sehr deutlich Wolfs noch warme Haut unter den Fingern, als er nach dem Puls tastete. Sein eigenes Herz schlug so heftig, dass er es für einen Augenblick in den Fingerspitzen fühlte. Es war eine nutzlose Handlung, aber unausweichlich. Er *musste* nach dem Puls fühlen, auch wenn Wolfs Augen offen standen und zur Decke schauten, auch wenn ein dunkles Loch in seiner Brust war, in dem Haut und Kleidung miteinander verschmolzen waren.

Er drehte sich um. Hinter ihm stand Toro. Die anderen waren draußen geblieben.

»Nova«, brachte Toro nur heraus.

Argon wandte sich zum Gehen. Gar nichts fühlte er, nichts außer betäubendem Rauschen im Kopf und ungeheurem Druck in Brust und Bauch und jener seltsamen Beschleunigung, die die Welt manchmal erfährt, wenn es einen so weit nach draußen katapultiert. Er sah Eddie, an dem gerade die bewaffnete Drohne vorbeisauste, an sein Handgelenk greifen, und eine Übertragung kam rein, von Eddie weitergeleitet.

»Bleibt, wo ihr seid.« Scars Stimme war kalt. »Ich weiß, dass ihr wisst, wo ich bin. Und ihr wisst auch, wen ich dabeihab. Ich hab sie in Sprengstoff eingewickelt wie ein Weihnachtspäckchen. Und im Schacht ist auch was. Genug, verlasst euch drauf. Und ein Bewegungsmelder. Probiert es ruhig aus. Das reicht sogar für euch, will ich wetten. Bleibt also gefälligst einfach, wo ihr seid.«

Eddies bewaffnete Drohne hatte auf halber Höhe des Gangs abrupt angehalten, und jetzt öffnete er den Mund, um zu antworten, aber die Verbindung war bereits wieder tot.

Sie starrten einander an. Argon durchzuckte ein mächtiger Impuls, er wollte nach unten hetzen, sich das Miststück schnappen, irgendwer brüllte ihm etwas hinterher, da merkte er erst, dass er sich tatsächlich in Bewegung gesetzt hatte, aber er hatte nicht völlig den Verstand verloren. Er betrat den Schacht nicht, sondern kauerte sich am Rand nieder und versuchte, etwas zu erkennen. Die Tür stand offen, ein Stück neben dem Kabelbündel baumelte das Stahlseil, mit dem Toro die Kisten gesichert hatte, falls die Transportdrohne an Kabeln oder Schachtwänden anstieß. Neben ihm tauchte Morbus auf und leuchtete hinein.

»Sie hat die *Misanthrope*«, sagte Argon heiser, während er etwas zu erkennen versuchte. »Sie hat die verdammte *Misanthrope*. Ich dachte, die hast du?«

»Sie war weg, als ich aufgewacht bin.« Morbus flüsterte fast, als befürchtete er, der Bewegungsmelder würde auch auf Geräusche reagieren, die allzu laut durch den Schacht hallten.

»Und du kommst nicht auf die Idee, was zu sagen?«, fragte Argon kalt.

Morbus zuckte zurück. »Ich dachte ... egal. Ist doch jetzt egal. Da unten ist was.« Der Lichtstrahl wanderte zu einem ordentlichen Packen von dem klebrigen Zeug, das sie gleich kistenweise im Lager gefunden hatten und das ohne spezielle Zünder so harmlos war wie Kinderknete.

»Macht Platz«, sagte Eddie hinter ihnen. Er hatte einen kleinen Kasten in der Hand, der Argon vage vertraut vorkam, wenn er auch inzwischen etwas komplexer aussah als damals – hatte das Ding nicht sogar einen Namen?

Bereitwillig rückte Morbus beiseite, Argon nur zögernd, es fiel ihm schwer, sich zurückzuziehen, mehr Abstand zwischen sich und Nova zu bringen, die dort unten war, zwischen sich und diesem Miststück, das Wolf erschossen hatte. Der Gedanke zuckte auf, dass das nicht passiert wäre, wenn Morbus eine ernstzunehmende militärische Ausbildung gehabt hätte. Dann hätte er das Fehlen der Waffe sofort gemeldet. In Argons Augen war er ein Zivilist, und was man davon hatte, mit Zivilisten zusammenzuarbeiten, sah man ja. *Sie hätte Wolf ganz einfach mit einer anderen Waffe erschossen oder ihm die Kehle durchgeschnitten*, sagte die Vernunft in ihm mit spröder Stimme, sie war nicht willkommen, aber natürlich hatte sie recht. Nur hätte er eine größere Chance gehabt. Keine wirkliche Chance, aber immerhin eine, die er unter Umständen gegen alle Wahrscheinlichkeit trotzdem genutzt hätte. Er klammerte sich an die Vorstellung, als würde es irgendwas ändern, und als Morbus aufschaute und seinem Blick begegnete, wurde er blass. Aber er schaute nicht weg. *Sag ein Wort, und ich knall dich ab*, dachte Argon, da war das Rauschen in seinem Kopf und die Gewissheit, dass er es tun würde, aber Morbus schwieg, sein Gesicht sah aus, als wäre er in den letzten Minuten um fünfzig Jahre gealtert.

»Haut ab«, sagte Eddie, »ihr hockt mir zu dicht auf der Pelle.« Mit dem Kasten in der Hand beugte er sich ein Stück in den Schacht, und vor seinem geistigen Auge sah Argon, wie ihm der Kasten aus der Hand fiel, sie alle ihm dümmlich hinterherstarrten und mit diesem Ausdruck im Gesicht in Stücke gerissen wurden. Es hätte ihn mehr kümmern sollen, dass das eine realistische Möglichkeit war. Immerhin fiel ihm ein, dass Eddie den Kasten Rufus nannte und entschlossen war, ihn zu einem patentfähigen elektronischen Multitool zu entwickeln. Es war ein Kreuz mit Erinnerungen, man schleppte so unendlich viel Ballast in seinem Kopf mit sich herum – er selbst war allerdings nichts gegen Wolf, der zu seinem großen Ärger auch nach Jahren noch die Telefonnummern aller Frauen auswendig kannte, mit denen er je etwas intimer zu tun gehabt hatte.

»Was hat die verblödete Hyäne bloß vor?«, fragte Morbus leise und rückte widerwillig vielleicht zehn Zentimeter zurück.

Argon erschoss ihn nicht. Argon erschoss niemanden. Er atmete so ruhig wie möglich und versuchte sich klarzumachen, dass Wolf tot war und Nova noch lebte, und dass sich an Ersterem nichts mehr ändern ließ und an Letzterem noch eine ganze Menge, wenn er jetzt nicht durchdrehte.

»Platz, sagte ich«, schnauzte Eddie ihn an. »Ich brauche verdammt noch mal Platz! Haut ab mit euren ganzen Funksignalen, eurem Rauschen und Knistern, das irritiert die Sensoren.«

Hinter ihnen senkte sich die Drohne zu Boden, die Leuchtdioden an ihrer Seite erloschen wie Augen, die sich schlossen.

»Geräte aus, kein Funk, kein gar nichts, und Schnauze halten. Oder nein, haut ab in den Besprechungsraum. Alle. Und Tür zu. Wenn ich das Zeug da unten aus Versehen hochjage, übersteht ihr es da vielleicht.«

»Ich ...«, sagte Morbus.

»Jetzt!«, blaffte Eddie ihn an. »Und was sie will? Raus will sie. Wie blöd kann man sein? Sie hat das Shuttle gesehen, sie hat sich die Pilotin geschnappt, sie hat uns den einzigen Weg nach draußen blockiert. Sie wird die Kisten sprengen und sich durch den Wartungsgang zu Station I aufmachen. Da geht sie bei Tagesanbruch an die Oberfläche, oder, wenn sie völlig wahnsinnig ist, auch sofort, und warum auch nicht? Es wird ja nicht der ganze Planet von diesen Viechern bedeckt sein, die hocken alle bei uns und überlegen sich, wie sie die Konserve knacken.«

Argon, in deutlicher Erinnerung an den Grund, weshalb

Eddie vor Jahren zu lebenslanger Haft verurteilt worden war, zog sich zurück. Wenn Eddie arbeitete, ging man ihm aus dem Weg und ließ ihn in Ruhe. Sogar Nelly hatte das getan.

»Allein?«, fragte Morbus. Es war ein Wunder, dass er nicht schon längst von irgendwem totgeschlagen worden war – allerdings, versucht hatten es einige. Er hatte offenbar keine Ahnung, wann man die Schnauze hielt, sondern starrte Eddie an und schüttelte den Kopf. »Spinnst du? Die geht doch nicht allein rüber – zu Fuß und ohne Rückendeckung da runter und dann zur Bodenstation, wo irgendwer ist oder gar keiner, mit einer Gefangenen, die sie behindert ... um ein Shuttle zu kapern, von dem sie nicht weiß, wie man es fliegt?«

»Ich spinne nicht«, sagte Eddie. »Aber sie. Sie spinnt. Und ja, genau deshalb wird sie es genau so machen. Ich hätte mich auch nicht in die Grube mit Viechern gestürzt, um ein bisschen Gladiator zu spielen, aber Nox hat exakt das getan.«

»Das Blut.« Morbus sah erschüttert aus. »Scheiße. Sie ist noch immer auf irgendeinem Trip. Das hält eine Weile an. Oder ...«

»Schaff ihn weg«, sagte Eddie und hielt ganz still. »Schaff ihn mir vom Hals.«

Argon kannte den Blick, die Körperhaltung, und selbst Morbus nahm wahr, dass es eng wurde, vielleicht ging ihm auch auf, dass es eilig war. Jedenfalls zog er sich hastig zurück, und sie ließen Eddie dort sitzen mit seinem Kasten und dem Sprengstoff, eilten an der stummen Drohne vorbei und schlossen die Tür des Besprechungsraums von innen.

Schatten. Überall Schatten. Sie krochen über den Gang, sie nisteten in den leeren Augenhöhlen der Pilotin, sie waberten durch die Luft, hauchfeine Schleier, die den Atem dämpften, sich in der Lunge absetzten, das Sichtfeld begrenzten. Sie hatten sie vergiftet, das wusste Scar, und sie wusste auch, dass sie von hier fortmusste. Irgendwohin, wo man ihr helfen konnte. Raus aus der Enge der Anlage. Runter von dieser Dreckskugel von einem Planeten, auf dem es nichts gab außer Blut und Toten.

Die Wände waren viel zu nah. Sie sehnte sich nach einem Bad, einem Meer, einem Haus mit Garten, einer Bar. Sie sehnte sich nach Leben. Hier gab es keins. Hier gab es gierige, bleiche Gerippe, die nicht starben, wenn man sie mit Kugeln vollpumpte, und es gab Tote, die nicht einsehen wollten, dass sie gestorben waren, und Lebende für tot erklärten. Sie wusste, dass sie die einzigen Überlebenden des Absturzes gewesen waren – sie und Stray. Die Toten sahen es nur nicht ein. Und sie wollten sie nicht fortlassen.

Die tote Pilotin sah zu, wie sie den Sprengstoff an den Kisten befestigte, und sie tat, als würde sie weinen. Sie wusste ja nicht, dass Scar längst klar sah. Dass Stray ihr das Geheimnis verraten hatte, mit seinem letzten Atemzug. *Lass es sie nicht merken*, hatte er geflüstert, *lass sie nicht merken, dass du Bescheid weißt. Solange sie es nicht wissen, werden sie weiter so tun, als wäre alles in Ordnung. Spiel mit und warte auf eine Gelegenheit, abzuhauen.*

»Das Schlimmste ist«, sagte Scar zu der weinenden Toten, während sie die Zünder befestigte, »dass der Tod keine Option mehr ist. Nicht hier.«

Die Pilotin keuchte, riss die leeren Augenhöhlen weit auf und tat, als ob sie nicht verstand.

Scar lächelte ihr zu. »Ich werde keine von euch«, versprach sie. »Ich schaffe es von hier weg. Und dich nehme ich mit.« Wie sie sich ihrer entledigte, wenn sie erst einmal dort draußen waren, raus aus dem Orbit, würde sie sehen. Möglich, dass sie dann einfach starb, dass die seltsamen Schwaden es nicht aus dem Orbit rausschafften, dass sie dort oben einfach nur noch eine Tote sein würde. Egal. Wenn Scar erst einmal hier weg war, würde sie sehen. Sie konnte das Shuttle weder starten noch landen, aber sie war durchaus in der Lage, einen Notruf abzusetzen, und dann würde sich zeigen, wer sie fand. Wenn es die Falschen waren, würde man sie zurückschleifen und ein Exempel an ihr statuieren. Diese schlimmste aller Optionen hatte ihren Schrecken verloren. Solange sie nur liegen blieb, wenn sie sie umbrachten, sollte es ihr recht sein. Solange sie diese Seuche nicht mitnahm und sie ins Universum hinaustrug. Sie dachte an Stray, der auch nicht zu einem der ihren geworden war, aber sie bezweifelte, dass sie seine Stärke besaß.

»Lass dir helfen«, sagte die Pilotin, schwarze Tränen rollten aus ihren Augenhöhlen. »Lass dir doch bitte helfen. Du bist krank. Du kannst nichts dafür, du bist krank, ich sage es ihnen, und sie werden dir nichts tun. Sie werden dir helfen.«

Scar steckte den letzten Zünder ein, ging zurück zur Pilotin, die auf dem Boden kauerte und bei ihrem Näherkommen versuchte, auf die Füße zu kommen. Sie packte sie am Arm, riss sie hoch und stieß ihr den Ellbogen ins Gesicht. Ob sie nur so tat, als machte es ihr etwas aus, oder ob auch die Toten etwas spürten, wusste Scar nicht. Aber entweder konnte sie ihnen wehtun, oder die Pilotin war der Meinung, dass es sich noch lohnte, die Farce fortzusetzen.

»Hör auf zu heulen«, sagte sie zu ihr und schleifte sie mit sich, fort von den Kisten und dem Sprengstoff. Es würde keine große Sprengung sein, aber besser, man war nicht im Weg.

Die Tote heulte weiter und biss nach ihr, trat und kreischte. »Bitte«, flehte sie, und dann schrie sie sie auf einmal an, sie habe Wolf getötet, und Scar wusste, die Farce war wirklich noch nicht vorbei. Sie schleifte sie ins Büro, stieß sie in eine Ecke und schüttelte den Kopf. »Ich weiß doch genauso gut wie du, dass er nicht wirklich tot ist«, sagte sie leise und vertraulich, als wäre das ein Geheimnis nur zwischen ihnen. »Inzwischen ist er längst wieder aufgestanden.« Sie lachte. »Glaub nicht, es hätte mir etwas ausgemacht, ihn wirklich zu töten, wenn ich nur gewusst hätte, wie. Vielleicht verbrennen? Oder sprengen? Vielleicht tu ich das bei dir, wenn du auch außerhalb des Orbits nicht stirbst. Dann tu ich es mit uns beiden. Dann weiß ich ja, dass ich es auch in mir trage.«

Da schwieg die Pilotin, das Gesicht wie eine große Wunde vor Entsetzen, dass sie Bescheid wusste. Fast empfand Scar Mitleid. »Es ist nicht so schlimm, tot zu sein, wenn man es dann einfach gut sein lässt«, tröstete sie und zündete die Sprengsätze.

Die Explosion klang fern und schwach. Ganz sicher war Morbus nicht, tatsächlich etwas gehört zu haben, aber auch die anderen schauten auf. Zwischen ihnen schimmerte geisterhaft das Holo von Station I, die nicht sehr zahlreichen Zugangsmöglichkeiten waren rot hervorgehoben. Sie hatten nicht vor, der sprengwütigen Hyäne direkt zu folgen, aber sie versuchten einzuschätzen, bis wann sie es frühestens bis zur Bodenstation schaffen würde – wie viel Zeit ihnen also blieb, um hier rauszukommen und sie entweder abzufangen oder die Station aufzuräumen, von deren Besatzung sie nichts wussten, und dort auf sie zu warten.

»Das war weit weg«, sagte Morbus.

Toro, der sich über den Tisch gebeugt hatte, richtete sich auf, neben ihm sah Argon erstaunlich zierlich aus. »Nah genug.«

Wenn Eddie noch am Leben war und Morbus ihn anfunkte, während er gerade mit seinem kleinen Kasten und dem Bewegungsmelder herumexperimentierte, war er einen Kopf kürzer, das war ihm klar. Also ging er zur Tür, schaute hinaus und kniff die Augen zusammen, um das Dämmerlicht der ovalen Halle zu durchdringen und die Dunkelheit des kurzen Gangs dahinter. Er sah rein gar nichts, dort hinten hätten sich drei Elefanten, vier Lucies und eine ganze Teeparty befinden können ... solange nichts davon im Dunkeln leuchtete, hätte es sich seinem Blick entzogen. »Eddie?«, fragte er leise.

Arris trat neben ihn, schaute ebenfalls hinaus und seufzte erleichtert auf. »Er ist da. Was war das eben?«

Morbus schob ihn zurück und zog die Tür wieder zu. »Ich nehme an, sie hat sich den Weg unten freigesprengt.«

Am Kartentisch warfen sich Argon und Toro einen langen Blick zu. In den Augen beider Männer lag etwas, das Morbus wünschen ließ, er würde nicht dabei sein, wenn sie die Hyänen-Beta in die Finger bekamen. Für die Rachenummer hatte er nichts übrig, er bevorzugte es, sich für einen im Grunde friedlichen Menschen zu halten.

Argon schaute wieder auf das Holo hinunter. Seine Stimme war kalt und präzise, das Gesicht kalkweiß und voll-

kommen ausdruckslos, wenn man nicht den Fehler machte, ihm in die zornesdunklen Augen zu schauen. »Hier.
Hier muss sie raus. Und wenn sie sich auch nur ansatzweise gemerkt hat, wie das Plateau aussieht, und auch nur im
Entferntesten etwas vom Klettern versteht, dann geht sie
hier runter.«

»Warum da?«, fragte Toro verunsichert, der offenbar
nichts mit Klettern am Hut hatte. »Kann man das so genau
sagen?«

»Weil die ganzen überhängenden Felsen links davon
es notwendig machen würden, ständig neue Haken ein-
zuschlagen. Auf der anderen Seite dürfte eine Menge
Schlamm runtergegangen sein«, erklärte Argon. »Außerdem gibt es dort unten einen Fluss, der fast bis zur Bodenstation führt. Würde mich wundern, wenn sie freiwillig auf
eine solche Orientierungshilfe verzichtet.« Mit einem ungeduldigen Ruck ließ er seinen verspannten Nacken knacken. »Da schicken wir eine Drohne hin. Unwahrscheinlich, dass wir es rechtzeitig schaffen würden, selbst wenn
deine Idee funktioniert, Morbus. Wir kommen irgendwo
ganz unten raus, wenn überhaupt.«

»Idee«, wiederholte Toro abfällig. »Scheißidee ist das. Ich
mach da jedenfalls nicht mit. Lasst uns lieber das Tor im
Lager raussprengen oder so. Aber ich geh nicht durch den
Wartungsschacht von so verdammten Scheißtoiletten.«

Morbus beachtete ihn nicht. »Also ohne große Vorbereitung in die Bodenstation?«, fragte er Argon. »Ohne große
Vorbereitung und unter Zeitdruck?«

»Wer wird da schon sein?« Toro betrachtete ihn von oben
herab. »Irgendwelche Erdwühler. Bisschen Sicherheitsper-
sonal vielleicht.«

Widerwillig wandte sich Morbus ihm zu. »Denk an die Lucies. Wenn ich hier Leute stationieren würde, dann würde ich ihnen zumindest ein paar brauchbare Söldner an die Seite stellen. Sogar und gerade wenn ich sparen will. Wenn hier nämlich was passiert, verlierst du zig Monate, bis du es wieder in Gang bekommst. Du musst hier aufräumen, du musst neue Leute anheuern, die bereit sind, unter diesen beschissenen Bedingungen zu arbeiten, und du musst sie herbringen was entweder ewig dauert oder erhebliche Kosten verursacht, weil du sie per Langstreckensprung rüberschaffst.«

»So wie das aussieht, brechen sie die Zelte ab«, brummte Toro, der offenbar so wenig Lust auf Komplikationen hatte, dass er sie nicht mal in die Planung einbeziehen wollte. »Vielleicht haben wir es wirklich nur noch mit der Notbesatzung zu tun.«

»Fein«, gab Morbus zurück. »Wenn sie aufgehört haben zu buddeln, dann sind die Buddler vermutlich auch schon weg. Das heißt dann, wir haben es vermutlich *nur* noch mit Söldnern zu tun.«

»Das Risiko ist viel zu hoch«, unterbrach Argon das unangenehme Schweigen, das sich breitmachte. Fast erleichtert stellte Morbus fest, dass sein Verstand offenbar wieder funktionierte. »Schöne Idee, sie da zu erwarten, aber das ist Blödsinn. Wir müssen anständig planen und erst mal schauen, was uns dort erwartet, wir brauchen definitiv mehr Zeit, wenn wir es wirklich mit Söldnern zu tun bekommen sollten. Ansonsten kommt Scar da an und findet uns mitten in einem Feuergefecht vor, das wir gerade verlieren, und schießt uns wahrscheinlich noch fröhlich in den Rücken. Nein, wir machen das anders. Wenn wir es nicht schaffen sollten, sie unterwegs abzufangen, was ich klar bevorzugen würde, dann warten wir, bis sie kommt. Sie wird Nova nicht mit reinnehmen, sondern irgendwo deponieren, dann wird sie selbst die Lage sichten, und dann geht sie rein. Wir sehen zu, dass wir Nova rausholen, und dann wird sich zeigen, ob es günstiger ist, das Chaos auszunutzen, das Scar verursacht, oder ob wir uns erst mal noch bedeckt halten.«

Unwillig schüttelte Toro den Kopf mit den gewaltigen Hörnern. »Sie irgendwo *deponieren*. Sie wird sie umbringen, wenn wir zu lange warten.«

»Sie braucht sie noch.«

»Ja, sicher. Sie braucht uns eigentlich auch noch, war ihr aber auch egal. Die Schwester ist im Arsch. Da funktioniert hier oben nichts mehr.« Bedeutsam klopfte sich Toro an den Kopf, die dicken Schädelknochen klangen dumpf. »Wer weiß, was die mit Nova macht? Und wie Nova es wegsteckt, das alles? Denk mal dran, wie fertig sie war, als diese Irren sie lebendig verbrennen wollten. Die ist dafür nicht gemacht. Die geht uns kaputt. Wir müssen sie sofort da rausholen. Jetzt!«

Rasch sah Morbus zu dem Jungen hinüber, er saß auf einer Kiste und starrte abwesend das Holo an. Für ihn, schätzte er, war es schon ein bisschen zu spät. Er hatte keine Ahnung, was sie mit ihm anstellen sollten, außer ihn erst mal mitzuschleifen, aber er fragte sich, was aus ihm werden würde, wenn er das hier überlebte. Eine pädagogisch wertvolle oder psychisch stabilisierende Erfahrung war es jedenfalls sicher nicht, mit einem Haufen Justifiers und sonstigen eigenartigen Gestalten auf einem derart unwirtlichen Planeten zu landen, wo der eigene Vater von

Monstern zerfetzt wurde, und anschließend Planungen beizuwohnen, wie man eine unbestimmte Zahl von Menschen am besten in Leichen verwandeln konnte, über die man gehen konnte, um ihr Shuttle zu klauen. Aber solange Argon und seine Leute noch da waren, konnten sie schlecht anklopfen und um eine Fahrt nach Hause bitten. Selbst wenn hier alles mit rechten Dingen zuging und es sich um offizielle Grabungen auf diesem Planeten handelte, würde man *SE* kontaktieren, um die Höhe der Belohnung in Erfahrung zu bringen. Und das würde nach einigem Hin und Her dazu führen, dass Argon den Planeten als Gefangener verließ und Nova und Toro vermutlich gar nicht mehr. Kurz dachte er, wie viel einfacher es wäre, wenn die drei den Weg bis zur Bodenstation nicht überlebten, aber er wusste, dass das für Eddie eine Lösung sein mochte – für ihn kam es nicht mehr in Frage. Wenn es sich so ergeben sollte, wenn es sie erwischte – gut, dann war es eben so, und es wäre nicht das Unbequemste. Aber es aktiv herbeizuführen, also Toro und Nova zu beseitigen und Argon festzunehmen ... er war sicher kein Heiliger, aber was auf der *Virago* noch eine unangenehme Mission gewesen war, wäre jetzt ganz schlicht hinterhältiger Mord, und er dachte oder hoffte zumindest, dass er dazu nicht imstande war.

»Sie geht uns kaputt«, wiederholte Toro hilflos.

»Ich weiß.« Auf einmal sah Argon alt und müde aus. »Ich weiß das so gut wie du. Aber ich kann nicht hexen. Wir können nur ...«

In dem Moment meldete sich Eddie übers JUST bei Morbus, Morbus stellte ihn laut, und Argon verstummte.

»Ich kann nichts finden«, hörten sie Eddie irritiert sagen. »Ich kann und kann einfach keinen Zünder ausfindig machen. Den Sprengstoff – ja, den sehe ich mit bloßem Auge. Ich dachte, da muss irgendwas versteckt sein, und das Offensichtliche ist nur ein Blender. Aber ich finde nichts. Rein gar nichts. Weder weiteren Sprengstoff noch einen Zünder.«

Durch den grotesken Bluterguss fühlte sich Morbus' Gesicht steif und fremd an, er spürte, wie einer der Mundwinkel nicht mitspielte, als er nachdenklich die Lippen zusammenkniff. »Ich will dich nicht beleidigen. Aber bist du sicher, dass Rufus richtig funktioniert?«

»Vollkommen sicher. Er zeigt mir den Sprengstoff an, den ich sehe, die inaktive Steuereinheit des Fahrstuhls, meine eigenen kybernetischen Teile ... absolut alles. Nur eben weder weiteren Sprengstoff noch einen Zünder.«

»Das ist ... eigenartig.«

»Sag ich ja. Meine Vermutung ist sehr schlicht.«

»Und zwar?«

»Sie hat geblufft.«

»Das ergibt doch keinen Sinn. Weshalb sollte sie denn bluffen? Wenn sie eben unten gesprengt hat, dann hat sie Zünder dabei, und wenn sie das alles schon seit einer Weile mehr oder weniger plant, wenn sie Ausrüstung an sich gebracht hat, so wie sie ja auch die *Misanthrope* an sich gebracht hat, dann wird sie auch *ausreichend* Zünder dabeihaben. Es ergibt keinerlei Sinn, wenn sie dann blufft, statt tatsächlich einfach einen Bewegungsmelder an dem Sprengstoff anzubringen, den sie ja ohnehin schon befestigt hat. Für jemanden, der sich mit dem Zeug auskennt, ist das eine Sache von wenigen Sekunden.«

»Ich habe nicht gesagt, dass ich es verstehe«, gab Eddie ungnädig zurück. »Ich habe nur gesagt, was ich sehe und was ich daraus schließen muss.«

»Und jetzt?«

Eddie schwieg. Vermutlich überlegte er. »Ich gehe runter«, sagte er dann.

»Bist du wahn...«

Die Tür öffnete sich. »Nicht ich persönlich, Schwachkopf. Ich schicke eine Drohne. Mit der kann ich zumindest den Sprengstoff lösen, den man offensichtlich sieht, und wenn dann nichts passiert, bring ich ihn hoch und schick die Drohne noch mal runter. Und wenn sie glatt durchkommt, gehe ich davon aus, dass es keinen Bewegungsmelder gibt. Das deckt sich dann doch vermutlich mit deiner werten Einschätzung?«

»Ein eigenartiger Zeitpunkt für jemanden, der Sarkasmus verabscheut, um sarkastisch zu werden«, erwiderte Morbus verwundert. »Aber ja, das deckt sich mit meiner Einschätzung. Nur – wenn du dich irrst und da doch etwas ist, und der Fahrstuhlschacht geht hoch und wir womöglich gleich mit, und wir sind alle tot – deckt sich dann deine Einschätzung auch mit meiner?«

»Die da wäre?« Eddie neigte erwartungsvoll den Kopf.

»Dass deine technischen Fähigkeiten in dem Fall deine Körpergröße nicht wesentlich übersteigen und du die Hauptverantwortung für unser vorzeitiges Ableben trägst sowie für die Tatsache, dass ...«

»Es reicht!«, ging Argon entnervt dazwischen. »Was ist denn bloß mit euch los? Wir gehen das Risiko nicht ein – selbst wenn sie den Fahrstuhl nicht präpariert hat, kann sie sich auf jedem Zentimeter von über zwei Kilometern Wartungstunnel noch anders entscheiden. Und wozu sollten wir ihr hinterhertraben, wenn sie dann spätestens auf Station I ganz gemütlich den Zugang verminen kann? Oder ihn so verschließt, dass kein Durchkommen ist? Laut Holo-karte gibt es da einige Möglichkeiten für den Notfall. Nein, wir nehmen Morbus' Weg nach draußen, und zwar gleich, ohne weiter Zeit zu verschwenden. Wir packen ein paar Sachen zusammen, genau jetzt, und ...«

»Morbus' Weg nach draußen?«

»Übers Klo«, erläuterte Morbus trocken. »Wir spülen uns sozusagen runter.«

»Passgenau«, erwiderte Eddie, dann kniff er die Augen zusammen. »Das ist natürlich eine Möglichkeit. Nur ist da unten ...«

Argon schlug mit der Faust auf den Kartentisch, und das Holo der Anlage flackerte. »Hast du konkrete und berech-tigte Einwände sowie eine bessere Alternative?«

Eddie blinzelte. »Nein«, gab er zu. »Nur ...«

»Gut. Dann brechen wir auf. Morbus, du ...«

»Und wer genau hat dich zum Wortführer beför...«, be-gann Eddie, aber da fand er sich unvermittelt von Argon am Kragen gepackt. Gedankenschnell hatte Arris, der die ganze Zeit unbehaglich schweigend etwas abseits ge-standen und von einem zum anderen geschaut hatte, die Knarre in der Hand und auf Argons Kopf gerichtet, aber er schoss nicht.

»Wolf da drüben hat das getan«, sagte Argon leise und starrte in Eddies Gesicht hinunter. »Und Nova tut es, die irgendwo in diesen Katakomben herumgeschleift wird. Und ihr habt es getan, weil ihr euch wie Kleinkinder zankt, ausgerechnet jetzt. Mann, Eddie, ausgerechnet du – ich weiß nicht, wie oft ich deinen Blicken angesehen habe, dass dir Nox und Sky mit ihrer Prahlerei auf den Sack ge-hen und mit ihrer ständigen Rangelei um Hierarchien und darum, wer wem was zu sagen hat. Und Morbus mit seinen ständigen Sprüchen. Und jetzt stehst du hier und willst den einzigen vernünftigen Weg nach draußen nicht nehmen, weil der Vorschlag von Morbus kommt? Und ... ist das ein Messer?«

»Allerdings«, erwiderte Eddie gepresst. Sein Kopf war hochrot, weil Argon ihm die Luft abschnürte.

»Nimm das da weg.«

»Dann lass mich los.«

Vorsichtig ließ Argon ihn los und hob die Hände, und Morbus sah, wie Eddie im Zurückweichen das Messer, das sich eben noch in intimer Nähe zu Argons privateren Regionen befunden hatte, zurück in eine seiner tausend Taschen schob.

»Du hast recht«, sagte Eddie, bevor irgendwer auch nur blinzelte. »Du hast absolut recht. Ein beschissener Weg, ich habe keinen Bock darauf, auch ein ausgesprochen gefährlicher Weg, aber mangels besserer Alternativen nehmen wir ihn. Und zwar jetzt. Wir haben gepackte Notrucksäcke mit dem Standardzeug. Ich würde sagen, jeder schnappt sich einen, und dann ...«

Diesmal war es keiner der anderen, der ihn unterbrach, sondern ein tiefes Rumpeln, das beunruhigend nah klang.

»Och nee«, sagte Eddie, und sie alle taten, was erdbebenunerfahrene Leute eben so tun, die damit rechnen, dass es jede Sekunde losgehen mochte – der Junge verkroch sich hastig unter dem Kartentisch, Toro griff haltsuchend nach der Wand, Eddie und Morbus gingen leicht in die Knie, wie um die erwarteten Stöße ungefähr so auszugleichen wie ein Surfer die Bewegungen seines Boards, nur dass natürlich auch ein vergleichsweise leichtes Beben sie bereits umgeworfen hätte. Allein Arris blieb stehen, als sei nichts los. Und er war der Einzige, der sich nicht kurz darauf ein klein wenig lächerlich fühlte, als nichts weiter passierte.

»Was ... war das?«, fragte Morbus unsicher.

Eddie runzelte die Stirn, und Morbus konnte regelrecht vor sich sehen, wie sich unten die beiden Drohnen, die er vorhin aus seiner Kontrolle entlassen hatte, jenseits der Absperrungen wieder in die Luft erhoben. Oder doch nicht? Wenn Scar die Drohne abgeschossen hatte, die Eddie zur Weiterleitung des Signals benutzte, hatte er keinen Zugriff auf die Drohnen in den Tunneln.

»Scheiß drauf«, sagte Eddie, und in der ovalen Halle stieg die bewaffnete Drohne auf, die Wolf vor Kurzem zusammengebaut hatte, und steuerte auf den Fahrstuhlschacht zu. Von Eddies Gürtel löste sich eine winzige Kugel, die kaum den Durchmesser einer Kinderfaust hatte, und sauste hinterher. Keiner sagte etwas, halb rechneten sie alle mit einer Explosion, aber es passierte nichts. Eddie schloss die Augen.

Welcher Art die Verbindung war, die er mit seinen Drohnen hatte, war Morbus nie ganz klar geworden, er wusste nur, dass man eine spezielle Begabung brauchte, um die Steuerung gleich mehrerer Drohnen zu koordinieren ... er selbst wäre dabei vermutlich so kolossal gescheitert wie bei dem Versuch, mit den Füßen ein kompliziertes Stück auf der Plasmaorgel zu spielen. Wegen des Implantats hatte man bei Eddie darauf verzichtet, ihm eine Sprengladung in den Kopf zu pflanzen.

Was genau er über die Sensoren der Drohnen empfing, konnte Morbus nicht ansatzweise nachempfinden, aber nach langem, angespanntem Schweigen zuckte Eddie heftig zusammen, und im Kontrast zu seiner plötzlichen Blässe erschien der braune Dreitagebart auf einmal tiefschwarz.

»Miststück«, fluchte Eddie tonlos. »Packt zusammen. Schnell.«

Als Eddie die beiden Drohnen durch den Fahrstuhlschacht schickte, war er vollkommen sicher, dass nichts passieren würde – trotzdem atmete er auf, als sie durch waren. Die bewaffnete Drohne ließ er für die Weiterleitung des Signals in der Nähe des Schachts, die kleine Kugel sauste weiter, und er schloss die Augen, um sich auf das zu konzentrieren, was die Drohne ihm übermittelte. Es war ein Eigenbau, er hatte alle nur denkbaren Sensoren hineingestopft. Sinne, die sehr viel präziser waren als seine eigenen, überlagerten seine Wahrnehmung. Als hätte sich mit diesen Impulsen auch die moralische Kompetenz der Drohne auf ihn übertragen, ihre schlichte Funktionalität, wurde ihm klar, was das für eine Gelegenheit war – er hatte eine bewaffnete Drohne unten, ganz in der Nähe der Komplikationen. Es wäre ein Leichtes, die bewaffnete Drohne hinterherzuschicken und kurzen Prozess zu machen. Falls Scar die Drohne abschoss, erfuhr einfach niemand was davon. Wenn er Scar erledigte und Nova rettete, würde niemand seine Entscheidung ernstlich hinterfragen. Und wenn es Nova erwischte, dann breitete er einfach den Mantel des Schweigens über die Sache und wunderte sich später zusammen mit den anderen, wo die beiden abgeblieben waren. Fliegen konnte auch Argon – als er noch im Team gewesen war, hatte nur deshalb meist Nelly im Pilotensitz gesessen, weil Argon der bessere Navigator war.

Er erfuhr nie, ob er sich dafür entschieden hätte oder ob es bei einem bloßen Gedankenspiel geblieben wäre. In diesem Augenblick tauchte die Sensordrohne, die er Lilly getauft hatte, in die ersten Ausläufer einer gewaltigen Staubwolke, die sich träge in den Katakomben ausbreitete. Ein feiner Schleier legte sich über sein Sichtfeld, das Riechzentrum seines Hirns übermittelte ihm den Eindruck staubbedeckter Schleimhäute, ohne dass er husten oder würgen musste oder seine Atmung beeinträchtigt war, und die Drohne sackte kurz ab, als seine Funksignale nicht mehr sauber durchkamen. Mit einem Impuls, den zu beschreiben ihm schwergefallen wäre, der aber für ihn so selbstverständlich war wie für andere Menschen das Blinzeln, schloss er die federleichten kleinen Flügelchen über Lillys Filtern. Sie war schwimmfähig, und auch durch diesen Staub würde sie so eine Weile kommen, allerdings würde sie irgendwann heißlaufen, weil die Lüftung nicht richtig funktionierte.

Er passierte das Büro, dessen Tür verschlossen war. Bei der T-Kreuzung hielt er inne. Nach rechts ging es zu Station I, nach links zu den tieferen Katakomben. In beiden Richtungen stieß man in weniger als fünfzig Metern auf die offenen Schotts und die dahinter gestapelten und verschweißten Kisten. Allerdings – dort, wo Scar hindurchgewollt hatte, war nun von den Kisten vermutlich nicht mehr viel übrig.

Seinem unguten Gefühl folgend, entschied er sich für die linke Abzweigung.

Er hörte sie, lange bevor er irgendwas sah. Der Staub war

dicht, aber mit leichten Ultraschallimpulsen machte Lilly die Wände aus und übermittelte ihm ein modifiziertes Bild, das von anderen Hirnregionen interpretiert wurde als vom Sehzentrum ... möglicherweise empfand eine Fledermaus ähnlich, und ihm kam es längst nicht mehr besonders fremdartig vor.

Das Kreischen jedoch, das er hörte, als wären seine eigenen Ohren dort unten, war so fremdartig, dass sich ihm sämtliche Haare am Leib sträubten. Hunger? Gier? Zorn? Er wusste nicht, was darin lag, ob es überhaupt eine Regung war, die sich mit einer menschlichen vergleichen ließ.

Dort, wo das Schott gewesen war, hatte eine gewaltige Detonation den Gang vollständig aufgerissen. Die Ultraschallimpulse zeichneten ein Loch auf wie eine klaffende Wunde, einen Abgrund, der tief in die Eingeweide der Katakomben führte. Der Boden aus dem schwarzen Gestein war, wenn sich Eddie recht an die Holo-Darstellung erinnerte, gut drei Meter dick gewesen. Davon war nichts mehr übrig.

Er senkte Lilly weiter hinunter, und ihre Ultraschallimpulse verloren sich in der Leere. Überrascht schaltete er wieder auf die Kamera um und betrachtete die Höhle, so groß, dass er sich daran erinnert hätte, wäre sie auf dem Holo gewesen. Hatten sie eine veraltete Datei? Oder war bei den Erdbeben in jüngster Zeit etwas eingestürzt?

Es war keine solche Flut aus Lucies wie bei der *Virago*. Eher vereinzelt eilten sie über den unebenen Boden heran, wie halb verhungerte junge Hunde, die einem Pfiff folgten, aber nicht mehr ganz sicher waren, wo er hergekommen war. Zwanzig? Vielleicht zwei Dutzend?

Seine Hoffnung, dass sie die falsche Richtung einschlugen, verlor sich, als ein besonders großes Exemplar sehr zielstrebig auf den Spalt zuhielt, in dem Lilly schwebte. Und als er die Kokons bemerkte. Sie klebten in Trauben unten auf dem Boden und zum Teil an den Wänden, nur ein Bruchteil von ihnen war aufgerissen und leer, in den meisten schlummerte noch ein zusammengerollter Bewohner. Bei der Masse würde früher oder später eins von ihnen die Station finden, allein schon mithilfe des Zufalls.

Die riesige Lucie hielt auf den Spalt zu, und weil er allzu fasziniert beobachtete, wie das Biest die steilen Wände erklomm, so leichtfüßig, als hätte es Saugnäpfe unter den Füßen, dauerte es zu lange, bis er bemerkte, dass auch die anderen längst zielstrebiger unterwegs waren. So vertraut mit seiner Drohne wie mit dem eigenen Körper, wollte er sich eilig zurückziehen, dann schaltete sich sein Verstand ein, und stattdessen schoss Lilly vorwärts. Versuchsweise drehte er die Frequenz des Ultraschalls hoch, und tatsächlich ruckten die Köpfe hinterher. Wenn er sie fortlockte …

Das große Biest sprang aus dem Stand gute vier Meter hoch und schnappte zu. Dunkelheit. Es ging so schnell, dass Eddie zuerst nicht wusste, was passiert war. Gestank stieg ihm über die Sensoren statt über die Nase direkt ins Hirn. Panisch wollte er um sich schlagen, aber Lilly hatte keine Arme und keine Beine, nur die flügelartigen Abdeckungen über den Filtern flatterten, so wild sie konnten, ihre winzigen Positionslichter flammten auf, und mit einem Mal konnte Eddie wieder sehen. Es war kein Anblick, auf den er Wert legte.

Messer. Wenigstens winzige Messer. Injektionspfeile mit Gift. Ein winziger Strahl zum Löten und um Fleisch zu verbrennen. Für irgendwas in der Art hätte er jetzt viel gegeben, aber Lilly war bis zum Anschlag mit hochwertiger Sensortechnik vollgepackt, man hätte nicht einmal einen winzigen Käfer noch mit hineinzwängen können. Die Drohne war verloren.

Welche Richtung die anderen Biester jetzt einschlugen, wusste er nicht, aber er war ziemlich sicher, dass einige oder gar alle den Weg zu ihnen finden würden. Wenn sie wach waren, wollten sie nach oben, richtig?

Und außerdem, fiel ihm ein, und mit dem Schreck flutete heißes Adrenalin seine Adern, folgten sie Vibrationen. Ihre Brüder und Schwestern oben in der Anlage verursachten davon vermutlich reichlich, während sie tobten und einander in Stücke rissen.

Plötzlich wurde ihm klar, weshalb Scar den Fahrstuhlschacht nicht gesprengt hatte.

Er öffnete die Augen. »Miststück«, fluchte er und sah ringsum angespannte, blasse Gesichter. »Packt zusammen. Schnell.«

Flames erwachte so ausgeruht, als hätte er eine Zellreinigungskur hinter sich. Er erinnerte sich nicht an viel – da war der Schuss, der Sturz in die Tiefe, die wild kreischenden, bleichen Geschöpfe, einige im Dunkel schimmernd wie Tiefseewesen. Und dann?

Die Erinnerung entzog sich ihm so vollständig, als versuchte er, sich der Handlung eines Films zu entsinnen, den er nie gesehen hatte. Er wusste nur, dass er noch lebte. Und dass es ihm so gut ging, dass es dafür keine Worte gab. In seinem ganzen Körper gab es nicht eine Stelle, die schmerzte, nicht einen Quadratzentimeter, der nicht vor

Wohlgefühl und Kraft strotzte. Bis zu diesem Zeitpunkt war ihm nicht klar gewesen, dass sein Körper allererste Alterungszeichen signalisierte – er war ausgezeichnet in Form, und er hätte jederzeit von sich selbst gesagt, dass er sich in so guter und jugendlicher Verfassung befand wie mit zwanzig. Doch jetzt wurden ihm zwei Dinge klar – erstens, dass das nicht stimmte, und zweitens, dass er sich jetzt *besser* fühlte als mit zwanzig, besser als überhaupt jemals zuvor. Es war nicht nur jugendliche Kraft, die ihn durchströmte, es war vielmehr, als sei er nicht Empfänger dieser Kraft, sondern ihre ureigene Quelle.

Als er sich umschaute, sah er Wände, die ihn umschlossen. Ein eiserner Raum von zwei mal vier Metern, die Decke war nicht sehr hoch, und die Wände schienen zu flackern, als stünden sie in Flammen. Er streckte die Hand aus, um sie zu berühren, dann hielt er inne.

Er brannte.

Seine Cyberoos waren lebensecht und erzeugten sogar ein schwaches Licht, wenn er es wünschte. Aber es war nur ein leichter Schimmer, gerade genug für ihn, um in einem dunklen Raum ausreichend zu sehen, kaum mehr als eine Spielerei. Außerdem beschränkte sich der Effekt der Cyberoos naturgemäß auf die Haut, in die sie eintätowiert waren. Holo-Cyberoos waren seines Wissens noch nicht marktfähig. Die Flammen jedoch, die seine Hand einhüllten, schienen aus der Haut zu schlagen. Wo Kleidung seine Haut verhüllte, brannte nichts, aber als er einen Ärmel hochschob, leckten die Flammen heraus. An den Händen war es am stärksten. Fasziniert fragte er sich, ob auch sein Gesicht brannte.

Sein Puls erhöhte sich sachte. Er schaute sich um und

entdeckte eine Verriegelung an einer Seite des eisernen Zimmers. Der Riegel löste sich leicht, und er stieß die Türflügel auf. Ein dunkler Lagerraum. Ihm explodierte der Geruch der *Virago* entgegen, dieses eigenartige Gemisch aus tausend verschiedenen, wahllos zusammengewürfelten Waren, die leicht giftige Note der Dämpfe, die vom Bodenbelag aufstiegen, Metall, Rost. Dazu ein wenig Blut, Feuchtigkeit, getrockneter Schlamm, ein seltsam muffiger Geruch, der ihn an moosige Steine erinnerte.

Vor ihm auf dem Boden lagen reglos einige der bleichen Geschöpfe. Auch sie roch er ganz deutlich. Und er spürte andere, ganz in der Nähe. Er spürte ihren Hunger, ihre Verwirrung, ihre Rastlosigkeit. Verwundert betrachtete er die leblosen Geschöpfe vor seinen Füßen. Sie sahen aus wie vertrocknete Blätter. Er stieß eins davon an. Es wog nicht allzu viel.

Die Tür stand offen, dahinter lag einer der Gänge, die durch die gebogenen Stahlstreben an eine Speiseröhre erinnerten. Flames machte sich auf den Weg, blieb mitten im Gang stehen, lauschte. Er hörte seltsame Laute, aber sie verloren an Bedeutung gegenüber dem Singen und Ziehen in seinem Leib. Es war nicht der Hunger der Bleichen, den er spürte, sondern etwas anderes. Er schloss die Augen und spürte der fremdartigen Empfindung nach. Es dauerte eine Weile, bis er darauf kam, was es war.

Es war das Mädchen.

Er spürte ihre Gegenwart wie einen Misston in einer Symphonie, Hintergrundrauschen, eine Verzerrung in der Atmosphäre. So deutlich, dass er sich fragte, wie er es vorher nicht hatte wahrnehmen können. Als wäre er blind gewesen und taub. Ohnehin war ihm, als hätte er bisher nur durch halb geschlossene Lider in die Dunkelheit geblinzelt. Jetzt war es hell, seine Augen weit offen. Auch wenn seine echten Augen im Augenblick geschlossen waren, wusste er, was ringsum geschah. Und deshalb war er nicht überrascht, als er sie öffnete und das bleiche Wesen sah, das vor ihm im Gang stand, den schmalen Schädel mit den freiliegenden Zähnen gesenkt, die weißen Augen auf ihn gerichtet. Es war hungrig, obwohl es gefressen hatte, es war unruhig und schlief kaum jemals, und es wusste nicht, was es von ihm halten sollte.

Flames lächelte und trat näher. Es floh nicht, Flucht war in seinem Verhaltensrepertoire nicht vorgesehen, es hätte nicht einmal gewusst, wie man das anstellt. Aber es griff auch nicht an. Als er die Hand nach ihm ausstreckte, fauchte es und schnappte, Zähne streiften Finger, und es kreischte misstönend auf, verstört, aber unfähig zu fliehen.

Er musste es nicht berühren. Es reichte, ganz nah zu sein und seine Gegenwart zu spüren. Von seinen verletzten Fingerspitzen leckten Flammen, zuckten zu dem zischenden Geschöpf hinüber. Feuer erfüllte den bleichen Leib und brannte den Hunger aus, der in jeder Zelle lauerte.

Die Kraft, die er empfing, war so rein, dass sie ihn für einen Augenblick förmlich überlud; ihm war, als vergehe er in einer grellen Stichflamme. Schmerz erfüllte ihn, aber als es vorbei war, stand er aufrecht, und das bleiche Wesen lag zu seinen Füßen, eine vollkommen leere Hülle. Immer hatte er etwas zurücklassen müssen, hatte nur einen Teil nehmen können ... dieses Geschöpf jedoch hatte nichts zurückbehalten. Bis auf seinen Körper war nichts mehr da.

Er zog seine Hand zurück und betrachtete sie. Die Haut brannte gleichmäßig, es war keine Verletzung zu erkennen.

Es war also so weit. Er atmete tief durch. So lange hatte er auf diesen Moment gewartet, nun war er da, und es war erhebend und zugleich nichts, worüber man viele Worte verlieren musste. Er war kein Mensch mehr, und für das, was er jetzt war, gab es keinen Namen. Keinen bis auf den, den er selbst sich geben würde. Und damit würde er sich so viel Zeit lassen, wie er nur wollte.

Das Mädchen. Ihre Gegenwart war noch deutlicher als wenige Augenblicke zuvor. Sie bewegte sich. Versuchte vielleicht zu fliehen.

Flames lächelte und machte sich auf den Weg. Sie wichen ihm aus, die Bleichen, flohen nicht, wanden sich nur und zischten, aber das misstönende Kreischen vernahm er nur aus der Ferne, als wagten sie es in seiner Gegenwart nicht mehr. Er bediente sich an ihrem instinktiven Wissen über die Gänge, ließ sich davon führen, und nach einem langen Weg durch dunkle Höhlensysteme, die der Schein seiner Haut erleuchtete, erreichte er die Oberfläche. Über ihm standen drei bleiche Monde an einem viel zu hohen Himmel, und vor ihm erstreckte sich eine weite Ebene voller Pflanzen, die das Mondlicht reflektierten. Es war ein mühsamer Weg für die, die Mühe kannten. Er konnte sich schon kaum mehr daran erinnern, wie es war, wenn der Körper erschöpft war, und er vermutete, er würde nie wieder Schlaf benötigen.

Schlaf, Schmerz, Hunger – das hatte er hinter sich. Jetzt gab es nur noch eins, was zählte, und er konnte sich seiner Aufgabe ungestört widmen. Die Transformation zu einem Wesen, wie es nie zuvor eins gegeben hatte, war kein Grund, seine Arbeit zu vernachlässigen.

Auch eine mehrere Kilometer lange Reise beginnt mit

einem einzigen Schritt. Er tat den ersten und spürte mit seinen neuen Sinnen, wie er ihn dem Mädchen näher brachte.

Er wachte davon auf, dass Sky ihm ein Schlaflied sang.

»Na endlich«, schnurrte sie vorwurfsvoll, als er die Augen öffnete. »Du schläfst so tief wie ein Toter. Das ist schon die dritte Strophe, und es ist gut, dass es endlich gewirkt hat, ich kenne nämlich die vierte nicht.«

»Was ist dagegen einzuwenden, dass ich schlafe?«, fauchte Nox.

»Du bist so gereizt«, sagte sie verwundert. »Liegt es an der ausweglosen Lage, in der du dich befindest? Oder hast du nur Hunger?«

»Hunger«, brummte er. »Hunger habe ich, und Schmerzen auch. Und es ist eng hier drin und stinkt nach Argon. Ich habe Sehnsucht nach den Monden. Kommen sie dir auch so vertraut vor? Ich habe noch nie einen Mond so spontan ins Herz geschlossen wie diese drei.«

»Dann geh doch raus«, schlug sie vor. »Bade im Mondlicht und such dir etwas zu essen. Er ist auch da draußen.«

Nox streckte den geschmeidigen Leib, der sich ein wenig steifer anfühlte als sonst, betrachtete seine Verletzung und stellte fest, dass die Entzündung zurückgegangen war. Es war noch immer eine schaurige Wunde, aber als er es ausprobierte, konnte er die Finger ein wenig bewegen und sogar die Krallen ein Stück ausfahren. Das hob seine Laune beträchtlich. »Ist *er* der Träumer?«, fragte er und schlitzte nach kurzer Überlegung die Hose auf, die Arris ihm in Eddies Namen aufgenötigt hatte. Die Fetzen legte er Argon, der nicht mehr zurückkehren würde, aufs Kopfkissen.

»Er träumt nicht mehr«, beschied sie ihm. »Jetzt jagt er die Wahrheit.«

»Die wird früher oder später den Spieß umdrehen, und er wird vom Jäger zum Gejagten«, sagte er. »Weiß er das nicht? Diese Wahrheitsjäger habe ich noch nie verstanden – als käme nicht immer irgendeine zutrauliche Wahrheit von ganz allein zu einem und nistet sich bei einem ein. Welche Wahrheit jagt er denn?«

»Das weiß ich nicht.« Seufzend begann Sky eine vierte Strophe des Schlaflieds zu dichten. Sie hatte dafür keine Begabung.

»Scheinen denn die Monde heute Nacht?«, erkundigte er sich irgendwann.

»Aber ja.«

»Dann gehe ich raus.«

»Tu das.«

Er stand auf, verließ das Quartier und machte sich auf zur Tür des Mannschaftsquartiers, hinter dem die Nacht lag und der Krater. Als er sie öffnete, erwartete er, dass dahinter Jäger auf ihn warteten, aber da war nichts.

»Natürlich nicht«, flüsterte Sky hinter ihm. »Glaubst du etwa, ich schicke dich in den Tod?«

»Ich sterbe lieber hier draußen als dort drinnen«, flüsterte er zurück. »Das weißt du, mein Herz.«

»Du und die Sterberei.« Tadelnd schüttelte sie den Kopf. »Doch nicht in einer solchen Nacht.« Sie krabbelten aus dem verlassenen Krater, wobei er sich mit der verletzten Hand ein wenig schwerer tat, als ihm gefiel, und oben kauerte er sich nieder und starrte die Monde an. Sky folgte seinem Blick.

»Wenn zwei Monde wirklich da wären und ich mir den

dritten nur einbilde«, sinnierte er, »welcher von ihnen wäre es dann wohl?«

Ungeduldig sprang sie auf und lief ihm voraus. Als er ihr folgte, spürte er, wie gut ihm die Bewegung tat. Er war noch immer hungrig, aber während er lief, wandelte sich die Qual in seinen Eingeweiden zu einem angenehmen Ziehen.

Es dauerte eine Weile, bis ihm klar wurde, dass sie auf der Jagd waren.

28

»Ich möchte nichts darüber wissen. Ich habe Ihnen dazu nichts zu sagen. Ja, ich weiß, von wem Sie sprechen, aber ich habe sie nicht mehr gesehen, seit sie damals bei Nacht und Nebel abgehauen ist. Und wissen Sie was? Es ist gut so. Ich habe meinen Frieden damit gemacht. Und meine Frau hat das auch getan. Sie ist vorletztes Jahr gestorben. Wir haben seit dieser Nacht nicht mehr über diese Sache gesprochen. Wissen Sie, da gab es so viele Vorwürfe, so viele Unverschämtheiten – natürlich waren wir an allem schuld, das sind Eltern ja immer, nicht wahr? Aber wir hatten gar keine Wahl. Wir haben so gelebt, wie wir gelebt haben, und sie wurde so geboren, wie sie eben geboren wurde, und ich weigere mich, das als unsere Schuld zu betrachten. Es war für uns alle ein Unglück. Als sie fort war, haben wir erst gemerkt, welchen Preis wir bezahlt haben. In den Wochen vor dem Tod meiner Frau, da haben wir über unser gemeinsames Leben gesprochen, und wir hatten uns mehr als genug zu erzählen, ohne dass wir sie auch nur einmal erwähnt haben. Was mich betrifft: Ich hatte eine wunderbare Frau, aber wir hatten niemals ein Kind. Sie wäre mir heute fremder als jeder beliebige Passant auf der Straße. Was auch immer Sie von ihr wollen – machen Sie das mit ihr aus und lassen Sie mich aus dem Spiel.«

Samuel Ferrum, Kampfpilot a.D., 3044 (Erdzeit)

Datum: 27. Juli 3042
System: unbekannt
Planet: unbekannt
Ort: Tunnel zu Station I

»Ich habe den Sprengstoff so angebracht«, verriet ihr Scar, »dass die Detonation dich in zwei Teile reißen dürfte. Verstehst du was von Sprengstoff?«

Stumm schüttelte Nova den Kopf. Sie wusste, dass sie verstehen musste, wie Scar tickte, was mit ihr los war, wie ihre Wahnvorstellungen funktionierten, damit sie das Richtige tun und sagen konnte, um zu überleben. Wenn man überhaupt etwas richtig machen konnte. Aber sie stieg nicht dahinter. Ihr war schwindelig, sie hatte pochende Kopfschmerzen, jeder Herzschlag schien ihr den Schädel zu spalten, sie war müde und zu Tode erschöpft und so verwirrt und panisch, dass sie den Kopf nicht klar genug bekam, um nachzudenken. Je mehr sie es versuchte, desto schlimmer wurde es.

»Dann wird es dir ja nicht helfen, wenn ich dir sage, was es für Zeug ist und wie ich es angebracht habe. Dann musst du mir wohl einfach glauben.« Mit einem kleinen Multitool bohrte Scar ein winziges Loch ins Gestein, direkt neben der Tür, die sie nicht aufbekam. »Ich weiß sehr genau, was ich tu. Wenn es um Sprengstoff geht.«

»Das sehe ich«, brachte Nova heraus. Sie lehnte an der Tunnelwand, ihre Beine zitterten, und die gefesselten Handgelenke schmerzten. Die Hände spürte sie gar nicht mehr, sie waren kalte Klumpen unter der um sie geschnürten Weste. »Du kannst mit Sprengstoff wirklich gut umgehen.«

480

Scar beachtete sie nicht weiter. Sie arbeitete im Licht einer kleinen Lampe, mit der sie ihnen schon auf dem ganzen langen Weg durch den endlosen Tunnel geleuchtet hatte.

Nova fragte sich, ob sie jetzt da waren. Oder ob es eine Art Zwischenschott war. Sie wusste nicht, was sie hoffen sollte. Der Gedanke an die anderen war zugleich tröstlich und riss sie in Stücke, sie dachte an Argons kräftige Schultern und den Geruch seiner Kleidung und daran, wie lange manchmal ein Schatten des selten gewordenen Lächelns noch in seinem Gesicht blieb, wenn er sich schon längst wieder etwas anderem zuwandte. Sie dachte an Toros dunkles Fell und seine Kompromisslosigkeit, wenn es zur Sache ging, und sie wünschte sich so sehr, dass sie kämen und sie hier rausholten, dass es ihr den Atem nahm. Aber mit dem Gedanken an die beiden kam der an Wolf, und wann immer sie an ihn dachte, hätte sie sich fast übergeben, hätte schreien mögen, wusste, es gab kein Zurück zu irgendetwas Vertrautem. Sie und Argon, Toro und Wolf, sie waren noch vor so kurzer Zeit alles gewesen, was übrig geblieben war. Und jetzt waren es nur noch sie und Argon und Toro.

Wenn sie schon vorher nicht gewusst hatte, ob das reichte, wusste sie jetzt: Es reichte nicht. Argon ohne Wolf, das war nicht vorstellbar.

»In zwei Hälften gerissen zu werden – das wird's tun, oder?«, fragte Scar, trat zurück, betrachtete ihre Arbeit und wandte sich Nova zu. Ihre Augen waren schwarz, die Ohren wirkten noch immer drollig.

»J... ja, klar«, stotterte Nova. »Klar reicht das.«

»Ich meine – du bleibst dann liegen, oder? Oder leben dann die beiden Hälften ganz für sich? Kriecht dann die eine auf die andere zu, und sie versuchen, sich wieder zusammenzufügen?«

Nova fing an zu weinen. Sie wünschte, sie wäre nicht so erbärmlich. Argon hatte einmal an einem langen Abend, als sie darauf warteten, dass ihnen eine Landeerlaubnis erteilt wurde, davon erzählt, wie er Krisensituationen empfand, in denen es um Leben und Tod ging – dass ihn Kälte erfüllte und die Gedanken ganz klar wurden, ganz pragmatisch und nüchtern. Und dass er es auf eine gewisse Weise sogar genoss. Wolf hatte zugestimmt, es mache süchtig, und niemals sonst fühle man sich so lebendig.

Nova fühlte sich nicht lebendig. Sie fühlte sich unbeschreiblich und menschenunwürdig elend, und sie wollte nach Hause.

»Hör auf damit«, schnappte die Hyäne, packte sie am Arm und zerrte sie mit sich, zurück in den Tunnel, der wenige Meter entfernt einen leichten Knick machte. »Dir kann es doch völlig egal sein.«

Sie stieß sie um die Ecke, Nova stolperte, fiel auf die Knie und blieb unten, schmiegte das heiße Gesicht gegen den Stein und konnte nicht aufhören zu weinen. Neben ihr drückte sich Scar gegen die Wand und zündete die Sprengladungen. In der Enge des Tunnels war die Detonation unnatürlich laut.

Als Scar um die Ecke schaute, fluchte sie leise, riss Nova auf die Beine und stieß sie vorwärts. Im Gestein waren ein paar Risse, aber es hatte nicht gereicht.

»Ich verstehe was von meiner Arbeit«, versicherte ihr Scar.

Das sehe ich, dachte Nova und zwang die Tränen zurück. Scars gehetzter, misstrauischer Blick brannte in ihrem

Gesicht, als könnte sie Novas Gedanken lesen. »Ich kann dich auch mit der Laserkanone auseinandernehmen. Oder mit dem Messer.«

Wovon redete sie? Hastig nickte Nova. »Klar kannst du das. Klar.«

»Der Sprengstoff ist vor allem wegen der anderen gewesen. Aber die kommen ja jetzt nicht mehr an uns ran.« Sie zog ein Messer, die lange, gezackte Klinge gleißte im Licht der Lampe auf der *Misanthrope*, und Nova stockte der Atem. Sie konnte nicht einmal schreien, als Scar sie packte und das Messer unter den Strick rammte, mit dem sie die Weste festgeschnürt hatte. Der Lichtstrahl der *Misanthrope* warf einen hellen Fleck an die Decke. »Du machst keine Dummheiten, oder?«

Hastig schüttelte Nova den Kopf und spürte Tränen auf ihren Wangen.

In Scars schwarzen Augen standen Angst und Ekel. Sie riss das Messer durch den Strick, er riss, und sie wickelte und rupfte die Reste ab. Plötzlich bekam Nova wieder Luft. Ihr war nicht klar gewesen, wie eng Scar die Stricke geschnürt hatte. Die Hyäne nahm ihr die Weste ab, riss ungeduldig die kleinen Bündel Sprengstoff von der Innenseite und schleuderte die Weste auf den Boden. Dann marschierte sie zur Tür.

Nova lehnte an der Wand und atmete. Atmete. Abgestandene Luft füllte ihre schmerzenden Lungen. Sie wünschte, sie hätte nicht so entsetzlich viel Angst.

Hinter der Tür lag ein Gang, dahinter noch eine Tür. Scar fluchte, ließ Nova stehen und machte sich an der Tür zu schaffen. Es dauerte nicht lange, da stieß sie einen Triumphschrei aus. Aus Station I drang muffige Luft, abgestandener als im Tunnel, obwohl Nova im Tunnel nirgends Lüftungsvorrichtungen gesehen hatte.

»Ich werde es schaffen«, flüsterte Scar neben ihr fiebrig, während sie sie mit sich zog. »Ich werde es schaffen. Ich komme hier weg, hörst du? Ich bin keine von euch.«

Die schimmernde weiße Tür war in einen Rahmen eingepasst, und als Scar sie hindurchzerrte, schrammte Tinas Steuereinheit kräftig dagegen. Scar blieb stehen, sog prüfend die Luft ein wie ein Hund und ließ den Lichtstrahl ihrer Lampe einen weiteren schlichten, nüchternen Gang hinunterwandern.

Tinas Steuereinheit – die hatte sie ganz vergessen. Sie klammerte sich an den Gedanken, dass Argon und Toro sie hier rausholten, dass sie es irgendwie von hier fortschaffen würden und sie sich Tinas Reparatur widmen konnte und der Suche nach einem neuen Körper. So schön wie der alte würde er wohl nicht sein, armer Toro. Aber trotzdem, es wäre Tina, für sie wäre es nach wie vor Tina, und sie wären noch zu viert – sie selbst, Argon, Toro und Tina. Und still wie Geister in ihren Gedanken: die anderen.

»... Theater?«

»Was?«

Scar stieß eine weitere Tür auf, in der Hand hielt sie die *Misanthrope* und leuchtete damit in den Raum, der sich vor ihnen öffnete. Sie schwitzte und stank eigenartig, zugleich nach Schweiß und feuchtem Fell. »Ich hab dich gefragt, ob es nur Theater war. Dass diese Biester auf euch genauso losgehen wie auf die Lebenden. Machen die das wirklich, fressen die euch, genau wie sie Stray gefressen haben? Oder ist das nur Show? Steuert ihr die Mistviecher?«

»Du bist doch komplett wahnsinnig«, entfuhr es Nova.

Scar lachte auf, das misstönende Gegacker hallte in der Leere der Station wider, als würden darin Dutzende ihrer Artgenossen auf sie warten. »Ich bin nicht blöd«, fuhr sie Nova dann unvermittelt an. »Du kannst es dir also sparen.«

Hinter der Tür lag die große Halle, an die sich Nova vom Holo erinnerte, sie war nicht oval, sondern quadratisch und sehr viel höher als die in der anderen Station. An einer Seite verlief eine Art Galerie, daran erinnerte sie sich, aber sehen konnte sie nichts – der Lichtstrahl der *Misanthrope* zuckte hektisch durch die Dunkelheit wie eine verhungernde Ratte auf der Suche nach ein paar Krümeln. »Und was jetzt?«, fragte Nova, als sich Scar unruhig umschaute.

»Der Strom«, sagte Scar, schnaufte und zuckte mit den Ohren. »Ich will Strom. Ich will endlich wieder richtiges Licht.«

In Novas Rückgrat kribbelte es plötzlich, als hätte sie Gänsehaut im Rückenmark. »Die zweite Tür rechts«, sagte sie so ruhig wie möglich. »Dahinter ist ein Gang und dann der Kontrollraum. Strom ist eine gute Idee.« Hörte man ihrer Stimme die plötzliche Hoffnung allzu deutlich an? Strom – wenn sie hier den Strom einschalteten und es ihr gelang, irgendwie in die Nähe der Kontrollen zu kommen, sie zu berühren und Strom nach drüben weiterzuleiten ... dann gingen auch bei den anderen die Lichter wieder an. Möglich, dass sie sogar die Kontrollleuchten unterdrücken konnte und Scar nichts davon mitbekam, dass sie die anderen mit Strom versorgte. »L... Licht wäre jedenfalls gut«, stotterte sie hastig. »Ich habe auch genug von der Dunkelheit.«

Der Lichtstrahl ruckte zu ihr, plötzlich hielt Scar sie

an der Kehle gepackt und leuchtete ihr direkt ins Gesicht. Als Nova klar wurde, dass die kleine Lampe und die Mündung der Waffe in dieselbe Richtung zeigten, erstarrte sie. Vor ihrem geistigen Auge gleißte es grellgrün auf, Wolfs Gesicht hob sich aus der Dunkelheit, fast ausdruckslos bis auf ein wenig Erstaunen, dann wieder Dunkelheit, und er brach zusammen. War es Wolf oder Argon gewesen, der mal gesagt hatte, Verletzungen durch Laserwaffen seien die schmerzhaftesten von allen, wenn man sie überlebte? Sie wusste es nicht. Sie wusste nur, dass entgegen dem, was der durchschnittliche Verwaltungsangestellte glaubte, Laserwunden alles andere waren als sauber und sozusagen selbstversorgend.

Gwenni hatte mal einen Schuss in die Wade abbekommen, und die Wunde hatte zwar wenig geblutet, sich dafür aber schwer entzündet, sie hatte geeitert und so ewig gebraucht, um zu heilen, dass Puke irgendwann ratlos seine graue Mähne geschüttelt und nur halb im Scherz vorgeschlagen hatte, die betroffene Stelle einfach rauszuschneiden.

Allerdings war das wohl kaum ihr Problem, wenn Scar ihr mitten ins Gesicht schoss.

»Ich sehe genau, was du bist«, flüsterte Scar. »Und ich weiß, was du willst. Du willst den Strom drüben wieder einschalten, hm? Für deine toten Freunde.« Sie lachte schrill auf, und Nova überkam die nutzlose, aber dringliche Frage, was sich die Gencodierer dabei gedacht hatten, als sie sich dafür entschieden, ihren Geschöpfen den stimmlichen Missklang ihrer tierischen Ahnen zu verpassen. Auf Dauer hielten das die besten Nerven nicht aus.

»Machen wir das doch«, flüsterte Scar ihr zu. »Schalten wir den Strom ein. Licht für uns – Licht für sie. Das klingt gerecht. Licht für die Lebenden und Licht für die Toten.« Sie setzte die Mündung der *Misanthrope* auf Novas Stirn. Außer ihrem eigenen Atem hörte Nova kaum etwas.

»Ich kann euch wirklich wehtun, hm?«, hörte sie Scar fragen. »Den Schiss, den du hast, spielst du nicht. Oder doch? Nein, ich glaube nicht. Vielleicht bleibt ihr nicht liegen, aber es tut euch weh. Immerhin. Immerhin!« Mit voller Wucht stieß sie die Waffe nach vorn, es war ein so dumpfer Schmerz, als explodiere eine Wagenladung schwarzer Watte in Novas Schädel. Sie stürzte in einen weiteren dunklen Tunnel, dieser führte steil abwärts und wollte kein Ende nehmen.

Als sie wieder zu sich kam, war Blut über ihre Stirn in die Augen geflossen, es brannte fürchterlich, und sie konnte kaum etwas sehen. Es dauerte eine Weile, bis sie sich orientiert hatte. Halb lag sie, halb saß sie an die Wand gelehnt im Kontrollraum, und vor ihr fuhrwerkte Scar im Licht einer an die Wand gehängten Taschenlampe mit einer fiebrigen Wut herum, die verriet, dass sie schon eine Weile dabei war, alles ausprobiert hatte, was sie konnte, und erfolglos geblieben war. »Licht, verdammt«, brüllte sie. »Ich will LICHT!«

Vorsichtig richtete sich Nova auf. Ihr war sehr übel. *Vermutlich habe ich eine Gehirnerschütterung*, dachte sie, *ich sollte mich schonen*, und bei dem absurden Gedanken hätte sie beinahe gekichert. Vor ihr ragte ein Turm aus weiß verblendetem Metall in die Höhe, sie lehnte sich dagegen und versuchte, ihren Geist in die Maschine zu versenken, aber sie erntete nichts als Schweigen. Da war Kraft, da war das Summen lebendiger Leitungen, aber sie bekam keinen Zugriff, sie spürte kein Bewusstsein, kein Leben. In ihrer Verwirrung brauchte sie lange, bis ihr klar wurde, was das Problem war.

»Die Steuereinheit«, flüsterte sie, ihre Stimme hatte keine Kraft, es war kaum ein raues Flüstern.

»Was?«, brüllte Scar und fuhr zu ihr herum, gereizt wie ein angeschossenes Nashorn.

Sie räusperte sich, beim zweiten Anlauf klang ihre Stimme schon kräftiger. »Die Steuereinheit«, brachte sie heraus. »Sie haben die Steuereinheit mitgenommen. Ohne die läuft nichts. Die Station hat kein Gehirn. Sie *kann* nicht wissen, was du von ihr willst.«

Zwei kräftige Hände packten sie am Kragen und rissen sie in die Höhe. »Was sagst du da, du Fotze? Ich will Licht! Verstehst du? *Licht!*«

»Meine linke Tasche«, würgte Nova hervor. Sie dachte an Argon und Wolf und die angebliche Klarheit der Gedanken unter extremem Stress und in lebensbedrohlichen Situationen. Davon spürte sie immer noch nichts – weder war ihr kalt noch war sie klar im Kopf, und sie hatte auch nicht, wie die beiden behaupteten, unendlich viel Zeit, um nachzudenken und Entscheidungen zu treffen. Alles ging furchtbar schnell und war grauenhaft verworren, und sie konnte nur hoffen, dass die richtigen Worte herauskamen, wenn sie den Mund öffnete, denn so recht wusste sie noch nicht, was sie sagen würde.

»Ich habe eine Steuereinheit dabei«, sagte ihr Mund, während sie angstvoll ihren eigenen Worten lauschte, »eine ganz einfache nur. Wir können damit das Kraftwerk nicht in Betrieb nehmen, aber für Licht und das Öffnen und Schließen von Türen wird es gerade noch reichen.«

Scars Ohrfeige schleuderte sie zu Boden, sie spuckte ein bisschen Blut aus und blieb liegen, halb auf dem Bauch. »Willst du mich verarschen?«, kreischte Scar. »Haltet ihr mich alle für blöd?« Sie tobte sich auf den Kontrollen aus, warf irgendwas durch die Gegend, trat nach Nova und presste sich irgendwann an die Wand, warf den Kopf in den Nacken und schrie eine Weile. Dann wurde es unheimlich still. Nur ihr schneller Atem erfüllte den Kontrollraum, die Wände rückten zusammen, bis es Nova vorkam, als wäre sie mit der durchgeknallten Hyäne in einem winzigen Kühlschrank eingesperrt.

Lange nichts als Atmen. Dann ein Tritt in Novas Seite, aber weniger hart als zuvor. »Steuereinheit.«

»Was?«

»Du hast eine Steuereinheit dabei.«

»Ja«, flüsterte Nova.

Hände an ihrem Oberarm rissen sie auf die Beine, sie schwankte. Und dann stieß Scar sie bäuchlings aufs Kontrollpult und schnitt den Plastikriemen um ihre Handgelenke auf. Leblos fielen Novas Arme herab, sie spürte die Hände nicht mehr, es war, als endeten ihre Arme kurz unter den schmerzenden Schultern.

»Bring sie an«, zischte Scar. »Mach schon.«

»Gleich.« Nova richtete sich auf, hob ungeschickt die Hände, sie sahen furchtbar aus, tiefviolett und geschwollen, sie spürte noch immer nichts als Kälte und Taubheit. Als sie nach der Tasche tastete, in der Tinas Hirn steckte, war es, als angle sie mit einem dicken Stück Holz danach.

»Mach schon«, jaulte Scar auf und schlug ihr ins Gesicht, nicht hart, dann schlug sie nach etwas in der Luft, obwohl da nichts war. »Mach schon. Licht! Ich will Licht!«

Nova versuchte die Hände aneinander zu reiben, sie zu massieren, aber sie konnte nicht einmal die Finger krümmen. Verzweifelt sehnte sie sich danach, dass das Gefühl in ihre Hände zurückkehrte. Aber als es das kurz darauf tat, wusste sie nicht mehr, weshalb sie das gewollt hatte. Sie konnte sich nicht vorstellen, dass irgendetwas auf der Welt mehr wehtun konnte. Nicht mal ein Schuss aus einer verdammten Laserwaffe.

29

Datum: 27. Juli 3042
System: unbekannt
Planet: unbekannt
Ort: Anlage

Wenn jemand Morbus vor Antritt seines Diensts als Justifier gefragt hätte, womit er in den kommenden Jahren wohl seine Zeit verbringen würde, wäre »mich zusammen mit einem Stier-Beta in einem Klo einschweißen« mit großer Wahrscheinlichkeit ziemlich weit unten auf der Liste gelandet. Aber die Türen des Fahrstuhls bekamen sie nicht zu, und somit war die Tür zu den Toiletten die einzige, die sie zwischen sich und die Lucies bringen konnten. Die Überlegung, einen Haufen Kisten in den Schacht zu werfen und ihn so zu verstopfen, hatten sie verworfen ... unwahrscheinlich, dass sie genug Kisten geschafft hätten, ehe die Biester da waren. Dafür schwebte dort die bewaffnete Drohne, und vor dem Büro war die winzige Reparaturdrohne positioniert, damit sie halbwegs rechtzeitig wussten, wenn etwas kam.

»Scheiß-Ultrastahl«, brummte Toro und drehte den Schweißbrenner voll auf. »Schmilzt der überhaupt?«

»Dauert halt eine Weile«, erwiderte Morbus, der an der anderen Seite der Tür arbeitete und sich heimlich dasselbe fragte.

Hinter ihnen schickte Eddie seine letzte Drohne durch den Wartungsschacht nach unten, während Arris ein Loch in den Boden bohrte, um einen Stahlhaken zu befestigen, der Toros Gewicht halten würde. Die Toiletten bestanden nur noch aus Löchern im Boden, alles bis auf die Abdeckung des Wartungsschachts war abgebaut worden und befand sich irgendwo in einer Kiste.

»Hab ich durchaus schon gemerkt, dass das dauert.« Toros Fell war schweißnass und kräuselte sich um die Hörner, an den Schläfen und an der Stirn. Immerhin, allmählich waren erste Ergebnisse zu sehen. Die Brenner brauchten eine Weile, um auf volle Leistung hochzufahren.

»Schon was zu sehen?«, fragte Morbus Eddie.

»Nee. Nix. Sag ich dann schon.«

Aus dem Augenwinkel fing Morbus einen Blick des Jungen auf. Wie hieß er noch gleich – Leynard? Er war sehr blass und still, aber er hatte weder einen hysterischen Anfall bekommen noch stand er irgendwem im Weg. Wenn er bedachte, was der Bengel in den letzten Tagen alles mitgemacht hatte – Respekt. Morbus lächelte ihm zu, ehe er sich wieder seiner Arbeit zuwandte. »Wird schon.«

Ein Schulterzucken.

»Such schon mal das Klettergeschirr aus deinem Rucksack«, wies Argon ihn an, der mit dem Lasergewehr dastand und wichtig aussah, obwohl er nichts zu tun hatte.

Für einen kurzen Augenblick stand Leynard reglos da, dann setzte er seinen Rucksack ab und begann darin herumzuwühlen, offenbar froh, etwas zu tun zu haben. Arris war fertig mit seinem Loch und hieb mit zwei kräftigen Schlägen einen Kletterhaken hinein.

»O scheiße«, sagte Eddie und suchte nach seinem eigenen Geschirr. »Da kommen sie.«

»War ich das? Als ich den Haken eingeschlagen habe?«, fragte Arris erschrocken, und Eddie antwortete mit einem Schulterzucken.

»Wir sind noch nicht fertig«, protestierte Toro.

Eddie schnaubte. »Sag das denen. Drei Stück ... vier. Still.« Die Anweisung galt nicht für die Schweißbrenner, das war allen klar, also war sie eigentlich nutzlos. Ohnehin glaubte Morbus nicht, dass die Sinne der Viecher derart fein entwickelt waren, dass sie es dort unten wahrnahmen, wenn sie hier oben redeten. Sehr viel eher würden sie auf die Schwingungen der großen Drohne reagieren, auf Gerüche, am wahrscheinlichsten auf das Getrampel ihrer Kollegen oben. Trotzdem schwieg auch er eisern und schweißte verbissen weiter. Phänomenal war das Ergebnis nicht – mit noch so viel Verbissenheit konnte er weder den Schweißbrenner dazu bringen, heißer zu brennen, noch den Stahl dazu, sich schneller der Hitze zu fügen. Aber ganz langsam schloss sich die Schweißnaht.

»Fünf, sechs ... Mann. Weiter zähl ich jetzt nicht. Viele. Viele!« Eddie, der bereits sein Geschirr trug, befestigte das Stahlseil im Haken, schloss kurz die Augen und nickte Arris zu. »Riesenhöhle, wie auf dem Holo. Seil reicht bis zu diesem schmalen Absatz unten, schwing dich rüber und mach es dort irgendwie fest.«

»Eieiei«, machte Arris, der kein Geschirr trug und auch keine Kletterhandschuhe, sondern nur Rucksack und Waffen und seine besorgte Miene. »Keine Lucies?«

»Beweg deinen Arsch.«

»Bis gleich.«

Als Arris durch das Loch verschwand, fühlte sich Morbus mit einem Mal schutzlos.

»Fotzen, scheißverdammte«, fluchte Eddie. »Da sind sie.«

Er nahm Toro den Schweißbrenner ab, und Toro stemmte sich mit seinem vollen Gewicht gegen die Tür, während links und rechts Morbus und Eddie die Tür bearbeiteten. Sie zog sich nicht in die Wand zurück, sondern war ganz altmodisch auf einer Seite eingehängt. Eine seltsame Mode, die bei Bauten aus den letzten zwei Jahrzehnten stark um sich gegriffen hatte, jedenfalls bei Toiletten. Sicher, seitdem steckten ein paar weniger Leute bei Stromausfällen auf dem Klo fest, aber Morbus fand nicht, dass es die Sache wert war. Eine in die Wand eingelassene Tür hätten sie um der Sicherheit willen ebenfalls verschweißt, aber das Risiko, dass etwas Gefräßiges auf der anderen Seite sie durch stumpfes Dagegenwerfen aufbekam, war erheblich geringer.

»Eieiei«, machte Eddie, und Morbus hatte kaum genug Zeit, um sich zu fragen, ob er in dieser Situation tatsächlich spottete oder ob ihm die Flüche im Hals stecken blieben und er deshalb darauf zurückgreifen musste, Arris zu zitieren, da ballerte draußen die Drohne los. Vielstimmiges Kreischen drang durch die Tür und schmerzte in seinen Ohren, als wetzte jemand einen ganzen Haufen Messer an seinem Trommelfell. Unwillkürlich brüllte Toro auf, mit seinem feinen Gehör traf es ihn vermutlich noch schlimmer, und von draußen warf sich etwas gegen die nur einen Zentimeter dicke Stahlschicht. Eddie stand mit geschlossenen Augen da, die Hände zu Fäusten geballt und die Zähne gebleckt. Für seine Verhältnisse sah er furchterregend aus.

Dann taumelte er, und im gleichen Augenblick verstummte die Drohne.

»Fuck, fuck, *FUCK*«, fluchte er, über dem ohrenbetäubenden Kreischen kaum zu verstehen.

»Haben sie ...«

»Ja, Morbus, sie haben die Drohne runtergeholt.« Mit wutverzerrtem Gesicht packte Eddie den Jungen, der zusammenzuckte, betrachtete das Klettergeschirr und zurrte, als er offenbar nichts weiter zu beanstanden fand, mit ein paar sicheren Handgriffen das Geschirr fester, bevor er den Haken des Sicherungsseils einklinkte. »Arris?«, brüllte er.

»Fast fertig«, kam prompt die Antwort übers JUST, für alle bis auf den Jungen hörbar. Gleich darauf straffte sich das Seil. »Jetzt.«

»Hier drücken«, schrie Eddie Leynard über den Lärm zu, während er ihn in das dunkle Loch bugsierte, und deutete auf einen Hebel am Haken. »Locker lassen, dann geht es abwärts, drücken, dann bremst du. Keine Angst, einfach schnell machen, Arris fängt dich auf.«

Obwohl sich Toro mit aller Kraft gegen die Tür stemmte, spürte Morbus deutlich die Erschütterungen, sie waren so heftig, dass er sich wunderte, dass die Schädel der verdammten Biester keine Beulen in den Ultrastahl schlugen. *Keine Angst*, dachte er wütend, *großartige Anweisung. Falls das wirkt, sag das doch mal kurz auch zu mir.* Mit unangenehmer Deutlichkeit standen ihm die Zähne und Krallen vor Augen, die er ja immerhin direkt vor der Nase gehabt hatte, nur hatten die einer toten Lucie gehört, und die

Exemplare da draußen waren nur allzu lebendig. In seinen Augen war es schon immer ein lächerliches und wenig erstrebenswertes Ende für einen Xenobiologen gewesen, von Vertretern seines eigenen Spezialgebiets verspeist zu werden. »Gieriges Scheißpack«, zischte er.

Inzwischen gab es auf beiden Seiten der Tür eine respektable Schweißnaht, bei ihm war es gut die Hälfte, aber er würde ums Verrecken nicht auf dieses bisschen zusammengeschmolzenen Stahl vertrauen. Einmal rundum, ansonsten rührte sich Morbus hier nicht weg, und vor allem Toro nicht. Toro, dieses Bollwerk aus Muskeln und Kilos und blinder Entschlossenheit, dieser wunderbare Riesenochse, vielleicht sollten sie ihn erschießen und mit seiner Leiche die Tür blockieren ... falls er nicht ohnehin freiwillig hierblieb; so ein kleines Opfer für die Allgemeinheit war ja wohl nicht zu viel verlangt.

»Bis gleich«, sagte Argon, dann verschwand auch er durch das Loch, und sie waren nur noch zu dritt.

So hatten sie es in aller Eile für diesen Fall besprochen, so war es vernünftig, denn wenn die Biester hier oben durchbrachen, richtete man auch mit einem Lasergewehr nichts mehr gegen die schiere Masse aus. Trotzdem erschien es ihm wie Verrat, und außerdem so, als gehöre auf einmal er selbst zu den Entbehrlichen.

Er versuchte, es nicht persönlich zu nehmen, und arbeitete weiter, während sich draußen die Lucies gegen die Tür warfen.

30

Datum: 27. Juli 3042
System: unbekannt
Planet: unbekannt
Ort: draußen

Sie liefen nicht vor Flames weg, aber sie folgten ihm auch nicht. Das stellte er fest, als er nach einer ganzen Weile den Kopf wandte und sich umschaute. Hinter ihm nichts als schimmernde Weite, Mondlicht von oben und Mondlicht von unten, von den spiegelnden Blättern reflektiert. Ein elender Planet, so schien es ihm, aber es mochte sein, dass sich nur wenige Kilometer entfernt das Bild wandelte. Überall gab es karge und unwirtliche Gegenden. Er hoffte, dass es hier angenehmere Gegenden und ein paar Städte oder zumindest größere Siedlungen gab, denn dieser Ort, an dem er seine Menschlichkeit verloren hatte, bedeutete ihm viel, und er wollte gern bleiben, zumindest für einige Zeit.

Obwohl die großen Blätter aussahen wie Spiegel, gaben sie nach, wenn man dagegenstieß, und sie wuchsen ganz gerade, die Stängel nicht zu dicht beieinander, er kam gut durch. Wie lange er lief, wusste er nicht, aber er spürte, dass sich der Abstand zwischen ihm und dem Mädchen verringerte. Bei dem Gedanken, ihr bald gegenüberzustehen, wurde ihm warm. Es wurde Zeit. Normalerweise gab es keine solchen Komplikationen bei seinen Aufträgen. Aber er verzieh ihr. Sie würde die Erste sein, die durch die Hand eines Wesens brannte, das kein Mensch mehr war und noch keinen Namen für das hatte, was es jetzt darstellte – das war ein besonderer Status. Und wenn sie brannte und er die Kraft von ihr zurückforderte, die ihr nicht zustand, würde er ihr verzeihen.

Die flackernden Kontrolllichter beruhigten sich, als das System hochfuhr. Misstrauisch starrte Scar die drei großen Bildschirme an, über die Daten rasten, die ihr nichts sagten. Die Mündung der *Misanthrope* presste sie an die Schläfe der toten Pilotin, mit der anderen Hand hatte sie ihre Haare gepackt. Die Pilotin rührte sich nicht in ihrem Griff. Sie war einen guten Kopf kleiner als Scar, aber trotzdem war es ein Fehler gewesen, sie loszumachen. Die ganze Zeit heulte und flehte sie, aber Scar sah das Grinsen, das sich auf die vertrockneten Lippen drängte, hörte sie hämisch kichern, wann immer sie wegschaute. Die Ungewissheit, zu was sie imstande sein mochte, brachte Scar fast um den Verstand. Sie fragte sich ernstlich, ob sie es aushalten würde, die Tote bei sich zu behalten, bis sie das Shuttle erreichte. Sie konnte ihr ja nicht trauen … was, wenn sie von ihr verlangte, den Autopiloten für die Reise in den Orbit zu programmieren, und stattdessen jagte sie das Shuttle, Scar und sich selbst in die Luft?

Aber welche Alternative hatte sie?

Hier und jetzt konnte und wollte sie nicht darüber nachdenken. Hier und jetzt wollte sie vor allem, dass es endlich mal wieder richtig hell war. Wie ein kleines Mädchen, das sie niemals gewesen war, das ein Nachtlicht braucht, um die Zeit bis zur Morgendämmerung zu überstehen. Überall ringsum waberten Schemen und schlangen sich um ihre Fußgelenke, verfingen sich in ihrem Fell, sie glaubte ihre kalte Berührung zu spüren, und der Schein der Taschenlampe und das unstete Licht, das auf den Lauf der Laserpistole geschraubt war, ließen sie nur unruhig zucken, statt sie zurückzutreiben. Sie brauchte starkes elektrisches Licht, das alle Schatten in die Ecken jagte, damit sie sich für einen Augenblick entspannen konnte. Und vielleicht sah auch die tote Pilotin bei Licht betrachtet nicht mehr ganz so schlimm aus.

Die Datenströme auf den Bildschirmen kamen zur Ruhe, und zur Begrüßung erschien ein Symbol: zwei stilisierte schwarze Hände, die eine blau leuchtende Kugel bargen. *A.C. Solutions* stand darunter.

»Was soll das denn?«, knurrte Scar. All ihre Muskeln waren zum Zerreißen gespannt. Sie erinnerte sich an die Atemtechniken, die sie gelernt hatte, aber sie bekam ihr eigenes Keuchen nicht in den Griff. Wie konnte ein Herz so schnell schlagen?

»Muss die Firma sein, die hier gearbeitet hat.« Die Stimme der Toten war leise und spöttisch.

Scar schaute auf sie hinunter und sah das Lächeln, das auf den rissigen Lippen spielte. Sie ließ sich nichts anmerken. »Sagt mir nichts.«

»Mir auch nicht. Vielleicht irgendwas Kleineres. Oder eine Tochtergesellschaft.«

»Ja«, erwiderte Scar, plötzlich ganz sicher, dass die Pilotin es genau wusste. »Läuft das hier jetzt, oder was?«

»Ich ... weiß nicht. Die Steuereinheit ist nicht ganz in Ordnung.« Ein Glucksen. Sie kicherte.

Scar presste den Lauf der Waffe fester an ihre Schläfe.

Fehler, flüsterte warnend ihr Instinkt. *Es war ein Fehler, sie loszubinden.*

»Ich meine«, gackerte die Tote, und aus ihrem Mund quollen Schatten, die sich im Dunkeln wanden, »ich meine, vielleicht ist sie beschädigt. Das kann gut sein. Ich kriege das schon hin. Wenn nur erst meine Hände ...« Sie streckte ihre Hände aus, sie waren dunkel gefleckt und geschwollen, und wedelte damit. »Wenn nur erst meine Hände wieder in Ordnung sind.«

Eine winzige Bewegung über ihnen weckte Scars Aufmerksamkeit, und als sie ruckartig den Kopf wandte, sah sie eine kugelförmige Kamera. Ihr schwarzes Linsenauge schimmerte im bläulichen Licht des Bildschirms.

»Hallo Nova«, hörte Scar aus unsichtbaren Lautsprechern. »Schön, dich zu sehen.«

Die tote Pilotin versuchte, ihr Lachen zu unterdrücken, aber es gelang ihr nicht, und mit dem Lachen kamen dunkle Schwaden aus ihrem Mund. Auf einmal ertrug Scar es nicht mehr, sie zu berühren. Sie versetzte ihr einen harten Stoß, und die Tote schlitterte ein Stück über den Boden, wand sich, kroch von ihr fort. Ihre Bewegungen waren ruckartig und verzerrt.

»Mach das Licht an, Tina«, zischte die Pilotin vom Boden aus, duckte sich und starrte Scar an. Mit einem Mal erinnerte sie viel mehr an ein Tier als an einen Menschen. »Kannst du das für mich tun? Bitte, mach das Licht an.« Sie neigte den Kopf, eine echsenhafte Bewegung, der Winkel ihres Genicks stimmte nicht.

Scars Beine kitzelten, dann wurde das Kitzeln zu brennendem Schmerz. Sie sah an sich hinunter.

Schemen krochen an ihr empor und verbrannten die Haut mit ihrer Kälte.

»Mach doch bitte das Licht an, Tina«, wisperte die Tote hämisch und kroch mit unnatürlichen Bewegungen rückwärts. Scar schrie auf, als sich die Schemen dampfend in ihr Fleisch fraßen. Noch schmerzhafter war das Begreifen. Nein, sie würde diesen Planeten nicht lebend verlassen. Sie würde nicht einmal diese Station lebend verlassen. Vielleicht nicht einmal diesen Raum.

Licht flammte auf, so gleißend, dass es ihr in den Schädel fuhr wie ein Messer. Sie schrie auf, riss die Laserpistole hoch und feuerte blind. Von irgendwo hörte sie einen Schrei. Gut! Wenn es vorbei war, dann war es eben so. Aber sie wollte wenigstens diese Schlampe mitnehmen.

Das Holo vermittelte nicht ansatzweise, wie riesig die Höhle war, durch die sich der unterirdische Fluss wand. Morbus schaute nach oben, während das Seil durchlief, er bremste nur ganz leicht, und der Luftzug strich ihm durchs kurze, schweißverklebte Haar. Wenn sie Glück hatten, folgten ihnen die Lucies nicht nach hier unten, sie hätten dazu kopfüber am Fels entlangklettern oder sich vierzig Meter tief in den breiten Fluss stürzen müssen, der ölig schwarz und träge dahingurgelte, gute zehn Meter unter dem kleinen Felsabsatz, auf dem die anderen warteten.

»Die haben es sich einfach gemacht«, sagte Arris voller Bewunderung, als Morbus abbremste und, wie er fand, elegant und leichtfüßig aufsetzte. »Einfach ein Loch im Boden und zack – runter, direkt in den Fluss. Keine verstopften Abflüsse.«

»Außer in Trockenzeiten«, gab Morbus zu bedenken. »Stell dir vor, der Fluss trocknet aus.«

»Stell dir vor, du hältst mal den Mund«, sagte Eddie, der kurz vor ihm angekommen war und mit besorgter Miene nach oben schaute. Dort quälte sich gerade Toro durchs Loch. Übers JUST hörte Morbus ihn schnaufen.

»Wenn der jetzt mit den Hörnern hängen bleibt ...«, sagte Arris. »Eieiei.«

»Wir haben das Loch ausgemessen«, erwiderte Argon scharf. »Er bleibt nicht ...«

»Ich stecke fest«, schnaufte Toro. »Scheiße, ich stecke fest.« Seine Stimme vibrierte vor Panik.

»Wenn die da jetzt durchbrechen!«, entsetzte sich Arris. »Er kann da nicht weg, die werden ihn ...«

Wortlos warf Argon Morbus das Lasergewehr zu, hakte seinen Gurt ein und kletterte in Windeseile am straff gespannten Seil wieder nach oben. Morbus warf Eddie einen raschen Blick zu, aber der studierte eingehend den Fluss. Auf dem Holo war er ruhig dahingeflossen, links und rechts gesäumt von breiten Streifen glattgewaschenen Gesteins. Jetzt stand das Wasser deutlich höher, und es gab keine Möglichkeit, trockenen Fußes flussabwärts zu laufen.

Als Argon Toro erreichte, war der schon halb außer sich, ruckte mit den gewaltigen Nackenmuskeln und brüllte, dass es in der Höhle widerhallte – ein unheimlicher Klang wie aus weiter Ferne. Von hier unten sahen die beiden spinnenklein aus. Übers JUST redete Argon auf Toro ein, er solle den Kopf wieder nach oben schieben, und sie sahen, wie Toro es versuchte, aber mittlerweile hatte er sich längst verkeilt.

»Tut mir leid«, hörten sie Argon sagen. »Halt still. Tut mir leid.«

»Was tut ihm leid?«, fragte Eddie, während er die kleine Sammlung Kletterhaken aus seinem Geschirr zog und sie Arris reichte, der sie kommentarlos in sein eigenes steckte.

Über den Zoom der Brille beobachtete Morbus, wie Argon seine Sicherung loshakte, an Toro hochkletterte und die *Finch* zog. »Entweder Gnadenschuss«, sagte er, »oder er amputiert ihm ein Horn.«

Ganz kurz wanderte Eddies Blick vom Lasergewehr, das Morbus hielt, zu den beiden Männern oben am Seil. Dann blinzelte er und schaute wieder weg.

Von oben drang Gebrüll herab. »Hysterischer Ochse«, knurrte Eddie kopfschüttelnd und rupfte die Haken aus den flexiblen Halteösen in Morbus' Geschirr und dem des Jungen. »Ich habe ihm ausdrücklich gesagt, in welchem Winkel er seinen Quadratschädel da durchbringen muss. Argon?«

»Mhm?«

»Hak dich wieder fest.«

»Hab ich schon. Aber danke.«

Arris nahm die Haken entgegen. »Nur zur Sicherheit – ich soll vorklettern und sie einschlagen, richtig?«

Eddie seufzte. Ohne weiteren Kommentar schlug Arris den ersten Haken ins Gestein, befestigte ein dünnes Sicherungsseil daran und kletterte an der steil aufragenden Felswand in die Dunkelheit davon. Es sah aus, als hafte er am Gestein wie eine große Fliege.

»Wie weit reicht eigentlich das Holo?«, fragte Morbus

unbehaglich und schaute Arris hinterher, dann wieder nach oben. »Bis zum Rand des Plateaus?«

»Das hier war deine Idee«, erinnerte ihn Eddie und starrte nach oben, wo Toro inzwischen verstummt war. Im nächsten Augenblick riss er den Kopf frei, und etwas Kleines fiel von oben herab und stürzte lautlos in den Fluss.

»Wir haben das Holo nur ganz kurz angeschaut«, sagte Leynard schüchtern. »Nur das hier unten. Was dahinten ist, haben wir nicht nachgesehen.«

Von oben kam Argon herangesaust, dicht gefolgt von Toro.

»Großartig«, murmelte Eddie und schaltete das JUST auf stumm. »Wenn also nachher noch ein Kilometer Fluss kommt, durch den wir tauchen müssen, der mit einem Spalt endet, durch den nur das kleine Stück Horn passt, das Toro jetzt fehlt …«

»Vorsicht«, warnte ihn Argon, der gerade landete und die letzten Worte noch mitbekommen hatte. Er brachte sich gerade noch in Sicherheit, ehe Toro neben ihm aufkrachte. Sein Blick war wild, das linke Horn deutlich gekappt.

»Na«, murmelte Eddie schicksalsergeben. »Wird schon.« Er nickte Argon zu. »Du, dann ich, dann der Junge, Toro und am Schluss Morbus mit der *Finch*. Los geht's.«

»War oben irgendwas zu sehen?«, fragte Morbus, als Argon ihm widerspruchslos die Laserpistole reichte und sich in Arris' Sicherungsleine einhakte.

»Nichts bis auf platzende Schweißnähte«, erwiderte Argon trocken und folgte Arris. Er wirkte ganz wie zu Hause, als kletterte er jeden Tag in unterirdischen Höhlen über Flüssen herum. Gleich hinter ihm machte sich Eddie auf den Weg.

»War das ein Witz?«, fragte Morbus stirnrunzelnd.

»Leider nein«, hörte er Argon übers JUST. »Die Tür verschafft uns ein bisschen Zeit. Mehr nicht. Also steht da nicht so lange rum.«

Sie war unter der Erde. Eingedenk uralter, fast vergessener Geschichten von Himmel und Hölle fand Flames das ausnehmend passend und suchte lächelnd nach einem Eingang. Das Lächeln verging ihm, als er keinen fand. Schließlich suchte er eine höhergelegene Stelle auf, um von dort aus nach einer Unregelmäßigkeit im Meer der silbrig schimmernden Blätter Ausschau zu halten ... und auf einmal wurde der Untergrund ganz gleichmäßig. Er beugte sich hinunter, um sich die Sache näher anzuschauen, lief ein paar Quadratmeter ab und stellte fest, dass der Hügel unnatürlich gleichmäßig geformt war. Auf der Seite, die dem Wrack der *Virago* abgewandt war, stieß er auf eine Schräge, sprang federnd hinunter und nahm das Ganze aufmerksam in Augenschein. Von Schlamm verschmutzt, schimmerte hier und da glattes graues Metall im Mondlicht, und nach einer Weile fand er, halb von getrocknetem Schlamm bedeckt, eine Tür.

Stirnrunzelnd riss er einige der Pflanzen aus, die auf dem Boden wuchsen, zog sein Messer und stocherte damit in der Erde herum, um sie zu lockern.

Es schmeckte ihm nicht, sich mit bloßen Händen und dem Messer ins Erdreich zu wühlen, es beschädigte die Erhabenheit der letzten Stunden seit dem Aufwachen. Aber es blieb ihm nichts anderes, und er tat es trotz seines Unbehagens. Eine unangenehme Komplikation.

Als er die Tür freigelegt hatte, kehrte seine Selbstzufriedenheit zurück. Er packte den verschmutzten Griff und zog, aber nichts passierte. Ganz deutlich spürte er, wie nah das Mädchen war.

Er befreite eine kleine Abdeckung von verkrusteten Schlammresten, klappte sie auf und betrachtete das darunterliegende Tastenfeld.

Eine unangenehme, eine lästige Komplikation, ja. Aber eine unerhebliche. Er griff an den Gürtel, in dem seine Ausrüstung steckte.

Das plötzliche grelle Licht blendete Nova, kurz sah sie nichts mehr außer tanzenden Flecken. Irgendwo vor ihr schrie Scar vor Überraschung auf, und sie robbte weiter von ihr fort, auf Knien und Ellbogen, weil die Hände noch immer fürchterlich schmerzten und sie es in ihrer Hast nicht schaffte, sich aufzurappeln.

Durch die tanzenden Flecken gleißte ein grüner Blitz. Er verfehlte knapp ihre Schulter, und sie schrie auf, kroch weiter, schluchzend, betäubendes Rauschen in den Ohren. Die Konturen der Welt kehrten zurück, und sie sah den Umriss von Scar, die erneut feuerte, als sie gerade über die Schwelle der Steuerzentrale kroch.

Und da passierte es – die Zeit verlangsamte sich. Genauso, wie Argon es geschildert hatte.

Sie dehnte sich wie ein unendlich strapazierfähiges Gummiband, fast wie bei einem Sprung durchs Interim, und Nova sah die auf sie gerichtete Mündung, Scars vor Wut zur Unkenntlichkeit verzerrtes Hyänengesicht, wollte sich zur Seite werfen, aber auch ihre eigenen Bewegungen waren stark verlangsamt, und die ganze Zeitlupenscheiße nützte ihr nichts, denn das Einzige, was es änderte, war:

Sie wusste mit vollkommener Klarheit, dass sie es nicht schaffen würde.

Die Tür des Kontrollraums schloss sich mit einem scharfen Zischen und sperrte Scar und die Laserpistole drinnen ein.

Ungläubig starrte Nova die weiße Fläche an.

»Sie hatte eine Waffe auf dich gerichtet«, hörte sie Tinas körperlose Stimme aus den verborgenen Lautsprechern dringen. »Ich habe das als Bedrohung interpretiert. Ist das korrekt?«

Nova zitterte. »Verdammt«, keuchte sie schluchzend. »Gottverdammt.«

»Ich weiß nicht, wie ich das zu verstehen habe. Ist das eine Antwort auf meine Frage?«

Mühsam rappelte sich Nova auf, kam auf die Füße und taumelte von der Tür fort. »Ja«, würgte sie heraus. »Sie ist eine Bedrohung. Tina?«

»Ich höre.«

»Ich liebe dich.« Die Laserpistole fiel ihr ein, und der Sprengstoff – die Tür würde Scar nicht lange aufhalten. Fiebrig überlegte sie. Sich zu verstecken, würde nicht viel helfen, Scars Sinne waren wesentlich schärfer als die eines Menschen – notfalls würde sie sie einfach erschnüffeln.

»Liebst du mich mit deinem ganzen großen Ochsenherzen?«, antwortete Tina und schepperte blechern – der Laut hatte nichts mit dem melodischen Kichern zu tun, den Nova ihr auf der *Virago* für Toro einprogrammiert hatte, die Stimme von Station I war nicht dafür gemacht zu kichern.

Hinter der Tür der Steuerzentrale krachte es. »Die Tür, Tina«, flehte Nova, »die Tür nach draußen.« Sie versuchte sich zu erinnern, wo der Ausgang lag, und schlug eher aufs

Geratewohl eine vielversprechende Richtung ein. Am Ende der Halle war eine große, doppelflüglige Tür. Wenn sie sich richtig erinnerte, führte sie in eine Art Werkhalle und dann zum Ausgang, sicher war sie jedoch nicht. Von wegen Klarheit im Kopf in Extremsituationen.

Vage fiel ihr ein, dass es draußen noch dunkel war, und sie blieb stehen, gerade als Tina vor ihr die Tür zur Werkhalle öffnete. Es war vorzuziehen, von Scar erschossen zu werden, statt sich von diesen Viechern fressen zu lassen, und außerdem mochte sie gegen Scar kaum eine Chance haben ... gegen die Biester da draußen hatte sie gar keine.

Die Werkhalle war so gut wie leer. Nova hatte darauf gehofft, hier wenigstens Kisten zu finden wie im Lager drüben, Kisten mit Zeug, die darauf warteten, abgeholt zu werden, aber sie sah nur blanke weiße Wände im gleißenden Schein der leuchtenden Scheiben unter der Decke, die über ihr hingen wie gleichgültige Monde.

»Tina«, flüsterte sie, »hast du Zugriff auf alle Türen?«

»Ja.«

»Gut. Lass mich raus.« Sie hastete auf den Ausgang zu. »Lass die Tür offen. Und wenn ich draußen bin, lässt du Scar raus.«

Es war kein Plan, es war eine Verzweiflungstat. Sie hatte nichts, was einer Waffe ähnelte – sie würde nach draußen laufen, hoffen, dass nichts sie fraß, neben der Tür an der Wand kauern und beten, dass Scar zu eilig hinterherrannte, um sie sofort zu bemerken. Dann würde sie hinter Scars Rücken wieder in die Station laufen, während Tina die Tür hinter ihr schloss, durch die Werkhalle, wo sie eine weitere Tür zwischen sich und die Hyäne brachte, und in die

Steuerzentrale – drei Türen. Mit ein bisschen Glück reichte Scars Sprengstoff nicht mehr, um sich bis zu ihr durchzuarbeiten, und die *Misanthrope* taugte offenbar nicht, um sich durch die Tür zu brennen. Mit ein bisschen Glück kamen Argon und Toro, um sie zu holen, und erledigten Scar, falls sie dann noch da war. Mit ein bisschen Glück …

»Tina? Hast du Zugriff auf eine Außenkamera? Ist drau…«

Urplötzlich schaltete sich die Anlage ab. Die Schwärze kam so plötzlich, war so vollkommen, dass Nova taumelte. Ein hässliches Knistern begleitete den Absturz des Systems. In vollkommener Finsternis stand sie da, reglos, und begriff zuerst nicht. Dann zog sie den einzig logischen Schluss.

Scar hatte Tinas Steuereinheit zerstört.

Die Tür vor ihr spuckte Funken.

Kurzschluss.

Tina war tot.

Tina war …

Später.

Irgendwo hinter sich in der anderen Halle hörte sie die Tür zur Steuerzentrale kreischen, als Scar sie aufstieß und sich hindurchdrängte. Nova bestand nur noch aus Keuchen in der Dunkelheit, Herzschlag und Ausweglosigkeit. *Raus*, dachte sie blind. *Einfach raus*. Der Rest würde sich finden.

Mit aller Kraft stemmte sie sich gegen den Riegel der Außentür, bekam ihn hoch, ließ ihn fallen und sprang beiseite, damit er ihr nicht die Füße zerschmetterte.

Die Tür vor ihr wurde aufgestoßen. Ein Schimmer fiel hinein, aber es war nicht der bleiche Schein des Mondlichts oder der Geschöpfe, die dort draußen jagten. Es war ein warmer Schein wie von einem Feuer.

Ein brennender Mann betrat die Station. Seine Kleidung brannte nicht, aber der Körper glühte so hell, dass der Schein selbst die Panzerung durchdrang. Gesicht und Hände standen in Flammen.

Nova dachte gar nichts mehr. Sie wich zurück, und ihr war kalt und nüchtern zumute. Sie konnte nicht mehr. Was hatte Toro gesagt? Ein brennender Mann war den Schacht hinuntergestürzt? Na, da war er doch. Wunderbar, wie sich alles wieder einfand.

Er neigte den brennenden Kopf, seine Augen waren schwarz. Die Züge waren kaum zu erkennen unter den Flammen, aber sie glaubte zu sehen, wie er lächelte. »Hallo Nova«, sagte er. Seine Stimme klang nicht, wie sie sie sich vorgestellt hätte, nicht rauchig und dunkel, und sie warf auch kein vielfaches Echo oder ließ die Erde erzittern. Es war eine ganz normale Männerstimme, nur dass höchste Erregung darin vibrierte. »Mein Name ist Flames.«

Schritte hinter ihr. Dann ein seltsamer Laut aus Scars Kehle. Fast fühlte sich Nova angesichts dieses schlechten Witzes vor ihr mit der durchgedrehten Hyäne verbunden. Wenigstens brannte sie nicht, wenigstens kam sie nicht auf einmal von draußen aus dem Nichts hereingeschneit und kannte ihren Namen.

Sie drehte sich um und glaubte einen Schatten auszumachen, der Scar sein musste, und sie roch sie, sie stand ein paar Meter von ihr entfernt.

»Was ist das für eine gottverdammte Scheiße?«, jaulte Scar auf. »Was für ein Freak bist ...«

Der brennende Mann sah sie an, und Scar verstummte mit einem eigenartigen Gurgeln.

31

Datum: 27. Juli 3042
System: unbekannt
Planet: unbekannt
Ort: Station I

Als die Lucies durchbrachen, waren sie nach Morbus' Empfinden schon ein ganzes Stück weit gekommen, aber als er
die blöden Biester kreischen hörte und zurückschaute,
kam es ihm vor, als hätten sie kaum hundert Meter zurück-
gelegt ... die Höhle war so riesig, dass es die Entfernungen
verzerrte. Er sah sie im Dunkeln glimmen, es mussten also
auch größere dabei sein. Im nächsten Augenblick stürzten
die ersten in den Fluss. Vermutlich drängten die nachfolgenden so sehr, dass sie sich nicht halten konnten.

»Schön«, sagte er, als sie tief unter ihnen vorübertrieben,
schnappend und zeternd und leuchtend, ihr Schimpfen
und Platschen brach sich an den unregelmäßigen Wänden.
»Wenigstens ein bisschen Licht.« Das Sicherungsseil führte
an dieser Stelle gerade aufwärts ... es ging ziemlich kreuz
und quer, weil Arris den leichtesten Weg suchte. Trotzdem
war es alles andere als eine Anfängerstrecke, weil sich die
Höhle nach oben verjüngte und es nicht allzu viele Spalten

511

im Gestein gab. Toro hatte es längst aufgegeben, sich als Freeclimber zu versuchen, er lehnte schwer in seinem Klettergeschirr, beide Hände am Sicherungsseil, und zog sich verbissen vorwärts.

»Arris, Vorsicht«, warnte Eddie übers JUST. »Wir wissen nicht, wie es vor uns aussieht und ob die irgendwo aus dem Wasser können. Ich habe schon eine aus dem Stand vier Meter hoch springen sehen.«

»Komischer Zeitpunkt für die Frage«, sagte Argon irgendwo weiter vorn. »Aber warum nennt ihr die Dinger Lucies?«

Dieselbe Frage, die ihm Wolf gestellt hatte. »Ich hab mal eine Frau gekannt, an die sie mich erinnern«, erwiderte Morbus knapp und überprüfte zum etwa zehnten Mal, ob er problemlos an die *Finch* kam.

Vor ihm schnaufte Toro abfällig, er roch ähnlich muffig wie der feuchte Fels. »Deine Ex oder deine Mutter?«

»Vorsicht«, grunzte er. »Wie weit müssten wir es noch ungefähr bis zum Plateaurand haben?«

»'nen Kilometer«, antwortete Argon. »Vielleicht anderthalb. Aber ist ja nicht gesagt, dass es da rausgeht. Vielleicht stürzt der Fluss auch einfach unterirdisch in irgendein Höhlensystem.«

Eine besonders große Lucie trieb unter ihnen vorbei, ihre lumineszierende Haut warf schimmernde Reflexe auf das schwarze Wasser. Morbus schaute ihr hinterher. »Wenn die sich da vorn irgendwo alle sammeln, dann gute Nacht«, sagte er düster.

Eddie schnaubte angewidert. »Macht richtig Spaß mit euch. Ehrlich, ich werd's weiterempfehlen.«

Eine Weile war es still. Zwei weitere Lucies platschten

ins Wasser. Morbus hielt kurz inne und beobachtete sie, um zu bestätigen, was ihm aufgefallen war. »Sie können nicht schwimmen.«

»Ich sehe sie nicht ertrinken«, gab Eddie knapp zurück.

»Sie gehen nicht unter«, stimmte Morbus zu, »aber sie schwimmen auch nicht. Sie treiben oben, aber sie haben keinerlei Kontrolle.« In letzter Sekunde merkte er, dass der kleine Absatz, auf den er treten wollte, zu schmal und glitschig war, und suchte sich einen anderen Halt.

»Dann haben wir ja was gemeinsam«, frotzelte Argon. »Wie hält sich der Junge?«

Über Toros riesigen Leib hinweg, der sich mühsam die Wand entlangquälte und mit roher Kraft ausglich, was ihm an Technik eindeutig fehlte, versuchte Morbus einen Blick auf den Jungen zu erhaschen, da antwortete Eddie bereits: »Gut. Erstaunlich gut.«

Morbus wandte den Blick wieder ab und schaute zurück.

Weit entfernt erschien ein heller Fleck in dem Loch, aus dem sie gekrochen waren. Er stürzte nicht sofort in den Fluss, sondern hielt sich einen Augenblick. Mit gerunzelter Stirn zoomte Morbus näher heran und sah, wie ein ziemlich ordentlich geratenes Exemplar versuchte, Halt am Fels zu finden. Bevor es gelingen konnte, schob von hinten etwas nach. Kurz hing sie zappelnd an einem Bein, dann ging es abwärts.

Um von dort aus zu ihnen zu klettern, hätten die Biester eine gewisse Strecke fast kopfüber bewältigen müssen. Es war nicht möglich, dass sie das schafften. Es war ganz einfach nicht möglich.

Zwei weitere Lucies stürzten ins Wasser, die nächste schlug die Krallen in den Fels. Für einen Augenblick hing sie wie eine Fledermaus an der Wand, scheinbar schwerelos. Morbus glaubte ein triumphierendes Kreischen zu hören. Dann stürzte sie ab.

»Passt auf, wenn eine es bis an den Rand des Wassers schafft«, sagte er. »Am besten gleich schießen, dass sie wieder in den Fluss gestoßen wird. Von da unten schaffen sie es rauf, wenn sie erst mal Halt haben.«

»Sicher?«, fragte Argon skeptisch.

»Todsicher«, antwortete Morbus und überprüfte die Verbindung der *Finch* zum Gürtelakku, der schwer, aber beruhigend um seine Hüften lag.

»Wo isser denn hin?«, wunderte sich Nox, als das ferne Glühen, dem er seit einigen Minuten folgte, plötzlich verschwunden war.

Sky antwortete nicht.

Nach einem unerfreulichen Wortwechsel hatte sie sich aufgemacht, um sich angenehmere Gesellschaft zu suchen, was wohl hieß, sie zog entweder die Monde vor, die Jäger oder das Nichts und die Stille. Er war nicht beleidigt, aber es war doch schade, wenn niemand antwortete. Andererseits verstand er ihre Gereiztheit. Zu jagen, wenn man keinen Körper mehr sein Eigen nannte, war keine Freude. Kein Wind, der Versprechungen flüsterte, kein heißes Blut, das gleichmäßig durch die Adern pulste, kein leiser Schmerz in den angespannten Muskeln, und am Ende kein warmer Körper, in den man seine Krallen und Zähne schlagen konnte.

Das Mondlicht sickerte in dicken Fäden zu Boden und bildete Tümpel, die aussahen, als könnte man daraus trinken. Geduckt schlug Nox einen weiten Bogen auf der Suche nach seiner verlorenen Spur. Wen auch immer er da jagte, er hatte unten in den Eingeweiden der *Virago* überlebt, mitten im Geheul der Jäger. Das war eine Beute, die er nicht unterschätzen durfte.

Flames wusste, dass er sich nicht geirrt hatte. Mit jedem Schritt, den er tat, atmete er die Gewissheit, dass etwas geschehen war, etwas Unumkehrbares, Monumentales. Aber als die Tür entriegelt wurde, kaum dass er nach ihr griff, und dass das Mädchen unmittelbar vor ihm stand, sobald er eintrat, als hätte sie nicht anders gekonnt, als seinem Ruf zu folgen – all das bestätigte seine Gewissheit auf wunderbare Weise.

Der Schein seiner eigenen brennenden Haut entriss das Mädchen der schützenden Dunkelheit – mit schreckgeweiteten Augen, in denen sich die Flammen spiegelten, starrte sie ihn an, und zum ersten Mal sah er, was er bisher nur gespürt hatte: Wie Schleim klebte das Interim an ihr, waberte um die zierliche Gestalt in dem zu großen Overall, hinterließ eine Sickerspur, wo sie sich bewegte. Die Verunreinigung war abstoßend, unnatürlich, und sie war infektiös.

Sie hatte Angst. Sie war sich nicht bewusst, was für eine Verhöhnung der Natur sie darstellte. Dass nicht Wunder wirken durfte, wem das Recht dazu nicht verliehen worden war. Ihre psionischen Fähigkeiten speisten sich aus der falschen Quelle.

Fast überkam ihn Mitleid, als er ihre Angst sah. Früher hatte er kein Mitleid mit jenen verspürt, die er richten musste. Erregung stieg in ihm auf. Mitleid und Vergebung. Er starrte sie an, sie, die in einer Pfütze stand, die der an ihr hinabsickernde Schleim bildete, und er brannte darauf, sie zu reinigen.

»Hallo Nova«, sagte er leise, um sie nicht zu erschrecken, nicht mehr jedenfalls, als es sein musste. »Mein Name ist Flames.« Und er spürte, dass sie wusste, wer er war und weshalb er gekommen war. Dass jemand zu Ende bringen musste, was vor einigen Monaten nicht hatte vollstreckt werden können. Sie hatte doch nicht wirklich geglaubt, sie würde entkommen, nur weil sie den Planeten verließ?

Hinter dem Mädchen: eine Bewegung. Der Widerschein von Flammen schimmerte auf stumpfem Fell.

»Was ist das für eine gottverdammte Scheiße?«, jaulte eine schrille Stimme. »Was für ein Freak bist ...«

Verärgert und ohne recht darüber nachzudenken, griff Flames nach ihr, wie er es sonst mit seinen Händen getan hätte, nur bewegte er den Körper nicht um einen Millimeter. Er griff nach ihr und bekam sie zu packen. Sie stieß ein ersticktes Gurgeln aus.

Das Mädchen wich einen weiteren Schritt zurück. Noch einen. Starrte die fellbedeckte Gestalt an, die reglos dastand und röchelte. Die Waffe fiel der Beta aus der Hand und landete klappernd auf dem Boden.

Flames lächelte. Er rief die Flammen. Es war nur eine Beta, sie war nicht würdig, die Erste seit seiner Erweckung zu sein, aber er wollte sich ungestört dem Mädchen widmen.

Wofür er bisher eine Berührung gebraucht hatte, gelang jetzt mit einem leichten Neigen des Kopfs aus mehreren Metern Entfernung.

Sie stand ihm im Weg. Und sie brannte.

Hitze. Auf einmal ging Hitze von Scar aus, eine Welle wie nach einer Explosion. Novas Ohren verschlossen sich, als hätte sich urplötzlich der Luftdruck verändert. Ungläubig sah sie, wie Scar aufglühte. Nicht ihre Haut brannte, nicht ihr Fell ... vielmehr sah sie aus wie ein halb durchsichtiger Behälter, in dem eine Stichflamme aufschoss.

Fassungslos taumelte sie von ihr fort. Sah mit weit aufgerissenen Augen, wie Scar wortlos schrie, weiß aufloderte ... und zusammenbrach.

Stille. Eine so tiefe Stille, dass sie überdeutlich den Fremden atmen hörte. Schluchzend tastete sie mit noch immer fühllosen Händen nach etwas, das Scar fallen gelassen hatte. Was es war, fiel ihr erst wieder ein, als sie das kühle Metall berührte. Die Laserpistole war erstaunlich schwer.

Nova mochte keine Waffen. Die anderen hatten immer darüber gespottet, vor allem Gwenni, die keine Gelegenheit ausgelassen hatte, damit zu protzen, wie selbstverständlich der Umgang mit Knarren für sie war und wie erotisch die kühle Klinge eines Messers auf der Haut sein konnte. Nova hatte gelernt, mit Schusswaffen umzugehen, und sie hatte sich vom gutmütig spottenden Puke im Gebrauch eines Messers unterweisen lassen. Aber sie hatte es nie gemocht, und wie immer staunte sie über das schiere Gewicht und darüber, wie seltsam alltäglich sich eine Waffe für die Finger anfühlte, während der Kopf ganz andere Gefühle beisteuerte.

Sie riss das Kabel aus der Waffe, das sie mit dem Gürtelakku verband, hob die *Misanthrope* mit beiden Händen und richtete die Mündung auf den Fremden.

Ihre Hände zitterten nicht.

Er lächelte.

Er kicherte leise.

Er breitete die Arme aus und lachte.

Es war kein markerschütterndes, donnerndes Lachen, sondern das Lachen eines Mannes, der gerade einen guten Witz gehört hat. Ein ganz normales, fast sympathisches Lachen. Er lachte eine ganze Weile, dann hörte er damit auf und schüttelte den Kopf. »Aber Nova«, sagte er, es klang wie der gutmütige Tadel eines geduldigen Vaters. »Weißt du denn gar nicht, wer ich bin?«

Sie atmete aus und hielt die Waffe ganz ruhig. Sie wusste nicht, wer er war, aber sie wusste, *was* er war, und sie hatte die Schnauze voll von irgendwelchen durchgeknallten Irren, die ihr wehtaten.

»Du kannst mich nicht erschießen«, verriet er ihr vertraulich und klang, als hätte er eine Dreijährige vor sich, die ihn mit einer Erbsenpistole bedrohte.

Sie drückte ab.

Je weiter sie sich vorarbeiteten, desto stiller wurden sie. Es war nicht so, dass der Fluss von Lucies hell erleuchtet gewesen wäre, aber sie machten einander längst nicht mehr auf jedes der Biester aufmerksam, das unter ihnen vorübertrieb. Wie viele waren inzwischen an ihnen vorbeigezogen – fünfzig? Vermutlich mehr. Oft waren es kleine Trauben von drei oder vier Stück, das hätte das Zählen selbst dann schwierig gemacht, wenn jemand es versucht hätte. Die Biester verbissen sich ineinander und versuchten, auf ihre Artgenossen zu klettern, um aus dem Wasser zu kommen. Morbus fragte sich reflexhaft so einiges, was ihr Sozialverhalten betraf, die Hierarchie untereinander und die Frage, wie sie überlebten, wenn sie unablässig aufeinander losgingen, aber er wusste mit Sicherheit, dass er nicht vorhatte, hierzubleiben oder gar irgendwann zurückzukehren, um Feldstudien anzustellen.

Als die erste Lucie es bis an den Rand des Flusses schaffte, schoss Arris, ehe es einer der anderen auch nur bemerkte. Kreischend verschwand sie im dunklen Wasser. Die nächste erwischte Morbus, allerdings erst mit dem zweiten Schuss. Niemand kommentierte, dass er beim ersten Mal danebengeschossen hatte.

Die dritte kletterte ihnen entgegen. Morbus bekam an seiner Position ganz hinten zuerst kaum etwas mit, nur die plötzliche Unruhe, dann das dumpfe, zweifache Krachen von Arris' Waffe. Im nächsten Augenblick hatte sich Argon abgestützt, das Lasergewehr in Anschlag gebracht und jagte der Lucie einen grellroten Strahl entgegen. Vor Morbus hielt Toro an, weil vor ihm der Junge anhielt ... die ganze Seilschaft kam zum Stillstand.

»Eieiei«, hörte er Arris sagen, und Argon fluchte leise. »Morbus, du hattest recht – bewegt sich an der Wand, als ob sie dran haften würde. *Verdammt* schnell.«

»Dann sollten wir auch mal verdammt schnell machen«, verlangte Eddie. »Los, vorwärts!«

So ein Kilometer an der Wand war sehr viel mühsamer und länger als am Boden. Niemand spekulierte mehr darüber, was sie am Rand des Plateaus vorfinden würden.

»Wenn wir hier nicht bald rauskommen«, grollte Toro irgendwann, »dann sind sie mit dem Shuttle schon auf und davon. Wenn es überhaupt eins gibt.«

»Ruhig«, sagte Argon. »Wir holen sie da schon raus.« Er stutzte und warf einen raschen Blick auf die Uhr. »Es *kann* draußen noch nicht wieder Tag sein, oder? Seht mal – irre ich mich, oder wird es da vorn heller?«

Morbus wusste, was für einen Blick Eddie ihm jetzt zugeworfen hätte, wenn er könnte. Argons Stimme klang, als gäbe es keinen Zweifel daran, dass sie es rechtzeitig schaffen würden, aber was auch immer man gegen ihn sagen konnte – er war kein solcher Idiot, dass ihm nicht klar war, dass es für ihre Pilotin knapp wurde. Und für sie alle, falls Scar es tatsächlich vor ihnen bis zum Shuttle schaffte ... wenn es denn überhaupt noch da war. In ihm stieg die Vision auf, wie sie auf einem kleinen Landeplatz standen, inmitten von Leichen, die Scar zurückgelassen hatte, und dem Shuttle hinterherschauten, das zwei Sekunden vor ihrer Ankunft in den Orbit aufgestiegen war. Überrascht registrierte er das Bedauern bei dem Gedanken, das nicht ihrem Schicksal galt, sondern der kleinen Pilotin. Verdammt, Eddie hatte recht gehabt. Nur zwei Weibchen auf diesem Planeten, von denen er wusste, eins davon haarig, hässlich und geistesgestört ... und zack, entwickelte er einen Anflug romantischer Gefühle für das andere. Vermutlich einfach nur, weil sie da war.

»Was?«, fragte Eddie.

Niemand antwortete.

»Morbus?«

»Hm?«

»Das klang eben, als hättest du was gesagt. Oder gelacht.«

»Warum sollte ich?«, fragte Morbus vernünftig, und das war eine gute Frage, denn in diesem Augenblick machte Arris, der ihnen weit vorankletterte, ein Geräusch, das klang, als versuchte er einen Kleinwagen zu erbrechen. Und selbst wenn Morbus eben gelacht hätte – tatsächlich war er nicht ganz sicher –, wäre es ihm spätestens dann endgültig vergangen, als er sah, weshalb.

Vorne brach Panik aus. Eddie brüllte etwas Unverständliches, der Junge schrie, Arris kletterte in Windeseile zu ihnen zurück und feuerte gemeinsam mit Argon auf das, was da näher kam. Was es war, sah Morbus erst, als er sich an der Felswand ein Stück höher zog, so dass er über Toro hinwegspähen konnte – eine vernünftige Antwort gab ihm keiner mehr.

Argon hatte recht. Es war heller geworden. Aber es war kein Tageslicht, sondern der kalte Schimmer bleicher, schimmernder Haut.

Sie krochen an der Wand entlang, nicht so leichtfüßig wie Spinnen, aber schnell genug, um einen passablen Kletterer einzuholen. Irgendwo dort vorn mussten sie einen Weg aus dem Wasser gefunden haben – wie viele es waren, erkannte er nicht, aber er schätzte sie auf mindestens ein Dutzend. Und wie hoch war die Wahrscheinlichkeit, dass es dabei blieb? Wie viele waren schon an ihnen vorbeigetrieben?

Er hing an einem kleinen Vorsprung, einen Fuß auf einem Haken, den Arris für die Sicherungsleine eingeschlagen hatte. Eine ungünstige Position, um zu schießen, aber anders kam er an Toro nicht vorbei. Kurz dachte er, dass er gegen die übliche Aufteilung ihrer Zuständigkeiten verstieß – Arris oben, er unten. Aber er konnte nur auf die weiter oben kletternden Lucies feuern, ohne die anderen zu gefährden. So lächerlich es war, es kam ihm vor wie ein schlechtes Omen.

Der Strahl der *Finch* war etwas heller als der des Gewehrs. Der erste Schuss holte sauber eine weit entfernte

Lucie von der Wand; kreischend stürzte sie ab und verschwand im dunklen Wasser. Direkt dahinter erwischte Argon die nächste. Sah ja doch ganz gut aus, befand Morbus in einer Aufwallung seltenen Optimismus. Und das fand er noch einige Augenblicke lang, während sie verbissen feuerten, weitere Lucies an ihnen vorübertrieben und von vorn neue Exemplare nachrückten.

»Noch fünfzehn Schuss«, vermeldete Arris nüchtern in seinem Ohr, und als wäre das ein Stichwort gewesen, kam von vorn eine regelrechte Welle.

»Hepp«, hörte er Argon rufen, und er hätte nicht hinschauen müssen, um zu wissen, dass er Arris das Lasergewehr zuwarf und dafür die *Viper* fing.

Präzise Schüsse, kreischende Lucies, die in den Fluss stürzten, das Aufbrüllen von Toros *Stampede*, die sich als erfreulich nützlich erwies – die Durchschlagskraft mochte nicht ausreichen, um die Mistviecher zuverlässig über den Jordan zu befördern, aber um sie von der Wand zu reißen und in den Fluss zu schicken, genügte es allemal. Trotzdem erinnerte die ganze Szenerie Morbus daran, wie Ameisen über eine Raupe herfielen und sie irgendwann aufgrund der schieren Masse überwältigten; da hätte es für die Raupe auch nicht viel geändert, wenn sie bewaffnet wäre.

»Das wird nichts«, stellte Argon schließlich fest und ließ die leergeschossene *Viper* sinken. Morbus an seiner Stelle hätte sie in den Fluss geworfen, sie hatten keinerlei Munition mehr dafür, und das wusste Argon so gut wie er, aber es wäre das erste Mal gewesen, dass er etwas fortwarf, das man vielleicht noch zu irgendwas gebrauchen konnte. »Wir kommen keinen Millimeter voran. Die überrennen uns.«

»Irgendeine Idee?«, fragte Eddie, der sich verzweifelt wünschen musste, er hätte die bewaffnete Drohne mitgebracht, statt sie in der Anlage für quasi nichts zu opfern – hier wäre sie eindeutig nützlicher gewesen.

Argon deutete mit dem Lauf der *Viper* aufs dunkle Wasser, ehe er sie über die Schulter hängte.

»Nee.« Eddie lachte heiser auf. »Nee.«

»Muss«, erwiderte Argon knapp.

Es war nicht nötig, es auszudiskutieren. Die notwendige Überzeugungsarbeit leisteten die nächsten dreißig Sekunden, in denen die Lucies zahlreich genug wurden, dass sie sich auffächerten. Es war absehbar, dass sie bald von vorn, oben und unten kommen würden. Morbus verschwendete wertvolle Sekundenbruchteile mit einem Blick über die Schulter, aber von hinten kam nichts. Die gelegentlich im Fluss trudelnden Lucies mal ausgenommen.

»Die springen uns hinterher«, gab er zu bedenken.

Aber ihnen blieb nichts anderes übrig. Also säuberte er den Fluss von zwei Lucies, die ihnen hinterhertrieben, und sie sprangen.

Das Wasser war erheblich kälter, als es aussah.

Flames verspürte Mitleid, als sie abdrückte. Was glaubte sie, wer sie …

Der giftgrüne Strahl traf ihn mitten in die Brust. Er hatte nicht einmal mehr Zeit, einen letzten Gedanken zu fassen. Die Erkenntnis, dass er sich geirrt hatte, dass er sich entsetzlich geirrt hatte, dass keine neue Ära anbrach und dass er die Menschlichkeit womöglich doch noch nicht ganz so vollständig hinter sich gelassen hatte wie gedacht, verschonte ihn, blieb ihm gnädig erspart. Da war nur der fürchterlichste, der unvorstellbarste Schmerz in seiner Brust, für einen kurzen, allerletzten Augenblick. Dann: Stille. Die Stille, die uns alle erwartet, irgendwann, am Ende.

Wenige Meter entfernt ließ Nova die Waffe nicht sofort sinken. Sie war in einem fürchterlichen Zustand, sah diesen Flames zu Boden gehen und zugleich vor ihrem geistigen Auge Wolf auf dem Feldbett zusammenbrechen, von derselben Waffe in die Brust getroffen. Das musste eine Bedeutung haben, dachte sie, irgendeine Bedeutung, dieselbe Waffe und ein Treffer mitten in die Brust, aber es hatte keine. Ihr war, als schwebte sie über einem Abgrund, nur gehalten von der Tatsache, dass sie sich nicht rührte. Sobald sie sich bewegte, würde sie abstürzen, und dann gab es keine Rückkehr. Also hielt sie still und wartete, aber sie wusste nicht, auf was.

Die Flammen, die den brennenden Mann einhüllten, waren fort, nur noch ein sanfter Schimmer ging von seiner Haut aus. In diesem schwachen Licht nahm sie eine Bewegung wahr. Sie war geschmeidig, aber nicht verstohlen, anmutig, aber nicht sanft, und dann beugte sich Nox aus der Dunkelheit über den Toten und prüfte seinen Puls. Er sah auf, und sie schaltete das Licht auf dem Lauf der Waffe ein. Der Strahl traf ihn ins Gesicht, und seine bernsteinfarbenen Augen glommen auf, bevor er sie zu Schlitzen zusammenkniff. Eine Weile starrten sie einander an.

»Oh«, sagte er dann. »Du hast ja gar nicht geschossen. Ich dachte für einen Augenblick, jetzt wäre es um mich geschehen.«

»Das kann ich noch nachholen«, erwiderte sie. Ihre Hände waren noch immer halb taub, aber den Abzug fand sie auch noch ein zweites Mal.

Er lachte leise. »Erklär mir doch vorher noch, was du hier tust. Ich nehme genug ungelöste Rätsel mit ins Grab.«

»Was ich hier tu? So wie es aussieht, bringe ich durchgeknallte Vollidioten um die Ecke, einen nach dem anderen.« Ihre Stimme klang ganz fremd.

»Verstehe«, schnurrte er, kam näher, ging an ihr vorbei und beugte sich über Scar.

Der Lauf der Waffe folgte ihm, als hätte er einen eigenen Willen, und sie sah, wie er an der Hyänen-Beta schnüffelte. Stirnrunzelnd ging er zurück zu Flames und schnüffelte auch an ihm.

»Warum hört er nicht auf zu brennen?«, brach es aus ihr heraus. »Warum hört der verdammte Scheißkerl nicht damit auf?«

Nox blickte hoch. »Cyberoos. Tut mir leid, dass es eine so prosaische Erklärung ist, aber es sind nur Cyberoos. Wenn die bioelektrische Aktivität seines Körpers ein gewisses Level unterschreitet, und das dürfte innerhalb der nächsten halben Stunde der Fall sein, schalten sie sich ab.«

Sie schüttelte den Kopf. »Aber vorher ... er hat richtig gebrannt. Ich habe noch nie solche Cyberoos gesehen.«

»Ich auch nicht«, gab er zu. »Willst du mich nun eigentlich erschießen?«

Sie blinzelte. »Kommt ganz drauf an.«

»Und zwar?«

»Willst du mich noch immer umbringen, um Argon wehzutun?«

»Ja.« Er streckte sich. »Aber wenn du mich nicht gerade ganz übel auf dem falschen Fuß erwischt, kann ich mich zusammenreißen. Nicht mal ich tu alles, was mir gerade in den Kopf kommt.«

»Das ist keine besonders beruhigende Antwort.«

»Aber eine ehrliche.« Er grinste sie an. »Wo stecken denn die anderen?«

Sie zögerte kurz, versuchte sie anzufunken, und bekam Kontakt. »Hallo?«

»Hallo«, sagte Nox. »Das bin nur ich. Ich hab versucht, sie zu erreichen, als ich von hier drinnen deine Stimme gehört habe. Da ist nichts. Auch draußen nicht.«

Eine Gänsehaut rann über ihren Rücken. Wieder zögerte sie, dann senkte sie die Waffe und ging an ihm vorbei nach draußen. Ihr war außerordentlich bewusst, dass sie ihm den Rücken zuwandte, aber ihr war auch klar, dass es keine Rolle spielte. Wenn er sie umbringen wollte, würde er das tun, es gab nicht viel, was sie dagegen unternehmen konnte.

Drei Monde, einer davon zu einer fast nicht mehr sichtbaren Sichel verblasst. Am alleräußersten Rand des Himmels vielleicht eine Ahnung des heraufdämmernden Morgens. Stille. Stille auf der silbrig schimmernden Ebene und Stille im Funknetz.

Was, dachte sie, wenn sie ohne sie aufgebrochen waren? Argon war ein guter Pilot, sie brauchten sie nicht. Aber sie verwarf den Gedanken schnell wieder, weigerte sich, sich vorzustellen, und außerdem hätte das bedeutet, sie wäre mit Nox hier allein. Wenn ihr Verstand die jüngsten Ereignisse überlebte, war das eine respektable Leistung, fand sie, sie musste es sich nicht durch solche Gedankenspiele noch schwerer machen.

»Wir haben eine Anlage entdeckt«, sagte sie zu Nox, als sie spürte, dass er hinter sie trat. »Möglicherweise ist da noch jemand. Oder es kommt noch jemand zurück.

Immerhin ist die ganze Ausrüstung noch da, das ganze Lager voller Kisten. Und in der anderen Anlage gibt es ein Shuttle.«

Sie sah nicht, wie er hinter ihr das Gesicht verzog, als er die Sehnsucht in ihrer Stimme hörte. Ein Shuttle. Als bedeute es alle Freiheit der Welt. Ein Shuttle, um ein paar Lichtjahre weit in den Weltraum hinauszuhopsen, ein paar weitere Hopser, um irgendeinen Planeten zu erreichen, auf dem man Formulare ausfüllte, sich umfangreich und mit vielen ermüdenden Wiederholungen erklärte, bestenfalls in einem Hotel wartete, andernfalls in einer Zelle, bis sie einen wieder einsammelten und einem sagten, was zu tun war. Ein Shuttle. In ihrer Stimme klang deutlich mit, was sie dachte: Rettung.

So hast du auch mal gedacht, hörte er Sky sagen. Ihre Stimme war kaum hörbar, und als er den Kopf wandte, sah er sie dastehen, durchscheinend wie ein Geist. Er wusste, dass er sie wieder deutlicher sehen würde, wenn er gejagt und gegessen hatte.

»Da hat auch noch etwas auf mich gewartet«, erwiderte er, und die kleine Pilotin schaute ihn verwirrt an. Er bemerkte ihren Blick aus dem Augenwinkel, aber er hatte nur Augen für Sky. In seinen Adern pochte schmerzhaft das Blut, in seinem Magen tobte der Hunger, und er wusste, dass er verloren war. Zugleich war er zu Hause. Er musste nur dringend etwas essen, dann war er wieder zu Hause. So sehr zu Hause, wie es für ihn eben möglich war.

Sky sagte etwas, zugleich fragte Nova, was sie tun sollten, und er bat sie zu schweigen, um zu verstehen, was Sky sagte, mit dieser viel zu leisen Stimme, die fast nur noch in seinen Gedanken zu hören war. Er lauschte, und dann seufzte er.

Novas Blick war durchdringend und voller Misstrauen. Sie musste ihn für verrückt halten. Und das war er ja auch, er war der Letzte, der es bestreiten würde.

»Ich glaube, dein Shuttle ist noch da«, sagte er. »Es wird nur ein bisschen Arbeit, noch ein Ticket zu bekommen. Und wir sollten uns beeilen.«

Das Wasser umschloss Argon wie eine Faust aus Eis, als er kopfüber eintauchte, in einem Bogen unter der Oberfläche dahinschoss und etliche Meter weiter wieder auftauchte. *Nie einen Kopfsprung in unbekanntem Gewässer*, jaulte wie eine Sirene die uralte Überlebensregel in seinem Kopf. Hier galt sie nicht – hier galt vielmehr: Aus der Höhe geht es ohnehin tief runter, und wer zu nah am diesseitigen Ufer landet, wird gefressen.

Tatsächlich sprangen zwei der Lucies ihm nach, eine holte Arris mit einem fast beiläufigen Treffer von der Wand, noch bevor sie richtig abgesprungen war, der anderen, die gar nicht weit genug gekommen wäre, briet Morbus wortwörtlich den Hintern, und sie landete kreischend im Wasser und trieb fort. Argon bekam davon nicht viel mit, die Strömung war erheblich stärker als erwartet, und er musste mit aller Kraft dagegen arbeiten, um nicht zu schnell abgetrieben zu werden.

Eddie und der Junge sprangen rasch nacheinander, Eddie zögernd, der Junge etwas verfrüht und mit wilder Entschlossenheit. Morbus stieß sich mit der Lässigkeit eines Sporttauchers ab und kam fluchend und spuckend wieder an die Oberfläche. Er erwischte den Jungen, dessen Kraft nicht ausreichte, um die Geschwindigkeit nennenswert zu verlangsamen, mit der die Strömung ihn davonriss.

Toro sprang zu kurz.

Argon erlitt ein Déjà-vu, als er ihn stürzen sah, als hätte er in der Sekunde, bevor er sich abstieß, eine Vision gehabt. Ob es an den Hörnern lag, die viel zu viel wogen und ihn als Bergsteiger, Schwimmer und überhaupt als alles Mögliche disqualifizierten, oder an seiner Verletzung – es sah aus, als hätte die Gravitation einen kurzzeitigen Fauxpas begangen und halte Toro an der Felswand fest, statt ihn nach unten zu ziehen. Dann besann sie sich und riss ihn umso schneller abwärts. Er schaffte durchaus einige Meter, aber es sah nicht danach aus, und als er ins Wasser einschlug, ging eine Fontäne hoch, als hätte jemand dicht unter der Oberfläche eine Granate gezündet.

Arris erwischte in rascher Folge zwei Lucies, die sprangen, als Toro wieder auftauchte. Morbus, wie immer er es schaffte, in diesem Gewühl zu schwimmen, zu zielen und abzudrücken, eine. Die vierte landete irgendwo im Wasser.

Die fünfte krallte sich in Toros Nacken fest.

Es ging so schnell, dass Argon nicht mal Zeit hatte aufzubrüllen. Sie war kaum gelandet, da schoss Arris bereits, ein unfassbarer Schuss aus gut dreißig Metern Entfernung auf ein unkontrolliert von der Strömung mitgerissenes Ziel. Argon selbst hätte unter diesen Bedingungen nicht mal den Schuss gewagt, aus Angst, Toro den Kopf wegzuballern, geschweige denn, dass er sich große Chancen ausgerechnet hätte zu treffen. Arris jedoch schoss ohne jedes Zögern, scheinbar ohne zu zielen, und traf die Lucie mitten ins Rückgrat.

Sie verwandelte sich in ein irrsinniges, zuckendes Bündel aus Zähnen und Krallen.

Jetzt fand Argon Zeit zu brüllen, etwas anderes konnte er ja nicht tun. Ein zweiter Schuss aus dem Lasergewehr, so präzise wie der erste, schleuderte die Lucie ins Wasser. Die Strömung riss sie fort, ebenso schnell wie den blutüberströmten Toro. Argon warf sich nach vorn, schnellte hinterher. Arris, jetzt der Letzte, der noch in der Wand hing, entfernte mit chirurgischer Präzision zwei Lucies aus der Luft, und Argon erreichte Toro und rief seinen Namen.

»Okay«, brachte der heraus. »Bin okay. Nur ...«

Einen solchen Koloss zu verlangsamen, wie Morbus es mit dem Jungen tat, war aussichtslos, also klammerte sich Argon an dem riesigen Leib des Freundes fest, spürte nasses Fell unter den Fingern und sah tiefe Risse in Schulter und Nacken. Keine oberflächlichen Verletzungen. Sie klafften bis in die tieferen Muskelschichten, wenn er sich nicht irrte.

»Nur kalt«, stieß Toro hervor. »Das verdammte Wasser.«

Keine Blutfontänen. Keine Arterien getroffen.

»Geht schon.« Verzögert fing Toro an zu schwimmen. Seine Augen waren blutunterlaufen und panisch. Er musste nahezu blind sein; das Einzige, was er sehen konnte, war der schwache Schein der Lucies.

Irrationaler Zorn auf Arris überkam Argon. Arris, der diese eine Lucie hatte durchkommen lassen. Arris, der sie angeschossen und in ein tobendes Bündel zuckender Mordinstrumente verwandelt hatte.

Arris, der Toro vermutlich das Leben gerettet hatte.

Er rang den Zorn nieder. *Jetzt ist keine Zeit dafür*, sagte

Nelly in seinem Kopf, *sei einfach später sauer, wenn du dann noch Lust drauf hast.*

Wenn Toro draufging, war nur noch Nova übrig. Nova, irgendwo dort draußen, allein mit Scar.

Ehe sie allzu weit entfernt waren und Morbus als Rückendeckung ganz ausfiel, folgte ihnen Arris – inzwischen kaum mehr als ein dunkler Schemen in der Ferne – mit einem Sprung, der aussah, als hätte er genau hierfür ein paar Jahre lang trainiert. Toro stemmte sich gegen die Strömung. Wie er es schaffte, den Kopf oben zu behalten, das Gewicht seiner Hörner mit dem zerfetzten Nacken auszuhalten, wusste Argon nicht, aber er schloss daraus für den Augenblick, dass er nicht allzu schwer verletzt sein konnte. So gut er wusste, wie voreilig das möglicherweise war, so oft er selbst erfahren hatte, welche Wunder die ganz schlichten körpereigenen Drogen vollbringen konnten, die Wolf so gern mit ein paar synthetischen Helfern verstärkt hatte, in diesem Moment ging er davon aus: Toro war nicht allzu schwer verletzt, und sie würden es schaffen.

Das war kurz vor den Stromschnellen und ein gutes Stück vor der Höhle, in der sich der Fluss gurgelnd über ein paar Felsen in die Tiefe stürzte.

Arris bemerkte die Stromschnellen als Erster. Sein verbessertes Gehör registrierte das Brausen des Wassers, das in tiefe Täler hinabgesogen wurde, und das charakteristische Gurgeln, wenn es von den Seiten herabstürzte, um die entstandene Lücke zu füllen, in der sich tobende Hexenkessel bildeten. In seinem Hirn schloss sich eine kleine Software mit den Daten kurz – der Sergeant hatte sie ihm nach ein paar kleineren Peinlichkeiten *in freier Wildbahn* beschafft, wie er es ausdrückte –, und der Rechner sendete ihm eine Warnung, noch ehe die anderen die Geräusche bewusst wahrnahmen.

Argon war mit Toro beschäftigt, Morbus kümmerte sich um den Jungen, der sich zwar gut gehalten hatte, allmählich aber doch an seine Grenzen stieß, und Eddie hatte die *Finch* und die Schlussposition übernommen. Arris' Aufgabe war es, sich um die Lucies zu kümmern, die von vorn oder von der Seite kamen. Aber da kam nicht viel; die meisten von denen, die sprangen, trieben rasch ab, und kaum eine kam in gefährliche Nähe. Solange nicht auch an der anderen Uferseite welche auftauchten, waren sie für den Moment in relativer Sicherheit.

»Stromschnellen voraus«, verkündete er übers JUST und glitt durch die Strömung vorwärts, schneller als der Fluss.

»Nee«, sagte Eddie irgendwo hinter ihm. »Einfach: nee.«

»Vielleicht sollten wir …«, fing Morbus an.

»Nö.« Eddie machte eine Lucie lang, die aus dem Klo gefallen war und ihnen hinterhertrieb. »Ich hab jetzt keinen Bock mehr. Scheißstromschnellen, oder was? Jetzt reicht's auch mal!«

Arris beschleunigte, im Wasser war er so leicht wie an Land nach den diversen Modifikationen schon längst nicht mehr. Er hatte die anderen noch nicht ganz aus dem Sichtfeld verloren, als er sah, wo das Wasser abwärtsstürzte. Er peilte einen größeren Fels an, schoss darauf zu und ließ sich unter Wasser reißen. Die Software berechnete den richtigen Zeitpunkt, er stieß sich wieder nach oben, bekam glitschigen Fels zu packen und zog sich ungeachtet des fürchterlichen Sogs empor. Ihm war, als reiße es ihm Kleider und Haut vom Leib, und für einen Augenblick war er nicht mehr leicht, sondern wog das Vielfache seines eigentlichen Gewichts. Ohne die modifizierten Handflächen und die verstärkten Muskeln und Knochen hätte er nicht mal den Kopf aus dem Wasser bekommen, bevor es ihn wieder hinunterriss, als säße da unten am Grund eine psychopathische Lorelei mit der Kraft dreier Grizzly-Betas, die alles daran setzte, ihn zu ersäufen.

Fluss: gut fünfzehn Meter Stromschnellen, bevor er sich zu einem kochenden See ausbreitete, der um ein Zentrum kreiste – einen Strudel, in dem das Wasser verschwand. Ringsum verbreiterte sich die Höhle, das Ufer flachte deutlich ab. Ein natürliches Staubecken, weil das Loch, das den Fluss normalerweise schluckte, zu klein war, um die Massen zu bewältigen, die nach der Regenzeit hereingerauscht kamen. Stalaktiten hingen von der Decke, aus dem Boden ragten ihnen Stalagmiten entgegen und verschmolzen hier und da mit ihren Gegenstücken zu gewaltigen Säulen.

Auf dem flachen Ufer: Lucies. Nicht ansatzweise so viele, wie bisher heruntergetrieben oder zurückgekommen sein mochten, etliche hatte der Fluss mit sich in die Tiefe gerissen, aber viel zu viele hatten es geschafft. Manche schleppten sich nur noch dahin, waren verletzt, von Steinen in den Stromschnellen oder Artgenossen, die sich tief in ihr Fleisch gekrallt und verbissen hatten, um sich wie auf einem lebenden Floß über Wasser zu halten. Die, die noch beweglich genug waren, waren der Beute über die Felswand wieder entgegengeklettert.

Und folgten ihnen jetzt wieder zurück hierher.

Arris hatte nur Sekundenbruchteile benötigt, um die Einzelheiten zu registrieren. Das wichtigste Detail aber, das ihn für einen Augenblick reglos auf seinen nassen Fels bannte: Licht.

Tageslicht.

Argon hatte sich geirrt. Draußen war die Nacht bereits vorbei.

Das Licht fiel durch einen schmalen Spalt am jenseitigen Ende der Höhle. Dort hatte sich das schäumende Wasser, das die Felsen bei jeder Regenzeit millimeterweise abtrug, in ungezählten Jahrhunderten durch den Fels gefressen und einen Ausgang geschaffen.

Tageslicht, dachte er atemlos.

Ausgang.

Eilig schlug er einen der letzten Kletterhaken in den Stein. Riss das Sicherungsseil, das er nicht benutzt hatte, vom Gurt, knotete es hastig am Haken fest und peilte den nächsten Stein an, der keine fünf Meter entfernt war. Sprang. Hieb den Haken hinein und zog das Seil straff, als Argon und Toro auch schon vor ihm auftauchten. »Festhalten«, brüllte er, und Toro griff blindlings ins Nichts. Statt das Seil zu fassen zu bekommen, geriet er in die Hände der Lorelei am Fuß des Felsens. In letzter Sekunde packte Argon ihn mit beiden Händen am unversehrten Horn und schlang die Beine ums Seil.

Im nächsten Augenblick waren Toro und Argons Oberkörper unter Wasser verschwunden.

Mit einem harten Ruck an seinem Oberarm korrigierte Morbus Leynards Kurs, bevor er in einen der kochenden Hexenkessel hinuntergerissen werden konnte, und Leynard spürte, wie Strömungen an ihm rissen, als wollten sie ihn vierteilen. Dann knallte er gegen das Seil, bekam es zu

fassen und hatte nichts anderes mehr im Sinn, als es fest-
zuhalten. Eisiges Wasser riss an ihm und strömte ihm
übers Gesicht, drang ihm in Mund und Nase, in seiner Ell-
beuge klemmte das Seil, und es dauerte ein Leben lang, bis
ihn endlich jemand packte und aus dem Wasser zerrte.
Hustend und würgend rang er nach Luft und sah Morbus.
Er kauerte neben ihm auf dem Fels und streckte Eddie, der
sich verbissen auf sie zuarbeitete, die Hand entgegen. Leynard war so schwindelig, dass er zu fallen glaubte, er klammerte sich an dem Haken fest, den Arris in den Fels geschlagen hatte, und sah sich um. Sofort wünschte er sich, er
hätte es nicht getan.

Sie strömten in weißen, schimmernden Scharen von der
Felswand herunter, einige waren riesig, und eins dieser
großen Exemplare wagte den Sprung auf einen der Steine.
Der Fluss war sehr breit, viele solcher Felsen gab es nicht,
aber das Biest kam sicher auf, sprang direkt weiter auf den
nächsten Fels und war auf einmal nur noch ein paar Meter
weit fort – eine kürzere Distanz, als es mit dem zweiten
Sprung überwunden hatte.

Leynard schrie auf. Es war der Schrei eines Kindes, das
aus einem fürchterlichen Traum aufschreckt, hastig und
schweißüberströmt das Licht anmacht und feststellen
muss, dass es die Monster aus seinem Traum wirklich gibt,
dass sie in Fleisch und Blut in den dunklen Winkeln des
Zimmers hocken und das Licht nicht mehr fürchten.

Eddie klammerte sich am Seil fest, wie Leynard es noch
vor wenigen Sekunden getan hatte, und Arris, Toro und
Argon waren halb in einem brüllenden Strudel verschwunden. Morbus jedoch hörte den Schrei, ließ Eddie Eddie sein
und richtete sich auf, zog zwei Pistolen und feuerte, als die

Lucie gerade zum Sprung auf den nächsten Stein ansetzte. So nah hatte Leynard noch keine von ihnen gesehen, aber die Zähne, die weißen Augen, ihre schiere Größe, erreichten sein Hirn nicht richtig. Es war, als hätte da drinnen etwas abgeschaltet, er starrte nur, schrie, ohne den Schrecken zu empfinden, der in seiner Stimme lag.

Ob sie sauber gelandet wäre oder ob die Kugeln, die nur ihre Haut aufrissen, sie aus dem Tritt brachten – sie rutschte ab, ihr Hinterleib mitsamt dem langen Schwanz geriet ins Wasser. Scharfe Krallen gruben sich ins Gestein, und Morbus feuerte noch einmal – diesmal mitten zwischen die Augen. Sie glitt ab, aber sie lebte noch, oder das Wasser spielte täuschend echt mit leblosen Gliedern, es sah aus, als kämpfte sie gegen die Strömung, wenn auch vergeblich. Leynard hörte nicht auf zu schreien, obwohl er seltsamerweise keine Angst mehr empfand. Er sah, wie sich die Flut der bleichen Gestalten am Ufer drängte. Eine weitere Lucie sprang, stürzte ins Wasser, drei weitere folgten und schafften es nicht, weil sie in der Luft gegeneinanderstießen. Der Fluss rieb sie über die Felsen, brach ihnen die Knochen, und sie verschwanden gurgelnd durch den schäumenden Strudel. Aber es waren noch immer viel zu viele.

Als Argon Wasser ausspie und Luft einsaugte, tat sie in seinen Lungen weh. Mehr aus Reflex denn wirklich bewusst klammerte er sich an dem Felsen fest, der auf einmal unter seinen Händen auftauchte, kroch hinauf, keuchte und fuhr in plötzlichem Schrecken herum. Er sah, wie Arris bäuchlings neben ihm lag und Toro aus dem Wasser zerrte. Es war ein Anblick, als hätte sich ein Comiczeichner bei den Proportionen vertan: Arris war zu klein, Toro zu groß, es war ein bizarrer Anblick, aber Arris störte sich nicht daran und schaffte es trotzdem. Auf einmal war der Fels zu klein, Arris sprang auf den nächsten, kam sicher neben Morbus und dem Jungen auf. Wenigstens war auch er außer Atem, deutete bloß mit dem Lasergewehr, das er irgendwie in der Hand oder auf dem Rücken behalten hatte, auf einen hellen Streifen am anderen Ende der Höhle, und in Argons Brust regte sich jenes unsterbliche Ungeheuer mit den schärfsten aller Krallen: die jähe Hoffnung, dass sie es schaffen konnten.

Wie genau sie ans Ufer kamen, wusste er später nicht mehr. Er wusste nur, dass sie zu lange dafür brauchten, fürchterlich lange mit dem halb bewusstlosen Toro im Gepäck und dem Jungen, der nicht aufhören wollte zu schreien, den aber niemand ohrfeigte oder schüttelte oder anbrüllte, weil ohnehin das Kreischen der Lucies die gesamte Höhle erfüllte und ihre Schädel, und weil es keinen Unterschied machte, ob er schrie oder nicht. Arris lief bereits am Ufer entlang und feuerte, feuerte, die unablässigen Laserstrahlen erfüllten die Höhle mit rotem, zuckendem Licht, und Argon fragte sich, wie lange die Energiezelle wohl noch mitspielen würde.

Sie liefen, Morbus verballerte sinnlos Munition aus seinen Pistolen, die nichts ausrichteten, und Arris, ihnen weit voraus, räumte den Weg frei, erledigte die wenigen Lucies, die auf dieser Seite waren, so ruhig und präzise, als wäre dies hier ein Computerspiel. Kein Grund zur Panik, schließlich hatten sie beim Fels gespeichert, und wenn es schiefging, luden sie einfach neu, und wenn sie dann besser aufpassten, hatten sie möglicherweise auch noch ihre Waffen – die leergeschossene *Viper* war fort, aber das war kein

Verlust, im Gegensatz zur *Finch*, die Morbus irgendwo in den tobenden Fluten aus der Hand gerissen worden war.

Sie liefen, und auf der anderen Seite des Ufers hetzten wie auf einen geheimen Befehl die Lucies los. Einige größere Exemplare, so schien es Argon, fingen damit an, und die anderen folgten.

Toro war viel zu langsam, und es war absehbar, wie es enden würde. Lange bevor sie den Spalt erreichten, würden ihnen die Mistviecher entgegenstürzen, Kreischen und nadelartige Zähne und lange Klauen, scharf genug, um sich damit im Fels festzukrallen. Mit dem Lasergewehr würde Arris noch etliche von ihnen wegmähen, bevor die Flut sie überrannte. Es würde schnell gehen. Er hoffte, es würde schnell gehen.

Im Laufen zog er sein Messer und hoffte, er konnte noch ein oder zwei mitnehmen. Der Gedanke an Nova blitzte in seinem Hirn auf, und es tat ihm so leid, dass seine Brust schmerzte. Er hoffte nur, auch für sie ging es schnell.

Er staunte darüber, dass sie zusammenblieben. Er blieb an Toros Seite, natürlich, aber weder Eddie noch Morbus legten einen Sprint ein in der verzweifelten, wenn auch vergeblichen Hoffnung, es noch rechtzeitig zu schaffen. Nur Arris war so weit voraus, dass er es schaffen konnte. Er feuerte aus der Hüfte, und eins der Biester aus der vielköpfigen Horde, ein besonders großes, brach zusammen und wurde unter den anderen begraben.

Der Strudel, dachte Argon, sein Gehirn war es nicht gewöhnt, aufzugeben, und bespuckte ihn mit abstrusen Ideen. Vermutlich ging es einfach abwärts, und sie würden an irgendwelchen Felsen zerschmettert und ertranken zugleich, nur damit ihre Leichen irgendwo angespült wurden, wo sich einige überlebende Lucies draufstürzten und sie fraßen. Aber ...

Dann schoss ihm etwas durch den Kopf, und er brüllte Arris zu: »Die Decke! Schieß in die Decke.«

Arris reagierte ohne Nachfragen. Ohne stehen zu bleiben, riss er das Lasergewehr hoch und gab zwei saubere Feuergarben ab, dann eine dritte, in so schneller Folge, dass es fast aussah wie ein einziger langer, ununterbrochener Schuss.

Aus der Decke lösten sich zwei gewaltige Stalaktiten, stürzten herab und polterten mitten zwischen die vordersten Lucies. Die Hoffnung in Argons Brust hieb ihm die Klauen ins Fleisch, verbiss sich in seinem Herzen und brüllte auf.

Die riesigen Brocken zerschmetterten mehrere Lucies, begruben sie unter sich. Die anderen fluteten einfach darüber hinweg, ungerührt vom Schicksal der Artgenossen und noch immer mit derselben Entschlossenheit auf ihre Beute konzentriert wie zuvor. Wenn sie nicht das ganze Höhlendach zum Einsturz brachten ...

Arris sprintete los. Argon sah es ohne Bitterkeit, es war nur folgerichtig. Sie würden es nicht schaffen, aber er, und es war besser, wenn wenigstens einer von ihnen durchkam. Gerade öffnete er den Mund, um den anderen zuzurufen, sie sollten es mit dem Strudel versuchen, da schlug Arris einen Bogen und rannte auf die Lucies zu. Feuerte unablässig weiter, stieß ein Gebrüll aus, als wähnte er sich in einem Film, und kurz bevor er mit der Welle aus bleichen Leibern zusammengestoßen wäre, ging er die Felswand hoch. Es sah so vollkommen absurd aus, dass Argon es nicht glauben konnte. Auch später würde er es nicht glauben, wenn er sich zu erinnern versuchte, und blieb zeitlebens davon überzeugt, dass sich sein überreiztes Gehirn kräftig was zurechtgesponnen hatte.

In einer Hand das Lasergewehr, die freie Hand in den Fels gekrallt, *lief* Arris die Felswand empor, die sich ihm entgegenneigte, und feuerte dabei brüllend nach unten. Schnappend fuhren die Köpfe der Lucies herum, die ersten bremsten ab, die nachfolgenden prallten gegen sie, etliche verbissen sich zornig ineinander. Andere sprangen Arris hinterher. Er schoss sie aus der Luft, von der Wand, viel zu schnell fürs Auge, viel zu präzise für den Verstand. Dann hörte Argon ihn brüllen: »Lauft!«

Und das taten sie.

Die Widerhaken in seiner Hand hielten ihn am Fels, er stabilisierte seine Position, indem er breitbeinig die Füße gegen den Stein stemmte. Das Lasergewehr eignete sich erstaunlich gut für einhändige Führung, wenn man über die nötige Kraft verfügte. So klobig es auch aussah – kein Rückstoß, und es hatte einen Pistolengriff. Mit dem enormen Gewicht kam er klar.

Arris dachte nicht mehr, er funktionierte. Die bleichen Leiber der Lucies, ihre Zähne und Krallen, hatten ihren Schrecken verloren. Entlang seines Rückgrats zuckten Impulse durch künstliche Nervenleitungen, eins der Implantate in seinem Hirn entschied, welches Ziel als nächstes dran war, anhand schlichter, aber effektiver Parameter. Die letzte Entscheidung, die wirklich noch er selbst traf, war die, welche Prioritäten er setzte, welchem Ziel die kybernetischen Modifikationen zuarbeiteten, denen er seinen Körper überließ und seinen Verstand unterordnete.

»Lauft!«, brüllte er den anderen zu, und kurz empfand er Erleichterung, als sie es taten.

Dann war da nichts mehr, kein Gedanke mehr und auch sonst nichts. *Zu schnell, um zu denken*, hatte der Sarge einmal kopfschüttelnd über Arris gesagt ... obwohl er natürlich wusste, dass es mit dem Denken auch nicht zum Besten stand, wenn sich Arris Zeit dafür nahm. Dass er auch zu schnell war, um etwas zu fühlen, dass Gefühle nicht mehr notwendig waren, wenn der Körper so rasant reagierte, dass sie ohnehin keine Auswirkungen gehabt hätten, auf den Gedanken wäre der Sarge nicht gekommen.

Bleiche Leiber, da zuckte etwas, ein Schuss, erledigt, dort ein rabiat unterbrochener Sprung, da brachen drei der Biester aus und verfolgten die anderen. Alarm in seinem Kopf, grell und laut, Arris schwenkte das Gewehr herum und erledigte sie sauber, das letzte brach mit schnappendem Kiefer keine zehn Zentimeter hinter Toro zusammen. Unter ihm stiegen sie auf wie eine Woge, er wich zuschnappenden Kiefern aus, ohne hinzuschauen, stieß sich ab, landete mit einem gewaltigen Satz an einem meterweit entfernten Stalagmiten, verankerte sich dort neu und feuerte augenblicklich weiter.

Kein Gedanke mehr. Er dachte nicht an Nellys offene, leere Augen und ihr Schweigen, nicht an die Stille, nachdem er ihr in die Brust geschossen hatte. Nicht an die Erkenntnis, die er fast gehabt hätte, die ihn fast gekriegt hätte und vor der er in die unerträgliche Hitze draußen geflohen war. Sein Ekel vor Morbus und Eddie, weil sie nicht hatten tun können, was er von ihnen gebraucht hätte: ihm sagen, was richtig war.

Und er dachte auch nicht an seine Angst vor dem Schlaf.

Davor, nicht beschäftigt zu sein, wehrlos zu sein, während die Erkenntnis, die er nicht ertragen konnte, auf ihn zukroch. Es war eine einfache Erkenntnis, aber es waren schon stärkere Gemüter als das von Arris daran zugrunde gegangen. In der Kurzform taugte sie als Kalenderspruch oder für eine Grußkarte, und in dieser Form hätte sie ihm nichts getan, hätte ihn nicht einmal dazu veranlasst, eine Augenbraue zu heben. Nein, man konnte nicht immer das Richtige tun, weil es manchmal nur die Wahl zwischen zwei Übeln gab, und manchmal waren beide Optionen so schlimm, dass man Schuld auf sich lud, die man für den Rest seines Lebens auf den Schultern trug. Davon konnte einen kein Befehl freisprechen und niemand, der einem sagte, dass man keine Wahl hatte.

Nellys leere Augen und die Stille nach dem Schuss – Arris dachte nicht daran. In ihm pulste eine Mixtur aus körpereigenen und synthetischen Drogen, jeder Schuss ein Treffer, und ohne dass er hinschauen musste, sah er die anderen im Tageslicht verschwinden. Eine letzte ausgerissene Lucie, die sie verfolgte, holte er noch mitten im Sprung aus der Luft, dann waren sie fort.

Ob er, es ernstlich versuchend, den Ausgang erreicht hätte? Und wie viele der Aliens er erledigt hatte, als sie ihn schließlich kriegten, als sich das erste in sein Bein verbiss, ein zweites sprang und seine Schulter erwischte, als er endlich das Gewehr nicht mehr hochbekam und sie ihn vom Fels rissen? Niemand würde sie zählen, niemand es je erfahren. Ganz sicher jedoch nahm er die Schmerzen als etwas sehr weit Entferntes wahr, und in seinen letzten Augenblicken hatte er keine Angst und dachte nicht ein einziges Mal mehr an Nelly oder an Nox unten im Krater, den sie zurückgelassen hatten, ohne sich noch einmal umzuschauen.

Das Ende kam schnell, und wenn da überhaupt noch ein Gefühl in ihm gewesen war, etwas, das er tief in sich empfand, dann war es Glück. Das seltsame, flüchtige, rauschhafte Glück von jemandem, der um sein Leben kämpft und die Angst hinter sich gelassen hat. Und soweit es Arris betraf, war es gut und richtig so, und er schied, in tausend Stücke gerissen, in Frieden.

Der Spalt war einen guten Meter hoch, was dahinter lag, sahen sie nicht, vielleicht ging es noch dreißig Meter steil abwärts. Argon hörte sich eine Warnung ins JUST bellen, da sprang neben ihm eine Lucie Toro an. Ein Laserstrahl erwischte sie im letzten Augenblick, und als sie durch den Spalt hasteten, sah sich Argon um, als Einziger, er sah, wie Arris zurückblieb, eine einsame Gestalt, die mit Laserimpulsen um sich schleuderte und mehr an eine überzeichnete Comicfigur erinnerte als an einen lebendigen Menschen.

Er spürte nichts, kein Bedauern, keine Dankbarkeit, kein Mitgefühl, das alles würde später kommen, genau wie die Trauer um Wolf. In diesem Augenblick verspürte er nur ein seltsames Befremden. Weshalb, wurde ihm erst klar, als sie sich draußen aufrichteten und einen flachen Hang hinunterstolperten, die ersten Schritte noch fern jeden Begreifens.

Das Sonnenlicht kam nicht vom Himmel.

Wie erstaunt die Männer draußen waren, als statt der Monster Menschen und ein Beta aus dem offenen Fuß des Bergs stolperten, klatschnass und blutig, mit zerrissener

Kleidung und irrem Blick, lässt sich mit Worten wohl kaum beschreiben, aber es sprach für ihre Ausbildung, dass kein einziger Schuss fiel. Sie standen da, im Halbkreis und hinter ihren Scheinwerfern verborgen, deren heißes Licht exakt die Strahlung der blauen Sonne kopierte. Nur fünf waren es, Argon zählte fast intuitiv, aber sie waren gepanzert, bewaffnet und ausgeruht, ganz im Gegensatz zu ihnen, und ehe er und die anderen noch ganz zum Stehen kamen, brüllte eine Stimme, die wie zum Brüllen gemacht war: »Stehen bleiben! Die Hände hoch. Die verdammten Hände will ich sehen!«

Sie hoben die Hände. Hinter ihnen in der Dunkelheit tobten die Lucies, und Arris kam nicht heraus.

»Und Nova?«, fragte Toro leise.

»Schscht«, machte Argon, sein Kopf war leer und dumpf und weigerte sich zu begreifen, was ihnen zustieß.

Als sie sich den Anweisungen gemäß bäuchlings auf den Boden legten und die Hände über dem Hinterkopf falteten, dachte er es jedoch selbst: *Und Nova?*

Das unersättliche Monster namens Hoffnung in seiner Brust, das sich bisher an die Vorstellung gekrallt hatte, wie sie dort rauskamen, wie sie überlebten, die Station einnahmen und Scar abfingen, Nova retteten und diese dreckige Kugel am Rand des bekannten und kennenswerten Universums verließen, suchte sich ein neues Ziel, es war unermüdlich. *Nova*, flüsterte es unbeirrt. Wenn sie irgendwie entkam, wenn sie es irgendwie nach unten schaffte, wenn sie mitbekam, was los war, und vorsichtig vorging, wenn sie ...

Er biss die Zähne zusammen und versuchte es zum Schweigen zu bringen. Jemand fesselte ihm die Hände auf den Rücken und tastete ihn mit flinken, routinierten Händen ab. Zog eine Kassette aus einer der vielen Taschen und betrachtete zwanzig Millionen aufwärts und eine mögliche Zukunft kurz, bevor er sie schulterzuckend irgendwo verstaute. Argon wandte den Kopf und begegnete dem Blick von Morbus. Er konnte nicht wissen, dass auch Morbus in diesem Moment an Nova dachte, und so teilten sie einträchtig einen Moment widerwilliger Anerkennung für die Zähigkeit, mit der sie das Pech verfolgte.

Sie wurden auf die Füße gestellt, bei Toro tat man sich etwas schwer.

Immerhin hatte der Junge aufgehört zu schreien. Und das Kreischen der Lucies hörten sie bald nicht mehr, weil man sie fortschaffte, um herauszufinden, wer diese klatschnassen und erledigten Gestalten sein mochten.

Viele Kilometer entfernt hielt Nox inne, lauschte einer fast unhörbaren Stimme und lachte leise und dunkel auf. »Sehr teuer, die Tickets«, sagte er zu Nova. »Das sollten wir wirklich nicht mit leerem Magen angehen.«

Arbeitsanweisung VII

Die Rückkehr

Kehren Sie erfolgreich von einer Mission zurück, steht Ihnen eine gewisse Zeit zur Erholung zu. Genießen Sie Ihren Urlaub, den Ihnen *StellarExplorations* nach erfolgreichem Einsatz gern gewährt, und denken Sie daran: Ihre Erholung dient auch dem Unternehmen. Wir erwarten Sie in bester Verfassung zurück für Ihren nächsten Einsatz!

32

Datum: 08. November 3046
System: Shiva
Planet: Bismarckmond Dolphin
Ort: Büros der Firma S.K.Y

Sie war nervös. Während sie wartete, verspürte sie nacheinander das Bedürfnis, aufs Klo zu gehen, auf und ab zu
wandern und die Bilder an den Wänden zu betrachten –
großformatig, ein wenig skurril und tatsächlich der Be-
trachtung wert –, und den wirklich lächerlichen, aber umso dringlicheren Impuls, ihre Frisur zu richten und sich
nicht vorhandene Flusen von dem eng anliegenden Blazer
zu zupfen.

Sie tat nichts von alldem, sondern wartete ruhig, verwundert, dass man sie warten ließ, und eher amüsiert ob
ihrer Nervosität als verärgert. Möglicherweise gefiel es ihr
sogar ein wenig. Es war eine Weile her, dass ihr zum letzten Mal ein wenig flau im Magen gewesen war.

Als der junge Assistent schließlich erschien und sie bat,
mit ihm zu kommen, lächelte sie ihm zu. Er erwiderte das
Lächeln, geleitete sie in ein kleines Büro, das ein bisschen
zu eigenwillig eingerichtet war, um es mit der Bezeich-

nung geschmackvoll zu beleidigen, und schloss die Tür hinter ihnen. Er bot ihr einen Platz auf einem der zwei kleinen Sofas an, schenkte ihr ein Glas Wasser ein, als sie es den angebotenen Alternativen vorzog, und dann ließ er sich auf das andere Sofa sinken, statt in ein Nebenzimmer zu verschwinden.

Sie musterte ihn mit ein wenig mehr Interesse. Er war sehr jung, hatte ein offenes Gesicht mit hohen Wangenknochen, die man vor langer Zeit einmal slawisch genannt hätte, das blonde Haar war zu kurz, um sich ernsthaft zu locken, zeigte aber eindeutig Bestrebungen dazu. Sein Blick ruhte auf ihr, während sie ihre Betrachtungen vornahm, die Hände lagen locker im Schoß. Sie hätte recht gern gewusst, was in zehn Jahren aus ihm geworden sein würde. Er hatte Potenzial für beides – für den nicht uncharmanten, aber etwas zu selbstgefälligen Typ Mann, dem alles zu früh zugeflogen war und dessen Instinkte sich deshalb nicht richtig hatten entwickeln müssen, oder für jemanden, mit dem es tatsächlich die Klingen zu kreuzen lohnte, weil es möglich war, zu verlieren.

»Sie wissen, dass ich nicht hier bin, um mit Ihnen zu sprechen«, sagte sie schließlich, als sie ihre Betrachtungen abgeschlossen hatte.

»Ich habe es befürchtet.« Er lächelte. »Aber wegen der Aussicht sind Sie auch nicht hier.«

»Die ist sicher spektakulär«, gab sie zu.

Die Geschäftsräume von S.K.Y lagen hoch über der Oberfläche des Monds, der ganz dem Glücksspiel gewidmet war, und jenseits der Fenster stürzte der Blick in einen Abgrund aus Lichtern.

Sein Blick war sehr direkt, und deshalb entschied sie sich

für die direkte Konfrontation. »Er weiß, dass ich hier bin, nicht wahr?«

Er wartete, sagte nichts, zuckte nicht mit der Wimper.

»Morbus«, schoss sie ins Blaue und sah, wie ein winziger Nerv in seinem Gesicht zuckte. Entspannt lehnte sie sich zurück. »So hat er sich zumindest zuletzt genannt. Unter dem Namen haben Sie ihn wohl kennengelernt?«

Er schwieg. Sein Gesicht war blass. Er hielt sich gut, aber er war noch sehr jung.

»Leynard? Sind Sie noch bei mir?«

Auf seinen eigenen Namen reagierte er kaum, aber seine Miene war zu neutral, er hatte bereits eine brauchbare Maske entwickelt, aber noch nicht gelernt, sie mit passenden Ausdrücken zu beleben, damit sie echt wirkte.

»Ich warte auf die Pointe.« Aus dem zuckenden Nerv am Mundwinkel wurde ein Lächeln. »Morbus?«

»Ich bin nicht hier, um zu spielen«, sagte sie sanft. »Rufen Sie ihn an.«

»Ich ...«

»Jetzt.«

Er musterte sie, wieder zuckte der Nerv, wieder verwandelte er es in ein Lächeln.

Diesmal lächelte sie nicht zurück.

»Ich werde sehen, was ich tun kann«, sagte er etwas steif. »Ich rufe meinen Vorgesetzten an, möglicherweise kann er Ihnen weiterhelfen.«

»Ich bin ganz sicher«, erwiderte sie freundlich.

Als er gegangen war, saß sie eine Weile da und betrachtete das große Bild an der Wand, ein wilder, verzerrter Schatten irgendeines Tiers. Dann stand sie doch auf, trat näher und wartete darauf, dass es sich bewegte. Das war der neueste Trend – Bilder, die aussahen wie Ölgemälde, aber auf die Annäherung eines Betrachters reagierten. Das Bild rührte sich nicht. Sie hob die Hand, aber es passierte nichts.

»Da kannst du lange warten«, sagte eine Stimme hinter ihr. Sie hatte ihn nicht eintreten hören und drehte sich langsam um.

Er war nicht da.

»Entschuldige«, sagte seine körperlose Stimme, »ich bin ein paar Lichtjahre weit weg.«

Vorwurfsvoll runzelte sie die Stirn. »Du wusstest, dass ich komme.«

»Deshalb ja.«

»Ist das dein Büro?«

Er schwieg eine Weile. Dann, feindselig: »Was willst du, Lucea?«

Sie setzte sich wieder, trank einen Schluck Wasser und suchte sich eine Stelle im Gemälde als Fixpunkt, während sie sprach. »Ich möchte mich einkaufen.«

Kurze Stille. Dann lachte er. Es war das Lachen, an das sie sich erinnerte und das sie immer gemocht hatte, im Gegensatz zu einigem anderen. »Lass mich eins klarstellen: Ich lasse mich nicht erpressen.«

»Das habe ich nicht vor. Und was sollte ich auch von dir wollen? Ich will dich nicht zurück, Geld habe ich selbst, du nicht …« Sie lächelte und wusste, dass er sie über Kameras beobachtete. Feige. Es hätte ihr imponiert, wenn er persönlich hiergewesen wäre, aber natürlich war er das nicht. »Ich habe die Finanzlage von S.K.Y überprüfen lassen. Schwierigen Start gehabt, hm? Woran hat es gefehlt? Investoren, Startkapital? Dem richtigen Instinkt? Ein wenig von allem?«

»Jedenfalls nicht an deiner Hilfe. Ist das die Erpressung, mit der ich es zu tun habe? Du steigst mit ein, oder du verkaufst unsere Köpfe an *SE*?«

Wortlos zog sie einen Datenchip aus einer der verborgenen Taschen ihres Blazers. »Hier ist mein Angebot. Ich bin noch bis morgen hier, Kontaktdaten sind auf dem Chip. Überleg es dir. Die einzige Konsequenz, wenn du dich nicht bis Mittag bei mir meldest, ist, dass ihr pleitegehen werdet. Trotz eines vielversprechenden Produkts. Und ganz ohne meine Mitwirkung. Ich werde einfach nur aus der Ferne zusehen und es bedauern.«

Er schwieg, bis sie an der Tür war. »Blöder Fehler«, sagte er dann.

»Der Name?« Sie legte eine schmale Hand mit langen Fingern auf die hohe Sofalehne und drehte sich um. »Wenn du nicht wolltest, dass ich dich finde – allerdings.« Sie neigte den Kopf und wusste, wie sie dabei aussah, so genau, als sähe sie in einen meterhohen Wandspiegel. Dann verließ sie das Büro.

Lucies Tears, dachte sie und unterdrückte ein Lächeln. Es war tatsächlich ein vielversprechendes Produkt. Sie hatte die schwarzen Tropfen an sich selbst getestet, aber bis auf ein paar eher unangenehme Halluzinationen, die unter den möglichen Nebenwirkungen als *sehr häufig* aufgelistet waren, war nichts passiert. Ihre alte Frage, ob sie über latente psionische Fähigkeiten verfügte, war damit wohl geklärt, nicht zu ihrer Befriedigung, aber immerhin. Wirklich ausgereift war das Zeug noch nicht, aber angesichts des immensen Aufwands, den viele Firmen betrieben, um herauszufinden, über welches psionische Potenzial ihre Mitarbeiter verfügten ... der Markt war da. Die Möglichkeit, herauszufinden, in was genau man da investierte, bevor man auf vielversprechende, aber in Wirklichkeit lahme Gäule setzte, war Gold wert. Nur musste es richtig angepackt werden. Die Nebenwirkungen musste man, wenn möglich, in den Griff bekommen. Wichtiger aber war, dass die Patente richtig gesichert wurden. Und der Name. *Lucies Tears* – das zog nicht. *Lucies Diamonds* würden sie heißen.

Schmeichelhaft war es trotzdem, fand sie. Typisch für ihn, ja, und genau das war einer der Gründe, weshalb sie ihn rausgeworfen hatte – diese hündische Ergebenheit. Aber gerührt war sie dennoch, sie war ja nicht aus Stein. Es würde ein Geschäft zum beiderseitigen Vorteil werden, sie würde ihn nicht übervorteilen.

Nicht allzu sehr.

»Kann man ihr trauen?«, fragte sie ohne Umschweife.

Morbus wandte sich zu ihr um. Sie hatte sich sehr verändert – das Haar war halbwegs gebändigt und schmeichelte ihrem schmalen, zarten Gesicht, statt den Kopf absurd zu vergrößern, sie sah noch immer mädchenhaft aus, aber nicht mehr kindlich.

Durch seinen Zorn drang Zärtlichkeit. Zu seiner Verblüffung – die sicher nur noch durch Eddies hätte übertroffen werden können – hatte er sie immer noch gern. Mehr als das. Auch wenn sie nicht mehr die einzige Frau auf dem Planeten war. Und auch, wenn er ganz ehrlich war, nicht die einzige Frau in seinem Leben. Aber die wichtigste, das schon, und außerdem wusste er, auch wenn sie nie darüber sprachen, dass auch sie ihn nicht als jemanden betrachtete, der irgendwelche Exklusivrechte an ihr besaß. Es war gut, wie es war.

Er seufzte tief und schaute aus dem Fenster. Seine Wohnung war nicht groß, aber sie hatte eine ganz nette Aussicht. Hoch über ihnen thronten die Büros von S.K.Y, und er schaute auf die Straße hinunter und stellte sich vor, Lucea dort unten zu sehen. »Jein«, sagte er. »Sie wird uns gnadenlos übers Ohr hauen, da kennt sie nichts. Andererseits weiß sie, was sie tut. Wenn sie mitmischt, knöpft sie uns zwar fünfzig Prozent aller Gewinne ab und mehr, und wir werden denken, es wären nur zwanzig oder so, weil sie sich wie ein tausendarmiger Oktopus in die Finanzgeschäfte einfädeln wird und als Einzige den Überblick behält ... allerdings werden wir trotzdem mehr verdienen als ohne sie.«

»Das meine ich nicht.« Nova stellte sich neben ihn und schaute hinunter. »Ich meine ... müssen wir weg?«

Er beugte sich zu ihr runter und küsste sie auf den Scheitel. »Ich glaube nicht.«

»Bist du sicher? Wenn sie so wild auf Tois ist, tut es doch auch ein bisschen Kopfgeld?«

»Ach, Geld hat sie genug. Nein, das hier gefällt ihr einfach. Etwas Neues, ein ungewöhnliches Projekt.«

»Ich möchte nicht gern das Projekt deiner Ex sein«, entfuhr es ihr heftig.

Er verbiss sich ein Grinsen – furchterregend waren ihre Wutausbrüche nicht, nur ab einer bestimmten Eskalationsstufe sehr unflätig. »Verstehe ich. Aber ...«

»Aber ich will auch nicht schon wieder weg.«

»Ich weiß. Ich ...«

»Ich benachrichtige Argon. Er muss Bescheid wissen, oder? Wir sollten zusammen entscheiden, was wir tun.« Sie marschierte schon los, da hielt sie inne. »Müssen wir Eddie Bescheid sagen?«

»Wohl kaum.« Morbus schnaubte. »Und selbst wenn – ich wüsste nicht mal, wie wir ihn erreichen.«

»Vielleicht ist er der Schlaueste von uns allen«, sagte sie leise. »Mann, verdammte Scheiße, schau mal, wie ich zittere.« Sie hielt ihm ihre Hände hin, und er nahm sie in seine und drückte sie. »Alles gut.«

»Nichts ist gut. Wenn sie uns findet, dann finden uns auch …«

»Sie finden uns nicht«, sagte er zuversichtlich. »Lucea ist ein Spezialfall. Wenn sie sich als Tracker verdingen würde, entkäme keiner mehr. Aber schau … niemand weiß, wo wir damals gelandet sind, von denen, die dort waren, ist niemand mehr übrig, und selbst wenn – wir arbeiten mit einer synthetisierten Variante. Alles ist gut.«

Sie betrachtete ihn kopfschüttelnd. »Dein Optimismus in allen Ehren! Aber … warum grinst du denn so blöd?«

»Nur so«, sagte er. »Nur so.«

33

Datum: Das Jahr nach dem kalten Winter (Noxzeit)
System: 605-0008 (Sky)
Planet: 605-0008-3 (Nadeshda)
Ort: Höhlensysteme

Sie kamen, als der Frühling anbrach.

Oben auf dem Plateau blühten die Spiegel mit winzigen blauen Blüten, die sich unter den silbernen Blättern vor der Tageshitze verbargen. Nichts weckte die schlafenden Jäger vorzeitig, die Beben waren seit langer Zeit vergessen – ein Teil des Plateaus war eingestürzt, die *Virago* lag nun tief, tief in Nadeshdas Schoß, und die Station, in der einst ein Wolf-Beta namens Stray sein Ende gefunden hatte, gab es nicht mehr. Überhaupt gab es nicht mehr viel, wenn man das Mondlicht nicht zu schätzen wusste, das warme schwarze Blut und die langen, kalten Winter.

Das Shuttle setzte so leicht auf, dass nicht ein Jäger erwachte, nicht der allerkleinste, obwohl ihr Schlaf so viel leichter war als der ihrer älteren Artgenossen. Auch Nox wachte nicht auf, er war satt und zufrieden und hörte außerdem nicht mehr so gut wie früher. Es war Sky, die sie entdeckte, und sie beobachtete sie lange, ehe sie sich widerwillig unter die Erde begab und Nox weckte. Sie erzählte ihm, was sie gesehen hatte, und er antwortete: »Dann ist es also so weit.« Er hatte nie daran gezweifelt, dass sie eines Tages kommen würden.

Es waren fünf, sie hatten Waffen dabei, deren Design ihm verriet, wie sehr sich die Welten dort draußen weitergedreht hatten, und ihr Shuttle war größer als die, in denen er einst gereist war. Aber durch den schwarzen Stein drangen auch ihre Funksignale nicht, und er sammelte sie ein, Stück für Stück, ließ sich für die Letzte unter ihnen mehr Zeit als für die anderen und brachte in Erfahrung, dass er sich nicht geirrt hatte: Sie riss die Augen auf, als sie ihn sah, und nachdem er ein bisschen nachgeholfen hatte, nannte sie ihn bei seinem Namen. Es war eine hübsche Fuchs-Beta, aber sie kam ihm nicht annähernd so wirklich vor wie Sky, und als sie still war und still blieb und mit leeren Augen in eine Welt schaute, die ihm noch verborgen war, da vergaß er schnell, wie ihre Stimme geklungen und welche Jahreszahl sie ihm genannt hatte.

»Du wirst grau«, sagte Sky zärtlich, als er in der offenen Luke des Shuttles saß und sich das Blut aus dem Fell leckte. Sie schmiegte sich an ihn, und wenn er die Augen schloss, spürte er die Erinnerung an die Wärme unter ihrem Fell. Sehnsucht. Nach all dieser Zeit noch immer: Sehnsucht.

Sie blieben im Shuttle, bis Tage später die Schritte der Beute die Erde erzittern ließen und die Jäger erwachten, durch die Glaskuppel schaute er zu, wie sich die gewaltigen braunen Leiber vorbeiwälzten. Sie beobachteten das alte Spiel, Hörner gegen Zähne, Riesenwuchs gegen Geschmeidigkeit, und er fragte sich wie in jedem Frühling, seit wie langer Zeit es wohl schon so war und wann es enden würde.

»Sie kommen wieder«, flüsterte Sky irgendwann neben ihm und biss ihm in die Schulter.

Der Schmerz war kaum zu spüren, bis er die Hand auf die Stelle legte und seine Krallen durch die Haut zog. Sie waren beide ein wenig schweigsam geworden in den letzten Jahren, schliefen und jagten und lachten und alberten herum und sagten oft tagelang gar nichts, weil es nicht nötig war.

»Sie kommen wieder«, beharrte sie, als er nicht antwortete, sondern nur hinausschaute.

Die Monde und die Körper der Jäger überschwemmten das Blutvergießen mit Licht, dick und süß wie Vanillesauce, und er verspürte Bedauern. Keine Angst, aber Bedauern. Andererseits wurde es Zeit. Er wollte nicht erfahren, wie es war, wenn die Knochen müde wurden. Und er wollte nicht zum unfreiwilligen Verräter an denen werden, die vor so langer Zeit gegangen waren und ihn unter Protest zurückgelassen hatten, hier bei Sky.

Er hatte lange nicht mehr an sie gedacht, aber als er es jetzt tat, kannte er noch alle ihre Namen, und er sagte sie für Sky auf, die gereizt die Augen verdrehte. »Sehr schön«, lobte sie und zuckte mit der Schwanzspitze, »sehr schön. Nun komm schon.«

Er schaute zum Himmel empor. Der dritte Mond war gerade erst aufgegangen. Er glaubte, dass er ihn sich einbildete, aber sicher konnte er natürlich nicht sein. Gemeinsam warteten sie, und als die Monde so standen, wie er sie am liebsten hatte, bleckte Nox die Zähne zu einem breiten Grinsen und stand auf. Draußen kreischten und wüteten die Jäger, die Ebene lag voller Kadaver, aber noch immer fluteten weitere Riesen das Plateau empor, gewaltig und wehrhaft, und viele der Kadaver waren klein und bleich und schimmerten, als würde sich das Mondlicht darin spiegeln.

»Na komm, mein Herz«, schnurrte er und streckte sich genüsslich. »Du wirst mich doch wohl auf dieser letzten Jagd begleiten?«

DIE JUSTIFIERS KEHREN
ZURÜCK IN:

CHRISTIAN VON ASTER

ROBOLUTION

MARKUS HEITZ

OPERATION
VADE RETRO

II

Datum: 1. September 3042 a. D. (Erdzeit)
System: Gliese Jahreiss 1111
Planet: zwischen Rodne und Alda Raan
Ort: -

Das Erste, was Innocent White sah, als er auf der anderen Seite des TransMatt-Portals herauskam, waren die verwunderten Gesichter zweier Männer in stark strapazierten Halbpanzerungen, die ganz in der Nähe standen und wohl bis eben noch ein Gespräch geführt hatten. Sein Auftauchen hatte es abrupt beendet.

Nicht nur das: Sie griffen an ihre Waffenholster.

Ihr Heiligen! »Das ist eine Verwechslung! Bewahren Sie doch bitte Ruhe. Ich bin Preacher White, und ...« Bevor Innocent entschied, was er tun sollte, immer noch seinen Koffer in der Hand haltend, bekam er einen Stoß in den Rücken. Er schlug der Länge nach hin, sein Gepäckstück löste sich aus den Fingern und rutschte durch die kleine Halle.

»Unten bleiben!«, herrschte Civer Blacks dunkle Whiskeystimme, dann krachte es von vorne und von hinten.

Das Feuergefecht endete so rasch, wie es begonnen hatte. Mit leisem Klirren rollten leere Munitionshülsen über den Metallboden, ein letztes Röcheln kam von einem der beiden Gepanzerten.

»Nuntius! Was ... ?« Innocent erhob sich und sah fassungslos auf die beiden Erschossenen, aus deren Panzerungen rotes Blut lief und sich um sie verteilte. Die Farbe betonte das Grausilber der Platten. »Das waren die Männer des Ministrators!«

»Waren sie nicht.« Black ging an ihm vorbei, seine Vollautomatik am ausgestreckten Arm auf den Eingang gerichtet. »Hoch mit dir. Prüf, ob wir abgefangen wurden. Ich sichere.«

»*Abgefangen?*« Er sah zu den Leichen und bemerkte erst jetzt die abgekratzten Zeichen der GUSA auf den Panzerungen. »Oh ...«

»Genau. *Oh*«, äffte ihn Black nach und filzte die Toten. »Piraten, schätze ich. Was sagt die Konsole?«

White überlegte, ob er zuerst seinen Koffer holen sollte, entschied sich dann aber dagegen. Die Situation erforderte es, Informationen zu sammeln. Sein Herz klopfte schneller, und seine Finger fühlten sich schwitzig an, als er an die Konsole trat. *Wie kommt er darauf, dass ich* TransMatt-*Techniker bin?*

Innocent kannte sich mit TransMatt so gut aus wie jedes andere Wesen im Universum, das nicht bei *TTMS* arbeitete: rudimentär. Den Aufbau eines Portals und die Details kannte niemand. Aber er sah auf den ersten Blick, dass es sich bei der Bedieneinheit nicht um ein Standardmodul handelte. Finger- und armdicke Kabel liefen aus dem Aufbau, teils zum TransMatt-Portal, teils in die Wand. Energiezufuhr? Messdaten?

»Was ist jetzt?«

»Ja, gleich, Nuntius. Ich arbeite nicht schneller, wenn man mich ständig aus der Konzentration reißt.« Der Uditor drückte auf die Knöpfe, die am ungefährlichsten aussahen, und wischte auf dem interaktiven Monitor herum.

Nach dem vierten *Klick* stand auf dem Display vor ihm: +++ Sprung umgeleitet ... Zwei Individuen an Bord ... Beziehe neue Messdaten ... Abgleich der Interferenzen ... Portal auf Rodne aktiviert ... Nächster Sprung ins System: T minus 23 Minuten ... Abfangvorgang initiiert+++

Innocent hob den Kopf mit den kurzgeschorenen blonden Haaren. »Ich bestätige: Wir sind auf einem Piratenschiff. Anscheinend fangen sie mit ihrer Vorrichtung Sprünge ab. Sie werden es auf Fracht abgesehen haben.« *Ich wusste gar nicht, dass es so etwas gibt! Wer kommt auf diese Idee – und wie konnte er diese Vorrichtung bauen?* Er sah auf das Modul, das nach Elektrizität und warmem Plastik roch. Aus dem Innern erklang ein drohendes Summen. Innocent bemerkte, dass sich seine *Thorn II* leicht auf die Konsole zubewegte. *Kraftfeld und Magnete?*

»Sag bloß.« Black hatte den Toten die Tois aus den Taschen gezogen und steckte sie ein. »Danke für die Kollekte«, murmelte er. »Sollen eure Seelen in der Hölle verrotten.«

Im Lautsprecher an der Decke knackte es. »Hey, ihr beiden Spaßvögel! Wieso haben wir Passagiere? Sollte das nicht die Lohnlieferung für die Fabrikarbeiter auf Rodne sein?«, fragte eine hörbar missgelaunte Frauenstimme.

Black nickte Innocent zu, damit er antwortete.

»Äh ...«, machte der und räusperte sich. »Alles in Ordnung. Haben sie umgenietet. Waren die Aufpasser. Vorauskommando von GUSA.« Er hustete. »Sorry. Hab was im Hals.«

»Wieso den GUSA?«, kam es verblüfft von der Decke. »Ist doch gar nicht ihr Gebiet?«

»Steht mal auf den Rüstungen. Ach nee, wohl doch nicht.« Innocent brach der Schweiß nun richtig aus. *Rodne. Rodne, zu welchem Kon gehört denn Rodne?* »Hab mich verlesen.« Er sah zu Black, der lautlos *UI* mit den Lippen formte. »Lag am Licht. Sind Gardisten von *UI.*«

»Shit«, drang es zu ihnen. »Das erklärt, warum sie das Tor wieder scharfschalten. Die neue Ladung kommt erst in 23 Minuten.« Es schepperte, dann wieder ein Fluch. »Habt ihr die Gards unter Kontrolle?«

»Beide hinüber, Boss.«

Stille.

»HINÜBER?«, schrie die Frau. »Seid ihr meschugge, ihr Ballerinas? Jetzt haben wir *UI* noch wegen Mord am Arsch.« Eine leisere Stimme rief ihr etwas zu, das Innocent nicht verstand. »Shit noch eins hoch unendlich! Wir müssen aus dem System. Sie schicken uns Jäger hoch. Unsere kleine Abzweigenummer wurde bemerkt. Um euch kümmere ich mich später.« *Klack.*

Black kniete sich hin, öffnete den Koffer und nahm noch mehr Waffen heraus, lange und kurze, Gewehre und Pistolen, magazinweise Munition. »Brauchst du auch noch was, oder reicht dir deine schicke *Thorn,* die so fein poliert ist? Darfst du die überhaupt dreckig machen?«

»Was hast du vor?«

»Die Crew davon überzeugen, dass wir *im* System bleiben. Ich habe nicht vor, mit den Piraten irgendwohin zu verschwinden und von *UI* zerlegt zu werden. Für Kollateralschaden bin ich mir zu schade.« Black entsicherte sämtliche Waffen und nahm das Sturmgewehr in den Anschlag.

»Ist das nicht gefährlich?«

»Schießereien sind immer gefährlich. Frag die beiden da am Boden.«

»Nein, ich meinte das Entsichern. Wenn du stürzt ...«

Black schenkte ihm einen mitleidigen Blick und öffnete das Schott.

Dahinter lag ein Gang, ausgekleidet mit altem grauem Plastik, das etliche Kratzer und Macken aufwies. Kleine Birnchen leuchteten dahinter und schufen gleichbleibende traurig-weißliche Helligkeit.

»Bleib hier und achte auf deinen Koffer. Dann läufst du mir auch nicht vor die Mündung, Preacher.« Black stürmte hinaus.

Innocent kam sich gerade zu tausend Prozent unpassend vor.

So hatte er sich seine Pilgerreise, seine Initiationsmission für die großen Aufgaben in der Church nicht vorgestellt. Herausforderung, sicher. Außergewöhnliches, ja. Spannung, gern. Aber das hier übertraf alles. Es war zu viel, zu viel und nochmals zu viel.

»Runter, mein Sohn! Runter, oder ich bringe dich dazu, vor mir und dem HERRN unfreiwillig zu knien«, schallte es hohl herein. Black hatte ersten Widerstand ausfindig gemacht.

Dann knallte es beinahe niedlich, was der Nuntius mit einer ganzen dröhnenden Salve aus dem *RapidFire* erwiderte. Ein Mann schrie und verstummte nach einem Schlaggeräusch.

Innocent starrte auf den Ausgang. Er wartete förmlich darauf, rote Spritzer an der Plastikwand zu sehen. Oder die Ausläufer einer Blutlache, die herankroch.

Meine Mission ist es, Black zu begleiten und sicher abzulie-fern. Er schluckte und zog die *Thorn II.* »HERR, gib mir deinen Beistand. Ich brauche ihn dringend«, flüsterte er und pirschte vorwärts.

Nach einigen Metern in dem geraden Gang sah er einen overallbekleideten Mann regungslos am Boden liegen. Seine kleine Pistole hielt er nicht mehr in der Hand, die Salve hatte ihm den halben Arm zerfetzt.

Effizient ausgeschaltet. Innocent folgte dem Korridor bis zu einem Lift, die Türen waren geschlossen. Es blieb ihm nichts anderes übrig, als den Knopf zu drücken und zu warten, was geschah.

Ungeduldig tippelnd harrte er der Kabine, sicherte hinter sich und konnte sein Herz einfach nicht beruhigen. Das war keine Einsatzsimulation wie auf dem Schießstand. Die Kugeln würden ihn treffen, verletzen, womöglich töten.

PING.

Mit einem leisen Schrei fuhr Innocent herum und zielte in die leere Kabine.

An der Wand stand mit Edding geschrieben: *Falls dir unerwartet Eier gewachsen sind und du das liest: Knopf drei, und du bist dabei!*

»Dieser ...« Er stieg ein und folgte der Anweisung. In Windeseile fuhr der Lift in die Höhe und hielt scheinbar sofort wieder an.

Die Tür schob sich auf.

Innocent roch das Metallische in der Luft, das vom vergossenen Blut herrührte. Er stand auf der Brücke des unbekannten Raumschiffs, zwei Angeschossene zu seinen Füßen, die sich unter Schmerzen krümmten und keine Anstalten machten, nach ihren verlorenen Waffen zu greifen.

Die dicken Löcher in den Oberschenkeln beschäftigten sie mehr als möglicher Widerstand.

Black hielt eine Glatzköpfige an der Kehle und presste sie gegen die Wand, wandte den Kopf Innocent zu. »Ah, der Preacher! Frag die beiden, ob sie beichten möchten. Könnte sein, dass sie bald verblutet sind. Die gesegneten Kugeln reißen aber auch Wunden.« Er sprach ruhig und kühl. »Wenn sie dir rettungswürdig erscheinen, leg ihnen einen Verband an. Ich kümmere mich um die Diebin, die sich am Eigentum anderer vergreift. Noch will sie nicht kooperieren.«

Innocent sah zu den beiden verwundeten Piraten. Er erinnerte sich, dass man einst in der Seefahrt Schiffe mit falschen Signalen auf die Riffe gelockt hatte, um die Ladung der Aufgelaufenen zu plündern. Falschen Signalen waren er und Black gefolgt, das Ergebnis war für sie ähnlich. In ihm rührte sich Mitleid, aber verdient hatten die Verbrecher es nicht. »Sie werden sich zu helfen wissen«, sagte er kurz angebunden und schritt an ihnen vorbei. Die Mündung hielt er grob in ihre Richtung. »Hat sie überhaupt was gesagt?«

»Mein Name«, sprach sie würgend, »ist Clarissa Fairbanks. Ich bin Captaine der INTERCEPTION, und wir sind Rebellen zum Wohl der freien Völker aller Galaxien. Wir nehmen es von den Kons und geben es denen, die es mehr verdient haben.«

»Arbeiter haben ihren Lohn sehr wohl verdient«, kommentierte Black. »Du solltest dieses Spielchen in der Nähe der Konzernzentralen abziehen. Das würde die Richtigen treffen.«

Innocent glaubte Clarissa nicht. Sie würde alles erzählen, um etwas edler dazustehen und Verständnis zu erhalten. Denn die Jäger der Planetenoberfläche rückten unaufhaltsam näher, wie ein Blick auf den Monitor zeigte.

Auf einem anderen Display sah er den Aufbau der INTERCEPTION, ein kleines Schiffchen mit einem riesigen regulären Antrieb, der eine schnelle Flucht ermöglichte. *Kein Sprungantrieb.* Dennoch steckten im Bauch des Vehikels Unmengen von zusätzlichen Energiererzeugern sowie ein weiterer Motor, der nicht für den Antrieb benötigt wurde. Innocent ging davon aus, dass es für den Sprungabfänger benötigt wurde.

»Ich darf mal?« Er ging zum Pilotensessel und öffnete eine Leitung. »Rodne Bodenkontrolle, hier ist Preacher White. Ich spreche im Auftrag von Nuntius Civer Black. Wir haben das Schiff unter unsere Kontrolle gebracht. Ich wiederhole, wir haben das Schiff unter unsere Kontrolle gebracht. Wir bringen die Maschine auf die Oberfläche. Angriff abbrechen. Kommen?«

»Hier Rodne Bodenkontrolle. Haben verstanden, glauben es aber erst, wenn die INTERCEPTION vor uns steht. Sie bekommen drei Jäger als Geleitschutz«, sagte eine angespannte Männerstimme. »Gehen Sie langsam in den Landeanflug über, die Vektoren übermittle ich Ihnen. Jede Abweichung wird geahndet. Bis gleich.«

»Bis gleich. Over.« Innocent setzte sich auf den Sessel und machte sich mit den Instrumenten vertraut. *Das ist einfach.* »Ich übernehme die Landung, Nuntius. Du hast ja die Hände voll.« Er legte die INTERCEPTION zur Seite und folgte dem Kurs, den ihm die Bodenstation übermittelte.

Black ließ Clarissa los und wirkte ziemlich nachdenklich. »Preacher, wäre es nicht gerecht, diese kleine Vorrichtung der Church zu übergeben? Ich denke, dass sie viel wert ist.«

»Die Abfangvorrichtung?«

»Genau.«

Clarissa lachte. »Und *wir* sind Diebe, ja?«

Black versetzte ihr einen Stoß gegen die Schulter, so dass sie rückwärts taumelte und zwischen ihren Männern niederfiel. »Wir bringen dem HERRN ein Instrument, das er nach seinem Willen für das Gute einsetzen kann. Nicht für das Schlechte wie ihr.« Er nickte Innocent zu. »Ich sehe die Zustimmung in deinen Augen, Preacher.« Black lächelte kalt, wie es einem rücksichtslosen Verbrecher gut gestanden hätte. »Bring uns hier raus.«

TO BE CONTINUED …

GLOSSAR

AHUMANE — Bezeichnung für nichtmenschliche Rassen; früher »Außerirdische«

ALLROUNDER — Leichtes Gewehr

ALPHA — Tier mit menschlicher Intelligenz

ANCIENTS (auch: Uralte) — Nicht mehr existente Hochkultur, die lange vor den Menschen Raumfahrt betrieb und deren Relikte heiß begehrt sind

ANDROID/GYNOID — Bezeichnung für äußerlich menschengleiche männliche bzw. weibliche Roboter

ANTIGRAVITATIONSPULSATOR — Modul, das ähnlich einer Düse ein begrenztes Feld von geringer bis null Schwerkraft unter sich schafft

ANTI-KON — Terrororganisation gegen die Allmacht der Konzerne

ARCLIGHT — Laserpistole

ARIES LIGHTBRINGER — Lasergeschütz des Konzerns *Aries One*

AROMATA-SPENDER — Kleines Gerät mit Pillen, die den Geschmack eines Essens/Getränks verändern

ARSTAC — Tochterunternehmen von *KA* und *Hikma*, das sich auf Planetenerschließung und -ausbeutung spezialisiert hat

ARTCO INC. — Konzern, der interstellare Kunstausstellungen organisiert

AT LANTIS — Exklusives Luxusresort im ehemaligen Atlantik

AUGIE (eigentl. *augmented human*) — Individuen, die eine Genverbesserung an sich haben vornehmen lassen

BETA/BETAS (auch: Beta-Humanoide) — Tier-Mensch-Chimären ohne Rechte; werden speziell für Justifier-Einsätze gezüchtet

B'HAZARD MINING — Konzern, der sich auf Hochschwerkraft-Bergbau spezialisiert hat

BIOKOLUBRINE — Bolzenwaffe aus menschlichem Gewebe

BIOKOS — Tiersendung von *Everywhere Broadcasting*

BIOSCANNER — Einrichtung zum Aufspüren von Lebenssignalen

BLB-Lampe — Leuchtet durch biolumineszierende Bakterien

BOT — Kürzel für Roboter/Robot

BUYBACK — Summe, die ein Justifier seinem Konzern einbringen muss, um seine Freiheit zu erkaufen

C — Credit; Kunstwährung der *TTMS*, die härteste Währung in der Galaxie

CEO — Chief Executive Officer (Generaldirektor)

CHAMELEONSKIN — Hightech-Tarnanzug, der den Träger nahezu unsichtbar macht

CHEMICAL — Meist missgebildete Personen mit starken psionischen Fähigkeiten; oft geht die Missbildung auf den Missbrauch von genverändernden Medikamenten der Eltern während der Schwangerschaft/Zeugung zurück

CHIM — Abfälliger Begriff für Beta

CHOCFROG — Schokoriegel in Froschform

CHURCH OF STARS (CoS) — Zusammenschluss christlicher Konfessionen zur interstellaren Mission

CODECRACKER — Hightech-Gerät zum Datenhacken

COLLECTOR — Bedrohliche und technologisch weit überlegene Fremdrasse, die seit einigen Jahrzehnten Planeten der Menschheit an sich reißt, unter »Obhut« stellt und komplett von der Außenwelt abriegelt

COLLIE/COLLIES — Kürzel für Collector

CRYOGENKAMMER — Kabine, um Lebewesen tiefgekühlt aufzubewahren

CYBEROOS — Cyber-Tattoos, bei denen sich langsam verändernde Muster auf der Haut abgebildet werden

DAMN COLLIE, DIE! — Populäre Actionserie von *Everywhere Broadcasting*

DECKARD — Genialer Professor und Gründer des 2OT

DIPSTICK — *STPD Engineering*-Hubschrauber-Typ

DRIVER/CO-DRIVER — Geistwesen, die eine Symbiose mit höher entwickelten Lebewesen eingehen können; Menschen, die derart »besessen« sind, nennt man Co-Driver

EASTERN STARS — Indien, Pakistan, Vereintes Korea, Japan, Taiwan und die Emirate

ELEKTROCLOTHS — Kleidungsstücke mit elektronischen Extras

ELEKTROSYNC-PAPIER — Dauerhaftes beschreib- und bedruckbares Kunststoffpapier mit elektrosynthetischen Funktionen

EMP — Elektromagnetischer (Im-)Puls

ENCLAVE LIMITED — Hersteller von Material für den Siedlungs- und Wohnungsbau

ENDOKRINER KRISTALL — Geheimnisvolles Material der *Ancients*

EPA — Abk. für Einmannpackung, militärische Feldration

EVAPORATOR — Blasterwaffe

EVERYWHERE BROADCASTING — Familienunternehmen, das Unterhaltungs- und Dokufilme produziert

(darunter *Damn Collie, die!* und *Desperate Housewives in Space*)

EXEC — Abk. für Executive Officer, hochrangiger Konzern-mitarbeiter in leitender Funktion, bspw. als Gouverneur

EXO — Bezeichnung für Ahumane, Nichtmenschliche

FEC — Feudal European Coalition, bestehend aus Deutschland, Polen, Russland und England

FERROPLASTRIEMEN — Fesseln aus extrem hartem Plastik

FLAMMIFER — Flammenwerfer

FREEPRESS — Großer Nachrichtenkonzern

FULLCONTROL CORPORATION (FCC/FC) — Konzern, der auf Atom- und Biowaffen spezialisiert ist

GARDEURE — Bewaffnete Konzern-Truppen

GAUSS INDUSTRIES — Europäischer Forschungskonzern

GARDNER PHARMACEUTICAL — Pharmazeutik-Konzern

GeRuCa INSTITUTE — Konsortium staatlicher Wissenschaftsstandorte aus Deutschland, Russland und Kanada

GORGONENBAUM — Große fleischfressende Exoart von Atlas II

GUSA — Greater United States of America

GWA — Galaxy Workers Alliance, Gewerkschaft

HAHO — High altitude, high opening, militärisches Fallschirmsprungverfahren aus großer Höhe

HALO — Energieschirm zur Abwehr von Raketen und anderen Projektilwaffen

HARDBALL — Körperbetontes Spiel, Mischung aus Fußball, Rugby, Lacrosse und Catchen

HEAVIE — Menschen von Hochschwerkraftplaneten mit gedrungenem Wuchs und kräftiger Körpermuskulatur

HIKMA CORPORATION — Konzern im Besitz der IJAS; einstiger Vorreiter in Sachen Androiden, Kybernetik und Robotik sowie Profi in Sachen Ancient-Artefaktsuche

HIROSAMI TECH — Unabhängiger Kybernetik-Kon, der an Künstlicher Intelligenz und Robotik forscht

HOLE — Überschwere *United Industries*-Pistole

HOLO-KUBUS/3DCUBE/CUBE — Würfel, in dessen Inneres Filme und Bildaufzeichnungen in 3D projiziert werden. Es gibt verschieden große Modelle

IC — Identity Card, engl. für »Ausweis«, enthält allgemeine Angaben und biometrische Daten

IJAS — Indian Japanese Arabian Syndicate, ein Forschungskonsortium

INTERIM — mysteriöse und von ätzendem Schleim erfüllte Sphäre, die Schiffe mit Sprungtriebwerken überlichtschnell durchqueren können

INTERIM-SYNDROM — Krankheit nach zu vielen Interim-Sprüngen; viele Betroffene werden wahnsinnig

INTERRUN LTD — Privatunternehmen im Besitz eines misstrauischen Russen, das sprungunfähige Schiffe in ferne Sternensysteme befördert; verfügt höchstens über zwei oder drei gut bewaffnete Lotsenschiffe

JETPACK — Tragbare Antriebseinheit, mit der sich eine Person frei im Weltall bewegen kann

JUMP — Gesellschaftlich ausgegrenzter Nachkomme von Elternteilen mit Interim-Syndrom; Kennzeichen: granitfarbene Augäpfel; gelten als latente Psioniker

JUST — Justifier Universal Standard Device, implantiertes Kommunikationsgerät für Justifiers

KAWAII — (Jap.) Süß, liebenswert

KINGDOM OF ZULU (KoZ) — Rückständiges Reich, das sich komplett über Mittel- und Südafrika erstreckt und nach

seinem Herrscher benannt wurde: einem Albino und Psioniker

KNOWLEDGE ALLIANCE (KA) — Großer und wenig spezia-
lisierter Konzern, der ursprünglich von den Eastern Stars
gegründet wurde, inzwischen unabhängig

KON-KRIEG — Krieg der Konzerne; mit Militär durchgeführt

KSP — Kurzstreckensprung

K-SPRAY — Wund- und Schmerzmittel

LES MAITRES — Exklusiver Parfumeur, Tochter von Romanow Inc.

LIGHTSPEAR — Lasergewehr

LSP — Langstreckensprung

LWA (LAST WILDLIFE ANIMAL) — Die letzten in freier Wildbahn geschossenen Tiere der Erde; Sammelobjekte

MACGUFFIN — Handlungsauslösendes Plot-Element ohne
eigene Bedeutung, bevorzugt beim Film

MEDICS — Bezeichnung für Sanitäter

MIRRORGEN SOLUTIONS — Kleiner Kon mit dem Schwer-
punkt auf Cryo-Technologie, Altersforschung und Gen-
manipulation

MOSC — Military Occupational Specialty Code, dient der
detaillierten Beschreibung des Spezialgebiets eines Soldaten, ist bei den meisten Konzernen 9-stellig und endet mit
dem Kürzel des Konzerns

MOWER — Schwere Maschinenpistole

MOZAMBIQUE DRILL — Bezeichnung für ein spezielles Pis-
tolenkampfmanöver, das einen Aggressor stoppen soll

MULTIBRILLE — Multifunktionsbrille

MULTIBOX — Multifunktionsgerät aus Kom, Uhr, Speicher-
medium, Kalender, Telefonbuch etc. Wird üblicherweise
wie eine Armbanduhr am Handgelenk getragen

NADLER — Schusswaffe, die Pfeile oder nadelförmige Projektile verschießt; gut geeignet gegen engmaschige Körperpanzerungen

NITRAZIT — Markenname eines starken Hypnotikums (Schlafmittels) aus der Gruppe der Benzodiazepine

NOE — Nap of the earth, Tiefflug noch unterhalb des Konturenflug-Niveaus

NONCOM — Non-commissioned officer, Unteroffizier

NOTE-PAD — Kleincomputer, ungefähr DIN-A6 groß

ORDER OF TECHNOLOGY (2OT) — Orden mit dem Ziel der Abschaffung des anfälligen menschlichen Körpers

PACIFIER — Auch *United Industries Pacifier 3000*, moderne Schwere Pistole

PATRIOT — *United Industries*-Maschinenkanone

PHONESTICK — Moderne Form eines Mobiltelefons

PLAYCUBE — Spielekonsole

PILOTPET — Starre Laserkanone, die meist bei Raumjägern Verwendung finden

PRAWDA — Schwere Pistole, die gemäß der russischen Waffentradition nahezu unzerstörbar ist

PSIONIKER — Menschen, die über Geisteskräfte verfügen, auch Hexer genannt

PULSATOR — Modul, das ein Feld ohne Schwerkraft erzeugt

R&D — Research and Development, engl. für Forschung und Entwicklung

RACER — Antriebssystem (*STPD-Racer*: hoffnungslos veraltet, aber noch immer weit verbreitet)

REPEATER — Sturmgewehr

REPULSOR-KANONE — modernes Geschütz, das seine Projektile mittels Grav-Generatoren beschleunigt

RESPIRATOR — Atemmaske

RESTLESS — »Mildes« Aufputschmittel in Tablettenform

RETINA-SCAN — Biometrische Technik, die darauf beruht, dass die Struktur der Netzhaut eines jeden Menschen einzigartig ist

ROBIN — Kleiner Orbitalgleiter von *United Industries*

ROMANOW INC. — Ein Luxus-Kon, der sich auf Metallveredlung, Kunstdiamanten und Lasertechnologie spezialisiert hat

ROYAL RAIDERS — Weltraumpiraten aus europäischen Adelshäusern

SAMARITER — Abfällige Bezeichnung für Collector

SCHMIERAFFE, SCHRAUBENDREHER — (Ugs.) Mechaniker

SIGNUM VZ2 — Mittelschwere *United Industries*-Pistole

SILVERMAN & SONS — Privatbank

SMAG — Billiges Speichermedien-Abspielgerät von *United Industries*

SONS OF ANCIENTS (SoA) — Nordafrikanischer Staatenbund, bestehend aus Tunesien, Algerien, Marokko, Libyen, Mauretanien und dem Königreich Ägypten

SPEED-AIR-RENNEN — Moderne Form der Formel Eins

SPOTLIGHT — Äquivalent einer Super-Maglite

S-STAR — *United Industries*-Granatwerfer

STARBEAM — *United Industries*-Laserpistole

STARLOOK — Nachrichtensender

STELLAR EXPLORATION (SE) — Tochterunternehmen der *KA*; Konzern, der auf Planetenerkundung und -verkauf spezialisiert ist

STELLARWEB — Das interstellare Internet

STELLAR VOICE RADIO (SVR) — Ermöglicht Kommunikation quasi ohne Lightlag; benötigt riesige Sende- und Empfangsstationen

STERNENREICH (SR) — Großer Konzern der FEC

STERNENSTAHL — Metalllegierung aus Titan, die zunehmend Ultrastahl ablöst

STPO ENGINEERING — Einer der großen Verlierer in den Konzernkriegen; spezialisiert auf Antriebs- und Navigationssysteme

STPO-Racer — Veraltetes, aber immer noch verbreitetes Antriebssystem

STRONTIUM 90 — Hochreaktives Flüssigmetalloid, das als Antriebsmittel bei Sprungtriebwerken Verwendung findet

STYLICOUS — Modemagazin im StellarWeb

SUPERSOLDIER/SUPRAKRIEGER — Genetisch oder medikamentös verbesserte Soldaten, meistens Gardeure; heute sind die dafür verwendeten Medikamente illegal

SVEEPER — Leichte Maschinenpistole

SVR — Stellar Voice Radio, sehr seltene und sehr teure Kommunikationsanlage, die Direktkontakt über weite Strecken ermöglichen kann

SWIPECARD — Plastikkarte mit Chip, z. B. als Schlüssel für Hotelzimmer etc.

SYNTHGIPS — Moderne Form der Gipskartonwand

TAB-SHEET — Millimeterdünne Folie, die wie Papier beschrieben und auf der Dokumente gespeichert werden können

TAU CETI PRIME — Ältester unabhängiger Konzern und größter Produzent von Nahrungsmitteln

TECHPSIONIKER — Mensch, der Technik mit Psi-Kraft steuern kann

TERRACOIN (kurz: TOIS) — Interstellare Währung

TERRA TRANSMATT SPECIALITIES (TTMS) — Ein gewaltiger Konzern mit TransMatt-Monopol

TETHYS — Kleinste Korvetten-Klasse

TOI — Währung

TOUCHPAD — Moderner Computer mit Holo-Display, Folienbildschirm

TRIPLE A — Ein Hackertool der *Knowledge Alliance;* der Name ist abgeleitet von »Access All Areas«

T-STAR — *United Industries*-Unterlauf-Granatwerfer

ULTRALEICHT — Leicht transportables Einmann-Fluggerät

ULTRASTAHL — Speziallegierung für Raumschiffe; das Minimum, mit dem man den Gefahren des Alls entgegentreten sollte

UNIEX3 — *United Industries*-Multitool

UNITED INDUSTRIES (UI) — Junger Konzern, der an Waffentechnologien und Körperpanzerungen forscht

VELOC — Schweres Gewehr

VERSATILE XP — Altmodische schwere Pistole ohne elektronischen Schnickschnack

VERSUCCI — Nobel-Marke

VHR — Vereinte Humane Raumfahrtnationen, eine Art UNO-Ersatz fürs Weltall

WENG-HO-CLAN — Aus China stammender Verbrecherclan

WONGAWONGA! — Mysteriöse Bank, die sich unterschicht- und betafreundlich gibt

XENAN — Katalysator für den Treibstoff Xerosin

XEROSIN — Gängiger Raumschiff-Kraftstoff, ausgelegt für Negativtemperaturen

XTREME — Aufputschmittel, das auch als Droge kursiert

REIHENVERZEICHNIS

ALLE ROMANE AUS
MARKUS HEITZ' SPACE-FICTION-UNIVERSUM
BEI HEYNE

www.justifiers.de

Markus Heitz
COLLECTOR

Wir schreiben das Jahr 3042. Die Menschheit ist ins Weltall aufgebrochen und große, multinationale Konzerne treiben mit Macht und viel Geld die Eroberung der Galaxis voran – bis man auf eine geheimnisvolle außerirdische Spezies trifft: die Collectors. Eine Spezies, der selbst die härteste Spezialeinheit der Konzerne, die Justifiers, scheinbar machtlos gegenübersteht ...

Die Fortsetzung von COLLECTOR erscheint voraussichtlich 2013 im Heyne Verlag.

Markus Heitz wurde 1971 in Homburg geboren, studierte an der Universität des Saarlands, arbeitete lange Jahre als Journalist und ist heute einer der erfolgreichsten deutschen Phantastik-Autoren. Seine Romane »Die Zwerge«, »Ritus« und »Die Legenden der Albae« standen monatelang auf den Bestsellerlisten. Mit »Collector« hat Markus Heitz das Tor zu seinem JUSTIFIERS-Universum geöffnet.

Christoph Hardebusch
MISSING IN ACTION

Sein erster Auftrag führt Leutnant Owens und sein Justifiers-Team auf einen neuen Planeten, wo es zur Katastrophe kommt. Ein Justifier nach dem anderen verschwindet auf mysteröse Weise. Sind es intelligente Aliens, die ihnen so feindlich gesonnen sind, oder verbirgt sich hinter den Angriffen eine noch schrecklichere Wahrheit?

Christoph Hardebusch, geboren 1974 in Lüdenscheid, studierte Anglistik und Medienwissenschaft in Marburg und arbeitete anschließend als Texter bei einer Werbeagentur. Seit »Die Trolle« und »Sturmwelten« ist er als freischaffender Autor tätig. Er lebt und arbeitet in Heidelberg.

Lena Falkenhagen
UNDERCOVER

Wenn eine ganz gewöhnliche Mission schiefgeht, wenn Freunde zu Feinden werden, wenn eine interplanetare Verschwörung deine Existenz bedroht – wird es Zeit, zu drastischen Mitteln zu greifen! Justifier Eliza muss ihr Leben mehr als einmal aufs Spiel setzen, um korrupten Konzernen das Handwerk zu legen und die Zukunft des Planeten zu sichern.

Lena Falkenhagen, geboren 1973, gestaltet seit über einem Jahrzehnt als Redakteurin Aventuriens die größte phantastische Rollenspielwelt Deutschlands mit. Daneben schreibt Lena Falkenhagen historische und phantastische Romane und Kurzgeschichten. Die Autorin lebt in Hannover.

Thomas Finn
MIND CONTROL

In der Welt der Justifiers ist das Reisen mit Überlichtgeschwindigkeit mit vielen Gefahren verbunden. Für manche Menschen haben die Sprünge durch Raum und Zeit jedoch ganz besondere Konsequenzen – sie erlangen besondere psionische Kräfte und werden zur Zielscheibe von Anschlägen und Intrigen. Und die Justifiers haben mal wieder alle Hände voll zu tun ...

Thomas Finn, 1967 in Evanston/Chicago geboren, wuchs in Deutschland auf. Die Fantasy hat ihn zum Schreiben gebracht – zunächst als Autor von Fantasy-Rollenspielpublikationen, später kamen auch Theaterstücke, Drehbücher sowie ein gutes Dutzend phantastische Romane hinzu. Thomas Finn lebt und arbeitet in Hamburg.

Nicole Schuhmacher
ZERO GRAVITY

Auf das Team der Justifiers wartet einer ihrer bis dahin gefährlichsten Aufträge. Sie sollen auf einem einsamen Vorposten eines Konzerns nach dem Rechten sehen, denn die Station hat jeden Kontakt eingestellt. Zwar sind sie bereits auf einiges gefasst – aber was den Justifiers auf Holloway II tatsächlich begegnet, übertrifft ihre schlimmsten Albträume ...

Nicole Schuhmacher, Jahrgang 1966, ist Diplomsoziologin mit Interessenschwerpunkt Militärsoziologie und seit ihrer Kindheit angetan von phantastischer Literatur. Beim gemeinsamen Fabulieren mit Markus Heitz hat sie das Schreiben entdeckt. Sie lebt und arbeitet im Saarland.

Boris Koch
SABOTAGE

Der Forschungsbeauftragte eines Großkonzerns verschwindet scheinbar spurlos und mit ihm ein mysteriöser, schwarzer Koffer. Es beginnt ein Wettrennen zwischen den Mächtigen, jeder will der Erste sein, der den Verschwundenen aufspürt. Schließlich werden die Justifiers eingeschaltet, um das Problem zu lösen, doch die finden sich plötzlich auf einem abgelegenen Planten wieder, wo sie es mit äußerst aggressivem Grünzeug, Mafiakillern und einem Verräter in den eigenen Reihen zu tun bekommen ...

Boris Koch, Jahrgang 1973, studierte Alte Geschichte und Neuere Deutsche Literatur in München und lebt heute als freier Autor in Berlin. Zu seinen Veröffentlichungen gehören der mit dem Hansjörg-Martin-Preis ausgezeichnete Jugendkrimi »Feuer im Blut« sowie die »Drachenflüsterer«-Trilogie.

Daniela Knor
OUTCAST

Noch ahnt an Bord niemand, dass die Besatzung von Weltraumpiraten infiltriert wurde, die nur ein Ziel verfolgen: eine Meuterei. Als der Transporter dann auch noch von feindlichen Kampfverbänden gejagt wird, kommt es tatsächlich zum Aufstand und das Raumschiff landet auf einem abgelegenen Planeten. Doch die anfängliche Freude der Rebellen verwandelt sich bald in Furcht, denn statt der ersehnten Freiheit erwarten sie auf dem Planeten die Justifiers ...

Daniela Knor, geboren 1972 in Mainz, studierte Geschichte, Psychologie und Literaturwissenschaft und hat bereits mehrere phantastische Romane unter anderem für das Rollenspieluniversum Das Schwarze Auge veröffentlicht. Sie arbeitet als freiberufliche Autorin und lebt mit ihrem Mann und ihrem Hund in Mainz.

Thomas Plischke
AUTOPILOT

Überall in der Galaxis hat sich die Menschheit ausgebreitet. Es gibt allerdings einen Ort, der selbst für die Reichen und Schönen des Universums scheinbar unerreichbar ist: das Luxusresort At Lantis. Doch dann erschüttert eine Mordserie die Idylle, die einen Meisterdetektiv, Terroristen und jede Menge Ärger auf den Plan ruft, und die Justifiers haben wieder alle Hände voll zu tun ...

Thomas Plischke hat sich in der deutschen Phantastik bereits mit der Saga Die Zerrissenen Reiche *sowie mit* Die Zombies *einen Namen gemacht, bevor er in die entfernten Sternsysteme des Justifiers-Universums aufbrach. Thomas Plischke lebt in Hamburg.*

Maike Hallmann
HARD TO KILL

Argon, seines Zeichens Ex-Justifier und nun Schmuggler, lebt den Traum vieler ehemaliger Kollegen: Der Captain der *Virago* ist sein eigener Herr. Mehr oder weniger jedenfalls, wäre da nicht sein ehemaliges Justifiers-Team, das mit ihm noch eine Rechnung offen hat. Doch als die *Virago* abstürzt, haben Crew und Justifiers auf einmal ganz andere Probleme. Das einzige, was die Bewohner des namenlosen Planeten kennen, ist Hunger, und auf einmal geht es nicht mehr um Rache oder Freiheit, sondern ums nackte Überleben ...

Maike Hallmann wurde 1979 in Hamburg geboren. Sie studierte Germanistik und begann nach ihrem Abschluss als freie Autorin in ihrer Geburtsstadt Hamburg zu arbeiten. Sie hat u. a. einen Jugendkrimi, diverse Kurzgeschichten und mehrere Shadowrun-Romane veröffentlicht, bevor sie mit »Die Feen« ihr erstes großes Fantasy-Epos schrieb. Die Autorin lebt mit ihrer Familie in Hamburg.

Christian von Aster
ROBOLUTION

Der Planet Coppola II ist eigentlich ein vom Rest der Galaxis unbeachteter High-Tech-Schrottplatz. Doch im Geheimen werden hier mit Billigung des mächtigen Order of Technology illegale Experimente mit Robotern und künstlichen Intelligenzen gemacht. Und nun verlangen diese Maschinen ihr Recht auf Freiheit – notfalls mit Gewalt.

Christian von Aster, Jahrgang 1973, hat Germanistik und Kunst studiert. Bereits früh hat er mit dem Schreiben und der Veröffentlichung von zahlreichen phantastischen Kurzgeschichten und Romanen begonnen. Zusammen mit Boris Koch und Markolf Hoffman veranstaltet Christian von Aster die Phantastik-Lesereihe Stirnhirnhinterzimmer *in Berlin.*

Susan Schwartz
UNUSUAL SUSPECTS

Sergeant Orloff Holden und seine Justifiers sind ein eingeschworenes Team. Ihre Spezialität ist die Installation von TransMatt-Portalen überall in der Galaxis. Umso überraschter sind sie, als sie plötzlich Babysitter für die Raumbarke eines Botschafters spielen sollen. Doch kaum sind sie auf dem fremden Planeten angekommen, fangen die Probleme erst an – denn sowohl die Bewohner als auch der Botschafter verfolgen ganz eigene, verdächtige Pläne ...

Susan Schwartz, 1961 in München geboren, hat bereits für Das Schwarze Auge *und* Perry Rhodan *geschrieben und zahlreiche Fantasy- und Science-Fiction-Romane veröffentlicht. Sie lebt und arbeitet in Markt Rettenbach.*